中国当代文学经典必读

中国当代文学经典必读

2017中篇小说卷

吴义勤 ◎主编　崔庆蕾 ◎点评

ZHONGGUO
DANGDAI
WENXUE
JINGDIAN
BIDU

百花洲文艺出版社

图书在版编目（CIP）数据

中国当代文学经典必读. 2017中篇小说卷 / 吴义勤主编.
— 南昌：百花洲文艺出版社，2018.4
ISBN 978-7-5500-2759-6

Ⅰ.①中… Ⅱ.①吴… Ⅲ.①中国文学 – 当代文学 – 作品综合集
②中篇小说 – 小说集 – 中国 – 当代 Ⅳ.①I217.1

中国版本图书馆CIP数据核字（2018）第055192号

中国当代文学经典必读·2017中篇小说卷

吴义勤　主编

出 版 人	姚雪雪
责任编辑	胡青松
装帧设计	方　方
制　　作	何　丹
出版发行	百花洲文艺出版社
社　　址	南昌市红谷滩世贸路898号博能中心一期A座20楼
邮　　编	330038
经　　销	全国新华书店
印　　刷	江西千叶彩印有限公司
开　　本	720mm×1000mm　1/16　印张　28.25
版　　次	2018年5月第1版第1次印刷
字　　数	350千字
书　　号	ISBN 978-7-5500-2759-6
定　　价	55.00元

赣版权登字　05-2018-128

邮购联系　0791-86895108
网址　http://www.bhzwy.com
图书若有印装错误，影响阅读，可向承印厂联系调换。

我们该为"经典"做点什么?

/吴义勤

当今时代,对经典的追怀和崇拜正在演变为一种象征性的精神行为,人们幻想着通过对经典的回忆与抚摸来抵抗日益世俗和商业化的物质潮流。在这一过程中,一方面,经典作为人类文学史和文明史的基石与本源,其价值得到了充分的认同与阐扬;另一方面,经典的神圣化与神秘化又构成了对于当下文学不自觉的遮蔽和否定。可以说,如何面对和正确理解"经典",正是当代中国文学必须正视的一个问题。

什么是经典呢?就人类的文学史而言,"经典"似乎是一个约定俗成的概念,它是人类历史上那些杰出、伟大、震撼人心的文学作品的指称。但是,经典又是无法科学检验的主观性、相对性概念。经典并不是十全十美、所有人都认同的作品的代名词。人类文学史上其实根本就不存在十全十美、所有人都喜欢、没有缺点的所谓"经典"。那些把"经典"神圣化、神秘化、绝对化、乌托邦化的做法,其实只是拒绝当下文学的一种借口。通常意义上,经典常常是后代"追认"的,它意味着后人对前代文学作品的一种评价。经典的标准也不是僵化、固定的,政治、思想、文化、历史、艺术、美学等因素都可能在某种特殊的历史条件下成为命名"经典"的原因或标准。但是,"经典"的这种产生方式又极容易让人形成一种错觉,即"经典"仿佛总是过去时、历时态的,它好像与当代没有什么关系,当代人不能代替后人命名当代"经典",当代人所能做的就是对过去"经典"的缅怀和回忆。这种错觉的一个直接后果就是在"经典"问题上的厚古薄今,似乎没有人敢于理直气壮地对当代文学作品进行"经典"的命名,甚至还有人认为当代人连写当代史的权利都没有。

然而,后人的命名就比同代人更可信吗?我当然相信时间的力量,相信时间会把许多污垢和灰尘荡涤干净,相信时间会让我们更清楚地看清模糊的、被掩盖的真相，但我怀疑，时间同时也会使文学的现场感和鲜活性受到磨损与侵蚀，甚至时间本身也难逃意识形态的污染。我不相信后人对我们身处时代"考古"式的阐释会比我们亲历的"经验"更可靠，也不相信，后人对我们身处时代文学的理解会比我们亲历者更准确。我觉得，一部被后代命名为"经典"的作品，在它所处的时代也一定会是被认可为"经典"的作品，我不相信，在当代默默无闻的作品在后代会被"考古"挖掘为"经典"。也许有人会举张爱玲、钱钟书、沈从文的例子，但我要说的是，他们的文学价值在他们生活的时代就早已被认可了，只不过新中国成立后很长时间由于意识形态的原因我们的文学史不允许谈及他们罢了。

这里其实就涉及了我们编选这套书的目的。我认为，文学的经典化过程，既是一个历史化的过程，又更是一个当代化的过程。文学的经典化时时刻刻都在进行着，它需要当代人的积极参与和实践。文学的经典不是由某一个"权威"命名的，而是由一个时代所有的阅读者共同命名的，可以说，每一个阅读者都是一个命名者，他都有命名的"权力"。而作为一个文学研究者或一个文学出版者，参与当代文学的进程，参与当代文学经典的筛选、淘洗和确立过程，正是一种义不容辞的责任和使命。事实上，正是出于这种对"经典"的认识，我才决定策划和出版这套书的，我希望通过我们的努力，真实同步地再现21世纪中国文学"经典化"的进程，充分展现21世纪中国文学的业绩，并真正把"经典"由"过去时"还原为"现在进行时"，切实地为21世纪中国文学的"经典化"作出自己的贡献。与时下各种版本的"小说选"或"小说排行榜"不同，我们不羞羞答答地使用"最佳小说"之类的字眼，而是直截了当、理直气壮地使用了"经典"这个范畴。我觉得，我们每一个作家都首先应该有追求"经典"、成为"经典"的勇气。我承认，我们的选择标准难免个人化、主观化的局限，也不认为我们所选择的"经典"就是十全十美的，更不幻想我们的审美判断和"经典"命名会得到所有人的认同，而由于阅读视野和版面等方面的原因，"遗珠之憾"更是不可避免，但我们至少可以无愧地说，我们对美和艺术是虔诚的，我们是忠实于我们对艺术和美的感觉与判断的，我们对"经典"的择取是把审美和艺术放在第一位的。说到底，"经典"是主观

的，"经典"的确立是一个持续不断的"过程"，"经典"的价值是逐步呈现的，对于一部经典作品来说，它的当代认可、当代评价是不可或缺的。尽管这种认可和评价也许有偏颇，但是没有这种认可和评价，它就无法从浩如烟海的文本世界中突围而出，它就会永久地被埋没。从这个意义上说，在当代任何一部能够被阅读、谈论的文本都是幸运的，这是它变成"经典"的必要洗礼和必然路径，本套书所提供的同样是这种路径，我们所选的作品就是我们所认可的"经典"，它们完全可以毫无愧色地进入"经典"的殿堂，接受当代人或者后来者的批评或朝拜。

感谢百花洲文艺出版社对我的经典观的认同以及对于这套书的大力支持，感谢让这个文学工程可以在百花洲文艺出版社这个平台美丽绽放。我们的编选仍将坚持个人的纯文学标准，而为了更好地阐析我们的"经典观"，我们每本书将由一个青年学者对每一篇入选小说进行精短点评，希望此举能有助于读者朋友对本丛书的阅读。

目　录

蝙蝠香／

／曹文轩

1

村庄还在熟睡中。

村哥儿起床了。他没有点灯，借着从窗口照射进来的月光，穿好衣服，穿上鞋，打开门，轻飘飘地走进了浸泡在月光中的世界。他的目光显得有点儿呆滞，但又显得一往情深，还有几分天真无邪的痴情。当后来他终于知道并确定自己每天夜里都会梦游时，他想象过那时的他究竟是一副什么样子。但却始终没有想象出来。最后，他对自己说：看上去，一定像一个傻子。可是实际上看上去，他并不完全像一个傻子。那目光里有向往，有渴望，还有无边无际的想象，苍茫夜色中，他的目光甚至比白天还要亮。

他就这么向前走着，没有犹疑，没有胆怯，一切在他看来都是那么的美好，那么的迷人，简直像走在天堂的花园里。现在是夏天的夜，到处飞着萤火虫。它们不时地用淡金色的亮光照亮他的面孔。他的眼睛随着它们亮光的一灭一亮，也在一灭一亮。亮时，那萤火虫仿佛是在他的眼球上。

他并不看脚下。他的脑袋是微微上扬的。但令人不可思议的是，他却能准确地跨过田埂上的缺口，顺利地走过小河上的木桥，从未发生过磕磕绊绊的事情。

他要走向哪里呢？他并不知道。他只是以不快不慢的脚步往前走着，有时他会停住脚步，好像在专注地打量什么。是天上的月亮吗？是在夜露中开放的花朵吗？是发现了树丛中有一只狐狸吗？又好像是在回忆什么。那时，他看上去像一个小老头。

除了萤火虫，还有蝙蝠。它们一忽儿多，一忽儿少，飞行速度很快，并随时忽上忽下，犹如狂风中一片片黑色的树叶。它们在萤火虫中间无声地穿插着，不断地搅动着萤火虫的亮光，使那个荧光点点的世界有了变化，使夜晚变得更加迷人了。

离他几米远，跟着一个人影。

那是他的爸爸。自从爸爸发现他每天夜里会走出家门之后，跟随就开始了。爸爸并不阻止他，甚至不做任何干扰他的动作，仿佛不忍打破儿子一个甜美的梦——在爸爸看来，那就是儿子的梦。

爸爸是一个彻彻底底的聋子。如果他能听到村哥儿的歌唱，也许就会知道，其实儿子的梦是十分忧伤的。

村哥儿走着走着会唱起来。

那歌本不是一个孩子的歌，是大人的歌。是他很小的时候，从妈妈那儿学来的。妈妈会唱戏，一些从前流传下来的戏。那些戏已经很老很老了，但妈妈喜欢唱，这里的人也都喜欢妈妈唱。不管妈妈唱多少遍了，还是喜欢听。妈妈唱着，村哥儿听着，听着听着，他也会唱了。妈妈听着就笑："这哪里是小孩家唱的呀！"村哥儿却一本正经地唱着，唱得妈妈心里有点儿难过，但却"咯咯咯"地笑，笑出了眼泪。

　　秋风起，草木黄，

　　弯弯月下雁一行，

　　夜半一声好恓惶。

　　春去春又来，

　　秋来秋又去，

　　那人儿不知在何方？

　　风一天，雨一天，

　　鼓一遍，锣一遍，

　　泪眼望，一条大路依旧空荡荡。

云散去，念不断，

坐村头，倚桥旁，

却听得天边有人唱。

草也唱，花也唱，

音还在，人无影，

愁煞了一个望断肠。

问月吧，月不知，

问鸟吧，鸟不晓，

不知不晓那人却来入梦乡……

村哥儿低声唱着。此刻的夜晚，除了林子里不时响起一两声夜鸟的叫声，几乎没有别的声音——这世界清净到仿佛萤火虫的闪光、蝙蝠的飞翔，甚至是月光，倒有了声音。在这样的夜晚，村哥儿的歌唱声尽管低低的，但依然十分清晰。只是这样的时刻，可惜没有人听着，只有飞来飞去的萤火虫听着，只有飞来飞去的蝙蝠听着。

如果爸爸能听到他的歌声，一定会有泪水潮湿了双眼……

2

妈妈是那年春天离开鸭鸣村的。与妈妈一同离开的还有其他几个孩子的妈妈。后来，回到鸭鸣村的只有一个妈妈。

妈妈走的那一年，村哥儿八岁。

村哥儿永远记得，是他和爸爸一起将妈妈送到河边的。那里有一只船在等着妈妈她们。妈妈都已经上船了，还又从船上跳上岸，跑向村哥儿，把村哥儿紧紧搂在怀里好半天。村哥儿至今还记得因妈妈抱得太紧，他疼痛得差一点儿叫起来。妈妈临走时，给他撩了撩耷拉在额头上的头发，给他往下扯了扯上衣。

船离开了岸边，往大河的尽头驶去。

船消失了，他牵着爸爸有点儿发凉的手，和爸爸一直站在岸上看着。

接下来的日子里，村哥儿只能天天想着妈妈了。

妈妈是鸭鸣村最漂亮的女人。

妈妈的脸，妈妈的眼睛、鼻子和嘴，妈妈哭的样子，或是妈妈生气的样子，还有妈妈从水码头提着一桶水往家走的样子、扛着一捆稻子在田埂上走过的样子、在大河上划桨的样子……无数妈妈的样子，每天在村哥儿的眼前或一闪而过，或慢慢地飘过，或定格在了那儿。

过年过节，鸭鸣村都要演戏，妈妈一定是主角。

那时，妈妈换上了戏装，化了妆，便另一番样子了。妈妈还没开口唱，只要走上台来，鸭鸣村的人，还有很多从其他村庄赶来看戏的人，就会立即安静下来。妈妈一开口唱，台下的男女老少一个个傻掉似的，好像不在这个世界了，去了另一个世界。那个世界十分美好。妈妈的声音像月光洒在幽幽的林子里，让台下安静得像一条没有一丝风的河。

那时，爸爸和村哥儿就是妈妈最好的观众。

村哥儿骑在爸爸的脖子上。

和周围看戏的人相比，村哥儿的注意力好像不在妈妈的声音上，而是在妈妈不断变化着的样子上。

那个晚上最幸福的人是爸爸，其实，爸爸每天都是一个幸福的人。

偶尔，台上的妈妈会多看村哥儿一眼。

那时，作为男孩的村哥儿，却会像容易害羞的女孩一样，双手抱住爸爸的脑袋，把头低下了，或者是抬起头来去看天空。看着看着，他真的不看台上的妈妈，只顾聚精会神地看他的天空了。天空有一轮月亮，或是有一弯月亮，或是没有月亮，只有星星。有时，星星也没有，就是一个黑黑的天空。

台下的掌声终于让村哥儿想起妈妈还在台上唱戏。

再去看台上时，妈妈好像又是一副模样。

这模样，那模样，妈妈把无数的模样印在了村哥儿的脑子里。

那年过了年，妈妈对爸爸说，她想和鸭鸣村的几个姐妹一道走，到外地，到城里打工去。妈妈说，我们应该过好日子，鸭鸣村穷得不像样子，鸭鸣村的日子过得好没意思，白过了。

爸爸听着，不吭声。

爸爸也想过好日子——爸爸一直在想过好日子，爸爸特别想让村哥儿和妈妈过好日子。爸爸将家里的地全部种上了迷迭香。爸爸已经从一个朋友那里学来提炼迷迭香精油的技术。爸爸想对妈妈说："也许，我们靠出售迷迭香精油，也能过上让人满意的日子。"但爸爸没有说。爸爸从不随便打消妈妈的念头，特别是那些已经被妈妈想了很久的念头。爸爸早看出来了，妈妈一心想离开鸭鸣村，去一个更大更大的世界。

爸爸开始给妈妈收拾行装。

与其他几个要上路的姐妹们的行装相比，爸爸为妈妈收拾了一个最体面的行装。

春天过去了，夏天来了。夏天过去了，秋天来了。秋天过去了，冬天来了。

过年了，妈妈却没有回家。

渐渐地，钱还不时地往家寄，但消息却越来越少了。到了第二年秋天，爸爸就再也联系不上妈妈了。又一年过去了，第三年的春天，爸爸把村哥儿交给外婆，离开鸭鸣村，找妈妈去了。

这是夏天的一天下午，村哥儿的同学田小童正在水渠里抓鱼，见有一个人正摇摇晃晃地走在通向村子的路上，当时阳光十分强烈，他用水淋淋的手遮在眼睛上向那人看去，只见阳光像水做成的大幕，大幕中，即使站立了不知多少年的大树，看上去都在晃动，而那个本就一个劲地晃动着的人，看上去晃动得更加厉害了。但田小童还是看出了那个人的长相，从水渠中爬到路上，飞快地跑向村子，一边跑，一边大声叫唤着："村哥儿他爸爸回来了！村哥儿他爸爸回来了！……"

不一会儿，就有很多人跑到村头。

村哥儿听到了田小童的叫声，对外婆说了一声"我爸回来了"，一溜烟儿跑向村前的大路。

他看不清爸爸，甚至怀疑那个随时都可能倒下去的人并不是爸爸，竟然愣在了路头。

那个人飘飘忽忽地走过来了。

"就是村哥儿他爸！"

"可不是嘛，就是！"

人们看着，做出判断。

村哥儿终于认出了那人确实就是爸爸，先是在嘴里轻轻说着"爸爸"，然后，声音越来越大。当他撒腿向爸爸跑去时，他的喊声已可以让整个鸭鸣村的人都能听到了。

早已衰老的外婆正拄着拐棍，吃力地往村头走着，一边走，一边晃动着脑袋。

村头站了很多人，不知为什么，他们谁也不再说话了。因为，他们看到的只是村哥儿爸爸一个人，而并没有村哥儿的妈妈。"村哥儿的妈妈呢？村哥儿的妈妈怎么没有回来呢？"他们一边看着村哥儿的爸爸被村哥儿搀着往村头走，一边在心里沉重而疑惑地问着。

外婆的眼睛早已昏花，她明明看不到前方的情形，但她却又好像分明看到大路上只有村哥儿父子俩。她脸上毫无表情。她甚至不再朝大路看去，而是仰头看着天空。太阳的亮光刺得她睁不开眼睛，但她还是看向天空。

村哥儿的爸爸瘦得一塌糊涂，脸色苍黑，毫无血色，深陷的眼窝形成两抹阴影，阴影之下的双眼空空洞洞，并毫无亮光。他嘴唇苍白，干焦得裂开了一道道口子。当他无力地举起手，向人们打着招呼时，他瘦得如同一根棍儿的胳膊和一双薄得不能再薄的手，深深地烙在了人们的印象中。

没有一个人问："你怎么只是一个人回来了？"

人们给村哥儿父亲让出了一条路。然后，他们全都站在那儿，只是转动着身体，默默地看着村哥儿一手牵着爸爸，一手牵着外婆往家走。

太阳很大，在天空熊熊地燃烧着……

3

爸爸像一架水边的风车，在一阵猛烈的飓风之后"咔吧"垮塌了。他是站在他的迷迭香花田里倒下的。那天一早，他就摇摇晃晃地走进了花田。那时，迷迭香已经长得十分茂盛，有一米多高。爸爸虽然个头不矮，但站在花田里，远处的人也只能看到他的脑袋——他几乎被迷迭香淹没了。花开得很欢，淡蓝色的花，形状很像是流淌着的泪珠——蓝色的泪

爸爸的身体一直在摇晃，他周围的迷迭香也在摇晃。

突然，他跌倒了。

没有人发现他跌倒。

直到临近中午时，村哥儿顺着被爸爸踩倒的迷迭香找过来时，才发现他。

村哥儿跪下来摇晃着爸爸，但爸爸毫无反应。他大哭起来："爸爸——"

走在不远处路上的人，只听见有个孩子在迷迭香丛里哭，但却看不见那个孩子，就踮起双脚往这边看——依然看不见这个越哭越凶的孩子，于是立即跑过来。

很快就有人发现村哥儿的爸爸不省人事地躺在迷迭香花田里，朝着村庄方向大声喊起来："来人呀——！来人呀——！"

来人了，来了不少人。

他们把面色如死人一般的爸爸抬出了迷迭香花田。

立即有人去村哥儿家摘下门板跑了回来。

爸爸被放到了门板上，立即有四个大汉火速将他抬向镇里医院。

镇里医院的医生检查了一通，说："赶紧送县城医院，一刻也耽误不得。"

医生抬了抬爸爸的胳膊，说："这人怎么瘦成这副模样！"

鸭鸣村的人说："他原先不瘦。"

过了半个多钟头，县城医院的救护车来了。

一路上，爸爸都没有睁开眼睛。

村哥儿坐在救护车一侧的细长条的椅子上，一直看着爸爸。他不哭了，但眼泪却一直在默默流淌。

爸爸高烧五天不退，到了第六天早晨，滚烫的身体才慢慢凉下来。

爸爸终于醒来了。爸爸的命虽然保住了，但从此双目失明，两耳也不能再听到任何声音。

回到鸭鸣村家中之后，爸爸一直躺在床上。他一直躺到秋天，那天早晨，当一行大雁在高远的天空下往南飞时，鸭鸣村的人看到，他在村哥儿的搀扶下，走到了迷迭香花田边。那时的迷迭香已经一片枯黄，但残香还在空气里飘散着……

村哥儿开始变得沉默寡语。

他从人们的表情，从人们小声的言谈，更是从爸爸身上，感觉到妈妈不可能再回到他和爸爸的身边，甚至不可能再回到鸭鸣村了。

但他在心里依然不相信这一切。

他动不动就坐到村头的大树下眺望通向外面的路，一坐就是半天，甚至是一天。

后来，他爬到了屋顶上——这样可以看到更远的地方。

再后来，他爬到了高高的风车顶上，因为，这样可以看到更远的地方——看到大路的尽头，那尽头与天边相接。

风车不转时，他爬到顶上。风车转时，他还会爬到顶上。这是十分危险的，尤其是当大风吹来，风车撒野一般转动时，便更加危险。大人们仰头叫他："村哥儿，赶紧下来！"

村哥儿却无动于衷，执拗地坐在风车顶上。

下面有孩子往上看他，就看见天空的云像大水一般在他的背后汹涌地流动着。

看的孩子感到头晕，不再看了，跑开去对其他孩子说："吓死人了，村哥儿坐在那么高的风车顶上！"

一个传一个，就会有很多孩子来到风车下。

"他爬那么高干什么？"

"能看得远呀！"

"看什么？"

"看大路。"

"看大路干什么？"

"看有没有人走过来。"

"谁？"

"他妈妈呗。"

一些孩子沉默起来，一些孩子笑了笑："等妈妈？他能等到他妈妈吗？"这些孩子年龄不大，但他们好像什么都懂，和大人一样懂。再说鸭鸣村也不只是村哥儿一个人的妈妈不再回来，好几个呢。村里人说这些事，说得都不想再说了，最多是想起来长长地叹一口气。孩子们已经把大人们的话听得明明白白。大概只有那几个妈妈出去不再回来的孩子还可能不太明白，因为大人们在说这些事时，是不会当他们面说的，除非他们偶尔听到。

这天要刮大风，还要下大雨。天色在那儿，谁都能想象得到。

人们见劝不下来村哥儿，就只好去对他的外婆说。

外婆老了许多——外婆是一下子变老的。从前的外婆一年四季穿着干干净净的衣服，走路、做事，都显得精神抖擞，像能带起一阵一阵的风。但，几乎是一夜之间，她的头发都白了，背也一下子驼了，走起路来，双脚像被捆了石块，显得十分吃力。她的脸色像秋天的树叶，一天一天地显出枯焦的颜色，一双眼睛也变得灰蒙蒙的。从前，她总是遇到人有说有笑，而现在，她不吭声了，甚至不与人说话。人家与她打招呼时，她显得很麻木，或是不作答，即使作答，也只是在嘴中含糊不清地嘟囔着。

外婆的脑袋忽然变得很沉，总是低着。

鸭鸣村的人，现在很少看到她的面孔。

外婆拄着拐棍来到了风车下。

"村哥儿，宝宝，下来……"外婆仰脸望着似乎飘忽在云彩里的村哥儿。

村哥儿坐着不动，目光看向大路的尽头。

天色迅速地变化着，白云变成灰云，灰云变成黑云，风也大了起来，像是有千万把巨大无比的扇子，一个劲地扇动。

风车越转越快，车出的水"哗哗"流进一口水塘，再从水塘流向一条水渠，亮闪闪地流向远处的田野。

许多人在叫村哥儿：

"下来吧！"

"下来吧！"

"快点儿下来吧！"

"再不下来，你会被转晕的，会跌下来被摔死的！"

人们已打算万不得已时将车篷扯下，好扼制风车的转动。

外婆大声叫着："村哥儿，宝宝，下来吧！……"她哭了。

所有的人都沉默下来，只有风车转动的"呼呼"声。

"村哥儿，宝宝，外婆求你了，求你了……"

外婆的叫声在风车中虽然显得十分遥远，但在村哥儿听来，却很震动。他低头看看下面。风车在不住地转动，无数的人影在不停地闪动，但他还是在八面车篷之间的空隙里看清了外婆那张饱经风霜的脸——一张在很短的时间内变得那般苍老的老脸。他禁不住哭了，泪水被风吹落，与零星的但却是硕大的雨滴混在了一起，沉重地坠向大地。

在外婆的又一声呼唤之后，他抱着转动的竖轴，滑溜到地上。风车在一个劲地转动，为避免被车篷打到，他是从地上爬到安全地带的。

他搀着外婆向家走去，还没走出多远，在一阵狂风中，那风车像爸爸一样垮塌了……

4

春天的一个深夜，村哥儿开始了第一次梦游。

那是一个漆黑一团的深夜，事情真的十分神奇，村哥儿在没有点灯的情况下，居然一下子就取到了头天晚上乱丢在一旁的衣服，并很快穿上；居然毫无困难地就找到了那双不在一起的鞋，也不用眼睛看，就将它们穿到了脚上；居然没有碰倒或碰到任何东西，毫无障碍地走过乱七八糟地摆放着的东西，准确无误地走到门口，没有任何摸索，就准确无误地拔下了门闩，双手打开了门，走了出去。

他穿过迷迭香花田，走上一条田埂。田埂两侧是麦田。几场春风，几场春雨，头年秋天种下的麦子，在泥土里沉睡了一个冬季，现在已长出了好几寸。不知此时村哥儿能否看见它们？如能看见，他一定会心疼它们：嫩嫩的，细细的，弱弱的，而夜风却还那么寒意浓浓的。它们在夜风里摇摆不停。好在天黑透了，是任何一双人的眼睛都不能看到的情景。实际上，连田埂也看不清。但村哥儿就像走在阳光下一样，沿着田埂往前走着，并唱着妈妈曾经唱过的那支歌。他衣衫单薄，因此声音听上去有点儿颤抖。

他走完一条田埂，又走完一条田埂。

田埂上有缺口，他竟然一迈腿跨过去了。

后来，他又走过一座小桥，穿过一片林子，来到了打麦场。

打麦场上除了有两个大草垛，还有一个石碌子。

他居然爬到了草垛上，盘腿，双手托着下巴，在上面坐了好一会儿。

他一直在唱那支歌。其实，他会唱很多妈妈曾经唱过的歌，但不知道为什么，他只唱这一段，反反复复地唱。

他坐到大草垛上干什么呢？没人知道。他自己知道吗？没人知道他知不知道。也许那些在黑暗中飞来飞去的蝙蝠知道吧？当他坐到草垛上之后，蝙蝠们觉得奇怪：这深更半夜的，怎么会有个孩子坐在草垛顶上呢？于是，就有很多蝙蝠飞过来。它们就绕着草垛飞，有上百只呢！

在从草垛上回到地面之前，村哥儿在草垛顶上还直挺挺地站了好一会儿。那时，他的歌声是传向天空的，因为他的面孔是朝向比墨水还黑的天空的。

后来，他顺着来路，又没事人一样回到家中，睡到他的小床上，一觉睡到他应该起床上学的时间。

夜里的一切，他没有丝毫记忆。这似乎不是一个梦——一梦醒来，多多少少还记得一些什么呢，至少记得自己做过一个梦吧？

爸爸很快发现了村哥儿的梦游。

爸爸看不见，听不见，但爸爸能闻见——闻见气味。他几乎可以根据气味和气味的变化——哪怕是微妙的变化，判断这个世界上的一切和发生的一切。在爸爸那两只变得越来越敏锐的鼻孔里，天下万物，无一是没有气味的——即使石头也有气味。他可以根据气味的浓淡和远近，判断出一个物体的移动与距离。

而儿子的气味他是最清楚的。他能分辨出儿子醒着时和睡着时气味的不同，他甚至能分辨出儿子高兴时与难过时气味的不同。他可以根据气味轻而易举地判定儿子所在的位置。当儿子走动时，他的气味会波动，会像旋涡一般旋转。明明看不见——即使眼前有座大山，他也看不见，但他却好像能看见气味的样子。明明听不见——即使不远处有大炮的轰鸣，他也听不见，但他却像能听见气味流动、翻滚的声音。

实际上，村哥儿第一次深夜出门，爸爸就已经感觉到了：村哥儿下床了，村哥儿开门走出去了……他闻到了村哥儿的气味变化，也闻到了夜风在门打开时涌进屋里的气味——不只是风自己的气味，还有风带进来的天空的气味，草的气味，花的气味，麦苗的气味……

他问道："村哥儿，你要去哪儿？"

但这会儿村哥儿倒成了一个聋子。他根本没有听到爸爸的问话，或是听见了，他根本不想理会，依然往外走，仿佛这会儿的世界就只有他一个小人儿。

爸爸想，也许村哥儿想到外面撒尿，等撒完尿就会回来的，他就没有起床跟上去。但等了好一会，也不见村哥儿返回家中，他就赶忙下床往门口走去。

村哥儿已经走出去很远了，加之风大，把他的气味吹净了，爸爸再也无法判断村哥儿这会儿去了哪里。他站在黑暗里，十分焦急地转动着身体，企图能嗅到村哥儿的气味，但失败了。他只好站在那里不动，等着村哥儿回来。

当村哥儿再一次于深夜推门出去时，他很快下床跟了出去。

但跟踪了几次之后，爸爸发现，这样的跟踪十分吃力。春天，天空下万物生长，欣欣向荣，经了露水，散发着各种各样的气味，有些植物的花朵，气味十分浓烈，把儿子的气味几乎完全覆盖了，因此，跟踪经常失败。其实，村哥儿出门的那一刻，他根据气味的变化已经有了感知，但心里却还是有点儿犹疑，不敢肯定村哥儿到底有没有出门。他开始担忧：万一村哥儿早就出门去了，我却没有发现呢？万一村哥儿掉进大河里呢？……他越想越害怕。

那天，他在和一个客户谈迷迭香精油的买卖时，向客户打开了装有迷迭香精油的瓶子："你闻闻这气味，多纯、多地道呀！"

从瓶子里飘散出来的气味，是天下独一无二的气味，浓烈，悠长，无比清晰，并且立即让人的头脑变得异常清醒。

就在这一刻，他笑了起来。

客户觉得他的笑有点儿奇怪，问道："你为什么笑呢？"

爸爸还在笑。

晚上，等村哥儿睡熟，爸爸打开一只装有迷迭香精油的瓶子，用手指沾了沾精油，轻轻走向村哥儿的床边，然后把它涂抹在村哥儿的手腕上。

深夜，村哥儿又起床了。

迷迭香精油的气味，顿时热烈地舞动起来。

如同当年在阳光下看到儿子走动一般，爸爸明明白白地闻到村哥儿下床了，走向门口了，打开门走出去了……

爸爸随即跟了出去。

迷迭香的气味仿佛一条光滑闪亮的绸带，一头抓在村哥儿的手上，一头抓在爸爸的手上。

无数的蝙蝠陶醉在迷迭香精油的气味中，精灵一般地飞翔着……

5

爸爸有时会碰得头破血流——他毕竟看不见任何物体，一头撞在大树上，或一头撞在一座谷仓的墙上，这在所难免。他已有三次跌进深深的缺口。这些他曾经无数次走过的路上，何时被挖下缺口了呢？有一个缺口很深，他费了很大的力气，才终于爬上来。无论是撞在树上，还是跌落缺口，其实，都会发出很大的响声，可是村哥儿好像完全没有听见，依然如梦如幻地游荡着，唱着歌，游走在夜空下。

爸爸一点儿也不恼火，甚至觉得深更半夜地跟在儿子的身后，是件很有趣的事情。有时，他会跟着跟着笑起来。夜里的空气很好闻，凉凉的夜风，吹在脸上、身上很舒服。他居然能感觉到月光——月光难道也有气味吗？他还能推测出这天夜里的月亮是满月还是月牙儿。他也想唱歌，于是唱起来——

> 秋风起，草木黄，
> 弯弯月下雁一行，
> 夜半一声好惆惶。

> 春秋春又来，
> 秋来秋又去，
> 那人儿不知在何方？

> 风一天，雨一天，
> 鼓一遍，锣一遍，
> 泪眼望，一条大路依旧空荡荡。

云散去，念不断，

坐村头，倚桥旁，

却听得天边有人唱。

草也唱，花也唱，

音还在，人无影，

愁煞了一个望断肠。

问月吧，月不知，

问鸟吧，鸟不晓，

不知不晓那人却来入梦乡……

他大概永远也不会知道，他的儿子此时此刻也在唱歌，而且与他唱的是同一支歌。

这么跟着，爸爸感到很神圣，很庄严，不时地被一种幸福感如暖流涌满心田。

爸爸是在一天的早晨，忽然想到他还有一个儿子，而他是一个儿子的父亲的。

数月前，爸爸还整日神情恍惚。未能将妈妈带回来的爸爸，在那段日子里丢了魂儿一般，感觉上整个世界已烟消云散，不复存在。他从医院回到家中，人虽然还活着，但灵魂却好像已经飘走了。在一个没有声音，没有光亮的世界里，他像死人一样躺在那里。外婆端来的饭，端来的汤都被他拒绝了。他感觉不到冷，也感觉不到热，世界成了一块僵冷的石头，他也成了一块石头。

终于在一天的早晨，外婆扬起了手中的拐棍，狠狠地打在了他的身上。一股钻心而难忘的疼痛，随即传遍全身，随即眼泪从他的眼角滚滚而下。这时，外婆把村哥儿的手拉过来，放在他的掌心里。那一刻，他明白了外婆那一棍子的全部含义。他紧紧抓住村哥儿的手，不一会儿，又伸出

另一只手，把村哥儿拉进他的怀里。

第二天，他就坚持着下床了。

他好好吃饭，好好睡觉，好好清洗自己，个把月过去，就养好了身体。他的脸色看上去，甚至比一般人还要显得健康。他终于又想到了他的迷迭香花田。他开始没日没夜地为他的花田操劳。得了充足的水，充足的肥，那一株株迷迭香争先恐后地生长着，到了花期，那花竟相开放，一朵花一滴泪，看上去，是成千上万颗淡蓝色的泪珠。只可惜，爸爸看不到它们，但没关系，爸爸以前看到过这种花的形态，他在心里想着就是，心里有了，也就有了，甚至比看到的还要好看。

那特有的花香，整天在空气里飘散，让全体鸭鸣村的人都张大鼻孔，尽情呼吸着空气。

看不见听不见的爸爸，居然顺利地提炼出了迷迭香精油。

那收购迷迭香精油的人，因为爸爸提炼的迷迭香精油质量上乘，又因为看到了爸爸的一番善心，连连夸赞爸爸提炼的迷迭香精油，说他全包了，并当场付款。

爸爸看不见这些钱，但他能用手摸出那些钱的面值。摸着摸着他就笑了。他要养活村哥儿和外婆呢。外婆已被他接到家中一起住了。妈妈不可能再回来了，只要外婆还活在这个世界，她就不可能回来。外婆说："她不怕我用拐棍打死她，她就回来！"她和爸爸、村哥儿生活在一起，仿佛天地初分时，他们三个本就是生活在一起的。

抓着这些钱，爸爸有时会仰面朝天，不住地眨巴着眼睛，好像在回忆什么，又好像在对天空说着什么。

外婆很晚才知道村哥儿每天深夜会出门游荡的。

她没有阻止爸爸的跟随，因为村哥儿是他的儿子，他跟随儿子，乃是理所当然。她把担忧藏着。她会在黑暗里默不作声地躺着，直到他们父子俩都平安回到家中，才慢慢合上双眼……

6

一个月色明亮的深夜，鸭鸣村在外做生意的丁叔往家走，看到了游荡的村哥儿。"夜这么深了，这孩子怎么还在外面溜达呢？"他走上前去，叫了一声："村哥儿。"

村哥儿没有反应，依然轻声唱着往前走。

"村哥儿！"

村哥儿的耳朵里像塞了棉球，没有回应。

丁叔紧走两步，用手拍了拍村哥儿的肩："村哥儿！"

村哥儿只是身体颤动了一下，并没有停止脚步。

丁叔愣住了：这孩子怎么啦？怎么像被鬼勾走了魂呢！

魂也许走在前头了，因为村哥儿在不住地往前走。

丁叔回头看了一眼，见到了村哥儿的爸爸。他想问一声村哥儿的爸爸，你家村哥儿这是怎么了，可马上想到村哥儿的爸爸是根本听不见声音的，便长长地叹了一口气——长长地叹了一口气之后，马上又奇怪起来：这深更半夜的，他看不见听不见，怎知道他儿子在外面走的呢？他人为何要跟着呢？又怎么能跟住的呢？

丁叔跑到村哥儿的前面拦住了他的去路。

村哥儿唱着，不住地撞着丁叔。

"村哥儿！村哥儿！"他突然大叫了一声，"村哥儿！"

村哥儿依然撞着丁叔。

丁叔只好让开了。然后，他跟着村哥儿走了很长一段路，抬头看看西沉的月亮，终于带着一团疑问，丢下村哥儿和他的爸爸回家去了。

第二天，丁叔把他夜里看到的情形对鸭鸣村的一些人讲了。

听到的人都感到很好奇，就有人半夜起来，站到路上守着，看一看今天夜里村哥儿还出不出来。

当然出来。

他们像丁叔一样叫他，拍他的肩膀，拦在他的去路上，而看到的情形与丁叔看到的情形一模一样。很快，全村的人都知道了村哥儿的深夜游荡，并从学校老师那里知道了一个词：梦游。

很快，鸭鸣村的孩子们也都知道了。

那些日子，鸭鸣村整天谈论着村哥儿以及他的爸爸。他们有各种各样的猜测和判断：

"那孩子魂丢了，他是在找魂呢。"

"他根本不晓得自己在做什么，那个时候，他就是一个傻子！"

"这孩子自从知道他妈妈不再回来，就有点儿不正常。"

"想他妈想痴了。"

"就这么往前走，不成僵尸了吗？"

"这是一种病，医是医不好的，只能靠他自己好。"

"也别急，该好就好的。"

孩子们觉得这种事情太新鲜了，再看村哥儿，就觉得他很古怪，很异常，跟他们一个个都很不一样。

田小童说："我们看看他那时候的样子吧，我好想看呀！"他觉得这件事很有趣，并且充满了神秘感。

好些孩子，与田小童的念头一样。

于是，这天夜里田小童等五六个男孩，加上一个叫樱桃的女孩，约好了，于夜里悄悄地潜伏到了村哥儿家四周。有趴在草丛里的，有爬到树上的，有蹲在迷迭香花田里的。其实，这完全是多余的，因为那时的村哥儿只沉浸在自己的世界里——甚至连自己的世界都没有，任何人也不会引起他的注意，也是任何人打扰不了的。

天上，月亮在走。星星看上去不走，只是在眨眼睛。

他们的目光一致看向村哥儿家的门。

门关着，没有一丁点儿动静。

"今天夜里，他还会出来吗？"樱桃担忧了。

"会出来的。不是说他天天夜里出来吗？"田小童说，"我们再耐心等等。"

天空下，到处飞着蝙蝠。

田小童看着在迷迭香花田上空飞行的蝙蝠，莫名其妙地联想到了村哥儿：他不就像蝙蝠一样吗？他无声地笑了起来。

"吱呀"一声，门打开了。

孩子们顿时兴奋起来。

村哥儿走出了家门，沿着通往田野的路，不快不慢地走着。

孩子们从各个潜伏处，来到村哥儿的身后，蹑手蹑脚地跟着。

不一会儿，门里又走出了一个人影：村哥儿的爸爸。

村哥儿的爸爸觉得今天有点儿反常：来自村哥儿手腕的香味在不住地被打乱。

还好，爸爸依然可以根据香味推算出村哥儿的位置和他的走向。

走着走着，村哥儿开始唱歌了。

孩子们静静地听着。

歌声很感人，打动了他们，心里酸酸的，想哭一哭，流一流眼泪。但过了一会儿，他们就不再难过，直觉得这个夜晚很神秘，很怪异，很有趣，一个个都不由得激动起来。

田小童跳进麦田，然后像兔子一样，一溜烟跑到了村哥儿的前面。

月亮那么大，路被照得清清楚楚，连路边小草在夜风中摇曳的样子都能看到。

可是，村哥儿显然没有看到田小童——田小童离他不过十米远。

村哥儿走他的路，唱他的歌，把手腕上的香气飘散在空气里。

田小童面对村哥儿，倒着走。他好像看到了村哥儿的目光。田小童十分熟悉村哥儿的眼睛以及这双眼睛放出的目光。但现在他所看到的目光有些陌生：这不像是村哥儿的目光。是因为现在是深夜吗？那双目光，让田小童感到有点儿害怕，他赶紧跳进麦田，等村哥儿走过之后，连忙与走在后面的孩子走在了一起。

孩子们一直轻轻地走着。但走了一会儿，或是有心要让村哥儿知道后面有人，或是要试一试村哥儿的反应，渐渐提高了脚步声。到了后来，走得"咔嚓咔嚓"地响，并且像得到了统一的口令，"咔嚓咔嚓"地踩在一个点子上。

他们没有能够惊动村哥儿，这让他们有点儿失望，但更多的是惊奇。

田小童又跑到了村哥儿的前面，还是倒着走，从一米远到五米远，再从五米远到一米远。他甚至看到了他的身影映在村哥儿的眸子上。在眸子上也没有用，村哥儿照样没有看到他。他不死心，就一边往后退，一边做着种种怪模怪样的动作，忽地，他被一块土疙瘩绊倒了，并且滚到了路边的水渠里，"扑通！"只见月光下溅起一大团水花。

村哥儿还是没有被惊动。

田小童从水渠里爬上来，站在月光下，"扑嗒扑嗒"地往地上滴水。

樱桃他们都憋不住笑起来，笑到后来很夸张。

四周无声，只有他们的笑声。

秋风起，草木黄，

弯弯月下雁一行，

夜半一声好恓惶。

……

村哥儿的声音提高了，并且显得更加动情。

孩子们轻轻跟唱着。他们不时地回头看一眼村哥儿的爸爸，见他不快不慢地跟着，也觉得很神奇——他们父子俩都很神奇。

7

几乎所有的孩子都渴望看到村哥儿深夜游荡的情景。

一连几个深夜，大大小小的孩子，在村哥儿推门出来之后，前呼后拥地观看着，人数多得数不清。

这几天，天空的蝙蝠也好像多了起来，像是在看热闹。

村哥儿走着。

孩子们兴奋着，像看一台大戏。

而这一切，村哥儿似乎一点儿也不知道。

时间一久，孩子们不再满足好奇的欲望，纷纷起了捉弄村哥儿的心思。他们渐渐将村哥儿看成了一个小怪物，心里总想做一些过分的事。

他们有时会"一"字儿摆开，彻底挡住村哥儿的去路。那时，村哥儿就像一只刚刚关进笼子里的鸟，一个劲儿地向外挣扎，撞呀，撞呀，终于撞开了人墙，但很快，前面又形成了一道更加坚实的人墙。

前面是一口水塘。

村哥儿正往水塘走去。但让孩子们失望的是，村哥儿到了这会儿，又好像是有了一颗很清醒的头脑，一转身，沿着水塘边，往另一个方向走去了。

村哥儿走到了一口更大的水塘边。

田小童跑到了人群的最后面，突然，像一头小牛犊向人群冲去，受到冲击的孩子不由地向前扑去，如同海浪一般，后浪推前浪，一层一层扑向村哥儿。在大呼小叫声中，走在前面的孩子，其实完全知道自己的处境，但他们更乐意自己受到冲击，非但不躲闪，不顶住，反而借着后面扑来的力量，自己也给自己使力……

村哥儿被撞到了水塘里。

他喝了几口水站了起来，仰面天空，好像在回忆什么。

跟跟跄跄地走在后面的爸爸好像觉察到什么，加快步伐向前跑去，但很快跌倒了。

孩子们只顾看村哥儿，对村哥儿的爸爸的跌倒毫无觉察，直到村哥儿的爸爸大声叫了一声"村哥儿"，他们才掉过头去张望。

爸爸爬起来，急匆匆地向村哥儿那边走着。他的双臂一直向前方伸展着。

孩子们纷纷闪开。

村哥儿从水塘里爬了上来，继续向前走去。不一会儿又唱了起来——声音有点儿颤抖，不知是因为着凉了的身体在颤抖，还是他终于有点儿犹疑。

看看月亮已经大大地偏西，田小童他们感到了困倦，打着哈欠散去了，田野上只剩下了村哥儿和爸爸……

终于，村哥儿从孩子们的眼中看到了异样的目光。但他不明白他们为什么用这种目光看他。他开始躲避这种目光，可是这种目光无处不在，他根本无法——躲避。而且，当对方发现他在躲避他们的目光之后，他们就会追着他，把那种目光更加肆无忌惮地向他投射过来。

无数这样的目光，织成稠密的网，将他网在其中，他有点儿抬不起头了。"我究竟怎么了？"他想呀想呀，却怎么也没有想明白自己究竟在哪儿出了问题。

这天放学后，他独自一人往家走，老远就看到田小童他们几个坐在路上，好像在等他。他犹豫了一下，还是走向了他们。

他们为他让开了路，但目光却一致追随着他。

他们一个个都嬉皮笑脸的，甚至作为女孩的樱桃也嬉皮笑脸的。

"喂！村哥儿！"田小童叫道。

村哥儿回过头来看着田小童。

眼下是夏天，现在是傍晚，田野上的上空已经有大量的蚊虫在飞，一些可能饿得受不住的蝙蝠不等天黑就已经飞在了天空下。

田小童用眼睛盯住了一只蝙蝠。

那蝙蝠像一张黑纸片儿，在暮色中飘来飘去。

村哥儿见叫他的田小童不说话，只管看蝙蝠，在嘴里嘟囔了一句，转过头去继续往家走。

田小童却又大叫了一声："喂！村哥儿！"

村哥儿又掉过头来。

"你看那是什么在飞？"田小童问村哥儿。

"蝙蝠！"村哥儿觉得田小童这个问题问得太幼稚，鸭鸣村屁大点孩子也都认识这个鬼头鬼脑的黑精灵呀！

"你知道你像什么吗？"田小童问。

其他几个孩子顿时显得充满兴趣，都把目光落在村哥儿的脸上，等待他的回答。

村哥儿支支吾吾了一会儿："我不知道。"

"你不知道吗？"田小童看了看樱桃他们，小声说了一句："他当然不知道，因为那个时候他是个傻子。"他摇晃着走向村哥儿，"你像蝙蝠——喜欢在黑夜里飞的蝙蝠！"

村哥儿根本无法理解田小童这个不可思议的比喻：我怎么像蝙蝠呢？

孩子们笑了起来，一边笑，一边用手指指天空的蝙蝠，一会儿用手指指村哥儿。

村哥儿也笑了起来。

远处，外婆在喊村哥儿回家。

村哥儿傻傻地朝田小童他们笑着，转身向家走去。一路上他都在想：他们为什么说我是蝙蝠呢？晚上睡下去之后，他仍然在想：他们为什么说我是蝙蝠呢？他想问外婆，但没问外婆：外婆肯定回答不了。

他双手抱着头想，也没有能够想明白。

但第二天，田小童他们就把答案告诉了他。

他们绘声绘色地向村哥儿描述了他深夜出门游荡的情形。田小童忘记了他是田小童，把自己当成了村哥儿，在前面走着，并唱着那段戏文。樱桃他们就跟在田小童的身后，就像深夜跟在村哥儿身后一样。田小童不时地对村哥儿说："你就是这样往前走的，你不信问樱桃他们。"

樱桃点点头。

几个男孩连声说："就是这样子！就是这样子！"

村哥儿目瞪口呆地看着他们好一会，接着开始摇头，越摇越快："你们胡说，你们胡说！……"一边摇头一边往后退，然后扭头跑出了校园。

他跑到了大河边。

河边拴了一只船。

他跳上船，解了缆绳。

风不大，但有风。风轻轻地吹着小船。小船慢悠悠地飘去。

村哥儿平躺在船舱里，双腿劈开，双臂展开，像只肚皮朝上浮在水面上的青蛙。他呆呆地望着天空。船在水面转着圈儿，他觉得整个世界在旋转，这使他感到有点儿头晕。于是，他将眼睛闭上了。他拼命回忆着，却就是想不起来他哪天夜里出门游荡过。

田小童——不，田小童扮演的村哥儿在他的眼前走动着，那是一个有毛病的人的样子，是一个白痴的样子。

小船漂出去三里地，等他划回原处，已是下午了……

8

还没上课，几位老师站在办公室的走廊下，一边说话，一边看着眼前一片闹哄哄的场面：

所有的孩子都没待在教室里，在操场上，在校园的其他地方追逐打闹，叫喊声几乎要掀翻天空。有个男孩像猴一样爬到篮球架上去了，然后像猴子一样坐在上面，下面的孩子就朝他叫唤。一个孩子奔跑，跑丢了一只鞋，另一个孩子捡到了，不光不还给跑丢鞋的孩子，却弯下身子，然后用力往前一扑，将那只鞋扔出去四五十米远。又一个小孩捡到了，接下

来，那只鞋就在天上飞来飞去，而那个鞋子的主人，一只脚穿着鞋，一只脚光着，一边大声地叫着"我的鞋子"，一边拼命地追他的鞋。更多的孩子，就是奔跑、喊叫，没头没脑，像是一群小疯子。

有玩恼了的，打了起来，不时传来叫骂声和哭声。许多天不下雨了，操场被无数双脚踩踏之后，在奔跑带起的旋风中，尘埃飞扬，远远看去，所有的孩子都仿佛在雾中，只不过那是黄色的雾，并且是翻滚的。

教语文的杨老师看着这番情景，慨叹道："鸭鸣村的孩子好无聊呀！"

就在这天下午，放学之后，无聊到家的田小童，好不无聊地策划了一场大型的蝙蝠舞。

他把上衣脱了下来，顶在头上，然后双手抓住衣服下摆的两个角，展开双臂，随着双手轻轻地上下摆动，被撑开的衣服呼扇呼扇的，很像是在风中飞翔的翅膀。他光着瘦瘦的上身，嘴巴尖起，那样子让人一看，立马就会联想到一只蝙蝠。

他飞到了村哥儿的面前，然后绕着村哥儿飞了两圈，问村哥儿："你看我像不像一只蝙蝠？"

村哥儿没有理会他，只管往校园门口走。

田小童飞走了，但不一会儿，又飞回来了，并且又引来了十几只"蝙蝠"。这十几个男孩，学着田小童的样子，像蝙蝠一样，绕着村哥儿飞来飞去。因为是光着身子，又是这么多人光着身子，那情景让看到的孩子都不由自主地兴奋起来，本来是背着书包往家走的，现在也不往家走了，站在那里兴致勃勃地观看着。"蝙蝠"们是绕着村哥儿飞的，因此，围观的孩子很自然地形成了一道厚厚的圆形人墙。

人墙的中心，是村哥儿。

村哥儿无法走出去，只能呆头呆脑地站在那里。他一脸的尴尬，额头上尽是汗珠。

又是十几个男孩脱下了衣服，将它变成了"蝙蝠"的翅膀。有些女孩也想变成"蝙蝠"参加进来，但她们是女孩——女孩怎么好意思呢？就是看着这么多光着上身的男孩，还有点儿不好意思呢。可是，那场面实在太吸引人了。害羞了一会儿，也就忘了害羞。做不成"蝙蝠"，但可以为"蝙蝠"们欢呼雀跃呀！她们的声音更响呢！

"蝙蝠"越来越多，仿佛现在是一个夏天的炎热的夜晚，天空下到处是飞虫，它们可以好好美餐一顿。

老师们都站在办公室的走廊下往这边看着。

又有十几只"蝙蝠"加入进来，他们飞成各种各样的姿态。那时候，他们真的忘记了他们是人，完全将自己当成了"蝙蝠"。既然是"蝙蝠"，那就得像"蝙蝠"一样地飞。或烟一般轻飘飘的，或闪电一般往下劈去。他们互相穿插着，让人看得眼花缭乱。

完全无助的村哥儿站在那里，他的眼前并无"蝙蝠"，而只是飘来飘去的影子。渐渐地，他不在乎他们了。那些"蝙蝠"飞着飞着不见了——他的目光在渐渐地抬高，最后看向了天空。

太阳快要沉浸于西边的草丛中，万道霞光正射向天空。天空的飞鸟，正飞向它们栖息的林子，都是黑色的。

田小童情深意切地唱了起来：

秋风起，草木黄，

弯弯月下雁一行，

夜半一声好恓惶。

春去春又来，

秋来秋又去，

那人儿不知在何方？

风一天，雨一天，

鼓一遍，锣一遍，

泪眼望，一条大路依旧空荡荡。

云散去，念不断，

坐村头，倚桥旁，

却听得天边有人唱。

草也唱，花也唱，

音还在，人无影，

愁煞了一个望断肠。

问月吧，月不知，

问鸟吧，鸟不晓，

不知不晓那人却来入梦乡……

后来不只是田小童一个人唱，而是几乎所有孩子都在唱。一次次地跟随，他们早就从村哥儿这里学会了这一段。

他们唱得很辛酸，很难过。一边唱，一边拍着巴掌或跺着脚打拍子。

再唱到后来，随着"蝙蝠"们的旋转，外面的人墙也开始旋转起来。

村哥儿想起了妈妈——

妈妈是鸭鸣村，不，是全世界最漂亮的妈妈。

妈妈的脸，一年四季红扑扑的。妈妈的眼睛吃惊的时候是大大的，可笑着的时候，又只成了一道弯弯的眼，细细的眼。妈妈的声音永远那么好听，不是好听，是迷人。一年四季，妈妈永远干干净净。妈妈让他也干干净净。他小时候，夏天，妈妈会拉着他的手来到河边，让他站在码头的石板上，然后用瓢舀起清水，慢慢地浇在他身上，一瓢又一瓢，仿佛他是从烂泥塘里抓出来的。然后，妈妈用她的手在他身上仔细搓擦着，一边搓擦，一边说："脏死了！"再用一瓢瓢清水冲洗。经过这一番搓擦冲洗，石板上站着的已是一个红红的，白白的，嫩嫩的孩子。

妈妈的戏演得才好呢！

他从小就爱看妈妈演戏。骑在爸爸的脖子上，他常常觉得，妈妈的戏不是演给别人看的，就是演给他一个人看的。不然，妈妈为什么总是一边演戏，一边看着他呢？

村哥儿的眼前，明明是"蝙蝠"，是旋转的人墙，但他看到的却是一个舞台。舞台上，妈妈在演戏，在演一出一出的戏……

村哥儿觉得有点儿晕了，坐了下来。

坐了一会儿，他竟躺了下来，把双手放在后脑勺下。

远处，爸爸拄着拐棍，试探着路面，向学校方向走来了。他是通过草木的气味闻出天快晚了的。村哥儿是很乖的孩子，每天按时上学，又会按时放学回家。他在门口等了村哥儿很久了，见村哥儿还不回来，就找村哥儿来了。

"村哥儿——！"

爸爸的声音在苍茫中传播着。

这声音，立即让孩子们想到了一个形象，这个形象让他们心里很不安，刹那间，歌声停了，人墙也不旋转了，"蝙蝠"们愣在了那里。

"村哥儿——！"

村哥儿还沉浸在对妈妈的思念中。

"蝙蝠"们有的穿上了衣服，有的放下了"翅膀"，揪成一团抓在手中。

"村哥儿——！"

村哥儿终于听到了爸爸的呼唤声。他立即爬起来，向家走去。

人墙立即破开，给他让出一条道来。

转眼间，天黑了。

地上的"蝙蝠"无影无踪了，天上的蝙蝠多了起来，到处飞着……

9

村哥儿与爸爸的交流并不困难，甚至说很畅通。他只需要用手指、火柴棍、细细的树枝或其他任何合适的东西，在爸爸的掌心、胳膊或任何一处的皮肤上写字就行。任何一个字，爸爸都能读出，爸爸还多次纠正村哥儿："这个字写错了，是三横，不是两横。""你把'孤'写成'狐'了。"爸爸常笑话村哥儿："你是一个白字先生。"

吃完晚饭，像平常一样，村哥儿会在爸爸身边坐一会儿。就是坐一会儿，有时一句话也不讲，把头轻轻地靠在爸爸的肩膀上。这时，爸爸的身体会轻轻晃悠着，他的脑袋也就跟着晃悠着。爸爸晃悠着，可能是因为想念村哥儿的妈妈了。村哥儿能感觉到爸爸是在思念妈妈，于是一边晃悠，一边跟爸爸一起思念妈妈。

村哥儿拉过爸爸的手，把掌心翻向上面，用食指在上面一个字一个字地写着，爸爸就一个字一个字地念着：

"我——每——天——夜——里——梦——游——是——吗？"

爸爸愣了一下，但随即笑了起来："梦游？啥叫梦游？"他抽出手在村哥儿的额头上试了试体温，"这孩子不发烧呀，怎说胡话呢？"

村哥儿重新拉回爸爸的手，继续写着：

"他——们——都——这——么——说。"

"他们胡说！"爸爸说，"爸爸虽然看不见，听不见，但爸爸的鼻子可不是一般人的鼻子，你回家了，你出门了，爸爸都能闻得见。爸爸夜里睡觉又轻，从来也没有见你半夜开门出去过呀！别信他们胡说，他们一定是在逗你玩呢！……"

村哥儿本来就怀疑是田小童他们在捉弄他，胡编了那么一段瞎话——田小童可会编瞎话了，见爸爸说得那么肯定，就更不相信田小童他们的话了。想想田小童如此编派他，让那么多的同学戏弄他，他心头升起怒火，并越烧越旺。

第二天下午，放学的钟声刚响过，村哥儿就立即走出教室，往校园外面走去。

出了校门，来到大河边。

村哥儿跳上了一只拴在河边的小船。然后，他将书包放下，趴在船帮上，用手挖了一大块烂泥，藏在了身后，

田小童背着书包走过来了。

"你在船上干什么？"田小童老远就问。

村哥儿没有回答，耐心地等待着。

"问你呢，蝙蝠，你在船上干什么？"田小童走到了近处，蹲下来，望着村哥儿。

村哥儿说："我在等你。"

"等我？等我干什么？"

"让你吃烂泥巴！"

田小童仰头看看天空，又低下头，很不解地看着村哥儿："大白天的，你也会胡说吗？"

"我没有胡说。"

"让我吃泥巴，还不是胡说吗？"

"不是胡说。"村哥儿把藏在后面的手露了出来。

田小童看到了村哥儿手上的一大块烂泥巴，立即明白了，刚想站起来逃跑，可

已经来不及了，只见那烂泥巴"呼"的一声飞来，不偏不倚地砸在了他的脸上。他向后跌倒了。他没有立即起来，而是在地上躺着。

有五六个孩子走了过来。

"田小童，你怎么躺在地上呢？"

"你怎么挡在道上呢？"

一个女孩声音小小的："好狗不挡道。"

田小童歪头看了一眼那女孩。

女孩身子一缩，藏到了另一个女孩的身后。

孩子们低头看着一脸泥巴的田小童。

田小童朝他们笑笑，突然大声地喊道："看什么看！"他身子一打挺，从地上站了起来，然后用手在脸上撸了一把。他张开手，只见一手的泥巴。他朝围着看他的孩子们吼道："滚！"甩了甩手，只听见泥巴摔在地上，发出"啪嗒、啪嗒"的声音。

孩子们向后退了几步之后，田小童转身面向小船上的村哥儿。

河岸很高，田小童又是站着的，在他眼里，村哥儿看上去很渺小。

村哥儿仰脸看河岸上的田小童，心里虚了一下：他怎么那么高大呀？！田小童一脸黑，只有两只大眼在放射着小兽物一般的目光，村哥儿有点儿害怕了。但他依然以挑衅的姿态站在小船上，用目光在对田小童说："有种就下来！"

田小童纵身一跃，"咕咚"一声落在了小船的船舱里。

孩子们"呀"地惊叫起来。

"蝙蝠！"田小童指着村哥儿的鼻子说。

村哥儿盯着田小童那张黑脸："你才是蝙蝠呢！"村哥儿想到蝙蝠也是黑色的，不禁笑了起来。

田小童一拳向村哥儿的脸上砸去。村哥儿脸一偏，田小童打了一个空拳，身子向前一扑，扑倒在船舱里，村哥儿趁机骑到了田小童的身上，并随即将攒得紧紧的拳头，雨点般狠狠地砸在田小童的身上。

田小童"哎哟哎哟"地叫唤着。

"打架啦！打架啦！村哥儿和田小童打架啦！"岸上的孩子朝学校方

向和村庄的方向大声喊叫着。

　　有两个孩子想上船将他们拉开，但小船在田小童刚才猛地跳上去之后，已经远远地漂离了河岸。

　　田小童在村哥儿的身体下面竭力挣扎着，但无奈村哥儿用磨盘一般沉重的屁股死死地压在他身上，让他很难翻身。他以前曾与村哥儿多次交手，基本上势均力敌，有时是他占上风，有时是村哥儿占上风。

　　"你给我下来！"田小童叫唤着。

　　"那你承认你是一只蝙蝠！"

　　田小童"咯咯咯"地笑了起来。因嘴巴是抵着舱底的，笑声把他呛着了，不住地咳嗽着。他一边咳嗽，一边"呜噜呜噜"地说："我是蝙蝠？你问问他们到底谁是蝙蝠！"

　　田小童是趴在舱底的，此时，两只胳膊是展开的。

　　想着他的黑脸，再看看这副模样，村哥儿越发觉得田小童是只蝙蝠。他为田小童像只蝙蝠而感到无比激动。他把脸扭向岸上："你们看看，看看，田小童多么像一只蝙蝠呀！"

　　就在他没有聚精会神地对付田小童时，一直在积蓄力量的田小童收回双臂，咬着牙，突然猛地一掀，将村哥儿从他的身体上掀了下去。

　　两个人随即扭打成一团，小船不停地晃动。

　　不一会儿，河两岸都站了许多孩子，甚至有几个大人，也站在孩子们的后面观望，不时地叫一声："别打了！""两个小畜生，别打了！"也不特别认真，心想，这只不过是两个孩子在打架，有哪个男孩不打架呢？

　　"你是一只蝙蝠！"

　　"你是一只蝙蝠！"

　　"你才是一只蝙蝠！"

　　"你才是一只蝙蝠！"

　　"你一家子都是蝙蝠！"

　　"你一家子都是蝙蝠！"

　　……

　　有些大人不明白："蝙蝠？啥意思？没听见过这么骂人的。"

孩子们只管看河上的小船，懒得向大人解释。

村哥儿一拳砸在了田小童的额头上，很狠，只见田小童晃悠了几下，差点歪倒在河里。田小童清醒过来之后，狠劲上来了，双手像鹰爪一般，抓向了村哥儿。没等村哥儿反应过来，就见田小童抓住村哥儿衣服的双手猛一收回，"刺啦——"村哥儿的衣服从衣领那儿开始，几乎一直被撕到了衣摆。

村哥儿没有立即扑过去，而是双腿叉开，稳稳地站在船上，低头看着在风中飘动的破衣和他裸露出来的胸脯。他看到的是一个瘦削的胸脯，这让他有点儿泄气。

田小童也双腿叉开站在船上。他没有再进攻村哥儿，而是等着村哥儿对他的进攻——他毕竟下手太狠了一点儿，把人家的衣服都撕成了布条，心里有点儿不安。

村哥儿的眼睛一直在看着田小童背在身上的书包。

有几只鸭子游了过来。

田小童扭头去看鸭子。

村哥儿突然扑上来，双手一齐抓住了田小童身体左侧的书包，然后使劲向后拽，而田小童本能地要往后躲闪，这就等于加大了村哥儿的力量，两股力量合一股儿，书包带"咔嚓"断了。当田小童向后跌倒时，村哥儿已将田小童的书包抱在了怀里。

"还我书包！"田小童一边指着村哥儿，一边爬起来，凶猛地扑向村哥儿。

出乎所有人的预料，村哥儿把多日以来积压在心头的羞辱与愤怒，一股脑儿统统发泄在了田小童的书包上。眼见着田小童伸出的双手马上就要抓到书包，他像撒网一样，下身不动，上身九十度旋转，再重新旋转回来，身子向前一倾，双臂往前一伸，两手一松，只见书包像一只大鸟飞向了大河的上空。

两岸有无数的目光跟着这只飞翔的书包。

村哥儿和田小童的目光也跟着它。

书包在抛出去的一刹那间，已经有一些书本从里面飞了出来，当它

终于失去飞翔的力量，突然向河上坠落时，口正巧朝下，就见书包里的书本以及其他乱七八糟的东西"噼里啪啦"纷纷飞了出来，转眼间"哗啦啦"落进了水中。空了的书包和几张单页的纸倒又在风中飘动了一阵。"大鸟"终于像中了枪一般落下了，而那几张纸却还像鸟一样，在大河上的风的推动下，向远处飞去。

田小童望着随着水波忽沉忽浮的书呀本呀，竟然哭了起来。哭了一阵，他面向村哥儿，莫名其妙地说了一句话："你妈妈不会回来了！"

村哥儿像被人用棍子猛地击打了一下，身子不住地摇晃着。

小船随着他身体的摇晃也在摇晃。

河水随着小船的摇晃，也在摇晃。

村哥儿哭了起来，哭着哭着，泪眼模糊地望着田小童："你妈妈也不会回来了！"

"我妈妈会回来的！"田小童说。

"我妈妈也会回来的！"村哥儿大声地说——不是说，而是喊叫。

不知为什么，两岸一片寂静。

樱桃低下头，无声地哭泣起来——樱桃的妈妈也已经有三年不回家了。

田小童一边哭，一边将目光投向船舱里躺着的村哥儿的书包。这只书包在他俩扭打时，已被多次碾压，上面是重重叠叠的脚印。

村哥儿明明看到了田小童的目光，但他没有跳过去保护他的书包。

田小童轻而易举地就抓到村哥儿的书包，跑到船尾，看也没看村哥儿一眼，就将他的书包奋力抛向天空。

河上，到处漂着他们两人的书呀本呀什么的。几只鸭子在这些书呀本呀之间游来游去，大概是觉得很新鲜，样子都很兴奋，不时地拍拍翅膀叫一声。

站在岸上的孩子们辨别着："那本语文是村哥儿的。"

"那本数学是田小童的。"

"那本本子是村哥儿的。"

"才不是呢，是田小童的。"

……

后来，两个人又打了起来，并一起滚落到了河里。水里，两人继续纠缠，继续打。

岸上，有孩子大声喊："校长来了——！"

所有的脑袋都扭向学校的方向。

"校长来了！"

"校长来了！"

村哥儿和田小童爬到了船上，船头站一个，船尾站一个，浑身上下湿漉漉的，"滴滴答答"地在往船上滴水……

10

校长也东一句西一句地听说了村哥儿的事，但一直没当回事，以为这只是一个捕风捉影的传说，现在听田小童有鼻子有眼睛地说了一通，依旧半信半疑，对田小童说："田小童想象力丰富，谁不知道！这样吧，哪天夜里，你带我也去瞧瞧。"

这一天，田小童对校长说："今天夜里可以吗？"

校长说："可以。"他用手指戳了一下田小童的脑门，"我倒要瞧瞧是不是你编的一段瞎话。"

田小童说："真的不是瞎话。"显出一副委屈的样子。

"好好好，几时？"校长问。

田小童说："要到后半夜，他才出来呢。"

"那是几点？"

"夜里一点以后，很准时的。"

校长说："好，你们来叫我。"

田小童点了点头，走了。

不到十二点，田小童床头的闹钟就响了。他悄悄下了床，出了门，先去叫了五六个孩子，然后带着他们敲响了校长家的门。

不到十二点半，田小童就带着校长来到了村哥儿家门口。

今天的夜空时阴时晴。

校长问田小童："要不要藏起来？"

田小童说："不藏也行，反正那个时候，他跟傻子差不多——比傻子还傻呢。根本不认人。"

等到了一点钟，他们却没有看见村哥儿开门出来。

又等了半个小时后，还是没有丝毫动静。

校长揪了一下田小童的耳朵："莫不是你梦游吧？"

田小童说："真的！你不信问他们。"

几个孩都说是真的。

"好吧好吧，那就再等一会儿。"

又过去半个小时后，依然没见村哥儿的影子。

校长打了个哈欠说："都赶紧回去睡觉吧，胡扯呢！田小童！你小子，明天找你算账！"说完，往家走了。

田小童看了看村哥儿家的门：这是怎么回事呢？

校长回过头来吼了一声："快回去睡觉！我看，你们才像是一群梦游人呢！"

田小童很失望，对其他几个孩子说："回家吧。"

其实，村哥儿今天有点儿反常，还不到十一点，就出门了。

他一动身，爸爸马上从迷迭香气味的波动感觉到了，随即下床，跟在了村哥儿的身后。

村哥儿每天夜里出来，但并不走同样的路线。今天夜里出来，走的是新路线，仿佛以前那些路线都是一些没有风景可看的路线，他不想再走了。

迷迭香的气味留在了路上。

爸爸跟着，但爸爸毕竟看不见道路，不时地被树根绊了一下，或是被一块高高隆起土疙瘩绊了一下，重重地摔在地上。但爸爸已经习惯了，爬起来，拍拍衣服上的灰，嗅一嗅气味，继续跟着。

月亮一直躲在云层里不出来，但一旦钻出云层，天地之间，立即大放光明。

村哥儿唱着走着，才不管这轮月亮藏着还是露脸呢。

爸爸跟得非常艰难，但爸爸却坚决地跟着。他一直担心村哥儿会只管往前走，掉进大河里。他已几次做梦，梦见村哥儿掉进波浪滚滚的大河里了，醒来时一身冷汗。

走着走着，爸爸忽然觉得迷迭花香的气味一下子中断了，仿佛被什么完全地淹没了。他赶紧跌跌撞撞地向前跑去，很快，便闻见了河流的气味。他两腿顿时哆嗦起来，情不自禁地大叫了一声："儿子！——"发疯似的向前扑去——"扑通！"落进了大河。他伸开双臂，两只手不住地在水中乱抓着："儿子！儿子！……"水面上抓了一阵之后，他潜到了水下，像一只抓鱼的鱼鹰在水下拼命地游着、抓着。空空的，空空的。他又冒出水面，吸了一口气，再度潜入水中。水里的水草十分茂密。他不时地被它们缠住胳膊和双腿。这个又聋又瞎的人，一次又一次地从纠缠中挣扎出来，在水下不屈不挠地搜索着他的儿子。有一阵，他感觉到水下特别的亮，水不再是水，而是流动着的水晶，璀璨夺目：也许那是他的双眼在冒金星吧？

云朵去了，月亮完完全全地露出了面孔。

飞来飞去的蝙蝠，身影清清楚楚。其中一些蝙蝠飞得很低，是贴着水面在飞。岸边的芦苇丛里，有无数的萤火虫在闪耀着亮光。不知为什么，它们的亮光有时看上去是淡金色的，有时候看上去是微蓝的。大河看上去是深蓝色的，有一道道白色的波浪。

爸爸再一次钻出水面时，没有再潜到水下。他浮在水面上，像是已经没有了生命，随风吹着他，向月亮去的方向漂浮着。那一刻他什么也不再想了。他的身体虽然在漂浮，但在他的感觉中，整个世界已经停止了。

他甚至不再去想他的儿子。

随风吹去吧。

他闭着眼睛。其实，他闭不闭眼睛都是一样的：世界便是一片黑暗——绝对的黑暗。

他闻到了水的气味、芦花的气味、稻子和荷叶的气味、苹果树和梨树的气味、牛和羊的气味、鸭子和鹅的气味。还有迷迭香的气味——那是从他的花田那边随风飘来的。他被这无数的气味包围着，好像在水面上睡着了。

偶尔他伸了一下手，好像碰到了什么。他愣了一下，随即大叫了一声："儿子！"

他用一只胳膊抱住村哥儿，用另一只胳膊划着水，带着村哥儿向岸边游去。他知道那边是岸，因为果园的气味在告诉他。

当爸爸最终背起村哥儿，一步一步地爬上岸时，田小童、校长还有其他几个孩子，正往这边跑过来。他们是在回家的路上听到爸爸的呼喊声之后，急忙跑过来的。

月光下，爸爸背着村哥儿，一点一点地露出河岸，直到站到了岸上。

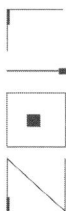

田小童他们要跑上前去时，站在前面的校长用手势阻止了他们。

爸爸背着村哥儿往家走去，他的步伐十分缓慢。因为浑身水淋淋的，衣衫都紧贴在身上，月光下，无论是爸爸还是他背上的村哥儿都显得异常清瘦。

当爸爸背着村哥儿走过来时，校长把孩子们拨拉到路边，给他们让出一条路来。

天空有云朵飘过，可月亮再也没有藏到云朵背后。它一心一意地将它纯洁的亮光，无声地洒向大地。不远的地方有棵大树，枝枝叶叶都能隐隐约约地看到，只是安静的黑色。几十只蝙蝠绕着一棵大树，轻轻地飞着，仿佛那棵大树有一种无形的但却是十分强大的吸引力，使它们不得不像星星环绕着太阳一样，环绕着大树。

露水越来越重，花花草草受了浸润，尽情地散发着它们的气味。

在这成百上千种的气味中，爸爸依然清晰地闻到了来自他的迷迭香花田的气味。那气味让他头脑清醒，并使他精神倍增。他背着儿子，向他们的家走着。爸爸知道，屋里的外婆，此刻还睁着眼睛，在黑暗中静静地等着他们父子俩。想想花田，想想外婆，再想想此时此刻，他背着好像在熟睡中的儿子，觉得自己的心中十分的温暖。他都想在这他无法看见的月夜，这无法听见的月夜，轻轻地哭一哭。

世界好圆满呀！

校长和孩子们轻轻地跟在他们的身后。他们踩着的是一行潮湿的脚印。

夜风拂着爸爸的面孔，他唱了起来。

似乎是在熟睡中的村哥儿也唱了起来。其实，他和爸爸是同时唱起来的。

是村哥儿醒来听到爸爸的歌唱，于是跟着唱起来的呢，还是父子俩一起唱起来只是巧合？没有人能够知道。

田小童他们无数次地听到过这支歌，但今夜听来好像已不是那支歌了——

秋风起，草木黄，

弯弯月下雁一行，

夜半一声好恓惶。

春去春又来，

秋来秋又去，

那人儿不知在何方？

风一天，雨一天，

鼓一遍，锣一遍，

泪眼望，一条大路依旧空荡荡。

云散去，念不断，

坐村头，倚桥旁，

却听得天边有人唱。

草也唱，花也唱，

音还在，人无影，

愁煞了一个望断肠。

问月吧，月不知，

问鸟吧，鸟不晓，

不知不晓那人却来入梦乡……

不知为什么，樱桃抽抽搭搭地哭了起来。

校长将她的手抓在了他的手中。

一路上，他们都在想象着爸爸在大河中搜救村哥儿的情景。

月下，爸爸背着村哥儿一步一步地向前走去的情景，将永远铭刻在校长和孩子们的心里。

他们一直没有走上前去打扰村哥儿父子俩，而是跟在他们的身后，默默地护送着，直至看到他们推门回到家中。

门关上了，是外婆关上的。

校长和孩子们看着关起的门，很久很久。

"田小童，"校长说，"你听着，以后，你再敢拿村哥儿寻开心，我对你绝不客气！"

田小童低着头。

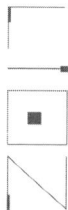

"你听到了没有？"校长提高了声调。

"听到了……"田小童低低地答道。

11

村哥儿开始越来越关注爸爸的伤痕：爸爸怎么总是受伤呢？

这天夜里，爸爸在跟随村哥儿的时候，又摔倒了，并且摔得很重，把左胳膊摔断了。

爸爸疼痛到了天亮，实在坚持不住了，才对外婆说，他的胳膊可能摔断了。外婆拄着拐棍，去村里请了几个人，将爸爸送到医院。爸爸从医院回来时，左胳膊已经打了石膏，吊上了绷带。

村哥儿问爸爸胳膊是怎么断的，爸爸只轻描淡写地说："走路不小心摔断了，没啥大不了，过些日子就长好了。"

当村哥儿看到爸爸因疼痛而额头上满是汗珠时，便追问爸爸："到底是怎么摔断的？"

爸爸还是那个回答，还是一番轻描淡写的样子。

村哥儿只好问外婆。

外婆哭了。

"外婆，你哭什么？"村哥儿问。

外婆不想再瞒村哥儿了——瞒到哪一天呢？说了吧，说给村哥儿。

村哥儿听完外婆的话，大哭起来。

外婆将他拉到怀里："宝宝呀，你快点醒来吧，你再不醒来，说不定哪一天就会要了你爸爸的命……"

这天晚上，村哥儿迟迟没有上床睡觉。他坐在门槛上，托着下巴，望着星空。他告诉自己：你今天可不能睡觉。他要坚持到天亮——天亮了，就再也不会梦游了。

爸爸并不知道村哥儿知道了一切，以为村哥儿坐在门槛上，就是不想立即上床睡觉罢了，就摸索过来，坐在了村哥儿的身边。

村哥儿拉过爸爸的手，在他的掌心上写着：

疼——吗？

"不疼。"

村哥儿将头靠在爸爸的肩上。

"今天的天空没有云彩是吗？"爸爸问。

村哥儿在爸爸的掌心写道：你——是——怎——么——知——道——的？

爸爸说："风大，云被吹散了。"

爸爸看不见天空，但爸爸的面孔朝着天空。爸爸又说起妈妈。爸爸总是赞美着妈妈——妈妈的一切。只要村哥儿和他坐一块儿，他就会面孔朝着天空，赞美妈妈。是由衷的，毫无条件的。爸爸没有怨恨，爸爸也不想村哥儿有怨恨。

村哥儿不怨恨妈妈。

村哥儿后来还是睡着了，爸爸用一只胳膊，艰难地把他抱到了床上。

深夜，村哥儿照样推开家门，走进月光下的世界。

从此，村哥儿在孩子们面前总是低着头走路，总是一个人跑到一边玩耍，很少与孩子们说话。一放学，总是第一个走出教室往家走，河里有鱼鹰捕鱼，不看；棉花地里有人在追野兔，就见那野兔在仓皇逃跑，不停脚步；樱桃问他，晚上在村巷里捉迷藏，去不去，他摇摇头；十里地外的茅庄放电影，很多孩子都去了，他没有去。除了上学，上床睡觉，他就在爸爸的迷迭香花田里帮爸爸打理迷迭香。

这天傍晚，田小童走到了村哥儿家的花田旁，对正在帮爸爸采花的村哥儿说："梦游，没有的事，我们骗你的。"

村哥儿说："你们没有骗我。"

田小童看村哥儿采着花："我们真的骗你的。"

村哥儿说："我都知道了，我外婆告诉我的。"

田小童结结巴巴地安慰着村哥儿："校长说，这没有什么。"

村哥儿点点头。

"你没事的，你爸爸也没事的。"田小童说。

田小童没有告诉村哥儿，自从那个村哥儿的爸爸背着村哥儿往家里走的夜晚之后，他们没有放弃深夜的跟随。天天夜里，鸭鸣村的孩子，总有几个人深夜守在村哥儿的家门口。等村哥儿和他的爸爸出来之后，他们就

一路相随，他们已好几回及时地改变了村哥儿的危险走向。他们仔细检查着村哥儿爸爸将要走的路。见有绊脚的石块，搬开。见有缺口，来得及填的，赶紧填上，来不及填的，赶紧放一块他们一直准备着的板子。几天过去，他们也能闭着眼睛，嗅着来自村哥儿手腕上的迷迭香的气味，慢慢地跟在村哥儿的身后了。

日子一天一天地过着。

鸭鸣村的孩子们渐渐觉得日子再也正常不过了，村哥儿夜游几乎是一件很好——甚至很美好的事情。

校长把田小童他们召集到一块儿，制定了一个常年值班表，保证一年三百六十五天，不分寒冬暑夏，夜夜都有孩子们保护村哥儿和他的爸爸。

可是，第二年春天的一个夜晚之后，孩子们却再也等不到村哥儿开门出来了。

"今天夜里，他没有出来。"向校长报告。

"今天夜里，也没有出来。"向校长报告。

……

一连半个月，也没有再见到村哥儿深夜出门。

从此，村哥儿要把梦留在家中了。

鸭鸣村的孩子们很失落。

田小童对樱桃说："现在的夜晚，很没有意思。"

12

爸爸失眠了。

那迷迭香的气味再也不来牵引他了。那条淡蓝色的绸子停止在了空中，只偶尔有些颤动。

村哥儿一夜，都在散发熟睡的气味。

无法入眠，是件很难受的事情。他在床上翻来覆去，翻来覆去，不知道怎么办了。他只好起身，走到村哥儿的床前，然后轻轻坐在他的床边，更加清晰地闻着儿子的气味——那种睡梦中才会散发出的气味。

村哥儿睡觉很没有睡相，胳膊乱放，腿乱放，有时会把腿跷到爸爸的腿上。爸爸没有把村哥儿的腿挪开，而是由着村哥儿把他的腿放在他的腿上。

明明知道村哥儿正在睡梦中，但他还是想与他说话——说妈妈。

村哥儿一个翻身，滚到了床的最里面，好像那是一个最理想、最舒服的姿势，他从此不想再改变了。

爸爸只好又回到自己的床上。

无法入眠，他只好去做小时候睡不着时做的事：数羊羊。

他数了成百上千只羊，那些羊放在一起，要满山坡了，却依然没有睡意。

他早已习惯了深夜跟随儿子。

终于在一天夜里，他像从前一样，走出了门外。他往前走去，走着那些在深夜里曾经走过的路。村哥儿在前头走着，他在后面跟着。他记不得这样的夜晚有多少个了。

他走着，幸福的感觉注满了他的心。

后来，他天天夜里从家中走出去，走从前跟着儿子曾经走过的每一条路线。

终于有一天，村哥儿发现，爸爸也会在天天深夜走出去，不禁笑了起来。

这天夜里，爸爸刚一拨动门闩，村哥儿就醒来了。

爸爸走出了门。

村哥儿随即也走出了门。

爸爸走到了大河边，然后在大河边坐下了。

村哥儿走到了爸爸的身边，挨着爸爸坐下了。

月光下，一条大河，像是满水面铺了碎银子，闪闪发亮。

有赶路的船正从河上驶过。开船的人觉得这深夜太寂寞了，唱了起来。声音不大，也不好听，让寂寞的夜显得更加的寂寞。

船渐渐远了，村哥儿又不禁喜欢那个人的歌唱。

他抬头去看天空，那个天空不知道算是什么颜色。说是蓝的吧，它又显得有点儿黑，说是黑的吧，又分明是蓝的。黑也好，蓝也好，都很清爽。

河上飞着蝙蝠。月光下，即使有一两只飞到河那边去了，村哥儿也能隐隐约约地看见。

爸爸把那只曾经折断了的胳膊放在村哥儿的肩上唱起来。唱的还是那一段。

这一回，村哥儿是听到爸爸唱了，再跟着唱的：

秋风起，草木黄，

弯弯月下雁一行，

夜半一声好恓惶。

春去春又来，

秋来秋又去，

那人儿不知在何方？

风一天，雨一天，

鼓一遍，锣一遍，

泪眼望，一条大路依旧空荡荡。

云散去，念不断，

坐村头，倚桥旁，

却听得天边有人唱。

草也唱，花也唱，

音还在，人无影，

愁煞了一望断肠。

问月吧，月不知，

问鸟吧，鸟不晓，

不知不晓那人却来入梦乡……

一只蝙蝠竟然从村哥儿的耳旁飞了过去，他听到了"嗖"的一声。

世界好安静啊！

爸爸说："那年春天，妈妈就是从这条河上坐船走的……"

原载《人民文学》2017年第6期

点评

　　儿童文学作家曹文轩在获得国际安徒生文学奖之后似乎获得了更充沛的创作激情和动力，连续推出了几部新作。《蝙蝠香》是他在2017年为众多喜爱他的读者奉上的又一道精美大餐。

　　曹文轩的文字有古典之美，雅致而充满诗意。这篇作品同样如此，但小说的主题却并不轻松，甚至有些残酷。小说的男主角村哥儿是个失去母爱的农村少年，妈妈在他心中无限完美而不可替代，曾留给他许多难以忘怀的记忆。可他还是失去了妈妈，失去了那份他无限依恋的温暖和美好。从此他开始梦游，一边唱妈妈教给他的歌一边在漆黑的暗夜里游走，唯有在梦中，他才能再次重温妈妈曾带给他的那些美好。他像蝙蝠一样行走在田间村头，小小的身影惹人心碎。令人倍感温情并感动的是他双目失明双耳失聪的爸爸每一次都艰难地跟在他的身后暗中保护，在最危险的时刻将他拯救。村哥儿虽然失去了妈妈，但还有爸爸的无限关爱。父爱不仅如山般浑厚，也如水般温柔。令村哥儿感到温暖的还有他的老师和同学们，他们从最初看笑话的看客到最后变成村哥儿梦游时的守护神，让人倍感温暖。村哥儿这个失去妈妈的"夜蝙蝠"，终于不再梦游了。众人的关爱疗愈了他的伤口，他在一场残酷的梦中醒来，重新生活。

　　这篇小说无疑非常准确地捕捉到了一个乡村少年儿童群体的内心世界，在城市化进程高歌猛进的时代，失去妈妈的"村哥儿"不在少数，他们渴望着母爱，等待着母亲的归来，作者对于这一群体内心世界的描绘无疑具有很强的时代性，也有鲜明的问题导向。由衷希望一只只夜蝙蝠能重回母亲温暖的怀抱，不再夜游。

（崔庆蕾）

中国当代
文学经典

必读

飞行家/

/双雪涛

一

1979年，李明奇第一次来高家时，高立宽十分光火，并不是因为李明奇当时穿了一条喇叭裤，系着一条花皮带。当然这样的仪表也许是个起因，最主要的是，高立宽从李明奇出生就认识他，还有他的两个弟弟李明耀和李明敏，还有他的六个妹妹，名字无法列举，但是确有这么一大家子人，就住在高家后面那一趟房。再后面就是1967年修的红旗广场。广场原是日本人修的，铺的大理石砖，据说是从阜新开山运来的大石，建好后日本人在广场放了一群鸽子，中国人第一天都给逮走，回家吃了。第二天广场上又放了一群鸽子，还有几个日本兵，端着枪看鸽子，中国人才知道鸽子是喂的，不是吃的。广场的四周是日本人的银行和办公楼，后来日本人走了，这些东西就都留给中国人，1967年在大理石广场上立了一座毛主席像，施工时鸽子就都飞走了，再没回来，就此称为红旗广场，因为主席像的底下有一排士兵，为首的一个戴着袖箍儿打着一面迎风招展的红旗。李明奇一家就比邻广场，与高家的后窗户隔了一条马路。房子大概三十平方米，也是日本人留下的，举架很高，墙窗足斤足两，跟高家一样，是印刷厂分配的住房。不同的是李明奇的父亲李正道自己做了一个隔板，搭在半空，也就是说，凭空盖了一层吊铺，墙上嵌进五个台阶，一家十一口人，女的住在底下，男的住在上面，安排得蛮好。

高立宽看不上李明奇除了他的仪表，还有重要的一条是李明奇的父亲李正道过去是高立宽的徒弟。高立宽是市印刷厂的高级技师，拿手的本事是古版印刷，一通百通，所有关于印刷的活计都难不倒他，在厂里很受尊敬，厂长见面也要给点棵烟再开口说话。受尊敬不光是手艺，高立宽是个老党员，1936年就入了党，那时说叫共产党，更通用的名字叫地下党。高立宽因为是个苦出身，让人一说，心一横，就入了地下党，偷着印传单，他印的传单比别人的都好，色泽鲜艳，历久弥新。高立宽虽然小时候没读过书，不过在印刷厂里认了字，字认得多了，还能措个辞，上级派下来的口号，他有时候给改改，鼓动性更强，上级后来给他写了一封信，说真是行行出状元，没想到有人还是天生印传单的料。那时他不是高师傅，还是小高，小高就印了两年传单，其间蹲了一次国民党的大狱，蹲了一次日本人的大狱，都挨了打，日本人那次打得略狠，一只眼睛瞎了，出来之后便唤作独眼小高。解放之后，独眼小高高兴了一阵，不过也没觉得如何，新世界新气象，他还是在印刷厂印东西。没过几天，他才品出这个新世界不一般，那个给他写信的上级当了副市长，一天把他想了起来，给他厂里打了电话问还有没有他这个人，是不是牺牲了。回答说，人在，还是搞印刷，只是眼睛瞎了一只，过去调色是瞪着两眼，现在是一只眼，调得依然没问题。市长就派人把他接去，还提醒他把信带着。聊了一会，把信拿回，拍板让他去干部学习班，学习几个月就当副厂长，高立宽当即说，我只有一只眼，不好看，另外也不是当官的料，嘴笨不说，一看人多就哆嗦，当年参加革命不为当官，现在有了新中国，自己已然高兴，还是继续当工人为好。市长说，你这一只眼是为革命丢的，欠你一只眼，该还，你又有点文化出身又牢靠，这样的好机遇不可浪费，不干也得干，明天就去学习班报到。

　　高立宽从市政府大院回来，心里不舒服，把徒弟李正道找到家里来喝酒。李正道第一次去师傅家喝酒，拎了半只熟鸡一瓶白干，两人把鸡掰碎，边吃边喝，高立宽说，正道，你这鸡不错，哪买的？李正道说，师傅，买不着，我自己烤的。高立宽说，你当工人白瞎，开个店能发财。李正道说，我烤一只得烤半天，开店准赔死，给师傅吃正合适，下次给您烤只兔子。高立宽心里高兴，觉得这徒弟不但会烤鸡，每次说话都让人舒服，就喝了一大口酒，给他讲了些印刷的门道，李正道歪头听着，时不时把鸡的好位置递给高立宽。高立宽喝得有点快，想起要倾诉的事情，说，今天去了趟市政府，心里不舒服。李正道说，师傅你这话怎么说的，今天您被大轿子接走，厂里都炸了锅，您是老革命，过去您也不说。高立宽

说，这玩意说个屁，有人脑袋大，旁人一眼就看见，有人屁股圆，总不至于天天脱裤子给人看。李正道说，您说得是。高立宽说，市政府那个院子，过去是日本人的地方，我这只眼就是在里头打瞎的。墙上还有日本字儿，没刷干净。这个干部班我是不想去，可是不去不行，市长得罪不起，不过别看我就一只眼，可是看得清楚，我啊，去也白去，河里游的扔马路上，一步也走不了。这天喝到半夜，李正道就睡在高立宽家，两人脚对脚，高立宽鼾声如雷，李正道一宿没合眼，第二天天一亮，就爬起来给高立宽沏了一大缸子茶，去上班了。

高立宽的看法没有错，人贵有自知之明。学习班上除他之外，都不怎么识字，有几个比他说话还笨，说得一口方言，除了自己谁都听不懂。还有一位有鸦片瘾，中途犯了瘾，倒在地上乱滚，让人送回家了。高立宽虽然相貌有些缺陷，可是仪表堂堂，宽肩阔背，一张方脸，说话虽然不比授课的老师，可是硬要说两句，也是能说出两三点，就这分出两三点，不是一锅粥，就压死了人。可是他的问题就出在喝酒上。去了半个月，大醉十天，打伤了两个同学，把一个巡查的老师也打破了脑袋。不单是醉人彪悍，是高立宽从小跟北市场的老师父学过点把式，要不然也不能两次大狱都活着出来。打伤同学是小事情，打伤的那位老师去过延安，是比高立宽资格更老的老革命，不但是老革命，要命的是还是一位女同志，愣让高立宽揪着头发走了半个走廊，最后拽下一大块头皮来。这位女同志包着脑袋，连夜给组织写了一封信，从太平天国说到十月革命，从十月革命说到义和团，从义和团说到延安整风，总之是用血的教训确信无产阶级的队伍里也藏着流氓，需要彻底地改造。高立宽卷着铺盖揣着休学的证明回了印刷厂，这回没有大轿车，自己坐公交回来的，李正道把铺盖卷接过，什么也没问。实话说，师傅好酒，李正道早知道，师傅喝酒之后喜欢动手，他也知道，他就挨过几次打，有一次在饭馆喝到一半，师傅喝得兴起，把他连人带椅子顺着窗户扔到了大街上。这还是自由自在的时候，到了学习班关起来，心里憋闷，半夜跑出去喝酒，醉酒闹事，都在情理之中。李正道是山东人，家里吃不上饭，父母饿得走不动，他一人揣着一包种子跑到东北来种地，1940年河坝决了堤，把地冲了，他就跑到市里来，先是在旧书店给人打工，夜里睡在门板上，白天卖书码书，也认了几个字，后来几经辗转，到了印刷厂。要说无产者，他比高立宽更合格，只是没蹲过大狱，没跟市长通过信，但是他酒量大，不闹事，心灵手巧，也知道时局变了，就像发大水，虽然啥都没了，一地的泥巴，可也是新的机会。到了傍晚，高立宽终于说话，正道啊，明天给师傅烤只兔子。正道说，好，明晚拎您家去。高立宽说，我手欠，把人打了，这学习班念不下去，市长把我保下来，让我反省反省，下周再去，实在是要把人折磨死。正道一边把裁纸刀擦好，搁在工具箱里，一边说，要不我替您去？高立宽噌地站起来说，你情愿？正道说，看您这么遭罪，我心里难受。高立宽说，得去一个月，见天儿关在屋子里讲马克思列宁，晚上大门都上锁，你行？正道说，我试试，不行的话您来接我。高立宽往地上吐了口吐沫说，行咧，算我欠你一回，明天我去趟市委，把这事儿办了，你家是山东哪来的？正道说，山东蓬莱曲南县李家村，我爸我妈都让日本人杀害了。这句和事实有点出入，李正道的爹妈是饿死的，不过如果日本人不来，不打仗，不征兵纳粮，也饿不死，所以从根上说，也不算撒谎。高立宽捉住李正道的手握了握，说，徒弟，以后就算我结了婚，有了孩子，家里也算你一口。明天最后一遭，市委的门儿我再也不进了。李正道有点感动，也有点内疚，决心明天把兔子烤得好一些。

握手是个新事物，高立宽在学习班学的。

所以1979年李明奇来家，就算高雅风不说，他也知道这是李正道的儿子，俩人长得一模一样，瘦高，挺长的脖子，眼窝深陷，像个德国鬼子。打过招呼李明奇掏出个手绢，把椅子擦了擦，坐下，白色的喇叭裤贴在木椅子上，只坐了一个边儿。高立宽心想，德行，看你憋的什么坏。高雅风23岁，在变压器厂工作，长得不太好看，眼珠子有点突出，牙也有点往外噘，顶着嘴唇，但是是高家姐弟三人里最能说的，虽然年纪不大，一旦让她说起来，便跷起腿，一只手拽着脚腕子，眉飞色舞说几个小时也行。就靠这张嘴，说动了老师，给她弄了一个假病例，于是没有下乡，初中毕业早早就进了变压器厂，每个月领二十多块工资，工龄比同龄人都长。可是1979年秋天的这天下午，高雅风老老实实坐在李明奇旁边，没有说话，她怕她爸，就像是八哥看见猫，再怎么抖机灵也是没用的。她看着大姐高雅春前后忙活着给李明奇倒茶，心里一边觉得果然是亲姐，平常怎么闹还是给她些面子，一边嘴痒痒想说点李明奇的好处，可是看见高立宽浓浓的挤在一起的眼眉，又都咽了回去。

　　李正道去了学习班，真个一个月没回来，高立宽依旧耍着光棍，白天上班，晚上喝酒，这点工资都捐了饭店。高立宽喜欢请客，因为工龄长，段级又高，工资比别人多，主要是喜欢那个热热闹闹的气氛，喝完酒去澡堂子一泡，泡完倚着澡堂的大长皮椅子聊天，修脚，喝半夜的浓茶。过了十天，差不离把李正道这个人忘了。一个月之后，李正道回来，他看见李正道理了个新发型，头发长了，梳得很齐整，先前有点连鬓胡子，都剃光了，穿着一身蓝色的的确良中山装，一头扎进了厂长的办公室。高立宽心想，你个什么东西？我的手艺你才学了点假把式，去了趟学习班就自己换了身皮，回来不先见师傅，跑到厂长那里露脸，等你换上工作服，我再拾掇你。他没想到，往后将近二十年，李正道再没穿过工作服，先是在高立宽的车间做副主任，主抓生产线改造，伺候几个俄国人，然后又做了全厂的工会主席，抓思想改造的工作，"三反五反"都是他领头，揪右派的时候他第一个写了材料，把厂里几个搞古版印刷的老师傅点了名，"文革"前，他已经是副厂长，市里的毛选都是他主持印的，还去周边的地级市传授过先进经验。高立宽看在眼里，没觉得多么不舒服，一个人是哪块料，活着活着就会显露，这个李正道就算没有这个机会，迟早也得跳出来，成个人物，单说每次讲话不拿讲稿，说得条条是道，主席的语录张嘴就来，高立宽就觉得比自己强了不止两条街。况且李正道每次见到他，都叫师傅，搞几次运动，也没刮着他。高立宽有时候叫他李厂长，他不让，说，叫我正道，没您没我。还算吃过了炒菜，没忘了大马勺，高立宽心想。不过这二十年过去，直到"文革"来临，把李正道打下马，牛棚没蹲，厕所也没让他扫，只是抄了几次家，游了几次街，坐了几次喷气式飞机，剃了阴阳头，不再让他印毛选，工作呢，回到车间，换上工作服当工人，这二十年间，高立宽对李正道还是有几点不满意，第一，没完没了地生孩子，前前后后生了九个，管生不管养，一心都在工作上，这九个孩子见天儿在街上乱跑，穿鞋没有脚后跟，大的带小的，毫无规矩，不成体统。第二，自打学习班回来，再没给他烤过兔子，那天晚上李正道说改天给他烤兔子，一直没有兑现，高立宽的直觉告诉他，兔子比鸡好吃，可是一直没吃着，干等了二十年。第三，李正道自己爬上吊铺，把自己吊死之前，没有找他商量。一个人要死，是个大事，大事应该和人商量，李正道谁也没说，在外面挨了一顿打，回家给九个孩子挨个洗了遍澡，就自己爬到吊铺把自己吊死了。当这么多年干部，到最后死得这么草率，死前也没把他当朋友，高立宽意见很大。

高立宽喝了一口茶，看着他的老婆赵素英，终于说了话，掌柜的，给下锅面条。赵素英比高立宽大，大四岁，相貌一般，个子矮，裹过脚，还结过一次婚，也在印刷厂工作，这些都不是问题，因为高立宽的眼睛算个残疾，所以算是般配，何况赵素英前面那一轱辘婚姻，没有孩子，丈夫暴死，来了高家之后，三年一个，生了两个女孩儿一个男孩儿，高立宽感到满意。唯一的问题是，赵素英性格慢，高立宽性格急，结婚之前不知道，结婚之后才发现，实在太慢，两根电线杆子能走半个小时，你这边火上房了，她那边歪在炕头睡着了。做饭好吃，但是从买菜到做熟，得几个小时，高立宽饿得跳脚，喝多了酒打她，没用，你打完她，正在气头上，她把摔碎的碗筷收拾好，坐在板凳上开始听匣子了，穆桂英挂帅。高立宽后来想起过去的资本家，觉得自己在新中国虽然已经翻身做主人，可是又落到这个慢性子手里，于是给她起了个外号，叫掌柜的。掌柜的赵素英从板凳上站起来，到厨房拿了一个大面板，摞在炕沿上，又从厨房拿了一个大铝盆，上面用屉布罩着。几个人都能闻到铝盆里的碱酸味儿。今天包饺子吧，赵素英说。高立宽心头一惊，家里的钱给赵素英管，掌柜的管钱，天经地义，赵素英节俭，存折在哪他都不知道，只知道赵有个小手绢，里面包着零钱，他要买酒，赵就折开手绢，拿出一张零票子给他。今天竟然吃饺子，而且看来早有准备，高立宽心里有点矛盾，一方面他觉得赵不应该对李明奇这么重视，不给他好脸，他要是识相自己走掉就是，另一方面，饺子就酒，越喝越有，他一边琢磨着，一边从炕里头把小方桌拉了过来，摆在了炕中央。

二

大姑打电话把我叫醒的时候，我刚刚睡熟。挨到凌晨三点，还是不困，就下楼买了一件啤酒，喝到第三瓶，终于有点困意，赶忙到床上趴着，也没有马上睡着，啤酒胀肚，五点钟起来撒了一大泼尿，才睡下。北京的冬天不比家里，每天雾气昭昭，冻人不冻水，到了夜里从窗户缝里渗进一股阴冷，这啤酒喝得有点作妖，直打哆嗦，只好把自己深深地裹在被子里。第二天是周六，约好了陪领导踢室内足球，我在大学时是个足球健将，司职右边锋，能甩牛尾巴，现在胖了三十斤，换好运动服就出一身汗，不过也没关系，踢球不是重点，重点是踢完球喝酒，喝酒也不是重点，重点是听领导讲他在大学时是个足球健将，左右脚七十米长传。问题就出在，因为睡得比较晚，以为得混到天亮，手机没有静音，清早七点半，大姑的电话打进来，我其实刚刚进入深睡眠，忘了自己身处东四环附近的一家出租屋里，腮帮子发紧，以为自己睡在家里那张硬邦邦的单人床上，后来单人床不见了，梦见自己在高考的考场，政治题怎么想也想不出，伸脖子想看别人的，别人都离我很远，且用胳膊把卷子蒙住，急得我想把自己脑袋揪下来。就在这时电话响了，我一激灵坐了起来。哎，是小峰吗？我一听就知道是大姑，虽然已经两年没联系过，但是她的锦州口音辨识度太高，尾音永远是挑上去，像唱歌一样，而且不说喂，说哎，好像对方接听让她觉得很突然。我说，大姑啊。大姑说，你个死孩子，过年也不说给大姑打个电话，你奶天天念叨你。我说，大姑，我还没睡醒，一会给你打回过去吧。大姑说，别摞，大姑不是让你还钱，有正事儿找你。我就怕她说这个，大学的学费是大姑给我拿的，毕业五年了，钱我一直没还，其实一共三万，想还也还了，不过她给我拿钱的时候说是给，没说是借，我就认为是一种捐献，欠的是情，不是钱。我大姑是我爸姐弟几个条件最好的，也愿意当家主事。后来她有时候和我联系，让我去看我奶，从北京到锦州倒是不远，只不过锦州确实没什么好玩的，我奶八十岁之后就有点糊涂，见了也跟没见差不多，从没去过，大姑就在电话里说，我也不让你还钱，就让你来看看你奶，就你这么一个大孙子，你也就这么一个奶，哪天她死了，我跟你说，这么大岁数的人，放个屁都可能过去，到时你想见就得看照片了。她这么一说，我觉得难过，马上答应去，放下电话又觉得太麻烦，终归还是没去。可一回味，这个不让还钱有点微妙，似乎还是借给我，只是不着急要，本质和过去有了区别。我说，大姑，你给我卡号，我一会把钱给你打过去，这么多年算上通货膨胀，我给你打四万吧。大姑说，你这孩子听话就能听半句，我没说钱的事儿，我说有正事找你。我说，您说。她说，你二姑夫李明奇丢了。还有你哥，李刚，也丢了。我口渴，没有水，只好喝了一口昨夜剩的啤酒，说，啥？啥叫丢了？大姑说，就是找不见了，俩人上周五早晨一起出去吃豆腐脑，然后就再没回来。我说，报警了吗？大姑说，你哥是个啥人你不知道？

去年刚放出来，你二姑说了，李明奇跑之前跟邻居借了钱，现在邻居天天敲他们家门，所以是处心积虑，咱们别报警，自家人找自家人，先找找，实在不行再经官。我说，那您坐火车去沈阳吧，我在北京给您打打下手。大姑说，狗东西，你大姑腰脱五年，还不是你爸死的时候护理你爸累的，你赶紧给我回沈阳找去，找不见我把你奶送回去。这句话有分量，主要包含两个往事，第一是我爸得癌的时候，我妈六神无主，我刚刚考上大学，我大姑从锦州过来主持局面。一天晚上抬我爸去做介入检查，把腰闪了，再没好。第二是，我爸去世之后，我大姑看我家这个情况，就把我奶接走了，给我和我妈减轻了巨大的负担。我说，姑，我不是推脱，我是学法律的，现在在银行当法务，不是搞刑侦的，专业不对口，另外我奶在您那住惯了，您也说了她老人家身子骨脆，经不起折腾，咱们不要意气用事。大姑说，你是翅膀硬了，还教你大姑怎么做人了？我跟你说，公检法不分家，你马上回去把你二姑夫和你哥找着，要不然我给你奶买张火车票，去你单位静坐，别看她糊涂了，腿脚比我好使得多，你自己掂量。说完就把电话挂了。

我给领导打了个电话，说下午的球去不了，一咬牙，顺便请了一周的年假。本来这个年假答应我妈，带她去香港玩一圈，她天天在家看TVB的剧，想去香港吃吃便当。实话说，我也想去，想去迪士尼，坐坐半空中翻滚的那几个器械。有些人恐高，我家人从来不恐高，而且有个特点，喜欢上高，我爸活着的时候，一跟我妈生气就自己上房顶坐着。我妈说，你是猴子变的？我爸也不言语，坐到天黑，下来，气就全消了。领导听说我要请年假，有点不乐意，我手里压着六七份合同，还没改完。但是工作了三年，我一次年假也没请过，他带着老婆孩子全世界的景点玩了一半，有时在国外遥控我加班，所以我第一次张嘴，他也没提出大的异议，让我注意安全，心别玩散了。

到沈阳的时候，已经是晚上七点。家里没人，电饭锅还热，刷好的碗搁在水池边上，还有水珠。十二月的沈阳正式进入冬天，我家是个老小区，暖气没有分户，大家谁也不交钱，但是如果一点暖气不给，又怕冻死几个，闹成新闻，于是就给一点，手凉的时候能摸出一点温度。我妈那双

深红色的羊毛拖鞋摆在地上，已经瓢得不成样子，好像两只烤地瓜。这还是我上班第一年春节时在无印良品给她买的，我妈说送鞋不好，好像是暗示她应该改嫁。我说全没这个意思，是现实主义的考虑。我妈脚干，一到冬天脚后跟就开裂，袜子的毛屑渗进裂纹里，看着很不舒服。这两年事情多，没有注意她的脚怎么样，是不是穿上羊毛拖鞋之后有所改善。我走进自己的屋子，一张单人床，一个木书柜，一把能旋转的塑料椅，一盏旧台灯。椅子背后是衣柜，曾经比我高，现在到我下巴，衣柜顶上摆着我的储蓄罐。一只微笑的小猪。我在椅子上坐了一会，一晃半年多没回来，我拉开抽屉，里面摆着钢笔和钢笔水，还有我初中时买的打口带，一个老外吹的萨克斯。每次回来都很匆忙，这个抽屉已经好久没有拉开过，里面还有我小时候的作业本，还有从小学到高中同学送给我的贺卡。我一点点翻看，在紧底下，没有记错，我收藏了一张便签，上面写着：小玲，我今天临时出差，你给小峰做饭，馒头在冰箱里。旭光。我爸生病之前，职业生涯的后期，经常被派到各个村庄去修理拖拉机，这个便签就是那时候留下的。家里我爸做饭，这点可能跟一般家庭不同。

窗户冲东，窗外是一个大酒店，挡住一天中大部分时间的光，只有到傍晚时分，夕照的日光经酒店的窗子反射，才能照进屋内一点。这时酒店的窗户亮了三分之一，大多拉着帘子，有一扇没拉，一个保洁工人在里面铺床，双手抻着被单，用力一甩，罩在一张洁白的双人床上。

门响，我妈回来了。我推上抽屉从房间走出来，我妈正在脱鞋，她弯着腰抬头看我，说，你怎么回来了？我说，遛弯去了？她的头发又白了一片，眼袋也比上次见她大了一圈，体形倒没怎么变，还是微胖界人士，穿着褪了色的红羽绒服像一只棕熊。跟楼上的二嫂去广场了，她说。她每天活动的区域不会超出周围两公里。我说，妈，你知道二姑夫和我哥，丢了吗？我妈说，知道，你二姑前天给我打了电话，你吃饭没？我说，在车站吃了，俩大活人咋说丢就丢了呢？我妈说，我问你，这十年，你跟你二姑夫你哥你说过几句话？我回想了一会说，我爷去世的时候说了几句，我爸去世的时候说了两句，其他的想不起来了。我妈说，我再问你，你爸有病的时候，他们来过几趟？我说，想不起来了。她说，来过一趟，你爸住院一个月了，说不出来话了，他们来了，坐了二十分钟，买了两斤苹果一盘香蕉，扔了二百块钱，就这么一次。我说，啊，我都忘了。我妈指了指自己的脑袋，我从小记性不好，丢三落四，但是这种事我记得清，一样一样都码在光底下。我说，光底下？她说，就像光照着，那么清楚。我说，陈芝麻烂谷子的事儿就别说了，明天我去看看我二姑，你去不去？我妈瞪着我说，你就为这儿回来的？我说，啊，我大姑早上给我打的电话。我妈说，请了假？我说，请了年假。我妈说，香港还去不去？我有点愧疚，走过去拍了拍她的胳膊说，妈，明年。我妈说，行，要不是你爸死了，我指着你？说完走进自己的房间，把门锁上了。

我妈过去是个十分温和的人，听我爸说，我妈年轻时是个开心果，虽然有点任性，但是十分招人喜欢，梳着一条黝黑的大辫子，一打扑克就偷牌，见谁都笑。工厂倒闭之后，两人自谋生路，我妈变得阴郁了一点，老房子被拆迁，住到郊外的棚户区去，我妈又阴郁了点，回迁之后，房子没有阳光，楼道无人清扫，楼上住着一些以打架斗殴为生的少年租客，直到父亲去世，这一重击，使我妈彻底变成一个阴郁的中年女人。不过她也没有完全放弃，想要去香港，便是一种努力，可惜我让她失望，想来想去，我在心里恨起大姑的馊主意来。

第二天一早，我妈的房门没开，我站在房门口听了一会，她应该是起来了，不过没有电视机的声音，也许就是在坐着。我找东西吃，饭已经做好了，一盘西红柿炒鸡蛋，一小碗鸡蛋糕，都温在电饭锅里。一个棕色的电话本，放在饭桌上。我翻开，是我爸的字迹，记着很多地址和电话号码，我找到二姑的地址和电话，不知换是没换，看字迹至少是十年前写的。铁百东，第一个胡同右拐，看见一个卖布鞋的门脸再右拐，二单元三楼，黑色盼盼防盗门。铁百就是铁西百货商店，位于铁西区的中心，我小时候去过，每到周日人山人海，对面是一家新华书店，有两个开放式的书架，其余的书都在售货员的背后，想看或者想买，需让售货员扔过来。小本的其中几页写着好多数字，轴承6个，螺丝8盒，折叶7盒，汽油3桶，底下写着一个字：欠。看样子是当年做工人时记的账。我敲了敲房门说，妈，本我拿上了。没有回答。传来一声窗帘的滑动声，不知是拉开还是拉上。我穿上羽绒服走出门去，把电话本揣在怀里。

几乎没怎么变，还是一个十字街。除了新华书店消失了，变成了一家必胜客。铁西百货没有了，变成了一家小超市。我在里面买了两箱牛奶。

那家做布鞋的店还在，也做寿衣。几个老人穿得圆滚滚，戴着帽子手套坐在院子里聊天。二单元三楼，确有一扇黑色盼盼防盗门。上面贴满了小广告，像一张波普艺术的画。门旁边一个三元牛奶的木箱，上面写着：高雅风。我敲了敲门，没人答应。又敲了敲，一个声音说，谁？我说，二姑？那个声音说，谁？我说，小峰。高小峰，你侄儿。那个声音说，我侄儿？然后听见拖鞋蹭到门口的声音，那个声音说，劳驾你把猫眼的广告撕了。我撕下，听见里面说，真是我侄儿。门开了。

二姑变得很小。像一只猴子。不过确实是我二姑，我意识到即使她变成一只老鼠，我也能认出她来。她的头发掉了一半，不是整个的一半，是间或的一半，挨着另一根头发的头发掉了，不过还是努力朝一边梳着，看着更显稀愣愣的。两腮塌进去，脸上都是老年斑，牙也掉了许多，笑起来牙床隔着嘴唇努动，走路时脚在地上拖着，抬不起来。房子的格局跟我记忆中一样，中间是厅，两侧是南北双卧。她引我进南屋，北屋是我哥的房间，我小时候去玩过，还睡过他的床。不过现在门关着。南屋的床上有两个包子，一个吃了一半，露出酸菜和鸡蛋，另一个僵硬了，像一团水泥。电视开着，一个女人在唱歌。我过去知道她得了风湿病，难以下楼，现在回想，知道这件事已经是很久之前，于我却好像是昨天的消息。她的手变形了，像鸡爪，用三根手指钳着一杯水递到我面前来。

二姑说，来就来，还买啥东西？你妈挺好的？我说，挺好。二姑……二姑说，你爱听歌，还是爱看电影，电影频道有电影。我说，都没关系。二姑，大姑给我打了个电话。二姑说，上次见你，是你爸出殡，五年前？我说，五年前。二姑说，也是冬天吧，我哭得太厉害，好多年不出门，一出门就是这种事，你多担待。我说，二姑，你这说的啥话，不哭才有问题。二姑的房间很小，收拾得很干净，地上的红色地板已经不红，但是没有灰尘，她身上穿着一件黑色棉袄，有点大，但是袖口没有一点污渍，脚上穿着红裤子，看上去是崭新的。二姑回头指着窗外说，小峰，你瞧见那里有个烟囱没？我伸脖子看，说，瞧见了。确实有一个烟囱，暗红色，在一百米开外，没有冒烟，侧面镶着一排铁梯子。二姑说，就是这个东西，把你二姑妨了。我说，二姑，我没太懂。二姑说，就是这个烟囱，妨了你二姑的命，病老不好。我没有言语。二姑说，你现在出息了，在北京做头脸人，去找人说说，把这烟囱扒了吧。我说，二姑，我虽在北京，就是个银行职员，管不了烟囱。我看这烟囱不冒烟，梯子也锈了，你不碰它，自会有人扒它。二姑说，我也这么想的，可是十五年了，它还在那妨我。前两天给你妈打电话，你妈说你现在不得了，跟王sir吃过饭，一个烟囱治不了？我说，二姑，我妈这话说大了，王sir我只在电视里看过，就算我是头脸人，跟他吃饭也不是什么好事儿，您说对不对？二姑沉吟了一会说，不该跳舞。我说，啥？二姑说，这辈子就让跳舞毁了。我说，不是烟囱？她拿起包子看了看，又放下说，烟囱是烟囱，跳舞是跳舞。年轻时跳舞，遇见你二姑夫，这是第一毁。上班后跳舞，跳了一宿，出了一身汗，直接去上班，让风扫了，钻进骨头缝，得了风湿病，这是第二毁。教会了你二姑夫，我跳不了，他一直跳，终于人跳没了，这是第三毁。这辈子就毁在跳舞上，小峰，你饿不，去冰箱里拿点东西吃。她这么一说，我还真有点饿了，站起来走到厅里，拉开冰箱门，发现里面满满当当装的都是包子。我把门关上，回头看她，她眼睛盯着电视机唱歌的女人，用脚尖轻轻打着拍子。

三

掌柜的赵素英手握菜刀开始剁馅，高雅春知道她妈话少，刀架脖子上说饶命都得合计半天，怕怠慢了李明奇，就开始找话说。高雅春念的卫校，是个护士，这么说来一家子人里学历最高，所以平时主事儿，当半个妈使，也有信心敢说话。她知道妹妹高雅风是个肤浅的人，过去谈朋友，介绍人说半天没用，家里金山银山没用，看了照片才决定见不见。说白了，就奔个模样。这让高雅春很是担心，所以前几次相亲她都跟着去，一看对方是绣花枕头，当场就给搅和黄了。高雅春本人要结婚了，未婚夫是隔壁医专的男同学，分配到锦州当大夫。模样一般，人很本分，家里都见了，很相中，秋天就去锦州办事。这个夏天其实高雅春心情挺复杂，一是要离家远去，锦州也在省内，但是火车要六个小时，平时想是回不来了，担心家里头。二是，到了锦州人生地不熟，一切都得适应，过去就听说过个笔架山，退潮时露出条小路，可以直接行到海中的山上去，涨潮时小路被淹没，若是没回来就得困在山中。想到去那里落地生根，心里有点忐忑。三是，临走前，想给家人一人织一件毛衣，时间越来越紧，还没有织完。高雅春从包里拿出一罐茶叶，这是托朋友在铁西百货买的铁观音，到

外屋拿开水沏上，给高立宽倒了一杯，给李明奇倒了一杯。李明奇欠了欠屁股说，姐别麻烦。这回离近了看得真切，这个李明奇确实长得可以，不但浓眉大眼，鹰钩鼻，两只眼睛的睫毛足有一寸长，忽闪忽闪的，好像眉底落了两只蝴蝶。

高雅春说，听说明奇在军工厂上班？李明奇说，是。高雅春说，好单位，是不是还得保个密？李明奇说，也没啥，具体的工作不让说，但是总之就是造降落伞的。高雅春说，降落伞？李明奇说，好多个车间，都和飞机有关，我的车间造降落伞。高雅春突然觉得此人高雅了一点，不知是为啥，她说，听说去年还是先进？李明奇说，也没啥，我搞了一个发明，改动了降落伞的一个小部件。高雅春觉得此人又高雅了一点，竟还是个爱迪生。高雅风此时插嘴说，他还没说完。这句话起了作用，高立宽也斜着一只眼朝这边看，高旭光本来在看书，这个高旭光是个书虫，"文革"时看大字报，下乡时看字典，回城后分配到拖拉机厂，下班就钻图书馆，性格随了他妈，平时没声，书看了也说不出来，自己咂摸。高立宽却极爱这个小儿子，常说两句话，第一句说，掌柜的，要不是你生了小旭子，我打你更多。第二句是，掌柜的，我们这印刷厂就指着小旭子这样的人活，爱看字儿。高旭光这时也抬起头来，听李明奇的下文。李明奇喝了一口茶水说，我弄的降落伞虽说只是改了一个小部件，但是作用不算小，主要是开伞比过去更快，整体也降了分量，虽说比美国人的沉一点，不过已经接近。没人敢试。我就自己试了一次。高旭光问，你怎么试的？李明奇说，飞机上，五千米。落下出了点小故障，锁扣卡住了，弄了半天，比预计开伞的时间晚了三秒，也偏了靶点，落在了树上。第二次就好了，实验比较成功，所以得了个先进。高立宽心想，这小子跟他爸一样，爱往上走，迟早摔得惨。高雅春听得心惊胆战，她是护士，有点医学常识，五千米落下，稍有闪失准成肉泥，落在树上，运气不好也是骨断筋折。高雅春说，发明是发明，实验是实验，咱好不好以后专搞发明，不搞实验，这次命大，下次命小，都保不齐。高雅风笑说，这家伙不是命大，是骨头轻。我和他跳舞，他跳女的，我跳男的，拿手一带，他就转起来。高雅春瞪了她一眼，高雅风马上把嘴闭上。李明奇说，我确实比一般人轻一些，不是分量，我有一百四十斤，但是不知为啥，感觉比别人轻，小时候跟我爸放风筝，有一次我爸做了一个大蜈蚣，那天风很大，我被风筝带起来，脚离地飞了一百米，撞到个邮筒才停下来，后来我爸再也不带我放风筝了。高立宽知道有这么一个风筝，用得特种纸，还是他给弄的。想起李正道，高立宽心里又是一紧，这个徒弟心灵手巧，可惜死了，留下一大窝孩子，这个李明奇是老大，帮着他妈拉扯剩下八个孩子，经过这么多困难的时期，一个没死，他还进了军工厂造了降落伞，也算是有出息。高立宽又想到，因为这么多年生李正道的气，从来也没伸手帮过什么忙，一勺豆油都没借过，想到自己五大三粗，心眼比针鼻还小，就眨了眨那只独眼，叹了口气。

高雅风听见高立宽叹气，心里发慌，想是刚才说跳舞的事情惹恼了他，便拿眼睛戳李明奇，引他往放在炕头的军包里看。李明奇站起来，从军包拿出两瓶西凤酒，放在方桌上。高立宽看见酒，翻腿上了炕，指了指李明奇说，上来坐。高雅春并不知道高立宽的心里活动还有内疚一环，只觉得这个爸虽是一家之主，其实内心简单，两枚糖衣炮弹就击穿了心扉，又想到自己就要远嫁，更加担心起这个家来。李明奇站起来，试了一试，发现裤子太紧，上炕盘不下，就说，叔，我在炕沿陪你，这两瓶西凤酒是我爸留下的，当年舍不得喝，埋在院子里，抄家没给抄走，今天能喝多少喝多少，剩下的给您留下。高立宽说，你能喝多少？李明奇说，我看状态，睡饱了的话，能喝半斤。高立宽说，够使，今天这酒剩不下。掌柜的，先别剁了，炸盘花生米，也让我们消停会儿。赵素英放下刀，在围裙上蹭了蹭手，去外屋生炉子。高旭光站起来往外走，李明奇说，旭光不喝点？高旭光回头说，最烦这个。说完拎着书走出房门去。这时候正是中午，夏日的阳光正照在房顶上，胡同里头卖冰糕的老郝太太推着冰糕车走过高家门口，旭光拦住她，掏出五分钱买了一个冰糕，顺着梯子上了房顶，在斜沿一躺，又把书看起来。高旭光从十几岁起，就下了两条决心，一是不喝酒，滴酒不沾。二是不打老婆，无论老婆怎么惹人厌，不行就离，绝不打她。要说大部分的儿子，无论怎么努力，内心里总有个核心的部分，和父亲相连。就像影子，无论怎么歪歪斜斜，总是离不了本人的脚后跟。这个高旭光是个另类，从十几岁起，就在灵魂深处闹革命，把高立宽的所有东西都扫地出门，终于长成了一个和高立宽完全不同的男人，这个不同的程度怎么说呢，就像X和Y的不同。

花生米端上来，杯子摆好，高立宽说，再拿一个。于是三个杯子摆在两人面前，高立宽都给斟满，说，正道，世事无常，没想到这么多年

没吃上你烤的兔子，却和你儿子喝起你留下的酒。还是有缘。你走得早，我也迟早得走，先走为大，我先干了这杯。高雅风无所事事，坐在板凳上抱着双腿看两人喝酒，这一中午她憋了一肚子话，憋话比憋尿还难受，尿憋住实在不行可以尿裤兜子里，话憋不住也不能站起来喊出来。高立宽喝酒从来不让女人上桌，要不你可以吃他剩的，要不你就抱个碗坐凳子上吃。赵素英一般都在灶台吃饭，站着就吃好了，因为人又矮又瘦，食量小，钳两口就饱了。此时正在煮饺子。高旭光可以上桌，可是他不愿意对着他爸吃饭，于是其实高立宽每天晚饭如果在家吃，都是一个人吃，一个人喝，喝几个钟头，往炕头一倒就睡了。礼拜天如果没人引他出去，他就从中午开始喝，也是喝到半夜，一倒睡了。所以高雅风看着高立宽和李明奇喝酒，心里火急火燎，这要是喝到半夜，她这肚子话就得憋到半夜，想到这里她下意识地晃动双腿，直想挠墙。高雅春有事干，她从炕柜里拿出针线，开始打毛衣。高旭光有个旧毛衣，穿的都是窟窿，她给打散，掺上新线，重新织一个。高雅风看见，马上把两手伸出去，让她姐把线绕上。想了半天，高雅风终于找出一句话，她把头挨过去小声说，姐，咱爸今儿要大。高雅春说，大就大，满意就行。高雅风点头，觉得她姐还是她姐，生在头里，多吃了几年盐酱，能沉得住气。

李明奇这点随了他爸，能喝一斤半，就说能喝半斤。饺子上来时，两人无话，已经各喝了三两酒，李明奇面不改色，花生米一夹一个准儿。高立宽有点喜欢，家人没人陪他喝酒，这小子懂事儿，每次碰杯都矮半截，热饺子往他面前挪，凉的放自己跟前儿。高立宽说，掌柜的，饺子不错。赵素英并没有听见，她端着一缸子凉白开，爬上梯子，递给高旭光，等着他喝干。高旭光问，妈，那个李明奇能喝酒？赵素英说，能喝，你挪挪，这边晒。高旭光说，妈，我也想吃饺子。赵素英说，我专给你包了带虾仁儿的，一会给你端过来。高旭光说，三滴答酱油，四滴答醋。赵素英点点头，顺着梯子爬了下来。

高立宽又喝了二两，醉意醺醺。这是他为人最好的状态，一只独眼看谁都很顺眼。高立宽说，小李，你爸管我叫师傅，你管我叫啥？李明奇说，我叫叔。高立宽摆摆手说，不能这么论，你应该管我叫师爷。高雅风在地上听着有点别扭，这辈儿论得没头没脑。李明奇说，我爸跟您学印刷。我在军工厂，您的本事我用不上。高立宽又摆摆手说，今天我教你点功夫，咱们这辈儿就对上了。说着伸手把赵素英落在炕沿的菜刀拿起来，高家门后挂着一张像，红光满面，笑容可掬，脸庞像一只熟透了的大苹果。高立宽说，看他左眼。说完把菜刀一掷，正中左眼。李明奇看那像上刀痕累累，想来平时没少表演。李明奇说，这我学不了，我没劲儿。高立宽说，什么叫没劲儿，手伸出来。李明奇伸手，白白嫩嫩，像个大姑娘的手。高立宽抓住手往旁边一带，其实想把他拽个趔趄，也想试试他到底有没有力气，没想到李明奇腾空而起，面袋一样摔在窗户跟底下。高雅风把毛衣一扔，站起来说，爸，你怎么闹没好闹？李明奇坐起来，爬回原来的位置说，没事儿没事儿，就是忽悠一下，没摔着。高立宽很纳闷，甩了甩手，说，你怎么这么轻？李明奇说，跟您说了，我就是骨头轻。高立宽捏了捏他的肩膀说，有骨头啊。李明奇说，骨头有，但是像是空心的，也许跟我生在吊铺上有关。高雅春有医学常识，知道骨头都是空心的，跟生在哪里更八竿子打不着，但是也没纠正他，知道他是打个比方。高立宽说，怪不得五千米都没摔死你，原来是个鼓上蚤。一会教你轻功。李明奇说，轻功好，这我用得上。高雅风看李明奇没事儿，坐下继续织毛衣，两人都倒满酒，这算是个拜师，又干了一杯。

李明奇的酒量有个限度，就是九两酒。九两酒之前，谦虚谨慎，戒骄戒躁，九两酒到一斤半，逐步露出真心，想啥说啥。一斤半之后，一头栽倒，人事不省。这点高雅风并不知道，因为两人舞厅认识，混熟之后偶尔也喝点小酒，但是从没喝到这个程度，高雅风也就喝点啤酒，主要是助兴，要是多喝，回家让高立宽闻出酒味儿，准得拿皮带抽她。所以李明奇喝到九两之后，眼神流变，她并没注意。这时太阳已经落山，旭光在屋顶吃过了饺子，书本盖在脸上，睡着了。这个下午高立宽和李明奇已经聊了不少话，从蒋介石聊到杜月笙，从"四人帮"聊到叶剑英，从身处的日本房竟有上下水聊到中日建交时的首相田中角荣，这么一聊不要紧，高立宽一生桀骜不驯，在这个下午被李明奇在话上拿住了。凡事高立宽知道个大概，李明奇知道个细节，高立宽知道报纸上写的一二三，李明奇知道报纸背后的四五六，高立宽的见识有一里地，李明奇的见识出了胡同，还能拐弯，一直看到山海关。高立宽从来没佩服过谁，这个下午佩服了李明奇，有志不在年高，怪不得能穿喇叭裤，这里头学问也不小。李明奇指着自己的喇叭裤说，叔，人之身体受之于父母，五脏六腑俩胳膊俩腿不能更换，

这衣服却可装卸，所以穿衣服要注意，衣服就是话，穿在身上就是跟人说的一句话。高立宽说，你这行头说的是什么话？李明奇说，说的是，我和你们有些不同。高立宽点头说，是这么个意思，我穿了一辈子衣服，没说过一句话。最后说到李正道，李明奇说，我爸上吊铺吊死前，给我们这九个孩子都洗了澡，最后给我洗，洗的时间最长，说了几句话。高立宽说，说了啥？李明奇说，我爸说，长兄为大，你做得不错，知道疼弟妹，但是还差点意思，差就差在自己还要更加立事做个榜样。人总有一死，有的死在床上，有的死在马上，能死在马上，不要死在床上，做人要做拿破仑，就算卖西瓜，也要做卖西瓜里的拿破仑。高立宽心里更加服了，自己是永远做不成拿破仑，可是家里有个拿破仑，也让人高看一眼。高立宽说，若是你和雅风结了婚，住哪？这一句话让李明奇从拿破仑又变回了李明奇。李明奇低头说，叔，没地儿住，老二结了婚搬出去了，可家里还有九口人。高立宽说，你住我这儿。雅春过两天要去锦州，住得下。

高雅风听得直发愣，今天本来就是见个面，李明奇除了有个模样，有个单位，要啥没啥，要不是自己已经跟他亲热过，已然贬值，今天说啥也不能把他领到家里，摸老虎的屁股，就像是买衣服，今天本来就是试试大小，没想到不但买了，还送了一家羊毛大衣。这样的速度让她也有点发慌，赶忙在心里掂量两人是否合适。李明奇这人好处是聪明，坏处是胆子有点大，就像打麻将从来不会屁胡，总想飘胡扛开闷三家。但是也不是要命的坏处，保不齐让他胡上一把，就可以站起来不再玩了。还有一个坏处是抠。有点钱都给自己弟弟妹妹花，若不是二弟李明耀已经成亲，三弟李明敏天生小儿麻痹，没法成亲，他还不能考虑自己成家。这么一想，也不是什么坏处，两人结婚就成了一家人，抠是对外人，抠出来的钱还得回到家里，也就是她的手上。想来想去，高雅风感到这辈子都在眼前明晰起来，她活了二十几年都没把他爸拿下，高雅春是长女，说话自有三分威力，高旭光是老儿子，啥也不干也得万千宠爱，她夹在当中，可有可无，没想到今天她领来的李明奇一个下午就把他爸彻底攻陷，以后姐姐去锦州，弟弟万事不管，厂子也有宿舍，她和李明奇住在家里，似乎可以当政，想到这里高雅风的心情很舒畅。

四

我坐在二姑的床头，听她讲二姑夫和我哥的故事，想起了昨晚我妈提到的两次葬礼。较近的一次是我爸的葬礼，参加人数大概三十人，告别仪式时放的是《二泉映月》，喇叭不太好，发出丝丝的杂音，我妈委顿在家，我站在大姑的旁边与每个人一一握手。我爸叫高旭光，是个拖拉机厂工人，去世时五十岁，患的是胰腺癌，发现时已吃不下饭，两个月后就没了。除了最后一周，这两个月其余的时间我爸非常清醒，也知道天命难违，气数已尽。他不爱旅游，所以谈不上去周游世界，一辈子只谈过一次恋爱，就是我妈，所以也谈不上和旧情人叙旧。唯一的爱好就是读书，家里地上床上都是他的书，一个工人爱看书，略有点奇怪，一个工人临死前还在看书，就更加有些奇怪。我爸在病床上，指挥我去买了几本他一直舍不得买的精装书，其中一套书是精装本的《十万个为什么》，此书已经绝版，我是在网上买的旧书。我爸说他从小就喜欢这套书，一直攒不出钱来买，现在终于买了，可是翻了几页，就困了。他的朋友很少，生病后几乎没什么人来看他，所以非常清净，醒的时候就拿本书看，困了就睡。我妈对我爸的行径深不以为然，她以为我爸应该有一肚子话跟她说，给她提供一些久未解答的秘密和一些可供回忆的资源。可是并没有，似乎我爸没什么秘密，一辈子上班就在一个工位，出差只有一个路线，下班就回家做饭，吃完饭就抱本书看，出差时每晚六点往家打个电话，然后在农民家的炕头抱本书看，下岗之后就在广场卖茶叶蛋，也是一个工位，收摊之后回家做饭，吃完饭抱本书看。我爸感觉到自己不行前，把我妈单独叫进病房谈了一会，据我妈回忆，也没谈什么，就说他死后，要把奶奶照顾好，奶奶已经糊涂，所以他死了这件事情可以不说，也许也不会发觉，说出差即可。然后叮嘱我妈改嫁，不要有心理负担，他们俩这辈子和睦共处，已经知足。最后一个事情是葬礼时要放阿炳的《二泉映月》，那是他最喜欢的曲子，骨灰埋在爷爷的骨灰旁边。然后把我叫了进去，主要说了三件事情，第一件是好好读书，本科念完最后念硕士，硕士念完念博士，最好一直念下去，这是他的夙愿。学费可以跟大姑借，工作后再还她，他已经打过招呼。第二件是，我的二姑夫李明奇，如果有一天向我张嘴请我帮忙，我最好帮一下，这人不是一般人，只是命不好，没起来，但是他总觉得李明奇的一辈子不止于此。第三件事不是事，是一句感慨，那时他已经说了不少话，非

常疲倦，于是说，小峰，我曾经在书上看过一句话，今天才深有体会。我说，爸，什么话？他说，度过一生并非漫步穿过田野，忘了这话是谁说的，现在突然想起，觉得很有道理，很想念躺在房檐上看书的时候，有机会你也可以试试。说完就闭上眼睛睡着了，再没清醒过来。

从我记事起，李明奇很少到家来过，我爸和他应该也没什么交集，逢年过节在一起吃饭，都是李明奇说我爸听，也没见有什么深层的交流。所以那时提到李明奇或多或少有些怪异。

我爷死在九十年代，印象已经模糊，那时我十几岁，只记得一天上课，被我妈从教室里叫出去，说我爷没了，去哭一哭。进病房前我有点紧张，怕哭不出来，我妈说哭好了给我买手枪，我就有了点底气。进屋发现我爷已经被蒙上了白被单，我吓了一跳马上哭了。我奶坐在病床旁边，数落我爷的不是，我从没见过她说那么多话。我爷去世前，已经病了十年，酗酒引发的脑出血，一直卧床，开始能说话，我小学和人打架打不过，我爷歪在病床上从窗户看见，大声指挥我怎么还击，他的招法非常管用，几下我就把对方打倒在地。后来爷爷家的日本房动迁，他搬到了二姑家，住上了后来二姑分配的楼房，就说不出话了，只能哼哼。他是个急脾气，有时哼哼别人听不懂，能急得从床上滚下来。我爷爷最好的朋友是我二姑夫李明奇，每天都是我二姑夫给他擦身翻身，我爷爷的哼哼他也听得懂，晚上都是他和我爷爷睡在一个屋，这么多年没有过褥疮。后来二姑夫生意失败，听我妈讲，竟在家里准备放煤气自杀，放到一半，听见我爷爷哼哼要撒尿，就去给他接尿，泄了那股气，抱着我爷爷哭了一场，就继续活下去。我爷临死前，把儿女们招到一起，他一生没有积蓄，都换了酒喝，只有一笔动迁款，那天是决定这笔钱的分配，开会时他用眼睛紧紧盯着二姑夫，大家明白没什么分的必要，他的意思是都给李明奇一个人。为这件事，我妈和我二姑还吵了一架，半年没说话。

我爷去世后，我奶不愿意跟二姑夫住，因为二姑和二姑夫两人老吵架，她听得烦心，就搬来我家。我家倒是清净，我奶话少，我爸也话少，只是我奶开始忘事，出去买菜经常不锁门，大勺烧漏了好几个，逐渐成了我们的负担。我爸去世时的遗嘱，其中一项是不要跟我奶说，可是我大姑执意要说，认为这是我奶的权利，这是我大姑的特点，非常仗义，敢拿主意，不过有时候坏事。结果我奶听见这个消息，当晚就聋了，一直聋到现在。想起我爸另一个愿望，是让我念书念到头，我也没做到，念完本科说啥念不下去，厌倦极了，就变成了银行职员，心里有点愧疚。我妈一直单身，丝毫没有改嫁的打算，有老同学联络她，她就给人家一顿臭骂，然后把电话线拔了。李明奇也一直没请过我帮忙，终于到了今天，我来找他，可能也算变相完成我爸的一个愿望，这一层在我大姑给我打电话时没想起来，昨晚我妈闹情绪时我也没想起来，现在想起来，觉得回来得有点意义。

二姑这时正在翻相册，她指着其中一张照片说，你七岁。她家的照片竟然有我，我有点意外，仔细一看，确实是我。穿着我奶做的棉袄，坐在一条大鲤鱼上，鲤鱼底下露出半个不知是谁的屁股。我说，二姑，这屁股是谁的？二姑说，是你哥的，李刚从小就喜欢你，当时怕你掉下来，钻进鱼肚子扶着你。我回想了一下，想不起我哥喜欢我这件事，只记得小时候两人打架，每次都是我挨揍，他揍完我，我爷就揍他，下次他还揍我，所谓条件反射的学说在他身上不起作用。我还记得有时候我放假来二姑家住，就和我哥住在他的小床上，我哥喜欢玩牌，先教会我，再和我玩，他每次都作弊，然后弹我的脑瓜崩，把我弹得一脑门青包。二姑说，你哥羡慕你，你是老儿子大孙子，又考上了大学，他学习不行，我和你二姑夫老打架，我打不过你二姑夫，回头就打你哥，你哥就出去打别人。所以从根上说，都是你二姑夫害的。我想想似乎是这么回事儿，长大之后我很少见过我哥，在我的印象里我哥有个特长，除了揍我，就是打台球。我哥的台球打得非常之好，一度靠之度日，参加各种比赛，后来终于没成为丁俊晖，只是在台球厅里赌钱。我见过他打球，先装成个笨蛋，姿势怪异，歪歪地翘着屁股，有人来跟他玩，他就巧合一样每次赢对方一个球，于是赌上钱，就一直赢到半夜。他拉着我的手，扛着台球杆，哼着歌，走过一排排路灯，有时候他用一只手将我抱起，说，真想把你卖了。我说，卖给谁家？他说，没想好，肯定是山区，吃不上馒头，不通路不通电，把你拴在绳子上推磨。旁的倒没什么，不通电就看不上动画片，我就紧紧搂着他的脖子，防止买家把我夺走。

后来台球不打了，只身去了广东，走私摩托车。隔行如隔山，还没摸到庙门，先摸到了电门，被地头蛇扔到了海里，没淹死爬上来，又回

了沈阳。二姑说，你哥最近在干什么不太清楚，好像在帮人讨债。我说，我哥比我还瘦，还能帮人讨债？我姑一笑说，这玩意拼的不是体格，主要是个阵势，你哥现在胳膊上文了两条龙，算是个投资。我跟你说，别看你哥学习不如你，脑子很活，原先被人追债，后来一看，莫不如帮人讨债，甲方乙方一换，形势就大不相同。我说，那他到底丢没丢？二姑说，丢了，电话打不通，已经一个星期没回来，上次回来给我买了一堆包子就再没露面。我跟你说，你二姑夫找不找无所谓，他退休金的卡在我这里，是死是活随他去，欠邻居的钱我迟早能还上。你李刚哥你得帮我找回来，他得了抑郁症。我说，我哥咋还得了这么个富贵病？二姑说，谁知道？讨债也有压力，上面有领导，欠钱的人比兔子还贼，前两天帮人搞拆迁，腿差点让钉子户打折。你哥最近想买房，估计是让这房子压的。我说，为啥要买房？二姑说，你这孩子念书念傻了，你哥1980年生人，现在36了，不结婚等着啥？我说，有女朋友？二姑说，我没见过，许是有，要不为啥要买房，这叫推理。我说，您是福尔摩斯，但是我到哪去找他？有没有啥思路？二姑说，下楼穿过新华街，路口有个八哥台球厅，他老去玩，你去那问问，要不是我下不了楼，早把这个兔崽子逮回来，他一撅屁股我就知道他要拉几个粪蛋。我说，我哥还玩台球？二姑说，过去是事业，现在是爱好。事业挣钱，爱好花钱，懂吧。我说，好，您的电话保持畅通，有事儿我跟您联系。二姑把我送到门口，说，我听说抑郁症好跳楼，你看见你哥，告诉他，要跳等我死了再跳，现在要是跳，没人给他发（二声）送，让他在冰柜里冻着。我说，记住了。她关好门，拖鞋蹭地的声音一点点远了。

八哥台球厅不大，有十几个案子，不过灯光柔和，温暖如春。没几个人，灯光底下，码好的台球呈三角形，好像是博物馆橱窗里展览的宝贵文物。老板坐在一台洁白的苹果一体机前，正在打麻将。他见我进来，四处撒嘛，就站起来说，哥们，找人？我说，李刚。我找李刚。他说，刚子？我说，两条胳膊有文身，三十多岁，挺瘦。他说，是刚子，最近没来。你找他打球？他现在不挂了。有时过来教教球。我说，不是打球，他是我哥，我找他商量点事儿。他一指沙发上坐着的一个姑娘，说，你问问美丽子。美丽子，你陪这兄弟玩会。说完就坐下了。我心想，了不得，还有日本人。美丽子是个二十岁出头的女孩儿，穿着裙子和丝袜，手里拿着一个镶着水钻的手机。她把手机搁在案沿儿上，从柜子里拿出一支球杆，说，你带杆儿没？我一听是沈阳口音，比我还纯，我说，我不打球，我找个人，叫李刚。她说，你去那边拿个杆。一杆八十，先打三杆。我只好去拿了一个台球杆，她让我开球，我一下打呲了，她说，你握后面，别使劲攮，杆捏碎了球也不快。用胳膊带动，肩膀作轴。我又打了一下，把球打散了。我说，你不是日本人？她说，你才是日本人。艺名。我说，李刚是我哥，一周没回家了，我从北京专程回来找他，把他找着我还得赶紧回去工作。她说，北京牛逼啊？你哥亲还是工作亲？你打进一个长台，我就告诉你。我累得满头大汗，就是打不进，她又教了我几次，主要是看点，原来一个白球，看着是一块白，其实有好多个点。我的眼镜老从鼻子上滑下来，她把我眼镜拿走，放在吧台上，说，再打。我终于打进了，球在洞眼上逛了逛，掉进去了。她说，行，交钱吧。我把钱给她，她塞进大腿根的丝袜里，说，你哥生病了，你这二百四十块钱就当买药了。百忧解。我说，人我得见见，在哪？她说，别见了，他不回去了。你呢，赶紧回你的北京上班去，又不是亲哥，你就说没找着，或者说找着了他过两天就回去，谁也不会怪你。我把眼镜戴上说，上班不着急，你刚才问我，工作亲还是我哥亲，我想了一下还是我哥亲，人我必须得见。回不回去再说。她说，你是小峰吧。我说，是。她说，你哥说你们家就你出息了，你摘了眼镜就瞎，出息到哪去了？我说，是，我虽然念了大学，但是真的也是一塌糊涂，你知道有时候都是虚名，一个家里需要一个虚构的人。她看了看我，把杆拆开，放回柜子。披上大衣，从大腿根里掏出一百块钱给老板说，今儿份子钱，八哥，我下午请个假，看看晚点能不能过来。老板说，真是刚子他弟？美丽子说，真是。那个大学生。老板说，行，忙去吧。明儿再来。

美丽子的出租屋离我姑家很近，直线距离也就一千米。是一个狭小的两室一厅，我们进去时，我哥正在和另一个女孩儿坐在沙发上看电视。我哥还是那么瘦，脖子上缠了一圈白纱布。美丽子说，这是菜菜子。沙发上的女孩儿吐出一叶瓜子皮，冲我笑了笑。我哥看见我，说，小峰？我说，哥，你赶紧给我二姑打个电话，我不管你是抑郁了还是躲债呢，赶紧给我姑打个电话。我哥说，你不是在北京呢吗？我说，这不是让我大姑遣回来，找你和二姑夫吗？我哥说，你就专程为这个回来的？我说，就为这个回来的。我哥说，你过来。我走过去，他拍了拍沙发说，坐吧。我坐在他

身边。

五

两人喝干了最后一滴酒，高立宽从炕上爬下来。此时已经夜里一点，高雅春和高雅风人困马乏，头挨着头偎在炕尾睡了。高雅春的毛衣织了三分之二，连同双针放在炕柜上。高雅风一肚子话到底没说出来，不停地做梦，在梦里跟一个比李明奇还要精神的年轻人跳舞，仔细一看是扮演杨子荣的童祥苓，就跟童祥苓说个不停。赵素英后背靠着已经凉了的锅台，听着匣子坐着板凳睡着了。临睡之前，爬上房顶给高旭光盖了一条薄毛毯。高立宽双脚一着地，差点摔了个狗啃泥。高立宽说，来，教你轻功。李明奇已经醉了十分之九，不过因为说得畅快，一点不困。他跟着高立宽来到院子里，高立宽指着梯子说，你上去，我随后就来。先教你一项，落地无声。李明奇顺着梯子爬到一半，回头说，师爷，刚才说到一半，我有个志向。高立宽仰头看他说，什么志向？李明奇说，降落伞只是个起点，我想造飞行器。高立宽说，啥？李明奇说，飞行器，跟衣服一样穿在身上，飞到房顶这么高，比如你去我家串门，就穿着它飞过一条街，落在我家院子里。然后就进屋喝酒。高立宽说，烧啥？李明奇说，目前我想烧柴油，柴油有劲儿，但是太沉，这得再研究，也许可以烧电池。高立宽，那得几号电池？李明奇说，电池得特制，最好能充电，充一次能飞几公里。高立宽点头说，是个玩意。林彪要有这个，不知道跑到多远。李明奇说，这玩意不能逃跑，要是一下飞出了国，不好管理，凡事先迈小碎步，前一阵我听广播，说美国几乎每个家庭都有小汽车，咱们国家将来也能，国家搞了这么多年运动，最后还是得搞经济，要不然江山没了。经济搞上去，就成了美国，美国现在有的城市堵车，我们将来也堵车，我这个飞行器不走马路，从人脑袋顶上过，不走美国的弯路，直接赶英超美。高立宽说，不简单，你这脑袋看着不大，其实大，比我沉两斤。李明奇说，发明创造得有本钱，领导不让干，说我脑子里有虫子，您支持支持我，回头我还你，出钱都是老板，以后不但是我丈人，还是我老板。高立宽摆手说，我不当老板，只当你丈人。钱我借你，要不也换了酒喝，走了尿道。你就放手干，自己承包自己，回头弄好了，咱家一人一个，先飞给街坊看看。李明奇有点感动说，师傅，等您老了没人管你我管你，但是您不能因为喝酒了回头不认账。高立宽说，咱们初次见面相互还不了解，我高立宽就是喝酒的时候说的话算，别的时候都不算。你先上去，我撒泡尿。

高立宽撒完尿，忘了李明奇已经上了房，等着跟他学轻功，径直回到屋里，把腿伸到方桌底下，独眼一闭，打起了呼噜。李明奇在房顶坐了一会，高立宽没过来，他就琢磨起自己的事儿来。他有点愧疚。这个高雅风，他并不特别喜欢，也不能说是讨厌，但是不是特别喜欢。高雅风有点平凡，严重点说，有点庸俗，想的事情和马路上随便拽来一个女人想的事情没什么大分别。倒是不懒，爱干净，但是话太多，今天他清净了一天，等结了婚，估计就很难清净，想到这里他嗓子眼发紧，有点想吐。用手指捅了捅，没吐出来。和高雅风搞对象，主要看中了她的条件。没有下乡，工龄长，工种好，是个钳工，所谓车钳洗没得比，工资是他的两倍，家里姊妹少，三个，父母是双职工，都是老工人，根红苗正，收入不俗，甭管是搞政治运动还是到铁西百货买苹果，都有了靠山。这个高立宽是个混不吝，他来之前有点忐忑，不过今天聊完，心里踏实不少，怪不得他爸老说，高师傅千不好，万不好，有一点好，没有坏心。他想起他爸临死前的话，他爸临死前不光说了拿破仑，还说了高立宽，说你要是有一天吃不上饭，不用远走，带着弟弟妹妹到高立宽家门口，他能给口吃的。爸还是看人准，他心里想，我能看到一里地，他能看到山海关，可惜没看清再挺几年运动就过去了，不该置一时之气，也不该这么自私，甩手一走，扔下这么多人，给他造成这么大的负担。想到这里，他想起他爸的样子，想起他爸给他做的风筝，想起他爸的一双小手，干啥像啥，想起他爸在家穿着白汗衫，拿着钢笔在桌前写交代材料，写得那么认真，错了一个字，都撕掉，重新誊一遍，最后想到他爸挂在吊铺的梁上，像一只死鸡，死沉，他怎么弄也弄不下来。想到这里，他抬手揉了揉腮帮子，然后在衣服上蹭了蹭。

瓦片的声响弄醒了高旭光。他用余光看见，坐在他身边的是李明奇，心里有点奇怪。这房顶全家只有他一个人爱上，李明奇爬上来是干什么呢？他往前看去，视野的上部是茫茫的一片黑暗，这晚没有星星，也看不见月亮，只有一团无止无终的黑暗悬在上空。夜晚比白天凉快得多，偶尔有风吹过，掀起他身上薄毯的一角，像是这团黑暗在向他吹气，或

者这团黑暗在与他交谈，只是他不懂它的话语。视野的下部，是几个房顶和几棵榆树。所有房子的灯都灭了，只有一盏路灯，在远处不知谁家的门口亮着。这是高旭光熟悉的景象，或者说是他在等待的景象。有时他很纳闷，家里这一团人，每天在忙着什么，或者到底为什么有这么多的事情值得讨论，争吵，坚持，妥协，为之喜悦，哭泣，为之生气，又再谅解。他也闹不清为什么上帝把高立宽，赵素英，高雅春，高雅风，他，现在还有这个李明奇在这个时代这个地方放到一块来思考。为什么他每天需要面对的，处处影响到他生活的是这几个人，而不是几个美国人，苏联人，爱斯基摩人，或者是外星人。他的心意不能完全和他们相通，也不能完全投入到他们在乎的事情上去，大部分时候只觉得他们吵闹。他喜欢读书，但是不想考大学。这是全家人的疑惑，除了高立宽觉得考不考没大所谓，其他家庭成员都跟他急了几回。一个读书人，应该变成一个大学生，就像是一匹马应该上鞍钉掌一样。可是高旭光不这么想，他有几点考虑，只是从来不说，第一，考大学，有风险，不是考不上丢人的问题，是考上了可能会被分到外地的问题。而大姐已经要走，二姐他并不放心，大姐性格太强，造成二姐有点幼稚。高立宽最为忌惮大姐，第二是他，他是沉默的反抗，最不拿二姐当回事儿，如果大姐走了，他又去了外地，赵素英恐怕一天好日子没有。他曾想过，"文革"时他没杀过人，武斗从没上过街，但是兴许有一天他会杀了他爸，为了避免这个风险，他不应该把他妈留给他爸和他二姐。第二点是，成为一个大学生，变成了一个专家或者专业的知识分子又有什么用呢？刚刚过去的十年，再往前推二十年，这些人有什么好果子吃？他看见他的一个同学用刀挑豁了老师的鼻子，如果他愿意，他可以把刀接过来，去在她脸颊上划一刀。今天说一，明天说二，高考恢复了，谁担保二又变成一，不是另一次引蛇出洞呢？念来念去变成一个臭老九？臭老九这个词不知是谁发明的，虽然高旭光喜欢知识，也还是这么认为：臭老九天然散发着臭味儿。第三点是，与他一个生产班组的一个女工，今年和他走得很近，那个姑娘非常阳光单纯，接受他的沉默寡言和忧伤的气质，他也觉得，如果非得和一个人度过一生，这个女孩是他接受的一种方案。他觉得婚姻生活是这么一种东西，当然孤独是很好的，不过发疯是不好的，婚姻也许也会使人发疯，不过是一种社会意义的疯癫，类似于一种沮丧和失望，而不是灵魂本质的分崩离析。况且赵素英企盼着这件事，或者说，是唯一的企盼，期盼家里出现第三代人，尤其是出现一个孙子。还有一点，高旭光自己并未觉察，那便是一种麻木，是脑中的一片区域在过去的十几年时间里，被纷乱的现实像强光一样持续地照耀，以至于不再有太多的感觉，于是也不愿意做太多的变动，令自己的人生道路冒险地向一个有希望的所在延伸过去。

李明奇擦干了眼泪，在房顶上站了起来。高旭光一惊。高旭光没有听见屋里的谈话，以为李明奇是遇了滑铁卢，今儿一气之下要把自己扔这儿。其实李明奇只是被肚子里的西凤酒和热梦催动，想发表一篇演说。但他并不知道自己要说什么，他挥舞了一下手臂，然后用手腕做了一个类似盛饭的动作，好像要把肚子的话盛出来。关键是电池，他终于说。电池要轻，要有劲儿，原理是流体力学，这个倒不难，我们周围布满了大气，就靠这个上天。他打了一个嗝。接着说，不要飞太高，脚趾尖能过脑瓜顶就行。到时候咱们的街全变成立体的，您问了，啥叫立体的？让您问着了，立体的就是二楼的窗户都成了门，一抬腿就进去，百货商店，二楼可以直接敞着窗户做买卖，买二斤冻秋梨，得，钱一递，梨胳膊上一挎，飞走了。您再想一下，人要是能离地三五米，甭说扫房，就说消灭个麻雀，是不是就不用那么费事了，直接给它们连锅端。两人谈恋爱，也不用再往小树林里钻，直接房顶树上，压马路也不用腿了，走得脚丫子疼，拉着手飞着，边飞边聊，不叫压马路，叫压空气，只是女孩儿别穿裙子。说到这儿，得解决一个问题，想飞，肯定是得有反作用力，就是一股气喷地上，把人顶起来。要是飞得高好说，到了平流层，不用使劲也飞了，但是如果飞三米，没有劲从下往上顶着，准掉下来。如果电池成功了，动力不成问题，但是这气老是往地上喷，打人头顶过，就像有个人老在你天灵盖上放屁，也不是事儿。

高旭光听到这儿差点乐了。李明奇不单说，还带演的，得，钱一递，二斤冻秋梨您拿着，都有动作。一会演惊慌的麻雀，一会演撩着裙子的女孩儿，最后演头上有人放屁的无辜行人。高旭光心里起了一圈波澜，这个李明奇跟他认识的人都不一样，他认识的人在马路走都担心要磕跤，这位还想着在天上飞。有点意思。高旭光想了一下李明奇想象的场景。如果飞行器能成功，首先解决了他上房看书老得爬梯子的问题。其次，他想给赵素英备一个，高立宽要打她，她噌一下就飞走了。然后他又想，不对，赵

素英能买着，高立宽也能买着。不过赵素英瘦小，高立宽又宽又沉，还是赵素英飞得快，就算飞得一样快，也得高立宽的先没电掉下来。高旭光随后想到了空想社会主义，想到了欧文，圣西门，傅立叶，欧文也就罢了，圣西门和傅立叶这俩名字多么美丽又空洞，和空想社会主义是天生的搭子。这个搞飞行器的李明奇虽然名字不比人家，可是琢磨的事儿类似。他并没有因此认定李明奇会失败，相反，马克思主义正是从空想社会主义来的，毛泽东思想又是从马克思主义来的，"两个凡是"又是从毛泽东思想来的，所以凡事都有个来源，有的时候来源很简陋，起点很低，但是不耽误结果很伟大。陈景润就研究个一加一为什么等于二，从这么一个简单的问题押出一个大道理，这才不是一般人。我们天天拿一加一算账，从没想过为啥就非得这么算，我们天天拿脚走路，从没想过能双脚离地，从房顶飞过去，即使想过，也没认真觉得可行。高旭光顺着这个思路想下去，越发觉得世间伟大的事情，好像都是从李明奇目前这种手舞足蹈的醉态里开始的。高旭光不喝酒，也从没有体会过这种野心的迷药，但是李明奇的状态让他剐蹭到一种幸福感，这种幸福感具体的意思是：就算李明奇最后失败了，也没什么大不了，人生在世，折腾到死，也算知足。这一瞬间的领悟非常短暂，换句话说，高旭光大脑中麻木的区域闪烁了一下，旋即熄灭如同他眼前的黑夜一样，他很快又睡着了，夜风吹动着他的头发和他的确良上衣的领子。但是这一领悟也在他身上留下了痕迹，就是毕其一生，无论李明奇活得如何，他从没改变过他对他的看法，这个李明奇不是一般人。

李明奇丝毫没有觉察他有一个观众。他说累了，坐下来，在脑子盘算着飞行器的应用还是存在着诸多问题。比如人都上了天，是不是也应该有交通规则？屁股上挂着尾灯？要不然一不注意必然追尾。红绿灯怎么搁？难道得造无数几十米的大信号杆子？空中几排车道？横排加竖排岂不乱套？这就不是追尾的问题，还容易追到脚后跟。喝多的人最怕风吹，风一吹，肚子的一斤酒变成了一斤半。李明奇刚才觉得凉快，现在觉得恶心，他顺着梯子慢慢爬下来，进了屋。看见赵素英脑袋搭在灶台上，肚子围着围裙，睡得很香。他轻轻叫了一声，姨？赵素英没反应，仔细一听还有点小呼噜。他关了匣子，伸手把赵素英的腋下一架，把她抱上了炕，放在高立宽旁边，赵素英翻了个身，没醒，高立宽鼾声如雷，如同拖拉机。赵素英在他旁边蜷着身子，像条狗。高雅春和高雅风紧贴着睡在炕尾。李明奇站着看了一会高雅风，他过去没见过高雅风睡觉，这是第一次。高雅风睡熟了爱筋鼻子，不打呼噜不磨牙，面目是笑嘻嘻的，额头上有层细汗。李明奇发现睡着的高雅风比醒着的高雅风可爱，看着小，安静。他看了一会，然后发现炕柜上放着织了三分之二的毛衣，他不知道是织给谁的，但是他一点也不困，他就拿在手里开始织。高家的人不知道，李明奇的一个强项是织毛衣，他八个弟弟妹妹的毛衣都是他织的，李明奇不想让他们知道这件事儿，一个大老爷们能织毛衣，总有点不太地道。但是此时他身上还有热血，手痒难耐，不织不行。他松了松喇叭裤的裤腰带，坐在板凳上，飞快地织了起来，天亮的时候他把毛衣织完了，不但织完了，还在袖子上变换了花纹，他把织好的毛衣放回炕柜，站起来身走出去。

太阳还看不见，月亮还没有完全退去，只要淡蓝色的熹微。他感到有些疲倦，这个胡同他第一次来，现在变得非常陌生，但是他应该能找到出口。他跨上自行车，一只脚搁在脚蹬子上，另一脚在地上一踩，像往常一样去上班了。

六

美丽子和菜菜子都不是我哥的女朋友。我哥的女朋友在中兴大厦卖化妆品。美丽子和菜菜子二人是我哥的朋友，我哥发病之后，就把我哥接来，怕他死，一个白天看着他，一个夜里看着他。这样倒班其实非常合理，因为美丽子的主业是陪人打台球，副业是晚上去KTV陪人唱歌，菜菜子的主业是晚上去KTV陪人唱歌，副业是白天陪人打台球。所以这两人这段时间都取缔了副业，只做主业，将我哥盯死。要说我哥为什么发病？是因为化妆品女孩儿要他买房子，非常人道，给了半年的期限。说你做哪行无所谓，只要有一百平以上市区里的房子，我父母看你的文身都觉得美丽。可是我哥只有文身没有房子，于是只好去借，物以类聚，我哥的朋友们都知道我哥和自己一样没有偿债的能力，过去一起玩得很好，听说他最近要借钱，都忽然忙得厉害。我哥就想到了高利贷，他本人就是做这行的，所以抬点钱并不难，难的是需有抵押。他就将我姑的房证偷出来，押给了对方。偷房证十分不易，我姑将房证藏了起来，本不是防他，而是防我二姑夫，我二姑夫这几十年都没有偷成，叫我哥给偷成了。我哥六岁时

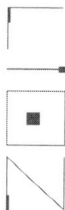

有个小棉裤，背带裤，肚子上有个布兜。那时二姑和二姑夫打架，主要是为钱，二姑夫管二姑要钱不给，两人要动刀子。我哥就躲在墙角看，二姑夫手里拿着菜刀，二姑手里拿着水果刀，菜刀需要劈砍，二姑夫其实并没想劈死二姑，劈死她要偿命，她是高立宽的女儿，看在高立宽的面子上也不能劈死她，况且钱还不知道放在哪。二姑却是真要捅死他，女人的情绪没有中间值，爱恋和杀心只在一线间。二姑夫常年跳舞，比较灵活，所以终究没有被捅到，钱当然也没拿着。其实存折和现金就放在我哥肚子上的布兜里，用针线缝着。所以到了他要用钱的时候，趁二姑睡觉翻箱倒柜，发现了他小时候棉裤竟然还没扔，只是看上去小了许多，像个布娃娃。一摸肚兜，硬邦邦，便知道里面有货。挑开一看，果然房证和存折在里头，存折不知道密码，他单把房证拿走，放了几页房地产商的宣传单在里头，重又缝上。房证到手，顺利抬了钱，交了首付，可惜晚了几天，化妆品女孩儿非常守时，在这点上像德国人一样精确，过了期限，马上跟一个卖马自达车的初中同学好了，可见备胎已经备了不知多久，也许早已随身携带，买房云云只是借口。我哥拎着砍刀去闹了一气，对方早有防备，几个社会人士在等他，把他打了一顿。我哥拖刀往家走，越想越憋气，就给了自己脖子一刀，人走背字儿势不可挡，死也没有死成。

美丽子和菜菜子东一句西一句把故事讲完，我哥只是微笑着听着，没有插嘴，也没有反驳。我确信他得了抑郁症，不是作死，是真的生了病。他的笑容是典型的抑郁症患者的笑容，无所谓的忧伤的笑容。美丽子跟我哥说，你弟来了，你跟他好好聊聊，天天看电视，脑子都看傻了。菜菜子说，我们俩最近看着你，跟哨兵一样站岗，好久没逛街。美丽子说，对，现在我们去逛街，你家人在这儿，你要死要活都行，这样比较合理，我们算什么东西？两人研究一下到底去哪，稍微打扮了一下就出发了。

房间里忽然非常安静，只有电视上传来的枪响，啪啪啪啪，我哥向我靠了靠说，我说话声音小，你离我近点。因为脖子受伤，他的声音十分沙哑，好像信号不好的收音机。他问了问我最近的工作生活，我简单介绍一下，在银行工作，没有女朋友，每天坐地铁上班，六点起来，坐两个钟头到公司，晚上下班，坐两个钟头回家，到家已经困了，就上床翻翻书睡了。我哥又问了问我在银行做什么，我概括地讲了一下，他具体地又问了问，我发现他很熟悉银行的运作模式，只是对一些术语不太清楚，我马上明白他供职的讨债公司也是以同样的原理运作的。又随便聊了聊，我哥说，你最近去看你奶了吗？我说，没有。他说，这事儿过了，你去看看你奶吧。我说，嗯。他说，你嗯什么嗯，你奶特别想你，你知道吗？我说，哥，我奶都糊涂了。我哥，你奶老给我打电话，现在的事儿糊涂，过去的事儿记得清楚着呢。我说，啥，给你打电话？他说，对，打我手机，几乎每个月都要打一次。跟你说，你爷你奶住在我家时，你二姑二姑夫每天没有消停时候，你二姑夫有时候不回家，你爷瘫在床上，所以我和你奶成了好朋友。我说，不对，我奶聋了，怎么能给你打电话？他说，你奶没聋，比我耳朵尖，要不是装聋，这几年能消停下来？你爸死了，她就不爱说话了，也不爱听别人说话。我心想，我奶原来是个老戏骨。我说，她给你打电话说啥？他说，啥都说，聊过去的事儿，聊你爷，聊你爷的徒弟，聊你大姑二姑，聊你爸，聊你二姑夫，聊你。我说，聊我什么？她说，你小时候，她从小手绢里拿钱给你买糖吃，你老嫌她抠，每次只拿一点点钱给你，现在她还用那个小手绢，想多给你买点糖，你已经不想要了。她说她要是死在你爸前面就好了，那时候儿子能给她送终，你还小，也能多哭两声。

我沉默了一会，说，我奶怎么不给我打电话？他说，你奶知道你有出息了，忙，时间宝贵，怕耽误你时间。还有一个原因。我说，什么原因？他说，你奶最喜欢你，但是她跟我是朋友，心里话还是得跟朋友说。我说，你跟我奶都聊什么？他说，我就说我现在很好啊，要结婚了，请她老人家来喝喜酒，过两年让她当太奶。我又沉默，过了一会我说，哥，你知道我二姑夫在哪吧。他说，知道。我说，你能让他回家吗？我哥说，他不回去了。我哥站起来，去了里屋，回来时手里拿了一本房证，说，我那个新房子，托人帮我卖了，把钱还了，房证赎回来，你给我妈。我接过说，你也不回去了？他说，我也不回去了。一部电影结束了，现在是广告，一个体育品牌的广告，非洲欧洲南美洲难民贵族残疾人都在使用这个牌子，他盯着看了一会说，你知道你二姑夫造过飞行器吧？我说，飞行器？他说，是飞行器，能上天那种，像个背包，他后来起名叫便携式飞行器。我说，不知道。他说，很快败了，操，怎么可能成功？飞行器？那世界不是乱了？我说，嗯。他说，你爸还帮他弄过零件。我说，我爸？他说，是，

你爸，我舅，帮他偷过工厂的零件。我说，我爸还有这胆子？他说，你大姑，也借过他钱，让他弄飞行器。不知道为啥，全家人都相信他能搞出来。失败之后他又做过好多买卖。倒腾过煤，开过饭店，去云南贩过烟，还给蚁力神养过蚂蚁。我说，养蚂蚁？他说，那阵子我那屋子被他占了，全是小盒子，里头是蚂蚁，我睡在地上，有时候蚂蚁跑出来，爬到我脸上咬我。后来还办过舞蹈班，卖过安利纽崔莱，反正干过不少事情，我爸这点我是佩服的，从来都相信迟早能成功，他跟我说，知识就是力量，这句话还有下半句。我说，下半句是啥？他说，劳动创造自由。国外有老太太七十岁还在念大学，八十岁开始创业，他觉得永远不晚。我点点头，说，哥，我不知道到底咋是对的，但是我觉得是不是应该让我和二姑夫见一面，他回不回去，我也算是见到了真佛，回去能有个交代。他说，你能见着，今晚我们就见，说实话，要不咋说是一家人，缘分就是比旁人深，本来今天我很被动，这俩姑娘看着我，我出不去，你来了，救了我，咱们晚上出门。

之后的几个小时，他一言不发，电视上又开始播放另一部电影，是一部喜剧，他看得很认真，也不笑，我没办法，只好也看下去，里面的主人公变成了上帝，从水中走过去，惊喜地看着自己的双脚，纳闷为什么没有沉入水中。

天黑了下来，东北的冬天，晚上六点已经看不清东西。寒气像冷酷的话语，从窗户缝里渗进来。我哥没有开灯，电影终于演完了，字幕浮动，音乐响起。我哥站起来穿上衣服说，走吧。他从抽屉拿出一只金灿灿的手表，戴在手上。我们下楼，走到八哥台球厅。老板说，来了？我哥说，来了，杆儿还在吗？老板从吧台里头，拿出一支球杆。杆身淡黄色，尾部深褐色，像一束光。我哥拿在手里说，哥，陪我玩会？老板从吧台里走出来，走到后面的杂物间，拿出一支球杆，两人便开始打台球。有几人围着观看，啧啧赞叹，后来人们渐渐散去，台球厅只剩我们三个人，两人还在打。一直打到深夜十一点，我哥停下说，哥，一起玩了二十年。老板说，是啊。我哥说，我走了。老板说，杆也拿走吗？我哥说，也拿走。老板从吧台拿出一个黑色的杆盒，我哥把球杆拆开，放在杆盒里，夹在腋下，领着我走了。

走到我姑的楼下，院子里一片漆黑。我哥仰头看了一会，几乎所有窗户都黑了。他指着其中一扇窗户说，那是我的屋子。我抬头看，没有看清他指的是哪个。他说，小时候我老从窗户向外望，最远就能看到这个院子。那时候老琢磨跑出去，现在一想，还是在那张小床上睡得最踏实。我说，我这次回来发现，我就在家里的床上睡觉不做梦，在外面老做梦。我哥点点头，朝窗户喊了一声，姨，李刚在吗？没人回答他。声音迅速让夜色吸走了，跟没说过一样。他转身领着我走出院子，打了一辆出租车，他对师傅说，走南五马路，到红旗广场。我说，二姑夫在红旗广场？他说，对，在红旗广场。我说，这么晚了他跑广场干吗去？他想了想，没有回答。

　　我的印象里，红旗广场是有灯的，但是今天没有。不知我的记忆有误，还是这个钟点我没来过，这个钟点没有。四周的老式八角灯都黑着。上面的大理石砖非常平整，比我记忆里的还要光滑。毛主席像立在正中，底下是一圈黑影。我抬头看了看主席像高举的右手，在黑暗中那手显得特别和蔼，平易近人。我哥说，据说广场过去有鸽子。我说，是吗？他说，据说有，后来不知为什么没了，可能是冷。从正面转过去，我看见在主席像的背面，有几个人，正在忙一个什么东西。我又走近前几步，看了我二姑夫。他手里拿着一个应急灯，正在指挥。他几乎没怎么变，还是那么俊朗，五官层次分明，眼窝深陷，像个洋鬼子，眼睫毛还是那么长。只是脸和脖子干瘪了，头上戴的明显是假发，露出光秃的鬓角。我听见有气泵的声音。二姑夫看见了我，走了过来。他比我高一头，身上穿着宽大的羽绒服，底下穿着白裤子，一尘不染，脚上一双单层皮鞋。他说，小峰？我说，二姑夫，好久不见了。他说，你也要去？我说，去哪？二姑夫，你一直没回家，家里人让我来找你。二姑夫笑了，说，没人找我吧，你现在怎么样？听说你出息了。我说，没出息，一个银行职员。他说，北京地铁多少条线了？我想了想说，十几条吧，记不准。他说，听说北京打个车就得五十几块钱？我说，主要是堵车，不动弹，干跳表。他说，你妈怎么样？我说，挺好，就是不爱出门。他说，你跟你妈说，我李明奇没忘了她，就是最近忙，没去看她，一个人过不好受，赶紧找人搭伙。我说，你最好还是亲自跟她说，我说没用。他说，还是你替我转达吧，你现在是户主。这时气泵的声音更响了，我看见一只气球，在主席像的旁边鼓起来，越来越大，终于稳稳当当地飘在半空中，底下是一个大篮子。

　　二姑夫说，小峰，天快亮了，不能再耽搁，我跟你不多聊。记住二姑夫一句话，做人要做拿破仑，就算最后让人关在岛上，这辈子也算有可说

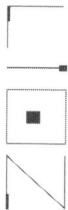

的东西。做不了拿破仑，也要做哥伦布，要一直往前走。做人要逆流而上，顺流而下只能找到垃圾堆。我说，这气球是干吗的？他说，是我设计的。一般情况下，这东西飞不了太久，但是我这款能飞一个月，关键是，除了顺着风向，还能一直往上飞。我算了一下，一个月之后，我们应该能到南美洲。我说，南美洲？我的脑中浮现出大片的种植园，几个女人背着篮子摘香蕉。他说，对，南美洲。这时我哥在我背后拍了一下我，说，弟，我先走，你多保重，房产证别忘了给你二姑。说完他走过去，把杆盒放在大篮子里，然后从大篮子里拿出一个背包背上。我说，等一下，二姑夫，你说这气球能一直往上飞，那不是迟早要爆炸？二姑夫说，对了，所以每人有个降落伞，这个降落伞是我三十年前设计的，后来又有了更先进的，我这款库房里堆了不少。有人坐在轮椅上，张手招呼二姑夫。二姑夫说，虽然就聊了这么几句，我能听明白，你小子将来有出息，知道气球能爆炸。我跟你说，人出生，就像从前世跳伞，我们这些人准备再跳一次，重新开始，你呢，回去就说见着我们了，我们准备去南方做生意，你要是你爷的孙子，你爸的儿子，就成全我们一下。这时一辆大卡车从环岛飞驰而过，嗡的一声。二姑夫说，行了，我们出发了。你保重，把你妈照顾好，父母在，不远游，在北京混好了，把你妈接过去。说完他走过去，从轮椅上把那人抱起，放在篮子里，然后把轮椅折叠，也放进去。我想起听我妈说过，我二姑夫有个小儿麻痹的弟弟，估计是他。大篮子里站了大概五个人，四个男的，一个女的，四个人年纪和我二姑夫相仿，我哥年纪最小。我没再往前走，不知该说什么，只是远远地看着。二姑夫拉了一下一个灯绳一样的东西，一团火在篮子上方闪动起来。气球升起来了，飞过打着红旗的士兵，飞过主席像的头顶，一直往高飞，开始是笔直的，后来开始向着斜上方飞去，终于消失在夜空里，什么也看不见了。

　　我站在原地等了一会，感到困意袭来。我非常想赶紧回家去睡觉，就站在环岛边上，伸手打车。过了不知道多久，一辆车也没有，环岛像沉默的河流。我想我也许要睡着了，就这么站在广场的边上，在冬天的午夜，坠入梦乡。

原载《天涯》2017第1期

点评/

　　这是一篇历史感和烟火气均很浓烈的小说，一方面，两家三代人跌宕起伏的命运与二十世纪下半叶的社会历史形成共振，另一方面，对于底层社会日常生活的书写又极具烟火气和生活质感，小人物的悲喜生活与大历史的宏阔苍凉交织在一起，构成一幅意蕴多彩而复杂的景观。"飞行家"的设置，使小说在紧贴生活和历史的叙述中获得了飞翔的能量，在滞重的生活泥淖中腾空而起，获得形而上的启示和力量。

　　小说用简笔勾勒了一系列的底层人物，第一代人高立宽、赵素英、李正道；第二代人李明奇、高雅风、高雅春、高旭光；第三代人"我"、我哥。众多的人物在不长的篇幅中粉墨登场，像一出多声部的合唱，我们甚至很难分辨其中的主角与配角。但显然，"飞行家"是有特定指向的，作者在以众声喧哗的方式为我们浓墨重彩地铺陈了纵向的家族历史之后，李明奇的出场显然具有象征意义，小说中李明奇与高旭光均带有与众不同的特殊气质，如果说众人皆是在生活的跑道上步步为营，那么他们二人皆具有了飞翔的神秘能量。可惜高旭光患癌去世，只剩下李明奇捍卫飞行家的理想。

　　小说在笔触细腻的日常描述之中又散发着浓烈的哲学气息，这种气息从李明奇和高旭东两人脱离现实的思想幻化而来，李明奇在小说结尾自信而决绝地带领家族的一干人等乘气球而去，飞往南美洲。这种乌托邦式的追求是对现实的逃离和背弃，也是对历史的再反思。

　　　　　　　　　　　　　　　　　　　　　　　　（崔庆蕾）

猎舌师/
/房 伟

一

　　行动定在晚上七点整。骆宁安下午一点二十分，到回龙街住处，最后一次看望妻女。她们正收拾行囊。宁安点燃香烟，蹲坐在青石板，看着负责行程的老鲁将行李一件件地搬出，放在院子天井旁。绿萝郁郁葱葱，散发出香气。不到盛夏，天不够长，天边有了些影子，皴皴地染去，映衬着祥和安宁。院子不大，宁安花了不少心思，种满花花草草，有虎耳草，二月兰，月季，还有株黑皮桑树，有些稚嫩，但已舒展开身子，不用几年，就是一番亭亭如盖的景致了。雨天在屋檐下，喝清香淳口的龙井，听听雨声，给女儿梳头，读几卷《文选》，晚间烧锅爽滑可口的豆腐，想来是惬意的事。

　　今夜过后，如果骆宁安还活着，等待他的将是艰苦的流亡生涯。如果不走运，小院将是他最后的美好回忆。宁安贪婪地望着这两年辛辛苦苦积攒的小家当，内心充满苦涩。人是向往安逸的动物，哪怕极大的苦痛屈辱，人也要寻找活下去的借口。就在这个小院，两年前的冬天，母亲和兄长一家，被日本人的刺刀挑死。母亲被刺穿喉咙，血流了一地，渗入青石砖缝，怎么冲洗，骆宁安都能看到小小的、刺眼的红点，闻到刺鼻血腥味。那是生养他的母亲的血，任何园林美景都无法遮蔽。骆宁安闲下来常在这院子坐到天亮，不停地抽烟。他没告诉妻女，无数黑夜，他都能看到血色像油漆般堆积在夜空，老母和兄长、嫂子、侄儿，横七竖八地躺在院子里，血淋淋的。兄长被井绳活活勒死，双手愤怒地伸向天空。嫂子下身赤裸，仰面朝天，葱绿的棉袄破烂不堪，肚皮上积淀着日本人骚臭的尿液。侄儿一大截粉红色肠子被日军生生地拽出，就横在他的脚边，慢慢变得黑紫。死去的亲人一言不发，就这样定格在惨烈瞬间，在他的眼前不断重复播放。

二

骆宁安成为南京日本总领事馆的厨师有一年多了。南京被占领之前，他就是松涛楼颇有名气的淮扬菜厨师。骆家祖上在金陵也是读书人，出过举人秀才，但到了宁安父亲这辈，败落得厉害，只在国小当语文教员，勉强糊口。宁安幼时聪颖，旧学颇有底子，后来到新式国中读过几年。不知为何，宁安突然退学了。众人都劝，但也有明白人，知道宁安父亲突然过世，大哥做布匹生意，又被贼偷了几回，家里非常困难。宁安避过乱哄哄学潮，安心去松涛楼学厨师。对读书人来说，无论新旧，君子远庖厨的看法都存在。很多人认为宁安是堕落贱业。南京餐饮业，规矩也多，有严格师承关系和厨艺派系，但几年时间，宁安硬生生地从一个门外汉成了技艺精湛的名厨。他娶妻生女，生活也算自在。

民国二十六年，日本打南京城，母亲和兄长一家死难。宁安的妻子和女儿，侥幸逃过劫难。宁安在中华门附近的房子毁于战火，只能搬到回龙街兄长原来的住处。日本占领南京，六个星期不封刀，大部分难民逃到国际安全区。母亲和兄长一家，死在宁安眼前。宁安泣血哭嚎，几天不吃不喝。妻子和女儿担心他被灾难击垮。谁知宁安突然停止绝食，走出家门，意外地在日本领事馆谋到厨师职位。领事馆对挑选服务人员非常严格，需要两代以上南京本地人，且有当地绅士做铺保。这些中国人要不懂日语，这样不能泄露领事馆机密，但要聪明伶俐，长相顺眼。宁安去面试，副领事对他非常满意。宁安向领事馆讨要了良民证，暂保妻女平安，在血腥乱世挣扎下去。

寒冬过去，宁安第一次见到领事馆的厨师长虎太郎辽。日本人成立维持会，后来又有梁鸿志政府，南京秩序慢慢稳定，但宁安看到日本兵，还是忍不住哆嗦，不知是气愤还是胆怯。领事馆后厨，宁安和一群刚应聘的厨师忐忑不安地等待着厨师长。宁安个子中等，面白身长，算是标准的中国美男子，但遭逢亲人大难，此刻憔悴消沉。宁安站在人群中，听到"咔嗒""咔嗒"缓慢的木屐声。循声看去，一个精瘦的老头穿着日式料理服装向他们走来。老人个子矮，腰杆异常挺拔。他的头昂着，目光沉稳威严，脸如刀砍斧削般硬朗。他走路也一丝不苟，似乎不会踏错一步似的。

谁能告诉我，料理奥义是什么？老人突然用生硬的中文发问。

厨师们窃窃私语。这些厨师大多来自中国，也有少部分日本料理师和欧美西餐厨师。大家交头接耳，对日本老头的发问感到迷惑、好奇。每个人都对厨艺有不同理解，但当众讲出来，还颇让人踌躇。

老人点了几个厨师的将，回答无非"让人尝到美味""感到满足""人生美满幸福"之类，老人皱着眉，并不满意。最后，他看向了宁安。

宁安想了想说，名厨王小余曾协力袁枚做《随园食单》，以味媚人者，物之性也。尽物之性以表其美于人，是为厨之道。

老人目光闪烁，说，你这中国厨子有些文化。以物悦人，还是以人悦于人，尽物之性以表其美，不过伺候人的功夫。只有日本料理，才真正接近厨艺奥义。

宁安不置可否。老人见他似有不服之意，又转脸向众厨师说，我是你们的厨师长，日本京都的虎太郎辽。今后要和诸位共同服务于领事馆。诸位辛苦了。

虎太郎恭敬地向大家行礼。

他又对宁安说，这位中国师傅，我们各自做道菜给大家品尝，再讨论这个问题吧。

宁安百般推脱，虎太郎执意要比，只能定下题目，比肉类烧制。宁安索性也不再想其他。人为刀俎，我为鱼肉，怎能违拗这日本家伙呢？他自应了这营生，不过行尸走肉罢了。但日本人如此嚣张，只好豁出命来应付。

三

宁安做的是泥炉烤鸭。副领事爱淮扬菜，尤喜松涛楼泥炉烤鸭，宁安恰是做鸭子的高手。上选一岁苏北鸭，又肥又嫩。宰杀完，去毛，洗净，天香斋上好酱油腌制半小时。宁安拿出特制烤炉，点上炭火，将鸭子从下到上穿在戟形铁叉上，左手运转如飞，不停翻动铁叉，右手根据火候，不断在鸭身刷蜂蜜、植物油。这手绝活儿是一心二用，考验厨师对火候的把握。鸭子烤透，宁安开炉子。喷香的鸭子，色泽金黄。

宁安又耍起刀工，用锋利小刀揭鸭皮，待肥鸭焦酥酥的皮剥落，鸭子像洁白天真的少女显露了胸怀。宁安再用大一点的刀，专门削肉。他的速度很快，刀随腕转，如乱雪纷飞，不多时鸭子变成骨架。他把鸭肉放盘，搭配香葱、姜丝等佐料，骨架做了汤，这就是"一鸭三吃"，周围一片喝彩。宁安听出，喝彩的大多数是中国厨师。泥炉烤鸭虽是烤，但方法和风味全不同于北方烤鸭，也算淮扬菜精品。

虎太郎也已完成。他的料理相比宁安简单了很多。这个瘦小的日本厨师，将一块上好的奈良牛腰肉，先进行简单处理，配比大料后腌制，然后以陶制器形进行反复捶打，再加以刀工处理，酒精炉爆火炙烤，端了上来。

中国厨师都撇嘴。不就是烤肉？大家先吃宁安的鸭子，肥而不腻，皮焦脆，肉软濡，汤清爽。大家赞不绝口。要吃虎太郎的烤牛肉，虎太郎却喊，先等一下。只见他飞快端上火炉，一盘冰屑，搭配芥末、辣酱等十余种日本佐味品。大家伸着筷子夹牛肉，谁料虎太郎刀工极快，看似成块牛肉，竟幻化成透明蝉翼似的极薄的肉衣。

虎太郎飞快夹起肉，先以火炭速烤，然后包裹冰雪，蘸上调料，填送到嘴里。大家依样学来，立刻感到鲜嫩的、带点血丝的牛肉，甜美生鲜，入口即化，二次炙烤的热度搭配冰雪和刺激性调料，仿佛在舌头上开"冰火两重天"的舞会，将肉本身丰富的味道都绽放在味蕾之上。大家仿佛能感到，狂牛奔于火场的狂悍霸气，猛虎笑傲雪原的无上自尊。

料理被大家吃光了。但对两道菜的优劣，大家并未出声，而是一起看向虎太郎。只见他缓缓地说，优秀的厨师要有杀手的冷静和屠夫的坚韧。你们不是揣摩客人口味的、谄媚的厨子。你们要做舌尖的征服者，美食的王者！

厨师们都吃了一惊，未理解虎太郎的意思。他又说，中华料理博大精深，特别依靠中国丰富无比、变化多端的食材，更是花样繁多。可惜，中华料理失去创造力，一味腐败奢华，不重营养，重油，重烦琐工序。料理不仅满足口舌之欲，更让人清洁，严肃，奋发。

虎太郎拿出把银灿灿的日式小厨刀，说，这是我的老师，京都料理大师五十岚本辉赏我的。将来哪位师傅能做出令我敬佩的料理，我将转赠予他。

虎太郎用眼角余光扫了一眼宁安。

屈辱，这是彻底的羞辱！宁安呆立现场，脸色惨白，内心有声音狂喊，我不服！不就是烤牛肉吗？几句轻飘飘的话，就把我十几年精通的手艺否定了。这算什么？但冷静下来，宁安又不得不承认，这个讨厌的日本厨师有几分道理。但将厨艺和亡国联系，让人的自尊心难以接受，更何况骆家刚有至亲死于日本屠刀之下。

宁安用指甲扣掌心，鲜血溢出。他本恬淡随和，却第一次有了和人争胜的心。

四

老鲁拉了宁安一把，示意他该走了。

宁安丢了烟头，迅速离开小院。他甚至不敢回头，他很怕妻子担惊受怕的眼神，更害怕女儿稚嫩的呼喊。他们悄悄走到街角，老鲁握着他的手说，猎刀，领事馆门口见。

俩人分开，宁安独自走去。下午阳光正好，天蓝蓝的，行人慢吞吞的，小贩们懒洋洋叫卖着小吃，毗邻的小商铺，各式烟卷也摆了不少，似乎风光还好。南京似乎还是那个南京，丝毫没有两年前人间地狱的模样。但宁安知道，那只是表象，满街飘扬的日本小旗，提醒他屈辱的经历。宁安的步子越来越沉重。他本不必要这样。他可以安逸苟且地活下去，凭着手艺，他还能在乱世活着。

宁安思绪乱如麻团。他深深地呼了一口气。他必须和敌人战斗。此刻，他仿佛看到母亲和兄长一家人，正在云彩旁边冷冷地望着他，似是责备，又似是鼓励。

他不能原谅自己。他打破了厨师的底线。今晚，他将害死很多人。尽管，这些都是该死的日本人。他还记得，当初他拜在松涛楼最有名的师傅顾八爷门下，面对祖师爷易牙的画像，他的第一个誓言，身为飨子，绝不以厨艺害人！如今师傅过世，他却成了顾氏淮扬菜门里的败类。想到师傅对他的殷殷期盼，宁安心如刀绞。

他没有放弃复仇。他进入领事馆，不是那么简单。他从未干过这样的事，但老鲁找上他，他还是毫不犹豫地答应，加入军统，代号为"猎刀"。他要为惨死的中国人复仇。

老鲁三十多岁，公开身份是调料店老板，常年穿件油渍麻花的大褂，身上有股酱菜、花椒味。他的"宝瑞调料园"也在南京城开了快十年，颇有信誉。宁安当厨师，没少和他打交道，但谈不上是朋友。宁安瞧不上他猥琐的劲头。老鲁有个绰号叫"鲁大料"，人胖，眼小，见人就弯腰作揖，讲恭维话，还兼任自治会保甲长。这么滑头滑脑的小商人，谁也想不到竟是隐藏极深的军统南京区的特务。老鲁向他表明身份，他还以为开玩笑。当老鲁拿出对宁安的委任状，他再也不敢说"鲁大料"是个肤浅的家伙了。

"啪！"老鲁将一把黑黝黝的手枪拍在桌子上，笑嘻嘻地说，骆师傅，你有三条路，一条是杀了我，向日本人领赏；一条是我们一起杀鬼子；最后一条，是我枪毙了你。我们军统在敌后提头过日子，你了解我的秘密。不是自己人，只能处理了。

宁安想到惨死的家人，把牙一咬，答应了。

你要隐藏好，给冤死的同胞报仇！老鲁紧紧地握着他的手。宁安却感觉那双浸泡酱菜的手臭烘烘的。老鲁也看出了宁安的嫌弃，尴尬地抽出手，自嘲地说，你这读过圣贤书的厨子，别瞧不起人。大家都是庖丁、易牙的门人。你们上了锅台，我们在后厨罢了。宁安连忙摆手，说只是不习惯罢了。老鲁狡黠地笑了，又说，大厨还是老实人。咱们往后都是同志，管他前厨后厨。哪天我要是牺牲了，你可要给我做道大菜，好好祭奠一下。

五

宁安进入领事馆，跟老鲁学习了很多特工技能，如开锁、盯梢、显影等。宁安在这方面远不如他的厨艺。他观察领事馆来往人等，画出领事馆内部构造图。他甚至溜入领事办公室，拍下了一些文件。当时非常凶险，领事回来，遇到他在办公室门口，非常怀疑。好在他平时为人低调，厨艺精湛，领事对他印象不错，这才盘查几句，放行了。这让他的后背衣服几乎湿透。他常将情报用明矾水写在白纸上，送到关帝庙神像后的一个小洞。

显然，宁安不适合当间谍。他胆子不大，不够机警灵活。"猎刀"是赝品，到底只是"厨刀"。早上，宁安五点半就进入领事馆准备早饭。他总能第一个看到虎太郎。如果抛却民族仇恨，宁安很佩服虎太郎的敬业精神。他满头银发，严肃认真，年过五旬，异常注意仪表。他说厨师的

仪表，决定食物的心情。虎太郎不抽烟，不喝酒，除了做饭，钻研做饭，没有太多嗜好。他的厨师服一尘不染，做料理时准备手套和口罩，不让脏东西污染自己和食材。每次吃完饭，他和大家打扫厨房，将每个脏盘子和碗弄得干净闪亮才罢休。他令人发指的敬业，让领事馆所有厨师对他既敬畏，又害怕。没人和他亲近，他也不在乎。他只在乎食客的评价。宴席散罢，个子矮小却异常挺拔骄傲的虎太郎，背着手，笑着走过每个食客，询问他们的就餐感受。

虎太郎仅有的爱好，就是清晨锻炼刀术。虎太郎夫人早亡，有两个儿子，参加日本陆军，都已死在华北战场。虎太郎丝毫看不出老鳏夫的颓唐，反而多了几分决绝气息。虎太郎的刀法不坏，据说得到三刀流大师黑木重信的训练，有较专业的身手。他用刀术锻炼身体，也磨砺心志。晨曦，领事馆后院的翠绿草坪，宁安总能看到老厨师挥舞着日本刀，不停地旋转，劈砍，飞舞。他的手腕灵活地抖动，无数尘埃在清冷寒气之中漂浮在他的四周，仿佛飞奔舞蹈的野马，被快如闪电的刀分割成无数染着红光的残影。想来虎太郎神乎其神的厨艺刀工，也得益于此。宁安在他练刀结束后，上前询问料理安排事宜。

虎太郎讲述了几句，突然问宁安，骆师傅，你进入厨界多少年？

宁安说，大概有十年了。

听说你是读书人出身？

我读过中学，但家境不好，就退学了。

想没想过，学习日式料理精华？

宁安想也没想，就说，我出身江南淮扬菜顾氏，没想另投名师。虎太郎师傅，我是佩服的，但骆某不才，并不等于中华料理无人。您的料理奥义精深，也只是在日本罢了。

愿闻其详。虎太郎来了兴致。

宁安侃侃而谈："料理有地方性和世代性，如人有种族之差别，古今之别。唐宋喜鱼脍，那时日本尚无刺身。明清八大菜系已成规模，皆为各地域和世代之精华荟萃。川喜辣，鲁爱咸，粤好甜，是各地口味和地理气候风物不同。无辣，则无以祛除湿热，川人的体质就会受损。怎能用繁复腐败可概括？"

宁安吃惊的是，虎太郎并不生气，而是略带欣赏："美食不可媚人，而只能魅于人。我无贬低中华料理之意，只为激发你的斗志。强者的美食有容纳百川之力，日本和食是自中华、欧洲、日本本土延绵接近数百年的汲取，才成就了今天的日式料理。"

"我才疏学浅，不能领悟您的微言大义。"宁安再鞠躬，心里却颇有些意动。中国厨师大多在名贵食材和花样翻新上下文章，少有深究其内在玄理。

那您是不能学习日本料理了？

宁安沉默着，气氛有些难堪。

虎太郎冷冷地摇头："这便是固步自封。我二十岁成为高级板前师傅，在京都菊见楼指挥十几个调理师，曾为朝香宫亲王做寿宴。我以苦练多年的刀功和对食材、时节和自然的协调著称于日本。你要学，还要看我是否肯教！"

虎太郎擦干汗，昂首步入领事馆的后厨。

六

宁安在领事馆度日如年，但毕竟有了稳定工作。收入稳定，妻子便重新收拾兄长家的小院，女儿也嚷着去重新开张的小学上课。每天宁安回家，都能闻到诱人的烟火气，看到女儿天真的笑脸。不同的是，宁安每次上下班，都要受到日本兵盘查。女儿的小学，也开设日语课程。他们是"亡国奴"了。

任务一次次传来，宁安不堪重负。新鲜劲头过了，每天提心吊胆。他晚上做噩梦，梦到被日本兵抓走，被日本刀砍断脖子。他想报仇，妻儿却让他牵肠挂肚。他想杀日本人，可想到杀人场景，心惊肉跳。夜深人静，他甚至偷偷地后悔，一时冲动加入掉脑袋的组织。宁安每天买菜，去山东路菜市场，必然经过宝瑞调料园。他们是单线联系，宁安看到调料园摆出"朝天椒到货"的牌子，就知道有新任务，才去和老鲁接头。老鲁很机警，从不让宁安亲自去调料园，而是看到信号后，去关帝庙传递情报，约会碰头。

宁安和老鲁说了几次，说自己不是特工人才，让他介绍宁安去前线，好歹真枪真刀地拼杀，也比提心吊胆强。老鲁笑着说，晓得啦，骆师傅

是专业厨子，业余间谍。谁让我们的特务都没有好厨艺，进不了领事馆？等不了多久，有重大任务给你。做完后，你全家撤退到重庆。我都安排好了。

听老鲁这么讲，宁安的心里却更不安了。重大任务肯定艰难凶险至极，但也没有别的办法。老鲁听说虎太郎和宁安斗法的事。他恨恨地说，日本兵欺负人，日本老厨也看不起中国人。骆师傅，找机会给中国人长脸，灭一下老厨的威风。

你的厨师做得越好，越少人怀疑你。老鲁又露出狡猾的神色。

宁安苦笑不语。他和虎太郎极少讲话，但工作配合还算默契。一天，领事馆宴请要转道归国述职的本多丰繁大佐。本多大佐隶属于第十二军第十旅团，是一名善战勇悍的联队长。他长期驻守山东济南，但近来山东的敌对势力发展很快。他忙于征伐，饮食不规律，落下了严重胃病。山东乃鲁菜之乡，口味偏咸，喜放酱油和重料，本多不习惯。日本料理偏生冷，他的胃也难以承受。此次他吃了宁安的淮扬菜，非常舒服。他要求宁安出来见面，要在述职回到华北后，将宁安带到济南，专门负责给他打理饮食。

宁安拒绝了。他不能离开南京城，理由是照顾妻女。本多不耐烦地让他带上妻女一起去济南。

对不起，我不能和您去。宁安还是拒绝。

本多大佐喝了不少酒，脸上浮起凶戾的神色。他眯起眼说，厨子，你知道我们在战场上怎么称呼支那人？

呛骷颅！大佐有些微醉，我们喊着这个名字，砍下他们的头。

本多大佐又说，我们和支那军人艰苦作战。他们非常狡猾。夜间行军，他们有时就藏在急行军的队伍里，也会说几句日本话。这时就要看后背有没有草鞋喽。中国人混在我们联队里，我捉住他，让他盘腿坐着，双臂交叉放在胸前。所以头被砍掉，人往前倒，身上没有一丝血。我的副官得了性病，据说脑浆可治疗。他就把那脑袋劈开，用饭盒煮着吃啦。

宁安笔直地站着，汗水已湿透衣服。他咬着嘴唇，不吭声。副领事和其他工作人员都悠然地喝着茶，没有劝阻的意思。

大佐上前，拍着宁安的肩膀说，让你走非常简单，把你的妻女送到南京慰安所，就在孝陵卫附近。洒一高！没有命的，开放！开放！

大佐哈哈地笑着，仿佛回忆起了什么美好往事，嘴里还喃喃自语着"洒一高"。宁安不懂日语，但这一句他几年间听很多日本人讲过，就是来性交的意思。两年前，日本兵喊着这样的口号，强奸并杀死了母亲和嫂子。宁安平静下来。他早该死了，死在两年前。当时他躲在角落，眼睁睁地看着日本兵杀死母亲和兄长一家人。他是懦夫，藏在常春藤后，连哭泣都不敢出声。那天晚上，天下着小雨，不像雨，也不像眼泪，那是耻辱的血。他像行尸般活到现在，能报仇，是造化，不能报仇，就是命。他认了。

大佐不能这样做。

宁安听到生硬的汉语在耳边响起，回头看，竟是虎太郎。

虎太郎面无表情地站在宁安身边说，骆师傅是领事馆厨师的主要干部，领事馆外事接待非常繁忙，大佐要走他，我们很多任务无法完成。

大佐愣住，悻悻的，又扭头看副领事。副领事漫不经心地说，本多君，你去本土述职，回来还要一段时间嘛。我再劝劝骆师傅，毕竟故土难离。实在不行，我再派给你其他优秀的淮扬菜师傅。

本多大佐不再难为宁安，但仍狠狠地瞪着他，直到被其他军官拉走。宁安缓缓地退出宴会厅。春日阳光炽热，宁安仰着头，碧蓝的天空像泛滥而出的海带滚汤，腥甜，浓郁，刺鼻，宁安一阵眩晕，蹲在地上干呕。

虎太郎走过来，叹了口气。宁安问，为何要救我？

你是优秀的庖人，虎太郎说，应死于厨台之前，而不是被武人屠戮。

这也是理由？宁安没好气地想，虎太郎还真痴迷于庖肆之艺。不管怎样，虎太郎毕竟救了他。宁安浑浑噩噩地回到家，大病了一场，大半个月才慢慢恢复。

七

老鲁等宁安病好了些才约他见面，安慰了一番。宁安回领事馆工作，被告知有一场非常重要的宴会。虎太郎厨师长向副领事提出，要和宁安比试中日不同厨艺。副领事留学欧美，在帝国大学当过文科教授，也在南京多年，是日本外交界有名的"老饕"美食家，听闻如此建议，欣然同意，让宁安和虎太郎各自做出拿手菜肴，让大家评鉴。

副领事传下话，春意越来越浓，就以"春"为题吧。

宁安不想比赛。他担心影响任务。自从参加军统，他从没睡过一次安稳觉。他想复仇，也想早些结束折磨，在大后方隐姓埋名地活下去。但副领事的命令，也不好违背。

副领事的夫人菊子，是温婉秀美的日本女人。她对待领事馆的中国人很关心。副领事的小公子洋平，不喜日式料理，爱吃中餐。洋平只有7岁，天真可爱，体弱多病。副领事特别嘱咐宁安，让他给洋平做些可口的。洋平出生在中国，日语似乎还不如汉语好。每次见到宁安，总跑过去抱住他的腿问，宁安师傅，有好吃的吗？宁安本不是口吐莲花之辈，可不知为何，每次看到洋平，内心总涌动着无限关爱。

傍晚，宁安收拾完厨具，正准备回家，菊子夫人匆忙地走来，焦急地对宁安说，骆师傅，洋平吃不下饭，你能否帮他单独弄点？宁安点头，却并没有动。晚餐是虎太郎做的日系料理。他还专门给洋平做了饭。宁安若主动答应，似是对虎太郎的否定。更何况，副领事刚给他们下达比赛的命令，但菊子夫人焦急的样子又让他于心不忍。正在踌躇，虎太郎走来，对宁安示意，骆师傅，能否帮我看看洋平？为何我的料理他吃不下呢？

宁安看到虎太郎谦虚的样子，也不好反驳，就一起去看洋平。洋平躺在长沙发上，看上去恹恹的。宁安回头问虎太郎，厨师长，请问您为洋平准备的和食是什么？

虎太郎说，洋平食欲不振，身体代谢慢。我炖了梅子味噌汤，用于开胃，并为他特制了乌龙汤面，用鲜鳜鱼熬的高汤，非常滋补。洋平依然吃不进去。

宁安想了想说，您的对策总的来说没错。洋平食欲不好，您以梅子酸刺激胃肠蠕动，鱼汤鲜美，也很营养。这方案针对大人可以，但孩子胃力弱，不适于刺激，更适于调养。和食偏寒，洋平从小吃中餐，乌龙面对他来说还是硬了一些。

虎太郎不住点头，认真地对宁安鞠躬说，受教了。

宁安看着虎太郎，心慢慢放轻松了。洋平也翻身下沙发，欢笑着说，宁安师傅，给我带好吃的了吗？马上就做好，宁安笑着回答。虎太郎和宁安商量洋平的食谱。虎太郎身为厨师长，原本不需要对小孩的饮食如此用心。宁安在那张严肃甚至有几分刻板的脸上，找不到任何特殊的理由。他小心地提出用文思豆腐汤搭配虾球鸡蛋饭，虎太郎又添加了几条建议。洋平嚷着要看宁安做饭，菊子夫人只好带他来到后厨。宁安师傅，什么是文思豆腐？洋平问。

宁安认真地解释说："中国人将豆腐叫小宰羊，是说它非常鲜美，苏东坡有云：'煮豆为乳脂为酥'，文思豆腐是乾隆年间扬州僧人文思和尚所制。用刀将豆腐削成细如丝线的丝，软嫩清醇。香菇、冬笋、火腿、鸡脯肉，有助消化和滋补，细细地切丝，用雏鸡炖清鸡汤，糖和淀粉勾芡。此道菜难在刀工和火候，刀功还需虎太郎厨师长，我是不如的。"

虎太郎也不推辞，他拿出特制日本厨师刀。不一会儿，各种辅料就切好，豆腐丝散在清鸡汤里，如银河散发的银亮光丝，又点缀各类辅料，真是五彩缤纷，闻起来香甜浓郁。

汤好了，这边宁安焖的米饭也差不多了。他选用上等鸡头米，饭焖得偏软，适合孩子。鸡蛋饭是传统日本和食，不过加了虾仁。他们将饭端上来，不是用碗，而是用带槽的红木板。这样做出的饭更软和，宁安用类似做蛋糕的小模具，将鸡蛋和北海道甜虾茸倒进去蒸熟并固定。等米饭好了，把那些甜虾球和鸡蛋粒倒上去。

就是鸡蛋饭吗？洋平忍不住说。菊子夫人赶紧拉住他，对宁安和虎太郎歉意地说，实在对不起，小孩子不知深浅，两位做出的鸡蛋饭一定是最好的。

宁安和虎太郎相互看了看，小孩子心急。宁安很快拿出一碗小球状东西洒在饭上。神奇的一幕发生了：小球渐渐融化，包裹住虾球和鸡蛋粒，冒出阵阵芳香。虎太郎又在饭上撒了青葱、梨片，煞是好看。洋平欢呼，先是小口吃，后来迫不及待地用勺子盛，很快吃了一大碗。

到底是什么？菊子夫人说。虎太郎做了解释。原来是熬煮鸡脯肉凝结的鸡肉冻，加了法国红酒提鲜。这是宁安从欧洲菜式得来的灵感。

这些料理是中国菜，还是日本菜？洋平天真地问道。

宁安和虎太郎都窘住了。文思豆腐是淮扬菜，却是日式刀工；鸡蛋饭是日本料理，却有西洋烹饪法和中国模具。这真是很难说清楚。

八

洋平吃罢晚饭，已是晚上九点多。虎太郎请宁安在领事馆外的草坪散

步。暮春天气，晚上风还凉，街面不见几个人。远处看去，领事馆灯火辉煌，日本太阳旗在墨绿色天幕随风摆动，光滑结实的大理石地面和精美的石柱相映衬，显得雍容华贵，并提醒着所有中国人，这里是征服者的住所。

宁安呆呆地站着，对虎太郎说，先生，我不想和您比厨艺。

虎太郎和宁安争执起来，他可能是认为宁安害怕了，言语有些讽刺的意味。宁安血涌面皮，可恶的日本老厨！刚生出的好感也烟消云散了。宁安攥了攥拳，强忍着回应说："我不过是普通厨师，乱世挣扎求生罢了。至于中华还是日本，谁第一很重要吗？"

虎太郎愣住了。他没想到宁安如此态度。

宁安又说，两年前，南京城破，我的母亲和兄长一家惨死家中。侄儿小志如果活到现在，也该和洋平差不多大了。

虎太郎脸色变了变，想说什么，却欲言又止。许久，他才说，战争不好。我也不喜欢战争。铁兵和铁志，都丧生于华北。但没有征服，就没有反抗，也没有进化。日本是为中国和全东亚的进步牺牲自己。

什么？宁安指着飘扬的日本旗说，没请你们来！你们杀了我的亲人，还说帮助进步？

虎太郎看着平时温顺的骆师傅此刻如同被激怒的刺猬，眼睛通红，随时要扑过来。

你可以举报我，宁安说，让宪兵抓我吧。

虎太郎面色凝重地说，希望您放下仇恨，全力以赴地准备比赛。如果您放弃，或输掉了，就请拜我为师；如果我输了，将离开中国，永不回来。

宁安冷冷地点头，独自向家的方向走去。他的头脑中，一会儿是可爱的洋平和谦和的菊子夫人，一会儿是惨死的侄子小志和嫂子，一会儿又是虎太郎疯狂的眼神。洋平快乐地生活在南京，成为人上人的主人，小志却被抽出肠子，惨死家中。这世界为何如此不公平？也许，对于虎太郎来说，他真的并不在意什么大东亚战争。他要的是厨艺上的无限精进与完美对抗。国家的事他并不在意，他只是要一场精彩绝伦的厨艺比拼。

他仿佛看到拖着肠子的侄儿与身穿破烂旗袍的嫂子，无声地跟在他身后。他猛地回头，远处钟楼的钟声突兀地响起，好似地狱的号角。街道两旁的法国梧桐又密又厚的叶片间，漏下无数路灯碎光，将两个青黑色影子分割成一块块的，时聚时散，浮在空无一人的街道，仿佛两团虫子组合的人形。风吹时虽然模糊，但风一过，又是纤毫毕现的真实。

宁安没有恐惧，只有内疚。侄儿和嫂子一定埋怨自己。这么久，难道你忘记了血海深仇？你还想回去过苟且偷安的小日子？你是不是想逃避？

第二天下午，宁安见到老鲁，将比赛的事说了，坚定地说，要好好准备，打败日本人。

老鲁笑眯眯地听他讲完，不答话，只是拿出碟腌渍黄瓜片，"咯吱咯吱"地咀嚼，吃下几块，才斜着眼看宁安说，怎么，不想撤退后方了？

宁安脸一红，坚定地摇摇头。

老鲁拍拍手，淡淡地说，骆宁安上尉，你是军统南京情报站的军人，不是挥舞菜刀的厨师，一切都要服从安排。

难道上级不同意我和日本厨师比赛？宁安急切地说。

一定要比，老鲁目光冷峻，十几天后，领事馆举行外务省次长清水留三郎招待会，活动由副领事主持。总领事倔公一，陆军中将山田乙三，还有很多南京城内日本政军界高级人员参加。军统南京区尚振声处长已下达命令，我们的任务是毒死所有日本人。

九

接到这个终极任务，宁安非常不舒服。但真正执行，则有相当难度。日本宪兵对后厨看管严格，每天入货，都有专门人手看管。这种大型宴会，也会有专门检验的人负责，还会有能闻出毒品味的日本警犬。除去这些，选择毒物也非常费思量。如需致命，须是氰化钾这样的剧毒，但毒杀数十人的化学物品，成功带入南京，再带入领事馆，难度也不小。而且，毒物的发作时间，投放方式和剂量，都需精心设计。

经过周折，老鲁搞来了一种俗称"醉仙桃"的神经性毒物。该毒物由中药萃取而出，发作时间比较长。两人还拿老鼠和猴子做实验，了解毒物的发作间歇与具体时效，以便投毒后争取时间全身而退。有关行动计划，两人也反复推演，力求万无一失。

　　春天的风慢慢暖了。领事馆内喜气洋洋，几十个南京城日本显贵被请了来。外交仪式结束后，副领事笑着宣布比赛的事。来宾非常好奇。宁安在众人身后，偷眼看到上次的本多大佐也在邀请行列，显然是国内述职刚回来。本多铁青着脸，并不讲话。宴会商定，由副领事带领几位贵宾，组成试吃陪审团，对两位大厨的菜肴评点。菊子夫人和洋平也挤在人群中，看两位大厨比赛。骆师傅，你一定会赢！小洋平用中文喊着，惹得很多人去看。

　　虎太郎身着墨绿色日式厨师服见客。他今天为客人准备的是日本传统"怀石料理"系作品。相传，日本禅宗和尚因提倡少食，常难挨寒冬，故常用衣服包裹了烧得温热的石头放置怀中，以暖胸腹，故此得名。菜系共十四道菜，先端上的是"先付"和"八寸"，都是时令开胃小菜。一个不大的粗瓷白底盘，青萝卜雕刻的鲜艳梅花枝，配以洋葱、白萝卜切的极小碎丁为雪花状，覆盖其上。一个青柚对半切开，内囊去除，中间填塞丁状嫩笋和条状洋芋根，柚子蒂上还覆盖几片青翠欲滴的叶子。

　　先付可有名目？副领事问。

　　虎太郎恭敬地说："配有日本小俳句——踏雪寻梅，君觅春留何处？"

　　众人只觉青翠可口，齿颊留香。小菜虽不复杂，妙在契合春之绿，及迎春待客之意，且有抛砖引玉之功能。宁安一边忙着布置菜品，也留意虎太郎的菜品。见了这道"先付"，宁安倒也不觉惊讶。日本料理，细致处做到极致。

　　越过众人，宁安发现虎太郎正在凝视他，目光咄咄。他只平视过去，没有畏惧。

　　下一道"八寸"是下酒小菜，却是青陶瓮形器皿盛着，古朴浑然的气息悠然而来。古早酱油煮熟的小块黑杜父鱼，小黄瓜丁拌的北海道甜虾，红白相间的姜芽，昆布包裹的日本真鲷鱼块，水晶糖蒜头，翠绿苦瓜球，外加几个红艳夺目的朝鲜辣椒。

　　好呀，一个日本军官兴奋地抚掌说，酸甜苦辣咸麻，未闻主菜，已有舌尖百种滋味！

　　此为"春来冬去，笑对人生百味"，虎太郎说。

　　众人鼓掌愈热烈。宁安不得不承认，日本老厨的料理，令人钦佩。菜肴一道道地上来，越来越快，每道菜都有好听名目，色形味俱全，却不夸张奢华，只契合

"春"字做文章。不一会儿，怀石料理的高潮——主菜"强肴"上桌。只见一个大大纯白海贝瓷鱼形浅盘，盘中有假山造型，还有各种蔬菜雕成的树木，葱丝粘成的灌木丛，冰激凌做成的瀑布和小河，下铺薄薄冰片，烟雾缭绕，恍如仙境的微雕盆景。副领事带上眼镜，仔细看去，发现盘中有块黑黝黝的食物，像块石头，毫不起眼，不知为何物。

副领事大人，请进箸。虎太郎躬身行礼。

众人屏住气息。宁安暗想，日式怀石，强肴无非煎肉或鱼，本非常简单，为留住食物原始味道，难道这个菜还有其他古怪？

副领事有些不好意思，连忙邀请其他贵客一起。本多大佐倒不客气，用银筷夹起食物，大口咀嚼。正当大家惊讶，本多却突然停止吞咽，表情仿佛凝固住了。

噎住了吗？宁安身边的中国仆人悄声说，还是很难吃？

大家议论纷纷。虎太郎不动如山。副领事见状，也去夹那食物。

十

老鲁和宁安多次见面，商量行动细节。老鲁也疏散亲属，暗中将酱菜园抵押给典当行。这次行动，宁安没有十分把握。领事馆守备森严，虎太郎对饮食又十分精细，要投毒，就要考虑恰当的时机和方法。宴会开始前，宁安这些厨师每次进出领事馆，都会被搜身检查，想要带包毒药进去，难度很大。老鲁决定亲自出马，以送调料为由，将装毒物的密封料包贴上标签，混在其中送进去。

人算不如天算。事到临头，还是出事了。

下午三点半，宁安来到领事馆门口，等老鲁送货。过了约定时间，并不见人。宁安心急如焚，怕出事，急急地跑去宝瑞调料园，"朝天椒到货"的牌子不在，宁安发现店门口几个卖香烟的小贩。说是小贩，但不叫卖，只沉着脸，抄着手在袖筒，盯着店门口。店门冷冷清清地开着条缝，有点黑，隐约看着有人。

宁安的脑袋"轰"地发响。老鲁暴露了。老鲁被盯上，宁安也就危险了。

　　暮春，天气有些热，宁安的汗挤出来，脑子急剧旋转，到底怎么办？转头就走，带着全家人过流亡日子，命保住了，任务肯定完不成。不走又怎样？他和老鲁是单线联系，上级是否清楚他都不知道。他冒失地进去，不过多送条命罢了。

　　"叮叮"，门帘子栓的铁三角瓦不断作响，脆生生的，往常宁安最喜欢这声音，如今听着，如同催命符咒。宝瑞调料园是山东街不大的门头，黑匾额，蓝漆门，门口蹲着两只石麒麟，收拾得不甚干净，酱菜的咸香气，辣椒的辣味，还有花椒麻麻的气息，都慢悠悠地渗透出来，倒是烟火气十足。门被推开，一个胖大的男人举着牌子，一路跑，一边唱着什么。几个小贩装扮的暗探，都扑过去。宁安也骇了一跳，斜斜地看着胖男人从身边闯过去，肩上还有块银圆大小的豆腐乳污渍。阳光刺眼，宁安皱着眉，男人是老鲁，他手上举着的正是"朝天椒到货"的牌子。

　　老鲁不理睬宁安，只带着几个暗探兜圈。他面带微笑，将牌子举得高高的，不断摇晃。他踩踏街道蔬菜摊，踢飞了卖馄饨的条案，唬得几只花白相间的母狗"嗷嗷"乱窜。

　　宁安紧攥着手，牌子上"朝天椒"几个字辣得眼生疼。仔细听去，老鲁用南京土语唱的是"盐水鸭子香，文思豆腐嫩，辣椒爆炒大肠辣，油煎鸡屁股美吠，鸭血粉丝汤最爽滑……"

　　老鲁兜了两个圈子，猛地停住，一头撞到调料园的石麒麟上。青石雕的麒麟，右边全染红了，没有碧血，只溅出了红白相间的脑浆，惹得暗探们大骂晦气。

　　宁安呆呆地站在远处街角，心里没有痛楚慌乱，反而是前所未有的清明。半条街的人都拥去看死尸。宁安缓缓地调转头，朝关帝庙走去。宁安不知老鲁什么时候被暗探盯上的，但想来自己暂时安全。老鲁举那块牌子，无疑暗示他把毒药藏在平时两人交接情报的关帝像后面。老鲁拿自己的命成全宁安，完成这任务。他又想了想老鲁唱的歌谣，心下也有点明白。那不是什么暗语，是老鲁对宁安的最终遗言。宁安将来在他的坟头烧几道好菜，让他在阴间也能大饱口福。

　　老鲁唱歌真难听，纯粹是破锣。宁安却听得泪流满面。

　　后来他才知道，老鲁，鲁大料，真名叫鲁光复，民国光复那年生人。

十一

　　副领事细细地咀嚼，一会儿沉醉，一会儿兴奋。本多大佐也不讲话，只是加快进食，俩人眨眼间就吃了好几块。副领事停筷子，问本多大佐，感觉如何？

太好吃了！本多毫不犹豫地赞叹，真是难以形容的食物！

难以形容？宁安奇怪，为何有这样的评价？副领事也说，的确难以形容。吃起来有肉味，鱼味，土豆、鲜藕的味道，但竟然有巧克力味感，这究竟是什么东西？

虎太郎严肃的脸上露出微微笑容，说，这道强肴也是应了日本的和歌"上瀑布飞溅，蕨菜正发芽，春天已来临"。我用透明猪肉衣内裹鱼肉泥，土豆泥，鲜莲藕泥，切成方块状，先上笼屉蒸，再入油炸，出火后，裹上芥末和咖喱、洋葱碎等，投入融化的巧克力奶。巧克力冷却快，迅速将炙热的肉味锁住，等客人们咬开，肉和鱼，蔬菜的热气腾腾的气息马上涌入口腔，搭配物性热的巧克力，如突然喷发的富士火山，锐不可当！

这么神奇！客人们也赞叹。宁安身边的中国仆人和厨师都伸长了脖子，充满好奇。一个青年中国厨师对宁安说，骆师傅，虎太郎太厉害了，我们能胜过他吗？

宁安也说，这道菜的奥妙，还在于吃完火山再去吃旁边搭配的，冰激凌做成的白雪、小河与瀑布。这个虎太郎，总要把味道刺激做到极致！

众人如梦方醒，又是一阵感慨。本以为虎太郎给众人的惊喜就到这里了，谁料最后一道菜，本是"汤盖物"，也让虎太郎做出了非凡花样。

一个灰陶烧制碗，碗边刻着红白相间梅花。虎太郎揭开盖，副领事看去，是玉米甜汤，汤汁清亮，泛着玉米成熟的清香，是解腻开胃的良好食品。奇特之处在于，盖物的钵外另有极精细的刀功雕刻而成的弥勒造像，闻闻，是用胡萝卜雕刻，细致处如眉毛和脸上的纹路，都活灵活现。再仔细看，胡萝卜又是雕刻好后蒸熟的。

副领事轻轻地挑起卧佛，一下子散开了，头，脚，肚子，胳膊，腿，都滚落在黄澄澄的玉米汤里。副领事咬了口，感觉这胡萝卜佛里面另有乾坤！

吃起来不像胡萝卜呀。副领事嘟囔着。

虎太郎说，我用刀剔除胡萝卜雕的内瓤，填上茭白、草莓和大樱桃、苹果做成的馅，自然风味不同。这道菜有个名目，叫"佛浴春江"。

众人静下来，突兀地又爆发出热烈掌声。副领事赞许地说，这不仅是厨艺，而且是生活的艺术和想象力了。虎太郎先生已超越了厨技对饮食的理解。

几个大人物也纷纷赞许。本多大佐说，我在日本国内也见不到这样神奇的料理了。这场比赛不需要支那厨师出场了，因为胜负已定！

副领事并不认同："我们期待骆师傅有不同的精彩表现。"

虎太郎也示意让比赛继续。宁安不答话，只拍拍手，厨师们陆续上菜，小菜部分，是传统腌菜根，毫无出彩之处。接下来的菜，却出奇了。一个红木盒架被端上来，下面有只炉子。副领事看到，盒子之间有冰雕刻的横棍，棍上有极薄的鱼片，又在木盒底部放有一只古拙黑陶大碗，内有清亮汤汁，不知为何物。主菜四周，还搭配几碟青黄翠绿各色调料。

这菜怎么吃？副领事只觉无处下嘴。本多大佐对此不屑一顾，认为故弄玄虚。虎太郎眼睛一亮，想说什么，却欲言又止。

它并未最后完成，宁安向前一步说，用火柴点燃最下层炉子，是只酒精炉。不一会儿，青花瓷大碗的清汤煮开了，"咕嘟咕嘟"地冒着热气，散发着奇异香味。更奇特的是，冰雕的横棍被热气所蒸煮，慢慢融化了，鱼片"扑通、扑通"掉入汤中。

现在刚刚好，诸位品尝吧。宁安说。

副领事迫不及待地挑起块煮好的鱼片，在调料里蘸，又放在嘴里细细咀嚼。他闭起眼不说话，脸上表情不断变换。本多好奇，也品尝鱼片，还用大汤勺喝汤，脸上露出舒适的表情。其他贵宾也上前品尝。

副领事睁开眼，拍着餐桌说，鱼肉细腻可口，刀功不错，有鲜嫩羊肉感。汤也极为鲜美，一个字，鲜！新鲜到了极致！

本多并不说话，但脸上也显出慎重的表情。其他人议论纷纷，大多不明所以。虎太郎赞许说，盛器选择得好。中华烹饪，盛器多奢华，骆师傅选的却是小掘远州烧制的日本陶器，是所谓"濑户物"，更能凸显鱼和自然的关系及鱼的本味。生鱼刺身本是东瀛名菜，难的是刀功和食材。刀功已有几分功力了，鱼我看不是东瀛金枪鱼、鳟鱼、鳜鱼，而是中国东北大马哈鱼，鱼肉质地韧性而细腻。以冰为支棍，冰镇鱼片的鲜美，冰融化而鱼片入滚汤，可结合鱼和汤的鲜，调料也讲究。

众人恍然大悟。宁安又解释说，此冰雕棍混合海胆泥。汤也是特制，用的是南京青龙山的山泉，调料有牛膝草、蒜蓉和鸡蛋泥、古早酱油做的酱汁。正如副领事所言，这道料理是表现春天大自然的新鲜气息。

它有什么名目？本多急忙问。

泉涌鱼儿跳，春暖故人来。宁安沉声说道。

十二

下午4时15分。宁安在关帝像后，终于找到那包印有"精细盐"字样的毒物。宁安想起老鲁的种种好处，潸然泪下。宁安这才觉得饮食没有贵贱，山珍海味和简单小吃，甚至不那么上台面的猥琐低等食材，没什么本质区别。料理都是给人幸福。

他的心更坚定了。毒物害人，为厨界大忌，饮食杀敌，则义不容辞。他匆忙地赶回领事馆，已是4时40分。领事馆值班宪兵正对今晚宴会食材和各种配料进行认真细致的检验。宁安看到，调料袋子被整个翻出来，一只警犬嗅着气味。宁安内心狂跳，幸亏老鲁没将毒物混在里面，否则很可能被翻捡出。此刻那毒物仿佛长在身上，紧紧地扣着他的肉。

虎太郎走来，对宁安说，骆师傅，准备好了吗？

宁安点头。虎太郎又说，怎么如此紧张，是不是菜品准备不全？还是担心输掉比赛？

宁安冷冷地说，输赢都是我自己的事。厨师长，我们前台再见吧。

此时，一个宪兵走来，要搜查宁安身体，遭到了宁安的拒绝。我天天出入领事馆，你们也都检查，为何还要再搜查？这是对我的侮辱！宁安抗议说。

宁安非常紧张。他和门口卫兵熟悉，刚才进来只是例行公事，并没有认真搜查。但如果此刻检查，肯定要露馅。

不用了！虎太郎阻止宪兵，你们是侮辱优秀厨师。不要再这样了。

见到虎太郎如此说，宪兵不再纠缠。不知为何，看着虎太郎信任的目光，宁安有些内疚。他的确不配厨师的称呼。他马上就要变成无耻杀人犯，一个用厨房杀人的坏家伙。

不要想太多，虎太郎拍拍他的肩膀，安心比赛吧。

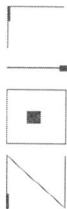

宁安无言，他真想扭头就走，离开这里，再也不管军统这些事，但老鲁那张胖胖的笑脸又从脑海里飘了出来，盯着宁安。宁安叹了口气，就算是地狱之行吧，总要有人下地狱。如果他不幸死了，就让他在地狱里做个好厨师吧……

下道菜是什么？副领事发问。宁安收回思绪，又招呼手下厨师上菜。下面主题都有关鱼，有"鱼肚乾坤"（肚里乾坤大，春风岁月长），糖醋黄河鲤鱼（桃花春水问鲤鱼），锅塌太湖银鱼（万点春色愁如海，火树银花盼归人）。

叉烧长鱼方，也得到了大家的好评。比赛烤肉之后，宁安痛定思痛，对烧烤类的菜肴多动了些心思。传统淮扬菜叉烧长鱼方，主要原料是中国河鳗。这次宁安选用的是日本深海的大海鳗。具体做法上，则延续淮扬菜系特点，如选用鸡虾茸为辅料，豆腐皮作包裹鳗鱼块的外皮。但烧制过程注意保持鱼块原始风味，不是用豆腐皮裹鱼，用稻秸秆烧制、平锅煎烤，而是直接将鳗鱼置于热旺酒精炉急烤，不用油刷，烤至八分熟，火速拿出，用薄如蝉翼的豆皮包裹，鸡虾茸也是大火急蒸熟，裹在第二层，再以青翠生菜裹在最外面。用油少了，鸡虾鲜味，海鳗原始的新鲜口感，都非常浓郁，又符合养生规律。这道料理可以说是集合中日烹饪理念，推陈出新之作，得到了一致好评。

真是难办了，副领事咂咂嘴，骆师傅和虎太郎师傅平分秋色。

虎太郎高出一筹，本多大佐说，日本料理精髓表现得非常充分。反观中国厨子，虽有出奇之处，但风格不鲜明。我是武人，只依照简单的想法说出来。

一位外务省官员显然欣赏宁安，却不好驳本多的面子，只问宁安，这是最后一道菜吗？

还有最后一道饭食。宁安转头向着厨师，只见四个厨师慢慢地抬着块铁板走上来，铁板上盖着一个精钢半球式的东西。

这是什么？副领事好奇地上前，要摸那钢半球。

不要！烫呀。宁安阻拦，还是晚了一步，副领事触摸到半球，触电般地缩回去。本多被唬得竟扯出军刀，仔细看去，却是副领事手指被烫起水泡。

呛骷颅，怎么回事？本多怒吼，你要谋害帝国外交官？

十三

宁安没有害怕，反而平静地让其他厨师散开。他对本多大佐说，这道菜装置是我设计的，请远距离观看，小心烫伤。

这是食物装置，大佐不必害怕。虎太郎也说。他对这道出场惊人的料理，也颇感兴趣。

本多大佐将信将疑，离远了一些，但军刀依然拉出半截。

宁安将钢半球上的一个帽轻轻扭开，呼呼的白色蒸汽喷了出来。宁安这才慢慢掀开盖子，本多大佐赫然看到，大铁板上盛着些金黄泛白的食物，还"吱吱"地冒着油和莫名香气。

包子！铁板的生煎包！副领事急切地说。

您尝尝看。宁安微笑着鼓励。副领事看去，包子热气腾腾，金黄的煎裙非常漂亮，包子皮宣软，很薄，但并不破。副领事轻轻咬下，一股油汪汪的汤汁溅了出来，直滴在他的前襟上。副领事越吃越快，全然不顾包子有些烫嘴。他一口气吃了四个，这才停下来，抹了抹嘴唇，闭上眼，似乎还沉浸在难以言说的境界和情绪之中。

到底怎么样？本多大佐忍不住问副领事。

副领事睁开眼，眉开眼笑着，叹了口气说，真是美好的滋味。

虎太郎也迫不及待地登上台，他看到包子个头不小，圆鼓鼓的，底下是金黄色煎炸裙边，饱满，皮薄，被里面的汤汁鼓起，像一个个白胖胖的嫩娃娃，挤挤地坐在一个个金黄色莲花台上。这水煎包据说用水和油来蒸包子，水干了，油　着，成了煎，既有水蒸的汤汁和包子皮的劲道，又有煎的脆爽可口。

虎太郎咬了口包子，很快发现不对。这不是寻常包子，它有两种馅，一种是上等鲅鱼茸，另一种是鲜牛肉。还有几片韭菜。肉羹切丁，塞在馅里，煮熟后融化成汤汁，被保存在包子里。这本没什么稀奇，但奇在韭菜香压制住肉的油腻，肉香和鱼香又冲淡了韭菜的辛辣。两种馅做的馅团被包裹在汤汁之中，彼此冲突又融合，好似熟透的草参，濡烂得入口即化，又有几分筋道。

虎太郎问副领事，您觉得这道饭如何？

副领事放下筷子，感叹地说，心和胃都是热的。那种感觉，好比深春之处，一人一舟独行于日头之下的湖水。日头温热，却不灼人，春之湖

水，氤氲水汽，碧波荡漾，独坐船头，独饮醉人酽茶，独听水打乌船，好不快哉！只不知，这奇怪装置有何用？

宁安解释说，传统煎包都是用平锅，水和油混煎，外加锅盖。这个装置是利用加热铁板，快速抽走半球内密封空气，造成真空密封加热，能迅速蒸干水分，减少煎包肉馅熟烂时间，保持食材新鲜口感，让汤汁更香甜。

众人都为匪夷所思的装置和宁安精妙的设计而叹服。大厅响起了热烈掌声。

这盘包子也有名目，叫"锦绣山河处处春"。宁安最后说。

和了吧。骆师傅和虎太郎师傅旗鼓相当，不分胜负。副领事宣布。

十四

晚上7点30分，精彩厨艺比拼之后，日本总领事馆外事招待宴会正式开始了。

宁安偷偷地换下厨师服，从领事馆后门溜出去。宴会菜单早已备好，宁安也安排十几个厨师分组料理。他最后回首春夜天幕中黑暗高大的领事馆，骑上早准备好的脚踏车，向燕子矶笆斗山江边码头方向狂奔。总领事馆在鼓楼区，至码头有相当距离，半个多小时，宁安才到达码头。早埋伏在这里的军统特务赶紧招呼宁安上船。小船静悄悄地停泊在不显眼的地方。昏暗的灯光下，宁安甚至似乎看到妻子和女儿焦急期盼的身影。

骆师傅不辞而别，有违中国君子之风。一个急切的声音突然从宁安身后冒出。

宁安惊悚至极，忙回头看，虎太郎瘦小的身躯显现出来。接应的军统特务也大惊失色，忙掏出枪，警觉地查看四周。但此处为码头非常偏僻的地方，除了这个小老头和他骑的一辆脚踏车之外，并没有其他人再出现。

厨师长，你怎么在这里？宁安说，插在衣兜里的手也紧紧地握住勃朗宁手枪，枪还是老鲁送给他的。

虎太郎没有回答。他的衣襟全湿透了，胸口起伏不定，大口喘息着，显然追踪狂奔的宁安，对五十多岁的虎太郎来说并不轻松。

虎太郎又喘口气，才沉痛地说，骆师傅，干这个不适合你。你只是优秀的厨师。宴会开始，本想找你聊天，却发现你仓皇而出，就跟踪至此，也算是相送吧。

宁安不答，手抢攥得更紧了。他太大意了，居然没发现身后有人。

虎太郎又说，这一路我都犹豫，是不是要举报你的不法行为，但我还想亲口问问你，为何违背厨师原则，干这种丧尽天良的事？

丧尽天良？宁安不怒反笑，日本兵闯进南京，奸杀嫂嫂，又奸杀我六十多岁的老母，这算不算丧尽天良？

虎太郎语塞，讷讷地说，战争总难免伤亡和个别不法士兵。

宁安冷笑说，真是笑话，老虎吃了麋鹿，还要和它和平。老虎的和平，不过是被吃的动物不要乱喊乱叫，搅扰了它的心情罢了。

虎太郎叹了口气，又说，战争是不好的。但你不该利用厨艺滥杀无辜。

无辜？宁安说，我杀的都是日本高官和高级汉奸特务，何来无辜？

你在食物投毒？虎太郎又问。

我把毒物混在四坛绍兴老酒里。宴会开始，毒物才会慢慢渗透，这毒发作慢，现在估计领事馆已乱作一团。我不杀害无辜。宁安说。

老鲁和宁安商量细节，宁安坚持不在饭菜里动手脚，而是在酒水里做文章。他的理由是，如果饭菜有异味，日本人可能很快停止食用，起不到效果了。他不想让下毒破坏厨艺比赛。另外，他实在不忍心毒死洋平和菊子夫人。妇女儿童一般不会在宴席饮酒，他们可逃过一劫。

一个厨师，以毒杀人，总是罪孽。虎太郎说。

这我知道！宁安打断他，我永远退出厨师界。但我不后悔。给本多大佐那桌高级军官的菜品，我以豆腐配白萝卜，笋搭鸡肝汤，汤里有我特制的药。这些杀人狂魔即使活下来，终生也不再有味觉。军人杀命，书生诛心，料理猎舌！

你好可怕。虎太郎脸色惨白，苦笑着说，我不过是行将就木的老厨，妻儿都死于战争，这世上牵挂的就是一身厨艺心得。我想找个传人，结合日本料理和中华烹饪美食的奥义。现在看来，不过是幼稚可笑罢了。

宁安向虎太郎深深地鞠躬，低声说，您是令我尊重的厨艺大师。下辈子吧。但愿下辈子中日之间不再有战争。

宁安回头，迅速登上小船。接应的特务也赶紧发动小船。此时虎太郎拿出个小包裹向船上抛去，大声喊，送你做纪念吧，但愿你能找个好的厨艺传人！

借着星光，宁安发现是那把虎太郎引以为傲的银厨刀，热泪盈眶。船快速移动，黄浦江两岸风景在黑暗中迅速奔向远方。乳黄色月亮仿佛大海船，伴随着不知将奔向何处的命运。灿灿星光若漫天蔷薇，宁安隐约看到，黑黢黢岸边似长满无数粉红色巨大舌头，在微风中摇曳。有中国人的舌头，也有日本人的舌头。兄长一家，还有死去的老母，都站在舌头之间，微笑着冲他挥手作别。他们神态安详，不再是狰狞血腥的样子。虎太郎瘦小挺拔的身影，依然屹立在空无一人的码头，如孤独的猛虎，一点点地退隐在时间的惊涛大浪中……

十五

1939年深春，南京日本总领事馆举行外务省次长清水留三郎招待会，发生震惊中外的厨师投毒案。总领事倔公一，陆军中将山田乙三，还有众多南京城内日本政军界高级人员等数十人中毒。宫下玉吉和船山之作等数人中毒不治，于次日身亡。

经日本特务机关严格搜查，发现领事馆厨师骆某留书一封，内书投毒报国仇家恨，乃个人行为云云。经检捕，发现该中国厨师已从燕子矶笆斗山码头秘密潜逃南京，不知所终。

消息传到日本内阁，产生极大反响。日本总领事、副领事被撤职遣返归国。总领事馆厨师长、著名日本料理大师虎太郎辽引咎剖腹自杀。

再据日本特务机关追查，中国厨师实为军统特别人员。此行动代号：猎舌。

原载《当代》2017年4期

点评

2015年以来，随着抗战胜利70周年的到来，一批以抗战为题材的小说涌现出来，这些小说以抗战为背景，打捞历史深处被时间淹没的细节，为抗战历史的重构和丰富做出了贡献。这其中，房伟的抗战系列小说引人注目。他查阅大量的历史文献资料，深入潜回历史深处，探寻那些被掩藏在历史皱褶中的动人瞬间。不仅为还原更为真实的抗战历史做出努力，也通过对特殊环境下人的命运的关照，呈现人性的真善美，假恶丑，叙写出了一系列动人的故事。《猎舌师》是其中的优秀代表。

在国难当头、刺刀横飞的战争背景下，人该如何生存、如何选择始终是一道难解的谜题。骆宁安一方面身背国恨家仇，渴望完成复仇，另一方面又希望能活下去照顾妻女。这是他人生的两难困境，也是日军屠城之后幸存下来的中国人面临的共同难题。战，以何为战？活，又如何存活？每条路似乎都不通。骆宁安的选择虽曲折凶险却曲径通幽，虽有违常理却又令人肃然起敬。国难之时，他走了一条成功的曲线救国之路。以精湛手艺混入领事馆，又与军统隐秘合作，最终既报仇雪恨，又全身而退，可谓在乱世中闯出一条光明之路来。

小说有大量的关于日本料理和中华美食的描写，既有呼应战争氛围的比拼之意，也有在令人惊心动魄的环境中寻找平和日常的暗示，紧张的时局与美味佳肴形成强烈的张力，连"猎舌"行动都进行得不动声色，可以说，作者有意识地在残酷之中寻找平和，在大历史中寻找小人物。

小说对于日本厨师虎太郎的塑造也颇具深意，这个厨艺精深的日本军人，虽也深受日本军国主义的荼毒，但他并不是一个嗜血的刽子手，相反，在几次危难时刻，都出手相救或者放了骆宁安一马，最后的江边相送相赠，也体现出日本军人在疯狂杀戮背后的一丝温情。房伟笔下的日本人形象是多变而复杂的，是丰富而充满想象力的，既有凶残的恶魔，又有心怀悲悯的善良之辈。显然，在对"日本军人"的理解和塑造上，房伟充分考量和尊重了人性的多维，他用更真实、客观的态度来进行历史的叙述，让作品更接近历史真相和真实，让小说更有穿透时间的品质。

（崔庆蕾）

大乔小乔/

/张悦然

1

上瑜伽课前，许妍接到乔琳的电话。听说她到北京来了，许妍有些惊讶，就约她晚上碰面。电话那边沉默了片刻，乔琳用哀求的声音说，你现在在哪里，我能过去找你吗？

她们两年没见面了。上次是姥姥去世的时候，许妍回了一趟泰安，带走了一些小时候的东西。走的时候乔琳问，你是不是不打算再回来了？许妍说，你可以到北京来看我。乔琳问，我难过的时候能给你打电话吗？当然，许妍说。乔琳总是在晚上打来电话，有时候哭很久。但她最近五个月没有打过电话。

外面的天完全黑了，她们坐进车里。照明灯的光打在乔琳的侧脸上，颧骨和嘴角有两块瘀青。许妍问她想吃什么。她转过头来，冲着许妍露出微笑，辣一点的就行，我嘴里没味儿。她坐直身体，把安全带从肚子上拉起来，说能不系吗，勒得难受。系着吧，许妍说，我刚会开，车还是借的。乔琳向前探了探身子，说开快一点吧，带我兜兜风。

那段路很堵。车子好容易才挪了几百米，停在一个路口。许妍转过头去问，爸妈什么时候走？乔琳说，明天一早。许妍问，你跟他们怎么说的？乔琳说，我说去找高中同学，他们才顾不上呢。许妍说，要是他们问起我，就说我出差了。乔琳点点头，知道，我知道。

车子开入商场的地下车库。许妍踩下手刹，告诉乔琳到了。乔琳靠在椅背上，说我都不想动弹了，这个座位还能加热，真舒服啊。她闭着眼睛，好像要睡着了。许妍摇了摇她。她抓起许妍的手，放在自己的肚子上，低声说，孩子，这是你的姨妈乔妍，来，认识一下。

在黑暗中，她的脸上露出微笑。许妍好像真的感觉到什么东西动了一下。像朵浪花，轻轻地撞在她的手心上。她把手抽了回来，对乔琳说，走吧。

许妍捂着肚子蹲在地上。明晃晃的太阳，那些人的腿在摆动，一个个翻越了横杆。跳啊，快跳啊，有人冲着她喊。她用尽全身力气站起来，横杆在眼前，越来越近，有人一把拉住了她……她觉得自己是在车里，乔琳的声音掠过头顶，师傅，开快点。她感到安心，闭上了眼睛。

许妍已经忘记自己曾经姓乔了。其实这个姓一直用了十五年。

办身份证的时候，她改成了姥姥的姓。姥姥说，也许我明年就死了，你还得回去找你爸妈，要是那样，你再改成姓乔吧。从她记事开始，姥姥就总说自己要死了，可她又活了很多年，直到许妍在北京上完大学。

许妍一出生，所有人听到她的啼哭声，都吓坏了。应该是静悄悄的才对，也不用洗，装进小坛子，埋在郊外的山上。地方她爸爸已经选好了，和祖坟隔着一段距离，因为死婴有怨气，会影响风水。

怀孕七个月，他们给她妈妈做了引产。据说是注射一种有毒的药水，穿过羊水打进胎儿的脑袋。可是医生也许打偏了，或者打少了，她生下来是活的，而且哭得特别响。整个医院的孩子加起来，也没有她一个人声大。姥姥说，自己是循着哭声找到她的。手术室没有人，她被搁在操作台上。也许他们对毒药水还抱有幻想，觉得晚一点会起作用，就省得往囟门上再打一针。

姥姥给了护士一些钱，用一张毯子把她裹走了。那是个晴朗的初夏夜晚，天上都是星星。姥姥一路小跑，冲进另一家医院，看着医生把她放进了暖箱。别哭了，你睡一会儿，我也睡一会儿，行吗，姥姥说。她在监护室门外的椅子上，度过了许妍出生后的第一个夜晚。

许妍点了鸳鸯锅，把辣的一面转到乔琳面前。乔琳只吃了一点蘑菇，她的下巴肿得更厉害了，嘴角的瘀青变紫了。

　　怎么就打起来了呢，许妍问。乔琳说，爸在计生办的办公楼里大吼大叫，保安赶他走，就扭在一块了，不知道谁推了我一把，撞到了门上。许妍叹了口气，你们跑到北京来到底有什么用呢？乔琳说，我只是想来看看你。许妍问，那他们呢，你为什么就不劝一下？乔琳说，来北京一趟，他俩情绪能好点，在家里成天打，爸上回差点把房子点了。而且有个汪律师，对咱们的案子感兴趣，还说帮着联系"法律聚焦"栏目组，看看能不能做个采访。许妍说，采访做得还少吗，有什么用？乔琳说，那个节目影响大，好几个像咱们家这样的案子，后来都解决了。许妍问，你也接受采访吗，挺着个大肚子，不觉得丢人吗？乔琳垂着眼睛，抓起浸在血水里的羊肉扑通扑通扔进锅里。

　　过了一会儿，乔琳小声问，你在电视台，能找到什么熟人帮着说句话吗？许妍说，我连我们频道的人都认不全，台里最近在裁员，没准明天我就失业了，她看着乔琳，是爸妈让你来的吧？乔琳摇了摇头，我真的只想来看看你。

　　许妍没说话。越过乔琳的肩膀，她又看到了过去很多年追赶着她的那个噩梦。上访，讨说法。爸爸那双昆虫标本般风干的眼睛，还有妈妈磨得越来越尖的嗓子。当然，许妍没资格嫌弃他们，因为她才是他们的噩梦。

　　她爸爸乔建斌本来是个中学老师，因为超生被单位开除了。他觉得很冤，老婆王亚珍是上环后意外怀孕，有风湿性心脏病，好几家医院都不敢动手术，推来推去推到七个月，才被中心医院接收。他们去找计生委，希望能恢复乔建斌的工作。计生委说，只要孩子活下来，超生的事实就成立。孩子是活了，可那不是他们让她活的啊。夫妻俩开始上访，找了各种人，送了不少礼，到头来连点抚恤金也没要到。

　　乔建斌的精神状况越来越糟，喝了酒就砸东西，还伤到自己，必须得有人看着才行。虽然他嚷着回去上班，可是谁都看得出来，他已经是个废人了。王亚珍的父母都是老中医，自己也懂一点医术，就找了个铺面开了间诊所。那是个低矮的二层楼，她在楼下看病，全家人住在楼上，这样她能随时看着乔建斌。乔琳是在那幢房子里长大的。许妍则一直跟着姥姥住。在她心里，乔琳和爸妈是一个完整的家庭，而她是多余的。乔建斌看见她，眼睛里就会有种悲凉的东西。她是他用工作换来的，不仅仅是工作，她毁了他的一切。王亚珍的脸色也不好看，总是有很多怨气，她除了养家，还要忍受奶奶的刁难。奶奶觉得要不是她有心脏病，没法顺利流产，也不会变成这样。每次她来，都会跟王亚珍吵起来。她走了以后，王亚珍又和乔建斌吵。这个家所有人都在互相怨恨。没有人怨乔琳。她是合情合理的存在，而且总在化解其他人之间的恩怨。那些年她做得最多的事，就是劝架和安抚。她在爸妈面前夸许妍聪明懂事，又在许妍这里说爸妈多么惦记她。她一直希望许妍能搬回来住。可是上初中那年，许妍和乔建斌大吵了一架，从此再也没有踏进过家门。

许妍骑着她那辆凤凰牌自行车经过诊所门前的石板路。乔琳从二楼的窗户探出头来，朝她招手。快点蹬，要迟到了，乔琳笑着说。许妍读初中，她读高中，高中离家比较近，所以她总是等看到了许妍才出发。有时候，她会在门口等她，塞给她一个洗干净的苹果。

许妍的手机响了。是沈皓明，他正和几个朋友吃饭，让她一会儿赶过去。许妍挂了电话。面前的火锅沸腾了，羊肉在红汤里翻滚，油星溅在乔琳的手背上。但她毫无知觉，专心地摆弄着碟子里的蘑菇，把它们从一边运到另一边，一片一片挨着摆好。她耐心地调整着位置，让它们不要压到彼此。然后她放下筷子，又露出那种空空的微笑，说刚才是你男朋友吗？许妍嗯了一声。乔琳说，你还没跟我说过呢。你什么都不跟我说，从小就这样。他是干什么的？许妍说，公司上班的白领。乔琳又问，对你好吗？许妍说，还行吧，你到底还吃不吃？乔琳说，有个人让你惦记着，那种感觉很好吧？

餐厅外面是个热闹的商场。卖冰淇淋的柜台前围着几个高中女生。许妍问，想吃吗？乔琳摸了摸肚子，好像在询问意见。她趴在冰柜前，逐个看着那些冰淇淋桶。覆盆子是种水果吗，她问，你说我要覆盆子的好，还是坚果的好呢？那就都要，许妍说。我不要纸杯，我想要蛋筒，乔琳笑着告诉柜台里的女孩。

那是九月的一个早晨，许妍升入高中的第一天。乔琳撑着伞，站在校门口。见到她就笑着走上来，你怎么不把雨衣的帽子戴上，头发都湿了。她伸出手，撩了一下许妍前额的头发说，真好，咱们在一个学校了，以后

每天都能见到。放学以后别走，我带你去吃冰淇淋，香芋味的。

　　路过童装店，乔琳的脚步慢下来。许妍顺着她的目光望过去，亮晶晶的橱窗里，悬挂着一件白色连衣裙。发光的塔夫绸，胸前有很多刺绣的蓝粉色小花，镶嵌着珍珠，裙摆捏着细小的荷叶边。乔琳把脸贴在玻璃上，说小姑娘的衣服真好看啊。许妍问，你希望是男孩还是女孩？男孩吧，乔琳说，如果是男孩，说不定林涛家里能改变主意。许妍问，他后来又跟你联系过吗？乔琳摇了摇头。

　　汽车驶出地下车库。商业街灯火通明，橱窗里挂着红色圣诞袜和花花绿绿的礼物盒。街边的树上缠了很多冰蓝色的串灯。广告灯箱里的男明星在微笑，露出白晃晃的牙齿。乔琳指着他问，你觉得他长得像于一鸣吗？许妍问，你这次来联系他了吗？乔琳说，我没有他的手机号码了。许妍沉默了一会儿，说快到了，我给你订了个酒店，离我家不远。乔琳点点头，双手抓着肚子上的安全带。

　　于一鸣走过来，坐在了她和乔琳的对面。他T恤外面的衬衫敞着，兜进来很多雨的气味。空气湿漉漉的，外面的天快黑了。于一鸣抹了一把脸上的水，冲她们笑了。他的下巴上有个好看的小窝。

　　到了酒店门口，乔琳忽然不肯下车。她小心翼翼地蜷缩起身体，好像生怕会把车里的东西弄脏。许妍问，到底怎么了？乔琳用很小的声音说，别让我一个人睡旅馆好吗，我想跟你一起睡……她抬起发红的眼睛，说求你了，好吗？

　　车子开回到大路上。乔琳仍旧蜷缩着身体，不时转过头来看看许妍。她小声问，旅馆的房间还能退吗，他们会罚钱吗？许妍说，我只是觉得住旅馆挺舒服的，早上还有早餐。乔琳说，我知道，我知道，对不起。

　　车窗起雾了，乔琳用手抹了几下，望着外面的霓虹灯，用很小的声音念出广告牌上的字。直到车子开上高架桥，周围黑了下去。她靠在座椅上，拍了拍肚子，说小家伙，以后你到北京来找姨妈好不好？许妍没有说话，她望着前方，挡风玻璃上也起雾了，被近光灯照亮的一小段路，苍白而昏暗。

乔琳盯着于一鸣，说你的发型真难看。于一鸣说，我知道你剪得好，可我回去两个月不能不剪头啊。乔琳揽了一下许妍说，来，认识一下，这是我妹妹，亲妹妹。于一鸣对乔琳说，走吧，该回去上晚自习了。乔琳说，你先去，我跟我妹妹坐一会儿，好久没见她了。于一鸣说，咱俩也好久没见了，说好去济南找我也没有去。乔琳笑了，明年暑假吧，我跟我妹妹一起去。于一鸣走了。许妍说，别跟人说我是你妹妹行吗，非得让所有人都知道家里超生的事吗？乔琳垂下眼睛，说知道了。许妍问，你们在谈恋爱？乔琳说没有。许妍说，别骗我了。乔琳说，真的，他来泰安借读，高考完了就走了。许妍说，你也可以走啊。

乔琳笑了一下，没说话。

2

许妍找到一个空车位，停下了车。刚下来，一辆车横在她们面前，车上走下一个戴着黑框眼镜的男人。他说，又是你，你又停在我的车位上了。许妍认出他就住在自己对门，好像姓汤。有一次他的快递送到了她家，里面是一盒迷你乐高玩具。她晚上送过去，他开门的时候眼睛很红。她瞄了一眼电视，正在放《甜蜜蜜》。张曼玉坐在黎明的后车座上。

许妍说，我不知道这个车位是你的，上面没挂牌子。她要把车开走，男人摆了摆手，说算了，还是我开走吧。他钻进车里发动引擎。

乔琳笑着说，他一定看我是孕妇吧。现在我到哪里都不用排队，一上公交车就有人让座，等孩子生下来，我都不习惯了。

许妍打开公寓的门。她的确没打算把乔琳带回家。房子很大，装修也非常奢侈，就算对北京缺乏了解，恐怕也猜得出这里的租金一般人很难负担。但是乔琳没有露出惊讶，也没有发表评论。她站在客厅中间，低着头眯起眼睛，好像在适应头顶那盏水晶吊灯发出的亮光。

过了一会儿，她回过神来，问许妍，你主持的节目几点播？许妍说，播完了，没什么可看的。乔琳问，有人在街上认出你，让你给他们签名吗？许妍说，一个做菜的节目，谁记得主持人长什么样啊。她找了一件新浴袍，领乔琳来到浴室。乔琳指着巨大的圆形浴缸问，我能试一下吗？

许妍说，孕妇不能泡澡。乔琳说，好吧，真想到水里待一会儿啊。她伸起胳膊脱毛衣，露出半张脸笑着说，能把你的节目拷到光盘里，让我带回去吗？放心，不告诉爸妈，我自己偷偷看。

乔琳的毛衣里是一件深蓝色的秋衣，勒出凸起的肚子。圆得简直不可思议。她变了形的身体，那条被生命撑开的曲线，蕴藏着某种神秘的美感。许妍感觉心被什么东西蜇了一下。

电话响了。沈皓明让她快点过去。听说她要出门，乔琳的眼神中流露出恐惧。许妍向她保证一会儿就回来，然后拿起外套出了门。

许妍睁开眼睛，看到自己躺在病房里。墙是白的，桌子是白的，桌上的缸子也是白的。乔琳坐在床边，用一种忧伤的目光看着她。许妍坐起来，问乔琳，告诉我吧，我到底怎么了。乔琳垂下眼睛，说你子宫里长了个瘤子，要动手术。子宫？许妍把手放在肚子上，这个器官在哪里，她从来没有感觉到它的存在。乔琳说，你才17岁，不该生这个病，医生说是激素的问题，可能和出生时他们给你打的毒针有关。

……医生站在床前，说手术很顺利，但瘤子可能还会长，以后可以考虑割掉子宫，等生完孩子。但你怀孕比较困难。他没说完全不可能，但是许妍知道他就是那个意思。

医生走了，病房里很安静。许妍望着窗外的一棵长歪了的树，岔出去的旁枝被锯掉了。乔琳说，我知道我说什么都没用，可是我以后真的不想生孩子。不知道为什么，想想就觉得可怕。

许妍赶到餐厅的时候，沈皓明已经有点喝多了，正和两个朋友讨论该换什么车。上个月，他开着花重金改装的牧马人去北戴河，半路上轮轴断了，现在虽然修好了，可他表示再也无法信任它了。

他们有个自驾游的车队，每次都是一起出去，十几辆车，浩浩荡荡。许妍跟他们去过一次内蒙古，每天晚上大家都喝得烂醉，在草地上留下一堆五颜六色的垃圾。有一天晚上，许妍和沈皓明没有喝醉，坐在山坡上说了一夜的话。他们两个就是这么认识的。许妍跟所有的人都不熟，是另外一个女孩带她去的，那个女孩跟她也不熟，邀请她或许只是因为车上多一个空座位。到了第五天，许妍坐到了沈皓明的那辆车上，他们一直讲话，后来开错路掉了队。两个人用后备厢里仅剩的烟熏火腿和几根蜡烛，在草原上度过了一个难忘的夜晚。

回北京那天，许妍有些低落，沈皓明把她送回家，她看着车子开走，觉得他不会再联系她了。她知道他是那种有钱人家的孩子，周围有很多漂亮女孩，只是因为旅途寂寞，才会和她在一起。也许是玩得太累了，第二天她发烧了。她躺在床上，觉得自己像一根就要烧断的保险丝，快把床单点着了。她感到一种强烈而不切实际的渴望。帮帮我，在黑暗中她对着天花板说。每次她特别难受的时候，就会这么说。

傍晚她收到了沈皓明的短信，问她要不要一起吃晚饭。她摇摇晃晃地从床上爬起来，化了个妆出门了。那不是一个两人晚餐，还有很多沈皓明的朋友。她烧得迷迷糊糊的，依然微笑着坐在沈皓明的旁边。聚会持续到十二点。回去的路上，她的身体一直发抖。沈皓明摸了摸她的额头，怪她怎么不早说，然后掉头开向医院。在急诊室外面的走廊里，他攥着她的手说，你让我心疼。她笑着说，大家都挺高兴的，这是个高兴的晚上，不是吗？

那个夏天，沈皓明时常带她参加派对。那些派对在郊外的大房子里举行，总有穿着短裙的女孩带着她的外籍男友。直到夏天快过完，她才确定自己成了沈皓明的女朋友。那时她已经学会了自己卷头发，并且添置了好几条短裙。到了九月末，她和几个从前要好的朋友坐在路边的烧烤摊，意识到自己以后也许不会再见他们了。来北京八年，一直在认识新朋友，进入新圈子，那种不断上升、进化的感觉，给她带来一些满足。

你想去莫斯科吗，沈皓明扭过头来看着她，春天的时候咱们开车去莫斯科吧？好啊，许妍说。她想到旷野上的星星，以及那些因为喝醉而感觉自由一点的夜晚。

饭局散了，许妍开车把沈皓明送回他爸妈家。当初租房子的时候，他是准备跟她一起住的。后来觉得上班太远，多数时候就还是住在他爸妈家。那边有好几个保姆伺候，饭菜又可心。他爸妈也不希望他搬出来，好像那样就等于认可了他和许妍的关系。

你表姐安顿好了？沈皓明忽然问，明天我妈让你来家里吃饭，喊她一起吧。许妍说，不用，她自己有安排。沈皓明说，后天律师所没事，我可以陪你带她转转，买买东西。许妍说好。

回到家已经是凌晨一点。乔琳还没睡，正靠在床上看电视。她好像在哭，抹了抹脸，对许妍笑了一下，说你看过这个节目吗，把一个城里的孩子和一个农村的孩子对调，让他俩在对方的家里住几天。结果那个农村孩子把城里的"爸妈"给她买早点的钱都攒下来，想给农村的奶奶买副新拐杖。许妍说，都是假的，节目组安排好的。乔琳说，怎么会呢，那个农村孩子哭得多伤心啊。

许妍换上睡衣，在床边坐下，说你怎么会失眠呢，孕妇不是应该贪睡吗？乔琳说，我每天睁着眼睛到天亮，看什么都是重影的，好像那些东西的魂全跑出来了。许妍问，去医院看过吗？乔琳回答，说是精神压力大，可他们不让吃安定。许妍沉默了一会儿，问你后悔吗，把孩子留下来？乔琳笑着说，怎么会呢，我把衣服都买好了啦，白色的，男女都能用。

半年前乔琳打来电话，说自己怀孕了。男的叫林涛，比乔琳小两岁。和她在同一家商场当售货员。他父母一直告诫他，不能跟乔琳谈恋爱，沾上她爸妈，一辈子都别想安生。得知乔琳怀孕，他吓坏了，休假躲了起来。乔琳厚着脸皮找到他们家，林涛的母亲给了一些钱，让她把孩子打掉。乔琳爸妈说，怎么能打掉，就去林家闹，还跑到商场去找乔琳的领导。乔琳把工作辞了，跟她爸妈说，你们要是再闹，我就死在你们面前。

那段时间，乔琳常常给许妍打电话。她在那边问，为什么我的生活里总是有那么多的纠纷呢？

十月的一个早晨，两个女生在学校门口拦住了她，说你就是乔琳的小跟班吗，最好离那个狐狸精远点，别沾得自己一身骚。许妍不算意外。她已经发现乔琳在学校里非常有名，追她的男生很多，背后说闲话的也很多。

放学后她和乔琳碰面，没有提起这件事。走到大门口，那两个女生又来了。她们低着头，哭丧着脸说，我们说错话了，对不起，你千万别放在心上。乔琳皱着眉头，一言不发。

她们又去了冷饮店。于一鸣很快也来了。乔琳瞪着他，你的眼线挺多啊。于一鸣说，怎么了？乔琳说，别装傻，你让王滨去吓唬李菁菁了？于一鸣说，太嚣张了，不给她们点颜色看看怎么行。乔琳说，你要是真拿王滨当哥们，就别让他干这种事。他身上背着两个处分，再有一回就得开除。于一鸣说，我绝不允许她们这么败坏你。乔琳笑了笑，我才不在乎呢。

许妍对乔琳说，如果我是你，大概会把孩子打掉。乔琳显得很惊恐，说怎么可能，他是个生命啊。许妍说，这个世界上有很多错误的生命，生下来只会受苦。乔琳说，别说了，我绝对不能那么做。

许妍很清楚，乔琳不能那么做是因为爸妈。他们最初是反对计划生育，后来变成连堕胎也反对。特别是王亚珍，成了这方面的斗士。她经常守在医院门口，拦截去做流产的女人，讲各种怨灵的故事，还去吓唬医生和护士，让他们放下手术刀到寺庙里超度。有那么几个女人听了她的话，没做流产，生下孩子以后拍的满月照片，被王亚珍扩印得很大，拿在手里到处宣传。她还爱讲自己的故事：我的小女儿，当时被他们逼着流掉，又打激素又打毒针，我有心脏病，差点死在手术台上。可孩子不是照样健健康康地活下来了吗？你们现在什么困难都没有，有什么理由不要孩子？她以后一定也会把乔琳当成单亲妈妈的典范。至于乔琳该如何抚养那个孩子，她根本不去想。这几年一直都是乔琳在养家，现在她还没了工作。

她们的不幸，最终都会变成爸妈上访的资本。就像许妍子宫里生瘤，也被他们到处宣扬，无非是为了多要一笔赔偿金。许妍心里的愤怒，如同休眠的火山，这时又燃烧起来。所以或许并不是完全为了乔琳，更多的是想反抗爸妈的意志，给他们沉重一击，——她又给乔琳打了电话。乔琳有点受宠若惊，说你从没给我打过电话。许妍说，你最好再考虑一下，留下这个孩子，一生可能都完了。乔琳说，可他是活的啊，在我身体里动，真的很奇妙，那种感觉你不会懂的……许妍冷笑了一声，是啊，那种感觉我不会懂的。以后你的事我也不会再管了。

乔琳没有再打来电话。许妍偶尔想起来，会在心里算算月份，想一想

孩子还有多久出生。

乔琳坐在操场的看台上，咬着一根棒冰，嘴上都是鲜艳的色素。许妍走过去，说你躲到这儿有用吗？乔琳不说话。许妍问，你是不是特别喜欢看男生为了你打架？既然你不想跟他们谈恋爱，为什么还要对他们好，让他们围着你团团转呢？乔琳说，可能害怕孤独吧，她抬起头，咧开橘色的嘴唇笑了，你是不是很讨厌我这样的女孩？

许妍在床上躺下，伸手关掉了台灯。但黑暗不够黑，窗帘的缝隙间夹着一道颤巍巍的光。她正犹豫是否要去消灭那簇光，乔琳的手穿过阻隔在中间的被子，找到了她的手。她说，你还记得吗，从前姥姥生病我把你领回家，咱俩挤在我那张小床上。许妍说，那是很小的时候，上了初中我就没再去过。

乔琳握紧了她的手，说我知道上回我说错话了，一直想给你打电话，可是真怕你再劝我把孩子打掉……许妍说，承认吧，你现在后悔了。乔琳说，没有，我想通了，不管我给这个孩子什么，给多给少，他都是奔着他自己的命去的。你小时候受了不少苦，现在不是也过得挺好吗？许妍问，你自己呢，你是奔着什么命去的，干吗非要背那么重的担子呢？乔琳在黑暗中笑了一声，我爱逞能，老觉得没我不行，其实我有什么用啊？她捏了捏许妍的手心，上访的事我早都不抱希望了，就是跟林涛怄一口气。当时他说，你家里要真是讨到了说法，再也不闹了，我就娶你。其实怎么可能啊，人家肯定早交了新女朋友。

许妍翻了个身，闭上眼睛。她感受着乔琳滞重的呼吸。如同一艘快要沉没的船。一个显而易见的却一直被她忽略的事实是，她的姐姐过得很糟，而且也许再不会好了。她能帮她做什么吗？

她能。沈皓明自己就是律师，而且热心，爱帮朋友。他爸爸又有很多政府关系。

她不能。她根本无法开口。从一开始她就隐瞒了家里的事，说爸爸走了，妈妈死了，她是跟着姥姥长大的。这不是撒谎，她对自己说，只是出于自保。谁能接受一对不停闹事，总是被保安驱逐和扭走的父母呢？不过，既然她一直说乔琳是她的表姐——是不是可以让他们帮一帮这个表姐呢？但是也有风险，她爸妈曾在采访里提到小女儿的名字，还说她现在在北京生活。一旦那些资料被翻出来，她的身份就掩饰不住了。

许妍勉强睡了几个小时，天快亮的时候醒了。她感觉到乔琳在耳边呼吸，嘴巴里的热气涌到她的脸上。她睁开眼睛，乔琳在曦光中望着自己。她一时想不起来从前什么时候，她也是这样望着自己，用那双圆圆的大眼睛，好像明白了什么重要的事要告诉她。但是她并没有开口。

你看我也是重影的吗？许妍问。

乔琳说，不，我看你看得很清楚。

于一鸣站在她的教室门口。他说乔琳三天没来上课了。许妍说，我爸把腿摔断了，她得照顾他。于一鸣说，你爸妈一有事，她就不能来上课。快考试了，这样下去不行，你带我去找她。

外面下着雪，马路结冰了。他们推着自行车往前走。风很大，雪乱糟糟地降下来，天空像个马蜂窝。于一鸣的头发又长长了，他的脸很白，下巴上有个好看的小窝。他神情凝重地说，帮我劝劝乔琳，让她好好复习，跟我一块儿考到北京。许妍说，她不想走。于一鸣说，她在这里没有出路。许妍问，北京什么样？于一鸣说，北京的马路特别宽，到处都是商店，还有很多咖啡馆。你好好学习，两年以后也考过去。许妍问，我？于一鸣说，是啊，我们在北京等你。

许妍怔怔地看着他。他口中呼出的白气在空中上升，然后散开了。

3

第二天，许妍录节目到下午五点，然后匆匆忙忙赶去买甜点。那家蛋糕店是从巴黎开过来的，最近上了不少时尚杂志。她每次都为带什么礼物去沈皓明家而伤脑筋。

小巧的纸杯蛋糕陈列在玻璃柜里，上面镶着翻糖做的高跟鞋和花环，像是一件件奢华的珠宝。价格当然也贵得离谱，她最终决定买四个。这时乔琳打来电话，问她什么时候回来。许妍说，冰箱上不是有外卖单吗，你先叫东西吃啊。乔琳说，我不饿，你家门怎么锁，我在屋子里喘不上气，

想出去走走。许妍把门锁的密码告诉她。她重复了一遍，说要是我等会儿忘了，能再给你打电话吗？

挂了电话，许妍扫视了一圈玻璃柜，目光落在一个有跳舞小人的纸杯蛋糕上。小人单脚支地，抬起双臂，好像正准备起跳，飞离地面。我要这个，她跟柜台里的女孩说。

许妍听到乔琳在身后喊自己。她追上来，把手里的布袋递给许妍，说裙子我帮你借好了，领子有点大，你别两个别针就行了。许妍说，我真的不想主持了。乔琳说，你要是不主持，我就也不跳舞了。晚会咱俩都不参加了。许妍问，干吗要费那么大力气帮我争取呢？乔琳笑了，大乔小乔，要一起出风头才好。当时在学校，已经有很多人都知道她俩是姐妹，并且管她们叫大乔小乔。

保姆开了门，要帮许妍拿东西。许妍捧着蛋糕盒说，我自己拿到客厅吧。三个女人坐在客厅的沙发上喝香槟。其中一个短发女人笑盈盈地看着她，对另外两个说，皓明就喜欢这种瘦瘦高高的女孩。旁边披着披肩的女人说，现在的男孩都喜欢这种身材。

一个八九岁的男孩跑出来，是沈皓明的弟弟沈皓辰。他手里牵了一只短腿腊肠狗。那只狗穿着蓝色羽绒坎肩，背后有个帽子，跑快一点帽子就扣过来，盖住了它的脸。沈皓辰把狗拽到沙发边，向大家介绍，它叫贝利，有点感冒了。挑高细眉的女人问，你上次那条狗呢？沈皓辰说，送走了，妈妈嫌它老翻垃圾桶。短发女人说，你妈一开始可是爱它爱得不行啊。男孩耸耸肩，我妈妈是个很难捉摸的女人。三个女人笑起来。披着披肩的女人说，皓辰，过来，让阿姨抱抱。男孩勉为其难地向前走了两步，把头转向一边，阿姨，我也感冒了。披着披肩的女人摸了摸他的后脑勺，都那么大了，真是有苗不愁长啊。挑高眉毛的女人放下香槟杯说，后悔了吧，当时都劝你跟于岚一起去，还可以做个双胞胎。

谁在说我坏话呢，我可是听到了，一个矮胖的女人走进来，穿着深蓝色香云纱裙子，腰部有一朵白色荷花，是沈皓明的妈妈于岚。你儿子，短发女人说，他说你是个很难捉摸的女人。于岚笑起来，对男孩说，宝贝，你昨天不是还说我不用开口，你都知道我要说什么吗？男孩说，我知道你要说什么，但我不知道你在想什么。挑高细眉的女人说，你儿子是个哲学家。

男孩抬起头问于岚，我能让许妍姐姐陪我去玩吗？于岚说，好啊。她笑吟吟地朝许妍走过来，说我都没看到你来了。许妍微笑着说，我买了甜点，饭后可以吃。太好了，于岚说，那我就不让大李再去买了。许妍在心里飞快地算了一下，四块蛋糕，自己不吃，刚好她们四个女人一人一块。

她跟着沈皓辰来到后院。那里有几簇假山和一个凉亭，前面是一小片结冰的水塘。沈皓辰问，你说贝利能在上面滑冰吗？许妍说，不行，它会掉下去。玩点别的吧，我陪你去插乐高。沈皓辰摇摇头，我想陪着贝利，它太孤单了。许妍说，它感冒了，需要休息。沈皓辰说，都是我妈，非让它睡在花房里。许妍问，为什么不让它到屋子里去？沈皓辰说，我妈说我们还不了解它的脾气，要观察一段时间，惠惠姐姐刚来的时候，她也不让她跟我们一起吃饭，说她嘴巴臭，可能有胃病。

许妍通过这个男孩知道了他们家不少事。包括沈皓明刚和她在一起的时候，于岚还给他介绍一个银行行长的女儿。没准他们见了面，她没问过沈皓明。以后恐怕还有律师的女儿，医生的女儿，她显然不是理想的儿媳，不过他们也没公然反对。有一次沈皓辰说，我妈说哥哥带什么女孩回来都没所谓，谈谈恋爱又不是当真的。许妍相信沈皓辰不至于蠢到不知道这些话不该讲给她，他是故意的，好让她心里难受。他也会把他妈妈讲保姆小惠的话告诉小惠，然后站在门外听小惠在房间里偷偷哭。这是一种什么爱好，许妍不知道，用沈皓明的话来说，他弟弟是个内心阴暗的小孩。

他们相差十八岁，沈皓辰叼着奶嘴的时候，沈皓明已经系着领结跟爸爸去参加慈善晚会了。他对弟弟没太多感情，一开始甚至忘了跟许妍讲。后来有一次随口讲到他，许妍惊讶地问，为什么？什么为什么，沈皓明问。许妍说，为什么能生两个孩子。沈皓明说，哦，我爸妈都入了加拿大籍。其实不入也可以，罚点钱就是了。

沈皓明推门走出来，对许妍说，我到处找你呢。他冲着沈皓辰的屁股拍了两下，别老缠着别人，你就不能自己玩会儿吗？沈皓辰哀求道，我们等会儿出去吃冰淇淋吧。沈皓明没理他，拉着许妍走了。

　　沈皓明的爸爸沈金松和几个男客坐在偏厅的沙发上。沈皓明带着许妍走过去，把她介绍给两个没见过的客人。他爸爸说，皓明，给你李叔叔拿支雪茄来。走出房间，沈皓明咕哝道，他怎么还有脸来。你说谁，许妍问。沈皓明说，那个戴鸭舌帽的男的，做生意把周围的朋友坑了一个遍，大家都不跟他来往了。沈皓明返回偏厅的时候，许妍拉住他，说笑一下。沈皓明皱着眉头，干什么？许妍说，你的怒气都写在脸上，让别的客人看到不好。沈皓明勉强露出一个微笑。许妍也给他一个微笑，进去吧，我去问问你妈妈那边有什么需要帮忙的。

　　许妍回到大客厅，发现又来了两个女客人。蛋糕不够分了，她有点不安地盯着桌子上的白盒子。开饭了，于岚对她说，我们过去坐下吧。

　　这种家宴是沈家的传统，每个星期都有一两回。客人彼此相熟，不会感到拘束。许妍环视四周，低声问沈皓明，高叔叔没来？沈皓明说，他要开会，晚点来。披着披肩的女人问，皓辰呢？于岚说，让他跟保姆吃，那孩子絮絮叨叨的，大人都没法好好说话了。

　　戴鸭舌帽的男人挨着女人们坐，一直保持沉默，每当那碟花生米转到面前的时候，他都会夹起一颗。你的古董店还开着吗，旁边的女人问他。没有，他回答，停顿了几秒说，不过我正打算重新开起来。女人问，还在原来的地方吗？啊，对，他说。一个男客人笑了笑，你确定吗，那一带盖了新楼，租金涨了四五倍。所有的人都看向戴鸭舌帽的男人，屋子里一时很静。许妍觉得自己所分担的那份尴尬比其他人更多。她理解那个戴鸭舌帽的男人，他一定很渴望成功，只是运气差了点。

　　饭吃到一半，高叔叔来了。许妍也弄不清这个高叔叔到底在政府做什么工作，只知道他权力很大，帮人铲了不少事。戴鸭舌帽的男人忽然来了精神，一直看着高叔叔，听他跟周围的人讲话。他们笑起来的时候，他也跟着笑了。

　　晚饭结束后，大家移到偏厅喝茶。沈金松和高叔叔去了另外一个房间，戴着鸭舌帽的男人也跟了进去。沈皓明对许妍说，他肯定有事要让高叔叔帮忙。许妍问，他会帮吗？沈皓明说，不知道，我们去看电影吧？许妍说，早走了你妈妈会不高兴。沈皓明说，管她呢。许妍笑了一下，你可以不管，我不能不管。她拉着沈皓明来到客厅，女人们正坐在那里聊天。沈皓明听到她们都在谈论衣服和包，就说我还是去男士那边吧。

　　许妍在于岚旁边坐了一会儿，发现桌上的水果叉不够，就起身去拿。让佩佩把甜酒打开，于岚在她身后说。经过走廊，她看到沈金松他们还在那个房间里，好像在说什么房子的事。

她拿着叉子从厨房出来，听到旁边的房间里传来奇怪的声音。好像是干呕，伴随着细小的嘶叫声。她敲了两下，推开门。是沈皓辰，正仰面躺在地上哭。那间屋子长期闲置，空荡荡的，只有一只书柜立在墙边。她蹲下来，说你可真会挑地方。沈皓辰不理她，闭上眼睛继续哭。许妍问，就因为没陪你去吃冰淇淋？沈皓辰抹了把眼泪，说我早就习惯了。许妍问，为什么不叫你的朋友来家里玩呢？沈皓辰说，你要是整天转学，还会有什么朋友吗？他摇了摇头，说这个家里没有一个人真的关心我。许妍说，不要对别人有什么期望，你自己得变得强大起来。沈皓辰撇了一下嘴，我还是个孩子呀。许妍说，孩子怎么了？沈皓辰哀求道，你能让我自己静一会儿吗，我不想回房间，惠惠姐姐像只鹦鹉，一直说个不停。

许妍带上了房间的门。她确实没想过沈皓辰会有什么痛苦。生在这样的家庭，不是应该从梦里笑出声来吗？但是现在看起来，他或许也是一个多余的孩子。他爸妈要他不过是为了装点生活，其实已经没有耐心再陪他长大一遍了。于岚不能放弃太太们的聚会和旅行，沈金松不能放弃打高尔夫和应酬。沈皓辰总是和保姆待在一起。一任又一任保姆。他满意的他妈妈不满意，他妈妈喜欢的他不喜欢。

许妍回到客厅，她的蛋糕盒子打开了，摊在桌上，里面的蛋糕一个也没动。有两个上面的花蹭在盒子上，变成了一坨红色烂泥，只有立着跳舞小人的那个仍旧完好。小人踮着脚尖，好像正从一堆废墟里往外爬。

戴鸭舌帽的男人出现在门口，咧开嘴冲着于岚笑了笑，说我来跟你说一声，我要走了。于岚点点头，让司机送你一下？男人说，我叫了辆车，司机好像迷路了。于岚说，坐下等一会儿吧。鸭舌帽迟疑了一下，走过来坐在沙发上。许妍把自己那杯没有动的甜酒放到他跟前，对他笑了笑。

快去把你的貂皮大衣拿来！短发女人把手搭在于岚的肩上。还有那个绝版的蜥蜴皮，挑高细眉的女人说。于岚去取了灰蓝色的貂皮大衣，还有几只包。女人们走上前，有的试穿大衣，有的摆弄着包。只有许妍和鸭舌帽坐在沙发上。鸭舌帽探身向前，目光呆滞地盯着茶几上的东西。他忽然

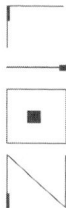

伸出手，拿起那个有跳舞小人的纸杯蛋糕，整个塞进了嘴里。

乔琳走到舞台中央，射灯的光不偏不斜地打在她的脸上。她天生知道光在哪里。她趋着步子，荡着纤长的腿，将裙摆转得飞快。每次她双脚离开地面的时候，许妍都感觉到心里一紧。她不知道自己是在担心，还是在希望发生点什么。直到乔琳平安地弯腰谢幕，她才松了一口气，然后忽然难过起来。她想，很多年后，台下的人不会记得是谁主持了这场晚会，但他们一定记得乔琳跳舞的样子。

十点过后，客人陆续离开。许妍帮保姆收酒杯，被沈皓明堵在厨房门口。他搂了一下许妍的腰，眨眨眼睛，说不如今晚你就睡在这里吧？许妍挣脱开，一脸正色地说，跟我说说，你是从多大开始，留女生在家过夜的？沈皓明耸耸眉毛，十七？你爸妈也答应吗，许妍问。沈皓明笑着说，他们到我房间来了好几次，我估计是想看看有没有准备避孕套。你准备了吗，许妍问。沈皓明收住笑容，神情变得凝重，我想向你坦白一件事……其实我有一个……年轻时候总会犯些错误对吧……他低下头，双手捂住脸。许妍想把他的手拉开，他拼命躲闪，直到迸发出笑声，他一边笑一边摆手，我实在是憋不住了……许妍推了他一下，自己还觉得演得挺像是吧？沈皓明笑着问，要是我真从外面领回来个孩子，你帮我养吗？许妍说，那得看长得好不好看了。沈皓明说，好看，比我还好看。许妍说，养啊，为什么不养，省得自己去生了。沈皓明伸出双手兜住她，不行，你至少还得生两个。许妍望着他，笑了笑。她说，我还是回去吧，表姐一个人在家。沈皓明说，好吧，我明天陪你们，给你们当司机。许妍说，不用，她脾气怪，你在她会很不自在。

许妍穿上外套，拢了一下头发，转过身来问，对了，刚才那个人找高叔叔什么事？沈皓明说，前些年他在郊区找了块地盖房子，当时和乡政府签过合约，但是不作数，现在地要被收走了……许妍问，这事难办吗？沈皓明说，嗯，不过高叔叔去想办法了。许妍说，所以还是会帮他？沈皓明说，不然呢，他住哪里呢？

回去的路上，许妍在心里掂量，是鸭舌帽拆房子的事难办，还是她爸妈的事难办。他既然连那个名声不好的人都愿意帮，是不是也意味着他可以帮她呢？不，不是她，是她的表姐乔琳。再找机会吧，她想，应该多和高叔叔见几面，让他觉得自己是沈家的一员。

许妍回到公寓，发现乔琳坐在楼下大堂的沙发上。她抬起头，抱歉地冲许妍笑了一下，我把密码忘了，你的手机关机。许妍问她坐了多久。她说没多久，我一直在院子里转悠，把开着的小商店都逛了一遍。这里真好，人都很和气，还借给我厕所用。

许妍看着她，乔琳，你能别把自己弄得那么惨兮兮的吗？

乔琳从三轮车上跳下来，笑着对她说，我把写字台给你拉来了，反正我以后再也不用学习啦。许妍打量着那张写字台，桌腿上的贴画已经斑驳，她还记得贴画刚贴上去的时候，上面那张明艳的赵雅芝的脸。她确实觊觎这张书桌很久。姥姥在窗台上搭了块木板，她一直在那上面写作业。

许妍问，成绩出来了？乔琳吐了吐舌头，连那个破烂煤炭学院也没考上。她们把写字台搬下来，乔琳拍了拍手上的灰，说我已经找到工作啦，明天就去华联商场上班，以后你买"美宝莲"都是员工价。她的手指上涂着藕粉色的指甲油，穿着低腰牛仔裤，长头发在胸前甩来甩去。她身上的美丽还在增加，但她好像并不把自己的美丽当回事。那股潇洒的劲特别令男孩着迷。

4

第二天，十点不到她们就出门了。往常的周末，许妍会和沈皓明在床上赖到十一点，然后去吃个早午餐。但是这一天，天刚亮许妍就醒了。失眠大概传染，她就没见乔琳闭过眼睛。但是乔琳坚持说自己睡了一会儿，还做了梦，梦见自己生了个罐子人。罐子人？许妍皱起眉头。对，乔琳说，就是那种马戏团里的小孩，养在罐子里，手脚都萎缩了，只有头特别大。她打了个激灵，跳下床，说我去做早饭了。

厨房里传出葱油的香味。乔琳用平底锅烙了两个葱花饼。这是小时候最熟悉的食物，许妍来北京以后就没有再吃过。要不是再闻到这股味，她已经忘记世界上还有这种食物了。

许妍想带乔琳先去景山，那附近有一段红墙她很喜欢。街上的车不多，她们静静听着广播里的歌。乔琳抿着嘴唇，似乎很悲伤。许妍说，别想了，那只是个梦。乔琳点点头，知道，我知道。没事的，我在等汪律师的电话，他说今天会打给我的。许妍觉得乔琳在把某种压力传递给自己，这令她感到很烦躁。

车子剧烈地震了一下，许妍回过神来，猛踩刹车，可是已经撞上了前面的车。乔琳拱起身体，护住了肚子。前车的女人对着许妍一通抱怨，然后给交警打了电话。交警来了，许妍把车上翻遍了，也没找到行驶证，只好给沈皓明打电话。过了几分钟，沈皓明拨过来，说在家里找到了，上次司机修车取出来，忘记放回去了。沈皓明说，我给你送过去，你在哪里？许妍沉默了几秒钟，说出了自己的位置。

她回到车里。乔琳头靠着车座，双手还放在肚子上。许妍说，我男朋友正赶过来，我跟他说你是我表姐，你不要提爸妈的事。乔琳点点头，知道，我知道。许妍还想交代几句，见她闭上了眼睛，就没有再说。

沈皓明到了，处理完事故，他坐上驾驶座，侧过头来冲乔琳笑了笑，表姐，我开车可稳了，你安心睡会儿吧。

已经过了十一点，沈皓明提议先去吃午饭。他把车开到附近的购物中心。三楼有家粤菜馆，于岚常约人在那吃早茶。沈皓明把菜单交给乔琳，让她看看想吃什么。乔琳看了一下，又把它递给许妍。许妍低头翻菜单，总觉得乔琳在看自己。一屉虾饺上百块，显然不是白领能负担的。乔琳大概早就把她识破了，借来的车，租的房子，一切都充满破绽。她抬起头来的时候，乔琳微笑着说，我吃什么都可以，辣一点就行。

我就知道许妍得撞，沈皓明说，不撞个两三回哪算真会开车？可是车上坐着你，不能有半点马虎。我早就跟她说今天我来给你们当司机……乔琳笑了笑，已经很麻烦你了。沈皓明说，她以前不也常麻烦你吗，她说上高中的时候你很照顾她，给她买雨衣，陪她打吊针……乔琳淡淡地说，那不算什么。沈皓明说，有时候表亲反倒更亲，我和我表姐的感情就比跟我弟好……乔琳问，你有个弟弟？沈皓明说，对啊，一个爱哭鬼，烦死人了。乔琳说，怎么能生第二个孩子呢？沈皓明笑了，你怎么跟许妍问得一模一样，我爸妈拿了加拿大护照。乔琳喃喃地说，哦，外国人……沈皓明说，以后我跟许妍至少生三个，你的小孩不愁没人玩。乔琳点点头，好啊。许妍埋头吃着刚上来的石斑鱼。生三个？她似乎听到乔琳在心里暗笑。

乔琳的手机响了。许妍很怕她会在沈皓明面前接起电话，但她站起来，离开了桌子。许妍对沈皓明说，下午你不用陪了，我就带她在后海逛逛。沈皓明说，我跟任国栋吃晚饭，上次他女儿百天不是没去吗，没事，五点出发就行。

乔琳回来了，脸色凝重，失神地盯着面前的盘子。她不吃，许妍也不劝。直到听到沈皓明说，那我们走吧，她站起来，驱着腿往外走。沈皓明喊住她，把落在椅背上的羽绒服交给她。

乔琳跟在他们后面，双手抓着她的羽绒服。里子朝外，破了个洞，钻出一簇棉絮。许妍简直怀疑她是故意的，想要他们给她买件新大衣。沈皓明说，我是不是应该给任国栋的女儿买点东西？买什么呢？他们绕着商场走了半圈，沈皓明忽然停住脚步，指着橱窗说，就买这个吧。小小的白色纱裙被云彩簇拥着，跟上回许妍和乔琳看到的那件一模一样。应该是连锁店铺，橱窗布置得也一模一样。沈皓明问乔琳，知道你的宝宝是男孩还是女孩吗？乔琳摇摇头。沈皓明说没事，转身进了那家商店。

乔琳立即告诉许妍，汪律师说他接不了这个案子。她咬了咬嘴唇，又说，他去开会了，我等会儿再打个电话求求他。许妍说，别这样，乔琳，你以前不这样。乔琳眼泪涌出来，说我真没用，什么事也办不成。沈皓明拎着纸袋走出来，把其中一只递给乔琳，说我买了个礼盒，里面什么都有，白色的，男女都能穿。乔琳把头扭到一边，抹着脸上的眼泪。沈皓明尴尬地拿着纸袋。过了一会儿，乔琳才回过头来，挤出一个微笑，说谢谢，真的谢谢你。

他们到后海的时候，天已经很阴。空气中零星飘着一点凉丝丝的小雪。河面结着厚实的冰，是青灰色的。沈皓明说，出来走走心情是不是好点了？乔琳点点头，说谢谢你们。许妍转过脸，朝河的方向看去。河中央有一辆鸭子形状的船，冻住了，船身倾斜，鸭头望着天空。

乔琳说，我们那里也有一条河，叫奈河，比这个还宽。沈皓明说，我以为你们那里都是山呢，我还跟许妍说什么时候去爬一次泰山。乔琳说，小时候有一回，我和许妍亲眼看到一个放风筝的小孩掉到水里，淹死了。他妈妈在岸上大哭，围了很多人。许妍说，我不记得了。乔琳说，你站在那里，我怎么拽都不肯走。一直等到人都散了，你用竹竿把那个孩子的

风筝挑下来，拿着回家了。沈皓明问，那个小孩是她朋友吗？她想要那个风筝作纪念？乔琳笑了笑，她就是想要那个风筝。许妍盯着乔琳的脸。乔琳没有看她，好像还沉浸在回忆里，说那孩子的妈妈后来每天在岸边哭，抱着经过的人的腿，求他们去救她儿子。再后来岸边的树都砍了，盖起一排楼房。她沉默了一会儿，对沈皓明说，许妍想要什么是不会说的。沈皓明说，对，她什么都憋在心里不说。乔琳说，不要紧，只要你一直在那里，默默支持她就行了。

许妍看着面前的湖。午后的太阳照着水面，淬起一片金光。于一鸣放下桨，让他们的船在水上漂。乔琳忽然开口说，我看见过水怪。有个放风筝的小孩掉到河里，水面上升起一团白烟。那团白烟朝我们这边飘过来，我吓坏了，拉起许妍的手就跑。可她好像定住了似的，站在那里一动不动。我就也没跑，挽住了她的胳膊，心想要是水怪过来，就把我们一块带走吧。乔琳俯身向湖面，撩了几下水说，于一鸣，什么时候教我们游泳吧。

雪越下越大，河显得更灰了，冻住的鸭子船在身后变小，拐了个弯，看不见了。路边有间咖啡馆，他们决定进去坐一会儿。推开门，里面都是人。沈皓明说，嘿，整个后海的人全都躲到这儿来了。许妍付了钱，在等饮料的地方排队。做咖啡的男孩像是新来的，把热牛奶打翻了。沈皓明从背后戳了戳许妍，说你表姐把手机落车上了，我陪她去拿一下。许妍说，等买了咖啡一起去吧。沈皓明说，没事，很近，然后转身走了。

隔着玻璃窗，许妍看到他们朝来的方向走去，乔琳好像在说什么。她烦躁地看着那个做咖啡的男孩，把手中的收据折成小块，又摊开。

乔琳也许是故意的，汪律师不帮她，她就慌了神，觉得沈皓明没准能帮忙，就想跟他说一说。许妍气恨地用力一挣，把收据撕成了两半。

做咖啡的男孩拿过撕碎的收据，仔细辨认着上面写的是什么饮料。你们连基本的培训都没有吗，许妍气呼呼地问。她把咖啡放在桌上，拉开椅子坐下。乔琳会跟沈皓明说什么呢？事情万一败露了，她应该怎么解释呢？她脑袋一片空白，什么说辞也想不出来，只是不断去按手机，看时间的数字变化。

他们终于回来了。乔琳没坐下，她看了许妍一眼，说我再去打个电话。许妍看着沈皓明，想从他的表情里读出一点信息。但他一直在低头看手机。许妍碰碰他的胳膊，拿起桌上的咖啡递给他。他喝了一口，皱起眉头说，真难喝。乔琳回来后，脸色依然凝重，她喝了两口水，捧着杯子发愣。沈皓明看了看外面的雪，对许妍说，你就别开了，我让司机来接你们。

车来了，她们先坐上，沈皓明去取了先前在童装店给乔琳买的东西，让司机放在后备厢。他凑到车窗前对乔琳说，表姐，这两天你要是不走，到我家来玩。乔琳点点头，一直望着沈皓明走过去，钻进车里。他人真好，乔琳对许妍说。

路上她们没有说话。司机拐了个弯去加油。发动机熄灭，广播里的音乐停止了。乔琳望着窗外纷飞的雪说，我明天就回去了。许妍说好。

太阳从头顶移开，风吹着湖面，水的气味升起来。船从午睡中醒了过来，一点点动起来。许妍、乔琳和于一鸣不约而同地向后靠，蜷缩着腿躺下去，仰脸望着天空。也许是在等晚霞出现，但是渐渐地不重要了。许妍合上了眼睛。湖水像一双温暖的手臂环绕着自己。它的脉搏一起一伏，节律微小而有力。船在缓慢地动着，可他们没什么地方要去。不去对岸，也不回去。他们三个好像可以一直那么待着，谁也不会离开。

好像什么都不重要了。许妍松开了眉头。她不再计较他们到底有多么爱彼此。她只是知道她爱他们。那股强烈的感情使她觉得自己并不是多余的。她是他们当中的一员，即便是微不足道，可以被舍弃的，她也不在乎。

她睁开眼睛的时候，晚霞已经来过了。只有几块很小的云彩挂在天边。湖面一片金色，望不到尽头。但只是一瞬间，湖水转眼就开始变灰。当她转过脸去的时候，看到乔琳正望着湖面，似乎已经注视了很久很久，又好像是她的目光使湖面暗了下去。于一鸣还没有睁开眼睛，嘴角带着一丝淡淡的笑意。不要睁开眼睛，许妍在心里这样祝福着他。因为随即他会发现太阳已经落下去，船要往回开了。他们的旅行结束了。

晚饭许妍叫了外卖。乔琳没怎么吃，她说想去床上躺一会儿。许妍吃

完看了会儿电视。她到卧室的时候，乔琳正坐在床上发呆。许妍走过去拉窗帘。路灯下，有个穿着羽绒服的男人在遛狗。是对门那个姓汤的邻居。他仰起头看了一会儿月亮，从地上抱起狗，夹在胳膊底下，走进了楼洞。

许妍听到乔琳在身后轻声问，沈皓明能帮上咱们吗？许妍转过身来看着乔琳，说你自己没问他吗，你们两个去拿手机的时候。乔琳摇了摇头，我什么也没跟他说，他问我想不想来北京工作，他可以安排，我说不用了。哦，许妍应了一声。乔琳说，他是律师，又认识挺多人的，没准还能托上政府的关系……许妍问，你怎么知道他是律师的？乔琳说，他自己说的，我真的什么都没问。她低下头，看着拱起的肚子，汪律师不接我的电话了，电视台那边也没回信，我实在没有办法了。这事折腾了那么多年，总得有个了结……许妍笑了一声，你为我考虑过吗？你是不是觉得我想要什么就有什么，过得很容易？你想过几天安稳日子，我不想吗？你小时候至少有个完整的家，我有什么？她的眼圈红了，这么多年了，你们就不能放过我吗？乔琳也哭了，对不起，对不起，我不该来打扰你……她仰起脸，吸了几下眼泪说，你没看到爸妈现在什么样子，爸早晨醒了就喝酒，手抖得已经拿不住筷子，妈整天守着电脑，到各种论坛发帖子求助，隔一会儿发一遍，那些人骂她是疯子，把她踢出去，她就重新注册了再发……我真的管不了了，我的身体垮了，在街上晕倒过好几回……她停住了，定定地看着前方，好像要把什么东西看清楚。

桌上的台灯照着乔琳，但她的脸是暗的，腮颊被阴影削去了。许妍望着她，她容貌的改变令她感到惊讶。那些青春时的光彩消失了，这也许是必然的，可它们好像从来没有存在过。没有人可以通过这张脸，想象出她少女时代的模样。许妍仿佛从二楼教室的窗户里看到那个总是微微扬起脸的长腿姑娘正穿过校园，她从那扇大门走出去，然后消失了。她去了哪里？

许妍走到床边。握住乔琳的手。那只手很烫，热量从指缝间汩汩流出来。乔琳的手指很长，这肯定不是许妍第一次注意到这一点，或许在漫长的青春期的某一天，她偷偷打量过这双手，暗暗惊讶于它们的美。但是现在，她第一次意识到，这双手很适合弹钢琴，要是它们能在童年的时候遇到一个钢琴老师的话，他肯定会这么说。要是那时候遇到一个舞蹈老师，可能也会说她适合跳舞。这具承载着苦难的身体，或许同时蕴藏着某种天赋。但是天赋不重要，对有些人来说，一生中没有任何一个时刻，会有人坐下来讨论一下她的天赋。许妍想起大三的时候，她得到了去电视台实习的机会，后来被留下了，那个频道的主任对她说，我并不觉得你很有当主持人的天赋，知道为什么选你吗？因为你身上有股劲，想从人堆里跳起来，够到高处的东西。

许妍握着乔琳的手，坐下来。她感觉自己在靠它取暖。但屋子里很热，地板也是热的，一点都不像十二月。她说，我答应你，我会去问问沈皓明。具体怎么说，我要想一想。我这么做不是为了爸妈，只是为了你，你明白吗？许妍攥了一下她的手说，给我一些时间好吗？乔琳点了点头。

十点过后，沈皓明打来电话。他说你猜怎么着，礼物拿错了，给你表姐的那袋才是给任国栋女儿的裙子。许妍夹着手机打开纸袋，解掉奶油色的缎带。那件缀满珍珠的小礼服折叠着，静静地躺在盒子里。要我现在送过去吗，她问。不用，沈皓明说，反正给你表姐买的礼盒任国栋女儿也能用。我打赌你表姐生女儿，他在电话那边笑起来，我买的裙子肯定能派上用场。

5

从北京回去不到一个月，乔琳就生下了一个女儿。比预产期早了一个多月，但是孩子很健康。她发过来几张照片，小小的一团，手脚却很长。沈皓明看了两眼说，跟你长得有点像。

那个月许妍很忙。台里在筹备一个新节目，过年的时候开播。每天连着录十来个小时，一段话反复说。这期间她去过沈皓明家一次，沈金松没在，只有于岚和几个太太在打麻将。许妍替了几圈，输掉六千块。临走时于岚说，咱们过年再打。许妍想，这倒是个讨于岚开心的法子，于是她说服沈皓明过年不去苏梅岛，而是留下陪他爸妈。到时没准还能在家宴上遇到高叔叔。

许妍接到电话的时候是傍晚。还有三天就过年了，下午她和沈皓明去买了一堆烟火。回来的路上有点下雨，据说到了后半夜会转成雪，气温降十度。此前一些天北京都很暖和，让人有一种春天来了的错觉。

手机响了，跳动着一个陌生的号码，当时她正站在沈皓明家的花房里，指挥保姆把兰花搬到屋里去。沈皓辰也被喊来帮忙，许妍觉得让他干

点体力活有好处，至少没那么多时间胡思乱想。他撇了撇嘴，说这些花可真丑。她双手叉腰看着他，你觉得什么花好看？假花，他回答。她让沈皓辰把面前这一盆搬到客厅，然后接起了电话。

是她妈妈。在那边大声号哭，告诉她乔琳自杀了，晚上一个人出门，跳进了城边的那条河。还在抢救吗，还在抢救吗，她连着问了好几遍。她妈妈说是昨天的事，人已经没了。许妍挂断了电话。

周围一片寂静。她搓了搓手上的泥巴，搬起一盆兰花往外走。

天气湿漉漉的，好像已经下雪了，有些凉飕飕的东西，仿佛带着爪子，紧紧地揪住了她的头皮。她伸出手，想触碰到空中的雪花。砰的一声，花盆跌落在地上。瓷片在地上打转。嗡嗡，嗡嗡。

沈皓辰走过来，看着她脚边的花盆。哈哈，他有点得意地说，假花就不会摔成稀巴烂。走开，她冲着他喊，蹲下把兰花从碎瓷片里捡起来。沈皓辰吓坏了，站在那里没有动。许妍敛起兰花磕了磕土，抱着它们走了。

她把花放在旁边的座位上，驶出了别墅区的大门。窗外是呼啸的大风，雪花如同决绝的蛾，砸在挡风玻璃上。她紧握方向盘，浑身发抖。泪水在眼眶里转悠，她蹙着眉头，盯着前面的路。为什么乔琳要这样做？她感到很愤怒，在北京的最后一个晚上，她不是答应得好好的，回去等着她的消息。她为什么就不能等一等呢？

车子冲下高速，擦着一辆卡车开过去，横冲直撞地拐了几个弯，在一片空旷的停车场停住。她狠狠地砸着方向盘，喇叭发出尖锐的鸣响，她不是说会想办法的吗，为什么不相信她呢？她靠在椅背上，大声哭起来。

手机在旁边座椅上响了好几遍，是沈皓明。她坐在黑暗里，等屏幕最终暗下去的时候，才对着它喃喃地说，我姐姐死了。

她没有回去参加追悼会。

除夕夜下着小雪。她站在院子门口，看沈皓明点着了烟花。她仰起头，望着光焰绽放，坠落。天空又黑了下去。几片雪落在她的脸上。

她给家里打了个电话。她妈妈一直在哭，不停地说，乔琳为什么那么狠心抛下我们？那边传来婴儿的啼哭，还有她爸爸的咒骂声，盆碗掉在地上，发出叮叮咣咣的响声。她妈妈问，你到底什么时候回来啊？这好像是她第一次对许妍表达需要。再过几天吧，她回答。你永远都别回来！她爸爸吼了一声，电话挂断了。

许妍一直没有回泰安。她心里有股怒气无法消退。她觉得乔琳不理解她，不相信她，甚至根本不希望她过得好。她这么做是为了让她永远感到内疚。在很长一段时间里，这股怒气有效地抑制了悲伤，使她可以正常入睡。

四月的一天，她去沈皓明家吃晚饭。那天只有他们自己家的人，吃了巴黎运回来的生蚝和新西兰鳌虾。于岚抱怨生蚝没有上次的新鲜。你下个月不就去巴黎了吗，沈金松拿着遥控器换台，屏幕上出现了一个穿白色西装的女主持人。她看了一眼手中的稿子，抬起头来：

"一九八八年，在泰安的一家医院里，患有风湿性心脏病的王亚珍生下了第二个女儿。她没有一丝做母亲的喜悦，只是感到很恐慌。在她的身旁，那个只有三斤八两的女婴睁开眼睛，好奇地打量着这个世界。那一刻她是否知道，这个世界等待她的不是温暖的祝福，而是无情的责罚呢？手术室的门外，乔建斌坐在长椅上，一夜没有合过眼。在经历了辗转于计生委和医院之间的几个月后，他已经疲倦不堪。然而他们家的厄运才刚刚开始……"

许妍盯着屏幕，一只手攥着毛衣领口，感觉自己就快要窒息。

这个"聚焦时刻"有时候还能看看，沈金松说。于岚说，有什么可看的，不是钉子户就是超生。妈妈，妈妈，沈皓辰问，你算超生吗？

于岚说，宝贝，生了你加拿大政府还给我奖励呢。

"……记者来到乔建斌家。乔建斌被开除以后，全家人就以这家诊所维持生计。现在门口依然挂着'平安'诊所的招牌，但是已经好几年没有来过一个病人了。一楼的诊断床上堆满了各种保健药。有的早已过了保质期，王亚珍就留给家里人吃。她拿起一瓶药给记者看，这个是帮助睡觉的，我大女儿老睡不着，我就让她吃……在过去二十多年里，乔建斌和王亚珍一直通过各种途径寻求帮助，希望单位能恢复乔建斌的工作……"

镜头掠过他们家。角落里的蜘蛛网，桌子上油腻的桌布，泛着黄渍的马桶，最后停在墙上的照片上。那是一张他们全家的合影，可能也是唯一一张。当时许妍大概四五岁，站在最右边，乔琳的手搭在她的肩膀上。

许妍感觉所有人的目光好像都朝这边涌过来。她几乎就要从座位上弹

起来，冲出房间了。

随后，主持人讲述了这些年乔建斌家的生活，也讲到那个超生的小女儿，因为早产和用药的原因导致不孕。但她的去向并没有提及。也没有提到乔琳的女儿，只是说乔琳这些年，一直在为这件事奔波，导致恋爱失败，也失掉了工作。两个多月前，有天晚上她像往常一样，哄孩子睡了觉，然后离开家走到河边，跳了下去。

画面切回演播室。女主持人说："就在自杀的前一天，乔琳还给本节目的编导发过一条短信。在短信里，她这样说：'陈老师，我恳求您给我们做一期节目。这不是我们一家人的问题，很多家庭都有类似的遭遇。我相信节目播出以后，一定会引起很大的反响。如果还需要什么材料，您随时找我。给您拜个早年！'"主持人垂下眼睛，停顿了几秒，"我们将这期迟到的节目献给乔琳，希望她能安息。同时，我们也希望热心的律师朋友能跟乔建斌一家联系，帮助他们走出困境。感谢您的收看，我们下期再见……"

沈皓明气呼呼地说，这也太操蛋了。于岚看了他一眼，你想干吗，这种案子又不是你管的。沈皓明说，我可以去问问我同学，说不定有人愿意接。沈金松说，犯不着打官司，这种事找对了人，就是一句话的事。于岚说，有捐款电话吗，直接给他们打过去点钱就是了。

保姆端上水果。电视里已经在播连续剧，但许妍不敢去看屏幕，仿佛先前的画面下一秒就会再跳出来。她缩着肩膀，低头盯着面前的盘子，直到听到沈皓明说，我们走吧，就站了起来，跟随他走出大门。

她抱着自己的包坐进车里，身体一直在发抖。你的外套呢，沈皓明问。她才发现忘记穿了，别回去拿了，她几乎用哀求的语气说。车子停了，她走下来，发觉自己在一个空旷的院子里，周围都是深红色的砖墙。她打了个寒战，问这是哪里？沈皓明说，苏寒有个生日派对，我不是跟你说了吗？

屋子里很吵，拼起来的长桌两边坐满了人。除了苏寒，她一个都不认识。沈皓明挨个介绍，她一直点头，却记不住任何一个名字。这是方蕾，沈皓明指着右边的女孩说，她跟我在英国一个学校，也读法律，算是我学妹。女孩笑了，你没念几天就转走了，也好意思自称是学长？沈皓明说，嘿，学校的校友录可是有我。女孩耸耸眉毛，那是为了让你捐钱好吗？沈皓明笑起来。许妍也跟着笑了一下。笑意在她的脸上一点点消失，泪水突然涌出来。

乔琳拉着她的手往山上走。许妍说，快下雨了，回去吧。乔琳说，你要去北京了，我得给你求个护身符。许妍说，可是摆摊的都回去了啊。乔琳说，再往上走走看嘛。

大雨降下，她们跑进一座庙里。两人抖着身上的雨水，乔琳长头发上的水珠溅在许妍的脸上，她咯咯笑起来。许妍说，严肃点，菩萨会生气的。乔琳收住笑，环视了一圈大殿，低声问，这个庙是求什么的啊？

许妍支起手肘，托住腮悄悄抹去眼泪。沈皓明正在问那个叫方蕾的女孩，你什么时候搬回来的？方蕾耸耸眉毛，你怎么知道我搬回来了呢，我看起来不像是回来度假吗？沈皓明摇了摇头，我才不信你在英国待得下去呢。

她们并排站在大殿中央。菩萨的脖子伸进黑暗里，看不见脸，但许妍能感觉到，有一簇白光从上面照下来。

乔琳小声问，你说那么多人来求她，她能帮得过来吗？许妍说，只帮她喜欢的人吧。乔琳笑了，说那她肯定喜欢我。当时我一直盼着妈妈能把你生下来。而且我还说，想要个妹妹。你瞧，菩萨就把你给我了。许妍说，当时你才两岁，就知道求菩萨了？乔琳说，我说不出来，但心里想的东西，菩萨一定能知道。许妍说，你要是知道后来发生的事，当初就不会那么希望了。乔琳说，我还是会那么希望的。我从来都没觉得不该有你，真的，一刹那都没有，我只是经常在心里想，要是我们能合成一个人就好了。她握住了许妍的手。她的手心很烫，仿佛有股热量流出来。

给我们拍张照片好吗？许妍听到有人在喊自己。是苏寒，她正站在方蕾和沈皓明的身后。许妍接过手机。苏寒笑着问沈皓明，还记得吗，那阵子每个周末我们三个都开车到郊外BBQ。后来过了一个暑假，回来大家都变得很忙，就没有再聚。也可能你们两个聚了，没有叫我。方蕾斜了她一眼，你说对了，我们在瞒着你谈恋爱。沈皓明点点头，后来她把我踹了，我伤心欲绝，就回国了。苏寒笑起来，小心你女朋友当真，回头跟你吵架。沈皓明说，她才不会呢。

　　大殿里飘过几丝凉飓的风，雨好像停了，有个人靠在门边看着她们。那人穿着一件破袄，逆光里看不到脚，还以为是坐着，后来才发现，脚被袄盖住了，他是个矮人。很老，布满皱纹的脸像一团揉搓起来的废报纸。她们往外走，他在一旁开口说，你们想知道自己的命运吗？她们对望了一眼，没停下脚步。他说，不收钱，我就当给自己解闷。

　　他走到她们跟前，仰起脸盯着乔琳，说你早运不顺，有一些坎，三十岁以后越来越好。乔琳问，怎么个好法？他回答，儿孙满堂，有人送终。乔琳笑起来，有人送终就算是好吗？矮人没回答，把头转向许妍，你啊，想要什么东西，都得跟别人去争。许妍问，那最后能争赢吗？他摇了摇头，说我不知道。许妍问，你也有不知道的事啊？他点点头，有一些。

　　苏寒用手指戳了戳沈皓明，说你可得劝劝方蕾，她现在是个愤怒少女，什么都看不惯，整天批判社会。沈皓明说，这叫回国综合征，过一段就好了。方蕾问，就像你吗，坦坦荡荡地做着你的沈家大少爷？沈皓明有点激动，说别把我想得那么麻木不仁好吗，我一直都想做点事啊……

　　然后他讲起出门前看的电视节目来：有对夫妻意外怀了二胎，按规定应该打掉，忘了为什么拖了好几个月，反正不是他们自己的责任，七个月才去引产，孩子生下竟然活着……苏寒感慨道，命可真大。沈皓明说，可是这算超生，男的丢了工作……讲到乔琳自杀的时候，方蕾摇头，这是我觉得最可悲的，因为上一辈的问题，子女的一生都毁了。苏寒说，这个故事有意思的地方是，合法生的姐姐死了，不合法出生的妹妹倒是活下来了。现在他们不就只有一个孩子了吗，还算超生吗？

　　许妍离开座位，走进洗手间，反锁上门。

　　乔琳不是不相信她，而是对世界不抱什么希望了。许妍记得最后一次乔琳打来电话，是一天清晨。她说，我今天出月子了。许妍问，你的奶够吃吗，现在能睡着觉了吗？乔琳没有回答，只是说，都挺好的，我就是跟你说一声，你去忙吧。她的声音淡淡的，没有高兴，也没有悲伤，只是有种解脱的感觉。她好像一直在等这一天。等孩子出生，等她过了满月……她那么迫切地希望解决爸妈的事，不是期盼能过什么新生活，只是希望有一个让自己心安一点的结果。如果没有，她也不能再等了。她已经松开了双手。

外面的人在不耐烦地敲门。许妍拧开水龙头，把脸伸到水柱底下。

外面的声音消失了。好像沉入了河中，耳边只有汩汩的水声。我就是想来看看你，乔琳转过脸来笑着说。那双有点发红的眼睛在黑沉沉的水底望着她。然后熄灭了。

许妍回到座位上，跟沈皓明说自己可能着凉了，想先回去。沈皓明说，我们一起走吧。在车上，他说，方蕾听我讲了新闻里那个事，也挺来气，说她有几个从国外回来的律师朋友，没准有谁愿意接。我回头再给高叔叔打个电话，让他跟泰安那边的人说一下。这事反响很大，不解决一下，他们自己也难交代。许妍怔怔地望着他，这是乔琳拿命换来的，她想，眼泪掉下来。沈皓明很惊讶，这是怎么了？他抓住许妍的手，你不会是当真了吧，以为我和方蕾谈过恋爱？我们在开玩笑啊。许妍摇头，没有，没有，我只是有点感动，你真的心肠很好，她望着沈皓明，伸过手去，摸了摸他的脸颊。他拿下巴蹭了蹭她的手心，笑着说，我忘刮胡子了。

6

五月初，许妍回了一次泰安。学校已经给乔建斌恢复了工作，按照退休教师的待遇发给他工资。据说那期"聚焦时刻"惊动了北京的大人物，出面给计生委打了电话。但是乔建斌和王亚珍对结果并不满意，因为赔偿金的事没有落实。他们还在继续上访。

自从节目播出以后，他们接受了不少采访。乔建斌的口才练得越来越好，见到摄影机镜头，眼睛就放光。他有些得意地告诉许妍，那些记者都挺佩服我的，觉得这个社会就缺我这种有点轴的人。王亚珍开了个微博，在上面写这些年他们家的遭遇，被几个有名的记者和学者转发了，很多人在下面留言。王亚珍每条留言都会回复，有的谈得来的，还加了QQ。

这些外界的关注使他们一天到晚都很忙碌，暂时缓解了丧女之痛。但

是一旦他们回到眼前的生活，意识到乔琳永远不在了，情绪就会再度崩溃。家里的灯坏了，没有人修。冰箱里臭烘烘的，还放着乔琳买的蛋糕和酸奶。桌上的婴儿奶粉敞着盖子，已经结成了疙瘩。一到天黑，蟑螂就变得猖狂，在桌子上到处爬。于是王亚珍又哭起来。乔建斌的情绪比较两极。有时候安静地坐在那里，对着桌上的酒瓶发呆。有时候会暴跳如雷，大骂乔琳没良心，白白把她养到那么大。王亚珍哭完了，就在那台陈旧的电脑前坐下，开始写微博：

"你们不知道我的大女儿有多好，长得漂亮又懂事，性格活泼，所有的人都喜欢她。我难过的时候，她总是安慰我说，妈妈，都会过去的。这个世界上没有过不去的事……"

她写着写着又哭了起来。许妍走过去坐在她的旁边。她转过身，搂住了许妍。许妍轻轻拍着她的背，让她安静下来。电脑发出叮当一声，王亚珍从许妍的怀里坐起来，抹了一把眼泪，有人回复我了，她说，连忙握住鼠标点击了两下。

回来的最初两天，许妍住在附近的旅馆里。第三天晚上，乔琳的孩子有点发烧，她留下来照看她，睡在了乔琳的床上。枕巾没有换过，上面还有乔琳没带走的香波的气味。许妍枕着它，想起小时候的愿望，从未被她承认过的愿望，那就是她可以睡在这张床上，不，不是和乔琳一起，而是她自己。这个破烂不堪的家，对她有一种吸引力，她渴望自己能作为一个合法的女儿，住在这幢房子里。在漫长的童年和青春期，她见过不少优秀的女孩，富有的，美丽的，聪明的，可是她一点也不想成为她们。她只想成为乔琳。她想取代她，占有她所拥有的东西。即便那些东西包含痛苦和不幸，也没有关系。因为她觉得那是本来应该属于自己的东西。如果没有乔琳……她无数次这样想。小时候她和乔琳站在河边，一样的太阳照着她们，可是她感觉到乔琳在阳光里，而自己在阴影里。如果没有乔琳……她可以向右挪两步，走到阳光底下。

小时候的愿望是如此真挚和恐怖，被她一直揣在心里，缓缓向外界释放着毒素。很多年后，它实现了。乔琳不在了。现在她睡在乔琳的床上，作为爸妈唯一的女儿。许妍把脸埋在枕巾里，失声痛哭。她可以撤销那个愿望吗，这一切是否会有不同？乔琳会幸福一点吗，而她是不是能长成另外一个人？乔琳不在了，她并不能走到阳光底下。她将永远留在阴影里。

婴儿发出响亮的啼哭。许妍抱起了她。黑暗中，孩子皎洁的脸上没有泪痕，也没有难过的表情，好像先前发出的哭声只是为了把许妍从痛苦里拉上来。她静静地看着许妍。小巧的眼仁里像是蓄满宽广的海水。许妍想对着它忏悔，但更想把所有的祝福都给它的主人。如果她的祝福也像她童年的愿望一样有法力。她希望她能得到自己和乔琳永远无法得到的幸福。

　　许妍从于一鸣身旁醒来，时间是凌晨三点钟。旅馆的窗户关不严，寒风钻进来。立冬了，北京很冷。许妍约于一鸣吃了晚饭，然后又去喝酒。快结束的时候，乔琳忽然在他们的谈话中消失了。许妍记得于一鸣怔怔地望着自己。随后的记忆一片模糊。许妍不记得自己说了什么，于一鸣说了什么。他们有没有接吻。她好像有点疼，也可能没有，只是她觉得自己应该有点疼。

　　她把于一鸣叫醒了。他从床上翻下来，抓起地上的衣服。女朋友还在家里等他，喝醉之前他就强调过这一点。他一边穿衣服，一边对许妍说，我知道是因为你刚来北京，有点想家，过些日子就好了。

　　走到门口，许妍喊住了他，拿起背包伸进手去掏索。他问怎么了。许妍说，乔琳有个东西让我带给你。他站在那里等了一会儿，她还是没有找到。他说，我真得走了，以后再说吧，然后拉开门走了。

　　那支钢笔一直放在书包的隔层里，许妍前两回见于一鸣总是忘记给。也许是想有个和他再见面的理由。但是现在，她非常想把那支笔给他。她打开灯，把包里的东西倒在地上。

　　乔琳的孩子特别安静。在度过最初那段离开母亲的日子之后，她很快适应了新生活。每次喝完奶就睡着了，醒来只是轻轻哭几声，然后静静地等着。许妍抱起她来的时候，孩子把头贴在她的胸口，好像在听她的心跳，脸上露出一丝微笑。每次放下她，她都会嘤嘤地发出两声，许妍心里一紧，又把她抱了起来。

　　外面已经很暖和，她抱着孩子走到太阳底下。槐花开了，地上落了厚厚的一层花瓣，被风吹着，散了又拢到一起。她走到河边，在石阶上坐下，想让孩子睡一会儿。但是孩子不睡，和她一起注视着面前的河。你闻

到你妈妈的味道了吗？她问孩子。孩子笑起来。

孩子叫乔洛琪，名字是乔琳取的，但是好像没有人记得她的名字，爸妈都管她叫孩子。乔琳的孩子。他们好像仍把她看作是乔琳的一部分。她的圆眼睛和乔琳很像。有时候望着它们，许妍会有一种想和乔琳说话的渴望。但她不知道该说什么，她想说的乔琳应该都知道。现在乔琳知道世界上所有的事。知道许妍回来了，知道她和孩子在一起，知道她很想念她。

离开的那天清晨，许妍又抱着孩子出去散步。路过火车站，她对孩子说，这里面有火车，呜呜呜，汽笛拉响，然后哐当哐当开走了。

以后等你长大了，坐着它去找我，好不好？孩子没有笑，静静地看着她。她心里一紧，攥住了孩子的手。她无法想象孩子如何在那样一个破败的家里长大。

回到家，许妍把晾在门口的婴儿衣服叠起来，放在柜子里。她看到了那只纸盒，压在柜子最底下，露出一个角。打开盒子，那件白色连衣裙和她记忆里的样子不一样，塔夫绸没有那么硬，荷叶边也没有那么复杂。她给孩子穿上，把她抱到窗口。阳光照在胸前的那些小珍珠上，像雀跃的音符。你知道你很漂亮吗，她小声对孩子说。孩子软软地趴在她的肩上，用脸蛋蹭着她的脖子。

许妍坐在火车上，听到鸣笛声一阵心悸。她合上眼睛，想睡一会儿，但是耳边都是嗡嗡的噪音。她心烦意乱地拧开水，咕咚咕咚喝下去，然后盯着窗外飞快掠过的树和房屋。她一点点安静下来，并且做了个决定。回去以后，她要把所有的事都告诉沈皓明。他早晚有一天会知道的。她想跟他商量，等孩子大一些，把她接到北京住。要是有可能，她想收养她。

司机在车站等她，接她去吃晚饭。沈皓明订了一间日本餐厅。刚谈恋爱的时候，他们来过一回，从榻榻米包间的玻璃窗望出去，能看到小小的日式园林，但是现在天色太晚，覆盖着青苔的石头都变黑了。喝点酒吧，她跟沈皓明说。我正想说呢，沈皓明拿起酒单翻看。

清酒端上来，盛在圆肚子的蓝色玻璃瓶里。她和沈皓明碰了一下杯子。沈皓明问，片子什么时候播？她怔了一下。沈皓明说，这次出差拍的片子。她说，哦，下个月吧，还不知道剪出来什么样。然后她问沈皓明，你妈妈去巴黎了吗？沈皓明说，没呢，下周走，她们非要坐徐叔叔的私人飞机。许妍说，挺好，她们四个可以在飞机上打麻将。沈皓明撇了撇嘴说，无聊透了。

窗外园林的轮廓被夜色吞噬，只剩下灯光照亮的一角，石头发出幽绿的光。许妍喝了一杯酒，抬起头看着沈皓明，说你知道吗，我一直觉得你身上有很多可贵的品质……她笑了笑，说你知道我不擅长表达，可我真的觉得你特别善良，有正义感……沈皓明问，你干吗要说这个呢？她说，而且你对我很包容，我们的家庭情况不同，生活习惯也不一样，我身上肯定有很多地方让你不舒服……沈皓明打断她，别说这种话行吗？许妍又给自己倒了一杯酒，把发烫的脸贴在杯子上，说我十八岁来到北京，谁也不认识。课余时间我当家教，做导购，帮人主持婚礼，赚了钱给自己买衣服，去西餐厅吃饭。我就是想过体面一点的生活，你明白吗，我小时候家里什么都没有，连写字台也没有，要在窗台上写作业……我特别珍惜现在的生活，珍惜你，所以我一直……许妍哭了起来。沈皓明蹙着眉头望着她，她心里一凛，不知道怎么说下去。

服务员送进来甜点。两人默默吃着。沈皓明给她倒了酒，又把自己那杯添满。许妍喝了一口，鼓起勇气说，我表姐，冬天来北京的那个……沈皓明啪的一下把杯子放在桌上。许妍愣住了。他沉了沉肩膀，说我这两天，在方蕾那里过的夜，嗯，他又倒了一杯酒，说我本来想过几天再说，可是你把我说得那么好，让我很惭愧，我没打算瞒你，你知道我最讨厌骗人的。许妍茫然地点点头。她攥住酒壶，想再倒一杯酒，但是始终没有把它拿起来。瓶壁上有很多细小的水滴，像一种痛苦的分泌物。她盯着它轻声问，你们俩的事是刚开始，还是已经结束了？沈皓明不说话，点了一支烟，白雾从他的指缝里升起来。许妍用手臂支撑着从榻榻米上站起来，说我先走了，等你想清楚了，告诉我你打算怎么办吧。

她拉开门向外走，沈皓明追出来，把外套披在她身上，说你又忘了穿大衣。然后他张开双臂拥抱了她。这是最后的告别吗，她一阵心悸，推开他跑到路边，拦下一辆出租车。

回到家，她发觉自己浑身滚烫，好像在发烧，就设了闹钟，吞了两片药躺下来。帮帮我，她在黑暗中说。外面天空发白的时候，她感觉乔琳来了，背坐在床边，扭过头来望着自己。她的目光并没有应许什么，却使许妍平静下来。

闹钟响了很多遍，她挣扎着坐起来，看了看另外半边床，很平整，没有坐过的痕迹。她洗了个澡，烤了两片面包。手机上跳出一条短信。她没有看，走过去拉开窗帘，外面下雨了。她把杏子酱涂在面包上，慢慢吃起来。吃完才拿起手机，点开短信。

沈皓明：我们还是分手吧，对不起。

她喝光杯子里的牛奶，拿起伞出门了。

请假十天，积压了很多工作，她一口气录了三期节目。中场休息的时候，编导进来跟她聊节目改版的事：活泼一点，别死气沉沉的行吗？要是收视率再这么低，节目就得停播了。许妍说，那我就去主持一档新闻节目。编导朗朗地笑起来，"聚焦时刻"那种吗？真没看出你身上还有社会责任感。

许妍换了一套衣服，坐在镜子前补妆。她问化妆师，你觉得我剪个短发怎么样？化妆师说，嗯，挺好。别再留齐刘海了，挡着额头影响运势。许妍笑了笑说，听你的。

回家的路上，许妍拐进一家美发店。从那里走出来，天已经黑了。

夏天的风吹着脖子，很凉爽。她去便利店买了两个面包，然后往家走。路边有一家酒吧，或许是新开的。她朝里面张望了几下，有很温暖的灯光。她推开门走进去。

酒吧很小，只有一个男人趴在角落里的桌子上。她坐上吧台，点了一杯莫其托。角落里的那个男人走过来，要添一杯威士忌。是对面那个姓汤的邻居。他冲她点了点头，然后回到自己的座位。

店里放着喑哑的电子乐，像是有什么东西发霉了。喝完第三杯，她觉得自己应该醉一次。她从来没有试过，交过的几个男朋友都很爱喝酒，她必须保持清醒，好把他们送回家。有人在敲桌子。她抬起头来。店主面无表情地说，我要关门了，我女朋友在家等我呢。然后他走到角落里，把她的邻居叫醒，站在那里看着他把口袋里的钱摊在桌上，一张张地数着。

许妍坐在姥姥家门口。明天就要动身去北京，箱子已经装好，还有很多小时候的东西要处理。她把那些纸箱拖到外面，坐在门槛上慢慢挑。乔琳朝这边走过来。风很大，吹起她身上的白裙子。她手里举着两个蛋筒冰淇淋，融化的奶浆往下淌。

她走过来，坐在许妍的旁边，把香草的那只递给她。

乔琳说，我买了支钢笔，你帮我送给于一鸣。她们默默吃着冰淇淋。一个住在隔壁院子里的小男孩走过来。约莫十岁的样子，站在那里看着她们。乔琳指着冰淇淋说，下回我给你买一个，好吗？男孩没说话，仍旧站在那里。地上散着从箱子里拿出来的乱七八糟的玩意儿。装风油精的瓶子，雪花膏的铁皮盒子，一块毛边的碎花布……这些不成为玩具的玩具，曾是许妍童年最心爱的东西。乔琳说，雪花膏盒子好像是我给你的。许妍说，我拿纽扣跟你换的。什么纽扣，乔琳问。许妍说，那是我最喜欢的纽扣，你竟然不记得了。她气呼呼地把蛋筒塞进嘴里，起身进屋洗手，忽然听到背后发出叮咣一声响。

隔壁的小男孩从地上那堆东西里拿起一只风筝，转身就跑。乔琳对她说，走，我们把它抢回来！

男孩到了胡同口，转了个弯，朝大马路跑去。她们给一辆车拦住，等过了马路，落下了很远。但她们还在往前跑。乔琳脚踝上的链子发出丁零零的声响。她的长头发在风里散开了。许妍闻到香波的气味，她伸出手，想抓住一缕飘过来的头发。乔琳笑起来，甩了甩头。小男孩消失在马路的尽头，但她们没有停下。头顶上翻卷着乌云。许妍瞥见了那棵郁郁葱葱的丁香树，恍惚发现这一会儿的工夫，把小时候整天走的那些街都走了一遍。如同是快进的电影画面，一帧帧飞过，停不下来。乔琳忽然拉了她一下，伸手指了指天空。在天空的最远端，一只绿色的风筝，正在一点点升起来。

许妍停下来，和乔琳仰头望着天上。那只风筝垂着两条长长的尾巴，像只真正的燕子。它在大风里探了个身，掠过低处的黑云，又向上飞去。

许妍和她的邻居站在酒吧的屋檐下。邻居说，好像又下雨了。她笑着说，有什么关系呢。邻居说，我希望下雨，这样土能好挖一点。许妍晃了晃她的短发，你说什么？邻居说，我的狗死了，我等会儿去埋它。它现在在哪里，许妍哈哈笑起来，你不会把它冻在冰箱里了吧？邻居的脸抽搐了一下，说我真的不想回家，我们能再喝一杯吗？许妍说，好啊，我家里有

酒。邻居问，你男朋友呢？许妍说，分手啦。邻居说，遗憾。对了，什么时候能尝尝你做的饭吗，经常在走廊里闻见，特别香。许妍说，也可能是外卖。邻居说，不是，周围所有的外卖我都吃过。许妍问，你没有女朋友吗？邻居说，我喜欢的都不喜欢我。许妍说，你肯定有很多怪癖。邻居想了想，喜欢在浴缸里泡澡的时候吃橙子算吗？

雨下大了，他们跑起来。许妍踩到一个大水洼，雨水溅了一身。她笑起来。来到屋檐底下，邻居抖了抖身上的雨水，转过头来问，对了，你的表姐怎么样了？她的孩子好吗？许妍不笑了，望着他。

他说，有天晚上我下来遛狗，拿着手电乱扫，结果忽然在灌木丛边看到一个女人，躺在那里跟死了似的。我刚想喊保安，她睁开了眼睛，说没事，我只是晕倒了。我想扶她起来，但她说想再躺一会儿。我也不好意思丢下她，就坐在旁边，陪她聊了一会儿天。许妍问，她都说什么了？邻居说，忘了……哦对，她说，我肚子里的小家伙好像很喜欢北京，不想离开这儿，我就跟他说，你很快会回来的，你以后会在这里长大的……嗯，你表姐还说，让我到时候别忘了带我的狗和她玩……

许妍哭起来。乔琳从未说过要把孩子托付给她。然而她却知道孩子会来北京的，大概是笃信自己和许妍之间的感情，并且因为她了解许妍是什么样的人，也许比许妍自己更了解。那颗在掩饰和伪装中裹缠了太多层，连自己都无法看清的心。

许妍看向天空，好让眼泪慢点掉下来。她点点头说，孩子很快会来的，跟你的狗一起玩……

邻居说，狗死了啊，我今晚要去埋它……

许妍喃喃地说，你不知道那孩子有多乖，一点都不吵，你一逗她，她就咯咯笑个不停，是个女孩，很漂亮，眼睛圆圆的，穿着白裙子，像个小公主……

邻居说，哦，那我再养一条狗吧……

雨声淹没了他的话。许妍站在楼檐底下，静静听着外面的雨。她不知道能否照顾好孩子，以后会不会为了前途想要抛弃她。她对自己完全没有把握。可是此刻，她能感觉到手心里的那股热量。有些改变正在她的身上发生，她的耐心比过去多了不少。也许，她想，现在她有机会做另外一个人了。

点评/

　　继深入历史的长篇小说《茧》之后，张悦然的新中篇小说《大乔小乔》依然在对历史的书写中进行着反思与追问。《大乔小乔》以一对计划生育背景下的姐妹为叙述对象，讲述在特殊背景下诞生的姐妹花的不同境遇，以及一个普通家庭在意外触碰政策之后所招致的悲剧命运。

　　小说从二十年后的生活写起，从远离悲剧发源地的北京写起，似乎在有意无意中将历史与现在进行了一个并置对比，过去的悲剧与现在的幸福形成了对照。但看上去的天翻地覆沧海桑田却隐藏着欺骗。意外出生的妹妹许妍（小乔）并没能真正通过逃离（故乡）和奋斗摆脱自出生以来就伴随着她的阴影，她对沈皓明的依恋和对沈家的刻意逢迎无不透着她的自卑和功利，她始终活在阴影之中。与她形成鲜明对照的是在她成长过程中她一直认为活在阳光之下的姐姐乔琳，也在上访事件的压力之下陷入了黑暗深渊之中，她对腹中孩子的期待完全超过了伦理，似乎是对多年来笼罩在她们家庭上空的"小乔悲剧"的刻意反抗。大乔的死终于让上访事件迎来转机，但以生命为代价的献祭让多年前那出悲剧的血腥味再次弥漫开来。

　　小说有一个温暖的尾巴，小乔的恋爱失败让她终于从梦中醒来，失去大乔的痛让她从仇恨中醒来，她不仅回到了多年未回的老家，还决定将大乔的孩子带来北京抚养，这预示着多年来扭曲的生活终于要回到正常轨道上，二十余年的跋涉，终于让这位命硬的女子达成了与生活的和解。铜雀春深锁二乔，大乔小乔在被命运围困多年之后，终于从牢笼中走出。

（崔庆蕾）

炸药婴儿/

/西　元

女人睁开眼，太阳如晃动的钢水，一滴一滴溅在大地上，满世界是红彤彤的热浪。一杆三八式步枪抵在眉心，枪口磨得发亮，沾了几点泥污。刹那间，黑暗从枪口里冲出，世界剧烈扭曲，仅剩下一线微弱的光亮，然后是彻底的寂静。在万籁俱寂的中心，一团黑红色的火光骤然而出，铜皮包裹的铅丸仿佛舞台上的大幕，轻轻一撩，或更像情人的嘴唇，一缕呵气温柔地抚过，漫长的夜晚便来临了，直到不知何年何月，世界再一次重生。

女人腹中躺着一个婴儿。枪声把他惊醒了，又是一阵晃动，羊水像恶浪翻滚的海洋，乌黑的浪头拍打他柔嫩的肌肤，比沸水烫着还疼痛。他想哭，想叫喊，想抓住什么，可是做不到。他好像找到了出口，于是吃力地伸出手，想摸一摸外面的世界。可是，这条柔软的通道里塞满了石子、土块、粗树枝，他失望地抽回手，默不作声，一滴泪珠从老人般褶皱的眼皮中挤出来，溶解在慢慢变冷的羊水里。

婴儿觉得再没什么希望了。他将在黑暗里生，在黑暗里死，生命就是黑暗，世界也是黑暗。这时，黑暗被利刃划了一条大口子，光亮像硫酸一样涌进来。然后，一支冷冰冰的刺刀插进他的肩膀。只一下子，婴儿就从黑暗跃入无限的明亮，好似一条鱼，从海中跳进晨曦。来不及疼痛，婴儿竟有些兴奋，他挥动着沾满黏液的小手，想触摸这五彩斑斓的世界。他蒙蒙眬眬看到有个穿黄色军服的人，把他举在刺刀顶端，大笑着打量着他，那笑容里倒仿佛有那么一点鼓舞，那么一点慈祥，像是一个父亲要让他的儿子经历一下人世间最可怕的事，这样，他就再也不会害怕了。那笑声像风中断裂的枯叶，像馒头锅里冒出的蒸气，像一只在干涸的河床里爬行的蚂蚁。疼痛再一次使世界渐入黑暗，婴儿想，大千世界原来就是这个样子！他微笑了一下，用自己的语言说，我要回去了。

这时，婴儿看见另一个穿军服的男人拉响手雷，扑倒了自己身下高举刺刀的人。一股气浪将婴儿抛向天空。在天空里，他看到太阳像水滴一样小，颤抖着，闪着微弱的光芒。一只在腕子处炸断的手在他脸上轻轻爱抚了一下，又落回尘土中。婴儿明白了，这是来自人世间的第一声问候。

霓云

婴儿掉进江里。寒冷的水浪一下一下推着他。他想哭，可嘴仿佛冻住了。没办法，只好仰望着苍灰色的天空，等待着不知会从哪里来的奇迹。江水是红色的，有股不知从何而来的腥味。那红色一条条一道道，是温暖的，有着人身体的热度。血水包裹着婴儿，像母亲的怀抱，婴儿吐出一口气，觉得自己有救了。一条黑色的鱼嗅着血腥气游过来，咬在婴儿的脐带上。他哇地哭出声，一口腥苦的水灌进气管里。慌乱之中，他抓住一具浮尸的头发，另一只手又抓住了不知什么人的脚。虽说是冷冰冰的，但他终于可以把嘴探出水面。视线所及，是密密层层的尸体，像落在水中的枯叶，随波摇动。婴儿挣扎着，在尸体的缝隙中游向江岸。终于，他透明的红色小手抓住干枯的苇草，拼命用力，晃晃悠悠地站在了昏黄的血色夕阳里。

婴儿想找到他的母亲，可是，羊水里的气味、温度、柔软统统不见了。他徘徊在沉默的尸体中间，呼呼的寒风刮过耳畔。他看到一只艳红色的皮鞋，再远处，是一只小巧白皙的脚。婴儿知道那不是他的母亲，而是和母亲相似的人。他跌倒了，爬过去，抱住那个人小腿，然后是大腿。他把脸贴在还残留着一丝热气的赤裸腹部，使劲向里面钻，无望地想回到暖洋洋的羊水里。好一会儿，他明白这做不到，苍白色尸体正在变凉，那温暖的小窝渐渐远去。

婴儿的嘴唇又找到一只不算太大的乳房。他双手捧着乳房，吃力地吸吮，却没尝到什么香甜的滋味。从乳尖流出来的似乎是江水味、血腥味、污泥味，还有那么一点泪水味。不过，一两下轻轻的颤动从乳房下面传来，撞到了婴儿的舌尖。他用小手搂住尸体脖子，奋力抬起沉重的头，打量她的脸。长长黑发铺散在岸边的碎石上，另一些浸在江水中，随波荡

漾，无声无息。一只洁白的手手心朝上盖在双眼上，仿佛躲避刺眼的光线。婴儿用力推掉她的手，看到一双大睁着的眼睛，原本漆黑的瞳仁慢慢变淡，成了灰白色。顺着瞳孔望进去，那里是无边无际的黑暗，在黑暗里，坐着个浑身发抖，一丝不挂，暗自哭泣的少女。女孩子抬起头，向天空的顶端看过去。她看到一双好奇、纯净，且充满了善意的眼睛，仿佛在说什么，可又没法彻底说清楚。女孩子站起来，想离那双眼睛近一点，一瞬间，她看到另一个光彩夺目的世界。

在同一刻，婴儿也看到了一个世界，那个世界光明璀璨，让人睁不开眼。恍惚之中，他闻到一缕花香，隐隐看见一片金黄色花瓣……

春日午后，我穿上新买的红皮鞋，和纸坊街李医生家的女孩子偷偷溜到秦淮河边，还尝了一小杯酒。她的脖子和手腕红了一大块一大块，还傻傻地对我笑。我想，我大概也是这个样子吧？

我太喜欢这双红皮鞋了，别人家的女孩子都没有，是爸爸从法国给我带回来的。晚上，我把它放在床头，鞋子里散发出一阵阵我们这里没有的香气，还暗暗弥漫着微光，像是夜色里开放的花朵。现在，我穿着它，轻飘飘的，浑身长出一层初生小鸟那样的绒毛，只要挥一下手臂，就能飞进浓稠的，带着水色和树叶味道的空气里。

秦淮河里的水浪悠闲地拍打着青石板，水和青石都是浓绿色的，不时把几片浮萍推到脚下。我昂起下巴，闭上眼迎着柔软的春光，一股饱饱的暖风把我团团裹住，这个世界给了我一个大大的拥抱。一时间，我竟然很惆怅，眼角被半颗泪珠打湿了。因为这拥抱是人世间没有的，一年只有一次，人生在世也不过才能享受几十回。人老了，身上的皮肉一定麻木了，就再也感受不到来自春天里的似水柔情。

河水像吃饱了似的，涨得满满的，水中央仿佛是它绿色的肚皮，又光亮又鼓胀，不时出现几个小船卷起的漩涡。漩涡平静之后，我看见河水中映出大片大片的金黄色。这金色像是熔化的金水，变动不居，到处流淌，慢慢把整条河都染成了金色，连半个天空都变得很灿烂耀眼。我抬起头，猛然发现，河对岸生着层层叠叠的桂花。每一只小小的花朵都好似一个婴儿在唱歌，于是那金黄色，那浓烈的香气，就像炸药爆炸了一样向外狂涌。

我拉起女伴儿的手，穿过鲜红色的木桥，跑进了那个香气四溢的金灿灿世界。

这里一片寂静，但如梦如幻。这里自成一个世界，把我隔绝在人世间之外。

我望着枝头的金色小花，一时间把什么都忘了，眼中只有他们。他们说不上强大，也活不了多久，可这世界因为有了他们，竟然变得如此光辉。在让人睁不开眼睛的明亮里，这些花儿对我说了无数秘密，而且只对我一个人，因为只有我一个人懂。他们不停地说，把古往今来旷世的秘密都说了出来，我幸福地倾听，毫不费力，发现原来这些秘密都是如此简单、美丽，而且充满情意，我们笨重的头脑绝无领会他们的可能。

不知过了多久，午后阳光开始变淡，空气冷了起来。这个金灿灿的世界正在消失，一个庸常世间又将把我吞没。我绝望地对这些花儿说，跟我回家吧，有一天，你们会和我一起重生！

我伸出手，手指碰到了一朵小花。手仿佛被火烫了一样，我想，他们还不愿离开枝头，被风吹干，然后死去。于是，我咬破一根手指头，让指尖流出大大的血珠。我流着泪，把手指举到小花面前，说，喝下这酒吧，醉了之后跟我走。我保证，你会在某个午夜复活，那一刻，你将更加惊艳销魂。你还会发现，你死在这一刻，却可以比其他不得不死在漫长痛苦的时间河流中的花朵，得到更多的爱。

我摘下十几朵小花，手指上的血干涸了。我不再要了，把他们带回去，和今年的春茶一同封在小瓷罐里，贴上纸条，用小楷写了我的名字。我觉得我的灵魂就在里面。

王尽美

没有找到能让自己活下去的东西，婴儿继续向前爬。不远处有只木轮平板车，轮子裂了，斜着丢在岸边。十几具尸体的肩胛骨被小手指粗细的铁丝拴着，有的躺在泥污里，有的浸在江水里。有个男孩子的尸体倒挂在车子上，头朝下，双脚伸向天空。两只又小又瘦的脚丫在黯淡夕阳里，像两朵黑色花。

莫名其妙地，婴儿就觉得这男孩子与刚才见到的少女尸体有关系。他爬过去，端详着那张倒置的脸。脸上没有眼睛，眼睛处是两只黑黑的，

且向外流血的洞。婴儿想，没了眼睛，就像一个世界没了门，没了窗子，我恐怕是什么都看不到，也找不到了。可是，很奇异的，两个黑洞像隧道，共同通向某个世界，那里发出一缕若有若无的光亮，光亮里有只手……

我坐在一条木船上。船头慢悠悠地摇摆，生着绿苔的桨推起一圈圈涟漪。这本是个很普通的午后，我拿着一包父亲给买的饼干，一边啃，一边用它沾河里的水。几块饼干渣浮在绿色水面，然后下沉，竟引来了一条银灰色大鱼。它猛甩几下尾巴，溅了我一脸水。

我擦了下脸，睁开眼，惊呆了。岸上站着隔壁家的姐姐，白褂子、蓝裙子，还有一双红亮亮的皮鞋。当然，她没看我，而是失神地望着对岸。我顺她的眼光看去，那边是黄灿灿的桂花丛，映黄了整条河。

霓云姐姐变了。过去，她会不经意地看我几眼，那眼神和早晨稀薄的空气一样清冷。可是现在，她的周围充满了紫色光晕，香得发苦，我不能走近，一接近就会头晕目眩。她的嗓音让人想起一根燃着的沉香落在水中，香气还在，可火已经熄灭。漂浮在水面上的沉香慢慢吸饱水，静静沉入幽暗水底，仿佛一条死去的银鱼。

我闻得见这令人窒息的香味，可是这气息并不单单属于我。这香气里有一缕霓云姐姐指尖的热气，有她眼睛里的情意，还有她脸颊上的红晕，可这一切也都不单单属于我一个人。它属于每个人，可能是个麻木迟钝，操劳于日常生活的中年妇女，也可能是个猥琐贪婪，沉迷于色欲无法自拔的老男人。它还可能属于一块无知无觉的石头，一棵静静不动的树。总之，全世界都能得到霓云姐姐，会因为她发丝尖上的一缕颤动而心旌荡漾。

船靠了岸，我怯生生地回到她站过的地方，人已不见踪影。我站在那儿，挺直身体，努力和她一样高。在空气里，我闻到了她嘴唇的味道，因为她的嘴唇在片刻之前，曾停留在这里。

眼前一片灰白的水色，天地辽阔。突然，这世界仿佛以我的身体为轴，转了小半圈。当它转到某个角度时，仿佛与另一个世界重合了，霓云姐姐一下子出现在不远处，向我这里走来，然后停下，望着对岸的桂花。而我，就站在她透明的身体里，额头轻靠着她的胸口。过了一小会儿，霓云姐姐走开了。世界又以我的身体为轴，转了一下子。她就消失了。天地依然如故。

霓云

隔壁家的小男孩儿一直在看我。可他又不过来。有天早晨，剃头匠家的黄狗对我吼了几声，把我裤角咬坏了。第二天，我发现那条狗死了，嘴角流血，吊在放学路上的石桥栏上。

那个男孩子很漂亮，眼角是尖的，微微向上翘，嘴唇潮红，像是刚从很热的地方来。今年元宵节那天，他突然敲开我家的门，往我手里塞了只白羽毛的红嘴小鸟。不一会儿，又一群男孩子追过来，他抓起门口的一块木炭，抱在怀里，跑开了。那只红嘴小鸟不会飞，我把它放在桌子上，发现它的一条腿缩在肚子下，肯定是受伤了。我找来棉絮铺在一只瓷碗里，红嘴小鸟竟闭着眼睛跳了进去，小心地蹲下，翅膀尖儿一抖一抖。不一会儿，它一动不动，好像睡着了。

黄昏的时候，男孩子又来了，眼眶黑青，嘴唇破了。他不知从哪儿找来一只烂鸟笼子，用铁丝补了补，放在我家窗台上。昏黄的电灯泡下，他下巴拄在手背上，痴痴地看着碗里熟睡的小鸟，一言不发。男孩子的另一只手摊在桌子上，指甲里沾了泥，很稚气，很白净。我发现这不再仅仅是一只小孩子的手，它已经很有力量了。我心里一阵慌张，顺着那只手看上去，又看到了男孩子的额头。这额头雪白饱满，棱角分明，眉毛的末端像炭条一样浓。他突然抬眼看了我一下，又直白，又锋利。我有点喘不过气来，好像有什么东西竟然被这个比我小的男孩子看穿了，发现了。

夏天以来，我发现他什么地方和从前不太一样。比如他站在那儿看我的时候，我总觉得他身上有把很快的刀。我知道，即使真的有刀也绝不会伤害我一丝一毫。所以，并不是害怕，只是有点忐忑不安。

王尽美

我真的是在找一把快刀，现在找到了。那天，看见黄狗咬霓云姐姐时，心很疼，就像咬在自己身上。似乎比这还疼，有点伤心，有点惆怅。我愿意她永远都是优雅的样子，谁都不应该让她惊慌失措。她有一部分是透明的，比钻石还亮，只有我看得见。

我用耗子药加一个肉包子杀了那条不知好歹的狗。后来，我想，我应该有把刀，这样，我就可以像个勇敢的人那样杀了它，而不是用这种下三烂的手段。我偷了家里的钱，买了把杀猪刀。可这种刀总是磨不快，就像一个很笨的人，不能指望他领悟一些很精深的道理。我来到铁匠铺，想让老瘸子重新打一打。我觉得烧得越红、打得越多的刀才是好刀，这和人差不多。老瘸子看过我的刀，像痴呆一样咧嘴笑笑，说，你这刀没盼头了。我没走，从兜里摸出一块大洋钱。我知道，如果把它花掉，晚上回家一定有顿胖揍。可我还是拿出引头就戮的劲儿，把银光闪闪的稀罕物使劲按在老瘸子长着木炭一样老茧的手里。老瘸子看样子是给吓着了，又拿起杀猪刀，看了看，叹了口气，连同大洋钱一起丢给我，说，你是个能下狠劲儿的小东西，这样吧，我刚给佟掌柜的打了把剃刀。这嘟噜铁是剩下的，你要是有恒心，就拿去吧，白送。

这坨铁扁平，饺子形状，表面裹了厚厚的煤渣状东西，还有焦糖一样的气泡。我掂了掂，很沉，可我还是怀疑老瘸子用一块废料就把我打发走了。我来到河边，在青石上敲掉了渣壳，还真的找到一枚金属片，有半个小圆镜子大小。我试着磨了下，青石板上留下深深的沟痕，而金属片上的毛刺却纹丝未动。我在它身上花了小半年光景，试过磨刀石、砂纸、牛皮、草纸等等所有能使这东西变锐利的材料。现在，它成了一个半圆形铁片，圆的一侧是刃口，直的一侧有饺子皮儿厚。在亮灰色的金属表面，有黑色的虎皮斑纹。似乎找不到什么能让它更快了，我把它夹在食指和中指间，在空中一挥，只有空气可以磨磨它。

我在床上找到几根油亮的黑发，是母亲的。这头发只要在刃口上轻轻一滑，就悄无声息地成了两截。我还抓了几只蚂蚁，让他们爬过我的手指，爬过指间的利刃。蚂蚁一踩上去，那黑细的腿就断了，可它还浑然不觉，继续向前爬，只好扭动着身子，怎么也没法前行一丁点儿。

我在寸把远的地方，瞪大眼睛盯着金属片。可无论怎么使劲，我都没法看清它的锋刃，那里是一片虚空，一片无限，一个旷世的谜，一扇通往另一个世界的门。可是，我的肉眼、肉身都无比笨重，永远达不到那里。那里有霓云姐姐的美丽，我能感觉到，可我得不到。如果我得到，那一定是把她毁了。

霓云

转眼十二月，天空成了灰色，又矮又薄。我走出门，看见小美弟弟站在梧桐树下，背对着我，把一片又潮又大的树皮放在鼻子前闻。他身上仍然有刀刃的气息，让我不愿意走得太近。可我又不忍离去，那样，似乎就辜负了他，背叛了他。

我拿出手绢，远远递过去。

王尽美

我用黄牛皮缝了个小囊，正好装得下那片利刃。尽管没有人能用凡胎肉眼看到，但它躁动不安、无坚不摧、烫如火炭，只有又干又硬又厚的牛皮能锁得住。我把它挂在脖子上，就好像有个凶猛寂静的银色精灵趴在胸口。

一个水色的声音传来，小美，给你。霓云姐姐的音调略带歉意伤心，像夏末的稠风，吹透了我的身体，在心房一抚而过。我颤抖着嘴唇，不知说什么好，转过身。她笑了一下，脸比太阳还耀眼。接着，一块雪白的手绢落到我面前。她的手指像绿色湖水中穿过的船头，划破冬天湿冷的空气，将一团桂花味的热气推到我脸上。

我伸手去接那手绢，可吓了一跳。我的指甲里沾了不少泥污、草屑，和白手绢上的几朵小梅花相比，真是丑得可怕。我自惭形秽地矮了一截，一言不发，拼命跑回家，仔仔细细把手洗干净。回到原地，姐姐还在等我。我拿好手绢，想大着胆子拉她的手。可我没敢，她的手像牛皮囊里的利刃，你只能远远地看一看，悄悄地想一想，永远都别指望碰一下。

我的额头刚好高过姐姐的肩膀一点。我看见她耳垂上有朵红宝石镶嵌的小金花。有个声音在灰白色的天空里说道，咱们两个，去秦淮河边走走吧。

霓云

我和小美站在河边，冬季的地平线很远很淡，空气里飘着浅粉色的

雾。浓厚的河水润湿了脚下的青石，一下一下悄无声息地拍打着它。水的气味很凉，吸进鼻子里让人微微发抖。我想对弟弟说点什么，可怎么也张不开口。

前方，无限辽阔遥远的水面和天空仿佛一扇大门，通往将来。可是我们推不开它，只能站在此时此地，不能移动半毫。想到这儿，我竟有一阵幸福感，这一刻只属于我和弟弟，不必想将来，也不必想过去，整个世界就是我俩的家！

有个东西落在河水里，然后是啪的一声，清脆得像耳光。但只一瞬间，世界就进入了绝对的寂静，一阵阵鸣响从耳朵深处传来。周围罩在无比明亮的白光中，好似水做的笼子。到处都是水，我看见无数水花、水滴、水浪悬浮在空中，千变万化，横冲直撞。一颗水滴的力量比一个男人都大，数不清的水珠把我推得跟跟跄跄。我和弟弟在不辨方向的水晶宫里晕头转向，不能呼吸，慌不择路，充满怜惜地看着对方。在水浪中，我看见一枚黑色弹片拍碎无数水滴，从我和弟弟眼前划过。它吱吱作响，散发着红色的蒸气，怪叫着，从另一个方向钻出了水的世界。

我拉起小美，躲进窄巷子里。墙壁又湿又冷，我像一条累得筋疲力尽的鱼，颤抖着靠在上面。弟弟浑身湿透了，一颗颗小手指甲大小的水珠挂在发尖。他脸色苍白，眼睛格外大，奇怪地看着我。我发现自己也湿透了，衣服鱼皮一样紧贴在身上，黏黏的。

他身上有把快刀，碰到我一定会流血。可我还是不顾一切地把他的头搂在胸前，心猛烈地跳，好像不是我的。又一颗炸弹落进水中，气浪水浪把世界涂得一片晶白。我稍稍低下身子，吻住弟弟凉凉的嘴唇。

父亲

婴儿看着少年脸上血色的黑洞，像是趴在一口老井的井沿向下望。他看到这一幕幕，心想，这世界看起来还不错，不仅仅有寒冷、刺刀、炸药，还有嘴唇、情意、香气。他生出一丝留下来的念头，继续向前爬。前面躺着一个成年男人，穿着长衫，脖子上有几寸长的口子，血把长衫染了半边，成为绛红色。这男人紧闭着眼，嘴角微翘，面无表情。婴儿从他身上怎么也找不到通向另一个世界的入口。这时，他发现男人指尖沾着几点干涸的墨色，这墨色碰到江水，浸染得丝丝缕缕，幻化出无穷多种形状。猛然间，婴儿看到一个雪白刺眼的世界……

儿子的悟性很好。让他临习颜真卿的《多宝塔》，别看横竖写得鼓鼓囊囊，但笔法倒有几分古人的意思。这点古朴的味道，现在是闻不到了。我还看到个很奇怪的现象，儿子用的黄草纸是裁过的。边缘锋快，没有一丝绒毛，指尖触摸，竟然有点寒意。什么利刃才能做得到呢？反正家里没有。改天，一定要问问他。

下午的阳光带点金色，很绵，把远远近近的噪音都吸净了。我从书架上抽出一张宣纸，巨大的白光一晃，在上面看到了自己的影子。一阵风从木窗外吹进来，宣纸一角哗哗作响。我用手掌把那角纸展平，仿佛抚过夏末的湖水、春天的草原、奔跑的马背，还闻到制作这纸的竹子味、麻茎味，一滴滴明亮的水珠从叶子尖端滴下、砸碎，映出无数个太阳、星辰。

一只小虫子爬上白色宣纸，惶惶地转了几圈，不辨方向。我微笑着，取出一块巴掌大的天青色端溪老水岩砚，滴上几滴水，还不急于把它从白色沙漠中解救出来。又挑了半块乾隆年间的老墨，吹吹浮灰，轻轻磨起来。只一下，清澈的水中便扯出几缕飘动的墨迹。几圈过后，水黑了，亮了，饱胀起来，像颗要发芽的种子。砚堂里寂静无声，描金老墨仿佛利刃割在猪大油里似的稳稳滑动。片刻，墨水便如油般稠了，墨块滑过砚石之后，懒懒地伏着，迟迟不肯合拢。

我抽出一本字帖，端详着，也让磨好的墨水静一静，吸一吸浓重的金红色阳光。这样的墨水更饱满。出了会儿神，我提起笔，蘸上墨，在老水岩砚堂上雕出的莲花池里，把笔尖捺得干干的。我喜欢又瘦又硬的字，像公鸡的爪子。

可笔锋触到纸的那一瞬，我却犹豫了。白晃晃的纸上留下一颗似有似无的小点，像深夜里的灯光。我沮丧地发现，古人的一笔有万斤重量，而我的一笔，连十斤都不到。一横一竖，一撇一捺，样子还是那个样子，可一千年前写的字里面藏着炸药，而我写出的字里不过是沾了些猪血一样臭不可闻的腥气。

我惊呆了，等回过神来，墨水已经干涸。我困惑地拿起一管狼毫笔，迎着将要落下去的夕阳，端详上面一根根散开的毛锋。毫毛轻轻颤抖，刺进浓红色的太阳里。我看不清它的尖端，就像我不能说得清这世界是如何

无中生有的。但我知道，墨水顺着这极细微以至于虚无的地方把世间万事万物带到了纸上。浩瀚宇宙变成了墨，以墨迹的样子重建，比真实的世界更纯粹、更惊艳。一根头发丝细的墨色线条里能生出电闪雷鸣，运笔平直的一横可以支撑起一个国家，一丝不苟的一点让成千上万人决心赴死，而枯笔累累的一捺说尽了宇宙亿万年间的秘密。

不知不觉竟已到深夜，我从书架上取下一只樟木盒子。樟脑味扑面而来，细细闻去，其中夹杂着陈纸的潮朽味，让人想起深秋的雨水，或是浸在湿土中的老砖。把手卷打开，纸已经黯淡无光，但墨迹仍然隐隐泛着亮紫色，仿佛夜里的闪电。字里行间盖着密密麻麻的暗红色印章，有大有小，有方有圆，全是历朝历代赫赫有名的大人物，在古书里活了上千年。盯着这些印章，仿佛他们都活了过来，让人胆战心惊。

夜风潮冷，我用冰冷手指触摸古纸上的字迹。我相信，几百年上千年里，一定有无数个人曾像我一样，在深夜里，以这样的方式做相同的事。字迹像血一样烫手，有什么东西顺着指尖流向我的心脏，我的头顶。周围一亮，一切有形之物全部消失，几千年历史一瞬间堆积在夜空里，**重重叠叠**，如梦如幻。像一条惊涛汹涌的大河，从我身边流过，而我就置身于大风大浪之中。我心潮澎湃，极目望去，每一个细节都清晰得纤毫毕现。我一会儿站在金碧辉煌的宫殿里，一会儿站在血流漂杵的古战场中，一会儿与帝王将相同处一室，一会儿又窥见红绡帐中的如画美人。我特别困惑，又特别震撼，那一刻，一下子瞥见了自己的灵魂。

一股白色气浪将木窗吹破，木屑四溅。我看见手卷飘在半空中，慢慢碎裂，化作点点金光。夜空里亿万个历史瞬间如黑暗的旋涡，猛烈地旋转收缩，在气浪的中心处凝聚成一个亮点，一闪，寂静无声地消失了。

婴儿

婴儿冷了，饿了，外面的世界如同五彩斑斓的硫酸汁液，烧蚀着肌肤。他明白，如果再找不到赖以生存的东西，他就将与这个冰冷的世界融为一体。当然，这倒也没多么可怕，只是他还不愿这么做。

他爬了几步，前方的鹅卵石被烧黑了，密布着焦色的火药渣子。两具被炸掉一半的尸体紧贴着，像两只红色的碗。肉皮囊里空空如也，隐隐可见几根断掉的肋骨、脊骨。凝固了的血浆里，散落着几粒红铜色子弹，枪管扭曲了的勃朗宁手枪，断成两截的刺刀。他们身上的军服被气浪、被炸药扯得丝丝缕缕，衣不蔽体，和泥土、血水粘在一起，不辨颜色。仔细看去，一个人的金属军衔在脖子处，另一个人的在肩上。黄铜蒙着一层血污，隐隐映出落日的余晖。

婴儿觉得这里很熟悉，他就是从这儿飞上了天空。果然，他闻到了羊水的味道，看到了那个曾经包裹着自己的女人身体。这个皮囊赤裸着，肚子被齐齐划开，皮肉瘪瘪地陷下去，溅满了血花。婴儿想，原来自己就是从这个血淋淋的地方爬出来。可它过去不是这样子，它像温暖的海洋，一片寂静，出奇的柔软光滑。这是怎么回事？

他又奋力地挪了几下，石头上的火药渣子刮破了肌肤，流了血。他哭了几下，可四下无人，而且哭起来也很累，索性不哭了。流血似乎也不是什么可怕的事，周围的人都流了血，这里就是个血的世界。婴儿趴在母亲尚有温度的乳房上，吸了几下，一股又暖又甜的汁液流进嘴里。他像只小兽一样浑身紧绷，兴奋地颤抖，嘴里发出啪啪的吮吸声，几颗眼泪蒙住了眼睛。

奶水渐冷，一只乳房瘪了，就吸另一只，直到再也吸不出。婴儿不慌张了，后背紧贴着母亲的尸体，蜷缩着躺下，寒风从头顶吹过。他惶惑地睁着眼，看几步远处那两具残破的男人尸体。他俩好像真的彻底死了，再没留下什么。婴儿失望地打量浓红色的天空，有几朵团状的黑云。它要飘到哪儿去？夜就要来了，天还会亮吗？

渡边

婴儿发现，从两个男人的尸体血肉里飘来两团热气。这热气像火焰上方的热力，你看不见它，但它让光线发生了折射，改变了世界的样子。两团热气向自己靠近，不说话不言语，没有形状也没有颜色，也不试图告诉自己什么。但是，当这两团热气一前一后来到他的眼睛上方时，婴儿发现这世界变了，变成了另一个人的世界。他想，人死了之后原来就是这个样子，他们不会再有肉身，也不会对你说点什么，但他们会带来一个又一个

世界。如果你能看到所有人的灵魂，你就会看到亿万个世界。

　　人的皮囊真是很脆弱。我们尽一切努力把一个北海道农民训练成有钢铁般意志的人，可是，只要一把刺刀穿透腹部，他就必死无遗。我有把军刀，经过三次上千度的高温、锻打、淬火，才有了现在的样子。我用它杀了很多人，可是沾上的第一滴血却是我的战友的。当然，他是个罪犯，刺杀了自己的上级，所以他必得死。剖腹，然后被军刀砍掉头，是他得到的最后尊严。

　　军刀刀刃每一寸都搁不住一根头发，还能轻易切断铁钉。所以，刃口之下，人的脖子不堪一击。人头落地的一瞬间，颈骨是白玉一般的颜色，不过很快，就会被血染红。红白相间的感觉不是很好，有点血腥，最主要的是不美，那颜色太浓烈了。人应该尽可能死得美一点。

　　我始终固执地认为，至死都是如此，用军刀杀死一个人，应该是种礼仪，与中国孔子讲的那种礼一样。多年的军旅生涯让我杀人无数，在血腥和暴力中浸泡得太久，但我一直觉得杀死敌人与一个活生生的，一个有血有肉的人并无关系。一个活生生的，一个有血有肉的人惨死时，终究是很丑陋的，会让人生起一丝低下的、软弱的、不合时宜的同情心和恐惧感。而我，觉得那是在履行一种我与敌人之间的礼仪。当我砍下敌人的头颅时，我满怀尊敬，有那么一点悲伤，并且默默地为亡灵祈祷。并且我懂得，杀人这个事情要适可而止，否则，当你不遵守礼仪，你就破坏了人在世间的尊严。那些肮脏的污泥浊水迟早要反过来溅在自己身上。

　　这是我一直以来的信仰，可是……

　　这座城的一角炸塌了，我沿着高高堆起的砖块翻过城墙。城里的士兵失去了指挥，不再抵抗。我路过一座寺院，墙皮脱落，墙基青石上生着苔藓，门口倒着几具尸体，血把青绿色的苔藓染成绛红色。我发现，这座城很古老。

　　一队交出武器的士兵垂着头，与我们相向而过。一等兵永泽突然失去控制，狂怒地跑出队伍，用刺刀捅倒了几个俘虏。那几个俘虏发出牛一样的叫声，很轻很闷，就倒地死了。其他人只是稍稍向后躲了躲，仿佛躲过这次灾难就能活下去。走了几步，又有一个士兵冲出队伍，用三八式步枪顶着俘虏后脑开了枪。俘虏扑在地上，死了，其他人继续沉默前行。不一会儿，这队俘虏便死光了，横尸在马路上。

　　我带着队伍进入一条湿漉漉的小巷子。有个女孩子突然从院子里跑出来，看见我们，吓呆了，扶住墙，瞪大了眼睛。她弱弱的，花朵一样干净，脚上有双红皮鞋，似乎是这里唯一有颜色的东西。女孩子轻轻地喘着气，像幅画似的印在我眼中。

　　午夜，我站在院子中央，倾听远远近近的声音。机关枪一刻不停地哒哒哒响，号叫、惨叫、嘶叫、痛叫以至于怪叫，混合在一起，仿佛有了颜色，把夜空染成了浓紫色，并且浓得成了黏稠汁液，一滴一滴从天空里落下来，砸在地上，冒出强酸一般的刺鼻蒸气。

　　我走出院门，脚下又湿又滑，巷子里横七竖八地倒着尸体。我来到女孩子站着的那座木门口，里面血淋淋的，即使在黑夜里也泛着浅红色的光。我有一丝无奈和痛恨，我的士兵总也不能领悟畜生和人的区别。他们总是用一些愚蠢、粗野的手段去得到人世间华光一现的珍宝，结果他们总是把很美的东西变得很丑陋，而且永远也得不到。

　　我失望地走进院子里，迈过几具尸体，窗台上蹲着一只黑色的猫，眼睛发出金黄的光。屋子里竟然还亮着一盏油灯，摇摇晃晃，朦朦胧胧。我进了屋子，一片狼藉，几个人死在地上、床上、桌子上，连厨房的大铁锅里都趴着一个死人。

　　有个小房间，隐隐飘出一缕香气，在一片血腥之中很特别。我走进去，大概是闺房，不过一切都很零乱，书本、胭脂、花朵撒了一地。我抬起头，在很高的书架顶端，摆着一只白色的小瓷罐，还写了几个汉字。真是个奇迹，竟没人去碰它。我忍不住踩着一只木凳子爬上去。瓷罐很小，拳头大，罐口用纸条封着。小楷字写得很秀美，我觉得一定是那个女孩子写的。这两个字是"霓云"，真美。

　　我稍用力，拔开了塞子，一股幽暗的香气扑来。我恍若隔世，忙又盖上了塞子，生怕不知自己身在何地，身处何时。我准备走了，把小罐子轻放在桌上，过不了多久，又会有人来这里抢掠一番。走了几步，我忍不住转身，把小瓷罐拿起来，揣进兜里。

王大心

婴儿身上的黏液风干了，又脆又硬。母亲的尸体可以挡住寒风，但挡不住寒冷。他茫然地大睁眼睛，打量着夜空，也打量着江岸。被水浪打湿的岩石一会儿结冰，一会儿融化，在漆黑一团中散发出薄薄的雾气。一群饿坏了的家狗悄悄跑过来，又小心又胆怯地舔着尸体上的血，继而战战兢兢地咧开嘴，用槽牙咬断僵硬的手指脚趾，嘎嘎嘣嘣地嚼起来。慢慢的，他们胆子大了，从破开的肚子里扯出肠子，从大腿上撕下一整块一整块肉。

一条黑狗来到婴儿身旁。石块上沾满了被炸药烧焦的碎肉，它焦急地把他们啃下来，一下一下费力地咬。在黑暗里，它吓了一跳，发现一个婴儿睁着眼，无神地看着它。一只满是血腥的黑色大鼻子凑近婴儿，嗅了嗅，又往后退了退。一条红色的舌头在婴儿的脸上、脖子上舔了几下。婴儿看到一双焦黄色的大眼睛，流着泪，哀伤地看着他。好一会儿，一个毛茸茸的黑色身躯躺在婴儿身边。这下好了，寒冷、大风、刺痛、恐惧统统不见了。婴儿使劲往这个温暖所在的中心处钻，他碰到一排和母亲一样的乳头，就把嘴吮了上去，又有一股热热的汁水流进嘴里。婴儿暗想，有乳房就有整个世界。

一声孤零零的枪响传来，狗群吓得散了。乳头猛地从婴儿嘴里抽出去，像一个巴掌打在脸上。黑狗跑了几步，又犹豫着回来。两排牙齿软绵绵地把婴儿托起，放在江水里。说也奇怪，江水竟是热的。只有脸能露在外面，婴儿看见黑狗对他张了几下嘴，摇了摇鼻子，一扭身跑掉了。他很伤心，默默地仰望苍穹。夜空格外低矮，一颗一颗星星亮得刺眼，仿佛一伸舌尖就能舔到金黄色的满月。天幕在脸上方左左右右地摇晃，周围的江水里片片银光。

婴儿哇的一声哭了，声音击碎江面上的亮光，挤满夜空。他发现，他和这个冷冰冰的世界不一样，那一大群热气腾腾的生命也和这个世界不一样。一团热气飘来，他在黑色天幕里看到一只沾满泥污的手。他想起来了，被炸药气浪推上高空时，这只断手曾经抚摸过他的脸。

我是在放下枪的那一刻开始后悔的。虽然我不相信仅仅依靠理性、正义、仁慈这些东西就能给世间带来和平，但放下枪，却意味着从此要把自己的命运交到别人手中，无论那是一些什么人，也无论他们会怎样对待你。

当然，放下枪，我有一阵轻松。我望着冬季灰蒙蒙的天空，看着那颗淡淡的黄太阳，心想，我肩扛着这座城，我也扛着死亡。现在，这座城里的芸芸众生将像野花一样和大地生长在一起，他们不再崇高，他们将什么也不代表，他们剩下的仅仅是好好活下去。我，再也不把你们扛在肩上了，我也不把死亡扛在肩上。

我的双手捆着麻绳，和十几个军人拴成一串，面无表情地走在街头。我发现我们还算好的，相向而行的一串男男女女就没那么幸运了。一根小手指粗的铁丝穿过锁骨，三三两两拥成一团，像将要放到火上烤的竹鼠。一个襁褓里的婴儿从二楼扔下来，只哇了一声就一动不动了，头部溅了一团血迹，像束红艳艳的玫瑰。婴儿就落在我两步远的地方，我斜首看了看，仰望天空，心想，你已不在我肩上了。安息吧，大地将要被血洗过，你不过是一朵飘在血海上的小花。

又一个身材微胖、浑身赤裸的少妇从楼上掉下来。她的肚子给划了一道长口子，身体落地时，肠子摔出来，甩了老远。她尖叫过一下，又大睁着眼，一声不吭。一个气急败坏的日本兵跑过来，用刺刀撬开她的嘴，取出一块咬掉的耳朵，捂着半边脸跑远了。我扭头看了看那个残破的，已没了人形的女人，生出一丝敬意。如果我的手脚没被麻绳捆住，或许我会跪在她的尸体旁，在她被刺刀捅烂了的嘴唇上吻一下。

莫名其妙地，天空里落下一滴水，砸在我的额头。我用被缚的手背抹了一下，这水珠里竟有一缕幽香。一瞬间，这座城成了玻璃城。远远近近的建筑物透明了，什么也遮掩不住。这样，我就不仅仅听得见一浪高过一浪的叫喊声，还能看见各种各样世所罕见稀奇古怪千姿百态超乎想象的杀戮和惨死。一个日本兵正往一个女人的身体里塞石块和泥土。一个日本兵用刺刀把一个稍有反抗的女人刺穿了。一个日本兵把一颗拉开销子的手雷挂在一个男孩子的后脖领子上。一个日本兵把一个老人从窗子里推了下来。一个日本兵正在往屋子里浇汽油。一个日本兵正在往尸体上撒尿。一个日本兵正在扣动机关枪。一个日本兵正往腰带里别一只鸡。一个日本兵挥刀砍断了一个男人的手腕。一个日本兵在擦军刀上的血迹。一个日本兵

倚在没了门的门框上点烟。一个日本兵在哈哈大笑。

我一阵眩晕，轻轻叹了口气。我低声说，你们也都不在我的肩上了。你们现在是大地的子民，但大地能养育你们，却不能保护你们。她让鲜花怒放，也让杂草丛生。她让骏马奔驰，也让豺狼横行。有一天，她还会洪水滔天，那时，我们的肩上什么都没有，只有死亡。

前方，捆着一溜俘虏，跪在街边，呈杀头的姿态。几个日本兵按住一个俘虏的肩膀，以防他扭动身体或逃跑，笑着对几步远的少年日本兵大叫了什么。那个少年日本兵还没有上了刺刀的三八式步枪高，他犹豫几次，稚嫩地嘶叫着，将刺刀捅入俘虏的胸膛。一下刺得不深，便像刷糨糊一般地把枪托乱推，把自己也吓得半死。

被捅的中国俘虏半闭着眼，竟出奇地能忍耐，不大叫，也不咧嘴。他迷茫地看着戳进自己胸膛的刺刀，不知他心里想的啥，仿佛快点死掉也是件好事。日本兵高叫一声，手指指向我们。那个少年日本兵端起刺刀，急急地向我们跑来，刀尖一会儿指向左，一会儿指向右，不知最终会指向谁。

刺刀尖掠过我的肚子，捅进身后李大个子的腰。李大个子嗷嗷叫了几声，声音不大，嘴里吸着凉气，好像连死的时候都怕惊动了谁。他扑通一下倒在路边，痛苦地蜷起身，仿佛得了什么重病。我回头看他，他挣扎着抽出一只手，向外摆了摆，算是道了个别。似乎这条路还有那么一丁点盼头，他命不好，走不过去了，而我们都还有救。

又走了十几步，一个矮个子身材敦实的日本兵发了狂似的冲过来，扑哧一声，老兵上官富贵的瘦皮囊也给戳穿了。他怪叫一声，像冬天里吊在树杈上的老狗，得吊好一会儿才能死。他嘴里咕哝几句，讨好地对那个日本兵笑了笑，自己拔出刺刀，爬了几步，靠在路边的梧桐树下坐好。日本兵赶上去，还想补上几下。上官富贵憨厚地笑了笑，指了指自己的肚子，大概是想告诉日本兵，他活不成了，早晚是个死，开开恩，让我死得好受一点。

事不过三，这下该轮到我了吧？我们这一队俘虏就像块香喷喷油汪汪的肥肉，扔进了饿了半个月的野狗堆里。一个日军少尉大大咧咧地走过来，用王八盒子顶住我的后脑勺。我麻木地向前走，赶紧看一看这座城和残存在寒风里的一草一木，这有可能就是最后一眼了。

我以为，放下枪我就能更想好好活下去了。现在看，也未必，只有一直把死亡扛着的人才会更想活下去。满世界都是灰白色，冬天的雾气把我罩得严严实实，我看不到好好活下去的希望。人世间没有给我一个出口，我爬不出去。不生也不死，不痛苦也不快乐，浑身是一种迟久的钝痛，似乎只盼着这一切快点结束。

渡边

刀刃在空气里轻轻划出一声响，人头落地，向前骨碌几下，沾了一脸血一脸土。起初，表情还很清晰，或是恼怒，或是恐惧，或是失望，一小会儿，脸上的肉就松弛了。一张张脸面无表情，嘴大张着，眼睛空洞。似乎所有人的死相都一样。

我的军刀刀刃是用最好的钢打成的。抚摸着刀刃，稍不留神，指尖就会被割破。我想，它无情无义，冷冰冰，锋利。它不因你有血有肉就会生出一丝情意，一丝怜悯，或者被更多污秽、短浅、廉价的人的情绪所左右。它是世上最清洁的东西，但谁也得不到它。我宁愿它永远摆在架子上，永远作为干净的东西放在那里。

现在不行了，它必须和尘世打交道。每一次杀人都不轻松，人头落地之后，我要艰难地把所有人间的情绪慢慢压缩、收回，恢复到刀刃那样纯净的境地。这样，一切才简单了，惨叫、哀号、眼泪、血腥统统从刀刃处遁入虚无，然后变成一种干净的东西。婆娑世界很不堪，但那个干净的东西却能像金刚石一样璀璨。但是，我最近杀的人实在是太多。我发现刀刃钝了，有无数细小的缺口。最可怕的是，当我在灯下凝视着它时，看到了它的锋刃，那里锈迹斑斑。它再也不是通向另一个世界的门，而只是个和肉身之人一样的俗物，那扇门关闭了！

我觉得，是我自己毁了它。

那天晚上，我揣着小瓷罐，徜徉在暗红色夜里。我相信"霓云"一定就是那个女孩子的名字。有个院子还亮着灯火，让人诧异。我走进去，是间书房，有个穿长衫的中年男人立在长桌前，对着一张雪白的宣纸发愣。看见我，他没有害怕。虽然他依旧盯着那张宣纸，眼神却告诉我，他的心被什么搅动了。

我走上前去，桌上摆着一只半开的手卷。我用军刀刀鞘慢慢把手卷摊开，一股樟木和陈纸味扑来，这是一件稀世珍宝。人间最难得的是旧时光，这手卷里就有旧时光，而且还是以很美的样子呈现的旧时光。我很羡慕他，也羡慕这座城里的人。我默默地用刀鞘合上手卷，看了他一眼，无声地转身。我希望这旧时光能永远留着，甚至自欺欺人地想，只要我离开这间屋子，这男人就没事了。他可以一直对着宣纸发呆，仿佛发生在夜色里的一切可怖与他没有关系。

转身的一刻，有个东西重重地砸在我的脖子上。这男人肯定没杀过人，那个东西应该砸在我的后脑勺上才对，一个训练有素的士兵可以一下子把我击晕，或者干脆敲碎我的脑壳。在眩晕的一瞬间，我拔出军刀。等我可以看清周围的景物时，刀刃已经从男人的脖子处掠过。他趴在桌上，眼大睁。血像瀑布一样从动脉里喷出来，在雪白的宣纸上溅出大大小小的圆点。又是一股血泼出来，仿佛一桶红色墨汁浇在纸上，浸透纸背，那形状竟然像一座孤立的山。男人一句话也没说。一股一股血浆持续涌出来，变成一条河，从那座红色的大山下流过，又变成大片大片连绵起伏的土地，隐隐约约有无数形态各异的生物的轮廓。

砸我的是块砚台，掉在地上碎成几块。我弯下腰，一一拾起，拼好。这是块上好的端砚，满满的鱼肚白，酥油一样滑腻，远远胜过日本的赤间砚。我又弄坏了一个世间少有的珍宝。

一阵伤感，而且这伤感竟然无法收拾！怎么说呢？它不仅仅是对不可挽回的事情的难过，还有一种解脱。有一种强烈的情绪在释放出来，而这种情绪过去通常都需要花很大的气力来平息，去恢复到冷冰冰的刀刃状态。但是我做不到了，我再也闻不到那干净的花香，我的心就像开闸的洪水，没什么锁得住它。

我知道，这洪水迟早要以最残酷、最丑陋的方式毁掉我。可是我管不住自己了，还有谁来挡住我的去路呢？我的刀刃啊！我终生依赖的信仰，你为何离我越来越远？你为何不来拉住我啊？

我没有擦去军刀上的血，而是提着它，以一种可怕的姿态走到大街上。迎面走来两个抬尸体的人，胆怯地低着头，生怕我注意到他们。我拦住去路，不问青红皂白地砍断了前面那个人颈动脉。他像咳嗽一样哀号几下，腿一软，跪在地上死掉了。尸体翻落在地，后面那个人呆在那里，愣愣地看着我。我盯着他圆亮亮的额头和空洞无神的眼睛，渴望知道他心里想什么。可他的脸像块木板，没有任何东西可以沟通。手起刀落，利刃正中他的额头中心，一缕缕红色的稠血汩渗出来。

我知道我做得不对，我正在做世间最可怕的事情。可是有人管我吗？谁来主持正义？现在，我的军刀只有刀刃，没有刀背。我又在街上随便杀了两个人，太容易了！一条鱼、一只鸡在被宰掉之前还知道垂死挣扎，而一个人却不知道。他们是怎么一回事？

这可真是世间最大的谜。不过，我不想了，也来不及想。我的身体像要炸开了似的，有股猛烈的情绪带着我在墨汁一样黏稠的黑夜里走。夜色像淤泥，陷着我的脚，可越是这样，我就越想迈开大步，死命往前走。

我的步子终于轻了，毫无挂碍。到处在杀人，各种各样的杀法。在大部分时候，当你做不正义的事情时，你会后怕这不正义的事将落到自己头上，当你给他人施加恐惧时，这恐惧同样会施加给自己。可是现在，完全不必有这样的担心。夜色里没有对与错，任何凶手都在黑暗中无形无迹。我怀疑在梦中，可发现真实竟然比梦境还震撼。这震撼一会儿带来悲伤，一会儿带来兴奋，一会儿带来绝望，一会儿又带来狂喜。真是去他妈的！其实这一切情绪全是假的，他们不过是人身上披着的画皮，是来自人世间的人心里残存的唯一一点记忆。现在，各种各样的情绪正在白热化，分不清你我，只剩下钢水一样的东西。

到处是我们的人，但不是我的部下，一个都不认识。但无所谓，现在只有我们是站立着的，可以称之为人。其他的，是梦中的影子，白天一来，就会消失得无影无踪，仿佛不曾存在过。我的前方，大街中央，十几个士兵在他们的少尉带领下，把一个赤裸消瘦的小姑娘围在中间。她捂着胸部，蜷起腰身，痛哭流涕。我真的不能理解，一个瘦弱的，惊慌失措的女孩子一点都不好看，你们看她嶙峋的肋骨，看她突出的髋骨，看她单薄的后背，看着这样一个人，怎么还能兴致勃勃且一脸笑意？得怎样的狂想，才能把一个不好看的东西变得吸引人？

女孩子吓坏了，断断续续地哭。不时跌倒，身上沾了一大块一大块泥污。士兵们伸手去摸她，她想躲、想逃，可又被抓回来，甩在地上。等女孩子站起来，有个一等兵用枪托把她砸倒，分开她的双腿。于是士兵们像

看到什么稀罕物似的睁大眼睛，伸长脖子去看她的私处。

女孩子尖叫起来，另一个士兵用军用大头皮靴踢她的肚子、肋骨。是真正用力地踢，我听见骨头折断的声音，听见内脏爆裂的声音。女孩子号叫一声。那个士兵并未停下来，于是她的号叫变成惨叫，还夹带着惶恐、哀求。不久，那声音已听不出像个人，更像是某种垂死的动物的怪叫。

士兵们哈哈大笑，笑声和惨叫声混杂在一起，显得十分陌生和荒诞。又有一个新兵想出了新主意。他找来一根烧火棍，试着捅进女孩子的身体里，她自然是拼死挣扎。于是，几个士兵用皮靴重重踏住女孩子细弱的手腕脚腕。她再也逃不脱了，在沙哑的、充血的、干枯的、失望的、困惑的、恐惧的叫声中，死去了。身下慢慢积起很大一汪血，大得吓人，像是在高空望下去的粼粼湖泊。

士兵们一时间有点无聊，一哄而散。我突然觉得身上的皮肤迅速膨胀脆裂，长出硬壳、犄角、羽毛、鳞片，视野变得血红。我成了怪物！

王尽美

早晨，我呆站在街头，看见日本人进城了。他们的队伍很整齐，又很古怪。当我看到军用卡车径直把一个腿脚不利索的老太太碾死在大街上时，就预感到，这座城的末日来了。我扭身跑回家，看见父亲正静静地端详着一幅古字，仿佛现在这座城里什么都没发生似的。我悲伤地望着他，他对我笑笑，远远地说道，你过来，写几笔，看看有没有长进。我三心二意地涂了几个字，父亲没再训斥我，而是说，小小年纪，写得倒像古人，你来看看这张手卷，讲讲他们是怎么下笔的？

我伸出手指，不想就在泛黄的手卷上面留下一小片泥印迹。父亲平日最爱这东西了，可他这回却哈哈大笑，有点异样，说道，这画已经有一千年了，若是再有一千年，后人大概会绞尽脑汁地想，这是哪个先贤大德留下的呢？记住，所有的字讲究一个骨，骨头的骨，骨气的骨，风骨的骨，有骨就有中华。说完，他不再理我，又陷入那幅手卷中去了。许久，他对我说，你去玩吧。在我跑出门的那一刻，他看了我一眼，那眼神就变成了永恒的画面，映着黯淡的阳光，沉在时间的河底。

末日里，我想和姐姐在一起。这念头只是一闪，就跑到了姐姐家门口，我发现，这才是一直以来想要的。姐姐回头看了看，一咬嘴唇，便拉住我的手，往秦淮河边跑。那里有个很隐秘的所在。在两座青砖房子中间，有条通向河边的窄过道，只容得下一个人的肩膀。那户人家把过道砌死了，里面堆着稻草和杂物。夏天时，我偷偷来过，有只黄色大猫带着一窝没睁眼的小猫住在这儿。

曲曲弯弯的小巷子又潮又冷，薄雪落在青石上，慢慢融化消失，若有若无。我跌倒了，胳膊和膝盖被泥水浸透。我又焦躁又沮丧，心想，死在这样一个天气里真是不好受。姐姐拉我起来，手暖暖的，我使劲朝灰白色的天空里望了望，不知这个世界会怎样结束。

到处空荡荡的，寂静无声。看不到一个人，准确地说，是看不到一个活着的人。有个院子门敞开着，我和姐姐溜进去，又害怕，又好奇。草丛里横横竖竖地倒着几具尸体，井沿边上甩了一只黑色的皮鞋。我顺着井口望下去，一个男人也仰头望着我，不过他已经死了，大睁着眼，脸皮像鱼肚皮一样白，头发漂在水面上，仿佛一层黑色的苔藓。

在房子里，有个赤裸女人趴在地上。她也死了，头发被人掩在门缝上，身体蜷曲，双手捂着胸。从双腿间流出很多血，干涸了，在痂一样的污血中间，伸出一根棍子，像是从身体里长出来似的。我第一次见裸体女人，也是第一次见这样死去的女人。她身体苍白，好似某种岩石，姿态古怪又吓人，不知受了多大的苦楚才死去。我转过头，看见了活生生的姐姐。一瞬间，就好像看到了她另一副样子，我忙闭上眼，向院子外跑去。我们跑啊，跑啊，空气中有一股股火药味，雾气很大，不辨方向。我俩就像迷宫中的小白鼠，到处乱闯，不知会有什么可怕的东西从雾中跑出来。

终于到了！两道墙之间堆满了稻草，比人还高，一直顶到房檐。我和姐姐看了一眼，我先爬上去，然后拉着她的手，一起滚落进稻草堆深处，好像两只小鸟回了窝。靠近秦淮河的那一边，墙很厚。从青砖缝里，看得见空无一人的河岸，看得见拍打着青石的水浪，有只无家可归的黄色小狗孤零零地立在岸边，四处张望，不知去哪里。

霓云姐姐背靠着墙，站在我的斜对面。我使劲挤了挤，想挪到她面前。两面墙之间真是太窄，等我终于能和她相视一笑时，我们的身体已经死死贴在一起了，连动都没法动一下。几个月之间，我又长高了一点，现在，额头大概与姐姐的嘴巴平齐。她张开手臂，把我的头搂在胸前，很暖和。我也想抱着她的腰身，可是没半点缝隙。我只好伸出手，抚摸她的眉

毛，鼻尖，嘴唇，掠过肩膀，停在她的腰畔。她的身体抖了一下。

我把脸贴在姐姐脖子上，她青色的细血管像小号狼毫在白宣纸上画出的线条，凉凉的，有一缕幽香。她的发髻散了，长发铺天盖地，把我罩在一片昏暗里。我的身体有了异样，可又动弹不得，姐姐一定是发现了。我羞愧地看了她一眼，涨红了脸，难过得流下一行泪。她微微一笑，抬起我的脸，用带树叶味的雪白牙齿轻咬我的鼻尖。她的身体似乎也在膨胀，每呼吸一下，我都有快窒息的感觉。要不是这两堵墙，我们一定会做出另外一些事。我就像浸在繁星下的湖水里，四周又温暖，又寂静，还有粼粼波光。我倾听着万事万物的声响，到处都有姐姐的气息。真好，我没把姐姐弄脏了，她本就不属于我。

姐姐问我脖子上的牛皮绳子拴了什么？我费力地抽出来，把那块薄薄的灰色金属片放在手心，举到她眼前。姐姐有点惊喜，又将锋刃托在自己手中，仔细端详。她说，你看它像不像黎明前的天空，带着点乌蓝色，又带着一丝光亮。看见它，你就知道一切有了希望，新的一天来了！

墙外传来枪响，姐姐的手臂颤抖了一下。回过神来，她的手心里多了道伤口，一颗一颗细小的血珠慢慢渗出来。我呆住了。谁知，她竟使劲将手握起，闭上眼，嘴唇抖动着说，花开了就会落，但落了还会再开。也许有一天，姐姐不是现在的样子，但我们还会再重逢。你看，绿色的光遇见红色的光会成为紫色的光，两片云彩抱在一起成了一朵更大的云彩，南边来的风碰上北边来的风是春天里的风，你身上的味道和我身上的味道混合在一起，是相爱的气味！

王大心

当我们这队俘虏走到秦淮河边时，只剩下九个人了。我一点都不怀疑，我们没有一个能走到终点，实际上也根本就没什么终点。头里的日本兵一横刺刀，让我们停下，九个人就愣住不动了。日本兵又指着座青砖房子，大叫了几声。我们就面对着那房子站好。砰的一声枪响，站在队首的老兵罗三闯死了。这个家伙爱逃跑，枪一响，撒腿就跑，仗打完了，再回来领银圆。打了这么多仗，竟然活得好好的，比一条野狗命都大。他还爱骂骂咧咧的，骂司令，骂军长，骂师长，骂团长，骂连长，骂排长，骂他们贪了大头兵的钱，骂他们贪生怕死。这回，他是真死了，最后骂了一回日本人，然后后脑勺上挨了一枪。地上喷了一团血浆，一副血里透白的牙齿甩在泥里，上上下下地动了几下，最后像煮熟的河蚌一样咧着不动了。

我木然地盯着眼前的青砖房子。挺怪的，两幢房子之间间隔很窄，用砖封住了，砖缝很大，要是躲了人，恐怕是任谁也找不到。这个地方真好，要不是穿过一身军装，我也会藏到这里的。带上我的媳妇、儿子，带上几个馒头，带上点水，兴许就活过去了。可现在，我是无处可逃了。不是不想逃，也不是不能逃，而是逃走比死了还痛苦。我已经后悔一次了，不想再后悔。我的脑袋欠了一颗子弹，不论是谁打了这颗子弹，日本人也好，战友也好，都是我应得的。

正想着，第二声枪就响了。二斗伢子也死了。不过，他站在第三个，看来鬼子是隔一个开一枪的。二斗伢子是个孩子，不超过十五岁吧，是我把他抓过来的。我知道这不对，刚开始时，他哭着要回家找爹娘。可我还是狠心把他捆起来了，国家没了，你有爹娘又有什么用？你看，我就是这么混蛋。开始时，二斗伢子还恨我，可吃了牛肉罐头，领了几块大洋之后，他就不想走了。当然，我知道，他并不是因为这些个东西才不走的，他有更高的理由，和我一样，但我们都说不好这理由是什么。现在，二斗伢子的脑袋也给打开花了，你别恨我，让你爹娘也别恨我。当初就是放你走了，你现在也还是这个样子。

鬼子杀个人还弄个门道出来。一会儿是隔一个杀一个，一会儿是一排全杀掉。一会儿是放狼狗咬，一会儿是用刺刀刺，一会儿是用军刀砍，一会儿是用机枪扫。反正是随你们了。也是，你放下枪了呀！一支枪不是正义，两支枪才是正义。你还没明白？一个人手里有枪没有正义，两个人手里都有枪才有正义。你放下枪了，你灵魂里没有枪了，你对着屠刀歌唱吧，你把优雅献给子弹吧。可是，炸药是一个贪婪的怪物，除非你能让它也害怕，否则它永不知足！

我站在了第九个，也是最后一个。只听见击锤清脆的声音，也没耳鸣，也没眩晕，世界如故。枪卡壳了，日本兵拉了下枪筒，一枚红黄色的子弹落到我面前，我知道，另一枚子弹上膛了。又是一下击锤响，可我的脑袋还没被打碎，我木然地打量着这周围。日本兵有点急躁了，拉了几下枪筒，只留最后一发子弹在里面。他不相信我竟然有这样好的运气，也明

白，只要有一发子弹响了，我也就完蛋了。怎么说呢，我们这些俘虏有点像一车要被卸掉的货物，早卸完早了事。

第三枪也没响，我的脑壳还是完整的，鬼子气急败坏地用枪把砸我的头，我的脖子，我的肩，想把我弄死，却气得忘了用他的军刀。额头上流出的血糊住了我的一只眼睛。我望着天空，一半是灰白色，一半是红色，几只不知谁家的鸽子从白色的天空飞进红色的天空，又从红色的天空飞进白色的天空。

日本人的狼狗对着窄墙叫起来，里面肯定是有人。我失望地想，又要看一次杀人了。我们绕到墙后的小院子里。一个被日本人抓来的向导用中国话喊道，我们知道里面藏着人，你们快出来吧！

我的胃一阵翻腾，头一次听见有人把我熟悉的中国话说得这样脏，这样让人心碎。我虽然听得懂其中的意思，又觉得不是中国话，而是一个刚从胎盘里落下来的小怪物，血淋淋的，又瘦弱，又吓人。好一会儿，一个年岁不大的男孩子从稻草中爬出来。他孤零零立在几把刺刀前，有个日军少尉走上前说了什么。耳边又响起那种很脏的中国话，你叫什么名字？你的家在哪里？里面还有人吗？少年没说话。狼狗还在叫。少尉俯下身子，在少年肩头嗅了嗅，仿佛吓了一跳，忙转过身，对日本兵说了什么。就有人往稻草上浇了些煤油，放起火来。

在火光里，少年回头望了望，眼睛红了。一个日本兵用指尖捏住一块糖，在他面前晃晃，塞进他的衣兜。少年嘴角微翘，好像是在笑，用手在日本兵的脖子上抚摸了一下。日本兵憨厚地大声笑，仿佛自己的行为感动了孩子，也感动了自己。片刻之后，他的脖子上就喷溅出烟花一样的血。另一个日本兵嗷嗷大叫着冲过来，高举刺刀，可能他又觉得这样少年就死得太过轻松。他卸下刺刀，把少年的两只眼睛弄瞎了。少年费力地抬起脸，两只血红色的洞对着天空。

日军少尉面无表情地想了想，拿出一颗手雷挂在少年的领子上，用生硬的中国话说，向前走！然后，他拉开引信，推了少年一把。少年回过头，用两只血洞望了望，没看我，也没看日本人，好像我们根本就不存在。他笑了笑，慢慢向院门口摸索着走去。轰的一声响，门口空荡荡的。

渡边

这个柔弱、清秀的少年从稻草堆后面爬出来，我希望他能活下去，至少活过这一次。可是，当我弯下腰，想听听他在说什么的时候，闻到一阵锐利的香味。我在哪里闻到过，对了，是在那个死尸遍地的小院子里，和写着"霓云"两个汉字的小瓷瓶子散发出的气味一模一样。我想起了穿红皮鞋的女孩子。

我知道此时我的同胞会怎样对待她，他们已经和畜生没什么区别了，而且还不自知。烈火和刀刃都算是干净的吧？这是送你的最后一点东西，以表达我的爱慕。当然，我知道我永远也得不到。

霓云

日本人的狼狗猛地叫出声，我窒息了。剃头匠家的黄狗对我叫时，我吓得不敢动，但这回更可怕。狼狗很凶猛，也很有力气，他们的叫声可以贯穿耳膜和脑髓，叫人脑中一片空白。

小美弟弟把我的手摇了一下，说道，姐姐别怕。说也奇怪，一阵眩晕之后，这句话就像久渴之人舌尖上的一滴水，我一下轻飘飘的了。明晃晃的刺刀，日本人粗鲁的笑容，还有惨不忍睹的尸体，这些都吓不着我了。怎么说呢？就像一颗子弹打不死一团火，一枚炸弹炸不毁一束光，一柄军刀砍不断一缕香气一样。如果我的心不再害怕了，那还有什么能让我害怕呢？

我推了小美一下，说道，你还有机会，出去吧。小美低着头，不走。我把手腕放在他鼻子前，说，闻一闻，这是相爱的味道，永远不会消散。小美说，一起走吧。我说，我不想被他们弄脏了，再死。而且，也说不定……

在火光中，我看到小美死了。剧烈的疼痛，但我忍住没吭声，觉得惨叫声有点丑。我愿意死得美一些。最后一刻，我明白了，我的担心是不必要的，因为烈火没办法伤及美丽一分一毫。

父亲

我的儿子小美走了，仿佛手里抓着我的筋，跑出门时，也把我的筋抽掉了。罢，罢，你走吧，像小鸟一样飞得越远越好，别让什么伤了你的翅膀。

我呆坐在书房，盯着书架。它像蓝白相间的四面高墙，一直顶到天棚。太阳从东边的窗子里照进来，浓红色，不知过了多久，又从西边的窗子里照进来，血红色。夕阳仿佛从天而来的红色大河，把滚滚鲜血倾倒在人世间，也灌进我的书房。我坐在一片血泊里，那些书籍就像血泊中的孤城，芸芸众生在城里生老病死。我看见他们，他们却看不见我。他们生生不息，而我，将走向黑暗。但这一切并不可怕，黑暗不过是另一片土地，鲜血不过是土地上的河流湖泊。阳光再一次来的时候，万事万物将从黑暗中获得新生。

我明白了，这座城如要重生，就必须与四面高墙来个了断。其实原本如此，她是淡金色的，比晨曦还要淡，谁也不能与之媲美。她不惧火焰，那不过是一泓清水，将她的老态洗去。这个念头是如此荒诞不经，我的书房却瞬间被烈火吞没。一页页发黄发脆的纸在火中卷曲，变成炭，变成灰。一座惊艳的红楼烧着了，栋梁烧得通红，嘎嘣一声，巨木断了，整座楼倒塌，一团黑烟带着火星窜向天空。一声声哭号不知从何处传来，有人倒在大火中，肌肤烧焦、脆裂，有油脂从黑色的伤口处流出。我还听见马匹的嘶叫，看见钉着铁掌的马蹄踏在城里的青石板上，砸出点点火星。一颗人头滚落在眼前……

一切露出他们本来的面目。优美雅致的文字，不过是这座老城的残垣断壁。叱咤风云的英雄豪杰，不过是舞台上戴着假面的戏子。柔美销魂的莺歌燕舞，不过是挂满蛛网的旧床上的枯骨。直率性情的骚客文人，原也竟是一脸媚笑的下贱奴才。他们已统统落进黑色的深渊，再也爬不出来。谁无惧烈火带来的剧痛，谁才能滴着血活生生地站在我面前。

那个日本军人进来时，我知道，阎王派他的牛头马面来了。对一个鬼，我没什么好说的，无论他看起来多么仁慈。我只想说，此时，你千万莫要发什么慈悲心，做你该做的。这座城终会重生，你们拦不住，你快放把火，让那一刻快点来。

鬼啊！带我走吧。让我在漆黑一团的地狱里走一遭，让我在油锅里炸一遍，让我在血水里泡一通，让我在千刀万剐中疼一次，把我的皮扒掉再重新长好，把我的筋骨打断再让它更强健，让我脸面无存再给我尊严，让我生无可望再让我明白新生的可贵！

那个日本军人想离开。他的恻隐之心像夜里的一点灯火，但这一点火光怎么能让黑夜不来呢？我打算伸出手拍拍他的肩膀，又知道他不会理解。于是我用砚台代替了手。

婴儿

婴儿浮在银光粼粼的江面上，望着黑沉沉的天空，心想，原来世界是这个样子的。它只做一件事，那就是毁灭。不停的毁灭，从一次毁灭，到另一个毁灭。当然。婴儿的脑子里是没有语言的，他也可能会用别的什么词汇来代替它，比如，死掉，腐烂，烧毁，倒塌，消失，不见，蒸发，爆炸，流血，残缺，严寒，惨叫，黑夜，哭号……其实婴儿也不需要什么语言，他本就在随心所欲地看这个世界。

那么，我来到人世间，大概也是来接受一次毁灭的吧。刚才，那把刺刀差点要了我的命，又是一股爆炸的气浪把我抛上天空，可我都没死。对了，有只断掉了的手摸了我一把，那只手可真丑，真吓人，可它的抚摸却有种说不出的暖意。它属于一个已经被毁灭了的人吧？那个人想告诉我什么呢？对了，对了，我怎么给忘了。还有乳房，还有奶水，还有母亲的身体。

婴儿咂了一下嘴，一滴口水流进江里。水是暖的，江面上漂着白色蒸气。有股暗流不知从何处涌来，推着婴儿的后背、屁股，把他带向江面深处。这里宽阔了，没有密密层层的浮尸，没有枯黄的矮草，没有浓稠的血水。婴儿随着波浪一上一下浮动，他生平第一次在水中尿了泡尿，引来一大群鱼。这些黑色的大鱼挤在一起，又壮又滑的脊背托着婴儿，快要把他拱出水面。婴儿伸出手，抚摸着这些满是黏液的肌肤，发现它们活泼泼的，腰身有力又有弹性，只要一扭，就能把他举出水面。

大概已漂到江心，看不到岸。江的一侧映红了，另一侧黑漆漆的。火光血色越来越远，越来越暗，最后只剩下窄窄的一抹，那里是人世间。这里静悄悄的，有清脆的水流声，有鱼尾拍打水面声，有鱼嘴巴的吧唧声。

满天星星压得很低，像一口铁锅底部沾着的水珠，又大又亮，垂垂欲滴。天地间有轰隆隆的声响，隐隐约约，不清不楚，不知从哪里来，也不知要向哪里去。

婴儿发现，这条江是活的。她温暖，流动不息，柔软，对生命没有敌意。黑鱼们游走了，婴儿想看一看水下面的世界，那里一定更灿烂。他沉到水下面，发现从江底发出微弱的亮光，把水下的世界照亮。婴儿呆住了，一时间忘记呼吸。

这个世界也很大，朦朦胧胧之中，有鱼贴着身体游过，像天上飞的鸟。有水草立在水中，和地上的树一样。江底的方面，是一片亮色，仿佛有个光源。一个很大的乳白色物体迎面而来，慢慢浮上水面。等它到了眼前，婴儿发现这是两具紧紧抱在一起的尸体。一个男人，一个女人，眼睛大睁着，肌肤白白胀胀的，像某种鱼类的皮。婴儿向四周看了看，才发现，水下面到处是人类的尸体，有的沉在淤泥里，有的悬浮在水中，有的被暗流带着，不知要漂流到哪里。他们的神态也不一样，有的睁着眼，有的闭着，有的大张着嘴在大声叫喊，一脸恐惧，有的很绝望，只等着来一个解脱。还有一个女孩子在对婴儿笑，她手里拈着一片梧桐叶子，水面斑驳的影子映在她身上，不停地晃动。这里俨然是另一个人世间，只是这里的人都不会说话，这里一片静默。

眨眼间，婴儿就落进了两个人的怀抱中，一起浮出水面。这时，他才感到窒息的恐惧，原来人是要呼吸的。他猛烈地咳嗽起来，吐出气管里的水，心想，毁灭无处不在，我又一次与它擦肩而过。

王大心

这队俘虏终于只剩下最后一个人，这个人就是我。我被一队日本兵簇拥着，跌跌撞撞走到江边，像只被牵来展览的猴子。他们呢，也算是完成了任务，谁也不能说日本人把俘虏全杀光了。

现在的我，不害怕，不难过，不疼痛，不害臊，不渴，不饿，不想张嘴，不想睁眼，摇摇晃晃地往前走。我用肿胀的眼缝瞧了瞧鬼子的刺刀。上面的血干了，刀刃好久没磨过，被血水锈蚀得发黑，竟有几只苍蝇蹲在上面。这座城被血水煮沸了，连苍蝇都活了过来。如此钝的刺刀捅进身体里，想必是剧痛无比的吧？不过，这样的痛才正合心思，如果鬼子给我一刺刀，我大概会有嘴里含块糖的感觉。

鬼子的淡黄色军服上也有血，喷溅状，有几颗椭圆形的血迹格外大。这种红色格外恐怖。比如，血流到江水里是一种红色，血喷在草丛上是一种红色，血洒在黑土里是一种红色，血溅在绿色的叶子上是一种红色，血流过刀刃是一种红色，可是，所有这些红色都没有淡黄色军服上的血色毛骨悚然。这是来自虚无的恐怖，永远也洗不掉，那种红色会变黑，变成一块污渍，最后把军服布料腐蚀掉，变成黑洞。

我打量鬼子抓着步枪的手。指甲很厚，积着油污，手背开裂，像是干了多年的农活。一双又丑又瘦，像老树枝一样干枯的手杀起人来，大多是毫无恻隐之心的。那些手摸惯了枪，已经是三八式步枪的一部分，也是刺刀的一部分。他们的灵魂已不在自己躯体里，而是在枪身上。有个鬼子扫了我一眼，大概是想看看我还能活多久。那眼睛里带着一丝笑意，但不是人与人之间的交流。看到了这种笑意，你就会对生不再抱任何希望。

我被甩在一群人中间。有俘虏，有平民。不少人被麻绳拴着，或用铁丝穿着肩胛骨。日本人开始架机关枪，远远听见子弹链哗哗的响声。人群一阵骚动，但不是逃跑，因为无处可逃。人们在相互道别。

我身旁的一个老兵从怀里拿出一封家信，看了我一眼，迎风把信撕了。那眼神我真熟悉，是后悔，是难过，又一言难尽。有一对母女在低声说话。母亲的肩被铁丝穿着，她似乎也不疼了，有气无力地对女孩子说，等一会儿枪响了，娘用身子压住你，你装死，待到天黑了，往城外逃，千万莫得回城。还有一个穿长衫的男人，从怀里摸出一块田黄石印章，爱惜地端详了一下，对我笑了笑。这笑容我也读懂了，有一丝希望他也会留着这个东西，现在呢，是一丝希望也没有了。男人把印章高高举起，砸碎在石头上。

重机枪响了，响个不停，就像有人在广阔的江面上甩鞭子。子弹从耳边、头顶、脸颊旁边嗖嗖地飞过，那么近，我简直看得见他们，只要伸手一抓，就能像抓蚊子一样把他们抓下来。我前面一个高个子男人的后脑勺，像摔在地上的西瓜迸开了，溅了我一脸血和脑浆。他重重地倒下时，把我也拦腰压在下面。

枪响了很久，我睁着眼睛，望着天上的云，不时有子弹打着人的肉身，发出扑扑的声音。我简直要睡着了，重机枪才停下来。日本兵端着

刺刀，军官拿着手枪或军刀，踏着遍地尸体检查有没有活着的。我晕晕乎乎地站起来。我本来也不想活了，更不想躺着被鬼子捅上一刺刀再死。一个日军少尉看见了，又不急于过来。他踢了一个俘虏一脚，老兵转过满是血的脸，费力地翘开一只瞎眼，用黑色的眼缝看了看他。少尉朝着老兵的额头开了一枪。他又来到那个母女身旁，用军刀劈了下母亲的大腿。这女人死了。他又看了看尸体下面的女孩子，想了想，竖起军刀，向下一压。刀刃穿过母亲的腹部，又穿过女孩子胸口。那女孩子嘤嘤地哭了几声，死了。

少尉走到我面前，歪着脑袋，嘲讽地看着我。他认出了我，是他押着我来这里的。他的冷笑中又有一丝诧异，好像在问，你怎么还活着？他困惑地摇了摇头，把我扔在那儿，似乎知道我已是个活死人了，不会逃跑。

人杀光了。这个少尉递给我一只黑亮的铁钩子，生硬地说，你来，收尸。

渡边

我从梦中惊醒，外面下雪了。浑身的燥汗，遇上午夜的冰冷空气，让我不住地战栗。周遭盖着薄薄一层雪，朦朦胧胧的，闪着白白冷冷的光。我呆住了，问自己，现在是何年何月？这是在哪里？我来这儿干什么？

这几个问题让我惶恐万分。我每天的任务就是杀人，一个分队一天要杀掉千把人，用机枪，用汽油，用手枪，用刺刀。我的军刀刀刃钝了磨，磨了钝，短短半个月，竟然磨去了一个小手指头宽窄。我现在不像个军人，倒像个重体力工人。

我的神经仿佛一根拉到了极限的皮筋，又扛起了块千斤钢锭，随时会垮掉。疲劳至极的时候，我盼着赶快入睡，现实简直就是噩梦，我站在噩梦里，蒙头大睡倒是一种解脱。可是，我时常会从梦里惊醒，次数越来越多。有一次梦到一只蚂蚁在爬，想踩它，却一脚踩空。有一次梦见妈妈站在山下的土路边，她望着远方，却没看我。梦境好似昏黄的照片，像是发生在很久很久以前。

我拿出铝饭盒，从房檐，从枝头，从墙顶上收集了满满的白雪。我想喝一口干净的水。这座城里的一切都沾上了血腥味，哪怕是吃一口用这里的水蒸的米饭，嚼一口肉，甚至是穿着用这里的水洗过的衣服，都能闻到人血味，听到惨叫声，看到他们死时的痛苦表情。唯有这天上来的水，能让我短暂地忘掉一切。

我昏昏沉沉地回到屋子里，点上一根红蜡烛，呆坐在木头方桌前。雪水慢慢融化，我突然想，要是能喝上一口雪水煮的茶该多好！这个念头吓得我一激灵，因为行军包里一直藏着一罐茶。我颤抖着把它取出来，放在影影绰绰的烛火下端详。拔掉塞子，一缕香气飘出，在幽暗的夜里四处游荡。

我抓了一小撮茶叶，放在瓷杯里，又塞好盖子。这香气在被血腥味浸透了的屋子里，真是太刺鼻了。雪水在铝壶里变热，咕嘟咕嘟响，一下一下喷着蒸气。

在几十片暗绿色的茶叶中间，有一朵淡黄色的小花。它干枯着，但颜色依然新鲜，花瓣有些皱纹，却很娇美惊艳，竟然比它活着的时候还栩栩如生。雪水滚沸了，我把它倒进杯子里。茶叶和黄色的小花在水中上下翻了几下，渐渐饱满，沉入水底。

我凑近杯子，水中的花瓣像是活了，活在了枝头，随着水光的荡漾，变换着她的表情。她散发着芬芳，气味中有水气，而不仅仅是一朵枯萎的小花。这香味是活的，她很伤心，却也在微笑。她沉默不语，但心声被我听得一清二楚。她把我带回到花朵还在枝头的那一刻，那一刻黄色的小花对着太阳笑，对着天空笑。那时是春天，到处是嫩绿色，万物复苏，生机勃勃，世界奔涌向前。那时是黑暗来临的前一刻……

穿红皮鞋的女孩子没有死，也不会死，她把千言万语都留在了这淡黄色的花瓣里。现在，我终于听懂了。我闭上眼，心想，灭顶之灾已经不远。我们家祖祖辈辈都是刀匠，只因这战争，才出了一个军官。还是老老实实回去做个刀匠吧，躲进深山，在月夜里品味着刀刃，也倾听来自天际的旷世秘密。如果那样，也算是大福气。

我拿起刚磨好的军刀，把右手腕砍断了。不久，两个宪兵把我从白色的病床上架到一堵旧墙下，给我看了一纸军事法庭判决书，军队不能容忍自残以换取偷生的人。他们拿出两样东西，一把手枪，一把短军刀。我选择了短军刀。

婴儿

婴儿躺在两具抱在一起的浮尸中间，仰望着天上。他发现，夜空在慢慢移动。无数星星拥挤着，从天顶坠落到天际，消失在昏暗的地平线上，

像是有张大嘴把他们吞掉了。从黑暗里传来一声鸟叫，叫声贴着水面掠过，又在黑暗里无影无踪。婴儿想，万事万物都在毁灭，谁也不能例外。你看看这江水，它不会待在一个地方，它不知要流向何处，最终会在某个地方干涸。谁也改变不了这个命运，那么好吧，就让江水带着我流进万事万物毁灭的地方。

婴儿听见几声含含糊糊的狗叫。借着微弱的月光，他发现有只狗崽在水中挣扎，并且拼命向浮尸这边游。婴儿对狗崽呀呀叫，希望它能游过来。声音里有一丝鼓励，也有一丝焦急。狗崽游近了，终于用前爪搭在尸体的肩膀上，整个头露出了水面。它甩了甩脑袋，打了个喷嚏，感激地看着婴儿。

婴儿喜欢狗崽的眼神，很善良，很单纯，还有一汪泪水。他把小手伸向狗崽，狗崽嗅了嗅，又用红红的小舌头舔了舔。有一阵热乎乎的感觉传来，很柔软，很细腻，小心翼翼的，仿佛生怕失去了对方。婴儿又对狗崽呀呀地叫了几声，狗崽也盯着他看，张了张嘴。婴儿懂了，它在说，咱们俩要一起活下去。

婴儿默不作声，他想告诉狗崽，黑暗是永恒的，谁也逃不脱毁灭的命运。一切情意、友爱、良善在毁灭面前，都微不足道，他们像一团团柔弱的火光，在黑暗面前，终会熄灭。可他发现，狗崽远比他乐观。一旦得救，狗崽就觉得一切有了希望，它仰起脖子，对着夜空清脆地叫了几声，还看了看婴儿，眼中满是喜悦。不一会儿，狗崽冷了，想爬到浮尸上来。它向上一蹿一蹿，奋力把后腿踩在尸体的胳膊上。可那上面太滑，狗崽呜呜了几下，还是落回水里。婴儿探出身子，用还不灵活的手紧紧揪住狗崽脖子后面的一缕又湿又长的毛，狠狠地向自己这边拽。终于，狗崽痛叫几声，落进两具浮尸的怀里。

婴儿和狗崽搂在一起。狗崽的皮毛浸透了江水，很冷，可是有一股热气从它的身体深处传来，还有一个东西在悸动。这时，婴儿发现江水流淌的方向在慢慢发亮，也就是说，浮尸在向一个有光亮的地方漂流，把黑暗甩在了后面。前方不仅发亮，而且在发红。这红色不是血色，它不代表死亡，它有一丝温暖。这世界仿佛有两张嘴，一张嘴在吞掉月亮、星星，在吞掉人世间，可另一张嘴却在吐着光明，把万事万物嚼了个稀巴烂再重新吐出来。这是怎么一回事？难道这世界除了毁灭还有另外一种命运么？

王大心

幸好是冬天，要不这座城很快就要发臭了。大街上满是运送尸体的车子，有汽车，有牛车，有人拉的平板车，每辆车子都装得满满的。脚下遍地干涸的血迹，用什么办法也洗不去了，只有日日月月、岁岁年年能将他们抹去，用夏天的瓢泼大雨，用冬季干枯的雪，用春季泛滥的潮风，用秋季的沙砾和尘土。那个时候，任凭最疯狂的脑袋也不敢想象现在的景象。

我用铁钩子勾住一具一具尸体的小腿或下巴或肩膀，把他们拖到江水里或车子边。我知道，他们不会痛。最初的几钩子下去，我的心头战栗了几次，现在麻木了。无数的悲欢离合、生离死别都沉默了，只有大张着的嘴，空洞的眼睛，死鱼一样的肌肤。浅红色的江水舔着尸体上的伤口，还有穿过肉身的铁丝。铁丝在生锈，长出一朵朵深红色的小花，小鱼啃了几口，就肚皮朝上死掉了。父亲拉着儿子，母亲搂着孩子，情侣相拥而别，老人已不抱希望，生的场所变成死的场所。到处是鱼肚子一样的苍白尸体，闪着鳞光，仿佛这里是个养鱼场，所有的鱼中了剧毒，被遗弃在岸上。

我的躯壳仿佛被硫酸洗过，现在空了，不仅是空了，而且是真空。我不愿想任何事情，不愿呼吸，不愿休息，不愿吃饭。只等着这残存的肉身耗尽最后一点力气，然后像这些尸体一样，死在街头。这是我应得的。

我记起了那个少年，我不能让他孤零零地躺在小院子里。我找到了他只剩下半个身子的尸体，小心翼翼地抱上平板车。半截烧焦了的牛皮绳落在地上，发出清脆的一声响。我拾起那片亮晶晶的金属片，使劲一握，心里好受多了。我猛地喘了口气，仿佛刚从海水里挣扎出来一样。

我扒开烧光了的稻草堆，在黑黑的草木灰中找到几颗五颜六色的晶体，还有半只红皮鞋。我把他们收好，带到江边，撒到江水里。在雾气里，有个女孩子躺在那儿，浸在水中。她像只游累了的半人半鱼，在岸边休息。

我看到不远处有个日本兵用刺刀划开了孕妇的肚子，把一个婴儿挑在枪尖上。婴儿呀地哭出来，这声音仿佛天籁之音，从高空里传来，并且洒

满阳光。我的躯壳里不再是黑漆漆的真空了，而是被一种比爆炸还要强烈的爱意所充满。我微笑着放下铁钩子，向日本兵走去，把他扑倒在地，扯下他腰间的手雷，然后拉响。他瞪圆眼，大张着嘴。我就把手雷塞进他嘴巴，想近距离看看黑洞洞的嘴里面藏着什么样的灵魂。这念头如此强烈，我甚至不惜连自己也一起炸死。砸掉了几颗焦黄的牙齿，我看到一个红黑相间的灵魂露出恐惧的表情，我想，很好，你终于可以理解什么是仁慈，什么是怜悯，什么是友爱了。

在一片耀眼的红光中，我看见婴儿向太阳飞去。我想对他说点什么，可竟然不能用语言表达。好在我的一截手臂也和他一起飞上天空，在他脸上摸了摸。这就足够了。

婴儿

天空慢慢变亮的时候，周围似乎更冷了。婴儿的皮肤上结了层薄冰，并且渐渐失去知觉。更可怕的是，一群有蛇样斑纹的黑鱼游过来，撕咬婴儿身下的浮尸。浮尸越来越肿胀，滑溜溜的手臂不再抱得那么紧，白色的圆肚皮把彼此推得更远。狗崽焦躁不安地呜呜叫，婴儿想，这世界哪有另外一种命运呢？毁灭之后还是毁灭？只不过是另一种样子的毁灭，有了光明的毁灭。

江水流去的方向，升起一轮浓红色的太阳。阳光像油彩一样倾倒在江面上，无数破碎的红色、金色、乌蓝色流淌在一起。浮尸分开了，渐行渐远。婴儿闭上眼，等待自己沉进水底。

这时，他听见有细碎的水浪拍打声。一条破木船划开暗红色的江水，无声地驶过来。一只干枯粗糙的手把婴儿拉出水面，扔在一堆稻草上，又盖上旧短衫。短衫有股浓浓的汗酸味，不过异常温暖，婴儿几乎一下就睡着了。他想，要是那条狗崽也一起得救该多好。正想着，狗崽就湿漉漉地丢在身边，溅了他一脸水。婴儿掀开破衣服，狗崽偷偷钻了进去，在他怀里不停地颤抖。

婴儿倾听着木船下面的水流声，回想起一双双救过他的手，明白了，毁灭之后不仅仅是毁灭，还会有新生。现在，一个新的轮回开始了。

原载《钟山》2017年第6期

点评

有关南京大屠杀这一历史主题的创作近些年来并不少见，尤其是在抗战胜利70周年的大背景下，涌现了一批优秀的影视作品和文学作品，这些作品都在试图还原和重构这一沉重的历史记忆，让历史告诉未来，让历史警示未来。西元的这篇小说也触及这一重大的历史题材，但他的独特之处在于，他并不想阐释历史概念，也不想复原历史画面，他努力实现的是对灾难来临时苦难同胞心灵图像的读解和再现。

在这篇小说中，历史被作为背景悬置在舞台的上空，像一块黑色的幕布，遮住了舞台的光亮，也预示了整篇小说压抑暗淡的格调。西元对历史采取了虚化和简化处理的方式，但它与故事的关联并不松散，反而相当紧密，因为它直接决定了人物的命运和故事的终极走向，历史事件和个体人物在这个舞台上同时在场，紧密缠绕。

西元将笔墨重点放在了对人物心灵的刻绘上，呈现了一个独特的极有价值的战争背景下人类的心灵图像。首先是被迫出生的婴儿，这个大难不死的婴儿第一眼看到的就是一个血腥的世界，母亲惨死，自己的肩膀被刺刀刺穿，目光所到之处尸横遍野，血流成河，这是不是就是世界本来的样子？这一发问不仅指向当时的历史事件，也指向历史的本源。其余的人物也各具代表性，小男孩王尽美、小女孩霓云、无名父亲、日本军官渡边、中国军人王大心，战争两翼的对垒者，平民百姓，战胜者、战败者，他们代表了所有卷入这场战争中的人类，恶魔与天使，刽子手与死难者，各有各的立场和逻辑，各有各的命运和心路，西元通过他们各自的"发声"来呈现这场战争背后隐秘的精神符码。

值得注意的是小说中婴儿的命运，婴儿九死一生，最终奇迹般地生存下来，让一抹光亮在尾声处照了进来，小说因此而骤然获得了生机和温度。苦难的确需要铭记，但不是为了衍生新的仇恨，苦难中依然孕育着希望和未来，这大概是作者想要传递的一种历史态度吧。

（崔庆蕾）

消失的女儿／

／郑　朋

所谓罪，是指一个人穿越另一个人的人生，却忘了留在那里的雪泥鸿爪。

——远藤周作《沉默》

护林员

1994年5月15日下午，白马林场传来两声枪响。附近的人晓得，那是护林员鲁德彪又在打猎了。那天下午，鲁德彪在山上打到了两只松鸡。方圆数十里，他说枪法第二，没人敢说第一。鲁德彪有杆双管猎枪，是看护林场用的。但他更信赖自制的那一杆。为此他花了一个星期的时间。两杆猎枪交叉挂在墙上，像把叉。鲁德彪喜欢打猎，隔上几天不打猎，就手痒。林场生活很单调，打猎算是他为数不多的乐子。猎物映入眼帘，冷静地举枪，移动，瞄准，射击……猎物应声倒地。

枪声在山谷一波波地回荡，传出几里远。

很少有猎物能逃过他的枪口。秋冬天他打兔子、獾、麂子；春夏打斑鸠、松鸡、鹌鹑。每次回来，身上都沾着血。他是唯一敢独自向成年野猪开枪的人。小李不敢，陈兵不敢，整个鸭柯围也没人敢。野猪嘴长皮厚，一枪很难撂倒。受伤的野猪两眼充血，像两粒红炭，号叫着朝人冲来。发起狂的野猪，拱得倒海碗粗的枞树。

不光打野猪，遇见老虎，鲁德彪也照打。这边不叫老虎，叫"老虫"。三十年前，林场还有老虫的踪迹，鲁德彪父亲讲，某天深夜，老虫叼走了鸭柯围一户人家的仔猪。鸭柯围的人听见猪的惨叫，纷纷爬起来，举着枞油火把，操扁担扛锄头，敲锣打鼓，一路追到林场峰顶，给仔猪连夜报了仇。鲁德彪的父亲也参与了，第二天分到一碗老虎肉。如今老虎绝迹了，野猪倒是多得很。一群群，一伙伙，像扫荡的鬼子。但凡被它们盯上的苞谷地，用不了一个时辰，拱个精光。山民恨得牙齿咯咯响，又打不到，天黑前往苞谷地里放鞭炮，扎稻草人，吓唬吓唬。时间久了，野猪们也学精了，知道那是唬人玩意儿。

鲁德彪扛回过几只野猪。百十来斤的野兽扛在肩上，脚步踉跄，浑身血污，晃晃悠悠，看上要倒。其实脸和身上都是野猪血，他没事，只是累，困乏至极。他草草吃点东西，光着身子，酣睡到晌午才醒。第二天，满血复活，胡须比野猪鬃还粗硬。夹着李丽敏的腰，放倒在床上，粗鲁地要一回。李丽敏麋鹿一样躺在床上，任由他弄，就是不吱一声。

"他娘的，你倒是叫啊！"

李丽敏偏不。这个看似柔弱的女人内心有一股执拗的东西。为了降服她，鲁德彪有时管不住自己的手。

但李丽敏就是不叫。他撒了手，觉得无趣，坐在门槛上抽烟，看着远方牛背般起伏的山脊出神。

1994年，鲁德彪已经很长时间没体验过女人的快感了。一年前，不堪忍受的李丽敏终于解脱，跟他离了婚。两人特意去了趟镇上，在那座苏式风格的老区法院，宣告两人六年的婚姻画上句号。女儿判给了李丽敏。

回家收拾完行李，她却没带走女儿。

"你敢带黎黎，"护林员冷冷地瞥了眼墙上的猎枪，"我就要你的命。"女人就哭，黎黎也哭。哭声惊动隔壁同事小李和陈兵，两人都过来劝。鲁德彪倔脾气来了，黑着脸，沙哑地吼："家里的事，你们少插嘴。"小李和陈兵就不便吱声，都摇头叹气。

"何苦来的，哪对夫妻没吵过架哦，都是床头吵架床尾和。"

两人是做媒认识的，谈不上有多深感情。李丽敏娘家离鸭柯围五十里地，高考没考上，嫁到了林场。深山老林，喊天天不应喊地地不灵。一山连着一山，连绵起伏，方圆百公里，都是茂密的原始次森林。附近只有鸭柯围一个小小的村庄，稀稀拉拉住着两三百户人家。唯一的慰藉，护林员是吃国家粮的。除了这点，她实在找不出第二条了。

护林员不仅打猎，也爱打人。那年冬天，他喝醉了酒，打断了她的鼻梁骨。第二天酒醒，他才想起，大概算是他最不光彩的回忆了。他起誓不再打人，然而总是气血冲头，管不住自己拳头。鸭柯围的人背地里给他取了个绰号，叫鲁德彪——豹子头。

李丽敏挨了六年打，没再给他机会。离婚后，去了遥远的海南，在一个农场扎下根来，跟一个山东人结了婚。

这个世界上，他唯一不敢打的人，是女儿黎黎。她再淘气，再顽皮，他也舍不得责骂，更谈不上动手。黎黎站在林间，就像个精灵。他邋遢惯了，但对女儿倒很上心。每次进城，都要带上，给她买衣服，买鞋子，买大堆吃的玩的。在护林员眼里，女儿是世间万物的中心。没了女儿，他活不下来。

下雪的冬天，最适合打猎。猎物们忍饥挨饿，要跑出来觅食。循着雪上的足迹，一找一个准。冬天的猎物，皮子好，脂肪厚，肉多。有段时间，他专打野兔。那种笨笨的兔子，命令大黑狗往下冲，运气好，都不需要枪，能活捉。

有次他捉到一只肥兔。通身雪白的绒毛，竖着一对细长的耳朵，憨态可掬。趁兔子还活着，他拎着脖子去剥皮。兔子大概晓得接下来的命运，瑟瑟发抖，发出婴儿般的喘息。

黎黎求他，爸爸，放了野兔好不好？

他说为啥？

她伸手摸了摸小兔子，说，野兔好可爱啊。

他的心柔软起来，望着女儿说，呃，听黎黎的，我们饶兔子一命。大白兔已经吓傻，呆呆地立在雪地上，竖起耳朵，好一阵子才回过神，蹬腿就跑。黑子扑腾向前，被他赶紧喝住。黎黎就很开心，拍着小手掌，兔子快跑，兔子快跑！雪从云杉抖落，惊起一团雪瀑。兔子消失于茫茫林海中。

他答应女儿，从此不打野兔。

鲁德彪喜欢将女儿打扮得漂漂亮亮的。给她穿粉红色的裙子，白色长袜，戴蝴蝶结，搽上雪花膏，像个小公主似的。

那天中午，黎黎在看连环画。他望着墙上的猎枪，手痒得厉害。问黎黎，晚上想不想吃松鸡。尾巴有很长很漂亮羽毛的那种松鸡。他用手比画了下。黎黎咧嘴笑说好，我要松鸡的长尾巴羽毛。鲁德彪说，你等着，爸爸就给你打去，你待在家里，哪也别去。黎黎说好。他将黑子留在家看护黎黎，背着那杆自制的猎枪，带了火药，套上雨靴，快步朝林场深处走去。午间的雨停歇了，白云在深谷氤氲，漫过树梢，白纱一样缠绕着丛林。他听见几里路外山涧的瀑布声。六十年代搞三线建设，曾计划在那儿修个水库。后来水库没修成，意外成了一个军事禁区，挖了工事和防空洞，驻扎了兵营，整座山都被掏空了。夜里也有军人放哨，连只鸟都飞不进。鸭柯围没人进去过。外边的人更没人敢进。据说进去，就出不来了。如此过了二十年，八十年代，军人却陆续撤了。撤了个干净。只留下那些掩体、兵营和神秘的山洞。掩体很快被荒草杂树吞噬，很难看出当年的痕迹。山洞依然在，一共挖了八个，入口被水泥封死，没人知道里面有多大多深。

那天他的运气不错，打中了两只松鸡。松鸡立在冷杉的枝头，他屏气凝神，将枪口对准松鸡的要害。松鸡浑然不觉。枪声和松鸡的惨叫几乎同时响起。扣扳机那一刹那，他仿佛看到了松鸡眼中流露出的惊讶。他将松鸡绑好，用枪挑着，赶在天黑前回了家。做这些的时候，他的眼皮毫无征兆地猛跳了两下。

黑子远远跑过来迎接。这只养了九年的老猎狗对他忠心耿耿，通人性，他丢个眼神，它就明白意思。黑子伸着舌头，叫着，扑枪上挂着的松鸡。鲁德彪故意将枪口往上抬一抬，狗连扑了几个空，围着他的腿摇尾打转儿，咬他裤脚。他伸手摸了摸黑子的额头，将松鸡扔进厨房的柴垛，喊了声黎黎，没人应。门是虚掩的，他以为黎黎睡着了。推开门，屋里却没人。他连唤了几声，无人回应。他心里闪过一道不祥的念头。

霞光正在溃退，天边一抹血红，悬在山巅。他的声音不由地颤抖起来。

"黎黎！"

……

他在林场附近细细找了一圈，没看到人影。黎黎很懂事，乖巧，从没

一个人跑远过。鲁德彪夹烟的手如千斤之重，怎么也递不到嘴边。

天彻底暗了下来。松涛阵阵。有猫头鹰立在山毛榉上叫。

那天碰巧，白马林场只剩他们父女俩。护林员小李正恋爱，一天前请假进了城，尚未回来；陈兵休探亲假，也下山了。

桌上的连环画翻在"黛玉葬花"这一页。旁边有半瓶没喝完的牛奶。通常她都会一次喝完。鲁德彪越想越焦躁，心里有不祥的预感。黑子饿了，摇着尾巴来讨食，被他一脚踢开，"黎黎呢？你怎么看的！"

黑子呜咽着，低垂着尾巴，声音夹杂着委屈。小主人不见了，它趴在台阶上，将目光伸向暗淡的夜空。

鲁德彪拿着手电筒，连夜去了鸭柯围。他抱着一丝侥幸，也许黎黎跟鸭柯围的放牛娃回家了。鸭柯围几乎每家每户都养牛。春末，耕完田的牛需要休养。他们就将牛牵往林场，做上标记，放几个月野牛。到深秋，牛已膘肥体壮，再去森林，将各自的牛寻回来。鲁德彪找到那天牵牛上山的放牛娃。是个八九岁的男娃，黑瘦的小个，露出一口龅牙，穿着大了几码的衣服，凉夜里仍然赤着脚，像道影子。鲁德彪认得这个放牛娃，他母亲去年和人吵架喝了农药，当时闹了很大动静。放牛娃有点瘸，右脚比左腿要短，走起路来肩膀一摇一摆的。鲁德彪记得去年时，放牛娃的腿还没瘸。

看鲁德彪注意他的光脚，放牛娃显得不自在起来。

放牛娃的父亲看上去是个老实巴交的山里人。坐在门槛上，敲了敲旱烟管，脸上露出奉承的神色，"您尽管问，他要撒半句谎，我打断他的狗腿。"

"晌午我路过林场，看见黎黎正在门口逗狗玩。"

"我渴死了，想去讨口水喝，大黑狗凶得很，我不敢靠前，于是赶着牛继续上山了。我晓得山那边有口泉，不过得走二三里地。"

"我将牛赶进山里，喝饱了水，这时听见两声枪响。后来我就下山了，路过林场，但没看见黎黎。她大概在屋里没出来。大黑狗一直在叫。我最怕狗了。小时候被狗咬过。"

放牛娃卷起裤脚，露出被狗咬过的牙印。

"你还碰见过什么生人吗？"

"没有啊。啥也没看见了。"

1994年的夜里，几十个人拿着手电、火把，开始上山搜寻黎黎。呼唤声此起彼伏，响彻密林。闪烁的灯火如无数只眼，窥视着未知的深处。

找了一宿，都没看到黎黎。

"这么大动静，她不可能不知道。"

"莫非被什么野兽叼走了？"

"野兽不大可能，有大黑狗看护的，它看家可有一套了。"

"会不会进了那些山洞里？"

"所有的洞都给封死了，孙悟空都钻不进去。"

"那就可能被外人拐走了。听说前些日子有个外地来的妇人用糖拐骗了好几个小孩了。"

"怕只有这种可能。"

天边露出鱼肚白，大家都困乏了，燃起一堆篝火，吃烟，七嘴八舌起来讨论着。

讨论来，讨论去，都觉得外人拐走的可能性比较大。

鲁德彪木头似的坐着。天快要亮了，山风一阵比一阵大，刮得人透心凉。鲁德彪紧咬着腮帮子，篝火映红了他的脸，他没了主意。

"这么偏僻的地方，外人怎么晓得？"

大家又开始了新一轮的讨论。

"怎么没有，去年我就看见几个外地人，说是特意来白马峰看日出的，大老远来看日出，真是吃饱了撑的。"

大家说着，鲁德彪心里突然想到了一个人。

乡村摄影师

摄影师阿忆来白马林场就是个错误。他原以为能在白马峰顶，拍几张满意日出照。结果在这儿蹲守了一个礼拜，啥也没有拍到。五月份，正值

这儿的雨季。那几天，几乎每天都有一阵雨等着他。白马峰是附近海拔最高的一座峰，晴朗的天气里，能眺望到二三百里远的市区。当地人告诉他，看日出最好的季节是秋天。他心里笑笑，想几个月后人还不知道在哪呢。

阿忆脖子上经常挂着一台老式的海鸥牌相机。他留长发，戴一副用胶布包扎过的茶色眼镜，经常以诗人自诩。知道他底细的人，给他取过一个绰号，前面加了个定语，叫波西米亚人。

他没写过几首像样的诗，倒生活得像个诗人，整天四处晃悠，居无定所，二十多岁，没成家也没立业，就靠着给人拍照维持生计。城里人眼光狠，见识广，早就不用海鸥牌相机了。在城里找不到活路，他只好往穷乡僻壤的地方钻。他知道那些偏僻的村落，很多人一辈子都没拍过相片。进村有肉吃有酒喝，把他当明星一样捧着，觉得这个外地人新鲜，做什么都和他们不一样，还会拍照。

乡里人拍照和城里人不一样。拍照前，男人都要刮刮胡子，女人要梳洗打扮一番。拍照便有了仪式感。跟过节似的。面对镜头，这些乡下人无一不流露出忸怩羞涩的神色，咔嚓咔嚓，几天后，照片洗出来，人们又哄了一声围过来，啧啧称奇，十几个脑袋碰在一起，将照片上的人轮番评论一通，谁最上相，谁闭了眼，谁笑起来露出了龅牙……每张照片能赚几毛钱，越是偏僻的地方，人们把抽烟吃盐的钱省出来也要照张相，觉得这一生没白活。

摄影师阿忆那几年，靠着这一招鲜，走遍许多村寨，游历了祖国的大好河山。某天夜里，他躺在一个农民的阁楼上，用铅笔在本子上写道：

> 借我怦然的心动
> 去杀死时间
> 借我屋檐的雨水
> 浇灌干涸的魂灵

写完这几句，他亢奋了许久。夜风裹挟着金银花和猪粪的气息，让他想起了很多往事，想起路边的野餐，想起城里的父母，想起姐姐，想起爱情，想起和他睡过觉的女人们。

想到女人，他又亢奋起来，弄出窸窣的响声。隔着楼板，一楼的男人打着猪一般粗重的呼噜。夜虫的鸣叫和蛙声连一片。摄影师终于睡着了。

1994年的5月，他在鸭柯围给人拍照片。他拍完了一个柯达胶卷。这儿的村民要比他见过的都朴实。他像个指挥官，站在一群衣衫褴褛的残兵败将面前发号施令。"站直""笑一笑""别眨眼""一二三""咔嚓"。

都是些没出过远门的山民，对他和脖子上的相机充满好奇，纷纷凑过来，要研究研究。

他护住镜头，说冲洗好照片再看。

他听说上面还有个林场，住着几个林场职工，说不定他们也要拍照。

"他们都是吃国家粮的，按月领工资，旱涝不愁。"村民说道。

他上去的时候，护林员正在光着膀子劈柴。院子里堆着些锯断的枞木。护林员的斧头划出一道弧形，啪的一声响，木头应声分成两半。地上堆满了劈柴，散发着枞木的清香。护林员往手心吐了口唾沫，回头看他一眼，一身结实的腱子肉，黝黑的脸膛。

"请问这里有人照相吗？"

护林员的目光落在他的相机上。他将斧头往木桩上轻轻一搭，朝屋里喊一声，黎黎。

很快出来一个五六岁的小女孩，粉红色的小裙子，扎着蝴蝶结，干干净净的，比城里的小女孩还可爱漂亮。

"黎黎，让这个叔叔给你拍张照片好吗。"

小女孩不作声，好奇地打量着阿忆脖子上的机器。

摄影师有些吃惊，这么粗犷的人，竟生了个小天使。小女孩实在太美了，镜头感也非常棒，很配合，甜甜地笑着，脸蛋浮现两个浅浅的小酒窝。

不给钱，他都愿意给她拍。

"叔叔，你会把我拍得好看吗？"

"当然，把你拍得像小精灵。"

"什么是小精灵呀？"

"就是小天使。"

"你把我拍成小白兔就好了。"

他愣了下，笑了。

他给小女孩在台阶上拍了两张。想换个背景，四周一望，见不远处的小山坡上的金银花开得正盛，金灿灿的，香气袭人。就把小女孩领到金银花旁边。

护林员一直在劈柴，木屑飞溅，斧头在空谷发出一声声沉重的喘息。摄影师感到眼前这个粗黑的壮汉，身上有他忌惮的东西。护林员也没说拍多少张，也没问价钱，只说你拍就是。

小女孩站在金银花下，笑靥如花。他从取景器里看着小女孩，有些发痴。他情不自禁向前，伸手捏了捏小女孩的小脸蛋，"你叫什么名字呀？"

"黎黎。"

"今年几岁呀？"

"我今年六岁了。"

她扑闪着乌亮的大眼睛仰望着他。他忍不住亲了亲她的小酒窝。

"真可爱！"他赞叹道。

拍完照，摄影师看护林员还在劈柴。他将劈开的木块靠墙垒在台阶上，层层架空，四方四正的。护林员阴郁着脸，似乎压抑着满腔的怒火。

几天后，照片冲洗出来，护林员粗粗看了一眼，没说好，也没说不好，只问要多少钱。黎黎很欢喜，拿着照片笑开了眼。摄影师也很满意，拍过这么多照片，他觉得这组照片能算他的代表作了。他有个请求，说能不能把底片留给他作纪念。护林员望了他一眼，你要底片干吗？一股强大的雄性气息袭来，摄影师很快改口说，算了算了，你们留着吧，有底片以后冲洗也方便。

护林员没说话。

离开林场，摄影师依旧想着小女孩。她是坠入凡间的小天使。他从没见过如此可爱的小女孩。

　　四天后的清晨，护林员从距离林场四十余公里外的一个村庄找到了摄影师。摄影师当时还在睡梦中，胸口重重挨了一拳，从疼痛中惊醒。一双有劲的手将他从床上拎了起来。

　　"我的孩子呢？"

　　阿忆揉了揉惺忪的睡眼，一看是护林员。

　　"你把我女儿拐哪去了？"

　　护林员怒目圆睁，抓着他的胸襟喝问道。

　　"……什么情况？"

　　摄影师哆嗦着，"我不明白你什么意思？"

　　"我女儿不见了！"护林员气冲冲地说道。"你把她藏在哪了？"

　　摄影师摇了摇头，像是才反应过来，"一个大活人，我能藏哪？我要是拐你女儿，还待这干吗？"

　　小屋子被挤得密不透风，人头攒动。

　　"真的不是我，我不可能干这些事。"

　　护林员的目光冷峻，刀一样刻在他脸上，让摄影师浑身不自在。护林员像是想起什么，指着墙上的相机包说，"让我看看那个。"

　　摄影师一听就急了，说不能看，看了就曝光了，底片就废了。

　　护林员没听见似的，一把将墙上的相机包摘下来。相机包里有一大堆照片。护林员将照片倒在桌上，一张张地翻着。摄影师面如死灰地坐着。护林员终于从这一大堆照片中发现了自己想要的。

　　"这是什么？"

　　他抓着黎黎的照片，怒不可遏地问道。

　　照片上的黎黎站在林间的空地，穿着粉红小裙，小漆皮鞋，雨后的阳光穿透林间的叶缝，沐浴在她的身上，像个森林里的小精灵。

　　护林员蓦然想起金银花下的一幕，天晓得这个杂碎趁他不在时对女儿做了什么，掐着摄影师的脖子吼叫着，"你把她怎么了？"

摄影师从没见过这种场面，吓得语无伦次。

"我发誓，我什么也没做。我只想留张作纪念，她长得太可爱了……我什么也没做……别打我，求你了……"

公务员夫妇

2008年11月20日，苏俊雷、力红夫妇度过了一个惊魂之夜。夜里十一点左右，睡梦中的他们被一声巨响惊醒。听见声音，苏俊雷爬起来，披上衣服，妻子力红紧跟其后。夫妇俩站在客厅，四目相顾，被眼前的景象吓坏了。阳台的封闭玻璃被什么东西击穿了，钢化玻璃碎了一地。他们不敢相信眼前的景象，吓得浑身哆嗦，一动不敢动。

每年潮湿阴冷的秋冬季节，苏俊雷的风湿关节炎都要犯上一次。这和他青年时代过多的风餐露宿有关。这一年的秋雨比往年更绵密，天色阴沉，五点钟不到，就看不到什么光亮了。透过阳台的弧形玻璃，垂柳消失了，湖面消失了，远方也消失了，世界只剩一片灰蒙和混沌。这样的鬼天气，再好的相机也白搭。苏俊雷心里诅咒着。

这年的国庆，他咬了咬牙，终于将心仪已久的佳能5D2拿下，等着秋高气爽的好天气里，拍些满意的照片。这台相机花掉了他小半年工资。为了说服妻子，他发誓这几年不再在相机上烧钱了。

妻子力红是一位中学班主任老师。对于丈夫的爱好，她既不支持也不反对，默许了。这么多年来，苏俊雷就这点兴趣。他不抽烟，也不爱喝酒，更不打麻将。力红找不到反对的理由。只是这次升级设备的钱，有点超乎她承受能力。光机身就两万多，再加上昂贵的镜头。她不懂摄影，不明白一只小小的镜头，怎么就动辄几千上万的。苏俊雷的爱好只有付出，没有回报。他喜欢主动给人拍照，属于不请自来。

"苏老师技术真好。"

"苏老师拍得真好看。"

诸如此类，几句感激的话就算是回报了。没人想过苏俊雷背后花的时间，耗的精力，以及购买设备烧的钱。关键是，苏俊雷还很受用。他喜欢被赞美。似乎给人拍照是他的职责。

以前两人没少为此吵架。吵了许多年，吵到都快退休了，年龄也上来了，终于吵不动了。

苏俊雷每天都眼巴巴盼着好天气的降临。如此糟糕的天气里，再好的相机再精湛的技术，也弥补不了坏天气带来的影响。天色阴沉，灰蒙蒙的，无精打采着。苏俊雷站在阳台，望着天边，已经记不得上次的好天气是什么时候了。那天夜里，他梦见了湛蓝如洗的天空。像回到了青年时代，他饱受风湿折磨的关节又恢复了活力。他梦见自己背着相机，走在一个风和日丽的天气里，心情舒爽地摁着快门。咔嚓咔嚓。就在他尽情陶醉其中时，突然听见啪的一声巨响。什么东西被击穿了。苏俊雷和力红几乎同时惊醒。力红先摁亮台灯。他下意识看了眼闹钟，刚好夜里十一点。

"你听见响声了吗？"力红问。

"听见了。"苏俊雷说道。

警察终于来了。那时气温迫近零度。外面下着雨。阳台没了玻璃，风雨畅通无阻，直往室内灌。苏俊雷和力红穿着羽绒服，依然在发抖。也不知道是冷，还是害怕。敲门的是一老一少两个警察。年轻警察戴着眼镜，一进门，镜片就起了白雾。老警察有经验，看了下现场，让年轻警察看护好现场，打电话联系指挥中心。一会儿，更多的警察涌了进来。给夫妇俩分别做了询问笔录，现场拍照，忙到凌晨一点多。

"是什么情况？"

"初步判断，可能是枪打的。具体还要进行技术分析。"

夫妇俩听了，脸都白了。

"你们有仇家吗？"

夫妇俩对视一眼，茫然地摇了摇头。

"你们仔细再想想。"

那天晚上，夫妻俩没敢在家过夜。警察建议他们住在附近的宾馆，提醒他们，想到什么线索随时联系。夫妇俩活了一把年纪，还是头回碰到这

种状况。"枪击""寻仇",这些可怕的字眼沉甸甸地压在心上。天渐渐亮了,他们一夜未合眼,想了一宿,也没想出和谁结有杀身之仇。

力红在师大附中任教已经二十余年了。她教语文,兼班主任,这些年一直都是"先进个人","优秀班主任"。她性格温和,讲原则,教学认真负责,深得同事和学生的尊敬。她翻来覆去想,把曾经和她有过节和潜在的仇人在心中细细地想了一遍。想到天亮也没想起什么要紧的,如果排除了自己,那就是和苏俊雷有关。他难道向她隐瞒了什么?

苏俊雷是名普通的公务员。他在税务局的岗位上干了将近二十年,工作上从没出过什么差错。如果不出意外,他仍将在这个岗位上继续干下去,直到退休。他连几年后退休的规划都做好了。

他想骑摩托车去青海西藏旅行,露营,拍照片。

力红劝他打消这个念头。"都一把年纪了,还骑摩托车自驾,你还真把自己当'垮掉的一代'了?"

苏俊雷就笑。他有一颗浪子的心。骑摩托车去西藏是他年轻时代的梦想。后来成家立业,女儿的出生,让他没法脱身。如今女儿也考上大学了,生活也逐渐变得轻松和自由,年轻时未曾实现的梦想又重新点燃。

晚饭时,力红突然问道,你是不是有什么事隐瞒着我?

苏俊雷愣了一下,说有什么事好隐瞒你的?

力红叹口气说,警察都说了,这是枪击。那么多户人家,怎么偏偏就向我们的阳台开了枪?

苏俊雷说,也许没什么缘故,我们又没得罪过什么人,也没和人有过什么利害冲突。

警察那边的消息说,子弹是小区的湖边射过来的。用的是猎枪子弹。调了附近的监控,位置都不理想,何况那天晚上下雨,黑漆漆的雨夜,几乎看不清有价值的东西。警察在附近搜寻了一番,没找到证人,也没发现弹壳。线索全中断了,调查暂停下来。问警察,依然是那番话,让他们仔细回忆一下,是不是得罪了什么人。

"没有,我们把能想到的,全想了。绝对不存在仇家。"苏俊雷握紧力红的手，对警察说道。

"如果能排除这些原因，那也许是打猎的走火误击造成的。"警察说。

"那么晚了，下着雨，还有人出来打猎吗？"力红表示了质疑。

"这个就不好说了。有些枪械爱好者，专门挑这种糟糕的天气出来作掩护。我们不是没遇到过。"

警察的解释虽然没有解答他们的疑惑，好歹使夫妇俩忐忑不安的心平复了些。

枪击发生一个礼拜以来，力红吃不下饭也睡不着觉，人瘦了一圈。她总有种不好的预感，那就是丈夫苏俊雷向她隐瞒了什么秘密。

她家在五楼，离湖仅两百余米。当时买房子，就是看中临湖的位置。他们在阳台上摆了摇椅和茶具，置了盆架，养了许多盆栽。晴朗的周末，她喜欢和丈夫坐在阳台，喝茶，聊天，窗外是被风吹皱的湖面，残阳瑟瑟，黄昏一点点地迫近。那是她最喜欢的放松方式。

星期六上午，苏俊雷请来师傅，重新换上新的玻璃。现场已经看不到破坏的痕迹。一切又恢复了正常，像什么也没发生过。一抹久违的夕阳懒洋洋地挥洒在阳台的角落里。换了往常，她早坐在阳台的摇椅上了。现在，她不敢再在阳台待了。那儿成了家中的禁区。

苏俊雷安慰她，"警察不都说了吗，这是走火，不是针对咱家的，你放一百二十个心吧！"

力红也想看作是一件小概率事件。

这幢楼一共32层，每层都有三户临湖的人家，这96户里面，偏就她家挨了枪？她越想说服自己，越觉得里面大有文章。

睡觉的时候，她凝视着苏俊雷，"你发誓，真没事瞒着我？"

苏俊雷有些生气起来，说你怎么就不相信我？我一没杀人，二没放火，哪里来的仇家。再说要寻仇，直接上家里来啊，打玻璃算是什么意思？

"人家也许只是先做个警告。"

苏俊雷叹口气说，"你想这么多，到底累不累？万一有什么事，还有警察管着呢，睡觉吧！人不做亏心事，不怕鬼敲门！"

力红拉过被子，侧着身，灭了台灯。她做了一个梦，梦见家里的门突然开了。一个黑衣人握着枪闯了进来。她还没来得及起身，冰冷的枪口已抵上了脑门。

她吓得一声尖叫，从床上弹了起来。苏俊雷也被她吓了一跳，说怎么啦？一惊一乍的。力红惊魂未定，说刚做了个噩梦，梦见有人进来了。苏俊雷摁亮台灯说，将妻子搂在怀里，安慰说，梦都反的，你看门关得好好的，没人进得来。力红忍不住在丈夫怀里啜泣起来。

放牛娃

他没上过一天学。上过学的人都有正经的名字。他的名字叫徐希望。但没人这么叫过他。他们都叫他放牛娃。1994年5月15日，放牛娃回到家时，父亲干活还没回来。他从灶膛扒出一只煨熟的红薯，边吃边等着父亲。黑夜一点点降临了，生出凉意，他依然光着脚。父亲回来肯定会问起鞋子的事。他还没想好怎么应付。他盼望着天彻底黑下来。天黑了，父亲就不会注意到他的脚了。那双"解放鞋"还是去年赶集时母亲给他买的。那是母亲最后一次给他买东西。想到母亲，放牛娃心里就一阵难过。

他将那只幸存的鞋子藏在楼板底下。只要瞒过这一夜，第二天再把另一只找回来，就什么事也不会有。父亲要晓得他把鞋子弄丢了，肯定是一顿暴打。父亲手重，打起人来没个轻重，一巴掌下来，他像风暴中的树苗，摇晃一阵才立得稳。再说，丢了一只鞋和丢一双，意义一样。

他不晓得是什么时候跑丢的。看到有人来后，他一直跑啊跑啊，后来才意识到跑丢了一只鞋。但他已经顾不上这么多了。

天边最后一丝光亮也给老天爷没收掉了。鸭柯围的山峦遁入黑暗，很快连轮廓也看不清了。他祈祷明天就能找回丢失的鞋子。要是找不到，父亲不把他暴揍一顿才怪。他知道父亲没几个钱。他要有钱，鸭柯围的人就不会瞧不起他们一家。母亲也不会为了五毛钱跟人吵架，赌气之下喝下甲胺磷。

鸭柯围的人都羡慕上面那些林场的护林员。他们个个都是吃国家粮的。他不懂什么叫国家粮，只觉得他们的穿衣打扮和谈吐，都和鸭柯围的人不大一样。鸭柯围的人抽的是自己种的旱烟，林场的人都抽带过滤嘴的。鸭柯围的都穿中山装，林场的人穿皮夹克。他们还有枪，能打到野物，不仅有口福，皮子还能卖钱。

"天塌下来，也有国家养着，不用望天吃饭，真是有福气啊。"

不光鸭柯围的大人艳羡他们，放牛娃也一样。尤其是看见穿着漆皮小红鞋的黎黎。他从没穿过皮鞋，连摸都没摸过。穿着漆皮小红鞋的黎黎走起路都不一样。既漂亮又自信，干干净净的，人见人爱。相比自己，就像一坨牛粪。每次见到黎黎，他就自惭形秽。

他大黎黎三岁。她叫他"放牛哥"。每次见到他，他都赶着一群牛。牛身上有什么味，他身上就是什么味。牛虽然皮糙肉厚，也怕牛蝇叮咬，那是一种粗壮多毛形似蜜蜂的吸血鬼，牛到哪就跟到哪，像泥巴一样紧紧贴着牛。心情好的时候，他就帮牛驱赶牛蝇。啪的一鞭子下去，打得牛两腿打战，发出一声长哞。牛蝇还没来得及做出反应，已被拍成肉酱。牛通人性，挨了鞭子，却晓得是在帮它，扭头望他一眼，表示感激。

更多的时候，他躺在荟蔚里，嘴里叼着一根狗尾巴草，透过叶缝，无所事事地望着天空。微风律动，天空蔚蓝，上面了无一物。到了溟蒙的傍晚，他翻身起来，赶着吃饱的牛回家。

黎黎有许多玩具，都是他见所未见闻所未闻的。她兴致勃勃，炫耀似的向他展示了一通。能跳舞的洋娃娃，会翻跟斗的孙悟空，能自动转弯的电动汽车……他心里充溢着将其占有的强烈欲望。

放牛娃的目光像被眼前的玩具牢牢黏住了。黎黎好奇地问道，"你家难道没有吗？"

放牛娃羞赧地摇了摇头。

"那为什么不让你爸爸买啊？"黎黎诧异地问。

放牛娃简直有些羞恼了。

那天他将牛赶在一棵樾荫亩许的古树下，去找黎黎玩。

家里只有她一人。他让黎黎把大黑狗关进厨房，才敢靠近。她穿着漂亮的粉色裙子，白长袜，套着凉鞋。

"你爸爸呢？"他谨慎地问道。

"他打猎去啦！"黎黎说。

"家里只有你一个人吗？"

黎黎点了点头。

"你陪我玩游戏吧！"

这次黎黎对她的那堆玩具没了兴趣。放牛娃眼巴巴地瞅着桌上的玩具，她却瞧都懒得瞧一眼。她让他扮孙悟空，翻跟斗，回头望月。他的表演逗得黎黎咯咯地笑个不停。她很快玩腻了，命令他换一种玩法，提出用扑克牌比大小。两人各抓一半的牌，谁输了就罚喝生水。为了让她开心，他变着法子输牌。输了就得喝水，他喝光了缸里的水，不停打着饱嗝，直到胃里涌升出股股寒意。黎黎银铃般的笑声飘起，"哈哈，肚子鼓起来就更像猪八戒啦！"他于是学着猪的样子，腆着肚子，甩了甩耳朵，仿佛真成了二师兄。

她说要尿尿。刚说完，就扯起裙边，蹲在地上尿起来。他惊讶地望着从下面喷射出来的水花，和自己尿尿的方式截然不同。他也感觉到了尿意的降临，掏出小鸡鸡，两人就这样相互看着对方，直到两股水流汇聚在一块。

黎黎起身，又恢复了原样。放牛娃却还愣着，目光发直，脑海想着刚才的一幕。黎黎说我们继续玩游戏吧。放牛娃却对这些玩具失去了兴趣。一种更为强烈的好奇吸引着他。他迫切地希望能再看一眼，仔细地研究一番。

这时远处传来了一声枪声。

"我爸爸又打到什么了。"黎黎说。

他连打了两个饱嗝，刚才为了讨黎黎的欢心，他喝了太多的生水，肚子胀得跟皮球似的。难受的身体给他增添了一丝屈辱。他毕竟是为了讨好她才喝下这么多水的。她还以为自己技术高明，每盘都赢得那么轻松痛快。他终于说，我们换个地玩吧！去哪呢？他想了想，说去洞那边吧。黎黎犹豫起来，我爸爸回来找不着我会生气的。放牛娃说，不会玩太久，到时我送你回来。

大黑狗不停地在厨房里吠叫。黎黎说，我们带着黑子一块去吧。放牛娃摇了摇头说，它那么凶，留它看家吧。黎黎说好，就让它看家。这时大黑狗叫得更激烈了，用前爪不停地抓挠着木门。

放牛娃在前，黎黎紧跟其后，朝军事禁区走去。

军事禁区

军事禁区有一行醒目的标语：附近严禁拍照。

四周空无一人，从山谷吹来的风将掩体上的荒草吹得一阵摇摆。阳光穿透密林，投射在林间的空地上。

黎黎失踪的第二天，鲁德彪在军事禁区附近找到了女儿戴的蝴蝶结。蝴蝶结落在盛开着小花瓣的金樱子刺丛中，不仔细看，差点被花瓣遮掩。他一眼就认出那是女儿的。刺丛还挂着一丝粉色的布条，也像她裙子上的。护林员望着手心的蝴蝶结，各种糟糕的想法从脑海闪过。他将脸紧贴松树，听见远处传来的松涛声，一浪盖过一浪。天空短暂放晴，继而又阴暗下来，太阳钻进了厚厚的云层。他狠狠地拍打着树干，撕心裂肺地吼了一声，林间的蝉鸣霎时全寂静了。周遭陷入一片可怕的空荡之中。

护林员是在去鸭柯围的路上看见放牛娃的。这回他没赶牛，光着脚，手里抓着一只旧胶鞋，猫着腰，在杂草和灌木丛中翻弄着，看样子是在找什么东西。护林员走到跟前时，放牛娃才发现他。放牛娃眼中闪过一丝慌乱。护林员警觉起来，说你在找什么？

"……没找什么。"

"我明明看见你在找什么。"

放牛娃明显有些紧张，结结巴巴地说，"我找……找鞋。"

"鞋子怎么丢的？"

"我不晓得……"

护林员抓住他的瘦胳膊，放牛娃痛得大声呻吟起来。

"你要撒半句谎，我就卸掉你的胳膊儿！给我老实交代，你昨晚就没穿鞋，今天怎么上这儿找鞋来了？"

"昨天……我跑的时候……把鞋跑丢了……哎哟……"

"为什么要跑？"

"有鬼……我看到鬼了……"

"你再撒谎！"

护林员拧得更紧了，痛得放牛娃脸上豆大的汗滚将下来。

"快说！"

"……昨天……我和黎黎过来玩，突然就遇到鬼了……"

"什么鬼？"

"没看见。只听见有声音。"

"什么声音。"

"很怪很怪的声音，不像是人……"

"看清了吗？"

"没看到，吓得我撒腿就跑了……"

护林员将放牛娃重重地往地上一顿，放牛娃打了一个趔趄，跌倒在地。他带着哭腔，被护林员的样子吓到了。护林员双眼血红，紧紧地捏着拳头，吐着粗气，看起来要把他骨头敲碎不可。

"我要找鞋子……找不到鞋子，我爸要打死我的……"放牛娃嗫嚅着说道。

"我找你妈的鞋子！"护林员怒火中烧，一脚将放牛娃踢了个跟斗。

护林员生气的原因是放牛娃昨天向他撒了谎。要不是他，黎黎一个人是绝对不会去那种地方的。他想象放牛娃跑了后，黎黎孤身一人在密林中发出绝望的哭泣的样子。要不是放牛娃，黎黎就不会遭遇不测。护林员越想越生气。

听完鲁德彪的叙述，放牛娃的父亲一言不发。他将旱烟管插在腰间，朝放牛娃招了招手，让他过来。放牛娃光着脚站在台阶上，两只脚板一上一下地搓擦着。看他父亲朝他招手，放牛娃就知道大事不妙。他撒腿就跑，两只肩膀剧烈地摇晃着，还没跑出晒谷坪，被他父亲从身后一把搂住，扔翻在地。放牛娃还没来得及发出哭叫，身上重重地挨了几脚。

"小兔崽子，今天就是你的死期！"

每挨一脚，放牛娃就嗷嗷叫一声，像小狗似的蜷曲成一团。他爹一点也没祖护，下手比护林员要重多了。

护林员向前拉了一把，蹲下来望着放牛娃说，"我问你，你不要骗我，你要敢说一句假话，我就要你死。"

放牛娃惊恐地点了点头。他的嘴角破了，溢出血丝。

护林员说，"你对黎黎做了什么？"

"没有。"

"真的没有吗？"

放牛娃全身筛子般抖动着。显然刚才这顿疾风骤雨般的暴揍，把他给吓傻了。

"我们蹲着比赛谁尿得远……"放牛娃声音很微弱，从喉咙费力挤出这句话来。

"还有吗？"

"没了。"

护林员沉默着。还没等他从痛苦中抽身出来，放牛娃的父亲一个箭步冲过来，"谁教你的？啊！谁教的？你这个孽种！"

"让他接着说！"护林员吼道。所有人都给镇住了。

"这时我听见林场那边传来第二声枪响。"

"……枪声刚落，就有个东西从灌木丛突然冒了出来。"

"什么东西？"

"是鬼……鬼……一团白色的东西，两只血红的眼……"

鬼

1994年之后，阿忆再没给人拍过照。有很长一段时间，没人晓得他会摄影。只要一想起摄影，他的眼前就会浮现护林员那双愤怒的眼神。时间并没抹掉他过去的记忆。护林员的声音一直在他耳边回响。

"我女儿呢？"

他哑然失语。很多年之后，他依然不知道如何回答这个愤怒的父亲。他也扪心自问过，这一切和他有关吗？

废弃的军事禁区，是他在附近拍照时打听来的。他知道就在林场附

近，但这事没法请人领路，只能自己摸索。他找了几天，才找对地方。如果不是当地人，谁都不会晓得深山丛林竟隐藏着一个军事基地。

面对这些废弃的防空洞和兵营，摄影师极力压抑着内心的兴奋。规模比他想象的要大得多。到处都是可拍的东西。四周静悄悄的，一个人也没有。他大胆地拿起相机，拍了起来。

之所以对这些东西感兴趣，说起来是因为一个人。一年前，他偶然认识了一个朋友，那人也喜欢摄影，两人是洗照片时认识的。那人说是做生意的，有些特殊的收藏癖。他看了他的一些照片，挑了几张，当场就掏钱买下。价格惊人，一张底片卖了一百块。那人知道他经常在乡村拍照，有意暗示摄影师去拍些打擦边球的涉密照片。那人出的价格，让摄影师没法拒绝。

"不需要刻意去拍，也不要刻意去打听，碰到了就拍下来。千万不要让人知道你是故意的。"

那人简单叮嘱了几条，留了个地址。他有些紧张，后来拍了张兵工厂的照片，没想到那人爽快地收下了。当场就兑了现钱。渐渐地，摄影师摸索出了经验，胆子也大了起来，万一被人盘问，晓得什么该说什么不该说，什么打死也不能说。两人合作了好几回，从没出过差错。时间长了，摄影师拍这方面的照片得心应手起来，这个比他给人拍照的收入可观得多。以至于养成了习惯，每去一个新地，眼睛就变得格外敏感。

废弃的军事禁区很大。他想象着当年金戈铁马，军歌嘹亮的盛况，不停地摁着快门。这么理想的拍摄地点他还是头次遇到。想当年，这可属于绝对的机密。不光不能拍，连靠近都难。现在虽然失去了军事意义，但并不妨碍照旧能卖个好价钱。何况他不讲，那人也不知道这儿是什么个情况。他全神贯注拍着，很快用完一个胶卷。他蹲下来换胶卷，这时一个声音从背后响起：

"你拍这些做什么？"

他太过于投入，以至于没注意到后面来了人。听见声音，摄影师吓得相机差点掉地上。一双疑惑的眼神，正目不转睛地盯着他。

"不许回头！"是个女人的声音，她警告他说。

"我……我拍着玩……"摄影师蹲在地上，拨弄着相机，假装一副轻松的样子。

"拍这个玩？你知道这是哪吗？"

"我……不知道……我只是拍着玩……"

女人的声音更凝重起来。

"你是间谍。"

摄影师慌忙摇了摇头，说我不是，你误会了。

女人说，"连这儿的小孩都晓得，不会有人到这里拍照，除非是间谍。当间谍要枪毙的。这儿以前就枪毙过一个。只要抓到间谍，都有奖励。"

摄影师讪笑着说，"怎么会呢……我只是拍着玩……感到好奇……你要这么说，我就不拍了。"摄影师站起来，只觉脑海一片空白。两条腿命令他马上跑，越快越好，刻不容缓。摄影师慌不择路，抓着相机就跑起来，两边的草木纷纷倒退，摇晃，像无数早已埋伏好的人，布下天罗地网，专等他入瓮。摄影师跑得两腿发软，冷汗飕飕，顺着脊背往下淌，衣服很快湿透了。他喘着粗气，一刻也不敢停下来，他从没如此恐惧过。

密林的空地出现两个小孩的身影。周边全是灌木，荆条，他顾不上那么多了，朝他们径直跑去。他们惊恐地望着狂奔过来的摄影师，高的小孩反应快，飞快地钻入灌木丛，一溜烟就不见了。摄影师跑到小女孩身前，瞄了一眼，见有些眼熟，正是那个护林员的女儿黎黎。她静静地躺在地上，粉红色的小裙掀了起来，露出了白色的小底裤。他摇了摇她，没了反应。他惊疑地朝周围看一眼，什么也没看见。他本想背着小女孩离开，又担心后面的女人追上来。他迟疑了下，马上接着又跑了。

多年后，他经常忍不住会回忆那一幕。他问自己，他是否该停下来，对那个可爱的小女孩施以援手。假如这样，他的人生会驶入另外一条轨道吗？

1994年，摄影师第一次在异乡饱尝了拳头的滋味。

护林员像头发狂的狮子，钵头大的拳头，朝他咆哮着挥了过来。咔嚓一声，摄影师听见下巴错位的响声。虽然挨了一击老拳，摄影师感觉心里反而好受了点。

"大家别误会，我真的什么也不知道，我不可能拐小孩……"

女人

放牛娃当天夜里发起了高烧，浑身滚烫，小脸烧得通红，嘴里说着连串的胡话。

"鬼……女鬼……大白兔……"

"是女鬼带走她的……"

"大白兔……"

"不是我！"

"妈妈，你回来了！快带我走吧！！"

放牛娃谵语连篇，用脚重重地踢打着床板。

鸭柯围唯一的赤脚郎中被连夜请了过来。郎中伸手摸了摸放牛娃的额头，吓得烫手。摇摇头说，烧得这么厉害，土方子恐怕不得劲，得赶紧送镇上打针了。

放牛娃父亲端了只搪瓷盆过来，里面盛着刚打来的井水，用毛巾蘸了给放牛娃降温。窗外漆黑一团，草丛里蛙声四起，伴随着虫鸣。

鸭柯围离镇上有五十多里，没通公路，正常走路都得一天，何况深夜，走到镇上，天都亮了。

放牛娃父亲望了眼窗外，敲了敲旱烟管说，"等天亮就送他去。"

放牛娃躺在木板床上，说了一宿的谵语。天亮后，高烧突然退了下来，不再大声言语，安静地躺着。

他爹过来摸他的额头，问好点了吗？放牛娃就冲他做鬼脸，嘴角挂着一抹古怪的笑。

"妈妈回来了。"

"别吓唬人了。"

"黎黎也回来了。"

放牛娃拍打着床沿，一副快乐的样子。

高烧退却，放牛娃却成了傻子。脑子被烧坏了。每次见到护林员，放牛娃眼神便不自觉地流露出一丝惶恐，还没等护林员说话，下意识地朝他双手乱摆：

"不是我！不是我！是女鬼带走她的！"

放牛娃每次都重复着这句话。

护林员后来又去过几次军事禁区。他在女儿失踪的地方徘徊着。想象着女儿当时受惊吓的样子。她的蝴蝶结一定是慌乱中掉落的。那时她会多么渴望父亲来救她啊！可他在干什么呢？护林员陷入深深的自责之中，对撇下女儿去打猎懊悔不止。如果不是自己一时心血来潮，女儿就不会有事。只要女儿没事，他们的生活就会和以往一样。现在女儿失踪了，他活着的意义就是尽快找到她。他发誓不管她在哪，是死是活，都要将她带回家。

鲁德彪把放牛娃的话细细地揣摩了一遍。他能想到的女人并不多，尤其是想带走黎黎的女人。

1994年夏天，鲁德彪向白马林场请了假，踏上了漫长的寻女之旅。

首先怀疑的对象，是他的前妻李丽敏。除了她，鲁德彪想不出还有谁会带走黎黎。他太懂这个女人了，表面上一副逆来顺受的样子，心里却非常坚韧，执拗。

他相信李丽敏干得出这种事。虽然黎黎被判给了她，但没弄成。他晓得，这个女人绝不会就此罢休。她走后，有一阵子音讯全无，给了他错觉，以为她真的舍弃了过去，在海南开始了崭新的生活。

其实黎黎失踪后，鲁德彪脑海中首先想到的就是李丽敏。尤其是听了放牛娃的声音，他更加坚定了自己的猜测。

1994年6月，鲁德彪依次搭乘汽车、火车、轮船，到海南已是第三天了。那是他第一次见到大海。傍晚，他坐在沙滩上，闻着海风中夹杂的海腥味儿，有种恍若隔世的感觉，想天大地大，李丽敏怎么偏偏就跑海南岛来了。时值夏天，烈日炎炎，天热得让人喘不过气来，鲁德彪想，李丽敏宁愿在这样炼狱般的地方待着，也不愿跟他过，心里就有些悲凉。

他走到海边，尝了尝海水的滋味，一股子苦涩，比盐还咸，一会儿舌尖都麻了。海水倒映着碧蓝的天空和修长的椰树，一张眼窝深陷面色憔悴的脸也慢慢浮现眼前。他慢慢地蹲下去，像遭了一击重锤，不敢相信水中那道绝望的影子就是自己。

他先到的海口，然后再搭乘长途汽车，一路打听，终于找到了李丽敏所在的琼海农场。

李丽敏正在园里干活。天气溽热，她穿着长袖衫，戴着橡胶手套，手里拿着香蕉刀，全身裹得严严实实的。几年不见，她瘦黑了一圈，剪了长发，看起来变化很大。李丽敏显然没料到鲁德彪的突然造访。看见鲁德彪，李丽敏的脸唰地就拉下来，闷声砍着香蕉。鲁德彪说，你还好吗？李丽敏冷冷地说，托你的福，还好，你来做什么？鲁德彪说，黎黎在你这吗？李丽敏停止了手上的动作，朝他瞪了一眼说，你胡说什么呢？！鲁德彪愣了愣，把嗓门提高几分，说黎黎是不是被你带到这边来了？李丽敏用力拔下香蕉树上的砍刀，冷笑着说，鲁德彪，我没找你要黎黎，你倒来向我要人来了？

鲁德彪说，不是你是谁？你别装了，我知道是你干的。

李丽敏说，我装什么了？法律本就把黎黎判给了我，是你犟着不肯。现在孩子不见了，你就找我了？鲁德彪，我当时瞎了眼啊，早就该看穿你不是个东西！我现在过得很好，要不是你，我会过得比现在更好。你就是个自私鲁莽的混球，只顾自己，从不顾别人。毁了我，还要去毁黎黎，你就忍心让黎黎整天待在大山里陪你吗？好了，现在连人都不见了！你还好意思找我要？你这个天杀的！你还我黎黎来！

听见香蕉林的吵闹，一个又高又壮的粗黑汉子走了过来，操着山东口音问李丽敏说，吵什么呢？李丽敏正生着气，见男人来了，蹲地上呜呜地哭了起来。男人朝鲁德彪说，你谁啊？咋欺负女人呢？

鲁德彪有些尴尬，猜测眼前这尊罗汉应该是李丽敏的现任丈夫。我找孩子。鲁德彪说道。

你找谁要孩子啊？罗汉显得不高兴起来。

我找她。

李丽敏腾地站起来，歇斯底里地喊，黎黎不在这里！她发了疯似的朝鲁德彪扑来，给我滚，我再也不想看见你！鲁德彪连连倒退着，他从没见过这样疯狂的李丽敏，弄得他措手不及，灰头土脸地走出了香蕉林。

他背后响起山东大汉的怒吼声："别让我下次再见到你！"

出去的时候，他不甘心地朝农场的宿舍张望了几眼。宿舍紧靠着椰树林，绿荫遮蔽，小庭院收拾得很整洁，种着些花草。阳台上晾着花花绿绿的衣裳。他一眼就看见了几条小花裙，挂在铁丝上，在微风中飘荡。院子里静悄悄的，没有一点声音。他于是站在白得耀眼的骄阳下，大声呼喊起女儿的名字来。蝉鸣在树林颤抖，发出一阵阵呖呖的叫声。在翻滚的热浪中，他听见自己越来越快的心跳声。咚咚，咚咚，咚咚咚，鼓点一样响着。黎黎却并没出现。在漫长的等待中，他看到山东人提着香蕉刀，快步朝他走来。

湖边的人

每年的期末考试，都是力红最忙的时候。多年来，她一直保持早睡早起的起居习惯，晚上十点半睡觉，清晨六点起床。她醒来就再也睡不着，即便是周末也不赖床。苏俊雷的单位离得近，他七点钟起床，从容完成洗漱，吃过早餐，也能在九点前轻轻松松赶到单位。

最近力红却有点失眠，随着寒假的临近，有时十二点多仍然没有睡着，五点就醒了。醒来天还没亮，外面还黑漆漆的，她尽量不发出声音，以免惊醒丈夫。苏俊雷似乎也没怎么睡好。有次她失眠，问他睡着了没有，苏俊雷轻轻地哼了声，却没回应。黑暗中，力红直觉他也并没睡着。往常苏俊雷的睡眠一直很好，沾床就能入睡。熟睡的苏俊雷会发出轻微的呼噜。这么多年，她早已习惯在丈夫的呼噜声中入睡了。

力红已经有一段时间没听见丈夫的呼噜声了。他似乎怀着心事。有几次，苏俊雷欲言又止，像有什么重要的事要说。力红察觉到了，期待他说点什么，他望了眼力红，却将话题岔到一些无关紧要的闲事上去了。有天深夜，力红被苏俊雷吓醒。他从噩梦中醒来，背心被汗水浸透了，靠着床头，手还在微微颤抖。力红说怎么啦？苏俊雷还沉浸于惊恐之中，一副惊魂未定的样子，说做了个噩梦。力红说，"做什么梦了？""刚才梦到一个猎人……拿着枪，闯进我家来了……那人面相好熟，我好像在哪见过……却怎么也想不起来了。"

这么多年，力红还是第一回看见丈夫如此脆弱无助。他大概被这个噩梦给吓坏了。

枪击事件虽然已经过去了一段时间，警方的调查却迟迟没有结果。力红为此专门去过一趟派出所。接待她的是上次去过她家的那位老警察。见是力红，他微微有些惊讶。"回家等消息吧，我们这边有什么线索会立刻和你们反馈的。"他的眼神似乎暗示之前说的，这只是一起意外，再调查下去，也没太多的意义。一块玻璃值几个钱？又没闹出人命。如今很多人命案都没破呢！派出所一片繁忙景象，年底正在"收网行动"，还有更重要的事情等着他们。力红有些无奈，只好回家继续等着。

星期六，阴沉了好一段时间的天终于放晴了。

趁难得的好天气，家家户户都在晒被子。力红起得早，占了好位置，晒完被子，太阳渐渐升起来。她烘烤了几片面包，煮了咖啡，端在阳台的茶几上；冬天的湖面上金光点点，起了层白纱似的晨雾。周围一片静谧。力红心里有些感叹，自从枪击以来，她已经很久没这么惬意过了。

有人沿着湖在跑步。力红观察，那个戴着鸭舌帽的男人已经绕湖跑了很多圈了。她刚起床那会，他似乎就已经在跑了。她晒完被子，吃完早餐，他还在继续跑着。力红的目光就渐渐集中在那个跑步的人身上，惊讶他要跑多少圈才肯停歇。

女儿苏洁打电话来，说寒假要和同学去云南旅行，得晚几天才能回家。她一边望着湖边跑步的人，一边在电话里叮嘱女儿注意安全。女儿今年刚满十八岁，正在念大二，和一年前相比，女儿的穿衣打扮和谈吐都变化不少。力红隐隐感觉女儿应该恋爱了。她不说，力红也不打算暗示，她想总有一天，女儿会告诉她恋爱的消息的。

苏俊雷躺到九点多才起来。他脸色有几分憔悴。力红将女儿寒假和同学去云南旅行的消息告诉了苏俊雷，他只嗯了声，没有说什么。这不像平时的苏俊雷。何况这是女儿第一次没和他们一起旅行。她皱了皱眉头，说你觉得苏洁能学会照顾自己了吗？苏俊雷说，都十八岁了，我十八岁的时候，什么地方都敢去了。力红说，你是男人，苏洁是女孩子，和你不一样。苏俊雷说，让她早点学会独立也不是什么坏事，现在的孩子娇生惯养的，今后怎么办？力红心里有些不悦，不再和他争辩。

午饭后，苏俊雷提议去小区走走，顺便拍点照片。最近天气一直不好，苏俊雷的相机压在防潮箱，失去用武之地。那天阳光和煦，风平浪静，一年中难得的好天气，很多人都带着孩子出来散步。他带着相机，一路走，一路拍。走到湖心亭，力红有些疲乏，她说歇会儿，从包里掏出一只馒头，喂湖里的红鲤。小区的湖里养着很多红鲤，周末常有人带着米饭和面包来喂鱼。力红将馒头掰成小碎屑，一点点地撒下去，引来越来越多的红鲤。

"妈妈，好多红鲤鱼！"一个小女孩的声音。

苏俊雷扭头一看，迎面蹦跳着走来一个五六岁大的女孩，穿着红皮鞋，头上扎着蝴蝶结。小女孩俏皮地打量着他的相机，走向前说，"伯伯，这是什么呀？"苏俊雷笑着摸了摸她的头说，"这是相机。"

"我们家的相机怎么就没这么大呢？"小女孩说。

"因为这是单反相机。"她母亲笑着解释。

女孩哦了一声，若有所思的样子。

苏俊雷的心被什么东西猛烈地捶了一下。他抓起相机，咔嚓咔嚓地给小女孩抓拍了几张。镜头里的小女孩恬静地笑着，露出两个浅浅的酒窝，像个天真无邪的小天使。

从小区散步回来，苏俊雷就像换了个人似的。坐在书房，一言不发地抽着烟，力红叫他吃晚饭，他说胃口不好，不饿，想静静。房间烟雾萦绕，令人窒息。力红推开窗透气，说，你怎么啦，饭也不吃，话也不说，中了邪似的。苏俊雷不语。力红见他脸色有些不好，怔怔地望着电脑，像有心事。照片已经导入电脑，小女孩在屏幕上甜甜地笑着。苏俊雷望着小女孩的照片，像在极力克制着即将崩溃的情绪，有什么东西马上要摧毁他内心的最后一道防线。

苏俊雷终于说话了：

"十几年前，我也拍过一个和她一样漂亮的小女孩。"

"然后呢？"

"后来……小女孩死了。我很后悔……没留她一张底片。"苏俊雷深深地叹息道。

力红后来又见过几次戴鸭舌帽在湖边跑步的男人。这次她留了心眼。"你看到那个戴鸭舌帽的男人了吗？"她指着湖边说。苏俊雷也看到了。

"我观察了几天了，他每跑到那个位置，就会朝我们家的阳台方向瞥一眼。"

"那能说明什么？"

"不，你仔细看，这不像是下意识的动作……他是在观察。我们在这儿住这么多年，我从没见过这个人。"在力红看来，陌生男人的眺望包含着某种危险和暗示。

苏俊雷安慰她，说，看把你吓的，不就在这儿跑个步吗，有什么大惊小怪的？

年底，苏洁从云南旅行回来，给父母分别都带了当地的土特产和纪念品。一个学期下来，女儿变化很大。那个大大咧咧喜欢剪短发穿匡威的丫头转眼已经变成斯文秀气的长发少女，会体贴和关心父母了。

夫妇俩都很欣慰，觉得女儿长大了不少，很多事不需要再操心，她自己就能做主张了。枪击事件发生时，力红也曾想过电话里告诉女儿。她又有些怕女儿为他们牵挂。苏俊雷也不赞同让女儿知道这事。说连警察都说这是一个意外，女儿知道，反而不好解释，白为他们担心，影响学习。力红想想，就听从了丈夫的建议。

女儿寒假在家，自己发现了端倪。阳台的玻璃和以前的颜色有点不一样，她便问起原因，说好好的钢化玻璃，怎么就坏了呢？苏俊雷打马虎眼说，是被顽皮的小孩用弹弓打的，有了缝隙，只好换了。女儿就没再说什么了。

又到了一年中的最后一天。年货是提前就办好的，准备得热热闹闹，这天上午，父女俩贴好春联，在客厅挂上"幸福结"，家里顿时喜气洋洋，充满了年味。下午，一家人都在厨房包饺子，准备年夜饭。

除夕之夜，一家人围桌而坐，吃着饺子，节目主持人朱军拉开了春节联欢晚会的序幕。一年一度的春晚正式开始了。每年这个时候，都是他们一家最温馨的时刻。尽管每年过年的形式大同小异，内容也差不多，不同的是苏洁一年比一年大，他们却一年比一年老去。然而生活不就是这样吗？在除夕的喜庆氛围中，一年年地老去。

九点多的时候，窗外接二连三地响起烟花爆竹声。各种形状的烟花不断跃起，冲入云霄，绽放在绚丽的夜空。节日渐入佳境。每年除夕，他们都会站在阳台上欣赏一会烟花。尤其是女儿，仍然像个孩子，望着璀璨的夜空，总是最后一个离开。

这年也不例外，吃完饭，一家三口照例站在阳台上欣赏烟花。阳台有些冷，苏俊雷夫妇看了一会就返回了客厅。苏洁恋恋不舍，继续站在外面。女儿最喜欢的小品节目开始时，力红喊她进来。几乎在同一刹那，力红再次听见了熟悉的枪声，"砰！"子弹结结实实地打在玻璃上。她慌乱地站起来，冲到阳台上，喉咙里颤抖着一些音节，却吐不出一个字来。

女儿像还没反应过来，呆呆地望着玻璃。钢化玻璃上，嵌着一颗并未击穿的子弹，正对着她的眉心。苏洁终于将涣散的目光聚集在那颗子弹上，她连连倒退着，发出一连串尖叫。她身后的夜空火树银花，各种让人眼花缭乱的焰火齐齐绽放，最后一发，拼成"新年快乐，阖家团圆"八个大字。

一切都烟消云散了。

归来

1994年秋天，鲁德彪回到林场，这次他干脆停薪留职，向领导告了长假，做好了寻找黎黎的长期计划。他依然坚信，黎黎还活着，总有一天，他会找到黎黎，并把她安全带回家。

遇见放牛娃那天，正下着秋雨。气温骤降，穿得上夹衣了。山腰的树叶已渐发黄，地面上落满厚厚一层松针，松软柔和，比踩地毯还舒服。空气中散发着秋天野果成熟的味道。熟得裂了口的野板栗到处都是。换作往年，他早领黎黎去采摘了。野板栗个头小，丢火塘煨熟，比良种的更香。秋雨过后，蘑菇也长了起来，顶着松针，钻出地面。黎黎最爱吃鸡肉菇，放红椒和瘦肉爆炒，香味迷人。

现在，他对这些都提不起丝毫的兴趣。

那天他上山，刚好碰见放牛娃赶着牛下来。窄窄的一条狭路，底下是几丈深的山崖。鲁德彪贴着岩壁，让牛先过了。放牛娃走在后面，手上鞭子无聊地抽打着路边的芭茅。鲁德彪眼尖，一眼就瞥见他脚上的鞋子，他认得，正是之前他穿过的那双"解放鞋"。鲁德彪掐住放牛娃的脖子，将他抵在岩壁上，指着他脚上的胶鞋说：

"在哪找到的？"

放牛娃哆嗦着，脸色变得煞白。

"我不晓得……是我爹帮我找到的。"

"你爹怎么晓得你在哪丢的鞋?"

"……我不晓得。"

"你爹呢?"

"我爹找我妈去了……"

"你妈不死了吗?"

"不是我妈……是他花三千块钱买回来的妈……她天天想着跑。"

"你爹哪来的钱?"

放牛娃怔怔地望着鲁德彪,摇了摇头。趁鲁德彪没防备,突然朝他虎口狠咬了一口,挣脱后一边狂奔一边喊,"不是我!我不晓得!是女鬼带走她的!"

放牛娃瘦小的身子像只蚂蚱歪歪扭扭地在小径上蹦跳着。在鲁德彪正犹豫追不追的当头,他看到放牛娃的脚被什么东西绊了一下,整个人骨碌碌地滚下了山崖。空谷中传来放牛娃凄厉的惨叫声。继而一声闷响,沉重地砸在鲁德彪心上。

鲁德彪再没回过白马林场。在他以后的人生中,他甚至厌恶别人提起"白马"二字。那是他内心最隐秘的伤疤。他带着那杆自制的猎枪,和谁也没打招呼,消失在秋天林场浓浓的迷雾中。从此没人再见过他。

2008年的夏天,一个年轻的陌生女人领着位三四岁大的女孩,走到鸭柯围。女人带着一口难懂的外地口音,向他们打听白马林场的方位。女人看上去顶多二十出头,却像赶了很远的路,满身的风尘。小女孩怯怯地躲在她身后,从她臂弯中探着小脑袋,看到陌生人,又飞快把头缩回去。好心人递给她一个烤玉米,小女孩羞得满脸通红,伸出脏兮兮的小手儿接了。

大家都觉得这女人有些面熟,好像在哪见过,终于有人想起来像护林员十四年前走失的女儿。问她是不是叫黎黎,女人摇了摇头,又问她认不认得鲁德彪?女人又摇了摇头,露出迷茫的神色。大家都不信,最后问道,"你从哪里来的?"

"从南方来的。"女人细声回答道。

点评

单看这篇小说的开头和结尾，这是一个"消失—归来"的闭合结构，是一个失而复得、泪中有笑、苦中有甜的温情作品。但如果将目光聚焦在这从"消失"到"归来"的崎岖路径上，我们会发现从女儿消失这一源头上生发出的层层"恶"的余波具有令人惊骇的破坏力。

郑朋似乎有意隐去了许多细节，给小说设置了非常多的留白甚至是悬疑，让读者自行想象和填充这些可能的空缺。这在客观上起到了"推波助澜"的作用，给这篇本就被恶和压抑笼罩的作品拢上了更多雾障，让小说始终处于非常紧张的节奏中。

护林员女儿黎黎的消失仿佛推倒了众人组成的一个多米诺骨牌，她的神秘消失让众人的命运从正常的生活轨道上偏出。护林员鲁德彪的生活完全被撕碎了，失去女儿的痛苦激发出了他体内的兽性，他不顾一切地寻找和报复，让一切有意无意被卷入这一事件的人的生活受到了干扰甚至颠覆。首先是可能最接近事件真相的放牛娃跌落山崖殒命，尽管这可能不是鲁德彪的本意，但他显然是一个直接作用者；摄影师（公务员）阿忆夫妇的平静生活被一颗子弹击碎，陷落在无边的恐惧之中，也是黎黎消失所引起的蝴蝶效应，鸭舌帽男子幽灵般的存在，是对阿忆最重的折磨和惩罚。受到冲击的还有李丽敏，女儿的消失让她对现有的生活彻底绝望，远走天涯海角，从头再来。黎黎消失的十几年，恶相瘟疫一样缠绕了与此相关的人十几年，十几年后的"归来"似乎可以终止这场连绵不绝的"蝴蝶效应"，但一切都回不到原来的轨道上去了，物是人非，一地鸡毛。

值得回味的是，在这篇小说中，郑朋的文字依然克制、冷静，甚至比他以往的小说更注意节制叙述，收拢情绪。但引而不发，反而更触发了蕴藏在人物身上的悲凉感和悲剧感，生活的无常和生命的无奈始终回荡在小说中，余音不绝。

（崔庆蕾）

他 乡

/ 阿 袁

孟渔没想到，几天后姬元果真给他打电话了。

姬元说，孟老师，我为你接风吧。

孟渔有些愕然。接风？接什么风？他都来这儿小半年了。而且，他和她，半生不熟的，也不是接风和被接风的关系。

孟渔不想去，他一向不喜欢太主动的女人。他是一个传统的男人，在男女关系方面，还是习惯"凤求凰"的。这"凤求凰"不只体现在求偶最后的那个环节——动物世界里的昆虫是那样的，雄性昆虫为了和雌性昆虫交配，之前拼命地抖擞自己艳丽的尾羽，甚至性器官，向对方发出最明确清楚的信号。这是低级世界的两性关系，简单直接。但人类不这样，人类是进化了的高级动物，会更迂回曲折、更隐蔽地接近目标。"我为你接风吧"，这句话，或者这个行为，在孟渔看来，就属于曲折和隐蔽的接近。

我为你接风吧。

然后呢？——一定还有然后的。

姬元对孟渔，应该没有政治和经济的意图，那么，就是最原始的生物意图了。

可惜，孟渔没兴趣。

但那天姬元一点儿也不知道孟渔的这个想法，她把孟渔那句"不必了吧"理解为省得她破费的客气了，所以就很坚持地说，"尚周记"知道吧？就在学校附近。我们一小时后"尚周记"见。

孟渔还是去了。为什么呢？他自己也不知道。

也许只是因为那天他不想洗被单，他本来应该洗被单的，被单在卫生间的塑料盆里都浸了好几天，他一直懒得去洗。这是一个人生活的代价。要自己做饭，自己洗衣物。他已经不习惯做这些事了。自从结婚之后，他过的基本是衣来伸手饭来张口的生活。老婆是有洁癖的女人，三天两头洗洗涮涮，只要一看见太阳，她就想洗东西。仿佛让太阳空照院子，就浪费了。家庭妇女的庸俗逻辑。他嫌她这样。她从来不会什么也不做的，就那么好好地坐在院子里晒晒太阳。更别指望她能像系里的女老师那样安静地坐在太阳下读几页书。他是喜欢看女人坐在太阳下读书的。那几乎是风景了。他对古人云的"红袖添香夜读书"是不以为然的，"夜读书"太绮艳了，与其说是读书，不如说是男女的一种媒狎。挂羊头卖狗肉。是一种对书的失礼。好像书是某种情趣用品，一如女人的华丽内衣那样。这过分了。一个读书人，至少应该对书庄重其事。因此，比起"夜读书"，他还是更喜欢夫妇俩一起坐在青天白日下读书，他觉得那种画面更干净，有一种健康和明艳之美，像欣欣向荣的植物一样。但他们家从来不这样，总是他读书，而她在院子里晒这晒那。他们家的院子里在天晴时从来不会清闲的，总是晾晒了各种各样的东西，冬天是腊肉香肠，夏天是衣裳鞋袜。在六七月盛夏的艳阳天，她甚至会像张爱玲的《更衣记》那样，把箱子里的陈年旧衣都翻出来晒——只是没有《更衣记》里晒的旧衣裳好看，那些大户人家的绫罗绸缎，之所以年年拿出来晒，不过是对从前富贵的反复温习和眷恋。类似于一种祭奠仪式。表面是晒衣，其实是晒旧时锦衣玉食的好生活呢。可他们家从来没有过锦衣玉食，那些散发出樟脑丸味道的旧衣裳，霉了也就霉了，蛀了也就蛀了，有什么好晒的呢？他真是不明白。

可家庭妇女原来也有家庭妇女的价值。没有家庭妇女，浸在塑料盆里的被单，不论浸多少天，也不会自己把自己洗干净了。他终于明白胡适为什么会忍受小脚泼妇江冬秀了。也因此对一向景仰的胡适生出了微微不屑，就为了一辈子舒服地"吃喝拉撒"，而牺牲更多雅生活的男人，怎么狡辩，也属于"鄙"的那一类了吧。

姬元点了文昌鸡，点了椰奶咖喱蚵，点了蒜香黄秋葵，点了萝卜糕，点了椰丝糯米粑，还拿着菜单不放，两眼炯炯地上下看个不停。孟渔忍不住问，还有其他人？

没有，就我们。

那会不会，点太多了？

多吗？

多了。

可这家和乐蟹做得好吃着呢，不能不点的。

那萝卜糕和糯米粑是不是有些重复了？都是主食。

也是。那划掉一个？

划吧，吃不了的。

孟老师，你想吃萝卜糕，还是椰丝糯米粑？

我不论。你随便好了。

姬元斟酌半天，终于划掉了萝卜糕。

可还没等那个系蓝围裙的伙计转身呢，姬元又把菜单从他手上要回来了。

我想吃萝卜糕。

那不要糯米粑。

我也想吃椰丝糯米粑。

孟渔哭笑不得。

反正，也不是鱼与熊掌不能得兼。萝卜糕糯米粑之类，咱们还是可以得兼的，是不是？孟老师。

姬元笑着对孟渔说，一副颇欣慰的样子。

孟渔也尴尬地笑，客随主便，他还能对这个半生不熟的哲学系女人说什么呢？

在姬元之前，孟渔从来没有和哲学系女人吃过饭。事实上，非哲学系的女人，孟渔和她们吃饭的机会也不是很多。孟渔是个内向的男人，孤傲、落落寡合，且生活又素来节俭，不喜欢请别人吃饭。虽然中文系一向有相互酬酢的风气，但一般是别人酬他，他不回酢别人，这当然行不通，来而不往非礼也。不过，"非礼"的时间一长，他就渐渐被排斥在这风气之外了。他没觉得有什么不好，他本来就不是那种在饭桌上应付自如的男人，不像同事孙东坡，独处时蔫不拉叽萎靡得很，但只要一上酒桌，突然间就"桃之夭夭灼灼其华"起来，整个人会变得又活泛又鲜艳。所以孙东坡特别贪恋人群，贪恋酒桌，有事没事，就学曹操，来一回"我有嘉宾鼓瑟吹笙"。但孟渔不一样，一个高校的副教授，囊中羞涩，一个月经得起几回"我有嘉宾"呢？而且，在人群里，孟渔总是不自在。孟渔喜欢自个儿待着，哪怕吃饭，哪怕喝酒，他也喜欢自斟自饮。他老婆也喜欢他这样。男人不到外面应酬，总是好的。她经常用她的方式鼓励他。你看看孙东坡，整日在外面都吃成啥样了？肠肥脑满的。孙东坡原来也很苗条的，像孟渔一样，但现在双下巴都有了，真是肠肥脑满的。或者说，哪家哪家的芋头不能吃，是用有毒药水去皮的，哪家哪家的藕不能吃，是用硫黄漂白过的。她总能在第一时间掌握这些消息，好像她在食品监管局工作。他知道她说这些话的用意。她这个人，虽然没多少文化，心思却很缜密很复杂。不就是希望他别出门吗？要他只在家里吃饭。他本来不喜欢出门，但他实在不喜欢她自以为是的小聪明。更邪恶的是，她甚至鼓励他孤僻。他只要和谁稍微走近一点，即使是男的，她也不喜欢。她会有意无意中伤那个人。有一度他和同事孙东坡和老鄢来往稍微密了些，她就想方设法离间他们。她说起他们的语气，会有一种克制不住的恶意，更别说系里的那些女老师，只要有机会，她就会不遗余力地诋毁她们，用她自以为隐晦的方式。他不知道她为什么希望他孤僻，希望他与世隔绝。但他确实感觉到她不喜欢他和别人多接触，她似乎恨不得把他像鸟一样关在笼子里，然后罩上一块黑布。是不是他孤僻了与世隔绝了，就只能依赖她或爱她？他这么揣度，这揣度有些阴暗了，但他就是没有办法往好里想她。是不是夫妇久了，都会生出一种怨气？

在他和女人吃饭有限的经验里，孟渔以为，女人吃饭都是很秀气的。

朱茱吃饭就秀气。这辈子，除了姆妈和老婆，朱茱可能是和他吃饭次数最多的女人了。在朱茱的老公沈一鸣到美国访学的那一年，他真是和朱茱一起吃过无数顿饭的。像夫妇那样。他们相敬如宾举案齐眉。尽管那时"举案"的是他而不是朱茱——这回想起来有些白璧微瑕了，但他还是觉得好。不知为什么，他和老婆在一起时，会恪守一些男人的原则，所谓男人能做什么不能做什么之类，但和朱茱在一起，他就不讲究了，什么都想为朱茱做，只要朱茱喜欢——至少那时是那样的。有什么关系呢？京兆尹张敞不是还像丫鬟一样，为他的妇画眉么？这是恩爱夫妇之间的一种好法。他喜欢他们在一起时看上去像夫妇，过寻常日子的夫妇。他还清楚地记得朱茱坐在他对面细嚼慢咽的样子，也清楚地记得她家的食具，淡绿

色的用来盛姜蒜的小碟子，碗只有枇杷大，他那时这么说的时候，朱茱怪他太夸张了，"你见过这么大的枇杷？见过这么大的枇杷？"她把绘有淡黄色细花的饭碗举到他眼面前，问他。她拿碗的手，修长圆润，白如柔荑。不像他老婆的手，青筋暴露，男人的手一样。这都是七八年前的事了，可一想起来，还和昨天一样。

　　老婆虽然长得粗糙，吃饭甚至比朱茱还秀气。他们第一次在师母家吃饭的时候，她几乎是一粒一粒地吃，师母说她像吃"猫食"。师母家养了一只猫，是只叫"南子"的母猫，这名字是导师取的。孟渔不知道导师为什么要给自己家的母猫取一个这么名声不好的名字。南子吃鱼时就这样慢条斯理的。一条小鲫鱼，它用它的樱桃小口，能吃上半个时辰。吃一口，捋一下胡须，吃一口，又捋一下胡须，就好像淑女在用绣花手绢擦嘴，妩媚得很。冬天天冷，鱼容易凉，导师守在边上，每隔一会儿就用微波炉把鱼加热一下，他怕南子的胃受寒。南子的身体不好，导师煞有介事地对他们说。导师是个很严厉的人，没什么人情味的，没想到，对一只猫却这么温柔体贴。师母有时会假装吃醋，说导师对那猫比对她还好。导师竟也不否认，兀自抱着南子在怀里摩挲。孟渔猜师母或许不知道历史上南子其人其事的，要是知道，怕就真吃醋了。说不定会在南子的鲫鱼里下砒霜呢。女人嫉妒起来都是不可理喻的。不过，也或许知道呢。上了年纪的妇人，都有睁只眼闭只眼的智慧，也自有一套让婚姻保持体面和有趣的方法。导师看猫，师母看导师看猫。这犹如卞之琳的诗了，"你站在桥上看风景，看风景的人在楼上看你"，谁在当中得到的乐子更多真是难讲的。师母说吃东西慢的人有富贵相，命好。师母那时正撮合他们，所以对老婆所有的行为都加以牵强附会的美化。后来孟渔知道，校医务所的女护士们都是这么吃东西的，不是像猫一样天生仔细优雅，而是故意这么吃。慢条斯理地吃饭是有诸多好处的，无论是从瘦身的角度，还是从养生的角度，还是从女性审美的角度。医务所的女人，一个个都是很会做女人的。怎么吃，怎么穿，怎么说话，怎么走路，都讲究套路的。像文人写八股文章，或演员在台上唱戏，起承转合，唱念做打，都是程式化动作。他特别憎厌看这样的八股文章。每回看到老婆把青筋暴露的手指，翘成兰花状，然后噘了嘴用匙子小口小口喝汤的样子，他都作呕。

　　但姬元吃饭的风格，完全颠覆了孟渔对女性吃饭"很秀气"的认识。

　　也不是说姬元吃饭就梁山草莽般狼吞虎咽风卷残云。她也是一口一口吃的，虽然不是朱茱那样细嚼慢咽，也不是他老婆那样矫情做作，但也还是正常的吃法——

吃的速度，既不太快，也不太慢；一筷子夹的菜，既不太多，也不太少，总之姬元吃饭的样子，并没有太吓着孟渔。

"不秀气"主要是指姬元的食量。

孟渔记得，他早就搁筷子了，在食物被吃了约一半的时候，他就开始喝苦丁茶了。来海南之前，他从来没喝过这种茶，在家时他习惯喝菊花茶，加一小把枸杞。老婆说这种茶养生，补虚固精。他对养生没兴趣，尤其反感"补虚固精"之说，听起来好像他那方面不行似的。他老婆可能真以为他那方面出了问题，因为他们后来确实疏于房事，总是一两个月也过不上一回半回的。他提不起兴致。老婆虽然嘴上不说什么，却很努力地为他炖各种各样的养生补肾汤，每天早上给他泡上一大杯菊花枸杞茶——应该说枸杞菊花茶，因为后来枸杞比菊花多多了，红艳艳的，是梅花点点开的景致。古典文学的老周每回都会故意十分认真地盯了这景致看，脸上是男人那种意味深长的表情。孟渔恼羞得很，有一种被窥探了隐私的不悦。他也不能解释什么，一解释，倒像此地无银了。其实老师们都爱喝菊花茶，或者胖大海，这两样东西对嗓子好。学校里的老师，嗓子大多像老生一样嘶哑——天天在阶梯教室的讲台上喊着，不破嗓子才怪，但没有谁会在杯子放那么多枸杞。孟老师，枸杞作用什么呀？有时老周会一本正经地问他。他恼火得很，但还是会半笑不笑地牵牵唇角，算作答了。老周的嘴，是一贯孟浪的，有为老不尊的德行。孟渔懒得和他多纠缠。

来海南后第一次喝苦丁茶是在系主任老蒲的家里。老蒲的老婆是当地人，苦丁茶泡得特别酽。他一口下去，苦得几乎咋舌。但之后就爱上了。他是个容易爱上苦味的人。尤其中年之后，他更愿意吃苦瓜莲子莴苣之类的食物。倒不是从养生的角度，而是一种"志同道合"的选择，有点儿像陶渊明的爱菊，周敦颐的"世人甚爱牡丹，予独爱莲"的意思。食物也是有品格的。他觉得那些苦味的食物更清高，更有操守。虽身为食物，却能不媚于世，不悦于人，像那些萧散避世之隐士。他就怀着这种"托物言志"的心态，喜欢着那些苦味的食物。

海南菜他也喜欢，自然，不做作，一派天真烂漫，有一种"豆蔻梢头二月初"的新鲜。

孟渔那天其实吃得也不少了。萝卜糕吃了两块，椰丝糯米粑吃了两个，蟹那东西，本来在外面他不怎么吃的，嫌麻烦，尤其和不熟悉的人一起吃，实在难看相。但它就放在他面前，近水楼台，他也吃了几个蟹腿。而蒜香黄秋葵，因为属于带苦味的"有操守"的食物，所以就吃得更多了，大半盘都是他一个人吃掉的。就算这样，他搁筷子的时候，桌上的菜，还有不少。

我吃好了，你慢慢吃。他对姬元说。

他也不过是客气一句。两个不怎么熟悉的男女一起吃饭，其中一人——还是男人，先搁了筷子，说起来，是很没有风度的事情。他也知道的。

但他吃饱了——也没有勉强自己继续奉陪这个女人的兴致。

他以为，姬元接下来也会讪讪放下筷子的。

但姬元没有。她接着"慢慢吃"了，直到把桌上的六个菜吃个精光——真是精光，盘子里最后剩下的，只是些葱姜蒜作料了。

孟渔喝苦丁茶的时候，一直在观察姬元。

他有观察生物的习惯。小时候，他家和鲁迅家一样，屋子后面也有个百草园，百草园的颓壁残垣里也有各种虫子，蝉、果蝇、螽斯、蟋蟀，还有水坑边飞舞的蜉蝣。最漂亮的是蜉蝣，"蜉蝣之羽，衣裳楚楚"，一只只像着霓裳羽衣的贵胄公子哥儿，可惜是朝生暮死的薄命公子。他捉了它们放进玻璃瓶里，看它们如何伸胳膊蹬腿，如何打架斗殴——如果瓶里放进两只雄虫，再放进一只雌虫，是很容易打架斗殴的——孟渔会辨别许多虫子的雌雄，雄虫一般羽毛艳丽，短小精悍，身材苗条婀娜；而雌虫个头较大，尤其腰及屁股部位，十分肥硕，动作起来，有尾大不掉的迟钝，而且吃得更多。它们会一边雍容地吃，一边雍容地交尾。

姬元吃东西的样子，看上去，颇有那些雌虫之风。

孟渔之前是带了想法来的，他觉得姬元之所以为他接风，不过是巧立名目，而名目之下，是她对他有生物意图。

所以他一直冷眼旁观，看姬元如何一步一步地对他实施那意图。

女人吃东西本来是唱念做打的一部分。如果有男人在场的时候，女人压根不好好吃东西。如果是一群男男女女的宴，那饭桌就更不是饭桌了，而是个大戏台子，女人争奇斗艳，搔首弄姿，八仙过海，各显神通。所以他老婆会翘了兰花指噘了嘴小口小口地喝汤；朱茱会害怕鱼刺——那么细的鱼刺呢；五十多岁的马丽会用童声对他说"小孟，我实在吃不下去了"——他们有一次去长沙开会，酒店明明有丰富且免费的会议餐，她不吃——说不想吃，非要和他出去吃当地风味小吃。可一碗牛肉米粉，她还没吃到小半碗呢，就用奶声奶气的童声对他说，"小孟，我实在吃不下去了"。他当时真想扇她一嘴巴的。也是这么大年纪的人了，还不知道三岁小孩都懂的"粒粒皆辛苦"的道理。不过，马丽也可能是例外，她是因为研究冰心的儿童文学，把自己研究得走火入魔了。但究其性质，也和朱茱的怕鱼刺，和老婆的兰花指，是一样的。这是一种性别上的情不自禁。女人不论是老是嫩，也不论是雅是俗，这方面在先天都有着一样无可救药的浅薄，和戏剧化的本能。

孟渔总是忍不住，把女人当成他玻璃瓶里的虫子那样来观察。

他喜欢看她们在瓶子里"蜉蝣之羽，衣裳楚楚"的样子。

但姬元却没有"衣裳楚楚"。姬元说"我们一小时后'尚周记'见"，他特意晚去了几分钟，不是他拿腔作调，也不是他没有风度，而是他以为就算他晚上几分钟，姬元也会比他更晚的。但没想到，他到"尚周记"时，姬元已经坐在那儿边看书边等他了。

她清汤寡水土木形骸地坐在那儿看书。孟渔一时间真是愕然了的。

在孟渔的经验里，女人但凡赴宴——也不管是大宴小宴，都是要妆扮的。但姬元没有，既没有盛妆，也没有薄妆，这个孟渔一眼就看出来了。姬元穿一件暗绿色衬衣，旧的，领口都有些泛白了，左眼睑下方，有一块明显的褐斑。

不知道是不是因为她正好坐在窗口阳光下，他看得尤其分明的关系。记得那天他们在香格里拉的大堂里乍一遇见，在流光溢彩的灯光下，姬元的脸上，好像还是干净的，应该没有这块斑。这块斑的直径估计有三厘米吧？就那么枯叶似的堂皇地落在眼角。姬元为什么不用粉遮掩遮掩呢？

孟渔内心生出某种复杂的东西。不知为什么，他隐隐有被冒犯了的感觉。

而且，整个吃的过程中，她也太聚精会神了，太心无旁骛了。他从来没见过吃饭这么认真的女人。仿佛她是在做一件很重要的事情，这件重要的事情还很美妙，所以她整个人的注意力，都在那上面，无暇顾及其他。

虽然偶尔她也抬起头，愉悦地朝他笑笑，算尽地主之谊。但那笑，和那愉悦，和他无关，完全是美食的"余音袅袅"。是她和美食之间两情相悦的结果。他能感觉出来。

他几乎失礼地盯着姬元脸上的"枯叶"琢磨。那"枯叶"，近了看，似乎更像某种蛾子的翅膀，一种有着棕褐色圆弧形状后翅的蛾，是叫米蛾，还是就叫枯叶蛾？他记不太清了。但姬元浑然不觉，兀自挥汗如雨地吃着——说"如雨"，是孟渔夸张了，但姬元是真吃出汗来了。她的额头和鼻翼在阳光下，有一层细密的汗珠，闪闪发亮。天气还不怎么热呢，他这个男人还吃得优哉游哉呢，可姬元一个女人竟然吃东西吃出了汗！

这真是一只奇怪的"昆虫"。

难不成是他想多了，她对他根本没有生物意图，接风就真只是接风？

从头到尾，他们也没聊几句。他没见过这么话少的女人。女人在饭桌，一般吃得少，说得多，喜鹊一样饶舌的。可姬元正相反，吃得多，说得少——比他说得还少呢。

他们间或也聊几句的。她问过他，认不认识哲学系的某某某，或某某某。

他说不认识。哲学系他除了认识搞古希腊哲学的马益老师，其他人，他都不怎么认识。

她哦一声，就没下文了，继续吃。

但那一次接风对孟渔而言，还是有收获的，一种很实际的收获。

姬元家有洗衣机。当他不经意说到塑料盆里脏被单的烦恼时，她建议孟渔把被单拿到她家洗。

他们两家原来离得不远，都在师大教工老宿舍那儿，之间就隔了几栋楼。

他本来应该推辞的，以他孤僻的个性，推辞这种事才是自然而然的。何况他和她也没有熟到可以去她家洗被单的程度。

但他没推辞——想到要手洗那黑乎乎腻兮兮的被单，他那句"不用了"就没说出口。

姬元说，没关系，你来吧，反正我一个人。

这句话按孟渔的理解，和自荐枕席也差不多。但姬元的声音里，又有一种青天白日的坦荡，一种不拘小节的大方，一种没把他当男人的"思无邪"的大剌剌的东西。她的语气，太清明了，没有一点儿带性别意味的拖泥带水藕断丝连，就好像孙东坡对他说，"老孟，来支烟？"

不过是"来支烟"那样的建议，他若推辞，倒小气了。

他自己对自己这么说。

于是第二天孟渔就用一个大塑料袋子，把被单枕套什么的全拿到姬元家去洗了。

姬元家房子不大，二室一厅。作为一个女人的住处，她的厅也未免太凌乱了，饭桌上杯盘狼藉，沙发上也堆满了衣物和书，地上也是书，和横七竖八的鞋，和几只灰尘扑扑的坛坛罐罐。至于室如何，孟渔不得而知。虽然一室是半掩的，如果孟渔愿意，还是可以看个大概的，但孟渔非礼勿视——也没有视的欲望，这间屋子，和姬元这个女人一样，都散发出一种我行我素的潦草和简慢。

孟渔又隐隐有一种被冒犯的感觉。

他对姬元没兴趣，而姬元似乎对他也没兴趣。不然，断不能如此简慢。

那她为什么又是接风又是请他上门？

这难道是哲学系女人的独辟蹊径？

孟渔真是遇到了一只前所未有的奇葩"昆虫"了。

洗衣机洗被单的时候，他们就坐在阳台上喝茶。姬元家有个大阳台，大到与这小房子不相称的程度。阳台一分为二，一半用玻璃封了，里面有桌有椅还有个原木简易书架，另一半露天，除了两根晾衣绳，几个衣架，空荡荡的，什么也没有。

孟渔的被单，就被晾晒在那空荡荡的半边。

这太阳，很快就干了。姬元说。

孟渔没有阻止她。他的房子，只北面有阳台——一个几乎不是阳台的阳台，两平方米而已，晾几件衣裳都局促了，确实晒不开被单的。

有时夜里，他睡不着，拿把椅子到那儿坐坐，感觉自己就像一只坐井观天的青蛙。

而姬元家，即使半边阳台，也相对宽敞得很。

这半边，是顾春服坚持要封的。本来我想阳台全露天，但顾春服不喜欢。顾春服想要全封，我不喜欢。折中的结果，就是这样：半边封，半边露天。

顾春服——

我前夫。

也是。这房子还是能看出婚姻生活的痕迹。虽然邋遢，但生活器皿一应俱全，那些坛坛罐罐，当初想必是用来装干果米豆的，也可能用来腌各种瓜果蔬菜，他家就有许多这种坛坛罐罐，比姬元家还多，大大小小的，摆满了厨房。他老婆喜欢熬各种养生粥，黑米薏米黍米、赤豆花生芝麻核桃。他家晚上，基本就吃这些五颜六色各式各样的粥，就着各式各样的腌菜：酸豆角、糖醋萝卜、芥菜香干。他老婆说，芥菜不仅开胃消食，还能抗癌。他老婆知道所有抗癌的食物：芦笋、甘蓝、花椰菜、红薯、胡萝卜——但他真是吃烦了这些东西。

书架上大多是哲学和文学书，波伏娃的《女宾》、苏珊·桑塔格的《反对阐释》、米兰·昆德拉的《生命不能承受之轻》，还有鲁迅的《朝花夕拾》——孟渔没想到，姬元竟然读鲁迅。

是以前读的书。我现在看阿加莎、爱伦·坡、松本清张。

好像是这样。书架最下面一层，还有其他地方散落的，都是这类书。

上次在"尚周记"，姬元看的，孟渔记得就是爱伦·坡的《黑猫》。

这些书，你别说，还挺有意思——现在，有意思的事可不多。

这一点孟渔也同意。

书架最上层，还有几本不同版本的《生物学》教材，还有一本《生蚝养殖》。

那是顾春服的书，他是搞生物学的，海洋生物学。

孟渔注意到，姬元说起前夫的语气，特别自然而然，平淡得很，没有一点儿激烈的怨怼，像乐府《有所思》里的那个"当风扬其灰"的女人；也没有一点儿悲怆，像《上山采蘼芜》里的那个"上堂问故夫"的女人。倒是有几分像"弃捐勿复道，努力加餐饭"那个女子的老实本分。

不知为什么，孟渔下意识就把姬元当弃妇了。

一个像姬元这样粗衣陋服姿色平平的女人，在这个浮世绘般秾艳的时代，应该很容易成为弃妇的吧？

而这个家——孟渔略略一打量，就有弃园之荒芜感。

后来孟渔知道其实不是那样的。

是姬元先要离婚的。姬元说,不是他不好,顾春服其实是个不错的男人,如果遇到一个合适的——或者说正常的女人,是可以过正常的婚姻生活的。就算他们之间没有爱情——她和他结婚,不是因为爱上了他;他和她结婚,也不是因为爱上了她。这一点,两人都心知肚明。她三十三了,他三十六,到了应该结婚的年龄。两人见了几次面之后,虽然没有华年的怦然心动,也没有盛年的天雷地火,但也没有互相厌恶,这就是婚姻的基础了。世上的夫妇,有多少是从爱情开始的婚姻?而所谓爱情,不过是肉体相互吸引的另一种说法而已,一种更体面的说法。可肉体相互吸引最靠不住了,它倏忽而来,倏忽而去,神出鬼没的,你拿它毫无办法,倒不如一开始就没有,是不是?她女友苏冯堇语重心长又循循善诱地教育她。事实上,顾春服就是她帮姬元介绍的,在姬元调到海南来之前,她就已经开始打他的主意了。他和她老公是同事,周末经常到她家吃饭的。当然是苏冯堇邀请的。苏冯堇打从读书时起,就喜欢请人吃饭,她是擅长且热衷做漂亮的女主人的,那种伍尔芙笔下的"房间里的天使"。像达罗威夫人和拉姆齐夫人那样的。美丽、优雅、温柔,让所有男客人垂涎三尺。姬元知道。但苏冯堇要姬元领情,你不知道,一个单身男博士,行情有多俏?我不帮你盯紧点,就被别人抢走了。这个姬元也相信,苏冯堇对别的女人,可能不怀好意,但对她,倒一直是真心相待的。女人和女人,也是要相契的。她们俩就契合得很,这也是奇怪的事,本来她们俩是完全不同的女人,可以说南辕北辙,但偏偏就成了闺蜜。她能想象苏冯堇为了帮她笼络住顾春服如何煞费苦心的样子,为了在顾春服面前美化她如何舌绽莲花齿如瓠犀的样子。

所以姬元结婚,亦有盛情难却的意思。她实在不忍拂了苏冯堇的好意,苏冯堇不惜动用老公的关系帮忙把她调过来,然后把顾春服当宝似的献给她,然后殷切地等她领情,她不能不知好歹。而且,她那时也正处于人生的特殊阶段,心灰意冷,弱柳扶风——她本来不是弱柳的体质,一直像白杨般挺拔的,但那时不一样,真是一株东倒西歪的蒲柳,很容易就倾斜在某种硬实又温暖的所在——顾春服当时给她的感觉,就是又硬实又温

暖的所在。

221

他
乡

后来她才知道，顾春服的处境和她也是差不多的，他之所以和姬元结婚，也有盛情难却的意思，可以说，是看苏冯堇的面子，或者说，他过于信任苏冯堇了。苏冯堇是个高明的游说者，她避实就虚，把姬元吹嘘得天花乱坠。她不吹嘘姬元的外在——相反，她对姬元的外在，作了相当谦虚的描述，谦虚到顾春服乍见姬元，倒有几分"惊艳"了，他之前做好了见到一个丑女的心理准备，不然，苏冯堇说什么"好女人关键不是秀外，而是慧中"。那话的意思，不就是姬元没有"秀外"么？没想到，姬元一点也不丑，眉清目秀，身体匀称。而苏冯堇吹嘘的姬元的内在，也就是那些"慧中"，什么聪明，什么不俗，什么"落花无言，人淡如菊"，怎么求证呢？

就算可以求证，姬元的身上，也确实具备这些品质。只是，这些品质对婚姻生活有什么作用呢？

婚姻中的女人不需要聪明，尤其还是貌似哲学的聪明——动不动就一本书，一支烟，或坐或站在阳台发呆，这样的画面，顾春服后来真是看够了。

就算看够了，顾春服也没有提出离婚。他是温良恭俭让的君子，做不出那种杀伐决断的事，只好委曲求全。姬元不做饭，他就做；姬元不收拾，他就收拾；姬元挥金如土，他就勤俭持家；姬元不屑人情世故，他就帮着礼数周全。总之，一年的婚姻生活过下来，顾春服原来一头的鸦鬓都斑白了不少，几乎有"朱颜辞镜花辞树"的萧瑟秋意了。

姬元倒还好。她本来就是个随遇而安的人，之前对婚姻也没有太美好的憧憬，因此对她而言，婚前婚后也没有太多不同，她仍然读她的书，恍惚她的恍惚，在自己的世界里自得其乐，或闷闷不乐。偶尔心血来潮，也会下厨房做几个菜——一般都做得不怎么样，好在顾春服不挑嘴，总是吃得一干二净。顾春服是个很配合的人，虽然不主动，但也不扫人兴致。她建议喝酒，他就喝一杯，她不建议，就不喝；她谈兴来了，要和他说话，他就说几句，她不想说，他就不说。

如果不是在苏冯堇家见过顾春服红光满面春意盎然的样子，她以为他就是那种清淡的人，像藕和莴苣，像黄连素，天性里有清热败火的功能。他们两家周末经常聚会，一开始，苏冯堇打电话过来约的时候，姬元还担心顾春服不乐意，因为顾春服看上去，不是那种热衷社交生活的男人，而且苏冯堇是她的女友，本着"他是他，她是她"的原则，她不能用她的生活来绑架他的生活。但后来发现，她多虑了。因为顾春服对这种聚会，比她还积极还兴奋呢。聚会一般是在周六，他一到周五就开始春江鸭暖般蠢蠢欲动了。有时苏冯堇的电话打晚了，他就坐立不安，从厨房到客厅，又从客厅到阳台，来来回回走个不停，把姬元都走得不耐烦了，干脆主动给苏冯堇打电话，"冯堇，这个周末怎么安排呀？"他这时就会对姬元特别温柔，甚至会过来抱一抱姬元，用他刚刮了胡须的下巴在姬元的耳背蹭一蹭。这种小儿女的婉转情态在他们之间是很少发生的。他们夫妇相处的模式，一向是"君子之交淡如水"的。顾春服平时端谨稳重，不苟言笑，但有意思的是，一到苏冯堇家，就又言又笑了——不论苏冯堇说什么做什么，都能让顾春服眉开眼笑春风满面。

她这才反应过来，顾春服和她结婚，是爱屋及乌的意思。

他是以金岳霖爱林徽因的方式，爱着苏冯堇呢——一种客厅里的道德的爱慕方式。

她提出离婚，没说原因，他也不问，两人就心平气和地离了。

没发生任何争执。一套单位的旧房子，因为是姬元父母出资买下来的，也是姬元父母出资简装的，所以还是姬元住。至于其他，姬元说，你需要什么，拿什么。

两人的共同所有本来也不多，一年多的婚姻，还没来得及繁衍出太多的东西。况且，两人都不是那种积极建设的人。所以顾春服最后也没拿走什么，除了他的四季衣裳，和他的书。

书还有些没拿干净，也或许是他不想要了的书。但姬元也没丢，就任它们在那儿搁着，反正也占不了多少地方。万一哪天顾春服又需要了呢？

这些，都是姬元断断续续告诉孟渔的。

他们现在时常坐在姬元家的半边阳台上喝茶，或坐在某家饭店一起吃饭。姬元总能发现哪家哪家的哪道菜好吃——"特别好吃，孟老师，我们去吃一回怎么样？"吃了一回之后，姬元又要吃第二回了，"上次那个什么什么菜，太好吃了，孟老师，我们再去吃一回如何？"孟渔一开始还有些别扭，孤男寡女的，没事总在一起吃饭，不合适。但姬元的态度，大方

得很，一点儿也不扭捏，完全是"君子坦荡荡"的做派。孟渔一个男人，也就不好意思"小人长戚戚"了。系主任老蒲偶尔在周末会给他打个电话，请他去他家"坐一坐"，一起讨论讨论课题的事儿，他们有一个合作的课题——也就是因为这个课题，老蒲才把他调进来的。但孟渔不太喜欢去老蒲家"坐一坐"，每回都是拎上几斤枇杷去，然后喝一肚子苦丁茶回来。老蒲的夫人，喜欢吃枇杷，第一次接过他买的一箱枇杷时，就一惊一乍地说，"天哪！小孟，你怎么知道我爱吃枇杷？"这真是自作多情，孟渔哪里知道她爱吃枇杷。但朱茱爱吃。她家客厅方几上的那个青花大碗里，放的总是淡黄色枇杷。"你不觉得它们像齐白石的画么？"他还记得朱茱歪了头打量枇杷的样子。他其实不怎么吃这种水果的，嫌寡淡，水一样。老婆间或买一次，也是用来煮冰糖枇杷百合汤。她说枇杷生吃会释放出微量氰化物，虽然不足以致命，但吃多了，总不好。他虽然讨厌老婆的养生之道，但不知不觉中，还是受了不少影响。他现在一个人住，有时会拿水果当饭吃。枇杷当然是不能当饭的，所以他不买。但每次看见，他还是会怔怔的，有一种恍若隔世的感觉。那天他去老蒲家买枇杷，也是鬼使神差。没料想，歪打正着，竟让老蒲的夫人如此欢天喜地。于是就成惯例了。每回老蒲要他过去"坐一坐"的时候，他就买上几斤枇杷，就在小区门口的水果摊上。但不知为什么，他心里老大不乐意，仿佛这个满脸褶子和雀斑的女人也喜欢吃枇杷是件奇怪的事，几乎亵渎了"齐白石画一样的枇杷"。他也知道这么想是莫名其妙了，但他还是忍不住。

　　比起去老蒲家"坐一坐"，孟渔觉得还不如和姬元去哪家饭店吃哪道菜呢。姬元这方面真是专业水准，她建议去吃的东西，还从来没有让孟渔失望过。每回约好了某家饭店，她都先到，然后挑外面或窗前的位置坐。他还没见过这么爱晒太阳的女人。难怪黑，难怪脸上会有那么大块的褐斑。这也是他对姬元如此冷淡的原因之一。他不喜欢肤黑的女人。姬元告诉他，她之所以调到海南来，百分之五十是因为海南这玻璃一样明亮的阳光。还有百分之五十呢？孟渔问——是后来问，那时他们已经交往甚密，有点儿无话不谈的意思了。当时他没接话茬，只是笑笑，很有修养地沉默以对。孟渔自己知道，这和修养没什么关系，他只是用这种笑而不言的方式来表明他对她没兴趣。这个女人喜欢不喜欢阳光，为什么来海南，他一点不关心，而且也要让她知道他不关心。这是他不厚道的一面，他看上去温和敦厚，但骨子里也有文人的狷狭刻毒。姬元问他，孟老师为什么调到海南来呢？他学她说，百分之五十是因为海南干净的空气。这也是可能的。他们原来的那个城市，如今雾霾问题严重，空气质量指数常年是轻度污染，在秋冬季节连续多日没有下雨的情况下，就重度污染了。有许多退休教授，都在海南买了公寓，来这边养老。那些没有退休的教授呢，就学候鸟，也纷纷在寒暑假时飞过来租套公寓待上几个月。说过来洗肺。所以孟渔调过来的理由，百分之五十是因为"海南干净的空气"，和姬元百分之五十因为"海南玻璃一样明亮的阳光"一样，都是又现实又浪漫的好答案。还有百分之五十呢？姬元问——也是后来问。他们那个时候的谈话，还没有稠密起来，而是疏疏落落的。她问一句，他答一句，或半句。

"这个菜怎么样？"

"不错。"

——仅此而已。

孟渔不想深入他们的谈话，也不想深入他们的关系。姬元呢，好像也是这样。他不知道她是识趣，还是对他亦没有兴趣。反正她从来没有就某个问题喋喋不休。他答一句也罢，半句也罢，甚至半句也没有，她那边也无所谓似的。"有时三点两点雨，到处十枝五枝花"——他们那时的谈话，确实有点儿这种疏落清淡之韵味。

孟渔喜欢姬元的这种"疏落清淡"，一种类似于喜欢苦瓜和苦丁茶的喜欢。

两个半生不熟的男女，在一起聊天犹如一起跳舞，是宜疾不宜徐，宜密不宜疏的，因为一徐下来疏下来，彼此会尴尬会不自然。而姬元这个女人，身上却有一种让人慢下来疏下来也不要紧的东西。这一点，孟渔打一开始就感觉到了。孟渔这个人，和姬元正好相反，身上总有一种让人莫名紧张不安的东西。他自己也不知为什么，也许是因为沉默寡言的个性，也许是因为打小形成的自傲或自卑，反正他和别人相处起来，就是会让人不由自主地拘谨。即便他和朱茱好的那段日子，他也没有真正轻松自在过，他的情绪一直有些焦躁，有些昂扬，像一张拉开的弓，有着很饱满的张力。那是另一种紧张不安。他天生缺乏"众乐乐"的能力，只能"独乐乐"的。

但和姬元一起，竟然一点也不觉拘谨，和"独乐乐"也差不多。

或者是李白那种。花间一壶酒，独酌无相亲。举杯邀明月，对影成三人。

他和姬元，就如李白和影和明月，虽然也坐在一起，但一点也不妨碍彼此的自得其乐。

这也是天作之合了——虽然这合，只是喝喝茶吃吃饭而已。

就因为只是喝喝茶吃吃饭，才更不容易。

没有情欲掺杂的男女相处，就如没有钟鼓铙钹配音的清唱，是更有难度的。

这一点，孟渔也知道。

而且，姬元不单这点好，她身上还有一个让孟渔惊讶的品性，或者说美德。那就是她从不要孟渔的回酢。她请了这一回，下一回还是她请，请了下一回，下下回还是她请。

孟渔偶尔也过意不去，把伙计叫过来，要结账，但姬元比他快，还没等孟渔看清账单，姬元已经把钱付给伙计了——她竟然不对账的。

她不多说话，这点和他老婆不一样。他老婆在饭桌上是时常抢着买单的，"我来我来"，她尖着嗓子说。但十有八九是买不成的。她这方面是很机灵的，很会审时度势，挑那些已经有了坚决买单的主的饭局，才去抢——自然抢不过别人的，她的包总是层峦叠嶂，等到她翘了兰花指把钱包从那层层叠叠中捻出来，别人早已把单买了。"你真是，我说了我来的"，老婆最后，还要亦嗔亦怨地说上这么一句。

而朱茉，从来想不起买单的事。就像《罗马假日》里的公主一样，她总是仪态万方地坐在那儿，等别人买。仿佛那是天经地义。

姬元的路数，孟渔还从没经历过呢。

姬元到孟渔家做客是后来的事。

他们那时已经交往三个多月了，限于食友性质的交往。他们在一起已经吃过无数次饭，也喝过无数次茶了。

也一起抽过无数次烟。姬元抽烟，孟渔倒也不惊讶。搞哲学的女人，总是反其道而行之的。认识姬元之后，孟渔对哲学系的女人下了这么个结论。

不过，在姬元那儿认识了也是搞哲学的苏冯董后，孟渔意识到他犯了以偏概全的错误。因为苏冯董和姬元完全不一样，呈现在玻璃瓶里的样子，据他观察，似乎是一种新品种的昆虫——也不全新，有点儿像他老婆和朱茉的羼杂，一半像他老婆，一半像朱茱。

孟渔以前是没有烟瘾的。和孙东坡他们在一起时，他会人云亦云地抽上一支，或半支，他习惯在烟还有半截时就摁熄它，老鄢心疼不已，如果那是他带来的好烟，就更心疼了，他会"啧啧啧"地批评孟渔奢靡浪费。孟渔独处时一般不抽烟，除非有了特别值得庆贺的事，才仪式般地抽一支。或因为想朱茱想到不行——有段时间，他真是被朱茱弄得"瘰痹思服"。

真正成为老鄢那样的烟鬼是在老婆出事后。当某天——他记得那是个春天，因为窗外的桃花又开了，他正站在办公室窗户前怅惘，一个妇人来敲他的门，他开始还以为是老鄢的老婆，老鄢的老婆孟渔远远见过一面，也是这种枯藤老树般的样子。结果不是，人家是校医院某某医生的老婆，过来警告孟渔的，要孟渔管好自己的老婆。什么意思？孟渔一时有些不明白，他为什么要管好自己的老婆？妇人用略有些鄙夷的语气对孟渔说，为什么？因为你老婆在外面乱搞。乱搞？和谁？还能和谁？和我老公呗。孟渔更觉得荒唐了。和这个女人的老公？这怎么可能呢？妇人看着可不年轻了，那她老公，不是更老？难不成他老婆和一个老头搞上了？自古嫦娥爱少年，而孟渔的老婆却爱上了她家老头，所以那妇人才语气鄙夷？甚至还很诡异地有点洋洋得意。女人这种生物，真不可理喻。妇人甚至还工笔似的描绘了过程。妇人的老公某某，是妇科医生。孟渔的老婆一开始找她老公看乳腺小叶增生。乳腺小叶增生怎么看呢？自然要摸。她老公这个人，她是知道的，有洁癖，不怎么愿意碰有病的女人，一般建议她们去省一附医院做磁共振成像检查，或乳腺钼靶X线摄影检查。但孟渔的老婆说她不相信机器，更相信某某医生几十年的临床经验，求他摸，他也不好拒绝，同事嘛，于是就摸了。哪知道，孟渔的老婆被摸上瘾了，之后天天去。要不是有天她突然去他办公室找他，她还真以为他在办公室看报纸呢——之前她问过他的，怎么下班了不回家？他说在办公室看了会儿报纸。谁知道报纸是人家的老婆呢。

那妇人走之前问孟渔，你老婆是你来管呢，还是我来管？

孟渔那天坐在书房抽了一夜的烟，其实也没有那么痛苦，只是一时有些茫然失措。那个妇人要他管好自己的老婆，可怎么管呢？女人又不是狗，可以用绳子拴在院子里。系里老苏家的狗，有段时间专门跑到隔壁老周家的院子里出恭，早上一趟，晚上一趟，就在老周家的石榴树下。那段时间正是石榴开花的日子，周师母每年这时候喜欢和朋友在树下茶叙的——老周夫妇早年在英国留学过，所以他们家有喝下午茶的习惯。老苏家的狗，平时也不往老周家跑的，偏偏挑了石榴花开的时候去，好像也知道赏花似的。结果周师母那个季节的茶叙被老苏家的狗破坏了——实在没法叙，因为树下总有一股子狗屎味。周师母就气呼呼地跑到老苏家，警告老苏夫妇，要他们管好他们家的狗。苏师母也觉得有"狗不教"之理亏，只好把狗拴在院子里。可孟渔总不能也把老婆拴在院子里，她要上她的班，下她的班——至于什么时候下班，他之前一直漠不关心的，早也罢，晚也罢，他从不过问，她也不说。他倒没疑心过她，她回家晚了时，手上总会拎些东西：某种时令蔬菜，一袋苏圃路的馄饨皮，他老婆总是舍近求远到苏圃路去买馄饨皮的，她说那儿的馄饨皮里加了蛋清和高粱面，更有韧性营养也更全面，或几个"一箪食"的包子——他早上习惯吃两个菜包子，就一碗馄饨或水泡饭什么的，所以她总惦记着头天晚上为他准备好。

而且，她尖着嗓子议论社会风气时，那么道貌岸然那么三贞九烈，怎么可能做这种"不要脸的事"——那些婚姻外男男女女的事情，统统被她定义为"不要脸的事"，而那些男男女女，也统统被她定义为"不要脸的人"。就连先生鲁迅，在她这儿，也是个"不要脸的人"。他觉得好笑，她倒是有"王子犯法与庶民同罪"的平等，什么反封建包办，什么恋爱自由，她不管，杀无赦。

而且，他也犯了推己及人的错误——在他看来，她实在没有做"不要脸的事"的资质。女人的长相决定女人的道德水准，越媸越道德，越妍越不道德。它们之间基本是一种负相关关系。一个女人，如果长成汤唯那样，还想道德，几乎就是"噫吁嚱，蜀道之难难于上青天"了，而如果长成凤姐那样，那么想不道德，也是"噫吁嚱，蜀道之难难于上青天"。原来和孙东坡老鄢在一起时，大家就爱这样胡说八道。

可原来审美之事，也是"各花入各眼"的，不能用儒家推己及人那一套。他真是小看他老婆了。难怪她神情里有一种"死了张屠夫不吃混毛猪"的硬气。原来她已经找到另一个屠夫了，就在他的眼皮底下。他竟然没察觉。要说，蛛丝马迹也是有的，如果他用心一点的话。他老婆比以前更平和了，他在书房看书的时候，再也听不到厨房里哐里哐当摔摔打打的声音了；她也有段时间不口诛那些男男女女了，几乎有大赦天下的度量了；她的衣裳，尤其是上衣，更紧身了，把她两个柚子似的胸，凸显了出来，大有呼之欲出之效果。他还以为她在穷兵黩武呢，所以更加视而不见。

没想到，她另辟蹊径了。

这事无论如何他应该有所反应的，按那个妇人的说法，"管管自己的老婆"，可如何管呢？冲到医务所去把那某某医生打一顿，然后再把老婆打一顿？这种市井套路，于学院似乎太喧哗了。学院里的男女，遇到这种事，一般是冷处理的。要雪泥鸿爪，了无痕迹。像之前沈一鸣和朱茱一样。也不知那时沈一鸣是怎样做的。这事也不能去请教。他绞尽脑汁地想了一夜，也没有想出什么办法。早上老婆进书房时，发现一烟灰缸的烟蒂，吓一跳，然后一如既往地开始抱怨和教育孟渔，说抽烟不好，会得肺癌，会得咽喉癌。他猛地抓起烟灰缸砸向她身边的三脚木架，玻璃烟灰缸和架子上的陶瓷花钵相撞，"砰"的一声之后，碴子飞珠溅玉般碎了一地。他几乎松了口气——这应该算一种管教了吧？

老婆却一点也没有理亏的意思，凛然道，没什么，不过是他初一，她十五而已。

而且，她的十五，比他的初一，正派高尚多了。他是喜新厌旧，属于道德品质败坏；她不同，她是为了健康，可以说是一种养生之道。和喝海带豆腐汤，喝肉苁蓉当归赤芍蜂蜜茶的性质是一样的。她这两年，一直在炖这种东西，当药喝，为了治她的乳腺小叶增生。她的乳腺小叶增生越来越严重了，右边的肿块一开始摸上去只是粟粒般大小，后来如豆了，再后来就如樱桃了。也就是说，她的小叶增生可能已经变成囊性增生了，而囊性增生是很危险的，极有可能转化成乳腺癌。她们这个年龄的女人，是最容易得乳腺癌的，她的同学某某某，和某某某，一个已经因为乳腺癌切除了乳房，左右两个都切了；一个不肯切，在用药物治疗，每天战战兢兢如履薄冰地活着。她也怕呢，因为那个樱桃般的肿块，她怕得要命。可肉苁蓉什么的，都是辅助性的，治标不治本。真正有效的，还是要保持内分泌

调和。而内分泌调和，需要规律的夫妻生活。《健康女性》杂志上有一个美国专家也说，充分的爱抚，以及美好的高质量的性生活才是防止乳腺癌最好的方法。所以她去找某某医生，完全不是为了别的，只是为了治病救人。她右乳边樱桃大小的肿块，经过某某医生这一段时间的治疗，已经变小变软了许多，差不多又成豆子般大小了。不信，你摸摸。

他不摸。他已经很长时间不摸它们了。老婆的小叶增生他是知道的，她隐约提到过，她对自己的身体病痛一向是轻描淡写的，她喜欢在他面前表现出自己健康的样子。但对他的身体，喜欢小题大做。只要他稍感小恙——几声咳嗽，或喉咙略略有些痛，她就会大惊小怪，然后把他照顾得无微不至，唯恐他不知道自己娶了个护士似的。有时他觉得她好像盼望他生病呢，他一生病，她人就活泼多了，几乎有些欢天喜地的。

按他老婆的说辞，她和那个某某医生只是治疗和被治疗的关系，而且治疗还卓有成效——她右胸上的樱桃般大的肿块，已经变成豆子般大小了。

这话是什么意思？难不成他不但不能打某某医生，还要弄面"妙手回春"的锦旗送给他？

他几乎有些钦佩起老婆来，这个女人，真是临危不惧。在这种情况下，还能理直气壮！还能振振有词！

他不知道某某医生的老婆在办公室到底看到了什么，她在描绘这部分时倒是语焉不详的。也是，怎么详呢？他也不能问。"在办公桌上看的不是报纸"，在办公桌上看？那是怎么个看法？

那女人走之前，问他，"你老婆是你来管呢？还是我来管？"

他真是不想管的，可以的话，他愿意让她来管。

问题是，她管得了么？看她枯藤老树般的样子，能是他老婆的对手？

估计也就是去找医院领导哭闹一回，或几回？

那样的话，就闹得沸沸扬扬了。

到时，他怎么办？

他老婆也不是没有给他留余地，说只要他保证和她过规律的夫妻生活，能让她的内分泌调和，她也可以不再去找某某医生治疗了。某某医生已说了，估计再治疗几个月，她右胸的豆子大小的肿块，就会变回粟粒大小了，再治疗几个月呢，粟粒就有可能消失不见了——当然，如果夫妻生活不规律，不及时排淤散郁，它又可能长回来。

真是有理有据有节！

可规律的夫妻生活，要用什么数字来衡量呢？

难道像学校里要求老师发论文那样，一学期要多少多少篇，一年又要多少多少篇，定量考核？

再说，她内分泌调和的事情，他怎么保证？

那就没办法了，只能再去找某某医生治了。她说，挟天子以令诸侯般。

他无语。

还不能提离婚。他还没开口呢，她就先深谋远虑地把他的这条路堵死了，"他初一，她十五"而已，如果他要离婚，她就要把他过去的"初一"宣扬出去。不就是鱼死网破吗？不就是同归于尽吗？她不怕。

他知道她不怕，她这个人，骨子里就泼。虽然时不时用兰花指做出一副柔弱婉转的样子，但她不是兰花，是苍耳，人一粘上身就弄不掉的虱马头——他们那个地方叫这种讨厌的植物为虱马头。

他不能到这个时候还把朱茱牵连进来。

还有女儿。他一直不怎么亲女儿的。女儿长得太像老婆了。紧窄的额头，长下巴，闽粤人的皮肤和颧骨，也是一块黑乎乎的"糖醋排骨"。他亲不起来。他老婆以为他封建，重男轻女，"乡下出来的嘛"，他听到她这么对女友吴六朵说，他也不辩解。但女儿却和他亲，喜欢看他的脸色行事。一遇到他和老婆意见相左，她就旗帜鲜明地站在他一边，像小狗一样忠诚。"看看你女儿"，他老婆嗔怨说，她最喜欢把"你女儿"挂在嘴边，好像不这样说他就不知道是自己女儿似的。他一直以为女儿是更爱他的，还略有些不劳而获的报然，因为每天照顾女儿一饮一啄一梳一洗的都是老婆。他后来才知道女儿的曲折心思，她是用这种方式帮她妈妈呢。女儿似乎打小就觉察了父母关系不太好，所以用一种近乎无间道的方式来努力巩固他们的家庭关系。

他有些心酸。女儿小小年纪就这么老成世故，这么不天真。作为父

亲，总不能说一点责任没有。

他不能再给女儿雪上加霜。怎么说，那也是他女儿。

而且，他也有自知之明，他斗不过她老婆的——也没有和她斗的精神。

于是走为上了。正好这时认识了老蒲，是老蒲主动联系的他，说在某学报上拜读了他的大作，十分欣赏他的学术观点和研究能力，问他是否有意调到他们学校。他们教研室这几年在学术梯队上有些青黄不接，老的老，像他，已经"廉颇老矣"；小的小，又尚在"牙牙学语"的阶段；而像孟渔这种如狼似虎年华正好的少壮派，他们教研室，几乎没有了。

他后来才知道老蒲调他是假公济私。虽然他说教研室青黄不接也是实情，但老蒲之所以如此急不可耐地调他过来，还是为了他自己。老蒲手上有一个国家重点课题，经费三十几万呢，加上学校一比一的配套，就六十几万了。六十几万的经费已经以各种名目报销了一大半，结题的时间也快到了，但他结不了，因为没有研究成果。没有研究成果却把课题经费花了，那是学术欺诈了。和包工头拿了钱不盖楼女佣拿了钱不干活是一回事，都是诈骗。这些年，高校已经有些教授因为这个出了事，有的被开除教职，有的甚至坐牢了。教授坐牢可不是开玩笑的。老蒲这才想出收了孟渔的计策，因为孟渔的那两篇论文，研究的内容和发表时间正好吻合老蒲的课题。只要孟渔加入他的课题组，愿意把他的这两篇论文算他们一起研究的成果，再抓紧时间在C刊上两人联名发上一两篇论文，按期或者往后拖延个半年一年结题应该就没有问题了——拖延个半年一年还是可以的，老蒲去科研处转圈转圈，再说，搞学术研究嘛，也不是农民种土豆，哪有那么精确收成的季节。所以老蒲才"满堂兮美人，忽独与余兮目成"般地相中了孟渔。

这也是天赐良缘了。一个想要，一个想给，于是一拍即合了。

所以孟渔仓促来海南，也有走麦城的意思。和姬元差不多。

孟渔的客厅几乎只可容膝，还幽暗。也不知这房子是怎么设计的，客厅像过道一样，一边是厨房，一边是房间，没有窗户，只靠房间窗户的光线来照明。孟渔平时一个人，房间的门不关，就有一门框的光线很集中地照进客厅，时长时短，如《西游记》里照妖钵的效果一样。其他部分愈加黑暗了。这也是孟渔为什么迟迟没有邀请姬元到他家来的原因之一。到了他家待哪儿呢？两个人在半明半暗的客厅坐着，无端地生出某种说不清道不明的暧昧来。房间倒是相对明亮和宽敞，可他们这样的关系，总不好待在房间里。

好几回他们从外面吃饭回来时，先经过他的楼。姬元问，你就住这栋？他说，是。硬是没有开口请姬元上他家坐坐。这有些无礼了。但他不管。不知为什么，打一开始和姬元交往，他就表现得有些无礼。

他本来也不是这样的人。虽然对女人谈不上殷勤备至，像孙东坡和老鄢他们那样，只要见了异性——也不管是怎样的异性，一概表现出一副"氓之嗤嗤"的嘴脸。他不这样，他总是有些冷淡的，除了朱茱，他似乎还没有对哪个异性特别热烈过。

但他的冷淡，也是在分寸和礼仪之内，是学院派彬彬有礼的冷淡。

可在姬元这儿，他明显不讲礼数了，有点儿欺负姬元的意思了。

也许因为姬元这个哲学女人不拘小节，也许因为姬元身上散发出了某种可以随便对待的气息？

反正他不在乎。姬元高兴也罢，不高兴也罢，与他无关的。他没有一丁点要取悦姬元的想法。

这一回请姬元，也是很随便的一句话引起的。他们有一次在某家饭店吃饭，点了一道杂鱼煲，杂鱼煲热气腾腾，姬元又吃出一额头的细密汗珠，一绺汗黏黏的头发耷拉下来，从眉毛中端，有几次差点儿就拂到鱼煲里了。姬元把它拢上去，它又耷下来，她又拢上去，它又耷下来，如此反复再三。他在一边都看着急了。这个女人的耳朵，是怎么长的，怎么会夹不住头发呢？他这才发现姬元的耳朵似乎比别人的浅。尤其和他老婆比起来，他老婆的耳朵特别深，且往里凹，看上去像一只大牡蛎。这是达尔文的"用进废退"么？

对姬元的吃相，孟渔真是不敢恭维的，但姬元不在乎，只一个劲儿地去挑鱼煲里的芋芳，她说她特别喜欢这杂鱼煲里的芋芳。好吃，好吃。她十分朴素地赞叹着。一点儿也没有文化女人的花哨用语。他们中文系的女人在饭桌上，如果要夸赞某道菜，绝对不是这么个夸法。那要和《红楼梦》宝黛作海棠诗比才般的花团锦簇，斑斓纷呈，不可能就一句句"好吃，好吃"了事。但他一个"好吃"的芋芳也没吃，自从老婆说过，外面饭馆的芋头都是用药水浸泡去皮的之后，他在外面就不吃芋头了。姬元还

以为他在承让呢。"你也吃呀,孟老师。"她一直叫他孟老师,这让他感觉轻松。这个女人并没有因为他们走近了些就自作主张亲昵地称呼他。不像有些女人那样。他原来有个师妹,只是因为他向她借过两次书,他就成她的"渔"了。人前人后总"渔、渔"地叫着,好像他们之间私交多密似的。他后来就敬而远之了。他不喜欢那种蹬鼻子上脸的女人。

好吃,好吃,姬元说。

他一时大意,说了句,这算什么,我做的,比这个还好吃。

是么?姬元扬起脸,不相信似的看他。

他这才发现他说的那句话是有问题的,带了扣眼,像说书人的"要知后事如何,且听下回分解"。

正好那天他在菜市场看到了很新鲜的三花鱼和黄骨鱼,于是就给姬元打电话了。

反正,也该请请姬元了。

他庖厨的手艺还是很不错。那时为了把沈一鸣比下去,他像做学问一样,很是认真地研究过一段时间的菜谱,尤其鱼菜。在资料员姚老太太夸张的言说里,朱茱爱吃鱼,沈一鸣爱做鱼,两人是天作之合。他不爱听这话,做鱼吃鱼而已,说什么天作之合。他一向有些嫌弃姚老太太,话多,喜欢在资料室大放厥词,也喜欢因为莫名其妙的理由赞美某些孟渔讨厌的男人。比如沈一鸣。比如沈一鸣做鱼。他不服。所以几乎用"烹小鲜如治大国"的力气,暗暗和沈一鸣较量,也果然功夫不负有心人。

我是不是做得更好?是不是做得更好?

是。

想起当初和朱茱的语带双关的对话,他又走神了。

要不是灶上的汤钵盖子突然扑哧扑哧拉警报似的往上沸腾,那锅杂鱼煲就煮老了。什么东西一老,就没有看相了。

姬元倒是百无禁忌。他在厨房做饭的时候,她就像那些趋光的植物一样,十分自然地把枝丫伸展进了他的房间。他的房间是整间屋子唯一有阳光的地方。或许对姬元而言,只要有阳光,那就相当于外面吧?其实他房间里也确实没有什么私密的东西,一桌一橱一床而已,床上的被子是整理过的,因为姬元来,他之前还是简单收拾了一下，不是"为悦己者容"的意思，而是一种习惯。

这是你夫人么？

他没想到，姬元看见了他电脑桌面上的照片。那是朱茱的照片。有一次，她赤脚盘腿坐在她家沙发上看书，他拍的。照片上的朱茱，穿一件烟灰色小背心，一件孔雀蓝绿色细条纹棉麻短裤，头微微地低着，饱满的脑门花朵般熠熠生辉。他当时从厨房洗好了碗过来，一时有些看痴了。他实在喜欢朱茱居家的自然而然的样子。好像他们在一起已经过了半辈子，之后还要在一起过上半辈子。他那时真以为他们会好上一辈子的。

这照片原来藏在某个很隐蔽的文档里的。自从来海南后，他就把它放桌面了。这样看起来方便。反正他一个人，可以想看谁就看谁。他现在时不时地还会看一看朱茱的，就如时不时会翻一翻那些他喜欢的书一样。没有当初的心旌摇荡血脉偾张，是"闲敲棋子落灯花"的静好。他忘了合上电脑了。

孟渔不置可否地笑笑。

你夫人真美。姬元说。

他心里生出一种莫名的欢喜。以前他和朱茱去菜市场时，那个卖荠菜的女人也曾把他当作朱茱的老公。他喜欢这样的误会。

他又多了一个和姬元在一起的理由了。

朱茱原来是不能说的。这一直是个遗憾。多少次听孙东坡老鄢特别是院长他们谈论朱茱时，他在一边都有如鲠在喉之痒。项羽说富贵不归故乡如锦衣夜行。朱茱那时就是他的一件锦衣，一件只能穿在里面的绮罗绫缎。

可姬元，神谕般地启示了他，原来可以谈朱茱的，不但可以谈，还可以登堂入室地谈。

朱茱在这儿凤凰涅槃了。

姬元呢，也多了一个和孟渔在一起的由头，"你的杂鱼煲，真是做得好，真是做得好——好到，让人忘记了人生的痛苦。"

孟渔笑。这个女人，到底还是哲学系的女人。

好像她的饕餮，不是一般意义上的饕餮，而是一种避世方式，是"隐

于食"的意思，和阮籍好酒、陶渊明好菊是一回事。

不知是不是因为客厅小，在孟渔家的姬元显得个头更大，尤其是她的后臀，可以说肥硕了。雌性生物多是这样，那些蚂蚁、蜜蜂、螳螂之类，几乎都有一个相对于自己身体近乎庞大的后半部。

那些低等生物之所以有一个这样的身体，是因为繁殖所需。姬元不繁殖——他们虽然没有谈论过这个话题，但姬元年龄也老大不小了，还是单身，怎么繁殖呢？又不是竹节虫和蚜，可以孤雌生殖。

他好像记得姬元说过自己原来"身体匀称"的，那么她现在这个昆虫般的身体，是因为长期"隐于食"的结果？

如果不来海南，就吃不上这样的杂鱼煲，姬元说。

他们原来的地方，没有这样新鲜和天然的鱼。他老婆说过，那些鱼类，特别是价钱相对昂贵的品种，螃蟹、甲鱼、鲑鱼之类，都是服用了激素和抗生素的人工养殖鱼。

失之桑榆，收之东隅。人生大概就是这样的吧？至少他们在自我放逐之后——还有这健康干净的鱼抚慰他们。

可这鱼丽之宴，真的能让人忘记人生的痛苦么？

和朱茱分手后的第二年，有一度他反复过。

那时朱茱已经搬回了家，看上去又和过去一样了。

也不是完全一样。她再也没有和沈一鸣出双人对了，而是一个人来，一个人走。

有一回，他在主教的走廊上遇到朱茱，朱茱又要和以前一样，当他是陌生人，直直地过去。他突然拦到她前面，问，你怎么样？

朱茱不说话，也不看他，就那么面无表情地往边上一侧，擦肩而过了。

他站在那里，觉得自己被抛弃了般，也奇怪，明明是他先离开她的，但他这时候却觉得是朱茱抛弃了他。

这当然莫名其妙，但朱茱的决绝，确实伤到了他——越到后来，他就越觉得受伤。

她真爱过他么？如果她对他有过深刻的感情，那么，就算他不找她了，难道她就不能找他吗？

"纵我不往，子宁不来？"

她不是搞古典文学的么，难道不懂《诗经》里百转千回的情意？

可如果朱茱不利落，他真想她藕断丝连般三天两头来纠缠他？

似乎也不想。

那样的话，更让人憎厌的吧？

可他情愿要那样的憎厌，也不想这样被朱茱弃若敝屣般。就算他不爱她了，但他希望她还爱他。

他知道这是胡搅蛮缠。朱茱何错之有？他来了就来了，走了就走了，一句话也没有，哑巴吃黄连般，还要她怎样呢？

但他就是委屈，就是不甘心。

你怎么这样？

你怎么这样？

你怎么这样？

每次见到朱茱，他都要拦上去寻衅似的这么问一句。

他希望朱茱盛怒之下把他骂个狗血喷头，然后——再挽留他。

也不是要和朱茱重归于好。或许不要吧？他到后来，自己也不清楚自己到底想要什么了。

朱茱固执地一言不发。自从分手后，朱茱就再也没有和他说过一个字，斧劈刀削般缄默。

他没想到朱茱是这样铁石心肠的女人，不是说"郎心似铁，妾意如绵"么？她怎么一点儿也不绵，这么斩钉截铁？

女人一狠毒起来，世界就寸草不生了。

是不是雌性生物都这样？蜘蛛、螳螂、蝎子，它们可以一边和雄性交尾，一边吃雄性；或者更势利更狡猾的，会耐心地等交尾完成，然后趁雄性昆虫尚在交尾后的满足和精疲力竭中，再吃掉雄性。世上更残酷的生物其实是雌性。

他和朱茱分手后，在身体深处，一直有这种被啮咬的痛。

苏冯董是因为听说了孟渔的杂鱼煲才过来的。

姬元说，她和苏冯董现在其实不怎么见面了。自从和顾春服离婚后，苏冯堇和姬元的关系就有些疏远了。苏冯堇的老公，好像有些怪姬元不识抬举，他本来也不太喜欢姬元，这女人邋遢，还没有眼色。以前之所以容忍姬元在他家频繁进出，一大半是因为看同事顾春服的面子，现在顾春服都不来了，皮之不存，毛将焉附？所以他不希望姬元总往他家跑。近朱者赤，近墨者黑。一个婚姻态度那么不严肃的女人，你整天和她厮混在一起，把你带坏了怎么办？也要和我离婚怎么办？他这么对夫人苏冯堇讲。

苏冯堇当然不相信姬元会把她带坏，她和姬元做朋友也不是一天两天，姬元是怎样的女人，她还不清楚？但后面那句"也要和我离婚怎么办？"苏冯堇听了还是很受用。她是个很玲珑的女人，能掂量远近和轻重。既然老公明确表态不喜欢她和姬元来往密切了，她即便装装样子，也要疏着姬元的。

而且不久后她生了儿子，过起了真正意义上的婚姻生活，也不可能有太多时间和单身女友厮混了。

但姬元并非像苏冯堇老公认为的那样没有眼色，她其实也是有眼色的，只是有时候，她不看别人的眼色而已——也不是狗，也不是婢，为什么总看别人的眼色活呢？

姬元不上苏冯堇家了。但隔上一些日子，苏冯堇还是会给姬元打个电话，或抽空到姬元这边来一回，和以前一样，胡言乱语上小半天，过过瘾。其间接到她老公的电话，"在哪儿呢？""菜市场呢。"见姬元在一边似笑非笑，苏冯堇放下电话解释说，"这是婚姻生活的艺术。"

好像她苏冯堇的普通的婚姻生活，是梵高的向日葵一样。

孟渔这个人，苏冯堇早就知道了，也早就嚷嚷着要见一回。但姬元对此不怎么积极。就一食友，有什么好见的。

不是其他友？

不是。

为什么不是呢？反正你现在单身，不是白不是。

我单身，人家不是单身。

那有什么关系，你什么时候变成道德的女人了？

就算我不是道德的女人，可人家是道德的男人。

姬元这么说，苏冯堇更要见孟渔了，她最喜欢见道德的男人了。不道德的男人就如翘嘴白，或非洲鲫，只要钩子上有那么一丁点儿食，也不论是什么食，苍蝇也好，蛆虫也好，它们不挑嘴，一瞅见，就呱唧一口，咬了过去。钓那种鱼，没意思。有意思的是钓鲤鱼这种难钓的鱼，它们潜伏在水底下，又警觉，又安静，从不轻易咬食。就因为不轻易，所以才更有钓它们的乐趣。

苏冯堇其实不吃鱼。她爱的，是垂钓。钓上来，扔回去；再钓上来，再扔回去，乐此不疲。

那天在姬元这儿一见孟渔，苏冯堇就知道这个男人属于鲤鱼类的。他近乎傲慢地话少。

听姬元说，孟老师是个好厨子。

特别是杂鱼煲做得好。

我和姬元怎么就嫁不了你这么贤良淑德的男人？

这话，近乎调戏了。"我怎么就嫁不了你——"是苏冯堇常对男人说的一句话，好像有一点点"恨不相逢未嫁时"的遗憾在里面。一般的男人听到这里，会受不住。也是，这种话，出自美人苏冯堇之口，类似于人参鹿茸了，平时吃惯了粗茶淡饭的人，这乍一大补，如何吃得消？身子立刻就虚了。

但孟渔却没什么反应，阴沉地笑笑，算作答了。

从头到尾，孟渔就对她说了句"你好"。

事后她特别后悔，自己说太多了。说太多的女人，男人容易看轻。

那个叫什么孟渔的男人，你最好离他远点。

苏冯堇之后对姬元说。

为什么？

没用。

没用？

他解决不了你的问题。

姬元的"问题"，在苏冯堇看来，只有一个，那就是找男人。快马加鞭地找，时不我予地找。芬芳的肉体是很容易衰败和腐朽的，体内的卵子也是会枯竭的，所以女人要赶在肉体衰败和腐朽之前，在水母般透明美丽

的卵子枯竭之前，找到一个男人，这个男人最好可以结婚，其次可以恋爱，其其次可以上床。

或者不上床，而上其他地方。

姬元以前和汤弥生在野外"与子偕藏"的事情，苏冯堇全知道的。所以她这么调笑姬元。

可孟渔有老婆，不可以结婚；又讷于言，不可以恋爱；又性无能，不可以上床。这么个"三不"男人，对姬元一丁点用处也没有。苏冯堇飞流直下地说。

姬元吓一跳，孟渔性无能？

好吧，是"可能性无能"。

为什么他"可能性无能"？

他身上没有生意。你还记得我们毕业那年大冬天去游莫愁湖么？就是那感觉，这个男人身上，有一种灰飞烟灭的萧条。

苏冯堇，你这是叔本华的直觉，还是三仙姑跳大神？

我这是乌鸦食腐。

你嫖过妓么？

那天姬元突然问孟渔。

他们之前本来在聊朱茱。因为什么谈到的呢？好像是从豆豉谈起的，很漫无边际的交谈。他们总这样，酒足饭饱之后，一人一杯茶，一人一支烟，然后就开始有一搭没一搭地聊天。孟渔说，他的家乡，从前是不吃酱油的，吃豆豉。六月天时，家家门前都会晒上一大竹筛酿黑豆，晒干了，封在坛子里，吃一年。蒸肉蒸鱼蒸泥鳅，就用一匙盐，几瓣蒜，一小把豆豉，那个鲜！可不是"李锦记"之类的酱油能比的——他家后来蒸鱼什么的，都用"李锦记"了，因为方便。但每年春节或暑假他回老家时，姆妈总要他带上几块腊肉，一坛豆豉，就一小坛。他姆妈年纪大了，扛不动大木甑和大竹筛了。只要我还活一年，你就吃一年，姆妈说。但姆妈八十多了，他还能吃几年她做的豆豉？说不定，哪天就吃不上了。

朱茱就爱吃他做的豆豉蒸鱼。

他常做的，是豆豉蒸鲈鱼，鲈鱼刺少。朱茱怕鱼刺。

最细的鱼刺也怕。

孟渔的语气，好像在悼亡。是苏东坡的"小轩窗正梳妆"那样的悼法，又伤心又甜蜜的。

可岂止朱荣这样。天下的女人都这样。爱吃鱼，又怕鱼刺。张爱玲不就说过，世间一恨，是鲫鱼多刺。然而也有不怕的，《铁皮鼓》里的阿格尼丝，拼命地把整条鱼整条鱼往嘴里塞。德国女人到底健壮。

你嫖过妓么？

姬元突然问孟渔。

这是风云突变的转折，但姬元却一点也没有觉得别扭。那语气，就好像在问"你吃过紫苏炒田螺吗"一样寻常。

他们虽然偶尔也涉及性。但那是就某个小说或电影展开的泛泛之谈，是抽象的理论意义的谈论，有点儿像学术研讨的性质。

但"你嫖过妓吗？"直接把他作为研讨对象了。这是对"看与被看"的一种颠覆吗？女性主义一直说女性是"被看"，那么姬元现在要谈论他，是想把他这个男人作为"被看"吗？

她看，他被看。

是这意思？

孟渔不谈。不是因为怕诋毁自己，而是不想谈。

不谈就不谈，姬元不追问。这也是孟渔喜欢和姬元聊天的地方。可以聊，也可以突然停下来不聊了。不聊时就抽烟，然后一起看着阳台上方的天发呆。

有风从远处吹过来，越过前面的屋顶，把孟渔的床单吹得飒飒作响。

孟渔是嫖过妓的。

有一次，系里请了某个学界权威——也是某核心期刊的主编——来做讲座。老蒲急着要发论文，所以就不惜重金煞费苦心地安排了这次讲座，以及讲座之后的"风土文化考察"。这是雅贿了。什么事都分雅俗的，雅人做雅事，俗人做俗事，贿赂也是如此。送人钱，这是俗贿，生意人之间才这样；送人字画或印章，这是雅贿，文化人或伪文化人之间是这样的。"这是某某大家临的米芾的《蜀素帖》"，这么一说，是何等风雅。不论送的人，还是收的人，顿时有了格调。当然，送字画后来也俗滥了，因为许多生意人也附庸风雅争相仿效。于是又有了老蒲送的"学术讲座"之

类，这是"雅雅贿了"，或者说"后雅贿"，有点儿像文学上的后现代主义，或绘画上的后印象主义。

他们去了老街，因为权威想要看看近百年历史的海南老街的骑楼。他说老街骑楼是海南最具特色的"风土文化"，是他这次来最想考察的。那些骑楼是南洋回来的商人所建，因此很有中西文化合璧的特点，既有中国传统建筑之内敛之朴拙，又有西方巴洛克之浮华之复杂，相当于建筑文化混血儿。但凡混血儿，都妖娆好看。就好比民国时那些大学者，之所以让后世惊为天人，就因为他们一个个学贯中西，是文化混血儿。权威夸夸其谈，想必来之前，是很做了一番功课的。老蒲鸡啄米似的点头称是。孟渔在边上，也陪着点头。系里这次的学术活动，孟渔是全程参加的，这是老蒲对他的关照。毕竟结识权威这样的人脉，对少壮派孟渔而言，是很有价值的。如今在学界混，朝里没有一两个重要的人，就混不出名堂，老蒲谆谆教诲。这个道理孟渔自然也懂，他自己的导师，之所以混到耄耋晚年还寂然无名，不就是因为"朝里无人"吗？那么狷介的个性，总标榜"迷花不事君"的——一个情愿事猫也不事君的人，朝里当然没有人。他自己是不在乎的，是"求仁得仁"，可这也殃及到了他的弟子们。弟子跟了导师，也有点像女子出嫁从夫。夫贵妻荣，从此就过食有鱼出有车的富贵生活。而夫穷妻贱，从此就过门前冷落的清苦日子。他们这些弟子，跟了这个导师，差不多算"遇人不淑"了。一些活络的不安分的弟子，就改投到其他导师门下做博士后，相当于改嫁了。但孟渔一直没有，也不是多想对导师"从一而终"，虽然他对导师倒是相当尊敬的，又尊敬又菲薄。这是孟渔的矛盾。孟渔一方面敬重导师在这个污秽的时代还依然守身如玉的古典操守，一方面也艳羡那些要风得风要雨得雨的宵小得势之辈，又艳羡又鄙视。

这次奉老蒲之命一起作陪权威，对他而言，亦是如此左右不是。

他也知道这是老蒲在关照他。他原来学校的系里，也经常会有讲座之类的学术活动，以及学术活动之后的"文化考察"，这种好事从来轮不到孟渔，每回都是由系主任的"媚子"作陪那些大人物——所谓"媚子"，也就是系主任的亲信，他们在背后都这么叫那些老师的，"公之媚子，从公于狩"，多么含蓄又多么恶毒的称谓。

其实都知道，这只是拈酸吃醋而已。吃不着葡萄就说葡萄酸，文人式的自慰。

就如那个圆眼卞骊，没轮着她时，她也和大家一起"李媚子顾媚子"地损别人，等到主任一招呼她，立刻就喵呜一声欢快地去当"卞媚子"了。

　　所以这次老蒲让他陪权威，孟渔想也没想就答应了，生理上的条件反射般。之后又对自己的条件反射生出不满，他早没有了"好风凭借力，送我上青云"的野心，也清楚地知道自己不可能"上青云"了，那何苦还要当一回"孟媚子"？

　　一日"孟媚子"，就终身"孟媚子"了。

　　倒不如清高到底。这样至少可以标榜自己"不为五斗米折腰"。这也是文人的另一条路。

　　但折腰已是习惯，他竟然不由自主。

　　于是，他就这样半折不折地十分矛盾地陪着权威，也矜持也周到。像从前那些卖艺不卖身的伎般，有风骨地接客。

　　他们在游绣衣坊时遇到一个丰满妖艳的长发女子，自称导游，可以带他们看遍老城，或者其他地方。只要他们愿意，什么地方都是可以去的，什么风景都是可以看的。女子隐喻般地说。老蒲哂笑着要拒绝，他在海南待了几十年了，来过无数次老街呢，还需要什么导游？但权威沉吟不语，只半看不看着那妖艳女子的胸，妖艳女子着一件黑色绉纱衣裳，整个上半身影影绰绰的，想必那影影绰绰引起了权威探幽析微之兴趣。老蒲懂了。老蒲在中文系也仕了多年，这样那样的权威接待过不少，还是颇能善解人意的。女子又循循善诱地问，老师们要不要一对一地导呢？这样方便些，可以各看各的风景，快慢也由人，跑马观花地粗看可以，斯文地细看也可以。她有几个同事，就在这附近街弄里，打个电话不需几分钟就会过来的。价钱也不贵，好商量的。而且还有发票，餐饮、住宿、办公用品、文化用品，这些都可以开的。

　　老蒲去看权威。权威却已经转了头，看街边的一株鸡蛋花树去了。好像那鸡蛋花树又引起了他探幽析微之兴趣。

　　那就各看各的吧，老蒲果断地说。

　　妖艳女子喜形于色，立刻打电话叫来了她的同事，也是两个看不出年龄的妖艳女子。

　　但孟渔就在大家准备"各看各的风景"之前突然表示，他要把他身边

的那个妖艳女子打发走。我习惯自己看，他对老蒲说。

这是煞风景了。

权威的脸色马上暗了下来，颇有龙颜大不悦之意。

老蒲赶紧打圆场说，小孟，人家导游特意赶了过来，这么个热天，讨生活也不容易，你还是照顾照顾她的生意吧。

是呀，老师，照顾照顾我们吧。几个女子急得不行，怕煮熟的鸭子飞了，她们有经验的，这事只要其中有一人打退堂鼓，其他人就可能鸟兽散。于是一齐莺啼燕啭地哀求孟渔。

孟渔不能不佩服老蒲，明明是这么个不登大雅的行径，经他这么一说，竟然有屈子"哀民生之多艰"的高尚情怀了。

好像如果孟渔打发走那个妖艳女子，倒是不知体恤人民"锄禾日当午"的辛苦。

老蒲还在那儿拼命地对他使着眼色，一副怪他太雏的神情。

后来孟渔还是和他们一样，"各看各的风景"了。

不看不行。老蒲也想看，可如果孟渔不看的话，老蒲就看得不安心。

有些事情，是一定要沆瀣一气的，只有沆瀣一气了，才算歃血为盟，成为桃园结义般的兄弟——那事之前，老蒲叫孟渔为"小孟"的，之后呢，孟渔就成"孟渔老弟"了。而且他也不让孟渔叫他蒲主任了，"我们两个，那么生分干什么？什么主任，叫蒲兄就行了。"

其实那风景实在没什么好看的，说味同嚼蜡也不过分。

孟渔本来就对游人如织纷至沓来的风景没有什么兴趣。他还是喜欢"雨打梨花深闭门"的闺阁情致。但既然大家都到了这个景区门口，门票也是包的，就姑妄看之吧。孟渔说到底，也是个随世俯仰的人。

之后的票据是老蒲签字后让孟渔去财务处报销的。写的都是"文化用品"。只是，孟渔发现一个很有意思的地方，那就是他和老蒲的发票上金额是二百，权威的发票上却是五百。孟渔不明白了，难不成这三个"文化用品"还有区别？

在财务处，一个嘴尖如鹬啄身体滚圆如鹌鹑的女会计要孟渔在发票的背面把"文化用品"具体是什么写清楚，"文化范围那么大？不写清楚，谁知道是什么？"孟渔愣在那儿，一时不知道写什么。鸟女人很奇怪地看着他，"这发票上经手人不是你吗？你怎么会不知道写什么？"孟渔尴尬地从财务室走了出来，外面的等候室里正好有一个老师也在填写报账单，他过去搭讪，想看看人家是怎么写的，然后好依样画葫芦地写一个。他排了半天队，不甘心就这么无功而返。那个老师倒是很客气地给他看了，可上面写的竟然是海参。海参也可以报？孟渔很惊讶。那个老师说，他是搞海洋水产研究的。这个孟渔没法借鉴了。写什么呢？孟渔还是不知道，打电话问老蒲，老蒲不耐烦地说，你随便写，只要不出文化的范围。

不出文化的范围？

要不就直接填"妓"，妓不也在文化范围之内？妓文化研究。

那样的话，他们这几个学者，估计立刻就扬名学术界了。

某某大学教授用学科发展经费嫖妓，某某期刊主编借"文化考察"为名嫖妓。铺天盖地的新闻标题应该是这样的吧？

只是想象一下权威的声名狼藉，孟渔的内心就愉悦了。很短暂的愉悦，犹如男人几分或几秒的生理快感。

当然他也就这么意恶一下。学院派的典型恶法。

最后他一个写了"复印纸"，一个写了"墨粉"，一个写了"硒鼓"。

惠普硒鼓的价格，孟渔知道的，差不多就是五百左右。

鸟女人挑了棕红色的细眉狐疑地看了看孟渔再次呈上的发票的背面，确实都是文化用品，没再说什么就报了。

原来这也是简单的事，难怪老蒲会不耐烦。

可孟渔从此落下一个后遗症，那就是每回看到"惠普"二字，眼前就会浮现出权威那妇人似的粉白脸。

老蒲对那一次"各看各的风景"之事，却从没有直接捅破过。他还是很审慎地守口如瓶，即使在孟渔面前，那一下午的活动，也依然是"老街文化考察"。

偶尔气氛好，似乎可以推心置腹，孟渔也想问问"蒲兄"的——类似的文化考察，"蒲兄"以前有过吗？在那些涂脂抹粉的"文化用品"那儿，"蒲兄"真感觉到琴棋书画之名士风流？

但孟渔终于没问。

没必要的。

其实孟渔不需要老蒲的开导。他并没有感到羞耻。他现在已经不太容易生出羞耻心了。他甚至不会嫉妒，这种人类最普遍，普遍到细胞一样存在的东西，他都没有了——当他得知老婆和某某医生的事情时，他真的没有产生如奥赛罗那样强烈到要杀死爱人的嫉妒心。

他连砸烟灰缸的这个动作，也是戏，演给老婆看，也演给自己看。

因为如果不这样的话，似乎有点儿说不过去。

他不知道自己是如何走到这一步的。

姬元对他说过，她和波伏娃一样，既厌倦了贞洁又郁闷的日子，又没有勇气过堕落的生活。

他现在也是处在这种半死不活的状态。

他还是人这种生物吗？如果是，为什么他身上没有了人类的情感呢？

或许半人半兽，是这个时代的生物特征？

他下腹处，最近不知为什么，长出了一条很奇怪的疥癣，不痛不痒，硬硬的，是放久了的土豆发了芽的样子，紫红里，有一丝青铜器般的锈色。和姬元眼角的斑也有点像，又不太像，因为姬元的斑，偏褐色，是暴晒过度之后的痕迹。但他的疥癣颜色，紫里带青绿，像是在黑暗潮湿的地底下埋久了才生出的东西。孟渔和姬元说过他身体上的这东西，所以姬元会问他："你嫖过妓吗？"

这是和姬元在一起的另一个好，因为不是喜欢的女人，所以什么都能说，什么都能问。

和姬元交往后他发现，男女关系，最好的状态是，既不喜欢，也不讨厌。

太喜欢了不行，太喜欢就会不由自主地想迎合。原来和朱苿好的时候，他差不多总是处在花朵绽放般的状态中，很努力地将自己的精神和肉体以最美艳的一面，呈现在朱苿的面前，这种全力以赴的紧张状态，当然不能想说什么就说什么。

太讨厌了也不行，太讨厌了就会生出"话不投机半句多"的烦。他对他老婆，到后来确实是半句话也懒得说了。

但他什么都会和姬元说。他现在越来越习惯姬元了。这个女人身上有某种淡定散漫的东西。

张恨水说，他最讨厌两类人：自以为聪明的女人和自以为美的男人。孟渔比张恨水挑剔，孟渔不单讨厌自以为聪明的女人和自以为美的男人，也讨厌自以为美的女人和自以为聪明的男人。他才是那个玻璃瓶外的看虫人，虫子的心机和纤毫，他都看得分明呢。所以苏冯堇羽色再鲜艳，在他这儿，也没用。

有时他也讨厌自己的洞若观火，洞若观火的男人，就再也没法爱了。

没法爱，也就没法被爱，这是相生相克的，像鱼与水、花与蝶，天与地。

一个人，在世间，如果没法爱与被爱，还有活着的意义么？

什么才是生命的意义呢？

他问过姬元。她不是搞哲学的吗？有一天，当他们又一起坐在阳台看天时，他问她。

姬元说，我只剩下天了。

什么意思？

他不解。

康德说过，世间有两样东西，应该敬畏，一是头上的天，二是心中的道德。但在我这儿，只有天，只剩下天了。

哲学的天，和文学的天，是两个东西吗？他不知道康德和姬元的天是什么，但在孟渔的生命经验里，天差不多就是古乐府里那个女子的"上邪"了。"上邪！我欲与君相知，长命无绝衰。山无陵，江水为竭，冬雷震震，夏雨雪，天地合，乃敢与君绝！"

没有了"长命无绝衰"，也就没有了天。

而姬元说，她只有天，她还有天。

你的天是什么呢？是食物？"民以食为天"？

孟渔不无揶揄地问。

姬元却突然正色，孟老师，我尊重食物，这是我现在尊重生活的方式。

如果还可以"民以食为天"，倒是不错的结局，就怕有一天，连"民以食为天"也不能了。

姬元郑重地说，姬元很少这样郑重其事的。

仿佛她要和食物生死诀别一样。

人类是可能失去食物的，像失去其他东西。孟渔知道。他老婆隔些日子就会发给他一个新闻消息：某某食物不能吃了，里面有工业明胶；某某食物不能吃了，里面有加丽素红；某某食物不能吃了，里面有甲醛。

那还能吃什么？像树一样，吃风？风也不能吃，空气里有毒；像蚯蚓一样，吃土？土也不能吃，土里也有毒；要不，像苍蝇一样，吃屎？或者锻炼自己的身体，把自己锻炼成蟑螂。这世上如今也只有蟑螂能活了，蟑螂百毒不侵，是毒不死的"小强"。

他这样饿老婆，当然又是"意饿"。想想也没必要，她也不过是习惯成自然了，那些外人听起来情深意长的叮咛，其实不过是她习惯性的"兰花指"而已。

他们的婚姻生活现在就是这样维系的，"最近吃韭菜了吗？最好不要吃，听说那些又绿又嫩的韭菜都是用'3911'农药浸过的，吃了致癌呢"；

"茶你也少喝些，尤其是碧螺春，听说劣质廉价的碧螺春，都加了'铅铬绿'的，这些重金属超标的茶，喝多了，对人体的肝和肾，都有伤害的"。

之后还会把相关的新闻报道，图文并茂地发给他。

她娓娓地在邮件里对他说着这些，和以前一样。他依然爱理不理的，和以前一样。

似乎他们之间什么也没发生。

也不知她的小叶增生好了吗？那个某某医生还在他的办公室帮她治疗？

应该不会了。那个枯藤老树般的妇人能让他们继续这般治疗和被治疗？她之前不是十分厉害地对孟渔说，"你老婆是你来管呢？还是我来管？"

那她是如何管教他老婆的呢？管住了么？

孟渔有时也好奇。

一种对低俗小说情节发展的那种好奇。

那个某某医生，他后来见过一次。在教工食堂。他听到有人叫那个医生的名字，忍不住转身去看，只看到侧面，男人的耳背和脖子，像拔了毛再风干后的鸡皮，红里带蜡黄，还有他拿着托盘的手，也是鸡爪似的经络分明。

他差点儿把吃下去的那碗肉丝面吐了出来。

难道就是这个人，这双手，一直在治他老婆的小叶增生？

他想起佟振保——张爱玲小说里的人物，在知道老婆孟烟鹂和一个"伛偻着，脸色苍黄，脑后略有几个瘌痢疤"的裁缝的奸事后，也是这样的憎恶情绪，"怎么能够同这样的一个人？"好像因为通奸对象的不堪，才愈加觉得污秽。

有一种间接交媾的恶心。

难道换一个青春俊少和老婆通奸，感觉就好一些？

他不知道沈一鸣看没看过他，或许也看过的吧，都在一个学校。那沈一鸣会不会也有这样的生理反应？他虽然年轻一些，但论外形，和蔚然深秀的沈一鸣还是有差距的，沈一鸣会不会也替自己不值？觉得朱苿跟这么个男人，也捎带着，玷污了他？

男人的心理也真是奇怪。

他刚走的头两三个月，孙东坡打过好几次电话，也没什么事，就是抒抒情，叙几句旧，男人之间也这样的，在一起时关系也没多好，可一分开，倒显出几分山高水长的情分来。

每次孙东坡的语调都很正常。

也就是说，他老婆和某某医生的事，没有东窗事发。

因为如果他老婆和某某医生在他走后闹出了任何风声，他相信孙东坡会在第一时间打电话给他的，然后吞吞吐吐，一次又一次欲言又止。

孙东坡就是这种男人。在别人的风流韵事里兴奋的学院派男人。

孟渔不知道他老婆是如何摆平这事的。反正这个女人总有化险为夷的办法。

今年过年，要不要去你那边过？你女儿想去呢。

有一次，她在电话里这么委婉地问孟渔。

孟渔不愿意她过来，好不容易才去掉身上的这个苍耳，怎么可能再让它沾上身？

还是我回去吧，姆妈也等我回去呢。再说，这边也没住的地方，他冷淡地说。

他现在住的房子，只是三十几平方米的一室一厅，他告诉过她的。

要不要，在那边买一套大点的房子？她试探地问。

——以后再说吧。

她于是不作声了。之后再也没提起过她过来的事情。

她当然也可以不问他，就那么过来，她的身份，至少法律身份让她是有资格这样的。但她是自尊心很强的女人，不会这么做的。

女儿也提过的。女儿在某个三流大学读书，读的是中文系，他老婆本来想让女儿学中医专业的，她知道某个中医学院也招文科生，还很曲折地认识那个中医院招生办的人。但女儿非要读中文系，信誓旦旦地要继承他的衣钵。他觉得好笑，就这么个三流学校，还说什么衣钵不衣钵的。但他不能这么伤女儿，就只好由了她继承他的衣钵了。

女儿志存高远。说大学毕业后要到他这边来读研，然后读博，然后到他现在的大学教书。

想必她又想用自己的努力，让全家来个大团圆结局。

他有些心酸，为女儿这种不自量力的愚妄。女儿虽然努力，但资质平平，应该没有可能实现这种鲲鹏之志的。

而且，那是后来的事，孟渔现在不怎么想后来的。

你的疥癣长在下腹的什么位置呢？姬元问。

孟渔知道姬元在怀疑什么。

但他知道那不是梅毒，也不是腹股沟肉芽肿。他在网上查了那些病的症状，和他身上长的东西不一样，颜色、形状、感觉都不一样。再说，那一次他谨慎地用了套的，虽然那妖艳女子说如果他愿意，他可以直接来。她一般不让客人直接来的，但她喜欢他，喜欢他这样文质彬彬的客人，所以想怎样都可以。她一边唱歌似的说，一边还不忘索要他的电话号码，他当然不给。

他怎么会给一个婊子他的电话号码。

老蒲也知道姬元的。有一回孟渔在姬元家的过道里碰到过老蒲的老婆，老蒲的老婆有个广场舞友，也住姬元那栋楼里，就在姬元的对门。

也不知那个女人是怎么对老蒲老婆说的，反正老蒲老婆后来对孟渔说话就有些阴阳怪气了。

看不出来嘛，孟老师也这么——这么——不老实。还以为孟老师是个老实人呢。原来也这么——这么——调皮捣蛋。

她的眼风里，有一种她那个年龄不应该有的灵活，看得孟渔特别不舒服。

老蒲倒是一如既往的体恤，弟妹不在这儿，有个红颜什么的，很正常，很正常。

男人嘛。

何况你还在这样的好年龄。

诗酒趁年华呀。男人也经不起蹉跎的，一蹉跎，就过了。

孟渔不能不解释了——否则，就是默认了他和姬元的男女关系。

他倒是无所谓的，姬元看上去——也像是无所谓的。

可压根子虚乌有的事，默认下来，那算什么？

我们是老同事。

老同事？

原来是同一所大学的，现在又同一所大学了。

真有缘。

我们在一起，就是吃吃饭喝喝茶坐在阳台看看天而已。

是吗？

那个"吗"字，老蒲拖了好几个音节。

老蒲不信。

也是。孤男寡女总厮混在一起，不过是吃吃饭看看天，这听起来，怎么也有点牵强了。

但他们确实没干别的，就是吃吃饭喝喝茶看看天。

永结无情游，相期邈云汉。

男女这种关系，老蒲和老蒲的老婆能理解？

应该说，他只是姬元的食客，至少开始时是，要说还有贪恋的，也就是姬元家的洗衣机和阳台，他后来一个月到姬元那儿洗两次被单，洗完了，就晾晒在姬元阳台上。

可姬元贪恋他什么呢？

他后来问过她。她显然也是孤僻之人，也是落落寡合之人，深谙并偏

执这"落落"的好。这一点，倒是和他一样。他们都是反群居动物，身上几乎没有群居动物的社交需要，那她为什么走近他呢？他问她——他们之间反正没什么好忌惮的。

她说，我想和你一起吃饭。

他吓一跳，她在戏仿阿Q么？阿Q对吴妈说，我想和你困觉。

这是低等动物的语言，有一种近乎原始的直接和朴素。她这是哲学意义的返璞归真？

你不觉得吃饭还是两个人好吗？

一个人上饭馆不好点菜——点多了吃不了，点少了又太单调。

在家也一样，菜做多了吃不了；做少了也太单调。

她贪吃，她不是那种"一箪食一瓢饮"就可以的女人，她喜欢食物的丰饶富足多样。"丰衣足食"或"锦衣玉食"于她而言，她要半边就行——那半边的生活，"足食"是她生之前提，"玉食"呢，是她生之奢侈，如果余生可以"玉食"，她就"妇复何求"了。她也只剩下这个贪恋了。

可她不习惯剩菜，更不习惯把吃剩的菜倒掉，那不道德，她不喜欢对食物不道德。

只是因为要对食物道德，才和他一起的？

他有点失落，也不知为什么。

为什么是我呢？为什么想和我一起吃饭？

他恼羞成怒地追问。

她不说话了，心不在焉地看着别处。

她总这样，说着说着，就没有声音了，人好像去了很远的地方。她明明就坐在边上，可他时常觉得她远，远到缥缈。

他们的对话，也因此经常只有半截。

但这一回她冷不丁又开口了，说他像某个人。

他沉默寡言的样子，他冷淡的样子，他慢条斯理低头吃饭的样子。

都像极了某个人。

那么，姬元是在悼亡了？

和孟渔的姆妈一样。孟渔父亲去世后，他姆妈还是会在父亲的位置上摆上一副碗筷的。甫田，今天我们吃糯米红豆糕；甫田，你尝尝这腊肉炖芋头，淡不淡？姆妈对着空空的那方桌子问，好像父亲真坐在那儿一样。父亲后来没有几颗牙了，只爱吃炖得稀烂的咸得要命的食物。饭菜只要有一点点硬或清淡，他就会像小孩那样，把筷子重重地往桌上一搁，然后坐到门口的廊檐下去生闷气。也是奇怪，孟渔的姆妈比父亲还大几岁呢，牙口却好得很，连甘蔗和蚕豆都咬得嘎嘣响。可父亲连稍微煮硬了一点的冬瓜都吃不了，一小块冬瓜要在嘴里扁上半天。男人年轻时那么刚勇坚硬，最后却熬不过杨柳似的妇人。

有时姆妈还会斟上一杯酒，自家酿的谷酒，那一般是三时三节。甫田，我们喝一杯。姆妈先敬了父亲，然后自己也细细地喝一口，抿抿嘴，又把杯子放回到父亲那方的桌上。

姆妈八十多了。棺材和寿衣早就备下了。棺材是柚木的，自家院子里的柚树，让隔壁村的木匠打的，那个木匠是方圆几十里手艺最好的。父母在过了花甲之后，就未雨绸缪地把两口棺材打好了，墓地也选好了，就在村后一个小山丘的半腰。选墓地时，孟渔想选山顶一块地，那儿视野开阔，更显荡。但姆妈不肯，姆妈说，山下积水，山上风大，还是中间好。甫田，我们就在中间？父亲说，好，就在中间。中间是孟渔父母做人之道。一辈子不出风头，一辈子也不落人后面。看来他们打算做鬼也如此。他们从来没有"生当作人杰，死亦为鬼雄"的想法。他们就要安分守己太太平平地过着日子。

他们把人死后去的地方叫"那边"，他们不叫"天堂"，也不叫"地狱"，就叫"那边"，好像"那边"也没什么不同，和"这边"一样，寻常得很，也要过养鸡养豚、稼稻穑谷的生活。他们在准备"那边"东西的时候，几乎是欢喜的，一点儿也没有哀伤之意。为置桑田数亩，侬且先归去。再教儿孙两卷，我随后就来。他们也是用这心态对待生死的，有一种长远的安详笃定。

父亲的坟前种了各种花，还有一棵水蜜桃树，一棵石榴树。

是姆妈种上的，姆妈在天气好的下午，有时就去打理那儿，就像打理自家的庭院，拔一拔杂草，揩拭揩拭墓碑，然后陪父亲在风和日丽中小坐

上半日。

你父亲就爱吃桃，姆妈说。她自己喜欢石榴。石榴花好看，果实也好看，一剥开，粒粒都是粉红细白的，像珍珠玛瑙呢。八十岁的姆妈，已是鸡皮鹤发，可有时还有初笄女儿一样的旖旎情怀。

早点过去也好，我怕你父亲在那边孤清，姆妈说。好像不是在说生死，而是在说回家一样。

不论"这边""那边"，姆妈都有家。

可孟渔，怎么总觉得自己是没有家园的孤魂野鬼？

他虽然不止和一个女人好过，但他和任何一个人，谁也不是谁的家园。

他是什么时候没有了家的？

他像某个人，姬元说。那他坐在这儿，不是"尸位素餐"？

呜呼哀哉，伏惟尚飨！

一直以来，原来他是坐在尸位上，飨着那些个食物呢。

那姬元不也是，他不也是用悼亡的语气和姬元说着朱荣？

那他们两个人，是早就死了吗？像《雨月物语》的结尾那样？虽然炉火红艳艳地亮着，灶上也热气腾腾烟雾袅袅，但其实却是颓园残壁食土啖砾？

一时间，孟渔不寒而栗。

原载《上海文学》2017年第8期

点评

这是一篇讲述"他乡遇故知"的小说，但小说令人眼前一亮之处在于两位男女主角的精神状态及彼此之间所形成的一种有别于男女常情的"中间态"的男女关系。

男女主角孟渔和姬元的"特殊"关系从一开始就出乎常态，违反常规。他们第一次坐下来吃饭，是姬元主动约的孟渔，而且是在并不熟悉的情况下的邀约，这一度让孟渔有些反感，孟渔在这方面是比较传统的男人，姬元的做法显然是反传统的。这种反常规反常态的状态一直贯穿在两人的交往里。从第一次邀约到后来频繁相聚，两人的关系始终处于非常态之中。

当然，两人都有过合乎传统和世俗的常态生活，但无一例外，他们都在婚姻的这场经营游戏中失败了，到海南来，似乎都有败走麦城，自我放逐的意思。但正是在这里，他们找到了他乡遇故知的感觉。但这里的"故知"更接近于古典美学意义上的精神相通，性情相投，它与男女相悦无关，也不会衍生出肉体上的交融。小说的精彩之处，在于写出了这种中间态的男女之情，它比友情更深入，比爱情更清澈，两个中年男女，在天涯海角的他乡建立了这样一种非常纯粹的精神性的情谊，令人惊叹。

另外值得注意的是阿袁小说中的古典诗词元素，无论在叙事上还是描写中，阿袁常常将古典诗词化入小说之中，将一些细微之处描写得更生动传神，妙趣横生，同时还给小说注入古典之美，从中能够看出，作者在创作过程中的精雕细刻的耐心和笔力。

（崔庆蕾）

中国当代
文学经典
必读

双向道

/胡学文

1

孟灯接过那几百元钱，手掌被划割了似的，钻心地疼。数了一遍，又数一遍。秃子说，你可数对啊。孟灯再数一遍，一张一张举过头顶，对着如血的夕阳照了照。孟灯刚一点头，秃子便大步跨向羊圈，撞开栅栏。黑头羊惊了一跳，还未来得及逃，一条腿已经被秃子扯牢。黑头如一卷破行李，被秃子夹在腋下。孟灯嗨一声，慢着点，别弄疼它。秃子不理，径直把黑头羊丢到车上，然后回过头：它要是女人，我现在就操了它，你信不信？秃子话糙理不糙，羊已经归他，他想怎么着与孟灯都再无关系。也许不出一日，秃子就把黑头杀了。只是看到秃子如此粗暴，孟灯不忍。孟灯挥挥手，让秃子赶快走。秃子却没有马上离开，走到墙角，解开裤带，滋得那个响。

听到脚步声，孟灯转过头，看见咬着雪糕的孟燕，心立刻悬起来。孟燕是被孟灯支走的，孟灯估摸着怎么也得半个钟头，没料她这么快就回来了。孟灯叫秃子赶快把车开走，秃子从孟灯惶急的声音听出内容，提了裤子往车边急迈。还是晚了。孟燕瞅见黑头羊，丢下雪糕飞奔过来。秃子开的是厢式小货车，但后挡板不高，孟燕一跃便跳到车上。秃子已经拉开车门，见状翻上去，抓住孟燕双肩，试图把孟燕拖离。孟燕力气大，秃子摔了两个跟头。羊是我的了，你这个傻子。秃子气急败坏地骂。孟燕不说话，紧紧抱着黑头羊。秃子再次拽住孟燕，冲孟灯嚷，你他妈别傻站着啊！孟灯醒过神儿，手脚忙乱地帮秃子拧住孟燕的胳膊。

孟灯和秃子合力把孟燕拖进院子，孟灯死死抱住孟燕的腰。孟燕紫着脸，哭叫，黑头，我的黑头啊！孟灯说，黑头就是串个门儿，过两天就回来了。孟燕欲往前挣，孟灯用更大的力气箍住她。秃子发动车的刹那，孟燕的脑袋突往后磕，挣脱孟灯。扑出去两步，她便摔倒了。孟灯趁机压住她。孟燕拍着地大哭，黑头，我的黑头啊！闺女，明儿要进城了，咱不能带着黑头。闺女，你六年没见他，记不得他的模样了吧？闺女，他想忘掉咱呢，咱不能让他得逞。孟灯的嘴一瘪一瘪的，像被敲掉了牙。

孟燕哭声渐弱，仍间歇性地抽泣。孟灯挪开，她仍在地上趴着，眼神已经迷离。孟灯忙扶抱起她，孟燕的眼睛睁了睁，眯得更细了。孟燕本就嗜睡，一疲劳睡的时间就更久。孟灯把孟燕扶到炕上，轻轻盖了被子。孟燕沉睡，动作轻重都不会影响她，孟灯只是不忍。她脸上尚有泪痕，他叹口气，抹了抹，竟然黏糊糊的，像掺了胶。脖上戴的枣红色玉坠滑到外面，孟灯轻轻抚了抚，塞进去。那是孟燕叫哥的人给她的，那年孟燕十三，也可能十四岁。

孟灯站了一会儿，出了屋子。天已经暗了，门口光秃的柳树突然间肥厚许多。羊圈的栅门敞着，像一个看不到底的洞。黑头羊是孟燕的伴儿，她每天牵着黑头羊出入，有时她靠着墙就睡了。那种时刻，黑头羊就在旁边静静守着，像一位宽容的母亲。

再没有黑头羊守护孟燕，孟燕再听不到黑头羊的叫声了，孟灯一阵心痛。当初他抱回黑头羊并不是给孟燕，而是预备年底杀掉，因为孟鹰说年底要回来。可一年过去，又一年过去，黑头羊渐渐衰老，都掉牙了，孟鹰也没有影儿。去年年底，孟灯打了几次电话，孟鹰说除夕夜肯定回到村里，孟灯差点把黑头羊杀了。初一清早，孟灯在震耳的鞭炮声中给孟鹰打电话，孟鹰讲了没回去的缘由。孟鹰每次都有理由。孟鹰说清明要回来看看，可清明过了，孟灯连个电话都没等到。既然孟鹰不回来，孟灯就不客气了，他要带着孟燕到城里。不管孟鹰承认不承认，他都是他老子，孟燕是他妹子。如果孟鹰不让进门，他和孟燕就在屋外打地铺。黑头羊只能处理掉，虽然它是孟燕的伴儿。

坝上的四月寒意甚浓，特别是早晚，孟灯摸摸脸，冰凉冰凉的。可孟灯不想进屋，他固执地站着，跟自己较着劲儿。黑乌乌的柳树传来扑棱声，孟灯知道是那只夜鸟。光秃的枝丫就是鸟巢，栖息好多年了。真是死

心眼儿，我要走了。孟灯默默地说。

孟灯打算次日就带孟燕上路。孟燕睡得死沉沉的，直到中午才醒。她仍惦记着黑头羊，冲孟灯又嚷又叫的。孟灯哄了好一会儿，并承诺给她买两瓶鱼罐头，她才起身梳头洗脸。

孟灯让孟燕老实待着，他这就给她买。小卖部在村南，也就十分钟路程。孟灯步履匆匆，顺利的话，赶到镇上，还能坐上到市里的客车。因此进了小卖部，孟灯没有废话，让吴老三拿两个豆豉鱼罐头。吴老三顿时眯了眼，呀，发财了？孟灯说，我把黑头羊卖了。吴老三说，就剩三罐了，你一并拿去吧，少收你一块钱。孟灯迟疑一下，点点头。

吴老三接过钱，像孟灯曾经做的那样，举过头顶照了照。孟灯已将三个罐头搂在怀里。吴老三突然扯住孟灯的胳膊，让孟灯换一张。孟灯愣了愣，问吴老三什么意思。吴老三蓦地冷了脸，麻雀还想啄鹞鹰的眼！孟灯急了，问吴老三凭什么说他的钱是假的。吴老三说，我没说是假的，但你得换一张。但孟灯清楚，吴老三肯定认为是假的。他又掏出四张让吴老三看。吴老三笃定地说，这四张没问题。孟灯嚷，都是秃子给的呀！吴老三的目光意味深长，孟鹰和孟燕不都叫你爹么？孟灯脸色突变，抓起钱就走。吴老三冲孟灯喊，还要不要了？孟灯没理。

孟灯没回家，大步流星赶往赵庄。赵庄距宋庄十里左右，几十分钟就到了。秃子给钱，孟灯一一验过，那个过程他记得清清楚楚。磨蹭得有些久，秃子都不耐烦了。孟灯自觉没问题，可他识辨的能力毕竟不如吴老三。吴老三的手天天摸钱呢。吴老三认为是假的，就一定是假的。五百块钱倒有一张假币，秃子心够黑的。孟灯可是认识他的，虽然没有多么熟，他怎么可以……若不是孟燕要吃鱼罐头，孟灯就揣着假玩意儿上路了。

孟灯询问了两个人，便找到秃子家。宽宽正正五间砖瓦房。没看到秃子的厢式货车，八成收羊去了。孟灯拍几下门，又拍几下，没人应，便从墙头跳进去。院子西南角是羊圈，一只羊也没有。孟灯仍扒着栅栏瞅了好半天。

身后呀一声，孟灯惊了一跳。一个穿着绛紫色衣服的女人站在门口，略显紧张，大白天的，你要……干什么？孟灯忙着解释，我不是贼，我来找秃子。女人的脸顿时沉下去，那也不能翻墙头呀！孟灯说，我看看黑头还在不在。女人被孟灯说愣了，你到底是找谁呀？孟灯说，就找秃子，也找黑头……黑头是我的羊，昨个儿卖给秃子了。女人快步往里走，说秃子收羊去了。孟灯跟在身后，问几时回来。女人说没个准儿，问孟灯找秃子干什么。孟灯迟疑一下，说，说说话。女人走至屋门前，掏出钥匙正要开门，又突然回头，你还要跟进来呀？我可不认识你。孟灯咧咧嘴，我是宋庄的孟灯。女人往孟灯身后瞅了瞅，仿佛他藏着同伙。孟灯退后两步，连连摆手，我不进去，我在院里等。

孟灯先是蹲着，后来双腿酸涩麻木，就坐下去。女人出出进进，偶尔瞅瞅孟灯，但始终没和孟灯说过话。

黄昏时分，孟灯听见汽车的声响。可能坐的时间太久，腿不听使唤，结果重重摔倒，然后迅速爬起，一趔一趔往门口走。秃子推开院门，愣怔住，你怎么来了？孟灯不说话，越过秃子，扒住汽车厢板。车上六只羊，没有黑头。

孟灯问黑头哪儿去了，秃子问孟灯要干什么。孟灯说，闺女舍不得，我不卖了。秃子嗤了一下，似乎在笑，但眉眼却如僵硬枯干的树枝。他说，一早就送到收购站，现在早成了白条。孟灯喘息有些重，杀了？秃子说，又不是女人，我还留着睡啊？

孟灯半张着嘴，似乎被卡住了。秃子叫孟灯让开，他要把货车开进院。孟灯没理，秃子推孟灯一把。孟灯突然揪住秃子，死死的。秃子火了，嗨，嗨，你干什么？孟灯意识到下手重了，马上松开。杀就杀了吧，孟灯低语，早晚也要死。他摸出秃子给的那五百块钱，让秃子换几张。秃子问孟灯什么意思？孟灯说没什么意思，就是让秃子换一下，并特意强调这钱是秃子给他的。秃子明白过来，咋，有问题呀？孟灯说，有没有问题你心里明白。秃子骂，昨天你数了又数照了又照，咋？眼睛进油了？孟灯说，我的眼睛又不是验钞机。秃子扫扫孟灯手里的钱，谁能证明这钱就是我给你的？孟灯说，我能证明，就是你给的。秃子阴阴地盯孟灯一会儿，我他妈收了十多年羊，还没碰到你这种碴儿，想讹我？你他妈找错人了。孟灯没被秃子吓住，再次抓住秃子的胳膊，你得给我换。秃子冷声问，我要是不给换呢？孟灯说，我要到城里去，你不换，我就不能上路。秃子竟然笑了，你进不进城，和我有鸡巴关系。孟灯说，若不是因为这个，我这会儿就在路上了。秃子口气带着嘲弄，我耽搁了你？这么说，我的罪过大了？我没工夫和你废话，你告我去好了。孟灯拽着不让他动。秃子骂，妈的，放开！孟灯说，换一张，一张就行。孟灯的语气并不硬，相反，带着些恳求，但两只手抓得死死的。秃子似乎被孟灯触动了，抓过那张钞票，举着手机照了照，忽又丢给孟灯。秃子说，这一百块钱绝不是我给你的，你敢说没让别人摸过？

吴老三谢顶的脑袋突然闪过，孟灯被撞了似的，晃了几下。秃子捕到孟灯的神色，我说对了吧，这钱经过别人的手。孟灯说，就在我眼皮底下呢。秃子说，你的眼睛要那么厉害，早就成精了。孟灯回想买鱼罐头的过程，他似乎偏了偏头，看货架上的洗发水来着。袋装的，花花绿绿的一长串。孟燕特别喜欢那些鲜艳的袋子。难道就这么个工夫？秃子抽出胳膊，拍拍孟灯，别愣着了，你昨天看得那么仔细。孟灯没说话，脑里的泥浆缓慢地滑动着。秃子推他几下，孟灯退到远处，秃子把货车开进院子，关住大门。

孟灯在寂静的黑暗中傻立着。

羊的叫声甩进耳朵，孟灯突然惊醒。他还没这么久地把孟燕一个人丢在家里。孟灯大步流星往回赶。

电话是在路上打的，没拨通。孟灯再顾不得这些，在暗夜中狂奔起来。

2

那一整天，孟鹰都不怎么痛快。

清早和崔小莉闹了点别扭。也不是什么大事，不过是他买回的煎饼夹了脆皮，崔小莉虽不是公主，非山珍海味不吃，但一向挑剔。比如牛奶只喝三元的，小米只吃红谷的，咸菜只吃六必居的。她吃煎饼从来不加脆皮。孟鹰两年前认识崔小莉，在她家住过百十次了，自然知道她的臭毛病。但那个早上，孟鹰心神不定，左顾右盼，走到楼梯口才想起忘了提醒摊贩。孟鹰看了下表，时间来不及了，就没重买。偶尔加一次也没什么要紧吧，因为崔小莉不接受脆皮，但是吃油条。脆皮和油条是一个家族，不过形状不同而已。

崔小莉展开煎饼，将碎开的脆皮一块一块挑出来，扔进垃圾袋。谁料煎饼里还夹了蛋壳，崔小莉放在孟鹰面前，目光带着额外的重量，什么也没说。待夹起第二片，她举得高高的，问，这是什么？没等孟鹰回应，崔小莉已经摔了筷子。你厌倦了吧？我知道就是。她冷冷地说。怎么会呢？我恨不得挖出自己的心……如果这么说，兴许什么事也没有，反正一次是哄两次也是哄，多费点唾沫罢了。这个花招对崔小莉还是蛮有效的。可那个早上，孟鹰也不知自己怎么了，反恶狠狠地吼出来。或许那才是他的真面目？他不想再伪装？崔小莉显然被孟鹰的粗暴惊着，整个人都直定定的。孟鹰的身体鼓胀着，不就几片蛋壳么？还能毒死你？孟鹰期待崔小莉扑上来，两人干一架。可崔小莉定着，只是指指门。孟鹰抓起褂子离开，没有任何迟疑。

上午，孟鹰和主编又吵了一架。起因是一个字。孟鹰的稿子用的是"呆"，主编认为用"待"而不是"呆"。错一个字，孟鹰就要被扣掉五十块钱。问题不在于多少钱，他并没有错，孟鹰认为主编因过去的事有意刁难他。孟鹰翻开《现代汉语词典》第203页，让主编看"呆"的解释，两个字是可以通用的。可主编说，即使有二十个选项，也要用第一选项，"待"是规范用语。主编被烟熏焦的牙齿东倒西歪，牙缝极宽，足以塞进手指，显然性生活过度，肾气不足。孟鹰想起那个来报社闹腾的白脸女人，骂他被女人整得变了态。主编瞬间血往上涌，脸像煮熟又冻硬的猪肝，指着孟鹰，嘴唇哆嗦得没有章法，终是什么也没说出来。孟鹰知道彻底闹翻对他没什么好处，毕竟主编是顶头上司，可那天情绪彻底失控了。

是的，那一天孟鹰焦躁、不安。固然和崔小莉闹别扭有关，但他知道根由不在这儿。

孟鹰勒令自己不碰手机，可隔一阵子，他总是忍不住，生怕错过什么重要电话。当然不是等崔小莉。他提心吊胆，又隐隐地期待着。

下班时，孟鹰再次查看手机，没有任何显示。孟鹰嘘了口气，把手机关掉了。

他等了整整一天，不是故意要躲。孟鹰安慰自己。

一个同事说有某烧烤城的券，问他去不去，孟鹰不假思索地点头。到了烧烤城，才知同事还喊了朋友，都是陌生面孔。雅间已经满了，他们坐在大厅一角。有些乱，空气里混合着复杂的气味。但这不影响喝酒。每个人都是大嗓门，比赛似的，声音一个比一个高。和同事的朋友怎么就较上了劲儿？孟鹰忘了。彼时，他已经喝下几瓶啤酒，晕晕乎乎的。后经同事

劝和，他和同事的朋友互搂着脖子，各自灌下一瓶啤酒。

从烧烤城出来，孟鹰有些摇晃。同事问他行吗，他咧咧嘴——这一整天他的嘴巴第一次咧开，猛地关上出租车的门。

孟鹰没打算去崔小莉那儿，关车门那一刻还没有。司机问他去哪儿，他却报出崔小莉家的地址。可能绷了一整天的神经松弛了，也可能酒精的刺激让他想她了，抑或，他有些歉疚，崔小莉的毛病或习惯他又不是不知道，真不该冲她吼的。管他什么原因呢？反正，他要见她。他想见她。

崔小莉住六楼，孟鹰走到一半，停下来喘息片刻，顺便掏出钥匙。每次都这样，孟鹰早早就掏出钥匙。崔小莉起先不给孟鹰钥匙，说，你来我肯定在的，要钥匙干什么？孟鹰知道她担心什么，只是笑笑。不过顺口说说，钥匙对他真的没什么用。后来崔小莉丢给他一把，或许是开门腻烦了。

孟鹰转了一下，没转动，知道崔小莉反锁了门。她还真生气了？孟鹰笑笑，摁了门铃。她反锁过一次，几个月前。他摁了三分钟门铃，也可能五分钟，总之后来进了门。

可那个晚上，没等孟鹰摁第二下，门便开了。准确地说，是开了条门缝。

你找谁？崔小莉穿着睡衣，冷冰冰地问。

孟鹰欲抬脚，崔小莉使个眼色。她的嘴角夸张地扬着，要把他顶开的样子。孟鹰当然感觉到她的异常，可能喝了太多酒的缘故，他有些迟钝，没彻底读懂她目光中的暗示。

我——孟鹰话未说出口，一个男人出现在崔小莉身后，同样穿着睡衣。光头，细眼。

找错门了！崔小莉恶狠狠地，咣地合上门。

3

屋门大敞，孟燕没在家。

孟灯的心立刻缩紧，整个人突然被抽干水分，瞬间就小了一圈。他抹抹脑门的汗，扑出院门，大声呼叫。孟燕晚上不敢出门，孟灯也不让她出去，每天早早就把大门锁了。孟灯在脖子上抓了一把，那里不疼不痒，他突然就来那么一下。

转到小卖部，孟灯看见孟燕。她趴在柜台上，睡着了。孟燕脑袋偏着，一只手斜着伸出去，旁边是咬了半截的火腿肠。吴老三见孟灯的目光停在火腿肠上，就说，真是邪了，吃着吃着就睡着了。孟灯边问多少钱边翻兜，吴老三摇摇手，算了，我送她的。孟灯说，我有的是钱。随后拍在桌上。吴老三也不多言，抓过去，回找孟灯三块。孟灯死死盯着吴老三的手。吴老三干活少，手指细白。这双手或许会变魔术吧，孟灯想。

背孟燕回去的路上，孟灯走得很慢。孟燕睡得沉，就是拿鞭子抽，她怕也醒不过来。她的瞌睡没有规律，有时走着走着就睡过去。她脸上的伤多半是这么来的。跑过很多医院，但没有一家医院把孟燕脑里的瞌睡虫赶走。自然，她离不开孟灯的背。只是他越来越吃力，毕竟她不是当年那个小女孩了，已长成大姑娘，而他一年年衰老。

孟灯不担心孟燕睡过去，最久的一次她睡过两天一夜。只要睡在家里或他的背上，那就没有妨碍，孟灯该干什么干什么。背回屋，安顿妥当，孟灯也睡了。跑了一天，实在累了。只是他没睡多久，因为孟燕醒了。孟燕摇着他，说她都快饿昏了。孟灯不由得乐了，说，你还昏得不够啊。他爬起来给孟燕做了碗揪面片。孟燕吃完，又嚷着要她的黑头。孟灯说，黑头进城了，过几天咱进城把黑头领回来。孟燕似乎不相信，她偏着头——她思考什么时总会偏头：你就骗我吧。若往常，孟灯会高兴得跳起来。她冷不丁冒出来超常的话，孟灯都要兴奋许久。但在那个夜晚，孟灯突然间泪眼婆娑。黑头是她唯一的伴儿，却被他卖了。可是他要带她到城里，不卖怎么行呢？孟灯说，我怎么会骗你呢？黑头真的是进城了。哄了好一会儿，孟燕似乎信了。她四下寻她的花布。她要干针线活了，她会缝沙包，也会缝扣子。只要不嚷着要黑头，她干什么都行。

孟灯又困了一会儿，天刚刚放亮，便去找吴老三。把孟燕唯一的伴儿卖了，却弄了张假币，这让孟灯窝火，也让孟灯愤怒。小卖部还没开门，孟灯笼着袖子蹲在门口。孟灯自嘲地想，真是一天不如一天，活得快成一条狗了。他也风光过，那时只有别人在门口候他的份儿。他像秃子一样走村串户。没有哪户人家敢拿假钱糊弄他，当然，那时假的东西也不多。

孟灯听到脑后的声音，可能蹲得久了，腿有些麻，还没来得及起身，吴老三已经拉开门，孟灯向后仰倒，碰到了吴老三的腿。吴老三呀一声，

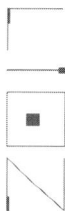

叫，你这是干什么？孟灯没有马上答，他笨拙地爬起，嘶了口气，说，等你！吴老三骂，妈的，让你小子吓一大跳！买什么？孟灯摇摇头，吴老三没好气，那你堵我门口干什么？

孟灯的手伸进兜里，摸到假币，但并没有掏出来，说，我找过秃子了。

吴老三掏出烟，点了，重重吸了一口，慢悠悠地呼出来，问，抽不？

孟灯摇摇头，说，秃子不承认是他的。

吴老三嗤一声。仅仅是嗤了一声。

孟灯说，我数了三遍，又一张一张照了，不可能错吧？识辨假币的方法还是吴老三教给孟灯的。

吴老三的目光聚在孟灯脸上，你什么意思？

孟灯的心跳有些加快，但并没有躲避吴老三的目光，这咋说呢？

吴老三粗声粗气的，你别像个娘儿们绕来绕去的。

孟灯说，我一张一张照了。

吴老三说，你的意思是说，你收的是真的，我一摸，就变成假的了？

孟灯没吭声。

吴老三突然笑起来，笑得过急，呛着了，连咳数声。突然间就冷了脸，似乎有一把锋利的刀，齐齐整整把那串笑割下去。那你告我好了，我他妈还没戴过手铐呢。

孟灯张张嘴，却不知说什么。

吴老三说，你要缺钱，我给你一张，两张也行。我的钱也不是大风刮来的，可给你一张两张也伤不着筋骨。乡里乡亲的，你直说嘛。我知道你过得不容易，半路死了女人，拖个爱睡觉的闺女，只要你张嘴，我吴老三这点同情心还是有的。可你要是损我，就动错了心思。吴老三的声音冷下去。

孟灯说，我就是说说嘛。

吴老三把烟头丢在地上，一阵风刮过，烟头跳了几跳。吴老三大步过去，狠狠踩了一脚。

去秃子家的路上，孟灯想，或许不该找吴老三。没有证据证明吴老三做了手脚。况且，低头不见抬头见的，吴老三不至于为了一百块钱坑他。差点被秃子忽悠了，是秃子误导了他。这么想着，孟灯就更生秃子的气。不错，他是一张一张照了，但或许看走眼呢？吴老三与秃子，秃子坑他的可能更大一些。只能找秃子。

孟灯紧赶慢赶，还是没堵住秃子。秃子一大早就走了。秃子女人冷言冷语，孟灯没问出秃子的去向，只好折返。黄昏时分，他再次去找秃子，带着孟燕。夜晚不能把她一个人丢下，昨儿也是急昏了。

秃子的厢式货车停靠在门口，孟燕呜一声，蹿过去，跃进车厢。车里没羊，只有散落的羊粪。黑头，黑头！孟燕四下里叫着，仿佛黑头夹在哪个缝里，正跟她捉迷藏。孟灯说，黑头不在这儿，黑头进城了。孟燕说，黑头上了车，我看见了。孟灯拽她一把，她抽扯几下，终是下了车。

进屋，孟燕指着秃子说，他抢走了我的黑头。孟灯怕孟燕做出惊人的举动，忙说，黑头坐他的车进城了，他没抢。孟燕不依不饶，就是他抢的。孟灯说，燕儿，听话，别人吃饭，不能大嚷大叫的。孟燕的目光这才落在方桌上。桌上摆了四盘菜，一盘锅巴山药饺子。孟燕说，饺子好香。孟灯说，咱刚吃过饭，还不饿呢。孟燕吸吸鼻子，饺子好香。秃子女人便夹了两个饺子给孟燕。孟灯抓住孟燕的手腕，你刚刚吃过饭呀。孟燕没再往前冲，但也没缩，看着饺子，恋恋不舍的。一直没吭声的秃子插话，不就两个饺子么，你让她吃！孟灯松开手，孟燕抓起碗。

孟灯有些难堪，解释，她平时不这样。秃子已经喝了一会儿了，桌上竖着一个空啤酒瓶，另一瓶也喝下大半。他抓起，一口气灌下去，重重将空瓶砸在桌上。孟燕吓了一跳，有些惊慌地看看秃子，又看看孟灯。嘴巴停了一会儿，又慢慢咀嚼起来。

孟灯静默着，等待孟燕把饺子吃完。

秃子似乎忍不住了，问，白天就来过？

孟灯说，那钱……我没动。

秃子问，没去小卖部买东西？

孟灯说，去了，就在我眼皮底下，我看得清清楚楚。那钱是你的。

秃子问，你一张一张照了，是不？

孟灯说，我是照了，可……

秃子打断他，你把钱装了没？

孟灯说，装是装了……

秃子的手突然扬起，凌空一劈，我不想跟你废话，你也别跟我磨牙。我的钱是真的，到你手里变成假的，那是你的问题，与我有鸡巴的关系！想讹我？你是不是想钱想疯了？

孟灯急了，我发毒誓，那钱就是你给我的。

秃子说，那你就去起诉我，好吧？秃子跳下地，抓起褂子要走。孟灯问秃子去哪里。秃子不耐烦，我去哪里，还用告诉你？孟灯抓住秃子的胳膊，你不能走！秃子有些气急败坏，怒冲冲地盯着孟灯，咋？你还想撕我？撕啊！猛一甩，孟灯的手松开。秃子走到门口又回头，我去打麻将，带你闺女过来？

孟灯没有跟着去，他不想带孟燕去那种地方。况且，孟燕已经有睡觉的迹象。孟灯拉了孟燕离开，走到一半孟燕就不行了，步子一点点慢下去。孟灯忙把她背起来，不然她会摔倒。

孟燕没摔倒，孟灯却绊了一跤。他栽倒，孟燕从他背上滑脱。他摸摸她的脸，生怕石子硌破。再次背起，孟灯小心许多。夜长，路也不远，慢慢走吧。只是酣睡的孟燕比半醒时重了许多，走一段，孟灯就停下喘息一阵。就这样，进屋时他的背彻底湿透了。孟燕的颧骨还是磕破了，不怎么重，孟灯依然一阵心痛。还有，孟燕丢了一只鞋。不知什么时候掉的，天亮再去寻吧。

孟燕遭罪了，不该带她去的。孟灯暗暗自责。可把她一个人丢在家里又不放心，他能怎么办呢？

看着沉沉昏睡的孟燕，孟灯动了放弃的念头。五百元，倒有一张是假的，是有些憋屈，况且卖的是孟燕的伙伴——黑头。但让孟燕跟着遭罪，那就不划算了。他心疼那一百块钱，更心疼孟燕。

孟灯不打算再去找秃子，确实说不清楚的。他要到城里去，见那个孟燕叫哥的人，那才是最重要的。想到孟鹰，一个奇异的念头突然冒出来。是呀是呀，这是老天在帮他呢。怎么早没想到呢？兴奋袭过，孟灯两腮微微颤着，像意外中了大奖。

4

孟鹰以为不快的一天会在夜晚、在酒后、在崔小莉的床上结束，哪想到夜晚才是狼狈的开始。孟鹰忘了自己是怎么逃离的，那情形更像逃窜。崔小莉卧室墙上有男人的照片。每次和崔小莉做爱，孟鹰都会瞟瞟墙上的光头。他没有心理障碍，相反，光头的注视让孟鹰更加勇猛疯狂。

可真正直面光头，尽管只是惊鸿一瞥，看得不是很清楚，孟鹰却败得一塌糊涂。他是崔小莉的合法丈夫，而孟鹰不过是个填空的。虽然崔小莉说他们早已名存实亡，但那一纸证明仍闪着锋利的光，不然崔小莉就不会那么惊恐。

半小时后，孟鹰闪进街头的大排档。他需要压压惊，整理整理脑子，需要把自己淹没在人群中。没有比大排档更适合的地方，喧哗嘈杂，却没有谁注意他，除了那个戴着无檐帽的服务生。孟鹰要了一瓶啤酒一盘毛豆。他没有吃的欲望，也没有喝的兴致，但东西是要点的，这是大排档的入场券。

崔小莉的丈夫在深圳做生意，第一次上床她就告诉他了。光头两三个月回来一趟，待个三五日。她和丈夫早就出了问题，但孟鹰才不管那么多呢。离异后，他和女人的交往很少超过三个月。孟鹰以为和崔小莉也就几个月的事，没想一来二往两年过去了。一度有过虚幻的感觉，他才是她的丈夫，而光头倒像匆匆过客。孟鹰没想过和崔小莉有结果，虽然她说早晚要离婚。他没有娶她的打算，当然，她也没许诺要嫁给他。他和她不过是互相填空。两年里，孟鹰大半时间住在崔小莉那儿，如果她丈夫回来，她会提前告知。

孟鹰混沌的脑子突然闪过一道光亮，忙掏出手机。开机的过程有些慢，孟鹰不由得性急，拍了几下。崔小莉的信息跳出来，还有许多个未接电话。是的，她发出指令，可他关机了。偏偏关机了，事情就这么巧，真他妈该死！还好没有硬闯，不然……孟鹰晃晃脑袋，不敢再想。

其实，他并不害怕光头男人，他担心的是影响崔小莉。不是她和光头的婚姻，不是她和光头的感情，她老早就告诉他了，那与他无关。他真正担心的是离婚时，她对财产的分割权。她虽然没有很直接地说过，但他能猜个大概。她没有主动提出离婚，就是因为这个。光头有多少钱，崔小莉也不是很清楚，就像她不清楚光头在深圳的生活。

孟鹰反复滑看着手机，期待着她发来某个信号，或直接骂他也好。等了很久，什么信息也没有。她没有时间。她和光头已经上床，毕竟他们还是夫妻。抑或，有另一种可能？孟鹰猛地打个冷战，甚至站起来，想返回去。服务生以为他要结账，孟鹰摆摆手又坐下去。总不能再去敲崔小莉的门吧。

孟鹰满脑子都是崔小莉和光头，几乎忽略了来电提醒中还有别的号码。待再次坐下才注意到。他的目光久久停驻。他下班时关掉手机，就是为了躲避这个电话。而他一早起来就心不在焉，也是因为这个号码。

号码的主人是劁匠，而不是孟灯。但孟灯就是劁匠，劁匠就是孟灯。孟鹰不是故意这么设置，那是事实，很多年人们就是这样叫的。有一次来电话，崔小莉恰好在旁边，问劁匠是谁。他说一个采访对象。崔小莉没问过他的家庭，从来没有，当然，即便问他也不会讲。他的过去是丢在角落已经发霉变硬的窝头，绝不会示人。无从说起，也没人会懂。

他要来了。孟鹰无法阻止他，就像他无法阻止孟鹰一样。孟鹰说，我可能不在，我在的时候你再来。虽然孟鹰知道不会起什么作用，但还是这样说。而他也并不打算得到孟鹰的允诺，只说他要来。根据时间推断，这个早上他该到了。从张家口到石城，只有这一趟火车，清早到石城。他到了，孟鹰还是要接的，虽然一万个不情愿。可是，为什么到晚上才给孟鹰打电话呢？

孟鹰犹豫着，是否回拨过去。这么晚了，他住在哪里？小旅店？火车站？他不会是一个人来的，孟鹰知道。太晚了，或许会惊着孟燕——孟鹰的心突然被削掉一半，一阵疼挛。孟鹰抓起啤酒瓶顶住胸口，还是回个电话合适，毕竟他是他名义上的父亲，尽管他和他之间很少用称谓，毕竟还有孟燕——孟鹰用了更大的力气，啤酒瓶几乎要顶进胸腔里去。

孟鹰拨了，但没拨通。他松了口气，这不怪他。他不是一个冷酷的人。很多时候，他强行给自己注射冷血针。

孟鹰从大排档站起，只有旁边桌上还有一对男女。孟鹰看了看时间，午夜已过。这就是说，孟鹰泥泞的一天终于结束了，新的一天即将开始。也许明天会好一点，但谁知道呢？孟鹰不抱期望，因为他的人生就是一个泥潭。他从未从那里走出来。他曾经以为走出来了，后来明白，那不过是时钟暂停的错觉。

5

孟燕十三岁那年，孟灯带她到省城。第一次坐火车，孟燕极其兴奋，手舞足蹈的。看到高耸的烟囱和直入云霄的白烟，她大叫着指给孟灯；看到对面奔驰的列车，她的嘴巴半张着，不时发出呼喊。火车钻隧道，孟燕吓着了，惊叫着往孟灯怀里钻。孟灯告诉她火车不过是钻洞，并没有掉进井里。但再钻，孟燕仍然紧张。孟灯抱着她，轻轻拍着她的后背。孟燕的依偎让他暖洋洋的，可想到她一生都需要被照顾，他的心突然坠入无底深渊。

孟燕的一惊一乍，扰得四座不得安宁，哪个人皱眉，孟灯都会赔个笑，生怕对方说出什么难听的话。孟燕可能也感觉到了，她脑子迟钝，可不是什么都不懂。孟灯想上厕所，让她老实坐着，他去去就来。孟燕不应，非要跟着。孟灯没办法，只好领着她往车厢连接处挤。到了厕所门口，孟燕非要跟他进去。在家里她不这样的，陌生的面孔让她紧张。孟灯不忍，采取了折中方案，敞着门，让她站在门口。她并不是一定要进去，而是怕他从她面前消失。就这么个工夫，孟燕靠着睡着了，嘴巴外还淌着口水。

孟燕是被孟灯背下火车的，出了站口，她醒过来。她扭着头，看着广场上来来往往的人，问孟灯是不是来了马戏团。孟灯不由得笑了，她以为人多就是赶交流会。

哥哥在哪儿？孟燕的眼睛突然亮起来。孟灯愣住，好半天嘴巴才动了一下。平日，孟灯经常把"哥"往她耳里灌，她没有什么表情，仿佛哥不是一个人而是一阵风或一声鸟鸣。孟鹰几年没回来，孟灯对他的模样都模糊了，何况孟燕。孟灯之所以使劲灌，不是怕她忘了，更多的是怕孟鹰忘了。他始终固执地感觉，他不停歇地提起，孟鹰就始终是这个家庭中的一员。

还记得你哥？孟灯追问。孟燕点点头。孟灯拍拍她的肩，仿佛要给她传送功力，见了他，嘴巴甜一点儿，嗯？只要说话就叫哥，懂了吗？孟燕点头，懂了，我又不是傻子。孟灯嘿嘿笑了，你当然不是傻子。孟灯周身

的血液欢快地流淌着，孟燕的表现超出他的想象。毕竟她和孟鹰是一母所生——这个完全肯定，不会假，还是有感应的，她的神情就是最好的证明。

孟鹰偶尔把电话打到村部，孟灯问他住在哪里，孟鹰极其警惕，说只是租房，并不固定，什么时候有了固定住所再告诉他。转过一年，孟鹰仍然这么搪塞。孟灯清楚孟鹰是害怕他找过去，暗骂着白眼狼，却小心翼翼赔着笑，仿佛孟鹰就在对面站着。孟鹰疏忽了，还是轻视孟灯的智商？他每月寄给孟灯的钱，汇款单上都写着地址。

转了几趟公交，有一趟坐反了，中间吃了一顿饭，孟燕还睡了一小会儿，找到孟鹰工作的地方，已经是下午。门卫拦住孟灯和孟燕，拨了一个电话，过了一会儿，一个穿花格衬衫的男人朝他们走来。孟灯的目光在男人脸上停了停，跳开，男人后面又有一个人出来。直到穿花格衬衫的男人走到跟前，孟灯才认出来。孟灯慌了一下，没想到孟鹰变化这么大。之前孟鹰单薄瘦弱，脸上有两个深坑，营养不良的样子，而面前的孟鹰厚实了许多，坑不见了，脸也阔了。难怪一下没认出来。看来混得不错。他的眼神没变，沉郁、阴冷。即使就在跟前站着，也感觉遥不可及。

你们怎么来了？孟鹰声音不高，显然很恼火。

孟灯没回答，猛推孟燕一把，这就是你哥，叫哥，叫呀！孟燕不叫，惴惴的，直往孟灯身后躲。孟灯揪住她，你不是整天嚷着见哥么，叫呀！

孟鹰的口气软下去，算了，吃饭了吗？

孟灯仍不回答，他红头涨脸的，催促孟燕叫哥。孟燕被捏出眼泪，但没有出声。她往后撤着，仿佛怀着天大的恐惧。

孟鹰拉开孟灯，揽过孟燕，没让她跌倒。没事的，不用怕。孟鹰的神色温和许多。孟燕往后撤着，跳到孟灯身边，和孟灯站在一起。只有这样她才感到安全。

孟灯讪讪的，似乎怕孟鹰难堪，解释，她一路都喊着哥呢。

孟鹰把孟灯和孟燕带到旅店，登记了房间。他自是意识到孟灯的目光，说，家里地方太小，住不开。反身出去给孟燕买了一堆零食。孟燕哪见过那么多吃的，目光都不知往哪儿搁了。她问，都是给我的？孟鹰难得地笑笑，都给你的，快吃吧。

一时无语，好半天只有孟燕撕裂塑料包装的声音和咀嚼的声音。

你是……记者？孟灯终于找出话题。

孟鹰含糊地唔一声，有些冷淡。

孟灯奉承，你妈知道你这么有出息，肯定会高兴的。

这句话惹恼了孟鹰，他突然沉下脸，不许提她！你配吗？

孟鹰声音略高，孟燕吓着了，她停止咀嚼，看看孟灯又看看孟鹰。孟鹰冲她笑笑，问她好吃不好吃。孟燕嘴巴里显然还有东西，点头时抿着嘴。孟鹰说，那就好好吃。她又小心翼翼地嚼起来。

孟灯仍浸在此前的不安中，说，我是对不起她……他顿住，揣测着孟鹰的神情。

孟鹰沉了脸，钱收到了吗？

孟灯说收到了。孟鹰和孟灯的联系仅限于每月的汇款单，没有那张单子，他和他形同路人。

孟鹰问，那你来干什么？

孟灯扫一眼孟燕，说，她想你了，嚷着要见你。

孟鹰目光硬硬的，几乎将他刺透。显然，这样的谎言孟鹰根本不屑戳穿。孟灯扭过头，似乎这样就可以躲开孟鹰的钢叉。但毫无用处，孟灯的脑袋、身体都被刺出无数窟窿。鲜血哗啦啦往外涌，孟灯感觉全身的血快要流干了。流干，他反而不害怕了。他接住孟鹰的目光，我还想给她看看，省里的医院大，说不定能治好呢。

孟鹰的目光忽地抖了一下。钢叉不见了，更像一张被撕裂的蛛网，摇曳、飘忽。还那么嗜睡？声音软软的，带了些犹豫。

孟灯说，越来越能睡了，我怀疑那些瞌睡虫跟她一样在长。

孟鹰揉揉脑门，没说话。

次日，孟鹰带着孟灯和孟燕去人民医院，第三天又去了省三院。孟燕不是生来就这个样子，她聪明伶俐，说话走路都比同龄孩子早。四岁那年，孟燕掉入废弃的土豆窖，被杂土、柴火和棍棒掩埋，被救出来的时候奄奄一息。命是捡回来了，从此就变得迟钝、怯生、嗜睡。县里的医院市里的医院都看过，给出同样的结论。孟灯一度死了心。孟燕越长越大，孟灯又动了念头。听说医生都能给孕妇肚里的孩子做手术了，孟燕还让医生犯难么？

两天下来，孟灯的心凉了许多。省里的医生也斗不过瞌睡虫。孟鹰还

要带孟燕去省二院。说既然来一趟，就多检查检查。孟鹰没有敷衍也不厌嫌孟燕，这是唯一令孟灯欣慰的地方。

省二院照样没有奇迹。走出医院大门，孟灯狠狠拍自己一巴掌，声音很响，不止孟鹰和孟燕，周围的人都惊了一跳。

是不是那个巴掌的原因？当天晚上，孟鹰把孟灯和孟燕带回了家。

孟鹰早就结了婚，女儿都五岁了，孟灯是第一次见她们。女人的脸很白，比瓷器还白。他和孟燕进门，她蜻蜓点水般笑笑，便恢复瓷器的样子。她没说什么过分的话，但她的态度涂抹在脸上，还有她的眼睛，简直就是被冰雪覆盖的森林。那个叫丹丹的女孩倒是想和孟燕说话，但瓷器喝令她回房间画画，警告她完不成不许吃饭。孟燕痴痴地看着丹丹的房门，想跟进去但又不敢。孟灯当然明白，这么多年，她就是他身体的一部分。他在她膝上按了按，说，别去打扰人家。孟燕便垂下头，反反复复看自己的手指。

孟鹰在厨房帮瓷器做饭，他在讨好她。孟灯明白。很显然，瓷器是这个家的主角，孟鹰不过是配角。孟灯担心吃过饭瓷器就会让他们父女滚蛋。孟鹰原本也不是很痛快，就是乐意，敢违拗瓷器吗？

出乎孟灯的预料，瓷器没有下逐客令。她和女儿进了房间就再没出来。孟鹰陪他坐了一会儿，只是坐着。他们之间基本没有话题，简单几句话也全是废话。睡觉时，孟鹰终于说出还算有用的话，明天他得去单位，下午会领孟灯和孟燕转转。孟灯暗嘘一口气，想他必定得到了瓷器的授权。

孟灯终于睡了个踏实觉。

但第二天哪儿都没去成。孟燕来红了。第一次，在城里，孟鹰家。被褥染得不成样子。孟灯窘迫得手足无措。瓷器没挂脸，很平静地指挥孟鹰卷起来，扔掉。

6

睡到半上午，孟鹰爬起来。和崔小莉在一起，即便是周末，孟鹰也会早起。并不仅仅是为了给崔小莉买早点。孟鹰觉得过日子，正常日子就该如此。昨天他实在睡晚了，后半夜还在等电话。明知等不到，但还是想等。迷糊着睡过去，那时天快亮了吧。

孟鹰想寻些吃的，可冰箱里只有两个土豆，不知什么时候买的，生的芽足有10

厘米长。孟鹰愣了一下，奇怪这么低的温度，土豆怎么会发芽？厨房也没什么东西，不过是些干木耳，其中一个袋里倒是装了些挂面，一大截露在外面，上面覆着厚厚的灰尘。不只挂面上，案板上地面上，甚至盘盘碗碗上，全是灰尘。孟鹰看着地上零乱的脚印，想不起自己多久没回来了。和崔小莉在一起，他想不起这个地方。这不是他的家，不过临时栖身的客栈。

在孟鹰三十几年的人生中，他就没有过属于自己的家。之前的家是劁匠的，之后的家是前妻的，所以离开时他什么都不用带，赤条条来赤条条去。

孟鹰下楼买了两包方便面，吃过便坐下等。一个小时过去，手机依然哑着，崔小莉没有，劁匠也没有。崔小莉是可以抽空给他打个电话的，白天她有足够的时间避开光头，难道……孟鹰的心又颤了。就在他胡思乱想之际，崔小莉发来信息：等我电话。暂告平安，孟鹰长出一口气。

孟灯的电话始终没有来。午后，孟鹰沉不住气，拨过去。拨电话的同时，孟鹰起身检查了一下门窗，似乎担心被偷听。这种鬼祟大概是从婚后开始的，现在他又恢复单身，那种感觉仍如影随形。

电话通了，说了三分钟，也可能两分钟，孟鹰竟然出了一身汗。孟灯和孟燕仍在村里。本来要来的，但临时有事。关于一只羊，关于一张假币。孟灯絮絮叨叨的，但后面的话孟鹰没往心里去。孟灯和孟燕没来，他们不在这个城市，这就够了。至于缘由，那与孟鹰无关。

好吧，孟鹰说，我得出去了。

挂了。

终于挂了。

孟鹰在屋里转了一圈。又转了一圈。后背仍湿漉漉的。他觉得该干点儿什么，可不知该干什么。五六圈之后，他终于想起该去看看女儿。他有探视权，一月一次。距上次还不到一个月，但那有什么？毕竟他是父亲，女儿也并非犯人，没有那么严格的规定。孟鹰打前妻的电话，须得到她的许可。画画、钢琴……不等前妻罗列完，孟鹰便明白了答案。不行的，不可以的。孟鹰没恳求，更没和她争吵。他说，不行那就不见呗。我想行吗？我想想总可以吧？他大声问。当然，她早已挂机。孟鹰不过是对飘浮在屋里的尘埃呼喊。

但女儿并没有在脑里停留，倒是孟灯的脸重又旋转起来，孟鹰一阵眩晕。

孟鹰苦笑着叹口气。事与愿违，一直如此。想维系的总会断掉，想挣脱的总咬着他不放。

孟灯第一次进城住了五天，那五天却毁了孟鹰苦心经营了六年的婚姻。

7

孟灯骑着自行车沿村庄转。白天孟燕敢独自在家，他可以放心寻找秃子。一百元假币，孟灯本来要放弃了，但那个念头冒出来，他改了主意。他必须追讨。他知道秃子不认账，他需要秃子不认，这样就可以一趟趟找秃子，就可以一次次给孟鹰打电话。他本来要去城里的，现在不去了。他的目的是见孟鹰，如果孟鹰回来，他为什么还要去那个破地方？孟灯去过一趟，伤透了心。要是孟鹰回来，他决不会去的，决不会带着孟燕一起去。

这么多年，孟灯一直等待孟鹰回来一趟，哪怕进门屁股没坐热就走也行。可孟鹰总有这样那样的借口。孟灯被驴踢了，半个月不能下地，孟鹰没回来。孟燕发高烧，差点烧哑，孟鹰没回来。孟灯点过一次柴垛，点着又后悔了，还好没烧到房子，可一半柴火烧没了。他知道孟鹰远在省城，看不到这些，可他需要孟鹰知道，他和孟燕几乎被烧死。孟燕怎么说也是他亲妹子，是一个娘胎出来的。但孟鹰的心像泰山的石头，不过多寄几百块钱。硬招拽不回他，孟灯就继续示好。孟灯像得不到宠爱的妃子，翘首企盼着皇帝的恩泽。可是，等来的除了失望还是失望。

是的，孟灯所有的招都用尽了，实在无计可施，才决定去城里。那个话只能当面说。先前不回来就不回来吧，现在不行，他必须见到孟鹰。

终于有了由头。孟灯想借这个事逼孟鹰回来。这是孟灯最后的战斗，为孟燕。无论胜算几何，都必须拼上全力。

转到第三个村庄，孟灯终于看到秃子的厢式货车，就在街中央。孟灯听到爆起的笑声。秃子和一帮闲人蹲在墙角。三四个妇女，两个老汉。孟灯知道秃子又在讲荤笑话，有妇女在场，秃子特别爱讲荤段子。在宋庄，秃子也讲。若孟燕不在身边，孟灯也会停下听他胡侃。

孟灯刹住车，那几个人才回过头，脸上的笑还未散尽。只有秃子黝黑的脸绷着。他就有这个本事，任凭别人笑破裤裆，他自个儿却绷成鼓皮。看到孟灯，秃子的鼓皮突然松动，仿佛突然间被捣了个窟窿，又怕别人窥见窟窿里的内容，他大步过来，抓住孟灯的车把，声音带着恼火，你怎么来了？

孟灯感觉到秃子的慌，反问，我怎么不能来？秃子压低声音，别影响我做生意。孟灯不买账，大声道，你给了我假钱，还不让我找你？

墙角那些人围过来。乡村没什么乐子，大大小小的吵架就算唱戏。就像一群蚊子，闻到血腥都会追过去。舔不到，闻闻也是好的。涉及钱，还是假钱，戏份就足了。

孟灯有些得意，要的就是这个效果。他不回避秃子冷硬的目光，掏出那张假钱晃了晃，看见了吧，我卖一只羊，五百块钱，他倒给我一张假的，合着一条羊腿白给他了呀。有人想拿过去看看假钱究竟什么模样，孟灯晃了晃又装起来，算了吧，小心沾上晦气。

秃子咳了一声，指着孟灯说，宋庄的这个人，我是买了他一只羊，给了他五百块钱。

孟灯说，听见了吧，我若撒谎，就让我撞死。

秃子问，好，你当时数了几遍？

孟灯说，三遍。

秃子问，你对着日头照过没有？

孟灯说，照过。

秃子又问，你看清了钱，我才拉羊的，对不对？

孟灯说，我当时……

秃子截断他，你把钱装了对不对？

孟灯说，我是装……

秃子喝叫，那还说个屁呀！和尚头上的虱子——明摆着，你是想讹我。我他妈不差这一百块钱，你要穷疯了，我给你一百，二百三百都行，你要往我身上泼脏水，找错对象了！

秃子一通轰炸，落在孟灯脸上长长短短的目光已经带出鄙视。他们

听出了理。孟灯再欲辩解，秃子转身向货车走去。孟灯好不容易找到他，刚刚一个回合，当然不会言败。他猛地抓起自行车丢进车厢。秃子不理会孟灯，迅速发动了车。孟灯抓着车挡板跑了几米，跃上车。街上的人一个个直了脖子，如果有可能，他们会追上来。

孟灯当然不会退缩。他不是给他们看，孟鹰才是他心中的观众。

因此，虽然被秃子颠得肠子都要绞在一起，孟灯并不在意。乡村的路本就坑坑洼洼，秃子显然窝着火，专拣破路走。他忽而加大油门，忽而急踩刹车。他分明想把孟灯甩下车。孟灯死死抓着车厢。有两次没抓牢，整个人被甩起来，但并没有落到车外。头肯定磕破了，他感觉到有液体流淌。孟灯不害怕，他要的就是这个效果，越惨烈越好。

秃子拐进荒滩。竟然拐进荒滩，秃子一定是气疯了。荒滩有明沟也有暗沟，货车栽进去很可能车毁人亡。孟灯不怕死，但现在不能死。脑里晃过孟燕那张嗜睡的脸，孟灯几乎咬破舌头。或许该跳下去，现在跳还不晚。可是，颠来颠去，没有跳的可能。

突然一个刹车，孟灯的头又撞了一下。

刹住了，只是车似乎仍在发抖。

孟灯摸摸脑门，确实在流血。秃子分明想谋杀他呀。孟灯定了定，不见秃子开车门，也听不到秃子说话。他趴着后车窗瞅瞅，只看见秃子一个侧影，像凝固了。

孟灯忍着疼痛跳下货车，想瞧个究竟。走到车头，突然怔住。前方是一个大坑，足有两米深。秃子显然发现了深坑，及时踩了刹车，晚一点点车就栽进去了。孟灯有些后怕，真是悬呢。孟灯再瞅秃子，仍凝固着，似乎看着什么又似乎什么也没看。秃子眼里没有光亮，虽然瞪得溜圆。动物刚刚死去时眼睛就是这个样子。秃子的脸也是死的，比惨白还白。

孟灯明白秃子吓坏了。他比孟灯还害怕。看到秃子这个德行，孟灯的心反松弛下来。孟灯拍拍车门，秃子终于醒过神儿，眼底泛起细碎的光。那光慢慢聚拢，合成一股，击到孟灯脸上，妈的，你差点让老子见了阎王！

8

刚进入状态，崔小莉猛推孟鹰一把。孟鹰惊了一跳，一跃而起，想抓却又不知抓什么，像影视里那些仓皇的偷情镜头。身后空空荡荡，卧室的门仍然关着。她又过敏了。孟鹰有些恼火地看着她。崔小莉小心翼翼的，你确信他没安？孟鹰说，我检查二百遍了，你还不放心？崔小莉带了些歉意，好吧好吧，我就是有点害怕。

但孟鹰找不到感觉了，机械地应付一会儿，垂头丧气地倒下去。那个晚上，孟鹰醉酒敲门，男人还是怀疑了，虽然他什么都没问。男人走好几天了，崔小莉仍惊魂未定。她不怕男人怀疑，早就做好离婚准备。她怕的是男人在屋里安窃听器摄像头之类。男人有罪证在手，分割财产她就被动了。她没说，但孟鹰清楚她的心思。孟鹰不敢马虎，上网搜了些相关资料，旮旮旯旯检查了个遍。崔小莉多虑了，男人没她想象的那样有心机。但崔小莉疑云未消，特别是和孟鹰做爱时，浓云翻滚，冷不防就会砸些冰雹下来。照这样下去，不只她，孟鹰也得搞出病来。

崔小莉轻轻抚摩着孟鹰的背，对不起，我就是紧张，你没事吧？孟鹰拱了拱，算是回答。他不痛快，但不能冲她发火。他没资格更没资本。其实是崔小莉收留了他，不然他就是一条丧家犬，即使不至于流落街头，也会狼狈许多。况且根源在他身上，若那个晚上他不关机或者打开手机瞧瞧，她就不会变成惊弓之鸟了。

两人平躺着，崔小莉碰碰孟鹰的手，问他想什么呢。孟鹰说，我在想第三次世界大战会是谁发动。懒得说话时，他就这副腔调，崔小莉不会听不出来。崔小莉却说，说会儿话吧。然后在他手背拧了一下。孟鹰问，说什么？崔小莉说，说说你呗。孟鹰笑笑，白天黑夜你都见了，还用说吗？崔小莉又拧他一下，不老实，你又不是一个人。

孟鹰明白她想听什么，虽然那与她无关。她可以说她自己，但孟鹰不能。他离异，有一个女儿。仅此而已。他能说什么呢？说他为了迫前妻结婚，曾咬破指头写带血的情书？说他羡慕前妻的家庭，为了融入进去把自己训练成保姆？说女儿出生时，岳父让她跟前妻姓，他像被揉皱的纸团，却笑着对岳父说自己也是这样想的？说喝醉的小舅子挨了打，他没有帮上忙，如犯大罪，走路都小心翼翼的？说岳母的银行卡丢了，漫不经心的问话中如刺的目光？即便如此，他还是小心翼翼地经营着，可劁匠住了一

晚，他的婚姻就此崩塌？不，他不会说的。那是他的隐私，更是他的伤痕。

崔小莉却不甘心，你以前的家，你怎么从来不说？孟鹰怔怔的，以前？崔小莉说，是呀，你不是二十岁才来到世上的吧？童年搞过什么恶作剧？上学恋过女老师没有？脑中有镜头闪过，孟鹰突然抽搐一下。崔小莉没有看到孟鹰扭曲的脸和脸上滑过的痛。

顿了顿，孟鹰说，我逮过一只跳兔，拴了兔子的腿玩。我喜欢看兔子打洞，我觉得跳兔就是变成孙猴子也永远逃不出如来的手心。可跳兔钻进洞里，我怎么也拽不出来。后来，我费了牛劲儿终于拽出来，竟然只是一条血淋淋的腿。崔小莉哎呀着擂孟鹰，你真残忍。孟鹰笑笑，那就说点轻松的。我的女老师没有漂亮的，特别是体育老师，又高又壮又黑，学生都叫她黑大个儿。她肯定特别能吃，每次上体育课都能听到她打嗝，有时还放屁。她以为操场声音杂，我们听不见，哈！而且，她还配合动作，一跺脚……崔小莉捂孟鹰的嘴，别说了别说了，起一身鸡皮疙瘩，恶心死了。孟鹰拽她，不听了？崔小莉有些夸张地说，完了，今儿我肯定要做噩梦。孟鹰说，别再这么好奇了，恐怖的还在后头呢。崔小莉问，你真的假的呀？孟鹰说，你还没过瘾啊？崔小莉作投降状，不听了不听了，我怕你行了吧？

孟鹰嘴角滑过一丝古怪的笑。

这些无关紧要的，孟鹰可以说一整夜。他当然要绕开的，除非必须。可必须不等于真实，或者说，那意味着更多的谎言。作为前妻家庭中的一员，很长一段时间，孟鹰的身份是孤儿。谎言被戳破，日子便有了破绽，无论怎么努力，再不能恢复原样。

孟鹰并不想撒谎，他只是想把过去割掉。但一切都是徒劳。这么多年，他没和那个家断开，没和孟灯断开，甚至没和那个村庄断开。每笔汇款都得写上村庄的名字。

崔小莉转过身，很快就睡着了。孟鹰知道她睡着了。或许，她真会做噩梦呢。

其实，跳兔还有续集。

他看着血淋淋的腿，怔了几秒，忽然听到母亲的号哭。他丢下兔腿就跑。果然，劁匠又在打母亲。他扯着母亲的头发，骂骂咧咧，眼睛血红，似乎随时会有血喷出来。八成母亲又和哪个男人说话了，当然也可能是别的什么事，或者根本没理由，只是他不痛快了。他往家里拖拽母亲，这样就没人能阻拦他。母亲当然清楚，努力后撤，但不敢使大劲儿，没准她的头皮会被拽掉。于是，她大声号哭，似乎这样劁匠就会松手。

孟鹰早已见惯不惊，鄙视渐渐盖过同情。母亲打不过他，也没必要像被杀的猪一样嚎叫，因为那不但不能让他心软，反倒成了他暴怒的号角。她为什么不咬紧牙闭住嘴？为什么不让他打死？为什么他打累歇着，她又披着散乱的头发给他做饭？

孟鹰站在人群外，冷漠地看着太过熟悉的场景，似乎跑过来只为证实。与往日不同的是，他脑里还有一条血淋淋的腿在晃。

然后，他奔跑回家，抓起厚重的菜刀。刚刚剁完猪菜，刀身上还沾着几片叶子。听声响，劁匠快把母亲拽至院门口了。孟鹰旋风一样刮出去。劁匠侧着身，没看到一个小小的身影正奔过来，结果大腿结结实实挨了一刀。孟鹰本想再砍，但劁匠飞脚把他踢开。

9

别再折腾了好不好？孟鹰终于喊出来。

孟灯无声地笑了。他听出孟鹰的恼怒，还有些许的无奈。也许不用多久，他就会乞求孟灯。孟灯并不感到得意，扰烦、激怒孟鹰不是他的目的。他严肃地、一本正经地说，这不是钱的问题，明明他给了我假钱，偏说我讹他。孟鹰说，较这个真有什么用？我补你十倍、二十倍！孟灯摇头，仿佛千里之外的孟鹰能看见，这真不是钱的问题，我要他承认，他故意给我假钱，他想糊弄我。孟鹰叫，那你自己解决，别再给我打电话！孟灯说，你是我儿子，是孟燕的哥哥，不给你打给谁打？孟鹰突地挂了电话。

孟灯能想见孟鹰的脸，一定是乌青乌青的。生气，孟鹰的脸就像涂了青粉，从小就这样。孟灯至今不清楚孟鹰的脸像谁。整个村庄，还有邻村许多个男人，他都暗中比对过。孟灯走村串户，有这个便利。那时候，孟灯有个恶毒的念头，找见那个人，立马劁了他，那对他实在太容易。但劁刀始终没派上用场，倒是他落下斜眼看人的毛病。

孟灯是在院里打的电话。虽然孟燕沉睡的时刻，两百个高音喇叭也

吵不醒她，但每次打电话，孟灯都躲出去。万一惊到她呢？何况电话那端是她的哥哥。她能吃能喝能睡，发起飙来也有股蛮力，可孟灯清楚，她不过是个蛋壳，经不得碰。

白天的风很大，有那么一阵子，孟灯推着自行车走，即便这样，仍被刮得东倒西歪。夜空下的院子异常安静，风似乎比孟燕还惧怕黑夜，躲在洞里不敢出窝了。树枝扑棱一声，夜鸟又归巢了。这只鸟总是夜晚归来，白日几乎不见踪影。孟灯凝望着黑乎乎的枝头，想，若白天鸟也在，倒是孟燕的伴儿呢。

次日清早，孟灯为孟燕准备了两餐的饭，嘱咐吃过就在院里玩，别往远跑。孟燕不高兴，你又要出去呀？孟灯说，我得找人要钱，有了钱才能买罐头。孟燕仍噘着嘴，黑头不在，没什么意思。孟灯说，圈还在么，你替黑头打扫干净，说不准黑头哪天就回来了。孟燕的眼睛闪过一丝光亮，继而暗下去，你骗人的吧。孟灯的心被扎了一下，他想摸摸孟燕，孟燕躲开，仍那样看着他。孟灯说，黑头进城了，早晚有一天……会回来的。孟燕问，咱啥时候去城里？孟灯说，等我把钱要回来，我估摸着你哥也该回来了。孟燕眼底又泛起柔润的光泽，真的吗？孟灯说，只要你听话，总能等见他的。

出门前，孟灯又检查一遍，确认火柴全在身上。孟燕一个人绝对不能生火，所以孟灯备了两餐的饭。孟燕当然会烧火，她常帮孟灯干活。但她一个人不行，那边火燃着，她没准就睡了。发生过一次，好在灶坑柴火不多，孟灯就在院里，没酿成大祸。就是那样，孟灯也吓坏了，半个月心都没落进肚。

孟灯转了两个村庄便找见秃子。已经找过十几趟。秃子嘴巴咬得和过去一样死。孟灯要的就是这个。这样，两个人的戏就能继续合演合唱。孟灯没再当面揭穿秃子，而是在旁边等。但好多人都知道，见孟灯就招呼，又来了？孟灯舔舔嘴唇，说，要自个儿的钱，不怕烦。秃子反而不说什么，忙自己的，偶尔冷眼翻着孟灯，恨不得把孟灯吞下去的样子。

黄昏，孟灯背着一身汗返回来。自行车已经骑了十多年，尽管换过部件，上路还是咯咯吱吱响。买一辆新的当然没问题，但孟灯舍不得买，再说也没有买的必要了。孟鹰寄回的钱，他都给孟燕存着，多存一分对孟燕也是好的。

孟燕伏在地上摸索着什么，孟灯问她怎么了？孟燕说丢了一粒扣子，怎么也找不见。孟灯责备，你都是大姑娘了，别动不动就趴在地上，叫人看见要笑话呢。孟燕说，我扣子掉了呀。孟灯说，少就少一粒，别找了！孟燕说，我能找见的，扣子还能长翅膀飞了呀，肯定掉地上了。孟燕没抬头，还四下搜寻着。孟灯叹口气，反正在自己家，由她去吧。

孟灯挽了袖子洗手做饭，问孟燕想吃什么。孟燕心不在焉地说，扣子。孟灯抿嘴笑笑，又有些难过，好吧，你就吃扣子吧。等他把莜面锅饼端上桌，孟燕仍在地上，她抓着一根铁棍，从柜底往外勾。为了能看得清楚，脸几乎贴在地上。

孟灯突然有些恼火，猛地扯住她的胳膊，起来起来，别找了！一拉一拽，孟燕哎呀着，还是立起来。她的脸涨红了，干什么呀？我刚够着。她左脸弄脏了，右半边脸倒是干净，只是划了一道伤，不怎么明显。孟灯的心揪了揪，呵斥，你还想不想找婆家？孟燕气鼓鼓的，不想！忽又蹲下去。但她没见着扣子，怎么也找不到了。待再次立起，孟燕泪汪汪的，我快要够到了，都怨你都怨你，这下好了，扣子真飞了呢！孟燕哭，孟灯的心便软成烂泥，怨我怨我，明儿给你买一大把，行不行？哄了一会儿，孟燕总算露出笑模样，怕孟灯反悔，和孟灯拉了钩。

两人对坐吃饭，孟灯发现孟燕衣服上确实少了一粒扣子。孟灯暗暗叹口气，她玩起来没深没浅的。

孟燕问孟灯要上钱没有，孟灯说，还没有，那家伙想赖呢。孟燕说，你还是带上我吧，他不给，我抓他的脸。孟灯嘿嘿笑了，燕儿厉害呢，不过，咱不能先动手，动手就理亏了。孟燕说，我就知道，你变着法留我一个人在家。孟灯说，你得看家啊，万一小偷来了，偷走面再偷走油，就吃不成烙饼了。还有，你得等你哥呀，万一他回来，家里一个人也没有，他会不高兴呢。孟燕点点头，突然想起什么似的，我梦见黑头了。孟灯的目光便虚了，是么？孟燕说，黑头钻我怀里，我一直搂着呢，我以为黑头再也不走了，可醒来黑头就不见了，喊了半天也不应。黑头……孟燕说不下去了。孟灯低下头，快吃吧，饭都凉了。

饭后不久，孟燕便睡了。孟灯端详了她一会儿，站起身。腿软了一下，差点摔倒。白天奔波，孟灯像注射了药，一点儿不觉得累，歇下来便累得要命。他定了一会儿，出屋。

一天当然不能就此结束，还有更重要的任务。

孟灯仰望夜空片刻，缓缓掏出手机。

10

你到底想干什么？孟鹰竭力控制，生怕火球炸裂胸腔。

孟灯说，你回来一趟。声音平稳，显然这句话揣了很久。

孟鹰冷笑，你终于露了底儿，这就是你的目的？

孟灯说，我是有儿子的人，不能由着人欺负。

孟鹰说，让我帮你打架？我又不是黑社会。

孟灯说，你是记者，听说县长都害怕呢。你参一下，县长的乌纱帽就丢了。这算个鸟事？你露个面儿就行。

孟鹰恶狠狠地说，你就当没我这个儿子，就当他死了！

孟灯说，咒自个儿干什么？孟燕也想你呢，她可是你亲妹妹。

孟鹰的脑袋被电击了似的，突地一阵冷麻，我没空，回不去。

孟灯说，我不信你比总理还忙，你……

孟鹰猛地掐断电话。火球没炸裂，却不安分，横冲直撞，孟鹰用力捂住胸口。前排的小女孩自孟鹰打电话就一直好奇地望着他。孟鹰冲她笑笑，小女孩突然扭回头。他的脸色肯定很难看。他把小女孩吓着了。孟鹰望着她乌黑柔软的头发，有一刻非常期待小女孩回过头，他会给她一个温暖的、不那么恐怖的笑。但小女孩再没回头，孟鹰怅然地闭上眼睛。

这是一辆通往山区的中巴，孟鹰有采访任务。

这些日子孟灯快把孟鹰的电话打烂了。之前孟灯还是有分寸的，要么在他上班之前，要么在他下班之后，小心翼翼的，生怕影响他，惹他不高兴。孟鹰能感觉到他赔着小心的讨好，毕竟孟鹰每个月都寄钱。和前妻在一起时，孟鹰为了每月的开支绞尽脑汁，有时甚至不惜撒谎。孟灯没逼他，他也没承诺过，如果这是契约的话，是孟鹰和自己签订的。所以，孟鹰不是因为孟灯的讨好一趟趟往邮局跑。只要活着，他就会。

可从那天开始，孟灯突然张狂了，他的电话没有规律，似乎想起来就打。开会、写稿甚至和崔小莉做爱的时候。他是故意的。孟鹰清楚他是故意的。那个破事不过是借口，逼孟鹰才是真。孟鹰绝对不会回去。回去干什么？难道寄回的不是钱，他亲自送回才是钱吗？至于他妹妹，妹妹……孟鹰使劲晃晃脑袋，每次想到她，他都有被钢针刺穿的感觉——他不知能做什么，他什么也做不了啊。

山区路况不好，到那个小镇已是傍晚。孟鹰吃了碗面，找了个能上网的旅店住下，掏出笔记本电脑，迫不及待地进入另一个世界。孟鹰从来不打游戏，更不在虚拟时空消费情感。孟鹰耗在网上的时间多半与孟燕有关——偶尔，他会看一部电影。跑完那些医院之后，孟灯彻底死心了，彻底认命了。但孟鹰没有，或者说，他的心死过，但又活过来，虽然气若游丝。医生没有办法，网上也没有仙丹，但万一呢？孟鹰的文件夹里全是关于这方面的病例，有的他还见过面。他还在网上搜到一个天堂梦的QQ群，这个世界上，竟然有那么多奇奇怪怪的嗜睡者。其中一个，睡了一个月不吃不喝，和死亡没什么区别，但一个月之后醒过来。还有一个，平时沉默寡言，摔了一跤，睡了三天，之后变成话痨。

奇迹浇灌着也激励着孟鹰死了又活过来的心。

但孟鹰从未向孟灯透露过丝毫信息。他没告诉过前妻，没告诉过崔小莉。那是他一个人的秘密，是他的黑暗之花。

午夜时分，孟鹰合上电脑，揉捏着酸涩的眼睛。每次上网，孟鹰的血液都被烧沸，翻腾着滚滚浪花。可几个小时下来，血冷得几乎凝固。奇迹总是有的，那与孟燕没什么关系，与孟鹰没什么关系。孟鹰能做的也就这些，像一个饥肠辘辘的乞丐，远远站着，满眼放光地看着他人享受盛宴。他什么都做不了。有时，心灰意冷的孟鹰被绝望笼罩，疯狂地虐待自己，恨不得将脑袋扯下来丢掉。不过，一夜之后，孟鹰的期待和希望又与太阳一同升起。

孟鹰对所谓的暖新闻向来没兴趣，除非头儿派硬任务。但这次不同，孟鹰主动要来的。一个睡了三年的植物人，在丈夫歌声的呼唤中，竟然说话了。昏睡、沉睡、浅睡、醉睡，所有带睡的词汇，都会吸引或灼伤孟鹰。

次日，孟鹰从小镇返回省城。孟鹰没像以往那样熟门熟路地回崔小莉

家。崔小莉问他什么时候回来，他回复两天后。他现在不想去崔小莉那儿。当然，他不是讨厌她，想和她分开什么的。他还是需要她的，她的身体、她的家。只是现在不想，他想一个人静两天。虽然他知道一个人也不能清静，但就是想一个人待着。

是的，不可能清静。刚刚进屋，孟灯的电话就来了。

11

孟灯蹲在饭馆门口看厨子杀羊。厨子很瘦，肩窄窄的，像个竹片，但力气却大得出奇。那么重的一只羊，190多斤呢，厨子居然不捆，更不用人帮忙。把羊摔倒，单膝抵住羊腹，左手抓住羊鼻梁，右手持刀。一刀下去，热气腾腾的血便喷进盆子里。羊挣扎抽搐，却发不出声音。待血淌尽，厨子叼住刀，右手扯住羊后腿，像丢破袋子一样扔到窗户底。

孟灯干活也很利索，劁猪劁羊从不用帮手，只有给驴马牛动刀才需捆绑。孟灯也是见惯刀光血影的人，可看到血喷出来那一刻，竟然有些眩晕。他下意识地抹了抹，仿佛血溅到了脸上。他想起了黑头，有些难过。黑头的血喷得更冲吧。黑头比厨子杀的这只羊还肥。追了秃子两个月，孟灯对秃子收羊的门道也摸清楚了。一般大羊、老羊，秃子送往屠宰厂，或是卖给饭馆。而那些半大羊则卖给育肥基地，羊在那里吃三个月掺了生长素的饲料，喝三个月添加了生长素的水，然后再挨那一刀。羊的命运都一样，横竖躲不过那一刀。

秃子坐在另一侧的凳子上，手里抓着一只特大号水杯。水是从饭馆倒的，刚刚烧开，秃子吹几下，喝一小口。老板娘取钱去了，秃子等着拿钱。这只羊，秃子收入不菲呢。他在秤上糊弄卖羊人，饭馆却糊弄不了他。秃子极贼。这种人什么做不出来？那张假钱绝对是秃子给他的。秃子被他咬着不放，也是活该。

老板娘斜挎着黑皮包，刚刚露面，秃子便从凳子上站起。厨子已经剥掉羊皮，该开膛破肚了。老板娘掏出红花花的票子，抱怨取钱人多。秃子的目光在老板娘胸上溜了溜，说，我正好喝口水。老板娘让秃子点点，秃子甩甩便装进兜里，嬉皮笑脸的，没这么点儿交情，咱还做什么生意？

秃子开车门，孟灯已跳到车上。跳得慢些秃子就开走了。孟灯钻过一次驾驶室，其余都蹲在车厢内。有时和羊挤在一起，有时只有他和自行车。为了防备自行车晃荡，孟灯每次出来都带着绳子。秃子再没玩惊险游戏，但遇到沟沟坎坎，仍要顺势颠孟灯一下。孟灯当然明白。以为颠几次就不缠他了？也太小瞧孟灯了。

出了镇，秃子突然加速。孟灯赶忙抓牢，不知秃子又要耍什么花样。几分钟后，货车嘎一个急刹。孟灯右肩撞在车板上，顿时火辣辣的。秃子跳出来，孟灯立刻恢复了平静，才不让秃子看到他撞疼了呢。

秃子深深地剜孟灯一眼，点了支烟。吸一口，又剜孟灯一下。直到一支烟吸完，才开口，下来吧，还有你的破自行车。

孟灯说，谁说我的自行车破，再骑十年八年都没问题。

秃子骂，少他妈啰唆，快给老子滚下来！

孟灯说，我不下去！

秃子骂，我他妈真恨不得杀了你！

孟灯说，我死也要死在车上！

秃子又骂，你他妈就是一条癞皮狗。他拽出一张百元票子，摔进车厢，恶狠狠地说，我他妈烦透了你，你他妈给老子滚蛋！

孟灯有些呆。剧情陡转，过于突然了。秃子发过誓，说，你他妈就是找来阎王爷，也休想让老子当这个冤大头！秃子还说自娘胎出来老子就没怕过谁。秃子这是怎么了？烦了？害怕了？那张百元大钞就在孟灯脚边，是秃子给的。不，是秃子还的。只要孟灯伸出手，就彻底画上句号。从此各走阳关道独木桥，谁和谁都没关系。

可孟灯不想画上句号，不想结束。戏刚唱一半，看戏的人还没露面，怎么能结束呢？不能啊。但秃子已经把钱还了，他再没理由追在秃子后面。他不是癞皮狗。

秃子催促，快点，我他妈还有事呢。

孟灯僵僵地立起，把自行车扔到地上，慢慢滑下。然后挪着走过去，扶起自行车。

秃子嗨一声，把孟灯遗忘在车内的钱捡起，扬扬，挖苦道，你不就是冲这个来的？别忘了！

孟灯盯住他，声音有些冷，我讹你了？

秃子喊一声，似乎不屑答。

孟灯追问，我讹你了？

秃子不耐烦地说，别说这些没用的屁话，现在钱给你了，我要走了。

孟灯一把扯住他，你老实说，假钱是不是你给我的？

秃子甩了甩，没甩开。

孟灯问，我只是要自个儿的钱，你说，你是不是故意糊弄我的？

秃子说，我他妈已经把钱给你了，你还想怎么着？

孟灯说，我没讹你，我只是要回自个儿的钱，我不是癞皮狗。

秃子瞪眼，咋？还让我给你赔礼道歉啊？

孟灯说，你说得没错，你必须承认你是故意糊弄我。

秃子劈手把那张钞票抢过去，大骂，你他妈给脸不要脸蹬鼻子上脸，你是阎王还是小鬼？老子不尿你个王八蛋！

孟灯说，你嘴巴干净点儿。

秃子骂，我他妈骂你又能咋的？你就是癞皮狗！疯狗！

孟灯往前一步，他没有和秃子打架的意思，不过是想捂他的嘴。只是想捂他的嘴。秃子突然出手，猛推孟灯一下。孟灯没提防，向后摔倒。秃子没有进一步动作，骂骂咧咧地驾车离去。

孟灯没有追。货车消失好一阵了，他还在地上坐着。摔疼了，但并不是疼得爬不起来。他有些晕，一个又一个弯，转得太突然了。不过，有一点儿他是清醒的，戏并没结束，他不是癞皮狗。秃子必须把话说明白，只是还钱怎么可以？

孟灯就那么在地上坐着给孟鹰打电话。孟灯不怕孟鹰挂断，就怕他不接。有几次孟鹰不接，孟灯就一遍遍听着嗲声嗲气的歌曲。不过，多数情况，孟鹰还是会接，虽然没有好腔调。

我让人打了！孟灯喊。这句话很有效，一下就把孟鹰夹牢。孟灯知道孟鹰被他夹住了，他几乎能听到孟鹰粗重的呼吸。我让人打了，鼻口流血，这会儿还在地上坐着。狗操的秃子骂我癞皮狗不算，还打我！你是不是就盼着这个？你是不是很痛快？过去，有些事我是做过了头，让你受了气。可我该做的都做了，要鞋给你买鞋，要袜给你买袜。你想念书，我一百个不情愿，也没阻拦你。学费那么贵，不都是我挣的？你知道劁多少猪骟多少羊才能攒够你一年的学费？小子，说出来吓你一跳，你个没良心的，翅膀刚硬就把我忘了。忘了我也不要紧，咋能忘了你妹子，她是你亲妹子啊！你咋能忘了你躺在地下的娘？你以为每月寄钱就可以了？就什么也不用管了？别人欺负我，和你没一点关系？你就一点不关心不操心？你不待见我可以，由人欺负我也可以，你总不能不理孟燕吧？状元也有还乡的时候，你回来一趟又能咋的？能缺胳膊还是少腿？算我求你，回来一趟！

孟灯一口气说出来。憋了好久了。孟鹰总是突然就挂掉电话，他几乎没有完整说话的机会。

你听到了吗？孟灯问。那边已经挂掉。不知孟鹰刚挂掉，还是他刚刚诉说就挂掉了。不管怎么样，他终是说出来了。

又坐一会儿，孟灯站起来。他扶起自行车，摇摇晃晃地走到路边撒尿。解开裤子，他闭上眼。有一段时间了，他不敢看自己的尿。每次撒尿都闭上眼，似乎这样他的尿就会和原先一样是黄亮黄亮的。撒完，他还是忍不住往地上瞅了瞅。草芽已经很高了，但并没有把地皮覆盖住。他能看到的，有些血珠还挂在草上，像一个个小灯笼。

孟灯怔了一会儿，生硬地扭过头。风不大，但他没有骑上车。他走得极慢，偶尔一个趔趄。几乎摔倒，但终是没有。

12

饭后，孟鹰抓起苹果。崔小莉从来不放下筷子就吃水果，至少要隔半小时以上。和前妻在一起那些年，孟鹰也很精细，比如削皮比如切块，用牙签扎了吃。离婚后，孟鹰很多习惯又恢复到出厂设置。崔小莉的讲究比前妻多了去了，但她没要求孟鹰什么都和她一样，比如这吃水果，只是偶尔皱皱眉。

孟鹰刚咬下一口，崔小莉突然说，去你那儿住一晚吧。孟鹰惊了一跳，几乎噎住。终于咽进去，喉咙竟有些疼，问道，干、干什么？崔小莉瞪着孟鹰，不就是去住一晚吗？你吓成这样？你不会还藏着什么人吧？孟鹰说，我那儿是贫民窟，到处是灰尘，还有老鼠，怕惊着你。崔小莉不相信楼上还会有老鼠，你故意吓我的对不对？孟鹰满脸严肃，那是上世纪

80年代的楼，不要说老鼠，蛇也有的。崔小莉说，你越说越离谱了，蛇是老鼠的天敌，这些常识我还是有的，天敌怎么会住到一起？孟鹰意识到说偏了，缓了口气，蛇不常住，饥饿的时候才去……崔小莉直定定地盯着他，孟鹰把后边的话吞进肚。

过了一会儿，崔小莉幽幽地说，我非弄出病不可。孟鹰心说，你已经病得不轻。孟鹰检查过上百次摄像头了，每次做爱前，崔小莉仍让孟鹰再仔细察看。万一他偷偷回来装了呢？万一他偷偷雇人装了呢？这样的假设毫无根据毫无意义，若说可能，什么可能没有？你睡在床上，可能遭遇十级地震，吃饭可能噎死，走路可能掉沟里。那还睡不睡了？吃不吃了？走不走路了？但劝说仅仅起三五分钟疗效。崔小莉疑神疑鬼，似乎丈夫的窥视无处不在。

孟鹰提议去宾馆住一晚。两人第一次上床就是在宾馆。自她丈夫走后，孟鹰就没和她痛痛快快度过一个夜晚。她快把孟鹰吓成废人了。崔小莉没说话，开始收拾东西。

可上了车，崔小莉却缠着孟鹰，非要去他那儿看看。孟鹰叹口气，让司机掉头。孟鹰确实不想让崔小莉过去，那不只是一个住处，还是一面镜子，他所有的过往，阴暗、失败、伤痛，都在那面镜子里。他不允许他人接近、触碰。但他清楚崔小莉在想什么，他不但没吓住她，反而激起她的好奇。

孟鹰不久前打扫过，推开门仍能感觉到扑面而来的尘埃。崔小莉下意识地掩掩鼻子。孟鹰问，还进去吗？崔小莉大声道，就是魔窟我也闯了！五十几平方米，两分钟便转完。孟鹰说，行了吧，还是去宾馆住。崔小莉没说话，目光久久盯着墙上他和前妻、女儿的合影。他没有和女儿单独的合影，这张照片是女儿过生日一块儿照的。那是你前妻？崔小莉问。孟鹰嗯一声，想解释，又觉得没必要。崔小莉说，挺漂亮的，你眼光蛮好哦。孟鹰说，我的眼光一直不差。崔小莉看看孟鹰，似乎确认他有多少认真成分。不过，她目光有些凌厉呢，很厉害吧……孟鹰看下表，说，不早了。崔小莉把包丢在床上，说，不走了，小屋挺好的，怎么，还不乐意呀？孟鹰耸耸肩，随便。崔小莉问，真的假的呀？孟鹰一把抱住了她，我饿了，吃个大餐吧。

换了环境，崔小莉果然松弛许多，甚至有些放浪，大呼小叫的。蛇和老鼠吓不住她，其实，丈夫也吓不住她，让她害怕的是失去财产分割权。倒是孟鹰有些拘谨，几次试图堵她的嘴巴。崔小莉自然察觉到，问他怎么了。孟鹰装糊涂，什么怎么了？崔小莉说，你心不在焉的，想谁呢？孟鹰说，除了想你还能想谁？崔小莉擂他，给我灌迷魂汤？孟鹰表忠心，骗你是小狗。

崔小莉并未生孟鹰的气，对孟鹰的讨好显然也没上心，不像往常，她会盯住让他重复。孟鹰常常觉得好笑，她和他不过是临时搭伙，又不是爱得死去活来的少男少女。他需要一个女人，一个能把他带回家带上床的女人，而她只需要一个男人，仅此而已。不过，孟鹰还是半真半假地配合她，权当玩游戏。

崔小莉推开孟鹰，说口渴了。孟鹰转了一圈，竟然半瓶矿泉水也没找到，打算烧一壶热水。崔小莉叫，我都渴死了，自来水也没有吗？孟鹰说，当然有。崔小莉不喝自来水，她家一向是纯净水。看这情形，凤凰到了鸡窝，也未必不能适应。没条件讲究，自然就不讲究了。

崔小莉灌下去，却没有睡意，赤裸着身子走来走去，这儿瞅瞅那儿翻翻，孟鹰催促两次，她充耳不闻。孟鹰也就闭嘴，虽然心里不是很痛快。他还能金屋藏娇啊？女人的心思真是琢磨不透。

有一阵，孟鹰迷糊着了。梦见自己站在星罗棋布的窖口中间，他想走出去，却始终不能。窖口像巨大的嘴巴，一个个深不见底，随时能把人吞掉。他急得直冒汗，放眼望去，四野空空，一个人影儿都没有。

铃声突起。孟鹰被惊醒，竟然晕头转向的，差点撞到墙上。终于摸到枕侧的手机，但手不利索，几次才点中接听键。他喂一声，感觉一滴汗珠砸到大腿上。

崔小莉站在屋中央，怔怔地看着他。

孟鹰抓着手机，与她擦身而过，几乎撞着她。然后，他躲进卫生间，合上门，气急败坏地质问，你不睡，也不让别人睡了？他尽量压低声音，以免崔小莉听到。

那边静着，仿佛打电话的目的就是半夜三更吵醒他。孟鹰低低地吼，尽可能把愤怒传到千里之外。说呀，不说我挂了。他的威胁起了作用，那边说，我挨打了，你管不管？孟鹰突然窒息似的，整个胸被挤压成竹板。你还有完没完？挨打找派出所！剿匠说，你是我儿子，是我把你养大的，你不管谁管？孟鹰不想说下去，如果没有别的事，我要睡了。孟鹰厌烦他

的电话，但哪日若劁匠没骚扰他，他又有些不安。孟灯打过电话他才踏实，虽然这让他愤怒。别——孟灯的声音突然放低，听上去更哑了，我对不起你娘——

孟鹰想制止，他根本就不配提她，但孟灯已经在说。孟鹰嘴唇哆嗦着，那句话没说出来。嘴唇不再哆嗦时，脸早已湿漉漉的。泪水流过脸颊淌过鼻翼，汇聚到嘴巴。孟鹰抹一下，再抹一下，怎么也抹不干净。起先孟鹰听着，后来他把手机搁到地上，双手捂住脸捂住嘴巴。他突然想哭一场，大哭一场。他流泪，他并不是在哭。很早，他就不会哭了。现在，哭的冲动哭的欲望浪一样推着他。但崔小莉在外边，他不能。憋着又实在难受，于是孟鹰抓起毛巾死死咬住。

孟鹰扯开毛巾，手机已经没了声音。孟鹰也平静下来。他在马桶上坐了一小会儿，洗了洗脸，涂抹了男士润肤露，又对着镜子照了照。

崔小莉竟然还在地上站着，目光稍有些奇怪。

孟鹰笑笑，怎么还不睡？

崔小莉探寻地说，你没事吧？

孟鹰故作轻松，没事啊，我能有什么事？

崔小莉问，谁的电话？

孟鹰漫不经心地说，一个采访对象，烦死了。不早了，快睡吧。

崔小莉扬扬手，这是什么？

孟鹰这才注意到她手上的光盘。他把光盘夹在书里，书放在一个并不醒目的地方。她怕是把他屋里翻遍了。他沉下脸，你怎么……放回去！

崔小莉的目光跳了跳，毛片？

孟鹰大声道，放回去！那不是你看的。

崔小莉挑衅地望着孟鹰。

孟鹰往前一步，来，给我！

崔小莉往后退退，扬起手，是什么呀？

孟鹰说，和你没关系。

崔小莉说，我就是想知道呢？

孟鹰直视着她，不说话。崔小莉的眉文得有些长，眉梢快到鬓角了。

崔小莉胳膊垂下来，好吧，有什么呀。

孟鹰把光盘放回原处，崔小莉已经躺到床上。她裹紧被子，背对着他。孟鹰知道她不高兴了。其实她看看也无妨，但那确实与她没有任何关系。她为什么非要知道？真是的！

孟鹰在她身边躺下，崔小莉往边儿挪了挪。孟鹰向她靠靠，她又挪了挪。孟鹰没再动，再挪她就掉下床了。

13

秃子的货车停在门口，难怪转好几个村也没找见他。孟灯扒着车厢瞅瞅，除了几粒干硬的羊粪，什么也没有。院门虚掩，孟灯一脚踹开。

秃子女人正洗菜，旁边的盘子里放着青椒、蒜头，还有切好的羊肚。秃子女人冷冷地扫孟灯一眼，便低下头继续洗菜。孟灯没看到秃子，便问秃子女人。秃子女人像聋了。孟灯说，躲了和尚躲不了庙，我就不信等不着他。秃子女人还是不理。孟灯朝里屋探探头，注意到桌上的盘子里卧了一只烧鸡，还有一只油亮的猪肘子，旁边则是瓶装白酒。孟灯明白秃子这是要请客。跑了一上午，孟灯早就饿了，鸡和肘子的香气漫过来，他听到肚里咕噜一声。这阵儿，孟燕也该吃饭了，如果她没睡觉的话。孟灯出门前给她准备了山药洋洋、半碗炒萝卜。与秃子家比，孟燕吃得寒碜多了。孟灯扫了一眼秃子女人，她仍低着头。他迅速撕下一条鸡腿塞进兜里。秃子女人没看到，她根本就不看他。孟灯又拽下一条腿，没刚才利索，也没往怀里塞，大大咬了一口，发出很响的声音。秃子女人叫骂着扑过来和孟灯抢夺。女人很凶，孟灯被逼到柜角，半条鸡腿被女人夺过去。

秃子正巧回来，见状大怒。干什么干什么？你他妈想干什么？他抵住孟灯，似乎要像孟灯撕鸡腿一样撕了孟灯。孟灯不敢招架秃子女人，却不怵秃子。孟灯说，不就一只鸡吗？值几个钱？秃子骂，想找老子的碴儿，你他妈活腻歪了。孟灯说，你欠了我的钱，还不兴我要啊？秃子瞪视孟灯数秒，我他妈给你了，是你不要。孟灯说，跑三四个月了，你一百块钱就想打发我？秃子叫，咋？还给你一万啊？孟灯说，我不要一万，只要一百，就算你故意哄我，我也不讹你，但……秃子打断他，谁他妈哄你了？孟灯说，你就是哄我了。秃子问，你他妈到底要咋样？孟灯说，你认个错，叫别人知道我没讹你。秃子的脸青青绿绿的，大骂，你他妈给

脸不要脸，滚，给老子滚！孟灯说，我不滚。秃子呼哧呼哧地瞪着孟灯。孟灯说，要不，你把我捆了吧。秃子的目光渐渐变软，但口气仍然很硬，我今天请客，你别给我捣乱。孟灯说，你这是吓唬我还是求我？秃子没回答，他抓起一个塑料袋，把缺了两条腿的鸡装进去，往孟灯怀里一塞，都给你。孟灯说，我不是叫花子，又不是来要饭。秃子又掏出一百块钱，塞进装鸡的袋里。孟灯说，你还欠我一句话。秃子软下去的目光又翘起来，冒着呼呼的火苗。也就是片刻，火苗熄灭。秃子说，好吧，我哄了你，我给你认错，行了吧？

终于等到这句话，虽然秃子说得不情不愿。孟灯胜利了，但心里并不顺畅，相反，有些堵。盛装登台，演了半场，戏突然要结束了。孟灯有些无措，愣怔了半晌，再次盯住秃子，光和我说不顶事，你去宋庄，当着宋庄的人说。

秃子猛地揪住孟灯的领子，拖拽了一圈。秃子似乎要打，手都扬起来了，孟灯直定定地等着，等着巴掌落下。他不害怕，秃子打他才好。打他最好。巴掌没有落下来。秃子捡起掉在地上的鸡和那一张钞票，再次塞进孟灯怀里，我今儿请客，你别砸我的场子。

孟灯没再和秃子纠缠。他拎了装着烧鸡和钞票的塑料袋，走到门口，又回头强调，你得去宋庄，当着宋庄的人说，不然，这事没完。秃子神情冷硬，杀了孟灯的心都有，但他克制着，没动也没说话。

我等你。孟灯又说。

孟燕蹲在院里洗衣服。孟灯和孟燕的衣服都是孟燕洗。孟燕手劲儿大，揉搓得很干净，如果中途不睡着的话。孟灯扬扬手，问孟燕闻见没有。孟燕的嗅觉并不迟钝，肉呀！孟灯说，烧鸡！别洗了，进屋吃饭！

一只烧鸡，孟燕吃掉大半，孟灯只吃了鸡头和鸡爪。虽然孟鹰每月寄钱，但除了过年过节，孟灯很少买肉。他得给孟燕攒钱，不攒不行，她和别人不同。孟燕吃相不雅，孟灯始终笑眯眯地看着她。孟燕抹抹嘴巴，说要洗衣服去了。话音未落，目光便迷迷离离的。孟灯知道瞌睡虫来了，忙扶她躺下。她头上的伤还没好呢。

孟燕一觉睡到半夜，醒来便趴在地上找那粒丢失的扣子。孟燕已经补缀了一粒。原先是黑色的，补的是灰色，不过大小基本一样，所以外观也差不多。但孟燕仍念念不忘那粒旧扣子，想起来就乱寻一气。孟灯说过几次，她我行我素。反正在自己家，孟灯也就由着她。自黑头羊被秃子买走，孟燕便没了玩伴儿，白天尚可，总能找些干的。不睡觉的夜晚就很难熬。寻找扣子，于她是新游戏。

孟灯眼睛睁不到十秒便又合上。年龄不饶人，眼皮子越来越沉。孟燕没嚷饿，不用做夜宵了，还是烧鸡管用。孟灯是打算想些事的，可脑子像掺了面粉，运转得异常缓慢，渐渐凝固成一团。

孟灯再次睁眼，天已半亮。他摸摸身边，没摸到，受惊一样弹起。孟燕果然还在地上，已经睡着了。她的头偏着，似乎梦中还在寻找。孟灯哎呀一声，这哎呀是对自己的责备。他睡得太死了！孟灯把孟燕抱到炕上，拭掉她脸侧的灰尘，盖上被子。孟燕含糊地咕哝着，八成是做梦了。孟灯在炕沿边发了会儿呆，天差不多就亮透了。

半上午，孟燕醒来。那天，孟灯没去找秃子。有些活计等着做，不能再拖了。他早就不是劁匠了，自劁死两回小猪，就没人再找他。土地承包出去了，也不用再种田。他在村北的荒地开出半亩菜田，往年会种些豆角萝卜白菜什么的。今年原本没打算种，动了带孟燕进城的念头就没打算种。虽然进城泡汤了，可一日一日追逐秃子，根本没工夫也没心思种。现在想种了，虽然晚了，但种秋白菜还不误时令。

面片早已擀好，孟燕洗脸，孟灯便开始烧锅。孟燕爱吃炝锅面，特别爱听葱花触及锅底的嗞啦声。每次孟灯都要提醒她，而孟燕不管干着什么，都要仰起头有些贪婪地吸着鼻子。那天，孟灯照例喊她。孟燕却没抬头，她背对着他，不停地往脸上泼水。孟灯也未在意，催促她别磨蹭。

孟灯把面片端上桌，孟燕仍在拨拉着水。孟灯语气就重了些，叫她别玩了，一会儿跟他去地里。孟燕没像以往那样欢呼雀跃的，孟灯终于觉出孟燕有些不对劲儿，没等他说什么，孟燕突然跑向门口。她是要跑到院里的，但到门口便坚持不住了，蹲下去呕吐起来。孟灯迅速抢过去，轻拍她的后背。

吐了一会儿，孟燕直起腰，脸色有些白。孟灯问她怎么了？孟燕说恶心。孟灯摸摸她的额头，凉凉的，没有发烧的迹象。孟灯愣怔一会儿，脑里放电影一样回想着……烧鸡！他突然顿住。八成是烧鸡有问题，她几乎吃掉一整只。烧鸡变质了？秃子给鸡肉里下毒了？脑里闪了闪，又觉得不可能。秃子原本是招待客人的，怎么会弄一只病鸡？秃子也不至于下毒

吧。也许孟燕吃多了，那可是一整只鸡呢。孟灯后悔得直跺脚，该管着她点儿，分开吃就好了。

吐完，孟燕似乎好了点儿，脸色渐渐恢复红润。不恶心，她的胃口如前，不听孟灯劝阻，硬是喝下一大碗面片。

饭后，孟灯带着孟燕到菜地。孟灯不时瞅瞅她，她没什么异常。孟灯暗暗松口气，是他多虑了呢。孟燕寻见一根水葱，很利落地剥干净，撅成两段，一段给孟灯。孟灯摇摇头，说，女孩子家，少吃生葱。孟燕不解，怎么？孟灯迟疑一下，说，会呛人的。孟燕四处瞅瞅，没人啊，能呛着谁？逗我玩的吧。孟灯笑笑，你真聪明。孟燕抿抿嘴，孟灯看到她眼底的羞涩。他又是怜爱又是心疼，还有些难过。村里像孟燕这个年龄的女孩，早有人上门提亲了。而孟燕……倒是有过一次，邻村的，被愤怒的孟灯轰出去。那个傻子，系裤子都要人帮忙，怎么配得上他的孟燕？

晚上，吃饭中间，孟燕突然又恶心起来。她没来得及往院里跑，蹲下去就吐了。孟灯拍着她的后背，纳闷地想，怎么还反复呢？吐过，孟燕便好了许多。孟灯摸摸她的额头，仍凉凉的。那个时候，孟灯还没往别处想，原本要寻些药片，翻开席布，他的脑袋突然被刀片剐了一下，骤然呆住。半晌，他才回过头，小心翼翼地盯住孟燕，然后又看看席布下摞在一起的纸。孟燕的专用纸。真是大意，孟燕已经连续两个月没来红了，他怎么就……孟燕不像别的女人，每次都弄不干净，而他又不知怎么帮她，只是提醒她裤子脏了。她所有的裤子都有痕迹。她费力地洗过，但没有一条洗干净。孟灯想起了女人，那个带给他羞辱的女人，也曾这样呕吐过。

孟灯抓起孟燕的专用纸，声音抖着，多久没用了？

孟燕不解地看着孟灯，想不起来……好久了。

孟灯猛地揪住孟燕的胳膊，恼怒让他的音调失控，怎么不和我说？

孟燕哎呀着，好疼……

孟灯忽地松开，目光仍死死盯着她。

孟燕闪着泪，让我说，说什么？

孟灯的心被割了一下，又割了一下，再割了一下。起先他想躲的，但没躲开，便迎着刀片锋利的刃，任由划割。鲜血狂涌出来，遍地哗哗的声响。孟灯合上眼睛，牙齿咯咯响。

孟燕慌慌地问，爸，你怎么了？

孟灯吃力地睁开眼睛，我不在的时候，谁来过家里？你好好想想。

孟燕说，谁也没来过呀。

孟灯说，你再想想。你做梦了是吧，扣子被揪掉了吧，就那天，好好想想。

孟燕想了一会儿，慢慢摇摇头。

孟灯大吼，不行，你必须想！

孟燕怯怯地说，想……想不起来呀。

孟灯说，你这个……差点就说出口。他及时咬住。怪不着她，她睡着，摇都摇不醒。她说过的，是他疏忽了，不，他根本就没往这个方向想。是他该死！真他妈该死！

孟燕小心翼翼地问，爸生我的气了？

孟灯脸肌抽搐几下，终于挤出一丝笑，爸怎么生燕儿的气呢？刚才……爸逗你呢，没事了……你歇着，爸去院里凉快凉快。他低头寻鞋，好半天才穿上。

站在院里，孟灯抹了一把脸，眉毛鼻子嘴唇都被抹掉了似的，脸软塌塌的。怎么办呢？该怎么办呢？报警？把那个可恶的家伙抓起来？孟燕是记不起来的，她什么都记不起来，没准公安问话会吓坏她。不如他寻出这个人来，把狗日的大卸八块。他把村里的男人过滤一遍，似乎每个人都有可能。他们的丑脸挤在他脑子里，要把脑袋挤破了。

如果不把孟燕一个人留在家里就好了，如果不演那场戏就好了。孟灯骂孟鹰，如果这个白眼狼早一点回来，什么事也不会有的。可如果秃子不给那一张假钱，即便孟鹰不回来也没什么，他会按照计划带孟燕到城里。是秃子耽搁了他的行程。如果不是一次次找秃子要钱，就不会把孟燕一个人丢在家里。根源还在秃子身上。目标一旦明确，孟灯心底的火便燃起来。他转身进屋，从房梁取下帆布包。好久没用过剞刀了。

14

化学老师是外地人，尾音老往上扬，而他的膀子一耸一耸的，仿佛在为发音打节拍。孟鹰不喜欢他，不是因为他的口音，而是说话时他的两个

嘴角总悬浮着白沫。化学老师正讲物理变化和化学变化的区别。木头变成桌椅，这是物理变化，因为木头的性质没有变化。如果烧成灰，就是化学变化。几十张面孔没什么反应，化学老师进一步举例说，小麦磨成面粉是物理变化，馒头吃进肚里是化学变化。如果是物理变化，农民就不用种粮了，我们可以吃了屙、屙了吃。

孟鹰突然一阵恶心。

有人敲门。化学老师正在兴头上，略有些扫兴地抹抹嘴角——那两团泡沫盛开得越发灿烂，很不情愿地走过去。一张焦黄的脸闪出来，稍又退了一下，似乎经不住几十束目光的注视。孟鹰有些惊讶，他和孟鹰是一个村的，和劁匠沾了点亲。他和化学老师比画着说着什么，声音不高，孟鹰没听清。孟鹰站起来，擦着同学的后背往外挤。孟鹰有预感，那个人是找他的。化学老师回过头，孟鹰已经走到讲台边上。化学老师合住张了一半的嘴，做了个奇怪的手势，似乎要把孟鹰推出去。

焦黄脸说，你母亲病了，她——

孟鹰拔腿就跑。他不需要再听。母亲肯定比病还病，不然劁匠不会派人告知他。孟鹰跑出校园，穿过镇街，拐上通往宋庄的车马道。孟鹰没有自行车，往返村镇全靠两只脚。他走得比别人快，跑得也比别人快，焦黄脸早被他甩得没了影儿。昨天下过雨，坑坑洼洼里还积着浑浊的水。孟鹰没像以往那样躲着水坑走，以避免弄湿弄脏母亲为他做的布鞋。他根本就没往脚底看。有几次踩进水坑或水坑边缘，他听到水花四溅的声响。身子稍一歪，马上又竖直，箭一样朝着宋庄方向射去。

孟鹰几乎没有停歇，似乎停歇片刻，母亲就会离他而去。他满脑都是母亲伤痕累累的样子。

母亲躺着。在院里。在门板上。身上盖着白布。白布短了些，母亲两只脚在外露着，鞋上还沾着泥巴。他没有片刻歇停，母亲还是离他而去。

孟鹰怔怔地站着。好半天。时光凝固了，天地凝固了。静得可怕，白得刺眼。半晌，孟鹰才眨了一下眼。目光落在母亲的鞋上。鞋面是黑色的。鞋是母亲的，脚未必就是母亲的。或许是母亲的玩笑，抑或是劁匠搞什么花样。这么想着，孟鹰小心地走上前，捏住白布一角，慢慢掀开。

孟鹰的胳膊被一只手抓住，他并没有彻底掀开。劁匠低声道，别让光照着她。孟鹰顺从地跟着那只手缓缓移动。母亲再次被覆盖住，彻底覆盖住。

孟鹰突然发出一声凄厉的号叫，猛撞过去。劁匠毫无防备，仰面倒下，满眼满脸都是惊愕。孟鹰扑到他身上，挥拳就打……

　　……

　　车颠簸一下，孟鹰的头撞到前面的靠背。竟然睡着了。脸有异样，摸摸，湿漉漉的。那么，他是哭了？孟鹰忙把头扭向车窗，虽然同车的都是陌生面孔。

　　孟鹰昨晚从省城坐火车，凌晨到张市。看到火车南站外发往县里的客车，孟鹰没有多问。中巴驶出市区，孟鹰才知中巴走的是前道。到县里有两条路：中道和前道。前道走山区，比中道要慢一两个小时。可已经坐上去，不好再返回去，慢就慢吧。孰料前道修路，走一程就得拐到下面的土路。尽管车窗紧闭，飞扬的尘土还是挤进来，在头顶肆无忌惮地游荡。他没买到卧铺，坐了整整一夜。夜里还好，白日反而格外疲累。孟鹰问跟车的胖子，几点能到？他知道询问是毫无意义的，可就是想问。那个他叫父亲的人，从未像现在这样让他焦急。孟鹰原以为像以往那样，不过是变着说法骚扰他。杀了人？怎么想出来的？可……

　　中午时分，中巴终于摇到县城，但孟鹰第二天下午才在看守所见到孟灯。

　　整整六年。自上次他和孟燕离开省城，孟鹰再未见过他，虽然一天好几次听到他的声音。他消瘦了，眼眶深陷下去。

　　两人对视良久。

　　一团奇怪的笑从孟灯脸上凸起。你终于回来了！

　　孟鹰的焦急、牵念顿时化作尘烟，继而升腾起愤怒，你就是为了这？

　　孟灯得意地说，就算躲到美国，有一样改不了，你是我儿子。

　　孟鹰厌嫌地皱眉，我不是！

　　孟灯说，你回来了，你就是。

　　孟鹰大声道，我不是！他回了下头。制服在几米远的地方。

　　阴影掠过枯瘦的脸，孟灯剧烈地摇晃了一下。随后垂下头，妥协道，不是就不是吧，可你总是孟燕的哥哥吧。生怕孟鹰否认，他强调，你和她是一个娘胎出来的，她是你亲妹。

　　孟鹰没说话。

孟灯软绵绵地说，我出不去了。突又急切地望着孟鹰，你是她亲哥，你会照顾她对不对？你必须照顾她，谁让你是她亲哥呢？

孟鹰偏偏头，似乎不忍触碰他的目光，那个人没有生命危险，我去医院看过了。

孟灯好像走神了，停了片刻，有些吃力地说，你把她带走吧，我……不行了。

孟鹰询问地看着他。

孟灯悲伤地说，老天爷不让我照顾燕儿了……

孟鹰怔住。

孟灯眉垂得越发低了，她就交给你了，你寄回的钱，我都替她存着呢。

孟鹰小心翼翼地说，如果……

孟灯打断他，他们说把孟燕送到镇上的养老院了，你早一点过去。她现在不是一个人了，我担心她。

孟鹰大惊，你说什么？

孟灯似乎费了老大的劲儿才挤出一句话，她……怀孕了。

孟鹰目瞪口呆。

孟灯恳求地望着孟鹰，我想过了，让她生下吧，好歹活一回人哩。

孟鹰的心被一点点掰裂，身体被劈开一个巨大的沟壑。他强力控制，没有摔倒。

从看守所出来，孟鹰直奔车站。通往镇上的中巴一小时后才发，孟鹰没有等，打了出租车。司机长了张猴脸，却没有猴子机灵，开得四平八稳。孟鹰催一次，他油门便踩得大一点，转过弯，速度又慢下来。孟鹰恨不得踹开他替他开。孟鹰两年前就考取了驾照，只是没有自己的车。

猴脸不认识养老院，到镇上先询问路人，走了一段，似乎忘了，又停下来。孟鹰将早已备好的五十块钱丢给他，一路狂奔，像十几年前那样。身体不如从前了，跑了数十米便觉得气不够用，喉咙里全是粗重的呼哧声。他没有停下。他的脚、他的心，被牵着扯着，他停不下来。

穿过林间小道，终于看见敬老院几个大字。太阳斜挂着，大地、树木、房屋，还有白底黑字的牌子，被余光镀上金色的涂层。孟鹰突然立定，像误闯了禁地，兀自生出隐隐的恐惧。站了足有两分钟，也可能五分钟，他才小心翼翼挪过去。

大门敞着，孟鹰立时就认出蹲在墙角的孟燕。她拿着一根竹棍，似在戏弄蚂蚁或别的昆虫。她的侧影像极了母亲，只是比母亲略胖一些。

孟鹰再次定住，牢牢地，像被卡在门框里。他看着她，只是看着她。锋利的刀割着他的脑子，洪水从记忆的豁口喷出，霎时淹没了他……抛起，落下；落下，抛起。他试图抓点什么，树枝、柴棒、窖口、花斑母牛、黄昏落日、游荡的炊烟，还有孟燕纤细的呼叫，可是他什么都抓不住。一波又一波的水扑向他，扑着他的嘴、鼻、眼睛，扑着他几乎要炸裂的心。他想喊，可喉咙塞满了东西，他连半个音也发不出，马上要窒息了。他放弃了徒劳的努力，闭上眼，在昏蒙中渐渐下坠……

哥？

孟鹰打了个激灵。他的身子湿着，滴答不止。

孟燕站起身，仍然抓着那根竹棍。

你真是我哥呀？孟燕露出欢快的表情。她向他走来，竟有些蹒跚。

孟鹰本欲扶她，可脚被切掉似的，倒下去的同时，他听到孟燕的惊呼。

原载《北京文学》2017年第9期

点评

胡学文的小说偏重写实一路，但又并不浮在故事之上，他擅写故事，同样擅长刻画故事之中人物的精神肌理。这篇小说的故事很"实"，起承转合，脚步有力。但这丝毫不影响他对于人物心灵世界的精彩捕捉和挖掘。故事绵密，人物亦十足丰满。

孟灯和孟鹰这对父子是这篇小说的主角，他们名为父子，却是行走在两条道上的机车，虽血脉相连，却几乎被生活和命运隔绝在两条平行道上。生活的阻隔并不可怕，两代人自是有不同的历史命运和人生道路，精神的隔膜才更令人惊心，尤其是围绕母亲的命运所引发的父子间的对立和敌视才是真正造成两人关系僵化的根结所在。

人到暮年的孟灯早已不是当年那个彪悍粗鲁的劁匠，父亲的传统

内涵回到了他的身上，他为患有精神疾病的女儿孟燕的未来着想，他想见生活在城里的儿子孟鹰，这种转变是岁月的力量，是生命年轮一圈圈生长之后留下的刻度。尽管为了实现见儿子的目的，他导演了一出出荒诞可笑的"戏"，但正是这些戏凸显出这个父亲心中的痛楚，可悲可怜可叹可厌。这个家庭的悲剧从他那里开始，但他却没有能力终结，投入监狱是一种躲避，不是救赎。

孟鹰的身份内容也相当丰富。这个早早生活在阴影中的农村少年，一直被阴影覆盖，他工作生活在城市里，却从来都没有当过城市的主人，不管是在单位工作中还是在家庭生活中，他都生活在卑躬屈膝小心翼翼的状态里。这种状态让他更加厌恶和远离他的故土家园，也让他对于父亲孟灯一直持有成见无法和解。

父子的道路是双向道，也是平行道，仅有的血缘关系无法连接起两个被异化的心灵，这对父子，既不同途，亦无法同归。

（崔庆蕾）

偷声音的老人们/

/潘 灵

1

时辰尚早，夜依旧黑得似铁。性急的陈三爷走在最前面，说疤老二，你就不会快点，脚上绑秤砣了？

三爷，又不是奔丧，疤二哥膝里有风湿，急啥子？顶陈三爷嘴的许老四说。

三爷被人顶撞，并不生气。从他脚步的急促声里能听出，他没有慢下来的意思。聋五叔呢？他说，别把他弄丢了。

他搀扶着我哩。回话的是疤老二。

此时迎面来了一辆载重卡车，车的远光灯像把锋利的匕首，将夜的铁幕划开了一条亮晃晃的口子。

五个暗夜行走的老人，在这夜的伤口上昙花一现，又被夜黑盖住。卡车发出车轮摩擦地面的粗暴声响，像个毫无教养的年轻人，从他们身边掠过。

黑夜里顿时弥漫了柴油与烟尘混合的气息。一直低头走路沉默不语的麻脸大啐一口痰，就放声一劲狂咳。

听着麻脸大破锣一样的咳声，陈三爷终于停下了他性急的脚步。他转过头说，麻脸大，咳什么咳？等会这么咳，公鸡会打鸣才怪！

夜掩盖了陈三爷的表情，声音却暴露了他的不耐烦。好在能隐忍的麻脸大并没有跟他计较，气都没吭一声。

行走在黎明前的暗夜里的这五个老人，他们是市郊移民安置新区昭女坪社区的移民。他们共同属于一个他们自发的小组织。

这个组织有个好听的名字：自救自五人小组。

陈三爷是这个小组的发起人，同时也是负责人。

作为负责人，陈三爷总要比其他小组成员操心多些。现在，转身欲继续往前走的他心里一怔，问道，录音笔，录音笔带了吗，许老四？

许老四在暗夜里一惊，慌忙将手伸进裤兜，摸到的全是空空如也。他慌张地说，三爷，我记得出家门时我放在裤兜里的，难道长翅膀了不成？陈三爷转过去的半个身子又转回来，他说，许老四，你的意思是你把录音笔弄丢了？你搞啥子嘛！

要不是黑夜一如既往的遮挡，被叫作许老四的老人一定会看到一张暴怒的老脸。而他，只是听见了陈三爷着急又生气的跺脚声。

黑夜里浮起不紧不慢不慌不忙的声音。那是一路上除了咳嗽外跟聋五一样一声不吭的麻脸大的声音。

不要急，那东西在聋五装笔记本本的书包里睡觉哩。

麻脸大这样一提醒，黑夜里就响了一声，那是许老四巴掌狠拍脑门的声音。紧跟在后面的，是他如梦方醒的声音。

三爷，看我许老四这记性。出社区大门时，我塞聋五挎包里了，一时没想起。

跟记性无关，你做事一贯粗枝大叶，丢三落四。

陈三爷教训是教训的口吻，但语气显然柔和了许多。

三爷，许老四说，我这七老八十的人了，生成的木头造就的船，改不了啦。

许老四的话招来一阵爽爽朗朗的笑声。

气氛轻松了许多。

脚步也轻快了许多。

他们像一群训练有素的特工，长期的山村生活的爬坡上坎，弥补了年事已高的腿脚的不灵便。他们离开马路后，趁夜黑摸进了还没醒来的村子，正悄无声息地接近目标。

他们在一户农家院子墙外种了蚕豆的田地边的秸垛堆前将身子匍匐下来，样子像极了影视剧里那些就要发起突袭的游击队员。

陈三爷压低了嗓门说，大家记住了，一律目视东方，等天边发白的时候，看我手势后，许老四负责压下录音笔的按钮。按钮一旦按下，大家都要像聋五一样，不能弄出一丁点儿声响。

匍匐在秸垛堆旁边的人们首先闻到了干草的气息，随即，凉风又将花的清香送进了他们的鼻孔。

许老四吸了一口气说，真好闻，蚕豆好像开花了。

疤老二附和说，是蚕豆花。

陈三爷制止说，不要讲话，东方就要发白了，嘘——

三爷，疤老二轻声唤了一声说，我腿疼得厉害。

忍着。三爷目视东方说。

渐渐地，山峦有了朦朦胧胧的样子。在山峦之上，有鱼肚皮似的亮白显现了出来。

天就要亮了，三爷说，疤老二，你以为你是公鸡呀，脖伸这么长看啥？都给我盯好这座坐北朝南的院子。

许老四说，三爷，你带烟了吗？我的脚都被霜打湿了，身上冷得筛糠哩。

三爷侧过身，姿势像个游击队的指挥员，他白了一眼哆嗦着的许老四说，就你事多，没烟，忍着点，太阳出来就不冷了。

院子的轮廓慢慢地由朦胧变得清晰。三爷心中感叹，大户人家呀，围墙也修这么高。

三爷盯着围墙内那棵高大的柿子树，树上还残留着几个被霜冻得通红的柿子，心中就担心它们会从柿子树上掉落下来。

就在三爷咸吃萝卜淡操心的时候，院子里有了响动。三爷机敏地判断出，那是翅膀击打空气的声音。他冲许老四做了个往下压的手势，示意他按下录音笔的录音按钮。

一只健硕的大公鸡，像只大鸟一样，腾飞了起来，极稳健地停留在了柿子树的枝干上。它的鸡爪紧紧地抓住了枝干，将打开的翅膀合拢回来，一双闪着绿光的鸡眼机警地扫视着前方。

三爷赶忙把头埋下，心里嘀咕说，这哪是鸡，分明是鹰嘛。

就在大家都以为这只公鸡要停留在柿子树上的时候，它却第二次腾飞起来，在空中画出一道漂亮的抛物线后，稳健地立在了高高的院墙上。

三爷翻着白多黑少的老眼，看着眼前这只公鸡，就想起年轻时挑行李送镇上有钱有势的肖财主的儿子的情形。那个公子，当年站在江边的码头上，也像这只雄立在院墙上的公鸡，骄傲得很，轻慢得很。

还没等三爷从记忆中抽身出来，公鸡已调整好姿态，面朝东方，将鸡头昂起，鸡尾扬起。看那阵势，它不是要鸣啼，而是要指挥那躲在黛色山峦后面的太阳跳将出来。

公鸡的脖颈已经被鸡头拉伸到极限，充血的鸡冠越发显得通红而僵硬，它锋利尖锐的喙打开成一把剪刀似的口，它的胸膛剧烈地起伏了一下，清脆而悠长的啼鸣声仿佛就要冲口而出。

但取代啼鸣声的却是麻脸大破锣一样的咳嗽声。

陈三爷扭头，将一双充血的老眼，瞪成了牛卵。比陈三爷还要愤懑的是那只公鸡，站在高处的它不情愿地吞咽下了那声长啼，将其在身体里变成了怒火。

它看见了麻脸大亮晃晃的秃头，继而又看见了另外四个不知所措的老人。顿时，满腔怒火的它迅捷地一个俯冲，像个英勇无畏的战士，奋不顾身地扑向这群破坏了它引吭高歌的人们。

2

韩家川七点半就骑电动车来到了昭女坪社区，进大门后就看见社区主任夏晓峰先他站在了社区篮球场上。在夏主任的对面，站着的是一群模样慵懒、表情不耐烦的大妈大婶。夏主任正在给这群乌合之众训话，意思是说请到韩家川教跳广场舞如何不容易，要大家提高对跳广场舞的认识，下个月市里领导要亲临社区看大家跳舞云云。

看见韩家川，夏晓峰停止了训话。他走过来，拍了拍正准备锁车的韩家川的肩头说，韩老师，这些人就交给你了，时间紧，任务重。一个月后，市里领导来看，要跳出点昭女坪社区的风采才好。我得赶到豆腐厂去。

韩家川赶忙起身，手提电动车的塑料软管锁说，主任，别叫我老师，我来昭女坪时，龚主席就叮嘱过我，你是我的上级，要我像对他一样对你，我就是你的助理。这里你就交给我，你放心去豆腐厂。主任，你怎么啦？豆腐厂难道又出烦心事了？

别提了，韩老师，夏晓峰一脸愁眉不展的样子，冲韩家川摇了摇头说，真的别提了，说到豆腐厂，我就快变成豆腐了，社区入股的股东，吵着要退股哩。

那问题严重了。韩家川脸上的表情也变得忧虑了。

夏晓峰弯下腰，打开自己的电动自行车，骑上车说，豆腐厂那边，你就别操心了，操心也没用，死马当活马医吧。你把这边伺候好了，这些大妈大婶，可是我挨家挨户吆喝来的。我真的搞不懂，跳个广场舞就这么难？咋就没个主动性呢？平日里搓麻将的精神，咋就上不了这些大妈大婶的身呢？

韩家川想说，这群大妈大婶跳广场舞不上心，是自己没教好。但没等他话出口，夏晓峰已经骑车一溜烟老远了。看着夏晓峰性急的背影，有些感慨就在韩家川心中油然而生了。

他把放音机拿出来，问大妈大婶说，《最炫民族风》这首歌晓得不？

不晓得。

大妈大婶们回答得很干脆。

凤凰传奇晓得不？韩家川又问。

大妈大婶的人群中有人有气无力地说，报告老师，晓得。

韩家川摆了一下手说，别叫我老师，千万别叫。

大妈大婶的人群中有人问，为啥子不准叫嘛，不服人尊敬是不是？

韩家川脸上浮起一丝苦笑说，这么简单的广场舞，都教了两周了，还左手左脚的，我不配做老师，传出去会丢人的。我今天教个最简单的，也就是凤凰传奇的《最炫民族风》。这歌，旋律轻快，主要是要找准节奏，踩准拍子。大家先看我跳一遍。

他边说边弯下腰，将放音机的按钮按下，放音机的喇叭里就吐出了凤凰传奇这首比流行性感冒还要流行的歌来——

苍茫的天涯是我的爱

绵绵的青山脚下花正开

什么样的节奏是最呀最摇摆

......

不知怎么地，听着这歌这旋律，韩家川整个人就有了不适感。如果不是教广场舞的任务，韩家川宁愿得一次重感冒也不情愿听着这首歌又唱又跳。但现在他必须压制住自己内心的好恶，翩翩起舞。在这初春的早晨，一切就这样充满黑色幽默。

跳完一曲，他觉得浑身通泰了许多，一种可耻的快乐感竟然要从体表冒出来。他喘了一口气，将动作进行示范分解。

他无限耐心地领着大妈大婶一遍又一遍地跳。

但这群大妈大婶对广场舞的迟钝超乎了他的想象，他恨不得要瘫倒在地。看着这帮机械得像木偶般群魔乱舞的大妈大婶，韩家川摆了摆手，连责备的话也懒得说了。

散了吧。都散了吧。

他关了放音机有气无力地说。

一个满头银发，一脸油光中泛着慈祥的老大妈走过来，用怜悯的眼神看着韩家川，她没叫他老师，而是称呼他为同志说，韩同志，看你怪不容易的，我们这些老妈子老婶子的也不容易，都是老胳膊老腿的。没移民前，就只会种地喂牲口做家务，这一大把年纪了，学跳舞，不灵的，不灵的。你就别折腾我们了。

韩家川从她的话里听出了诚恳。于是对她说，折腾你们的，不是我呀！

韩家川从老大妈的眼神里，明白她也看出了他的诚恳。

二十多天前，市文联的龚主席找韩家川，要他去昭女坪移民社区挂职，任务是写库区移民后的移民安置工作和移民生活现状的报告文学。韩家川知道，作为市文联的秘书长，龚主席对他的工作很不满意，原因是他总抱怨市文联杂事太多，没时间搞创作。前不久，市委宣传部领导来文联调研，让韩家川提意见。韩家川说，市文联的工作浮在面上的多，沉到生活中去的少，创作要出成绩，作家艺术家都该积极主动到生活中去。

应该说，韩家川的所谓意见，不过是些无关痛痒的隔靴搔痒的话，但龚主席听后还是心里倍感不爽。有一年国庆，市文联搞联欢，善于模仿的韩家川，在同事们的起哄下，来了个模仿秀。他当时没多想，就模仿了龚主席。那模仿真称得上惟妙惟肖，那动作和神态让同事们捧腹大笑。这让龚主席很生气，把同事们的笑声当成了嘲讽，这让他心里记恨上了韩家川。

恰好市里领导提出写部反映移民生活的报告文学，龚主席就把这个任务交给了韩家川。但市文联里的明眼人都看得出来，龚主席这样做，是要把韩家川打发走，因为最近要在文联增设个副主席岗位。韩家川去挂职，没个一年半载，是回不来市文联的。

但韩家川欣然领命，来到昭女坪移民社区，做了一名主任助理。但他千想万想，也没想到，自己到任后，从夏晓峰主任这里领到的第一份工作，竟然是教社区大妈大婶跳广场舞。韩家川不是看不起广场舞，是他压根儿不会跳。他对夏晓峰说，主任，你这是赶鸭子上架。夏晓峰不认为，他说，不会？给你一周时间，去市群艺馆学。

一周学跳广场舞，这任务对善于模仿的韩家川来说轻松得像休假。一周后，韩家川把几十个广场舞跳得超过了市里广场上的大爷大妈。但当他兴高采烈地回到昭女坪社区，准备将所学教给移民社区的大妈大婶时，却被当头泼了一盆冷水。

这些大妈大婶，对跳广场舞毫无兴致和热情。她们动作僵硬，样子敷衍，看上去仿佛不是跳舞而是受刑。韩家川算是明白了，这跳广场舞只不过是社区主任夏晓峰的一厢情愿罢了。

韩家川现在想起那天早晨的情景，仍心有余悸。在头一天，社区管委会就在各小区贴了教跳广场舞的告示，且学舞的时间地点写得一清二楚，明明白白。但当他满怀热情身披晨光赶到社区篮球场时，看到的只是几个在篮球场玩耍的少年。好在不一会夏晓峰也赶来了，要不，一个人这么傻站着，自己不仅深受冷落，还会倍感难堪。夏晓峰自有办法，当天下午又贴了告示，告示上说，第二天一早去跳广场舞的人，每人能领到五升瓶装的菜籽油。这办法很灵验，第二天一早，广场上就挤满了大妈大婶。

韩家川后来才知道，那菜籽油，是市里一家食用油公司送温暖活动给社区的一批赠品，被夏晓峰派上了用场。

放在地上的挎包里传出了手机的铃声，把韩家川从不愉快的记忆中拉了出来。他蹲下身子，从挎包里拿出手机。

电话是夏晓峰主任打来的，要他赶豆腐厂去。韩家川问说，主任，出什么事了？

夏晓峰说，你到厂里就知道了。

韩家川提起地上的挎包，骑上电动自行车，往豆腐厂赶去。

豆腐厂是昭女坪社区的第一份社办产业，是社区牵头，社区移民本着自愿原则，拿出部分补偿款入股创办的股份制企业。在韩家川的印象里，这豆腐厂，从创办到投入生产，就一直是市里新闻媒体关注的一个焦点，出镜率和上报率怕是市里其他龙头企业也自叹弗如的。韩家川在还没来昭女坪社区之前，就从报纸上知道，这由移民出资入股兴办的豆腐厂，拥有占领豆腐市场的"秘密武器"。这所谓的秘密武器，就是豆腐厂的厂长，移民库区无人不知晓的"豆腐西施"宫桂花做豆腐的秘方。

但遗憾的是，事与愿违，第一块秘制白鹤豆腐千呼万唤始出来，并没有成为敲开豆腐市场的敲门砖。被吊足了口味的消费者，遗憾地通过味觉发现，这依旧是块普通的豆腐，并不是什么茄子筐里的南瓜，更非什么鹤立鸡群的东西。

想法很丰满，现实却很骨感，夏晓峰为移民寻求经济上的造血功能的梦想，像一块掉在水泥硬地上的豆腐，碎得很难看。

焦头烂额的夏晓峰，现在正被入股者里三层外三层地围着，任凭他如何口吐白沫地解释，入股者都是一个呼声：还我钱来！

赶到豆腐厂的韩家川看到这壮观的一幕，没多少基层工作经验的他，心都快提到脖子眼了。他跳下电动自行车，就冲情绪激动的人群喊——

有话好好说，有话好好说。别冲动，千万别冲动！

情绪激动的人群纷纷扭头，看他这个半路杀出的程咬金。他的话没有平息他们激动的情绪，反而平添了他们的怒气。人群中有人说，站着说话不腰疼，你的活命钱要是打了水漂，你怕比老子冲动百倍。

人群中有人提议，揍他这个管闲事的。

就真有人握了拳头逼向韩家川。

夏晓峰呵斥了一声，解释说韩家川不是管闲事的，是市里派来到社区挂职的干部，现在是他的助理。握拳头的人这才松了拳头，退回人群中。

夏晓峰走近韩家川，说这里不关你的事。

韩家川顿时心生委屈，他说，不关我的事，你叫我来干啥？

夏晓峰说，我这里一时半会脱不开身，我叫你来，是叫你去望城派出所。

韩家川说，主任，搬救兵呀？望城派出所不管昭女坪。

夏晓峰瞪一眼韩家川说，说话咋不讲个方式方法呢？这些出资人听见了，还不火上浇油？谁要搬救兵？我是要你去望城派出所，让那个脑袋铸了铁的沈所长把人放出来。

谁犯事了？韩家川问。

夏晓峰说，社区的五个老人。

犯的什么事？韩家川又问。

沈所长在电话里说的是偷鸡，但五个老人死活不承认，夏晓峰说。

五个老人，从昭女坪跑望城偷鸡，一二十里地，谁信。韩家川摇头。

夏晓峰说，我也觉得有些蹊跷，会不会搞错了？问题还不在这里，这些老人不承认偷人家鸡，只承认偷声音，偷声音，鬼都不信！你去，让司机小王开那辆省移民局送的面包车，一定要赶快把人给我接回来。都是些上了年纪的老人，出点啥事，节外生枝就更严重了，你告诉沈所长，移民无小事，先放人再说。明白不？

韩家川点了点头。

3

陈三爷一伙被押到望城镇派出所的时候，值了一夜夜班的沈所长正准备回家美美地睡上一觉，昨夜连发的两个案子把他折腾得够呛。两个案子均与偷盗有关，一起是发生在镇东的偷牛案，三个犯罪嫌疑人公然在人家牛厩里活活杀死了一头耕牛，并在厩里泰然自若剥起了牛皮；另外一起发生在镇子上，犯罪嫌疑人撬开了镇上的一家超市，将值钱的烟酒洗劫一空，好在店主装在隐蔽处的监控记录了这一切。

沈所长见村治保主任孙大炮和村民押着五个狼狈的老人进了派出所，就熄了准备骑行回家的摩托的油门。出什么事啦，大炮？沈所长边拔摩托钥匙边说。

抓了一伙偷鸡贼。嗓门洪亮的孙大炮说。

偷，偷，偷！怎么又是偷？一天夜里下来，频发三起偷盗案，这让身为基层派出所长的他，不免对自己辖区内的治安有了忧虑。他决定先不去管那一身的倦意，亲自来审理这桩案子。

清晨的阳光已经照进了派出所，面朝东面站着的沈所长眯着眼，皱紧了眉头，看着面前这五个被一根粗麻绳捆绑成一串的五个人，活像一串蚂蚱。

孙大炮！沈所长提高嗓门，语气中带了斥责说，给你说过多少遍了，别乱绑人，你咋就不长记性呢？

沈所长的话让孙大炮一脸委屈。

看你那样子，好像我错怪你了？沈所长瞪一眼孙大炮，又转眼目视陈三爷，说孙大炮，你都干什么了？

陈三爷五个，胸前各挂了一块纸箱板做的牌子，牌子上书有"老贼"二字。领头的陈三爷跟另外四人不同的是，他的脖子上还吊了那只被棍子打死的公鸡。

孙大炮跺了一下脚说，所长，你冤枉我呀，我不过是在他们腰间套了一股麻绳，不能算绑嘛。

沈所长指着吊在三爷面前的死鸡和牌子，问孙大炮说，这又是谁挂的。

孙大炮转身，扯了扯一个长得像只猴子的男人的袖口说，这是鸡主人，死鸡和牌子都是他挂上去的。

那长得像猴子的男人扑通一声跪在了沈所长面前，呼号着沈所长青天，要他为民做主。

沈所长厌恶地看了一眼这个跪着长得像猴子的男人的袖口说，死一只鸡，也犯得着如此哭天抢地？

猴子模样的男人说，沈所长，这不是一般的鸡，是斗鸡，值价得很，几千元一只呀。

见多识广的沈所长一脸轻蔑地看着猴子一样的男人说，我知道是斗鸡，我还知道你们利用斗鸡赌博。赶快给我站起来，又不是死了爹娘。

听沈所长这么一说，孙大炮赶忙将跪着的猴子样男人一把提将起来说，瘦猴，还不赶快把那死鸡和牌子摘了。

被叫作瘦猴的男人一脸不情愿地走过去，把老人们胸前的牌子和陈三爷脖子上的死鸡摘了下来。

这时沈所长发现了什么，他愣了一下，看着麻脸大老人说，孙大炮，你们打人啦？

孙大炮说，所长，没呀。

麻脸大老人的秃头上，有凝了的血痕。

沈所长手指麻脸大老人的秃头问孙大炮说，没打人，那头上是咋回事？

那是公鸡啄的，孙大炮说，所长，你是不知道瘦猴家这只公鸡有多凶。

沈所长吩咐民警送麻脸大去卫生院清理和包扎伤口。他把孙大炮叫到一边低声教训说，你这个治保主任，别只知道抓人。像这样上了年纪的老人，要是伤口感染了，会要老命的。你这脑袋怎么就长不出点觉悟呢？

首先被带进审讯室的是陈三爷。自感颜面尽失的陈三爷，紧绷着一张苦瓜脸，耷拉着眼皮子。沈所长看到他这个样子，知道这是一个好颜面的内心骄傲的老人。

你的名字？沈所长问。

陈三娃。

我问的是你的大名，也就是身份证上的名字。沈所长加重了语气。

我大名小名都叫陈三娃。陈三爷翻了一下眼皮子说。

听你的口音，不是本地人，沈所长用碳素笔敲着桌面说。

库区的，现在是移民。陈三爷说。

为什么伙同他人偷别人家的鸡？沈所长问。

我没偷。陈三爷抬起头，一副脖子硬硬的倔样否认说。

人证物证都在，你还抵赖？沈所长原本温和的脸，面有愠色说。

我没偷！陈三爷否认得更坚定，老天看着的，我要是真偷了鸡，就被雷劈死好啦！

我现在不跟你讲老天，沈所长放下手中的碳素笔说，我要的是人证。

麻脸大，疤老二，许老四和聋五，他们四个都可以给我做证。陈三爷说。

你说的这四个人在哪里？沈所长问。

除麻脸大你吩咐人送卫生院外，都在外面候着呢。陈三爷瞄一眼屋外说。

让你的同伙给你做证？老人家，你真想得出来！沈所长讥笑说。

信不信由你。陈三爷回嘴说。

这话惹恼了沈所长，陈三娃，你别倚老卖老，这可是派出所。

派出所咋地啦！陈三爷说，派出所也要讲王法。

沈所长说，陈三娃，这还像句话。谁偷了别人的东西，谁就要被法律制裁，这就是你讲的王法。你们不是偷人家鸡，天不放亮大老远跑人家村子干什么？

如果你一定要说我偷，我只承认，我偷了声音。陈三爷一脸认真说。

这话钻进沈所长的耳朵里，让他觉得像是在听天方夜谭。他面露惊讶说，老人家，你也是活了一大把年纪的人了，扯把子[扯把子：方言，扯谎。]都没学会？

谁扯把子了？陈三爷把头抬起来说，我偷的就是声音嘛。

我就暂且信了你的话，沈所长说信，其实一点都不信说，那你给我说说，偷的什么声音？

陈三爷说，公鸡打鸣声。

那我问你，你偷公鸡的打鸣声干什么？沈所长要一问到底。

救人。陈三爷回答说。

救谁？陈所长继续问。

救钟汉老头。陈三爷回答。

钟汉什么人？沈所长穷追不舍。

移民的老人。陈三爷对答如流。

那钟汉怎么了？

他害了病。

声音治病，闻所未闻。

信不信由你。

沈所长迟疑了一下，稍作停顿的他拉长了声音说，我信——

我看得出的，你还是不信。陈三爷脸上浮起一丝苦笑说。

我有一个要求，沈所长盯着一脸苦笑的陈三爷说，把你偷的声音拿来我看看行吗?

声音不能看,只能听。陈三爷纠正说。

是,不能看,沈所长点点头说,那就拿来我听听。

陈三爷说,没录上,公鸡发现了麻脸大。

你们带了录音机?沈所长问。

是录音笔。陈三爷说。

那就把录音笔给我看看。沈所长说。

陈三爷说,录音笔在许老四那里。

沈所长就吩咐坐在一旁记录的年轻警察去带许老四。

许老四被年轻警察带进审讯室,紧张得浑身直哆嗦,陈三爷见许老四那样,恨得牙痒痒了。陈三爷说,许老四,看你那熊样,不是贼也会被当成贼的。

沈所长制止陈三爷说,谁让你多嘴多舌了?这可是审讯室,没问你话,你就闭嘴。

沈所长看着像疾风中的树的许老四说,把录音笔拿出来吧。

许老四就哆嗦着手去摸裤兜,裤兜里什么也没有,又转而摸上衣的口袋,口袋里也没有录音笔。

许老四说,三爷,怕是掉蚕豆地里了。

沈所长拍一下桌子说,是我在问你话,不是你三爷。我问你,是不是根本没有什么录音笔?

许老四越发哆嗦了,他佝偻了腰对沈所长说,没录音笔,我们跑那么远来干啥?

沈所长说,这话该我问你。

许老四双手作揖状,对沈所长说,警官,你得给我们做主,我们都是泥巴埋到脖颈子的人了,这贼的罪名,可背不起呀。

沈所长又吩咐年轻警察说,把屋外那两个也叫进来。

年轻警察出去,把疤老二和聋五也带了进来。

沈所长没问疤老二,而是走到聋五旁边,问他姓甚名谁。

聋五呆若木鸡站着,一副充耳不闻的样子。一直一声不吭的年轻警察

动了气，他冲聋五厉声说，所长问你话哩，你哑巴啦?

疤老二说，要问就问我，我姓巴，打小在村子里大人小孩都叫我疤老二。他是个聋子。

疤老二老人又手指聋五老人说，你们别看他是个聋子，我们昭女坪社区的老人，数他文化高。

陈三娃，不，三爷，沈所长皮笑肉不笑地说，带着聋子去偷声音，穿帮了吧?

沈所长叹了一口气，接着说，偷只鸡，原本不是什么大不了的治安案件。像你们这样的老人，我说句不该说的大实话，你们态度好，甚至可以不立案，我们跟受害方调解一下也就罢了。但你们拒不承认，还扯什么偷声音的把子来骗警察，性质就不一样了。

沈所长的话激怒了陈三爷，他忽地站起来说，警官，如果你认为我给你扯把子，认定我们是偷鸡贼，我可告诉你，我就待在你们派出所好了!

年轻警察大吼着说，坐下去，谁让你站起来的。冲我们所长发脾气，你好大的胆子。

陈三爷兀自铁塔一样站立着，原本因为苍老而松弛了的脖颈上，竟然有青筋凸露出来。

年轻警察冲上前去，想将他按坐在凳子上，但被沈所长挥手制止了。

沈所长掏出手机，将电话打到了市移民局，问到了昭女坪社区主任夏晓峰的电话。

4

韩家川一出豆腐厂门，就看见了接他的面包车。韩家川拉开副驾驶的门，说去望城镇。司机小王就拿出手机，输导航。韩家川表情惊讶地看着认真输导航的司机小王说，你不会连望城镇都不知道怎么走吧?

领导，我真不晓得。小王抬起头来，一脸诚实的样子，看着韩家川讶异的表情，小王说，我是外地人，是库区移民过来的。

原来你也是移民，韩家川点了点头说，从口音就能听出是库区的。

乡音难改，其实也不想改，小王笑了笑，低头输了望城镇三个字后说，领导要去望城镇哪里?

韩家川说，去镇派出所。

小王哦一声，输好了导航，启动了面包车。他好奇地问韩家川，领导，谁又惹祸啦？

韩家川说，社区的五个老人，去望城镇被人抓派出所了。

老人能犯什么事呀？要抓去派出所？小王的语气中有不解。

听说是偷了人家的鸡。韩家川说。

不可能，小王摇摇头，眼光目视前方说，不可能的，大老远地跑去偷鸡，又是五个上了年纪的老人。

韩家川没吭声，其实他心里跟小王想的差不多。待车开出一段距离后，坐在副驾驶位子上的韩家川突然问司机小王。

说他们跑到望城镇偷声音，你相信吗？

声音？小王偏了一下头问。

对，声音。韩家川点点头。

我相信。小王说。

小王的话完全出乎韩家川的意料，讶异之色再次浮上了他的脸颊。

你相信？

我当然相信！小王语气坚定地说，我还晓得偷声音的一定是陈三爷他们自救自五人小组的那五个老人。韩家川觉得这个司机小王神了，连偷声音的是自救自五人小组都知道，这让他不只是惊讶，简直就是吃惊了。

你凭啥如此肯定，韩家川说，说说你的理由。

小王笑了笑，领导，你难道忘了刚才我告诉你的？我也是移民。我跟你说句实打实的真心话，只有移民才会了解移民。

韩家川分明从这里听出了弦外之音，他说，小王，你的意思是我不了解，还是社区的管理者们都不了解移民？

领导，这话我可没说，小王偏头看了一眼韩家川说，但您可以这样理解。

韩家川咳嗽了一声说，滑头！唉，小王，给我讲讲这个自救自五人小组。

小王面有为难之色，他把车放慢说，讲五人小组，要从另一个老人讲

起，这是犯忌的事。夏晓峰主任要是晓得了，我会挨批评的。

有那么严重？韩家川不解地说。

就是那么严重，小王点点头说。

韩家川的好奇心，越发被小王的话勾了起来。韩家川从口袋里掏出烟，递了一支给小王，自己也燃上了一支说，小王，我今天要去派出所处理这五个老人的事，我初来乍到，对他们很陌生，我需要从你这里了解他们的情况。我晓得你有顾虑，是有为难之处，那我们订个君子协定，你给我说的话，我烂肚子里，绝不说出来，我用我的人格保证行吗？

小王犹豫了一下，一手握方向盘，一手点了烟，点了点头。

小王并不善于讲故事，但善于听故事的韩家川，通过自己脑子的快速整理，终于将小王的话理出了头绪。

入住昭女坪社区的移民，大多数都来自库区的白鹤镇。从家乡搬到异乡，移民们的心情难免有对故土的不舍和忧伤。虽然白鹤镇，坐落在江边的河滩地上，土地并不肥沃，十年九旱，但家乡还是生活了祖祖辈辈的家乡，那片将淹没的土地上有太多的乡情和记忆，常言说，坐惯的山坡不嫌陡，住惯的老屋不嫌矮，所以，移民乡亲们离开的时候，都是一把眼泪一把鼻涕走的。但他们走得并不全是凄楚和悲伤，毕竟，他们都领到了数额不菲的失地补偿款和搬迁费。特别是当他们来到了昭女坪社区时，他们仿佛都忘记了失去故乡的伤痛。看着这个精心打造的移民样板社区，那一幢幢高大整齐蓝白颜色相间的样板洋房，他们的愁容渐渐地被笑脸取代。像城镇人一样活一回，这想法像酒一样芬芳和醉人。

他们，是欢呼雀跃住进昭女坪社区的，新家园，新生活，甚至是新身份，都让他们兴奋、欣喜和激动。但这种新鲜感和幸福感混搭的心情并没有持续多久，移民们终于开始咀嚼社会上那句揶揄和调侃他们的话——

毕竟，山猪都吃不来细米糠哩！

新鲜感被不适感取代，幸福的心情被对未来的茫然替换了，这一切，都是悄悄地随着日子的抻长而来的。

而最感不适的是老人，而最最感到不适的是老头。

外号杨老头的杨玉明老人，就是其中一位。

杨玉明自从住进了窗明几净的社区楼房后，就一直睡不好觉，得了失眠症。起初，家里人还以为是老人换了新环境，需要花时间适应。但没几个月下来，老人夜里睡不好觉的毛病，不仅没改观，反而越发加重了。因为长久失眠，人的情绪也变得焦躁和烦闷。后来竟然茶饭不思，厌食了。家里人看在眼里，急在心里，儿媳就只好给外出打工的丈夫打电话，要他回来看父亲。儿子千里迢迢从广州打工回来，多次跟老人打听，才知老人的病因。

在老家白鹤镇，杨玉明老人住的是依山傍水的吊脚楼。那吊脚楼，是在平地上用木柱撑起、高悬地面的一种干栏式建筑。这是一种既节省土地，又造价低廉，且又能通风、防潮的建筑。这种建筑分上下两层，上层为居室，下层是关牲口的厩。杨玉明老人住在吊脚楼上，楼下关着猪和牛。那吊脚楼不隔音，深夜里，杨玉明老人能听见小猪的哼哼声，大猪的呼噜声，牛的反刍声。这些声音，成了杨玉明老人夜生活的重要组成部分，是他的小夜曲。他要听到这种声音，才会睡得踏实，才会不知不觉进入梦乡。搬进昭女坪社区新家的杨玉明，夜里再也听不到猪声牛声，失去了自己的小夜曲，这如何不让他辗转难眠？几十年养成的睡觉习惯，岂是短时间能改变的？

看着老人因失眠厌食变得憔悴得像山坡上一颗瘦草，儿子心痛得抓破了头皮，也没想出什么好办法来，最后只能跟儿媳商量，决定将老人住的隔壁的杂物间腾将出来，在家里做一个猪厩。儿子跑到乡下找来了垫厩用的稻草，又去市场上买了两头刚断奶满双月能独立进食的猪崽，在家里养起了猪。虽然夜里只有两头小猪的哼哼声，没有大猪的呼噜声和牛的反刍声，但这也多少让老人心里踏实了，不再彻夜失眠。

这事被邻居告到了社区管委会。

在好端端的起居室里养猪，这在管委会的工作人员看来是不可理喻的陋习，是绝对不可容忍的。这事迅速被反映到了社区管委会主任夏晓峰那儿。夏晓峰主任亲自出马，带着三位社区工作人员花了一个早上，才把那当了猪厩的杂物间清理干净，并说服老人的儿媳去农贸市场，卖掉了这两头小猪。整个过程中老人一声没吭，面无表情，但作为社区工作人员之一的司机小王，还是看见老人眼中噙满了泪水……

这显然是个没讲完的故事，韩家川捋顺了小王的叙述后问，那后来呢？

后来？小王说，后来社区管委会就贴了告示，禁止任何人在社区内养家畜家禽了。

我问的不是这个，韩家川说，我是问你这杨玉明老人后来怎么样了，还失眠吗？

小王叹息了一声，摇摇头说，后来？后来他永远睡着了。

韩家川说，什么意思？

小王说，后来他家人说他患上了抑郁症，再后来，他从他家六楼的阳台上跳了下来，死了。

这是一个让充满好奇心的韩家川感到既意外又惊心的结局，他沉默了。车里的气氛也凝重起来，显得有些沉闷压抑。

还是司机小王率先打破了沉闷和压抑。他说，领导，导航上显示，望城镇就要到了。您不是要我给您讲讲自救自五人小组吗？其实，这小组的缘起，就是杨玉明老人的死。他们跟杨玉明老人一样，需要声音，那是他们的药，或者说是另一种口粮。领导，我说句不该说的话，在社区里，这些老人，是被忽视的一个群体。他们，也是最难走出故乡的群体。他们孤立无援，社区、家庭都没有人管他们的心理要求、他们的精神需求，但他们又不甘坐以待毙，所以只能自己救自己。

如果不是亲耳听见，韩家川不会相信，一个年轻的司机，会说出如此的话。这是句句都有分量的话，是对移民老人有深入了解并感同身受说出的话，是一个移民的心里话。

韩家川真诚地说，小王，今后你别再叫我领导，你叫我老韩或者家川哥。我不过是文联里的一个写作者，你今天的话让我心里清楚了，我这次挂职该去看什么，想什么，写什么。我真心谢谢你！

司机小王的手机导航提示，目的地就在附近。

5

到了望城镇派出所，韩家川下了车，就一个人信步走了进去。如果说，在领命前来望城镇之前，韩家川对如何处理老人们这次所谓的偷鸡之事心中无底，有畏难情绪的话，现在他已经信心满满。这信心的得来，他是打内心里感谢司机小王的。

派出所的沈所长经过一夜夜班，加之老人们不配合，咬定了不承认偷鸡，让他更感疲惫和不悦。见到韩家川时，也就没了好脸嘴。韩家川跟他打招呼并介绍自己是昭女坪社区的主任助理时，他只是铁青着脸哼了一声，这多少让韩家川心里有些不快。

你这些人是怎么搞的，人越老，硬得越像青冈树，不服个软哩。沈所长的话里是满满的抱怨。他看了一眼不动声色的韩家川，摊摊手又说，这和尚头上的虱子，明摆着的事，人证物证都有，为何要死不承认？

韩家川说，所长，我不明白你说啥？啥是明摆着的事？

沈所长被韩家川这一问，简直就是吹胡子瞪眼了，他冷冷地睹一眼韩家川大声说，你们昭女坪社区的人，咋都这样呢？韩助理，你难道不知，你的这五个老人，偷了望城镇人家的鸡，而且是价值不菲的斗鸡？！

韩家川冲沈所长做了个压压手的姿势说，沈所长，你少安勿躁，别大声八气的，好像犯事的人是我一样。你是警察，没把事情搞清楚之前，不要轻易说什么和尚头上的虱子，明摆着这样的话，一切都得尊重事实和证据。

沈所长说，韩助理，你的意思是你的人没偷鸡？

韩家川笑了一下，是那种带了点嘲讽意味的笑。他摆摆手说，这话我可没讲，我只是以为，这事情还没到所长你说的明摆着的程度。

沈所长上牙咬了下嘴唇，皱了眉头重重地点头说，好了，很好！韩助理，我今天就让你心服口服什么是明摆着。就算是我们望城派出所与你们昭女坪社区联合办案。

沈所长说完，示意韩家川跟他一起去审讯室。

走进审讯室，韩家川就看到一个老人抱了手臂站在凳子前，样子委屈而恼火。在他的旁边，三个老人像战败的散兵游勇，佝偻着腰狼狈地靠在墙上。

不是五个人吗？

韩家川目光在审讯室内绕了圈说。

哦，沈所长解释说，有个老人被鸡啄伤了脑袋，我们派人带他去镇卫生院包扎伤口去了。

韩家川也哦了一声，目光停留在靠墙站着的三个老人身上说，所长，他们都是上了年纪的老人了，给个座行吗？

沈所长于是就吩咐那先前搞记录的那个年轻警察出审讯室搬椅子。椅子搬来，三个老人坐下了，但先前站在凳子前的老人，就是不坐。

沈所长对四个老人说，这是你们社区管委会的韩助理，他是专程来配合我们派出所办理你们的案子的，你们有什么话，就对韩助理说。

四个老人缄口不言，头都没抬一下。

沈所长说，不配合是不是？陈三娃，你先说。

被沈所长叫作陈三娃的那个老人，依旧抱着手站立着耷拉了眼皮子说，我该说的，先前我已经说过了。

韩家川这下知道了，这个抱着手站着，活像一头老犟牛的人就是陈三爷。

这时，坐在中间的脸上有块疤的老人举了一下手说，我是疤老二，三爷不想说，我说！我们没有偷鸡。我们是去录公鸡的打鸣声的。这只鸡，最早是我闲来无事发现的，那天在社区外，鸡的主人在空地上摆赌，我看见这只公鸡很健壮，想它的声音一定很洪亮，就在鸡主人摆完赌后尾随鸡主人上了公交车。踩到了鸡主人家的点，然后回去告诉了三爷，让许老四借了他儿子送给孙女用来课堂上录老师讲课的录音笔，在凌晨之前约了麻脸大，聋五，五人一起来录公鸡的打鸣的声音。但万万没想到的是，在许老四就要录音的时候，有气管炎老毛病的麻脸大没忍住自己的咳嗽声，招来了院墙头上那只公鸡。那公鸡凶得很，比电视剧里的敌人还凶，从院墙上飞下来就直扑麻脸大的秃头，啄得麻脸大直叫唤，我们都吓得乱成一团。好在聋五行伍出身，当过兵的他没太乱阵脚，他顺手操了稻草垛子旁的一根柴棍子，一闷棍下去，把那只比敌人还凶的公鸡给打死了。后来我们就被主人家发现了，主人大喊有贼，村子里的人就把我们围住了。再后来，就把我们送派出所来了。

听疤老二老人说完，韩家川问，你们大老远地跑去录声音干啥子？

救人。许老四老人答道。

沈所长冲韩家川轻蔑一笑说，用声音救人，韩助理可否相信？

韩家川点点头认真说，沈所长，我相信。

你相信？沈所长一脸惊讶。

对，我相信！韩家川加重了语气说。

沈所长端起放在桌上的保温杯，呷了口茶，吐一片茶叶。既然韩助理相信声音能救人，那就是说，声音可以做得药了。

韩家川笑了一下说，沈所长，有些时候，声音就是一剂良药。

沈所长又喝了一口茶，他也有些禁不住，将嘴里的茶水喷了一地说，韩助理真是一个幽默人。这声音既然在韩助理看来是一剂良药，那我想问韩助理，这声音如何配伍？如何治病救人？救的又是什么人？

韩家川明显感到了沈所长话里的锋芒。他一脸从容地说，所长，你问错人了。这话，应该问这些老人才对。

这时候，一直抱了手站着的陈三爷接话了。他说，你这个警官忘性咋这么大？我先前已经给你说过了，我们要救钟汉大爷。

那钟汉何许人也？沈所长问说。

许老四抢话说，他是昭女坪社区最年长的老人，都九十好几啦。

那他得了何种怪病，要声音治？沈所长刨根问底。

他夜里睡不着觉，患了失眠症。许老四说。

用声音治失眠？咋治？沈所长不解。

许老四说，警官，这你不懂了吧？且容我慢慢道来。

钟汉大爷在没移民来昭女坪社区之前，是我们白鹤镇裤脚村人人知晓的老人，有名得很。说他有名，是他养的鸡有名。他家养的乌骨鸡，是整个镇方圆几十里地最肥美的状鸡。钟汉老人养鸡，不圈养，是放在河滩地上野养。那些鸡刨食的是蚯蚓和打屁虫一类的小虫子，那鸡肉的味道，鲜美得没话说。钟汉老人养鸡，除了野养，跟别人养法不一样的是，有头鸡带着鸡队。头鸡都是大公鸡，钟汉大爷叫头鸡鸡队长。每天清晨，头鸡第一个醒来，它飞上院墙，一声长啼，所有的鸡就跟着吵吵嚷嚷出了鸡栏。听见长啼，钟汉大爷就从床上爬起来，目送他的鸡队长，带领着鸡群走向长满野草、灌木和荆棘的河滩地。鸡队长是不宰杀的，也不卖给他人，等到鸡队长上了年纪，钟汉老人就会选最好最大的鸡蛋，孵出最好的鸡公仔，挑出最好的一只，把它培养成接班人，当下届的鸡队长。

库区移民的时候，钟汉大爷让家里人把母鸡都宰杀了，拿到市场上卖掉了。顺便说一句，钟汉大爷养的鸡，只有头鸡是公的，其余鸡成员全是

母的。钟汉大爷舍不得杀头鸡，决心把它和家什一起带来昭女坪。但当它发现它的那些妻妾死在屠刀之下后，它却气死了，这让钟汉大爷悲痛万分，离开裤脚村的时候，他抱着那只头鸡，也就是他视为心肝一样的鸡队长，蹒跚着在孙子的搀扶下，爬上山岗。在山岗的一棵树下，钟汉大爷自己用锄头，挖了个小小的坑，将头鸡的尸体埋了，还用碎石砌了个小小的坟茔。然后，他一屁股坐在山岗上，像个孩子一样，脚在地上乱蹬，手在胸前乱捶，号啕大哭。哭声和着山风，让我们这些移民也跟着他一样伤心不已。

到昭女坪社区后，钟汉大爷跟家人住进了新房子。住进去的第一晚，他睡得又沉又死，是他的年过花甲的儿子叫了几遍才叫醒的。但自打那晚上以后，钟汉大爷就再也没睡着过。据他儿子讲，大爷总是担心倒头睡过去，第二天再也醒不来。大爷儿子就安慰他，说要他放心睡，第二天他会叫醒他。但大爷抢白儿子说，你又不是鸡队长，你要睡死了咋办？

大爷从此夜里出现幻觉，一睡过去，那只头鸡就会从他的脑袋里冒出来，一声长啼，大爷就会一骨碌地翻爬起来，推开窗子，但外面却是墨一样的夜色。杨玉明老人跳了楼后，我们这些老人心中成天都惶恐得很，心就像个空箩筐一样，空得难受，我们也睡不着。三爷就顾着我们四个，成立了这个五人小组。三爷说，没人管我们，我们只能自己救自己，我们要把我们丢掉的声音找回来，还要帮像钟汉大爷这样的老人把声音找回来。

有一天，我在省城打工的儿子，回家来过春节，他给我读中学的孙女买了礼物，也就是今天我搞丢的那支录音笔。儿子是买给孙女学习用的。当有一天，我发现孙女录下了他的老师讲课的声音，我即感到这东西既神奇又好奇，孙女就让我说话，她只轻轻按了一个键，待我说完话，她又轻轻按了另一个键，那笔就吐出了我刚才说过的话。我把这告诉了三爷。三爷也觉得这叫录音笔的东西神奇，他拉我的手说，许老四，这下钟汉大爷有救了，你得把你这录音笔的玩法从你孙女那儿学过来。学那东西不难，我孙女一个时辰就教会了我。刚好疤老二发现了那只斗鸡，说那鸡雄得很，不亚于钟汉大爷家那只头鸡的打鸣声。对了，我还忘了给领导汇报一件事，我孙女在教我录音的时候，还教了我一种新玩法，就是那录音笔能定时，你想让它几点播声音，它就会准时在几点播你要的声音。

沈所长听得很耐心，许老四老人打住话匣子后，他问说，那后来呢？

许老四老人说，后来我们就乘夜里去找那只斗鸡录音了，再后来就被当成偷鸡贼抓了。真是羞先人哟，老几十岁，背个贼的骂名了。

听了许老四老人的话，沈所长看了看韩家川，韩家川也看了看沈所长，他们都没说话。

一阵沉默后，沈所长打了个呵欠对许老四说，要信你的话，就得找到那支录音笔。

6

在许老四老人的指引下，沈所长带着年轻警察在蚕豆地里找到了那只录音笔。

那录音笔里，确实没有鸡鸣声，但却录到了麻脸大老人被鸡啄的惨叫声。回到派出所后，通过沈所长和斗鸡主人的讨价还价，终于达成了由五位老人赔偿斗鸡主人八百元钱的协议。韩家川替五位老人垫付了钱，让在派出所的四位老人上了面包车后，又让司机小王把车开到卫生院，接了处理完伤口的麻脸大老人，回昭女坪社区去。

一只鸡赔八百元，老人们心里都觉得疼，都坐在车上成了闷葫芦。司机小王就打趣说，几位大爷，八百元摘了五顶贼帽子，值！

麻脸大老人摸了摸秃头上缠的纱布说，值个屁！那只斗鸡不要那么凶，不啄我的秃头，聋五也不会失手打死它。要晓得这鸡这么值钱，我还不如忍痛让它啄哩。

陈三爷瞪一眼麻脸大老人说，麻脸大，你还好意思说，你不咳那声嗽，就不会有后边这些幺蛾子！这音没录上，钟汉大爷咋办？三爷，别责备麻脸大，谁身上没个病痛的，疤老二打圆场说，钟汉大爷的事，我们再想办法。要不是我这要命的膝盖，我就去临县乡下的我姑娘家，把那鸡啼声给钟汉大爷录了来。

坐在副驾驶位子上的韩家川转过身来说，五位老叔，是我们社区管委会失职了。今后，这些事交给社区来办。你们都是上了年纪的老人，别再像今天这样，起早摸黑，危险着哩。

疤老二老人摆了摆手说，韩助理，你和社区还是不操这个心的好，我

们的事，我们自己办。让你们办，靠不住！

韩家川冲疤老二老人笑笑说，大叔，你可以不信任我，但一定要相信社区。你为何对我们管委会有如此大的成见？

陈三爷冲疤老二老人挤挤眼说，疤老二，你那张嘴，咋就不关风呢？韩助理，成见？不敢不敢，社区对我们好着哩。

司机小王说，三爷，你就让疤二大爷说嘛，这韩助理，跟社区其他领导不一样。要说成见，韩助理，我替疤二大爷说，他主要是对社区办豆腐厂有意见。

一提豆腐厂，韩家川就更有了兴趣，他对疤老二老人说，老叔，这你一定得给我讲讲。

疤老二面有难色，他侧身看了一眼陈三爷，陈三爷冲他翻了一下白眼说，看我干啥子？疤老二，你今后会死在这张嘴上。既然小王都说你对办豆腐厂有意见，你还不说，那不成了隐瞒领导了？你看你那豆腐西施的儿媳，人家多先进？你呢，后进着哩。

别提我儿媳，三爷，疤老二说，提她我心里就来气。

司机小王边开车边对疤老二老人说，疤二大爷，你心咋就二指宽呢？不就一副棺材嘛。

许老四老人接话说，小王，你这嫩崽子，懂个屁，你话说得倒轻巧，不就一副棺材？你咯晓得那是今后你疤二大爷百年了的老屋。

都以为我生我儿媳的气，就为棺材，你们真是冤枉我了，疤老二老人说，我为我儿媳怂恿我儿子拉苦井水不拉棺材生过气，但那是搬迁时的事，早就过去了。我是因为儿媳不听我劝，硬要跟那夏主任去办豆腐厂生气，那豆腐西施的虚名，害了她了。那白鹤豆腐，岂是想做就能做的？

韩家川说，你意思是你儿媳手艺不行？

那倒不是，疤老二老人摇了摇头说，要讲做豆腐的手艺，她配得上豆腐西施这名号。

韩家川说，这就令人费解了。

疤老二老人说，说费解也费解，说不费解也不费解。世间大凡好东西，都不是做出来的，是自然生出来的。这白鹤豆腐里，藏有玄机。

司机小王说，疤二大爷，你就别卖关子了，谁不知道你儿媳做的白鹤豆腐，是用你们家苦水井的水来点豆花？要不，还叫啥子秘制豆腐？

你看，你看，疤老二摊了摊手说，说你嫩苔苔，人家会讲我欺负年轻人，你跟你们那夏主任和我儿媳差不了多少，都是知其一不知其二的。

小王欲回嘴，被韩家川示意打住。韩家川说，老叔，这其二是什么？

疤老二老人说，这可是我们家的秘密，别说外人，就是媳妇、儿媳也不知道。不便说的。

嘿，陈三爷白了一眼疤老二说，毛病！又卖关子了不是？离开了白鹤镇，还做得出什么白鹤豆腐。

三爷英明！疤老二冲陈三爷竖了竖大拇指说，这话你说得像裤裆里放鞭炮，正确得很！

疤老二这话，把一车人都逗笑了。

其实，也算不得是啥玄机，疤老二说，自从库区蓄的江水淹没了裤脚村，我们家那点做豆腐的小秘密也就没用了。因为其他地方做豆腐点豆花这个工序，用的都是石膏或者卤水。所以，我们裤脚村的豆腐用苦水井又苦又涩的苦水来点，就特别招惹人注意，都以为白鹤豆腐的名堂就是这苦水井的井水。但大家就没去注意，连裤脚村的人都没留意，我们泡黄豆的水，磨浆的水，那可是甜水潭的水。在裤脚村，老辈人管甜水潭叫阴潭，管苦水井叫阳井。这甜水潭的水是软水，这苦水井的水是硬水，那甜水井磨的豆浆，碰上苦水井的硬水，就像受了孕，生出了白鹤豆腐，这叫阴阳之合。我说这世间好东西都是生出来的，就是从白鹤豆腐上悟到的。用甜水潭潭水磨出的豆浆，烧热后遇上苦水井的硬水，就会咕噜咕噜响，那声音好听得很，是欢喜声。我那徒有虚名的儿媳，不配那豆腐西施的名号。我们搬离裤脚村时，我提醒她，拉再多苦水井的水也没用，做不出白鹤豆腐，可她小肚鸡肠，猜疑是我为了那口棺材。现在好了吧，办豆腐厂，收不了场了。落个空欢喜不说，还招人笑话。

疤老二话说得轻松，韩家川听得沉重。韩家川心想，现在夏晓峰主任要在场，会做何感想。

老叔，我不知道有句话该不该说？韩家川看着疤老二认真地说，你生儿媳气，我理解，但你该阻止夏晓峰主任，毕竟办个豆腐厂不容易，钱都

是移民们从补偿款中拿出来的。

夏晓峰？你别提他，提他我更来气。疤老二摆摆手说。

三爷恶狠狠瞪一眼疤老二，意在阻止他。

浑说了不是？越说越没分寸了。

三爷，谁浑说了？我就是日气夏晓峰咋啦？

韩家川从疤老二话里听出了耍横的味道。

疤老二，耍上牛脾气了？三爷提高了嗓门说。

这话憋肚子里，比屎阻屁眼里都难受！疤老二吹胡子瞪眼睛说，那杨玉明老人在自家屋里养猪，招惹他啥了？他倒好，带群人三下五除二，给人家养猪的地儿给清理了，也不问问人家为何要养猪，光会批评人家生活习惯不好，不讲卫生。谁不晓得猪养家里又脏又臭不卫生？但再脏再臭再不卫生，不要老命吧？我反正是认定了，那杨玉明，就是被夏晓峰逼死的！

瞎话！蠢话！疤老二！三爷吼道，信不信我搂烂你那臭嘴！

原本已轻松的车内气氛，又回归了沉闷，沉闷中还多了沉重。

好在昭女坪社区已近在眼前。

7

五个老人被韩家川顺利地从望城派出所带回了昭女坪社区，这让夏晓峰主任在心目中高看了韩家川。当韩家川赶往豆腐厂去给夏晓峰交差的时候，夏晓峰还在跟宫桂花为做不出真正的白鹤豆腐在技术攻关。夏晓峰知道，做不出真正的白鹤豆腐，后果不堪设想。想想早上那些情绪近乎失控的股东，他心中就会不寒而栗。看到韩家川，一筹莫展的夏晓峰说，韩老师，平日里看您这一脸斯文相，办起事来没想到心中自有百万兵，都听公安的人说那沈所长是难缠的主，没想到您这么快就解决了问题，看来您还有点小诸葛能耐。过来，快过来，兴许这豆腐上的难题，您能想出好办法。

夏晓峰左一个您右一个您，让韩家川听出了一份尊重和欣赏。他心里自然也就有了分愉悦，就笑着摆摆手谦虚说，不敢当不敢当，老人们没偷鸡，派出所得尊重事实嘛，哪是我的能耐？至于这白鹤豆腐，主任跟宫厂长都不要费心了，诸葛亮转世，我看也是无解的。

这无解二字，让夏晓峰心里非常不快，他没想韩家川会说出如此武断的话，就一脸不高兴说，韩助理，说话注意分寸。我这主任做豆腐确实是外行，但你不能让宫厂长难堪。宫厂长为啥被称为豆腐西施？那是因为在移民来社区之前，人家做得一手地道的白鹤豆腐。我们现在技术上遇到了难题，只要大家齐心协力开动脑筋，就没有过不去的坎，攻不下的关，你哪来如此的武断，竟说出如此不得体的话来？

韩家川发现，自己不仅让夏晓峰主任不高兴，也让宫桂花脸上有些挂不住，就冲她抱拳做了个对不起的手势，然后转而对夏晓峰说，主任，我们借一个地方说话。

没想到这话却惹火了夏晓峰，他粗脖粗嗓地说，韩助理，你们这些文人，咋就那么多花花肠子？什么事情，到你们这儿就搞得神秘兮兮的，把宫厂长当外人？你啥意思呀？

看着一脸怒容的夏晓峰，韩家川赶忙解释，说夏晓峰误会了他的意思。他心里确实觉得有些话面对宫厂长讲出来，对她很残酷，怕她一时半会儿接受不了。他有些为难地看着宫桂花，恨不得指天发誓自己没把她当外人的意思。

宫桂花自是知趣的女人，她脱下手上的白手套，往工作台上一放说，既然你们做领导的有事商量，我就先回家了。

韩家川看宫桂花出了门，又调转眼神看一眼黑了脸的夏晓峰，提议出去走走。夏晓峰很不情愿地跟韩家川在社区里肩并肩散起了步。

韩家川问夏晓峰认不认识疤老二老人。夏晓峰说，他是宫桂花的公公，你说我认不认识？

韩家川就把疤老二老人在车上讲的关于白鹤豆腐的故事跟夏晓峰讲了一遍。

还没等韩家川把故事讲完，夏晓峰整个人就垂头丧气瘫坐在了社区林荫道旁的长椅上了。

他吐出了一声长长的叹息。

韩家川从夏晓峰的叹息声里，听出了困惑和绝望。

韩家川把故事打住，坐到夏晓峰身边，从衣兜里掏出香烟，递一支给

夏晓峰。夏晓峰抬起头，蹙了眉头接过烟。韩家川给他点上烟，自己也点上一支安慰说，我们还可以想办法生产其他东西，天无绝人之路嘛。

夏晓峰猛吸了一口烟，喷一口浓浓的烟雾表情极为认真地看了韩家川说，韩老师，为啥这疤二爷明知我在跳火坑，他都忍心不站出来阻止，，乐着意看我跳呢？

这问题提得好尖锐，让韩家川无言以对。

我知道你不好回答我，那我帮你回答。夏晓峰又深吸了一口烟说，那是因为，社区里有很多像疤二爷这样的人，他们认为办豆腐厂是我夏晓峰这个主任的事，不是他们的事！

韩家川说，主任，你千万别这么想。

夏晓峰不听劝，腾地站了起来，将还剩下大半截的香烟，重重扔在地上，又重重地踩了两脚，仿佛招惹他的，是香烟似的。他伸出手，画了一个巨大的圆弧说，韩老师，我真的搞不明白，他们为啥这样不待见我。自打开始破土动工建这个移民社区，我夏晓峰何时不是起早贪黑，巴心巴肝地扑在这社区上，市里领导指示我，社区要看得见山，望得见水，要记得住乡愁。昭女坪社区依山而建，看得见山。但我们这地方是十年九旱的地方，望得见水，是个难题。你看到社区这被垂杨柳围起来的湖了吗？为有这一湖水，我前前后后跑市里各职能部门和永丰水库不下百次，硬是靠软磨硬泡的功夫弄下来了这一湖水。那哪是水，那是水库灌溉区的粮食！我文化不高，不知道要怎么弄，才能让移民们记得住乡愁。我就跑到你们市文联，请教你们龚主席。你们那个文绉绉的主席，张口就说出一个外国人名字，叫什么海尔的。

韩家川纠正说，是海德格尔吧？

对，就是海……海德格尔，龚主席高深莫测地对我说，所谓乡愁，就是诗意地栖息在大地上。

说到这里，夏晓峰有些犯迷糊，我真搞不懂，啥是诗意的栖息？我就认个死理，觉得这乡愁，就是要把他乡当故乡，让移民们把社区当成那个淹掉的老家。你看那房子，我们尽量刷成热地方的蓝白基调，尽量在社区绿化上种热区的植物，花草，我和社区管委会的人，也是动了心思的呀！

韩家川看着眼前的夏晓峰，样子委屈得就像挨了老师一顿错训的中学生。

韩家川知道，这夏主任说的绝非虚言，说的都是实打实的话，他的委屈也是真委屈。但韩家川就是找不到更合适的话安慰他。其实，韩家川心里很清楚，对夏晓峰，任何安慰都没有作用，甚至他压根就不需要安慰，他需要的是发泄，因为他很多话，在肚里憋得太久。

发泄了一通的夏晓峰，经过短暂的平静后，又恢复成了一个处事不惊、老成稳重的主任了。他自嘲说，这人一激动，就傻瓜了不是？有人不理解，但上面领导还是认可昭女坪社区的。我光顾自己发泄了，忘了正事，韩老师，那广场舞，你得下力气抓。市里打电话来了，我们这昭女坪社区，现在可是被推到老虎背上去了。

韩家川不明白这推到老虎背上是什么意思。说到广场舞，韩家川是真想打退堂鼓的。他说，夏主任，这广场舞，我怕是没能力教会那些社区的大婶大妈了，我是宁愿骑老虎背也不愿教了。

不行！夏晓峰非常坚决地说，你要撂挑子，就是拆台了。我实话告诉你吧，我们这昭女坪社区，虽然有这样那样危机，但人家市里、省里把它是真当了样板的。现在，经媒体一炒，不得了啦，惊动联合国了。

联合国？韩家川不可思议说，不会吧？

有些事是我们想不到的，夏晓峰说，我也是下午才接到市移民局打来的电话，说有个什么联合国的文科组织，要来视察。

是联合国教科文组织。韩家川又纠正说。

韩老师，你肚子里就是墨水多，夏晓峰拍了拍韩家川的肩膀说，对，就是你说的这个教科文组织。我这个从街道上干起来的主任，弄不清楚这组织有多大，但联合国还是听说过的，这一定要高度重视。不仅要做欢迎横幅，标语，彩球，还要请个军乐队。市里文化单位你熟，这请军乐队的事，就交给你了。

韩家川总觉得请军乐队来欢迎联合国教科文组织有些欠妥，就说了自己的意见，但夏晓峰说，韩老师，这意见你要提就给市里提去，都是市里的意见，我不过是按指示办而已。

夏晓峰说到这里，就无心跟韩家川再散步了。他兴冲冲地走了，还有千头万绪的工作，在等待着他。

韩家川还觉得，这像上紧发条的夏晓峰，他的奔忙里，也有什么不

妥，到底是什么不妥，他也不好说，但直觉告诉他，就是不妥，就像欢迎联合国教科文组织请一个军乐队一样——

不妥的。

8

头上缠着纱布的麻脸大，回家去的样子像一个战败的伤兵，既疲惫又狼狈。进家门后，老伴看他那样，是又心疼又生气。在遭受了家里人一通劈头盖脸的数落后，麻脸大一个人悄悄溜进了自己的卧室，从床下面拖出了一只老得漆面斑驳的旧箱子，却找不到打开那把锈迹斑斑的钥匙。他不记得把它放哪了。

他坐在床沿上，感觉到那秃头上被鸡啄的伤口隐隐作痛。而那颗受伤的头颅空得像个掏了瓢的葫芦。记性仿佛都被那只凶狠的斗鸡啄了去，苍白如纸片一般了。

钥匙，我箱子的钥匙呢？

他哪是喊，简直是咆哮。老伴跑进卧室来，说麻脸大，你到底是被鸡啄了还是被疯狗咬了？钥匙？那箱子的钥匙，在你儿子那里，他帮你收着的。咋啦？今天太阳从西边出了，想你的宝贝了？你冒疯，想吹曲儿？这夜里吵到别人，会告到社区管委会的。

老伴说的麻脸大的所谓宝贝，其实就是他放在旧木箱子里的一对唢呐。

儿子闻讯跑进来，从衣服口袋里掏出了钥匙，蹲地上给父亲麻脸大开锁。麻脸大瞥见，儿子已是头顶花白一片，就叹息说，儿子，咋那么多白头发？

儿子说，爹，我都六十挨边的人了，该白头发了。爹，你拿唢呐做啥？

麻脸大说，我想把它们卖了。

儿子停住，心有不甘说，爹，卖了它们，今后我们爷俩不做吹吹了？

白鹤镇的人管唢呐手叫吹吹。在白鹤镇人眼里，吹吹是让人羡慕的职业。

儿呀，你认为我爷俩还能做吹吹？

麻脸大的反问，问住了儿子。

老伴插话说，做不成吹吹，也没必要卖了唢呐，留着它们又不供它们吃饭，做个纪念嘛。

麻脸大说，我何曾不想着留它们做个念想，但我们欠了别人的钱，我得卖了它们还账。

欠别人钱？老伴说，麻脸大，你不赌不抽，咋会欠别人钱呢？

麻脸大说，你这老婆子，咋就喜欢打破砂锅问到底呢？聋五打死了人家的公鸡。

聋五打死的，咋要你赔？儿子说，谁打死谁赔嘛。

就是！老伴白一眼麻脸大说，别人杀人，难道你去偿命？

你，你，麻脸大指了指儿子，咳嗽了两声，又指了指老伴说，还有你，你娘儿俩咋一个鼻孔出气呢？聋五打死的是啄我的公鸡，晓得不？

儿子说，一只公鸡，要不了多少钱的，我替你赔。

麻脸大说，你说得轻巧，八百块哩。

什么鸡呀，八百块，金子做的？老伴惊呼道。

说你头发长见识短，你说我损你，麻脸大说，那不是普通的公鸡，是斗鸡，晓得不？就是人家养来打架的鸡。

儿子瘪了瘪嘴说，爹，你还说妈见识短？我看你才是。我才不管它是你说的斗鸡或者打架鸡，反正是只鸡，一只鸡要你们赔八百块，就是敲竹杠，就是不讲理，明天我就找这鸡主人评理去。

呸！麻脸大恨不得把唾沫吐儿子脸上去。你以为你能耐哩，评理？要不是派出所的沈所长一唬二吓，那瘦得像猴精的鸡主人没个一两千块钱不罢休哩。你真有孝心，明天就陪我到市里去，我爷儿俩好好吹它几曲，我就不相信这城市是块大铁板，吹不热乎的。

儿子说，爹，使不得，人家会把我们当成干扰分子抓起来。

看你那　样！麻脸大说，是我的儿，明天跟老子进城去。你还愣着干啥？还不快去楼下土杂店备上两壶苞谷酒，发不好叫子，唢呐吹不亮响，看我不找你麻烦。

儿子就拿了空空的酒葫芦，去楼下土杂店买烧酒。作为一个吹吹，儿子深知父亲内心的那份落寞。在没搬来昭女坪社区之前，父亲一直是生活在热闹之中的。无论婚丧嫁娶还是乔迁添丁，都需要唢呐声，都需要吹吹。数十年光阴里，儿子跟着父亲，体会到了做一名吹吹的荣耀。作为白鹤镇方圆几十里地最优秀的吹吹，父亲的酒葫芦，在他的记忆里，从来就没空过。那排队请父亲的人，只要拿到酒葫芦，就算是父亲应允了。能请

到父亲麻脸大的人家，脸上就会多出一份光彩来。

白鹤镇人把唢呐的哨称为叫子。叫子是挑上好的芦苇做的，吹吹们在吹奏唢呐前，要喝酒，俗称发叫子。如果主人家忘记了给吹吹送酒，那唢呐声就会像没喝到酒的吹吹，无精打采，既不嘹亮也不圆润。所以，要请吹吹的人家，总会提前些时日，亲临吹吹家，将酒送去，并当着吹吹的面，恭敬地灌满吹吹的酒葫芦。

父亲嗜酒，每天都要儿子陪他喝上半葫芦。喝了酒，他就会带着儿子将明天别人家宴席上该吹的曲子预习一遍。到昭女坪社区后，父亲就断了酒，其实也没人再登门往他的酒葫芦里灌酒了。离开白鹤镇，搬迁至移民区，人还是那些人，但他们却不再需要唢呐。红白喜事，不再有摆开的场子，都在酒店或殡仪馆办，吹吹派不上用场，唢呐也就锁进了箱子，酒葫芦也只好束之高阁。父亲麻脸大不再喝酒，不喝酒的他天天咳嗽不已，老嗓像一面随时被敲打的破锣。

儿子打了酒，提了装满酒的葫芦回到家，问父亲麻脸大，要不要发叫子？

父亲麻脸大哐哐地咳嗽了两声后说，当然要。儿子就拿了两个瓷碗，倒了两碗酒。爷儿俩相向而坐，儿子心痛地发现，父亲衰老得厉害了。

他们不言语，沉默着沽酒。喝完碗里的酒，儿子将大而长的那支唢呐奉上给父亲。麻脸大接了，又放下。他拍拍胸口对儿子说，要发的叫子，其实在这里。他压抑了声音，低沉地哼起了曲儿。儿子也跟着哼，爷儿俩哼着哼着，就哼出泪水来了。

头上缠着一圈纱布的麻脸大，伤心的样子，像灵堂上永别亲人的孝子。

韩家川来到市文化局，联系请军乐队的事宜。文化局接待韩家川的耿副局长非常热情，他说文化局也接到了市里领导的指示，要全力配合昭女坪移民社区管委会，搞好迎接联合国教科文组织考察团的文化展示工作。

该我们到社区去的，耿副局长客套中夹杂了些许歉意，却让韩助理亲自跑一趟。

人家话说得客气，韩家川却不好意思了。韩家川说，耿副，该夏主任亲自来的，但社区工作千头万绪，离不开他，我就只好代表了。

一家人不说两家话，耿副局长说，请军乐队没问题，文化局就管他们，自家的事。只是……

韩家川听耿副局长欲言又止，以为他有什么难处。就说，耿副尽可直言，有难处是吧?

耿副局长摇了摇头说,不是难处,我只想问一问,用军乐队欢迎联合国教科文考察团,是你们社区的意思,还是市里领导的意思?

韩家川至少听出了耿副局长话里的两层意思,一是他对用军乐队欢迎考察团有不同意见,二是他又怕说出自己的看法冒犯了市里领导。

韩家川想,当个耿副局长这样的领导也真难,也真够累的,但在不宜用军乐队这点上,他跟自己是不谋而合的。韩家川说,耿副,我也不知道是市里领导还是社区的意思。实言相告,请军乐队欢迎一个国际性的考察团,我觉得不合适。

不合适你还亲自来请? 耿副局长说。

韩家川苦笑了说,这就是人在江湖,身不由己。

我也觉得不合适,耿副局长说,韩助理是文联派社区的挂职干部,大家都是文化人,军乐队欢迎宾客好不好? 好! 军乐队气势恢宏壮观,乐曲浑厚流畅,激昂高亢,能够烘托气氛,制造热闹的场面。但缺憾是它没什么地方特色。这种高级别的考察团来到我们这个小地方,机会千载难逢,都说文化是软实力,逮着这样的机会,我们却不用地方的音乐,选军乐,不合适,不合适。

韩家川赶忙说,耿副既是领导,又是文化行家,你一定能想出一个取代军乐队的好主意来。

这话让耿副局长有些为难了,他摆摆手说,不好想的,不好想的。我们有地方特色的欢迎仪式多,也很有特色有意思,也热闹也诙谐,但有失气势和庄重,甚至有的还显轻佻。也许,选军乐队,压根就是市领导的主意,宁失特色,也要气势磅礴庄重得体。

韩家川没想到,这耿副局长,会如此时时刻刻不忘揣测所谓"上面的意思"。

还是用军乐队吧,耿副局长用手上握着的铅笔轻敲办公室桌面说。

就在这时,有音乐仿佛是一只莽撞的鸟,从窗外飞进了耿副局长的办公室。这声音尖厉高亢,嘹亮,甚至还显得粗鲁,蛮横。仿佛它是挤压出来的,是压抑了太久的,所以这声音是带了情绪的。它带着挑战,但似乎

又不知道对手在何处，有点像失去了方向的怒狮，只顾横冲直撞。

耿副局长身子一颤，皮球一样蹦起来，没有了官员的伪装，活脱脱一个行家的欣喜和冲动。他啪的一声，双手拍合在一起，冲韩家川吐出三个字——

好声音！

话音未落，耿副局长也扑到窗前。

让耿副局长如此激动的是唢呐的声音。这唢呐确实吹得好，但在韩家川听来，却感到有些奇怪。这唢呐声一听就是行家吹出来的，没几十年修炼之功，技艺不会如此炉火纯青。但这声音却又有一种毫不掩饰的冲动，像是被什么激怒了一样，燃的是无名火，这让人会想到一个涉世未深的年轻人受了委屈那般。

韩家川也忍不住满肚子好奇心，起身来到窗前。耿副局长还激情未消，他拍了一下韩家川的肩又握了他的手说，韩助理，这唢呐声，你听，多有个性，多有个性！为什么不选唢呐？为什么？

这时的耿副局长，可爱得像个天真的小孩子，韩家川心里想，此时的他，一定是忘了"上面的意思"了。

韩家川耸了耸肩说，为什么不选唢呐？

就选唢呐，错不了！耿副局长松开韩家川的手说，唢呐，曲儿虽小，腔儿真大，表现力超强！你听这声音，一鸣惊人，直冲云霄。唢呐艺术，虽是民间艺术，却是我们国家级非物质文化遗产，选它欢迎考察团，再合适不过。

韩家川想，这耿副局长，仿佛要说服的不是市里的领导，而是要说服他韩家川似的。他对耿副局长说，我们别光站在这里夸声音，下楼看看何方高人。

唢呐响处，早已里三层外三层围满了人。韩家川和耿副局长费了很大劲，才挤进了看热闹的人群里。

挤进人群的韩家川，好不容易看清了唢呐的吹吹，这不看不打紧，一看，他的一张原来紧闭的嘴，惊讶成了一个"O"。

那吹吹，竟是社区的老人麻脸大。

在他身边，是他的儿子，手中提着另一支唢呐，对看热闹的人群说，识货的都过来看一看瞧一瞧，不看不知道，一看吓一跳，上品唢呐，跳河价卖啦，八百块！八百块钱，一条香烟钱卖唢呐了，不是一支，是八百块一对。祖上传下来的，有年份了，买去说不准放放就成文物了。八百块钱，八百块钱一对的铜唢呐，打着灯笼也找不着。

麻脸大面无表情，他只是鼓了腮，仿佛拼命一般地吹。

站在韩家川身边的耿副局长叹了一口气说，吹得那么好的曲儿，咋不识货呢？这不是一般的黄铜唢呐，是斑铜唢呐呀，是人工一锤一锤敲出来的，每一支都独一无二。那么好的材质，那么好的声音！

韩家川说，耿副，你是内行嘛。曲能听出好坏，这货也识得好歹。不瞒你说，这吹吹，是我们昭女坪社区的，我认得的。

耿副局长说，你们昭女坪社区藏龙卧虎呀，你这是捧了金饭碗还要去讨饭。

韩家川从口袋里掏出八百块钱，塞进耿副局长手里，然后嘴凑到他耳边说，耿副，劳驾你帮我买了这对唢呐。它，属于昭女坪社区。

耿副局长说，不讲价了？

韩家川说，不讲。

9

噶——歌——噶——

天刚要破晓的时候，昭女坪社区里响起了公鸡的打鸣声。

躺在床铺上一夜辗转的钟汉老人，一激灵坐了起来。

住在他家楼下的豆腐西施宫桂花，也听到了公鸡的打鸣声。当时正在漱口的她，推开窗，往楼下看，看到一个身影，一闪不见了踪影。她嘴里含着满口牙膏沫喃喃自语，撞鬼啦？社区不是禁养家畜家禽了吗？哪来的公鸡打鸣声呢？

豆腐西施宫桂花自己耳朵出了问题，这段时间，因为豆腐厂的退股风波，不仅让她颜面尽失，还让她心力交瘁。这段时间以来，她总是睡不安稳，总是觉得耳边多了一只蜜蜂或者苍蝇，那嗡嗡之声，让她心烦意乱。宫桂花漱完口，欲出门时，公公疤二爷从卫生间里出来说，我好像听见楼下有公鸡在叫。

宫桂花说，我还以为只是我耳朵出了毛病。

这话让疤老二心里不舒坦，他以为儿媳是在骂他，就沉了脸回到自己

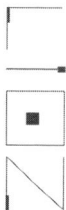

房里去。但细想儿媳的话，说明她也是听到了，就又出得里屋来，想问个究竟。但宫桂花已出了门，楼道里传来一串她急促的脚步声。

疤老二想想，换了鞋上楼，敲响了钟汉老人家的门。开门的是钟汉老人的儿子。钟汉老人的儿子也是一个老人了，老得耳朵比钟汉还背。疤老二问他听到公鸡叫没有，他啊啊两声说，你说什么，我没听清楚你再说一遍。

我听见了，坐在木椅上的钟汉老人说，疤老二，我家的头鸡显灵了。

疤老二说，钟大叔，你咋听出是你家头鸡的声音？

钟汉大爷说，这有何难，除了我家头鸡，谁家的鸡也休想叫得如此脆亮，如此中气十足。

疤老二就点头，脸上堆了笑说，钟大叔，这下你该睡个安生觉了。

上了年纪的钟汉老人，张开没牙的嘴笑，样子就像一个得了糖果的孩子，开心而幸福，他说，疤老二，我睡安生了，明早头鸡不显灵，你要叫醒我哦。

钟汉老人的儿子说，爹，你放宽心睡，有我哩。

钟汉老人说，你呀，靠不住的。

翌日清晨，整栋楼都听见了公鸡的叫声……

第三天，人们都是被公鸡叫声唤醒的……

钟汉老人家的头鸡显灵了，每天早上天不亮来报恩的故事，比禽流感还快地在社区里散布开来。好多人都亲自跑到钟汉老人家探究虚实，钟汉老人头晚睡好了觉，精神矍铄，逢人就张开不关风的嘴嘀嘀一阵，是我家头鸡，当然是我家头鸡，它晓得我老头子惦记它哩。

大家自然也就信了钟汉老人的话。这些从乡下来的移民，过去的生活中，除了与现实生活在一起，也跟鬼魂生活在一起。他们是相信万物有灵的。过去，钟汉老人对他家头鸡的好，很多人是看在眼里的，今天，钟汉老人睡不着觉，听不见鸡叫，怕自己醒不过来，为此提心吊胆，人变得憔悴、虚弱。死了的头鸡显灵来报恩，送上几声啼音，在他们想来，太合情合理了。现在钟汉老人又肯定得真切，还有什么不相信的呢？

但社区里有一个人知道这事后是坚决不信的，他就是社区的夏晓峰主任。当豆腐西施宫桂花把头鸡显灵报恩送鸡啼的故事讲给他听时，他断然说，什么头鸡显灵，是有人装神弄鬼。

在夏晓峰看来，这是个严峻的问题。他一脸严肃地看着宫桂花，说桂花，我们移民社区，不是封建迷信的温床，什么鬼呀魂的，都是扯淡！这世上根本没什么显灵一说。显灵？那是唯心主义者的幌子！那是有人装神弄鬼，蛊惑人心。你得多留点心眼，把这装神弄鬼的人找出来。

宫桂花慌忙摆手说，主任，做豆腐我行，这找装神弄鬼的人，我不行。

夏晓峰说，我看你能行，你得注意你身边的人。

主任，你啥意思呀？宫桂花不解。

桂花，夏晓峰语气温和地循循善诱说，你想想你那公公，在自救自五人小组里可是积极分子，前几天还去偷过鸡叫声。

宫桂花说，主任，不是没偷到吗？

夏晓峰说，我不是说这装神弄鬼的人一定就是你公公，也可能是他的同伙，我不过是给你讲一种思路罢了。

宫桂花仿佛豁然开朗了似的点点头说，夏主任，你没干公安，可惜了，我知道了。

疤老二一个人坐在家里，拿着电视遥控器把所有的频道都按了一遍，也没找着一个能对得上眼的节目，就索性关了电视，把遥控器扔了一边生闷气。他想，这钟汉老人真幸福，养只头鸡，死了还会显灵来报恩。自己那磨坊，那大石磨，那吱吱呀呀响的水车，咋就不会像人家钟汉老人的头鸡呢？疤老二对磨坊，对大石磨和水车的感情，不比钟汉老人对头鸡差。几十年来，疤老二也不知道是自己陪伴着磨坊、大石磨和水车，还是磨坊、大石磨和水车陪伴了他。反正几十年的光阴，就是在磨坊里，在水车里，在大石磨前，像一粒粒黄豆，被磨掉了。这几十年里，他耳朵里装了太多的流水声，水车的吱呀声和石磨旋转的声音。这些声音如交响乐般，让他平凡的生活充实而不孤单，现在，坐在这空空的屋子里，他总是坐得心里发慌，好多次错把茶杯的茶叶当了豆子，错把茶几当了石磨，把茶叶倒得茶几上到处都是。为此，他没少被儿媳宫桂花数落。宫桂花被夏晓峰主任叫去办豆腐厂，疤老二以为儿媳会请他出山，但人家已经不用水车石磨，改用电磨了。当他知道自己的一厢情愿后，心里就不自觉地生出了对

儿媳的看法。

别人是夜里睡不着，疤老二是白天如坐针毡。这种站着不是躺着也不是的日子，让疤老二变成了一个石磨——成天在家里打转转。好在陈三爷发起搞了五人自救小组，要不，他会让自己的余生天旋地转了。

疤老二出了家门去找陈三爷。许老四和聋五已经在陈三爷家了，他们正在商量筹钱还韩家川。韩家川垫付的八百元钱，让他们争得面红耳赤。陈三爷说他是领头的，八百元钱该他付。聋五比画着手势，意思是鸡是他失手打死的，该他赔。许老四说，大家都别争，二一添做五，一人一份。疤老二进了三爷屋，说他赞成许老四的说法。他说，有难同当嘛，三爷、聋五，看把你们能的。

几个老人坐在一起，又说到了钟汉老人的头鸡魂灵下凡显灵的事。许老四说，一定是我们偷声音的事感动了天上的菩萨，菩萨派头鸡的魂灵下凡来显灵了。陈三爷不同意许老四的说法，他认为这头鸡显灵，跟菩萨没有关系，叫许老四不要什么事都要扯上自己的功劳。陈三爷说，就是头鸡想报恩，你们不知道，在白鹤镇的时候，钟汉大叔对头鸡，比对儿子都好。

许老四被陈三爷批评，心里很不服气，他说，我晓得啦，三爷的意思，当年那河畔的箫声，也不关菩萨的事，是人家那心上的女子主动来报恩。

瞎扯啥？！

三爷把桌子拍得山响，暴怒的样子像头发怒的老公牛。看三爷那样子，疤老二赶忙打圆场说，老四不过是开个玩笑，玩笑嘛，三爷，当真啥？

三爷不听劝，不消气，大家觉得没意思极了，散了。

出了三爷家的门，疤老二扯了一下许老四的衣角说，老四，说话不是耍刀子，不能往痛处戳的。

许老四委屈得像个孩子，他说，我又不是故意的。这阵子心里烦，总觉得有火要从喉咙里蹿出来。疤二哥，你说这三爷也真是的，一辈子都端着，不累吗？

那叫骄傲。疤老二拍了一下许老四的肩说，你不懂的。

许老四摇了摇头，说我不懂，我也懒得懂，今天只顾跟三爷抬杠了，忘了告诉大伙，我想退出五人小组的事。

老四，说啥气话，疤老二说，拌个嘴，至于吗？

许老四脸上泛起一丝苦笑说，疤二哥，我在你心里，咋就是小肚鸡肠，心只有二指地？我是打算投奔邻县的姑娘家，去帮她看管鱼塘。我跟你掏掏心窝子吧，自从离开白鹤老家，搬进昭女坪社区，这城里人的日子，我是受够了。我做梦都想的是我家水下养着鱼、水上长满荷的荷塘。我只要坐下来，满耳朵里总有蛙的叫声，鱼儿跳起来又落到水里的扑通声。听不到这些声音，这脑袋瓜里就老想，这脑袋瓜越想，这心里就空得发慌，就爱动气，晓得不？

疤老二当然晓得，他有些羡慕许老四了。羡慕他有个嫁到邻县乡下的女儿，羡慕他女儿能为他提供一片鱼塘。他说，老四，你去吧，二哥为你高兴哩。

许老四叹了口气说，高兴啥子？女儿家毕竟不是自己家。

疤老二重重给许老四一拳说，老封建！得了便宜卖乖不是？我晓得你那心里美着哩，我都能想象得出，你躺在垂柳树下的池塘边，手里摇着蒲扇，嘴里喝着浓茶，耳朵里尽是蛙叫蝉鸣，脸庞上堆满幸福的样子。

二哥，你就别拿我开心了，许老四说，我走了，麻脸大、陈三爷那里，还得望你吱一声。

许老四自顾回家去，疤老二看着他有些佝偻的背影，那背影上确实没一丝欢乐，有的是浓重的忧伤。

疤老二在社区的林荫道上徘徊了好长一段时间。他想，如果有人能给自己提供一架水车，一个磨坊，自己会不会也像许老四一样，一点也高兴不起来呢？有些东西，是不是也像岁月，是寻不回来的。

他就这样想着回到家。推门进屋，看到了儿媳宫桂花那张像开过头的花朵一样的笑脸。这让疤老二感到既意外又不知所措。他愣住了。

爹！——宫桂花甜甜地拖长了声音唤了他一声说，别傻站着啦，吃饭吧。

疤老二在餐桌边坐定，拿起筷子，给坐在一旁的上中学的孙子夹了一箸菜，然后才准备给自己盛饭。但宫桂花制止了他，拿出了一瓶新买的酒说，爹，别忙吃饭，儿媳今儿个陪您喝两杯。儿子，给你爷爷拿杯子。

捡到金子了还是中了彩头？疤老二手拿筷子说。

爹，你这话说得不中听哩，宫桂花说，什么好事都没有，就是想跟您

老人家说说话。

宫桂花边说边往杯子里倒酒。疤老二心里暗自嘀咕，今天，这太阳怕是要从西边升起来了！

跟儿媳对饮，疤老二还是头一遭，既新鲜又不习惯，这酒就喝得有些别扭和不是滋味。两杯酒下肚，疤老二说，桂花，你不是有话要跟我说吗？

宫桂花端起酒杯说，爹，我再敬您一杯。您说这早上这公鸡叫，奇怪不？

疤老二说，奇怪啥？公鸡就是早上叫的嘛。

问题是……宫桂花放下酒杯说，没有公鸡。

疤老二说，那是钟汉大叔家的头鸡显灵了。

宫桂花摇了摇头说，那是唯心主义的说法，唯物主义不相信什么显灵的谎话。

疤老二纳闷了，这过去成天忙着做豆腐的儿媳，咋进了昭女坪社区，就哲学起来了，开始谈主义了。

疤老二自顾端起酒杯，抿了一口酒说，桂花，别跟我这糟老头谈主义，主义我不懂。你不相信显灵，我相信。如果不是头鸡显灵，那你的主义咋个解释？

宫桂花说，是有人在搞鬼。

疤老二说，原来你怀疑有人搞鬼？

宫桂花点点头。

疤老二说，你不会怀疑我吧？

宫桂花说，我怎么会怀疑你呢？爹，我是想，这事跟你那五人小组，怕是有干系。

现在疤老二算是明白了，这儿媳今天是给自己摆了个鸿门宴，她怀疑这社区里的公鸡打鸣是五人小组捣的鬼。想从他这里找到证据。疤老二想，这儿媳宫桂花真够阴毒的，要自己的公公干这种事，不是要置自己的公公一个奸细或告密者的境地吗？

疤老二啪的一声把筷子重重扔在桌上说，桂花，你是做豆腐的，不是干特务的。

他边说边站起身，自个儿进里屋去了。

10

麻脸大来社区管委会，找韩家川还钱。韩家川在自己的办公室接待了他，并收下了他的钱。麻脸大转身欲走的时候，韩家川唤住了他。

大叔，求您件事，行吗？

韩家川的语气中带着真诚的口吻。

麻脸大说，韩助理，我这黄泥巴埋脖颈子的糟老头，只怕帮不了你什么忙。

韩家川说，大叔，这忙还只有您能帮。

他边说边转身，欲去身后的立柜里取啥东西。这时，传来了敲门声。

韩家川只好先去开门。

敲门的是陈三爷和聋五两位老人。

韩家川将二位老人让进屋来。陈三爷见了麻脸大，就打趣说，麻脸大，给领导汇报思想，咋也不叫上我们。

麻脸大说，陈三爷，你不也没叫我。再说，你这几天人像吃了炸药似的，谁敢招惹你？

看两位老人斗嘴，韩家川有些禁不住。他笑着说，什么领导？什么汇报思想？麻大叔是来赔我钱的。

赔钱？陈三爷说，麻脸大，你赔韩助理啥钱？

韩家川没等麻脸大开腔，接陈三爷话说，还有啥钱？斗鸡的钱呗。

陈三爷走近麻脸大，正色道，麻脸大，这就是你的不对了，要赔钱，轮不到你。五人小组，我是领头的，该我赔。即使我不赔，鸡是聋五打死的，也该聋五赔。刚才聋五来找我，比画着要赔斗鸡钱，我犟不过他，就决定我和聋五各赔一半，你看，人不都来了吗？

麻脸大说，不该聋五赔，更不该你三爷赔，斗鸡是我咳嗽招来的。

陈三爷说，你又不是不知聋五的脾气，他说要赔，就一定要赔的。

韩家川见二位老人争得面红耳赤，就说别争了，就麻叔赔吧，钱我都收了。

陈三爷恼了，他手指韩家川说，哪有你这样当干部的？这钱，不该他

赔,糊涂!

韩家川没理会陈三爷的指责,他转身,打开立柜的门,拿出了麻脸大的那一对唢呐。

麻脸大一脸惊讶说,我的唢呐咋在你这里?

韩家川满脸堆笑,将手上的唢呐往上提了提说,它们现在是我的唢呐。麻叔,我要求你的就是,你得帮我带出一支昭女坪的唢呐队来,不日就有一个高级别的考察团来我们社区,你得带领唢呐队,把气氛整热闹喜庆才是。

这算你找对人了!陈三爷竖了大拇指说,麻脸大,除了脸大,就这唢呐大。

麻脸大摆摆手说,三爷,你就别寒碜我了,唢呐,我戒了,不吹了。

不吹了?陈三爷说,为啥?

没那心情。麻脸大说。

陈三爷拍了一下大腿说,麻脸大,你不吹了?没心情了?我问你,你不吹唢呐,你对得住聋五?我的夸奖你不在乎,聋五的你在乎吧?

陈三爷边数落麻脸大边手指身边木头一样立着的聋五。

陈三爷的话把韩家川整迷糊了,他不解说,三爷,五叔能听见唢呐?

陈三爷说,他过去的听觉,比谁都好。你看,他长着对招风耳哩。麻脸大的唢呐吹得多好,他都记在本本上的。

麻脸大冲陈三爷翻了下白眼,抢白说,三爷,说这些有意思吗?

当然有,陈三爷伸手过去,从聋五的挎包里掏出一个起了毛边的旧笔记本说,麻脸大,你这是马卵沾不得热气,人家韩助理给你脸,你不要?嘚瑟个啥?我今天当着韩助理的面抬举你一回,你可得拿出点认真劲来,别让考察团小瞧了我们白鹤唢呐。

韩家川笑了笑说,三爷,是昭女坪移民社区唢呐。

三爷手举旧笔记本说,韩助理,聋五怎样夸麻脸大唢呐吹得好的话,这本本上写得有。你虽然是文化人,怕不一定比得了聋五。

三爷说完,把笔记本递给了韩家川。

韩家川打开笔记本,认真地看,越看越吃惊。聋五的这个笔记本,记的全是声音。不,说得准确点,是声音的回忆录。不,不!是声音的墓碑!

韩家川的内心,禁不住感叹了。

　　这是一本有些年份的笔记本，塑料封套里粗糙的纸张早已泛黄，笔记本上的文字跨度达五十多年，回忆声音的文章很短，有些不过只言片语。在这长达半个世纪的对声音的记录和回忆里，断断续续，其中的很多岁月里，没有一个字。有些日子，却记录得很详尽。他记录得最详尽的，是他1960年参军时的声音。他写了白鹤镇上的锣声、鼓声、鞭炮声，他的形容让韩家川很吃惊，他说那天的白鹤镇像浪花一样翻卷起来了。但真正让韩家川瞠目结舌的，是他描写麻脸大和他徒弟吹唢呐送他去县城人武部。那唢呐的声音——

　　去当兵那天，我第一次发现唢呐像盛开的花。我骑在毛驴背上，心情就像胸前这朵大红花，不，更像麻脸大鼓着腮帮子吹的金灿灿的唢呐。这唢呐的声音在江畔响起，河水就欢快起来，在山间响起，山就分开来。那山上的马缨花，被唢呐一召唤，就齐整整地盛开了。后来的日子里，我感到快乐和幸福，耳朵里就自然会塞满麻脸大的唢呐声。

　　韩家川看完这段，合上笔记本说，原来聋五叔当过兵？

　　陈三爷说，聋五不仅当过兵，还打过仗。1962年的中印战争，聋五打的是头阵，敌方一枚炮弹落在他的坑道里，人没炸死，却震聋了他的耳朵。

　　韩家川晃了晃手中聋五的笔记本说，三爷，你问问聋五叔，他这本笔记本，能借给我看看不？

　　陈三爷冲聋五叔比画了一阵，聋五也冲陈三爷比画了一阵。最后，陈三爷对韩家川说，聋五老大的不情愿，但还是同意了，韩助理，这可是聋五的命根子，你可别把它弄丢了。

　　麻脸大说，三爷，你真啰唆，韩助理又不是三岁娃儿。

　　陈三爷瞪一眼麻脸大说，麻脸大，你不得吹唢呐，就憋得屎像样，聋五可是半个世纪听不到声音，那笔记本要丢了，聋五就彻彻底底聋了。

　　韩助理，三爷这话倒是在理。麻脸大对韩家川说，聋五因伤退伍回来，什么也听不见。他在村子里走，别人跟他打招呼，他听不见，急得

直掉眼泪。起先，他还能吃力地说话，渐渐地，他不能说了，又聋又哑。那时村子叫生产队，队长安排他放羊。他就成天一个人赶羊上山，人也变得孤僻起来。三爷就找我和许老四、疤老二陪聋五喝酒。有一天，三爷从镇上商店买了一个笔记本送他，三爷比画说你聋五在部队学了文化，你把声音写下来。聋五于是就在山上边放羊边写声音。

韩家川点点头说，麻叔、三爷，我知道了，这笔记本，就是聋五叔的声音回忆录。

陈三爷不同意韩家川的说法，他摇了摇头说，韩助理，不全是，他聋五除了回忆声音，还写他看到的声音。

看到的声音？

韩家川有点不敢相信自己的耳朵。

陈三爷非常肯定地点了点头说，对，看到的声音！本本在你手上，你回去看了就晓得了。韩助理，我斗胆问你一句，你每天教那些妇女跳广场舞，是不是也要到时给啥考察团看？

韩家川说，正是。

陈三爷说，这唢呐跟广场舞，配不到一起呀。再说，这些农村妇女，对广场舞没啥兴致，跳不在点上，会让考察团笑话的。这迎宾的东西多着呢，非要选广场舞？

韩家川听了陈三爷的话，就笑了说，三爷这是给我提意见哩。听三爷的意思，还有其他可选？

陈三爷说，当然有，你可以选花灯呀。白鹤花灯，那气氛，是既喜庆诙谐，又热闹开心。你要让这群老婆子小媳妇跳花灯，一说她们就脚痒，积极性高得不用你张罗。

对头，对头，麻脸大拍了拍手，接陈三爷的话头说，跳花灯好！能伴上三爷的箫，疤二的笙和许老四的月弦，那就体面了。

你瞎说什么呀？陈三爷说，我那箫，早不吹了。

麻脸大说，三爷，我不吹唢呐，你不同意。我举荐你吹箫，为何推脱？

韩家川赶快打圆场说，二老别争，这次迎接考察团，要仰仗二老支持了。

11

不请军乐队，不跳广场舞，欢迎考察团的仪式改为吹唢呐、跳花灯。韩家川在办公室向夏晓峰说出这个想法的时候，遭到了强烈的反对。

唢呐？花灯？你就用这些个土得掉渣的东西欢迎联合国教科文组织的考察团？夏晓峰说。

对！韩家川说，夏主任，我正是看中了这个土字。土怎么了？只要是好东西，越土越地道。

地道是地道了，夏晓峰一推双手说，可他们咋登得了大雅之堂？

夏主任，我认为恰恰相反，韩家川据理力争说，你一定听过这句话，越是民族的就越是世界的。

夏晓峰摆摆手说，韩老师，你别听那些移民忽悠您，那是他们不想学广场舞的借口。用唢呐、花灯欢迎考察团不合适的，这方案往市里报，会遭批评的。

何以见得？韩家川没有让步的意思。他说，合不合适，市里会听谁的意见？还不是听文化局的？

夏晓峰说，没错，听文化局的。难道文化局会同意我们用唢呐、花灯去欢迎这么高级别的考察团？

韩家川点了点头说，夏主任，改军乐队为唢呐队，这主意正是文化局耿副局长出的。

广场舞也是耿副局长要改的？夏晓峰问。

那倒不是，韩家川说，这是陈三爷给我出的主意。

哪个陈三爷？夏晓峰说，不会是那啥自救自五人小组的陈三爷吧

正是，韩家川说。

韩助理呀韩助理，夏晓峰将头摇成了拨浪鼓说，领导的吩咐你当耳边风，我早就跟你强调过，这是市里领导的意思。你倒好，偏偏要听一个老农民忽悠。那花灯打情骂俏，扭扭捏捏，一点正经都没有。

夏晓峰这番话，惹火了韩家川。他抢白说，夏主任，你把花灯当二人转了？什么叫一点正经没有？那是乡土气息，懂不懂？我不知道什么领导

的意思，但我晓得，昭女坪社区是移民的社区，所以，我就得听老农民的。因为考察团来看的，是他们的生活！

我什么时候说考察团来看的不是移民的生活了？夏晓峰推了推手说，但我请你韩助理注意的是，我们要让考察团看到的是昭女坪社区的移民生活。移民进了城，就得适应城里的环境，农民变成了城镇居民，就要改变生活方式。这些，都需要我们引导。

引导，这话没错，韩家川说，但我觉得，夏主任，你在把一种生活强加给他们，而这种生活，跟他们过去的生活是割裂的。一个人，他在过去环境里生活了几十年，有了习惯，嗜好，风俗和方式，哪是说改就改，说丢就能丢的？

韩助理，我看有些东西就得改，而且非改不可！夏晓峰的语气斩钉截铁。

韩家川苦笑了一下说，夏主任，什么东西让你如此咬牙切齿？

对了，夏晓峰想起了什么似的拍了下脑门说，说到这，我正要安排你做件事。这昭女坪移民社区，是移风易俗的新社区，什么鬼呀神的不准往社区里带。这段时间，有人早上学公鸡叫，整个移民社区议论纷纷，说是钟汉老人的头鸡显灵。啥鸡会显灵？扯淡？我看是有人在捣鬼，在学周扒皮。我想，韩助理，你就学高玉宝，把那周扒皮揪出来。

韩家川摆摆手说，夏主任，这我办不到。而且我认为也没这个必要。显灵就显灵吧，只要钟汉老人夜里能睡踏实了就好。先前陈三爷他们几个老人去偷声音，不就是要帮钟汉老人吗？这些移民，在白鹤镇生活的时候，就习惯了跟神呀鬼的生活在一起。这是他们生活的一部分，可以说是他们的一种生活方式。

夏晓峰怎么也没想到韩家川会说出这样的话，他一脸吃惊的神情，瞪了一眼韩家川说，韩助理，你是有文化的人，怎么就这点觉悟？生活方式？这是什么生活方式？这是迷信，封建迷信！你还提什么陈三爷他们，我实话告诉你，我怀疑的就是他们。我看这什么自救自小组，就是个捣乱小组，偷声音，已经够丢人现眼了，难道还不够，还要装神弄鬼？我要真查出是他们，我就要定他们个蛊惑人心的罪名！把他们当反面教材！

韩家川实在不喜欢夏晓峰的武断和上纲上线。他说，夏主任，怀疑别人要有证据。再说，你言重了。我倒是觉得，这老人们的互助，让我感到很温暖。偷声音不丢人！学鸡叫，也不是蛊惑人心，你真的没必要大惊小怪。我们话题越扯越远了，我还是那句话，改广场舞为花灯报上去，由上级领导定。话不投机，夏晓峰有些不高兴地说，好，好好，我按你说的往上报，上面领导批评我，我就批评你！但你记住了，那学鸡叫的捣蛋分子，你必须把他帮我查出来！

夏晓峰扔下这通话，背了手，转身走了。

韩家川呆坐在办公椅上，看着夏晓峰的背影在门口消失。他不明白，这夏晓峰和自己，在一些不是问题的问题上，却全是问题。

他拿出了聋五那本发黄的起了毛边的笔记本，认真地看起来。韩家川如果不是面对这个笔记本，是不会相信一个丧失听觉几十年的老人，身体和记忆里却充斥了这么多丰富的声音。在充耳不闻的半个世纪里，聋五这个人，却从来没有停止过回忆声音，也从来没有停止过感觉声音。当他的听觉关闭之后，其他的感觉器官却打开了。陈三爷没有说错，聋五在看声音。但陈三爷只说对了部分，聋五除了看，还在用其他的感觉器官感受声音。他在笔记本上记录了他放羊的山岗上杜鹃花开的声音，它说每朵怒放的花都在尖叫。他还描写了那个秋天的山谷，那群被风撺动的落叶的声音。韩家川很欣赏他的比喻，他说那是被风驱赶着的一群散兵游勇仓皇奔赴死亡的声音。在他的心中，那扑向花蕊的蜜蜂的声音是欢乐的，那被采的花朵的声音是惊恐和轻佻的。为了在这厚厚的笔记本上记录下这些声音，他就像一个掌管词语的元首，调遣了他捉襟见肘的形容词和动词。正是因为这些形容词和动词，聋五的世界，才没有死寂。

韩家川想，有些时候，一个健全的人却是肤浅的，肤浅得轻易就误会了像聋五这样不健全的人。这种误会带来的伤害，是何等简单而粗暴。

真该给望城镇的派出所所长看看这笔记本。

这时，突然响起了唢呐声。韩家川推开窗，发现窗外的景致因了这唢呐声，变得非同寻常，有某种欢乐和蓬勃，充盈了其间。

韩家川紧绷的脸，顿时松弛下来，笑容在他脸上绽放了。他心里比谁都晓得，那唢呐声，是麻脸大领着的唢呐队的声音。这么快就投入排练了，这麻叔，动作比年轻人还快。

12

　　考察团说来就来，一个上了年纪的黄皮肤，领着一群白皮肤和黑皮肤，这就是联合国给昭女坪社区移民们的最初印象。社区门口，挤满了看稀奇的人们。麻脸大的老脸上泛着兴奋的油光，系了红绸子的唢呐，响得嘹亮而高亢。这唢呐吹出的仿佛不是声音，而是狂风，它让考察团里唯一的黄皮肤老人浑身颤抖，样子像极了一棵疾风中的瘦树。他身后的金发女郎，上前扶住他，样子体贴而恭敬。夏晓峰带领社区管委会的人鼓掌，看热闹的也跟着鼓掌，气氛顿时升级。不仅是热闹，简直就是火爆了。

　　考察团往大门里走，看热闹的人也往大门里挤。大门里面，是早已恭候的花灯队。那群原本跳广场舞的大妈大婶，今儿个人人花枝招展，浓妆艳抹，都做好了粉墨登场的准备。考察团一进大门，她们整齐划一地将手中花扇哗地一声打开，一时间，林荫道两旁的管弦细竹就响起来。引领了花扇的节奏。扇舞过后，有人扮了主家，有人扮了灯头，一阵炮竹过后，唱答开来。

　　主家：花灯花灯你早不来，迟不来，你半夜三更才请来。我前门上起千斤顶，后门堆起万担柴。

　　就在灯头要唱答时，考察团里被金发女郎搀扶着的老人，突然挣脱了搀扶，像只鹅一样上前，亮开颤悠悠的喉咙，抢唱道——

　　花灯来是来得早，来在半路耽误了。一来给主家开财门，二来给主家理财宝，金银财宝一齐进，荣华富贵同到老。

　　这老人竟然会唱花灯，把所有人都惊呆了。灯头竖了大拇指说，地道的白鹤花灯！韩家川这时看见，老人脸上，全是得意。

　　欢迎仪式收到的好效果超出了夏晓峰的想象，他对韩家川说，韩助理，有几刷子哩。

　　韩家川说，真正有几刷子的，是考察团那老团长。夏主任，人家公然会唱地道的白鹤花灯，神奇不？

　　夏晓峰说，你怎么知道他唱得是地道白鹤花灯。

　　韩家川嫣然一笑说，外行看热闹，内行看门道。今天这考察团，我们遇着内行了。

韩家川说得没错，这次他们确实碰上了内行了。这个叫肖逸庶的团长，对昭女坪移民社区的亮点进行了充分肯定，说了不少溢美之词。听得夏晓峰心花怒放。但是……肖逸庶老人说了但是。他望着夏晓峰和韩家川说，但是，这昭女坪社区，好像缺少了某种东西。

夏晓峰抓耳挠腮一阵说，肖团长肖先生，我们这移民社区，只是一种尝试，不足是难免的，缺的东西会很多的。

肖逸庶老人摸了摸领带结，点了点头，继而又一脸认真严肃地说，夏主任、韩先生，我直觉，真的是一种直觉，这社区缺少了某种东西，而且是重要的东西。这社区设施齐备，功能配套全面，房屋修建美观，绿化也好。但是，但是……

老人托腮，思考良久，抬头用询问的口气说——

乡愁呢？我怎么就看不到乡愁？但听那唢呐，看那花灯，我这心里，却满满的乡愁。

夏晓峰欲辩解，韩家川扯了扯他的衣角。

肖逸庶老人冲夏晓峰和韩家川笑了笑，抱歉说，我吹毛求疵了。我们不谈工作上的事了，给你们打听一个人，一个老人，他也是白鹤镇裤脚村人，名叫陈三娃。

夏晓峰说，陈三娃？没听说过这名字。

韩家川说，陈三爷呗。肖老先生，我认识他，你说得没错，他就是白鹤镇裤脚村人。

肖逸庶老人一听说韩家川认识陈三娃，就伸出手抓住韩家川的手说，那太好了，太好啦！你能带我去见见他吗？

你怎么会认识陈三爷？夏晓峰不可思议地问。

肖逸庶老人放开韩家川，看着夏晓峰说，夏先生，实不相瞒，我就是白鹤镇人。六十七年前，我离开白鹤镇去了香港。后来又从香港去了英国，再后来就在联合国教科文组织工作。退休后我在海外一直关心着家乡，搜集关于家乡的信息。家乡修水电站移民到新型社区的报道，我从报纸上看到后，报告了联合国教科文组织。教科文组织请我带考察团，来考察你们社区，看能否将你们社区作为移民的样板进行世界性推介，这算是

我此次的公干。最主要的，我有个私事，那就是找到六十七年前给我当背脚的陈三娃。

背脚？夏晓峰说，啥是背脚？

韩家川说，夏主任，那是老称呼，就是帮人背东西的人。

韩先生说得没错，肖逸庶老人点点头说，陈三娃当年就是给我们家背东西的长工。

夏晓峰和韩家川就领着肖逸庶老人去见陈三爷。他们来到陈三爷的住处，见刚才领着唢呐队吹唢呐的麻脸大正跟陈三爷红脸。

麻脸大说，三爷，你鼓励我去吹唢呐，你为啥却躲着不去吹箫呢？你咋说话不算数呢？

陈三爷说，你麻脸大真是死脑筋，我那箫吹出的都是怨曲，在那种欢迎场合合适吗？

两个老人见韩家川推门进来，止住了争吵。麻脸大上前，拉了韩家川的手说，韩助理，你主持一下公道，这三爷不像话。

韩家川笑了笑说，我来不是主持公道的，我是带客人来找三爷的。

客人？陈三爷有些茫然，指了指自己皱纹密布的额头说，找我？

夏晓峰接话说，没错，找的就是三爷你。

这时肖逸庶老人快步上前，张开双臂，去搂陈三爷。他嘴唇抖动着说，陈三娃，我可找到您了。

这突如其来的热情，让陈三爷不知所措，他原本就茫然的脸上，又添加了更为深重的迷茫——

我不认识你呀？三爷说。

肖逸庶老人摇了摇陈三爷的肩说，陈三娃，我是肖家公子呀！

陈三爷努力睁大眼睛，盯了肖逸庶看。当他确信站在自己眼前的人就是肖财主的那个傲慢的儿子的时候，他用力将他推一边说，你脸皮真厚，比城墙拐角还厚！你公然好意思来找我？

唉，唉，三爷，怎么说话的？夏晓峰厉声说，这是考察团的肖团长肖老先生，三爷，耍什么横呢？

肖逸庶赶紧制止夏晓峰说，夏先生，不关你的事，三娃子想骂，就让他骂。

陈三爷没再骂，径直把头扭向了一边。

肖逸庶不生气，赔了笑脸说，三娃子，我的箫呢？

陈三爷依然别了脸说，没长眼，墙上哩。

肖逸庶抬头，环顾了一圈墙上，看到了那支系了红绳的箫。

韩家川发现，这肖老先生看到箫的时候，没流露出欣喜，而是失望。

极度的失望！

韩家川还听见了肖老先生假牙嗝嗝打架的声音。

她没来？

她没来是不是？

肖逸庶像是在问陈三爷，又像是喃喃自语。

陈三爷听到了肖逸庶的问话，他转过身子，没牙的老嘴瘪得更加厉害，额头两旁太阳穴的青筋凸将起来，他瞬间变成了暴怒的狮子——

你给我滚出去！

你他妈的给我滚出去！

他冲肖逸庶咆哮道。肖逸庶吓得往后退了两步，他不明白，这陈三娃为何要生那么大气，发如此大火。他摇摇头说，我走，我走。

但肖逸庶走出门后，又折了回来。他对陈三爷说，三娃子，我可以拿走我的箫吗？

不！陈三爷大声地冲肖逸庶说，这不是你的箫！

肖逸庶摊了摊手，苦笑着说，这怎么不是我的箫？六十七年前，在江边码头，我亲手放你手上的，难道你忘了？

我忘了，忘了的是你！陈三爷像峡谷中的怒涛咆哮说，这不是你的箫，是我的！

13

六十七年前的春天，白鹤镇的木棉跟任何春天一样，盛开得喧嚣和热闹。金沙江峡谷里，温暖的河水像街上那群撒野的孩子，到处乱窜。在镇上的肖家大院里，春天仿佛没有叩开这深宅大院的门。主人肖财主的心里，到处都是冰凌，他背了手，像只无头苍蝇，在院子里无目的地乱走。

肖财主早已让仆人收拾好能带走的东西，现在焦急地等待儿子肖逸庶回来，举家坐船去宜宾，然后再从宜宾到成都。在成都，他已托人买到了全家去香港的机票。

肖逸庶不明白父亲为何左一封右一封电报催他回家，在省城里念书的他，正沉浸在灯红酒绿的温柔乡中。泡吧、逛戏院、进歌厅，这公子哥对时局的动荡似乎充耳不闻，照例挥金如土，潇洒放任，照例跟他的相好，霓裳歌剧院的歌女那娅缠绵悱恻。

也好，他这样对那娅说，我正好这次回去让家父同意我们的婚事。

你父亲这么急急地催你回家，不会是催你回家相亲吧？那娅的话里，肖逸庶嗅到了醋意和忧虑。

怎么可能呢？肖逸庶故作轻松说，新生活运动都搞了，还包办婚姻？那娅，我前脚走，你后脚跟来。我做通家父工作，就热热闹闹，在白鹤镇敲锣打鼓，唢呐高奏娶你。

你说的是真心话？那娅严肃而认真地问。

谁说假话谁被江河水淹死！肖逸庶的语气里全是发誓的味道。

不准说不吉利话，那娅伸出软绵的纤手，去捂肖逸庶的嘴，然后又说，那我们拉钩。

于是两人就拉了钩……

外表无精打采，内心里极不情愿的肖逸庶坐了汽车又骑了马回到了白鹤镇家中，父亲的话仿佛是晴天霹雳——

父亲肖财主用手指着院子画了一个圈说，从明天开始，这家没啦！孩子，从明天始，你和爹一样，都是丧家犬！

父亲肖财主拿出船票和机票后对愣在一旁的肖逸庶说，去你房间看一看，还有什么你认为值得带走的东西。

肖逸庶说，爹，能不能缓几天再走？

肖财主觉得儿子提的这要求既幼稚又无礼，他生气地把手中的船票机票扬得哗哗作响说，你缓几天干啥？这是能缓的吗？

但……肖逸庶迟疑了一下说，但是，爹，我得等一个人。

肖财主瞪一眼肖逸庶说，你想等谁？

肖逸庶低了头说，我要等我的未婚妻那娅。

你说的是霓裳歌剧院的歌女吧？肖财主盯着儿子，目光如刺，突然，他嗓门提高了八度说，不要脸！真不要脸！

肖财主拍了拍衣袖，仿佛要拍去羞耻，转身自个儿回了自己房里。

第二天一早，背脚陈三娃就来到了肖家大院，进门看见肖家大院里阴风惨惨，乱作一团。肖财主斥责陈三娃来得太晚，陈三娃只好点头哈腰赔不是。

你去给公子背行李。肖财主吩咐陈三娃。

陈三娃就径直去肖逸庶住处。但肖逸庶赖在屋子里不开门，他冲屋外敲门的陈三娃说，急什么？催命呀？

肖财主过来，站在门口干咳了两声。陈三娃听出了这咳声中的威严和警告，他小心地催促说，肖公子，该走了。要不，老爷生气了。

肖逸庶拉开门，手里握着一支箫。哭丧了脸，看都不看陈三娃一眼，昂了个公鸡头清冷高傲地大步流星往外走。陈三娃赶忙背上行李，小跑着去追。

离别充满了伤感，屋前响起嘤嘤的女人压抑的哭声，一步三回头的肖家人，让街坊们生怜又叹息，唯有肖家公子肖逸庶，头也没回一个。晨风撩动他的长发和衣襟，从后面看去，竟有了分飘逸和潇洒了。

到码头的一路上他都这样走，不顾家人，也不看陈三娃。在肖逸庶的心里，现在只有那娅。他心里不明白，为何提到那娅，父亲就要斥骂他不要脸。在肖逸庶心中，那娅那么美丽、活泼、温柔，美得就像这河边的青青苇草，好得就像这江岸上痒痒春风。喜欢那么美好的一个人，怎么就不要脸呢？肖逸庶真是恨透了持偏见的父亲，走在这左边是流水、右边是高山的肖逸庶，有了一种刻骨的孤独，一种不被理解的孤独。

谁知道我内心的苦楚和痛苦，恐怕就这高山和流水。

于是，他停住，站在江边，仰望了一下山，端详了一阵水，然后把嘴凑到箫边。

一江都是流动的忧伤，遍山都是静默的哀愁。

箫声停处，有掌声响起。肖逸庶转身，看着身上负重了行李，敞了怀喘着气的陈三娃，站在他身后拍响了巴掌。

你听懂了？肖逸庶手握长箫扬了扬手说。

陈三娃点点头。你不懂！肖逸庶冷冷地说，白鹤这地方没人懂我。

我懂。陈三娃说。

他继而指了指自己赤裸而汗湿的胸口对肖逸庶说，我晓得你这里面痛得很。

肖逸庶盯着陈三娃看，陈三娃瞥见，肖逸庶的眼中，渐渐有温暖的亮光了。

肖逸庶冲陈三娃点点头，转过身继续沉默了往前走。陈三娃背着行李，也沉默着跟在后面。

到码头后，陈三娃放下行李，准备离开时，肖逸庶突然唤住了陈三娃。

肖逸庶将手中的箫塞进陈三娃手里说，三娃子，如果有人来镇上找我，请你把这个给她。

陈三娃说，有要捎的话吗？

肖逸庶咬了咬嘴唇，看着江水说，那你告诉她，我被江水淹死了。

这时，江轮上响起了汽笛声。肖逸庶扔下这句话，上了江轮。

汽笛，长一声，短一声。

江涛，高一声，低一声。

在后来的六十七年的光阴里，那长一声短一声的汽笛，那高一声低一声的涛声，总会在他的梦境中响起。那仿佛不是告别的声音，而是一种呼唤。六十七年里，他从这艘汽轮开始，成了断了线的风筝。从宜宾去了成都，又从成都仓皇去往香港，然后从香港去了英国，直到后来进了联合国教科文组织，成为一名工作人员，退休后又回到英国。六十七年里，故乡渺无音讯，而他却被这梦境的汽笛和涛声一次又一次带回到白鹤码头。她来了吗？他想，她如果像自己一样失约该会让他少一些内疚；但他又希望她如约而至，相信她来过，因为他相信爱情。如果她来了，拿走了那支长箫，她会吹奏出什么样的箫声？

长歌当哭！

肖逸庶想着这些，就像断了肝肠。

肖逸庶不明白陈三爷为何要冲他咆哮，为何不愿意让长箫物归原主，但他终于明白的是，那娅没有来。

站在肖逸庶身旁的夏晓峰，根本搞不清在肖逸庶和陈三爷之间发生了什么？他甚至认为这陈三爷失了礼数，不应该这样对待一个在他心中德高望重、身份显赫的贵宾。

肖先生，我们走。夏晓峰说。

肖逸庶向陈三爷鞠了一躬说，打扰了！唉，三娃子，说真心话，如果知道那娅没来，我也不会来打扰您。

夏晓峰上前，搀扶了肖逸庶，往屋外走。

谁说她没有来？陈三爷的话，惊得刚欲出门的肖逸庶电击了似的颤抖了一下，止步在了门口。

她来了？肖逸庶急切问说，那娅真的来了？

你问的是那妖精吗？麻脸大插话说，你肖家人前脚一走，她后脚就来了。你跑了，把我们三爷害惨了。

麻脸大！陈三爷提高嗓门呵斥说，你瞎说啥？

肖逸庶挣脱夏晓峰的搀扶，奔到麻脸大面前，握了麻脸大的手说，你说，你说呀！

麻脸大用征询的目光看着陈三爷。陈三爷翻了一下眼皮，瞅一眼麻脸大，不关你的事，要说，我自己来说。

14

我本来是不想说的，往事嘛，就该烂在肚子里。可今天肖大公子回来了，他曾经又是我主人家少爷，现在又是啥联合国的大官，都到我的门上了，这样的贵人，无事不登三宝殿，何况是我这样的寒舍？对了，今天还来了社区的两位领导，我三爷也不知是哪辈子修来的福分，这般的高朋满座。你们二位是忙人，想听就听，不听自便。

肖大公子，麻脸大说的没错，你前脚刚走，那娅后脚就来到了白鹤镇上了。她穿了一身红，提了个柳条箱子，一出现在镇上，镇子就炸了。说实话，白鹤镇上，从来就没有出现过如此光鲜扎眼的女人。她在镇子上，到处打探你的住处，有好心人就把她引到了你家的大院里。那时你肖家大院人去楼空，院子乱得像个巨大的狗窝。当她明白发生了什么的时候，她站在你家院子门口，呆呆的，像截木桩，在那里立了半个时辰。她没哭，也没叫，连眼泪都没流。最后，她将风吹乱的头发用手理了一下，提着箱

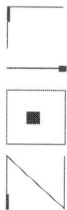

子大步走进了院子。

她把自己关在了你家院子里足足三天。如果不是我去敲门，她不知还会把自己关多久。我敲开门的时候，着实吃了一惊。她已经把一个院子打理得清清爽爽、规规矩矩，就像从前的肖家大院一样。她看见我，有些茫然，但当她看清我手上握着你给我的那支长箫时，我看见她眼眶一下子潮湿了，但她克制住了自己，没让眼泪从眼眶里流出来。进来吧，她平静地对我说。

我进了院子，把箫给她，她没接。我说，肖少爷让我把它给你。她说，你放在石凳上吧。我听了她的，把箫放在了石凳上。我想我也完成了你的托付，该离开了。我就低了头往院门方向走。但她唤住了我。她说，我还没感谢你哩。我转身说，不用谢的。她说那怎么行？可我什么也没有。

我于是又说，真不用谢的。

她将石凳上的长箫拿起来说，我给你吹个曲儿吧。

她竟然吹的是你离开那天在江边吹的同样的曲子，只是，她吹得比你还好，听起来还刺心。

我是个粗人，一个背脚，自以为是铁石心肠，但她把我的心吹软了。我心中，好像有东西在那柔软处长了出来。我听她吹完，离去时对她说，今后有啥要帮的，你就吩咐一声。

嗯。她冲我点点头，并在嘴角露出了一丝笑。她笑起来真好看。那天从镇上回到裤脚村，夜里躺着，不怕你们笑话，我满脑子都是她的那笑容。

于是我就成天往镇上去，在街子上闲逛，心里巴望着能碰上她。但足足有一周，你家那院子的大门都紧闭着，我连她影子都没看见。我以为她离开了，就回了裤脚村。大概又过了一周，我砍了河滩地上的甘蔗，去镇子上卖。我把甘蔗捆成人字形，双肩扛了，在街子上边走边吆喝。这时我听见后面有人喊我，我回头，竟然是她。

看见她，我有些不知所措，人也很不自然了。我把甘蔗放下来立住，努力掩盖内心的慌乱说，你要买甘蔗？

她冲我摆摆手说，不买的，啃甘蔗会坏了牙的。我是想请你帮个忙，我这几天烦死啦。

她请我帮她赶蜜蜂。自从你们举家走后，你家院子的那棵缅桂花树上，不知什么时候迁来了一群蜜蜂，在树丫处筑了巢。

它们成天嗡嗡地叫个不停。她说。

我没有按她的请求把那群蜜蜂赶走，而是找来了一个蜂桶，将树上的蜜蜂引进了蜂桶里。在引蜜蜂的时候，我被蜜蜂在额上刺了一下，额上就鼓起包来了。我泡眉肿眼将蜂桶在后院安顿好，来到前边院子时，她已经给我泡好了茶。看着我被蜜蜂刺得变了形的额头，她有些过意不去。我端茶喝了一口对她说，要不了多久，你就能吃上蜂蜜了。这土蜂子的蜜，可是又鲜又甜。

她说，真的？

我点了点头。她就笑了，不是我见的嘴角露一丝的那种笑，是聋五在日记写的那种笑，就像花开的那种笑。

她说，我拿啥谢你呢？

我说，不用不用。

客气！她说，头都肿了，哪能不谢？我再给你吹个曲儿吧。

她于是就端坐在院子的石凳上，给我吹箫。但这次吹得不是听来让人心碎的曲子，而是那种水在慢慢流、风在轻轻吹的那种让人舒心的曲子。

你吹得真好听。我听完这样对她说。

喜欢听你就常过来。她说。

肖逸庶插话：你后来就经常去是不是？

没有的事！我那天离开的时候，大军就进了白鹤镇，后来就占了你家院子。你家那院子就成了剿匪指挥部。我想去也进不去了。

肖逸庶又插话：那娅呢？那娅去哪里了？

那娅？那娅没去哪里，她还住在你家院子的厢房里。大军解放了白鹤镇，走了，你家那院子成了土改工作队的队部。土改了，你家院子也就没收充公了，那娅也就被赶了出来。走投无路的她来裤脚村找我。她说，那桶蜜蜂不是肖家的，我想把它带走。

我于是就约了村里的许老四，去你家院子里，把蜂桶背到裤脚村来了。

她根本没能力带走那桶蜜蜂，事实上，她也没地方可去。还是许老四

有办法，想到了江边废弃的河神庙。我们于是就把她和那桶蜜蜂一起带进了庙里。安顿好她后，我和许老四各自回家。那已是傍晚，河岸上起了风，呜呜地响，让我总觉得身后面有人在哭，但回转身去，却只有岸边的苇花和野草起起伏伏。

那夜，我睡在床上，耳畔总是想着这呜呜声，我辨不清它到底是风声还是人的哭声。想着她一个女人家住在河神庙里，我就睡不踏实，胸膛里的那颗心总是悬着。于是，我就起床提了马灯，口袋里装了两个煮熟的红薯，往河神庙去。至今我都后悔，那夜我就不该去河神庙。真的不该去，不该去……

陈三爷说到这里，就打住了。他像一个做错了事的孩子一样就把头垂下来，试图掩盖痛苦的表情。

让韩家川和夏晓峰没想到的是，在他们心目中谈吐优雅举止得体的肖逸庶，此时竟然鲁莽地起身，扑向了陈三爷——

三娃子，你后悔啥？你是不是对那娅干了什么见不得人的事？

他边说边剧烈地摇晃着陈三爷的肩膀。

看着近乎失态的肖逸庶，韩家川和夏晓峰赶忙上前解围。陈三爷厌恶地推开了肖逸庶，痛苦的表情瞬间就被愤怒覆盖了。

肖家大公子，你心里脏着哩！一直安坐着的麻脸大鄙夷地看一眼肖逸庶说，你把三爷当什么人啦？三爷不想往下说，是他不想揭心上的伤疤，他遭的那些罪，我们都亲眼见着的。三爷不想说，我来替他说。

麻脸大！三爷呵斥一声说，我说过不关你的事，我自己会说。肖家大公子既然想听，我就痛痛快快给他说。

肖逸庶赶忙弯腰鞠躬说，三娃子，对不起。

陈三爷说，把你的腰直起来吧，这我可受用不起，你用不着对我这样，小心折了你的骄傲。

韩家川倒了一杯水递过去说，三爷，消消气，消消气。

15

消消气？这么多年了，我哪还有什么气？肖家公子，你把那箫给我做甚？你不给我那箫，我就不会给那娅这个女人有瓜葛，就不会这样倒霉。我虽然过去只是一个背脚，辛苦，但并不痛苦。而墙上这支箫，让我痛苦了几十年，而现在你却要把它拿走。我问问你，你能拿走我心中那些痛和苦吗？

　　我说这些做啥？像要你同情似的。唉，还是言归正传吧。

　　那天夜里，我提着马灯赶到河神庙时，听到了箫声。都说箫声是哀怨的，我听到的却是胆战心惊。这分明是一个孤独的女子，在用箫声驱赶内心的恐惧和害怕。我提着马灯推开庙门的时候，我听到了她的惊叫。在惊叫声中，她手中的箫掉在了地上，人也随即瘫在了地上。我手中的马灯的灯光，映照着一张惊恐的脸，一张面如死灰的脸。我把马灯放在神龛上，拾了箫，然后把她扶了起来。当她确认来人是我时，她身子抽搐了几下，一头扑到我怀里，就号啕开来。

　　但她的号啕，马上被一群嘈杂声湮没了。小小的河神庙里，冲进了一大群持刀弄棒的人。这些人都是我裤脚村的乡亲。他们把那娅从我怀里拖拽开，我就听见有人喊，打死这个妖精。于是，就真的有人举起了木棍、竹竿往那娅身上劈头盖脸一通乱打。我听见了那娅的惨叫声，就赶紧冲过去，护住她。有乡亲试图将我拉开，还开导说，三娃子，你这是被妖孽蒙了心。你让开，打死了这妖精，你还是从前那个三娃子。

　　但我不听他的开导，依旧死死地护住那娅。这时，一个穿中山装、肩挎驳壳枪的干部模样的人在两个民兵护卫下，分开众人来到了神龛前，我借助马灯的亮光看清了他那张刻意板着的脸，知道他就是进驻我们裤脚村的土改工作队队长。他看着我说，陈三娃，你知道你在干什么吗？你这是在庇护阶级敌人。阶级敌人化装成美女蛇，要祸害你这农夫，而你，却要护着她。她要咬你一口，你知道什么后果？

　　我说，不晓得。

　　他说，你就会死！

　　我说，你说的啥，昏说？

　　他说，真正昏了头的是你！你不要护着她。我要问她话，问她为何要勾引你。

　　我说，她没勾引我。

　　他说，她没勾引你？那你半夜三更跑这河神庙来干什么？

　　我被他这样一问，顿时哑了火，不知道该如何回答。我急得满脸通

红，突然蹦出了一句让我自己也吓了一跳的话——

是我勾引的她。我也不晓得我怎么会说出这么一句话，也许只想为她开脱，但这句话招来的后果，却是我怎么也没想到的。

我和那娅被当成道德败坏的典型被连夜五花大绑押到了裤脚村里，被连批了三天三夜。我的父亲，在批斗会的第二天跳上台子，扬手就给了我两个脆脆的耳光，他打完我就跪在地上一顿哭天恸地——

我前世做了啥子孽呀？三娃子，你这狗日的三娃子，你这天打雷轰的三娃子，你羞死先人了呀！你看看这骚货，腰是腰腿是腿的，一看就是狐狸精，你狗日眼瞎了，咋还要去招惹呢？

打斗了三天，批斗的人累了，做看客的人也累了，土改工作队队长自作主张把那娅和我放了。那娅回了河神庙，我在村子外的江边坐了两个时辰，厚了脸皮回家。但我刚迈进屋，就被我妈泼了一身脏水。那是洗菜的水，几片黄菜叶沾在了我的脸上和衣服上。

我从脸上揭下一片菜叶，皱了眉瞪着我妈。我妈厌恶地瞅了我两眼，突然将洗菜盆一丢，就大放悲声——

你羞死个先人呀！

我知道这个家不能待了，我已让它蒙羞。我爹妈虽然一生贫贱，但一生都恪守着做人的本分，内心里有着一分正直人的骄傲。但这骄傲也被我这做儿子的给毁了。我深知自己也没脸再待在家中，我将手中那片发黄的脏菜叶往地上一扔，转身走了。

我去找许老四，托他傍晚给那娅送点吃的。许老四没有接受我的请托。他说，他们抓我来斗咋办，我可是有老婆的人？

我看许老四不情愿，也不好强人所难，就只好转身离开。许老四也许是看着我这只丧家犬动了恻隐之心，也许是拒绝了我不够朋友让他心里纠结。于是，他在身后唤了我一声说，都这样了，你还不如娶了她。

我站住了，说真的，许老四的话吓住了我。娶那娅，这想法大胆得离谱，我从来没动过这样的心思。

许老四！我重重地叫了他一声说，成心拿我寻开心呀？人家啥？我啥？

许老四走近我，把手按在我肩上说，什么啥不啥的？落草的凤凰不如鸡！你娶她，是救她。要不，你跟她这坐实的狗男女名声，这辈子也洗刷不掉。

我得说实话，许老四的话诱惑了我，我心中，就像江水一样变得澎湃起来了。我向许老四要了两个红薯面窝头，就大步流星奔了河神庙。

河神庙里，那娅面无表情呆坐在旧长凳上。看见我，她说，你还来干啥？

我说，我来娶你。

我的话让她没有表情的脸，呈现出了惊异。

我愣在她面前，不知所措。

她咬了一下嘴唇，脸上的惊异退去，从长凳上站起来，突然就张开双臂说，你还愣着干什么？有这样对新娘子的吗？

我张开双手，将她紧紧抱住。我伸头过去亲她时，才发现她脸上一脸泪水。我说，你咋啦？她说，我高兴哩。

我晓得她说的是假话，但我宁愿假话当真。

没有仪式，没有庆典，那娅成了我的妻，我成了她的郎。

我在长满了苇草的河滩上放了一把火，烧出了几亩荒地，将多年没人祭拜的河神泥塑搬出了河神庙，将河神庙变成了我们的家。

河滩地下面少的是泥，多的是沙，肥力弱。种的庄稼像没有饱饭吃的孩子，枯而瘦。但就这几亩薄地，还是让那娅欢喜不已。她对我说，她记事以来就没家园，没故乡，像浮萍，像断线风筝。现在她有了家园了，心里也踏实了。

但我知道她心里不踏实，常常会看着身旁的江水发呆。夜里，我醒来，看见她半卧的身子靠了墙，手中握着箫，在黑夜叹息。我晓得她在想你，想你肖家公子。这让我心里很不满。那娅试图改变我，她教我吹箫，有时还教我识字。但我装木讷，成心对抗她对我的改变。我不改变，她却想改变。大夏天，在金沙江干热的河谷里，她连笠帽都不戴，想把自己晒得跟裤脚村的妇女一样的黑。但奇怪的是，任阳光如何灼她，她还是那个那娅。

她总是乘我夜里睡熟了，一个人出去，在江边独坐。后来有一天我跟踪了她，看着她独自坐在岸边的巨石上，就冲她粗脖大嗓说，你是人还是

鬼？半夜三更发什么疯呀？

她没有理会我的愤怒，而是回过头来，借着月光，我看见了她脸上若隐若现的笑容。

过来，她冲我勾勾手说，过来一起听风。

听风？半夜三更听风？发什么神经呀？我心里嘀咕着，阴沉了脸坐在她身边。

三娃子，她叫我说，把耳朵竖起来，你左边的沙丘，在唱歌哩。我还就真听到了像音乐一样的沙子的响声。是的，音乐，你甚至可以和着它的音调唱歌。这些在风中流动的沙子太奇妙了，我说，我听到了，沙子在唱歌。

她笑了说，这风好听吧？不只是沙子会唱歌，那岸边山上的山毛榉和白蜡树也会唱歌。山毛榉的响声像沙捶，白蜡树的响声像口哨。

我竖了耳朵再听，冲她点了点头。

我把她从石头上扶起来说，那娅，你说得没错，这夜里的河谷，所有的东西都在风中唱歌。我们回去吧，月亮都要睡觉了。

她抬头看了看天上，用手捶了一下我的胸膛说，你骗人，月亮精神着哩。

我说，回去吧，那娅。

她说，我偏不。

我晓得你睡不着，我正色说，我晓得你在想肖家公子。

我的话说到了要害，她低下了头，沉默了好一阵后说，三娃子，对不起，我确实想他了。我总想不明白，他怎么能说走就走了，他怎么说忘约定就忘了。

我说，谁说他走了？

她说，他没走？那你告诉我他在哪？

我说，他死了。

她说，死了？怎么死的？

我犹豫了一下，说投江了，被江水淹死了。

三娃子！她突然冲我咆哮起来，你这挨千刀的，你为何早不告诉我？

肖家公子，你给我做了个局，你为何要告诉我，如果她问我，就让我告诉她，说你死了，被江水淹死了？你好阴险，你分明是不想承认自己是个背叛者，不想让那娅把你当成感情的背叛者。

肖家公子，你让我帮你说出了谎言，但你想过没有，谎言是有代价的。谎言掩盖了你的背叛，那娅就成了背叛者。这是她无法接受的。

肖逸庶老人的额头上沁出了细密的汗珠，陈三爷的话，像刀刃一样扎得他内心生痛。他感到胸膛里闷得慌，呼吸急促而困难，人不自觉地昏厥了过去。

这可吓坏了夏晓峰和韩家川，他们赶忙上前，将肖逸庶老人架起来，送社区的医务室。

没走出陈三爷屋外多远，肖逸庶老人苏醒了过来，他挣扎着要夏晓峰和韩家川放开他。夏晓峰说，肖老先生，你必须去看医生。

肖逸庶说，陈三娃还没告诉我，那娅后来怎么样了。夏晓峰说，肖老先生，我让韩助理去问陈三爷，你必须去看医生。

夏晓峰边说边示意韩家川，让他回去找陈三爷。

夏主任，韩家川说，要不你去问三爷，我送肖老先生。

你怎么那么多废话，着急的夏晓峰带了火气说，我去三爷会告诉我？还不快把肖老先生扶到我背上。

夏晓峰背了肖逸庶老人，急急地赶往医务室。韩家川送他们走远，就扭头回去找陈三爷。

在陈三爷家里，麻脸大老人正在数落陈三爷。见韩家川又赶回来，麻脸大老人摊了摊手说，三爷，你今天咋啦？嘴像关不上闸门的水似的，你的话要淹死肖家公子。那不是给天捅个大窟窿？看看，社区的领导杀回马枪兴师问罪来了。

不是兴师问罪，韩家川喘着气说，三爷，请你告诉我，那娅后来怎么了？

陈三爷低垂了头坐着，没回答韩家川的问话。

还能怎样？麻脸大说，你没看三爷现在老光棍一个。那娅后来失踪了，也有人说，她跳了江。三爷当年带着我和许老四，沿江找了七天七夜，活不见人，死不见尸。她离开之前，将蜂桶里的蜜取了出来，将一个桶的蜜蜂放走了，唯一给三爷留下的就是这个。

麻脸大用手指了指挂在墙上系了红绳的箫。

麻脸大接着对韩家川说，从那以后，三爷就一直住在河神庙里。我们劝他搬回村子来，可他谁的话也不听。他夜夜坐在江边的石头上吹箫，听风，这一听一吹，一晃就一个多甲子的光阴过去了。

麻脸大！陈三爷站起身来说，你废话真多！

麻脸大有些尴尬说，三爷，你不说，我才帮你说的。

三爷走到墙边，将系了红绳的长箫取了下来，伸手递给韩家川说，请将它还给肖家公子。

16

联合国教科文组织考察团的人走了，但给夏晓峰主任留下了建设样板移民社区的信心。但让他不满意的是，交给韩家川查的那学公鸡叫的人迟迟未查出来。社区里的人，背地里还在议论着钟汉老人那只会显灵的头鸡。

他决定亲自出马。

夏晓峰主任蹲守了三天，只在第一天碰上过韩家川。他说，韩助理，你那么早来社区做甚？不是不用教跳广场舞了吗？

韩家川说，夏主任，你不是要我来查那只会显灵的公鸡吗？

夏晓峰说，我是要你把那学鸡叫的人给找出来，什么公鸡显灵，唯物主义者还信那样的鬼话？

夏晓峰蹲守了三天，那三天，社区的人没听见公鸡的打鸣声。

夏晓峰不能天天蹲守下去。他知道，要逮住那个学鸡叫的人，破除这社区甚嚣尘上的迷信，还得发动群众。

于是他找了豆腐西施宫桂花。

宫桂花深信那是钟汉老人死去的头鸡打的鸣，她告诉夏晓峰，这三天公鸡没打鸣，钟汉老人失眠了三天，人变得烦躁不安，在家里摔碗扔盆，搞得连住在楼下的她家也不得安宁。

但夏晓峰还是坚持认为，破除迷信比钟汉老人睡好觉要重要得多。

宫桂花说，夏主任，我倒是有个让那只报恩的头鸡现原形的办法。

夏晓峰说，什么原形？原形就是那学鸡叫的人。

宫桂花告诉夏晓峰，这魂灵最怕脏物，她在娘家时，听她娘说过，只要弄些妇女洗身子的脏水，再加一些屎尿，就能让魂灵现出原形。

夏晓峰当然不信，但他同意宫桂花试试看。

宫桂花回到家，首先洗身子，把洗身子的水用塑料盆装好。然后，她要公公疤老二上卫生间别把尿撒马桶里，要他撒盆里。疤老二问清缘由后，气得指了宫桂花骂——

你会遭雷劈的！

宫桂花只好亲自为之。

一切准备就绪。第二天凌晨，宫桂花没等天边放亮就起了床，将塑料盆端到阳台上，竖了双耳，静候鸡鸣。晨风将塑料盆里的难闻的味道送进她的鼻孔，搞得她多次直犯恶心。

但她强忍着恶劣气息的骚扰，想着让一只报恩的头鸡现原形，她就控制不住心中那份激动。她的一对肥硕的耳朵早已竖起来，像雷达一样，要准确捕捉鸡鸣声的方位。

站在阳台上的她看见了东边天空中出现一抹亮色。就在此时，公鸡的叫声响了起来——

噶——歌——噶——

宫桂花的左耳率先捕捉到这声音，她敏捷地弯腰端起塑料盆，将一盆的脏水从阳台的左边泼了下去——

现形的不是一只鸡，而是像落汤鸡一样的一个人。

那人竟然是社区的主任助理韩家川。

这最后的一声鸡叫，钟汉老人并没有听见，他永远睡去了。但他家的人认为，老人是听见了那声鸡叫的。因为，长眠的钟汉老人的表情显得幸福而满足。

最早赶到钟汉老人家的是楼下的疤老二老人，接着是陈三爷、聋五和麻脸大。后来，许老四老人也来了。

陈三爷见了许老四说，许老四，你不是去给你邻县乡下的姑娘家守鱼塘了吗？钟汉老人家寿终正寝，你有心灵感应，提前赶回来了？

许老四摇头说，三爷，什么心灵感应，我是去守了几天鱼塘，但说句真心的不爱听的话，乡下那日子，再去过，就不习惯了。特别是在这社区坐惯了马桶，现在蹲那蹲坑，不仅脚受不了，鼻子也受不了，梆臭[梆

臭：土语，太臭的意思。]！

要在平日，几位老人听了这话，说不定会笑上一阵子的。但在今天，几位老人心里，也不是滋味了。

原载《大家》2017年第4期

点评

潘灵的小说具有鲜明的问题意识，对于社会转型期隐藏在繁荣背后的社会问题有敏锐的洞察和表现。《偷声音的老人们》聚焦于一个重大的社会问题：移民。历史上，中国人民经历了数次大的迁徙以及民族间的融合，从最终结果来看，这些主动或被动的迁徙都解决了一些当时面临的问题，可谓成功。但从具体过程来看，其艰难程度和复杂情形或许并不像结果所显示的那样完美和谐。这篇小说所展示的生活图景即是一个很好的参照。

昭女坪社区是一个移民社区，这里的人们全都从外地迁徙而来，居住多年的家乡成了库区，他们被迫迁徙至此。从物质条件和生活环境来看，新的社区比他们之前的山村要好很多，衣食住行都有保障，甚至还兴办起了社区企业。但生活硬件上的提高无法替代和掩盖情感层面的空缺和失落，用小说中的话语来讲，就是缺少了"乡愁"，许多人失了根，丢了魂。这种情况在一群老人身上体现得尤为明显，杨玉明老人的去世是一个醒目的信号，也颇具象征意义。听不到那些牲口的声音，他就失了魂，睡不着觉，最终郁郁而终。钟汉老人就是下一个亟待拯救的"杨玉明"，五人小组的"偷声音"行动的动力也即来源于此。

"偷声音"，看起来有些荒诞不经，但正是在这荒诞不经之中让人们感受到生活深处隐藏的诸多不易被察觉的矛盾和艰难，老人们需求的是声音，那是他们的"药"和"口粮"，年轻人其实也需求"声音"，只不过他们需求的未必是具体的某种动物的声音，而是来自遥远的乡愁的声音。豆腐西施宫桂花怎么也做不出白鹤豆腐了，麻脸大的唢呐、陈三爷的萧也都不再响了，因为他们都失了根。小说通过"偷声音"事件反映出了一系列的因为移民而带来的具体的问题，这些问题并不存在日常生活的表面之上，也无法通过具体的物质援助或政策扶持来实现"药到病除"，它们是精神层面的，是深入情感肌理的精神需求。

　　这篇小说所揭示的移民群体的精神困境正可以为移民工作提供诸多思考和借鉴，在各种完善的政策保障背后，如何重建移民群体的"乡愁"，如何抚慰一颗颗失根的灵魂是一项更为艰巨的任务。

　　另外，小说塑造了两个移民干部夏晓峰和韩家川，虽然韩家川只是一个市文联到社区挂职的干部，但他对移民群体的精神需求和文化需求显然有更深刻的洞察，相比于夏晓峰的行政式管理，韩家川对于移民群体的体察和关照显然更具温情，也取得了更好的管理实效。

（崔庆蕾）

空 山/
/东 君

那说话人五十来岁年纪，一件青布长袍早洗得褪成蓝灰色。只听他两片梨花木板碰了几下，左手中竹棒在一面小羯鼓上敲起嘚嘚连声。唱道："小桃无主自开花，烟草茫茫带晚鸦。几处败垣围故井，向来——是人家。"

——金庸《射雕英雄传》

南

1

彼时，洪七正手握鸡翅，看着一只鸟飞过，远远地飞过。洪七与我相对坐着，一座大山的阴影覆盖着我们——时间在这里仿佛有着高深长阔的形状。山是华山。那枯树的形状仿佛是风随意塑造出来的，充满了不可驯服的野气。风也是带野气的——在山谷间，如同野狗一般跑来跑去——眼睛固然看不见，但能感觉得到。

打坐之后，口就淡了，肚子里老是念阿弥陀佛，幸好这褡裢里还剩一只鸡翅。洪七说完这话，大概是发觉自己的言行在我这样的出家人面前多有冒犯之处，便吐了吐舌头，把鸡翅放回腰间挂着的褡裢里，扳直了身板，学着禅和子模样，继续盘坐。我们坐的是一块船头状的悬崖，三边没遮拦，风从山口灌进来，吹动着洪七的胡子。脚底下有雾气冉冉上升，整座山像是要飘浮起来。

移时，我睁开了眼睛，洪七也睁开了眼睛。我说，我看你的目光，就知道你的静坐功夫又进了一层。

智兴，我坐在你身边，感觉就像坐在水池边，能教我安静下来。

智兴是我的俗家名字，洪七总是习惯于像从前那样称呼我。我不语，望着空中的一朵浮云出神。从华山之巅掠过的浮云，有数十席宽。

智兴，整整一天你不是低头念阿弥陀佛，就是抬头看云。念阿弥陀佛是你本分，这云又有甚好看的？

我念阿弥陀佛，阿弥陀佛也念我；我看云，云也看我。

世事变幻真好似这浮云，几年前，我见到你，还是穿一身龙袍的，现如今却换成了僧袍。

世上最重的是龙袍，最轻的是僧袍，何不让自己换得一身轻？

你只是换了一身衣裳，可大理国却不知道换成个什么模样呢。

啊啊我当初出家，竟没想那么多……罪过罪过……这事说起来，真是一段让人难以启齿的罪业啊……

2

母亲生我之前，梦见窗外有人持剑而立，那人对着一颗脑袋挥剑时，她突然惊叫一声，我就从她身上滚落了。她不知道这把剑预示着什么，心里一直惴惴不安。父亲虽为一国之君，却像一只柔弱的绵羊。朝中很多事，都是高氏族人说了算。父亲知道，以一己之力对抗庞大的高氏族人，还不如默默忍受。他除了喃念经文、把玩南红，在朝多年实在没有什么像样的作为。不过，自我诞生之后，他就决意将我从一只小绵羊驯养成一只可以威服四方的猛虎。因此，在我刚刚学会识字之时，他就迫不及待地为我四处寻访剑客，教我剑术。待我长大成人，羽翼渐丰，父亲也就萌生退意，而高氏族人趁这时机主动示好，要将高家名媛许配给我，结为世代姻亲。父亲一直忌惮高氏族人的势力，权衡其间利弊，也就答应了这门婚事。他给我铺设了一条坦途之后，索性禅位做了和尚。就这样，我作为大理国第十八位皇帝，正式登基。我一改父亲当年的作风，开始整治朝纲，修建城墙和寺庙，平衡各方势力。我时而像暴君那样凶残，时而又像佛陀那样慈悲。这种喜怒无常的性格让我的敌人和朋友都望而生畏，不敢造次。在短短几年内，我就把自己的位置给坐稳了。可以说，作为一名国君，人家该有的，我都拥有；人家没有的，我也拥有。我有一柄可以照亮黑夜的宝剑，有一个专门为我磨剑的侍从；我还有一群我谈不上喜欢或不喜欢的女人和一支效忠于我的军队。我看起来好像什么都不缺乏，但我就是感觉自己缺点什么。有一天清晨，我提剑出门时，突然明白自己缺的就是一个强劲的对手。彼时血气方刚，好斗，但凡遇见什么高手，总想跟他比画一下，非要见出高低不可。俗话说，刀剑不长眼。死在我手下的，也不乏其人。

一件奇怪的事就是在我砍掉一个刺客的脑袋后发生的。那时我正要收剑入鞘，背后突然冒出一个沙哑的声音。回望，除了一溜树影，没见人，心中不免疑惑。声音忽前忽后，飘没无着。我越过几堵高墙，追到外面的护城河边。月亮正从东山升起，一只鸟扑棱一下飞出树丛。四野沉寂，月光在地上一漾一漾的。嘎的一声，沙哑的声音又烟一般从我背后飘过来。我问，你是谁？为什么老不出现？那声音答道，我就是死在你剑下的那个衡山道士。我猛一回头，才发现地上多了一条影子。影子说，那回我跟你比剑，我原本可以战胜你，但我念你是一国之君，故意让了一手。不承想，你被血气所迷，愈斗愈勇，所出剑法是我平生见所未见的，再加上你是顺风使剑，速度更快，我一着不慎，被你刺中。我流了很多血，你原本可以救我一命，但你却骑马离去了。那时，我就死在这里，你还记得？我自然记得，我说，你现在变成厉鬼，想要向我索命？影子突然立起说，我虽然只是个影子，无法杀死你，但我不会让你这辈子安生。我朝影子连劈数剑，影子也不躲避。只见几片落叶，在剑底回旋着。影子在月光下缓缓升起来，跟怪鸟似的，发出嘎嘎的笑声。我杀不死你，你也休想再杀死我，彼此好自为之吧。影子语罢，如同烟雾般淡去，没入夜空。

我曾请来一名法师做法祈禳，念了七天七夜的打秽鬼经。影子似在非在，我也就见怪不怪了。影子自然无法拿刀剑砍我，只是在我杀机陡生之际，冷不丁地冒出来惊吓我。反过来说，我也不能拿刀剑杀死影子。我们就是这样一种关系。

我年轻时除了好斗，还落下一个毛病，那就是好色。我的宫殿很大，而我的女人散布在不同的角落，我得骑马去找她们。我的箭射在哪座房屋的木牌上，我就会在哪里过夜。有时我也会乔装打扮成商人的模样溜到宫外去打点野食，我喜欢偷偷跑到勾栏听歌、青楼买醉，看着那些晃动的柔软的身影，听着软绵绵的曲子，我就忘掉一身烦恼，直至在云团一样的酒香中渐渐沉醉。翌日醒来，常常不知道自己身在何处。

我说过，我是一个不安分的人，四处游荡是我生活的一部分。有一回，我驯服了一匹烈马之后便更换行装，独自一人外出狩猎。天色将晚，我骑着马，在一只鹰下面飞奔，呼啸而过的风声让我暂且忘掉自己背负的烦恼。鹰长唳一声，猛地俯冲下来，扑向一只野兔时，我的一枚箭也脱手飞出，射穿了它的胸膛。鹰落地，羽毛散开。兔骇，突然定住，回头睃我一眼，又开始没头没脑地朝前奔逃。在一片旷野里，我继续骑马追击着野兔。我虽带弓箭，却引而不发，因为我要像猫玩老鼠那样慢慢玩弄这只野兔。迎面一片树林，一下子遮暗了光线。一群白鸟被马惊吓，蓬蓬然散开，如同飞花。野兔跑进了一座李园，我的马也随之一跃而入。环顾四周，李花虽已凋谢，但满园荡漾着木叶的清香。我正要继续向前寻找那只兔子时，忽然有人从斜刺里冲过来，挡住了我的去路。那人骨骼粗壮，像一匹头大额宽的蒙古马，短衣打扮，看样子是个仆人。我没把他放在眼里，只管跃马向前。那人便拉住马头的缰绳，恼怒地告诉我，这是军巡使老丈人的府上，不得擅入。我听了，便想举起鞭子，劈脸抽过去，然后告诉他，这里所有的领地都是我们段氏的。但我很快就冷静下来。一阵风吹过来，我的目光微微一颤，越过他的肩膀，看见树林间走出一名女子，手里抱着的，正是那只惊慌失措的野兔。她穿着黄罗销金裙，两襟敞开，丝带飘拂。又一阵风从我手指间吹了过去，掠起她额前的一绺黑发。她噘着嘴，挑着眉头，有点带挑衅的意思。这世上的妙人儿都是甜蜜的毒药，见到她第一面，我就想毁在她手里了。

　　在黄衫女子的眼中，我大概就是那种架鹰走马的公子哥。她没搭理我，抱着那只蜷成一团的兔子转身穿过李树林，向一座花木掩映的瓦屋走去。我下得马来，也跟着走进李花丛中。可我走着走着又转了出来。连闯三遍，不得其门而入之后，我就明白，自己进入的不是一片李树林，而是精心布置的迷魂阵。那一刻，我不知道是树在移动，还是自己被人施了奇门法咒，脑子里有魑魅作祟。本想拔剑砍掉那些树木，但念及此举一则唐突美人，一则煞风景，也就知趣地退了出来。转眼间，黄衫女子又从树林间露出脸来，向我喊话：陌生的客人，你没有主人的邀请，怎能进得了我的家门？我知道她不是个简单的女人，就向她请教芳名，她却称自己只是一个小女子，姓甚名谁不值一提。既然这样，我说，我赐你一箭，请你收

下，也许有一天我会再次来到这里。这样说着，我就拉满弓，把一枚箭射中了她身边的一棵李树。黄衫女子连看都没看一眼，说，我夫君若在，准会还你一箭。我问道，请问夫君高姓大名？黄衫女子笑而不答。

这时，屋内传来一声老人的叫唤：瑛姑，你在外头跟谁搭话？黄衫女子回头应了一声。

你叫瑛姑？我对瑛姑说，能否把你怀里的兔子交还给我。

瑛姑说，兔子既不是你的，也不是我的，它从哪里来，就让它回哪里去吧。我说，我要定这只兔子了。瑛姑说，我们不妨打个赌，官人若是输了，就放过这只兔子。我说，你怎么知道我会输？瑛姑说，官人守信便好，我且斗胆向官人请教一个简单的问题：今有雉兔同笼，上有三十五头，下有九十四足。问雉、兔各几何？我自然知道这是一道算术题，但我也知道眼前这女子没有我之前所想象的那样简单，我若是往深里想，就怕自己像走进林子那样绕进去。再说，我看中的已经不是她手中的兔子了。多情如我，见美姝在前，即便有一阵微风吹过，似乎也能牵动一缕欲念。但我仍然装出一副满不在乎的神色，把那个问题撇到一边，牵着马往外走去。没走几步，林子那头突然又传来瑛姑的声音：既然官人赠我一箭，我也回官人一箭吧。

我在树下驻足片刻，一枚箭嗖的一下，穿林而至，射中我脚前一步之地。我从地上拔出箭来，细视箭杆，上面镌刻着一个我所熟知的神箭手的名字。我隔着林子扔去一句：我已经明白你的夫君是何许人了。随即就传来一声回应：明白就好，免得下回再来我家门前炫耀自己的箭术。

我把箭收入囊中，骑马离开了。

得遇瑛姑，我才算明白，宫里面的女人都不过是庸脂俗粉。瑛姑是一位幻戏乐人的女儿，她熟读周易，精通九章算法，会布阵，也懂音律，是我生平所见过的一等聪明的女子，她有个外号，叫神算子。那一阵子，凡与瑛姑有关的消息，我都要向人打听。

3

那年初冬，草木黄落，我带领部属去京畿山野间狩猎。扈从三百余人，连扛药箱的太医和抬恭桶拎夜壶的太监们都没遗漏。当然，我还特意叫上了羊苴咩城的一位军巡使。那人善射，据说是一位"能教鬼怕神愁的神箭手"。我们就在猎场的空地里搭起帐篷，挂起虎皮狼蜕。我喜欢那样一种冬狩的排场：白云覆地，马嘶鹰飞，旌旗飘展，弧矢鸣荡。想想都令人过瘾。

我屏退左右，让军巡使侍坐一侧，把温好的酒递了过去，他跪下来，诚惶诚恐地接过杯子。在我看来，酒便是酒，在他看来，这是御赐之物，自然非同一般。我饮下一盅，说，喝了酒，肺腑开张，正好可以杀几头虎狼助兴。军巡使说，这一带很少有虎狼出没，卑臣多年前同好友在这里巡逻时，曾见过不少麋鹿。说话间，我看见一只麋鹿正在山麓的溪流边饮水。我对军巡使说，我跟你打一个赌如何？你我之间，看谁抢先射中那只鹿。军巡使问，难得皇上有此雅兴，却不知赌的是什么。我说，若你赢了，我宫中的嫔妃任你挑选一个；反过来说，若我赢了，你家中的美妾也任我挑选一个。军巡使说，皇上既出此言，一定是胜算在握了。

我与军巡使折箭为誓，他那张脸满是络腮胡，看上去似乎没有一点表情。我们取了弓箭，各自上马，分头追杀那只麋鹿。

最后当然是我赢了。

我迫不及待地跑到那座李园，跟瑛姑见了一面。瑛姑得知事情的始末后，依旧隔着一片树林跟我说话。她说，让我做你妃子，只有一个条件。我问，你无论提出什么条件我都会尽可能满足你的。瑛姑说，砍掉军巡使的一条手臂。我问，他是我的爱将，又是你的夫君，你为何要砍他手臂？瑛姑说，因为他把我当作跟人交换的物品，便是对我不敬。既然他不敬在先，也就休怪我不讲情义。

三天后，我派人给瑛姑送去了一份彩礼，顺便带来了军巡使的一条手臂。

羊苴咩城的人都说，瑛姑是一个悖德的妇人。而我娶了悖德的妇人，也不会有什么好结果。他们是这样说的。

迎亲队伍进入羊苴咩城之后，我便穿上一身吉服，带上仪仗队来到皇宫大门外迎候。一名文官跪在我跟前说，皇上是九五至尊，不可屈尊。我立刻把他轰开了。瑛姑下了凤舆，我让她从正门进来。又有一位文官跪在我跟前说，先皇已定规矩，迎娶皇后的时候才可以走正门，皇上万万不可

让妃子……我二话没说，就把他踢到侧门那边去了。那晚，我牵着瑛姑的手，大摇大摆地从正门走进大殿。

我为什么会喜欢瑛姑？因为她脸上有一颗痣。皇后身上几乎找不到一颗痣，但我偏偏不喜欢一个没有瑕疵的女人。

那一晚，我喝了很多酒。我和瑛姑躺在床上的时候，有一阵巨大的声音突然从我头顶滚过，然后就听到远山传来空洞的回响。是打雷的声音？我问瑛姑。不是，瑛姑说，这声音好像是从地底传来的。瑛姑说，床好像在动。不，是地在动。我抱住瑛姑说，是我的身体在动。那时候，酒劲已经上来，我感觉自己脑袋里有什么东西也在动。

4

（智兴，你说每个人的心里都有一个暴君和佛陀？暴君手里拿着一把刀，佛陀手里拿着一朵莲花。是这样吗智兴？）

5

翌日，外面传来急报：威楚府地震，地忽然裂开，吞没了不少人。坏消息传到我宫中的同时，我的坏名声也传到了宫外。于是，民怨沸腾，骂声一片。朝廷上下，但凡遇见灾异，都要找个煞有介事的说法。事情闹大了，话也就多了。朝中大臣历数了我十条罪状。即便连地震这样的事，据说也是因为我忤逆天意惹得天怒人怨，以至上天以灾异示儆。高氏族人借势向我倒戈，发动了一场规模不可谓不大的政变。那些骑马的人、拿刀的人、放狠话的人，全都杀过来了。失掉一只手臂的军巡使与叛军里应外合，浩浩荡荡地从正门进来，说是要"入宫谢恩"。也就是在一夜之间，高氏族人借着"勤王"的名义掌控了朝政。我跟父亲一样，再次沦为傀儡。

想来这也是宿命：一旦大理段氏摆脱高氏族人的掌控，边地必出骚乱；一旦高氏族人入主朝廷，边患即刻消除。我现在终于明白，父亲当年是如何过着委曲求全的生活。那一年，金兵犯境，军国大事大都由高氏族人说了算，我坐在龙椅上不过是摆个样子——既然如此，我也就懒得上朝听政了，索性把日朝改为朔望朝，后来连初一、十五都不上朝了。那些当初称我是"暴君"的人又开始嚷嚷着骂我是"昏君"。过了些日，高氏族人大概是拿金人没法子了，便把烂摊子甩给我，指使大臣们一次又一次地提醒我，我长久以来疏于临民莅政，以致几座边城屡屡失陷。我掐指算了一下，我已经有好几个月没跟大臣们见面了。于是，我又披上袍子，懒洋洋地登上那张被人们称为"龙椅"的椅子。我不算勤政，但有时也会把堆叠如山的奏章带回寝宫。瑛姑见我在灯下支着下巴长叹，便问我为什么忧虑。我把那些奏章带来的烦愁说给她听。瑛姑翻阅了一遍，给我出了一些点子。她的才智远远在我之上，花了一个通宵的时间，就帮我把各种奏折批阅完毕。第二天，我把朱批交给朝中大臣时，他们几乎不敢相信自己的眼睛。

瑛姑发现我的剑术不进反退之后，就暗暗替我担忧。她开始管制我的后宫，收起我的酒杯。在瑛姑看来，凭我的悟性，若是用志不分，勤加修炼，不出几年，就能与那位终南山剑客一争高低了。在她的督促下，我刚日打坐，柔日练剑，自觉有了精进。每回我练不下去，想找点乐子时，瑛姑就会像一位严厉的师父那样提醒我。至于朝中的事，我已交付几个朝臣把持。如果他们还有什么事不能裁决，就经由瑛姑转告于我。事实上，那些事让瑛姑打理起来会比我更得体。碍于妇人不能主事的老规矩，我也只能让瑛姑在暗中帮我出主意。

鸡叫三遍了，你也该去练剑了。

月亮刚从东山出来呢，你为什么就早早收剑了？

我每天总能听到瑛姑口气温柔却又不失严厉的敦促。

瑛姑才智过人，无书不读。像算六十甲子书、占贝卜书她都能通读，还有一些从江湖异士那里收罗过来的稀奇古怪的剑谱，她也能读一些。她边读边讲解给我听，然后就让我照着本子把每一路剑法都练上一遍。我练得愈多，忘得愈快。当我忘记所有的招数时，我的剑术就有了明显的长进。汗水流淌下来，血气翻涌上去，不能不说是一件痛快淋漓的事。每回收剑，看到满地落叶，我就很满意。

半年过后，瑛姑请来了一位国中剑术名家。他看了我的剑术，感叹说，我的剑里面带秋声，让人想起无边落木萧萧下。这句话很美，我就让史官记下了。还有一位琉球高手，称我为"三百年来剑术造诣最高的剑之圣者"，我也让史官把这句话一并记下了。

在我不理朝政的年头里，高氏族人反倒不知道应该怎么办了。他们掌控的权力愈大，内部的纷争就愈多。他们闹得不可开交时，又希望我出来平衡一下。于是，我又可以做一些让自己说了算的事。比如恢复旧制，比如兴建寺庙和城墙。有朝臣送来青铜大鼎，内铸铭文，对我的文治武功大加赞赏；又诣阙上表，向我提议废除身为高氏族人的皇后，另立瑛姑为后。

我把这事说与瑛姑听。瑛姑说，她昨夜做了一个梦，梦见一位羽人进室，把凤袍披在她身上。我告诉她，我已经把万千宠爱都加在她一人身上，还要凤袍作甚？瑛姑说，她喜欢凤袍上绣的那些熠熠生辉的金翅，她觉得自己穿上这样的衣裳走出去会是一件很体面的事。

很快地，我就收到了皇后的宫怨诗，说的是自己在凄清的夜晚如何翻出箱底那件大婚时穿过的凤袍暗自落泪，如何抚摩着熟睡中的孩儿替他的命途担忧。我把这诗扔给瑛姑看，瑛姑读了，叹息一声，说，这世间的男人都爱青丝，嫌憎白发，等我老了，或许也会被人冷落。这些话说得我心里凉一阵、热一阵的。外面的竹影映在窗上，风吹竹叶的声音传到我耳中，我没什么话可说，只好望着窗外出神。女人心思细密，在房栊四围种了竹子，以求幽情，现在听来，全像是凄凉的低语了。

6

（那一年秋天，我经过瑛姑的李园，见了她一面。她的头发全白了，像李花一样白。我问她，怎么会变成这样子？她说了一些不知所云的话。她好像是真的疯了。我唯一听懂的一句话是，她痛恨这世上所有的男人。智兴，她像疯婆子那样诅咒着世上所有的男人。）

7

从她身上，我能闻到李花的味道。我们站在塔楼上，她的眼睛里倒映着暮春三月的晚空。她说，昨夜我梦见一只黑鸟飞入我帐中，遗落一枚透明的白卵。我问，这是什么意思？瑛姑说，我查了一部解梦的书，说是吉兆，古代的皇后就因为做了一个玄鸟堕卵的梦之后诞下一子，后来成为皇帝。所以，我觉得，这个梦就是天启，我也要替你生一个孩子，让他继承皇位。我听了，不由地吸了一口凉气。瑛姑不仅想做皇帝的女人，还想做皇帝的母亲。我向她解释说，我已将皇后所生的长子立为王储，现在如果废长立幼，必致宫乱。再说，你又如何能保证自己所生的是儿子？瑛姑回答令我大为吃惊。她说，你别忘了，我的绰号是神算子，我凭借五行八卦算出哪个时辰交合可以怀上男孩的。

我开始害怕跟她见面了。

为生孩子的事，她跟我没少发脾气。很显然，她身上有着强烈的占有欲，如果可能，她想占有我的一切。后来我就以练先天功、务须禁欲为由躲进密室，避而不见。

我闭关修炼的时候，把兵符与印信交给朝中几位信得过的大臣。每个月，他们还要捧着我的金靴去城外转一圈，代替巡视。我回到朝中的时候，很奇怪，手下的人竟没有一个做出背叛我的事。唯一背叛我的人是瑛姑。

出关那天，她就跪在我面前，泪流满面地告诉我，她有了。那一刻，我仿佛听到了内心里传来一柄剑崩断的声音。我没有逼问，她就把那个男人的名字告诉我。那人是我的朋友，确切地说，是我朋友的一个师弟，长着圆胖脸，性喜谐谑，有点像古书上记载的那种俳优、狎徒之流。按照她的说法：他只是用手指碰了一下她的身体，她就爱上了他，然后就做了他的女人。我问她，这件事还有谁知道？瑛姑说，朝中上下都已经知道了。

我知道，所有的人都在暗地里谈论我的隐私，而且都在迫切地等待我以一种残酷的方式了结这件足以让我一辈子都抬不起头的事。望着墙壁上挂着的宝剑，我的怒气仿佛带着一股呼啸的声音蹿出了我的身体。我可以驾驭一匹烈马，却怎么也无法控制自己的情绪。然而，当我举剑刺向瑛姑的时候，那个久违的影子突然出现了。

我问影子，莫非又是我做错了什么？影子没有回答，只是发出一阵嘎嘎的笑声。我用剑尖指着影子喝道，不许笑。影子反倒笑得更厉害了。门口的珠帘也在不停地晃动着。

影子消失之后，我才转过来，看见瑛姑依旧跪在那里。

我的剑始终没有落下。

一缕曙光照在我手上。我像收起一柄剑那样，收起了我的愤怒。

我是一个罪大恶极的人：我好斗，滥杀无辜，结果被影子附身，摆脱

不得；我好色，淫人妻子，结果自己的爱妃反被人淫。用佛门的话说，这都是因果报应。

从此以后，我开始憎恶刀剑，憎恶女人。宫里面的人和大臣常常找不到我。更多的时候，我是去外面访僧问道。听说有位西域圣僧，在城外一座山里结庵居住，我便带着十余名侍从、一车礼物进山拜访。山很大，上有白云缭绕，下有烟岚弥漫，茅庵藏得很深，我们费了一番好找。在一口水潭边，我看到了一座依树而建的茅庵，柴扉紧闭着，寂中透静。侍从说，这和尚真是不识抬举，皇上来了，也不开门。我下马上前，敲了三声门，里面就传来一个小沙弥的声音：谁呀？我漫声应道，大理国皇帝段智兴特来拜会圣僧。小沙弥答道，师父三天前闭关，再过一个月出关。我说，师父闭关，你可以开门呀。小沙弥说，师父说了，茅屋太小，容不下你这样的贵客。侍从威吓道，如果你不开门，我就放火把你们的茅屋给烧了，看你还敢不敢开门。屋子里面突然就没了声息。罢了罢了，我说，既然圣僧不想见人，你就是把整座山烧了也不管用。我让侍从奉上礼物，就下山了。

后来，我派人请圣僧出来做国师，他婉言谢绝；赐他一座寺庙，他也谢绝。听西域过来的人说，圣僧原是西域某国的王子，身为天潢贵胄，享尽了人间的一切荣华富贵之后，突然又看破一切，出家做了和尚，从此草衣卉服，穴居野处，不跟世人往来，却与鱼鸟相亲。又听人说，他在山中修行时，身上落满了树叶，爬满了蚂蚁，也不去拂拭。那年冬天，我想起这位圣僧，又带着几个侍从去拜访他，他还是避而不见。没法子，我就把那座山送给了他。

下得山来，我让侍从先行，独自一人沿着一条长河默默行走。听着潺潺水声，感觉自己也在缓缓流动。山在恍惚间退远，近似于无。河流没有尽头，时间也没有尽头。天地之间，只有我和马的影子在缓慢地移动着。我脱掉了自己身上的袍子，卸掉了马身上的鞍辔。一下子感觉自己轻松了许多，马在我前面踢着土块，微尘飘落河面。这时我忽然明白：去见圣僧，是不应该穿着皇袍、带上那么多侍从和礼物的。

到山中寻访圣僧的念头一直没有打消。下过一场雪之后，太阳劈开一条爽净的山路，我穿着一身粗布衣裳来到山中。我站在一座低矮的茅屋前。听得里面有人问：谁呀？

答：是我。

又问：你又是谁？

又答：我是我。

门开了，圣僧走了出来，双手合十对我说，站在我面前的，不是一位国君，而是一个善男子。来来，我们可以坐下来聊聊了。

我盘腿坐了下来，把腰间的剑横放在膝头。

果然是剑不离身。

习惯佩剑，好像它已经成为我身体的一部分了。

那么，你能否告诉我，你的剑在心外还是心内？

剑在心内。

那么，你的心又安放在哪里？

啊啊，一直以来我都过得浑浑噩噩，不知道把心安放在哪里。

那就暂且把心安放在我的茅屋里吧。

我在茅屋里坐了一个下午。圣僧给我讲了一个故事：他的高祖晚年耽悦佛法，长年不问朝政。有一天，他突然心血来潮召来八方工匠，在宫里建造了一座百尺高的塔楼。他在塔楼顶端，闭关修炼。据说他可以偷听神仙说话。多年来，他没再下得楼来，光是听神仙说话，却没有听到底下臣民说话的声音，结果是可想而知的，他的亲信不得力，以致大权旁落。某夜，星坠木鸣，朝中有人认为这是天降异象，于是联络京畿一支军队，闯入皇宫，杀掉了护卫，在塔楼底下点燃了大火。高祖皇帝的三个儿子听到兵变的消息，便各带三支军队前来勤王。我们的高祖皇帝看到楼下张开的大网，却不敢往下跳，因为他在那一刻连自己的儿子都开始怀疑了。他宁可死于敌人点燃的大火，也不愿意死于亲人之手。就这样，眼看塔楼就要坍塌下来，我的高祖依旧抱着柱子，用绝望的目光俯视着我的曾祖父。

圣僧接着又说，我这位高祖皇帝，活到一定岁数，忽然想到人的寿命无论有多长，终有一死，于是就看淡了手中的权柄与眼前的富贵，看上去他好像是悟道了，其实不然；他后来为了求得长生，宁教皇权旁落，视生灵于不顾，这实在是不智之举。我知道，圣僧讲这个故事，说这番话，便是要告诫我：既然做了皇帝，就应该做皇帝应该做的事。

那一晚，我就在茅屋里住了下来。睡的是草荐，盖的是破被。

第二天，圣僧突然问我，昨天是否睡得不太好？

岂止不太好，简直就是一夜没合眼。

为什么？

被几只跳蚤骚扰，不得安宁。

你捉到那几只跳蚤了？

一只都不曾捉到。

一个皇帝竟拿几只跳蚤没法子。

是的，我可以战胜很多人，却无法打败几只跳蚤。

几只跳蚤都可以制造出这么大的麻烦来，何况是人？

唉，当皇帝有太多常人难以想象的烦恼。这一切，家父最能体味。他曾把我带到一片松林里，教我如何打坐。松风吹拂一颗心，有禅意啊。可我走出松林时，心底里还是觉着苦啊。

烦恼不除，正念不生。种种烦恼，譬如缸底积垢，越积越厚。

如何除去烦恼？

太阳出来了，我们晒暖去吧。

圣僧脸上露出了淡静的笑容。有风缓缓而至，他像一片树叶那样飘到了阳光那一边。

8

皇后听说我有出家的念头，便派人送来一撮用绳子系好的头发，还特地在捎带的信中说，这是我当年与她共枕后遗落的头发，她每天晨起都会将它捡起来，放入匣子里，时日久了，就集成一束。我揪着这一撮头发，心绪纷乱。隔日，我将太子召来，让他坐在一边，看我如何批阅奏折，如何跟身边的大臣商讨国事。

我们大理国衰弱的时候，有人说我们偏安一隅；强盛的时候，又有人说我们独霸一方。我把城墙修得愈坚固，就愈是招来敌国的侵犯；我把法典修得愈完备，就愈是有人敢以身试法。治理一个国家，我知道，不是靠手中的一柄剑。你有一把利剑，但用来切菜还不如一把菜刀。这是圣僧对我说的话。尽管我凭借一己之力无法改变这个国家的命运，但我还是试图改变点什么，以此证明我比父亲那样的傀儡皇帝要强。直到有一天，圣僧突然告诉我，我在十月晦会遭遇一场"天变"。所谓

"天变"就是：日月交晦，星辰昼见。

圣僧所说的"天变"之日果真来了。太阳刚刚还高挂空中，转眼间天色就暗了下来，狂风乍起，在顷刻间席卷羊苴咩城。这一阵风，不是从西方或北方来，也不是从东方或南方来，而是从四面八方来。我坐在宫中，但听得门窗吱咯作响，桌椅吱咯作响，梁柱吱咯作响，我的牙齿也在吱咯作响。

侍卫来报：高氏族人已在门外陈兵三万。

他们是来逼宫的吧？

他们要皇上登上城楼跟城下将士和百姓对话。

他们为什么偏偏要挑这个时辰？我挥了挥袖子说，不见。

无须探看，我也知道外面已是黑云压城之势。宫里面的人东奔西窜，早已乱作一团，更多的人偷偷卷起了珠宝，打算趁乱逃生。几个嫔妃来到我跟前，用可怜巴巴的目光看着我。我知道她们想要说些什么。

紧接着，一位老臣跑过来传话，归总起来，无非是说我在位多年，内忧外患不绝，天灾人祸不断，宜应尽早禅位给太子。

我对老臣说，这个我自然明白，太子有高氏族人的血统，他们往后操控起来自然更省心。

老臣说，他们还放话：如果在天光再现之前，皇上还不退位，他们只能采取兵谏。

我自然知道"兵谏"这个词意味着什么。从前，我好斗成性，手中即便没有刀剑，脑子里也是刀光剑影。而现在，我早已倦于争斗了，也深知一场恶战之后，不知道会有多少人最终变成累累白骨。古书记载：周穆王南征，一军尽化，君子为猿为鹤，小人为虫为沙。怎敢想象，那样的惨状就将在羊苴咩城内重演？

想到这一节，我就让老臣跑过去传话：只要他们退兵，我就退位。

我的话刚刚传出去，天光就亮了。城外响起了一阵雷动般的欢呼。

随后又有一名太监来报：皇上，他们已经把您的坐骑准备好了。

够了够了，我冲着那个老太监咆哮道，他们为我准备的东西已经够多了。王位是他们为我准备的，皇后是他们为我准备的，刀剑是他们为我准备的，现在，让我滚出皇宫的坐骑也是他们为我准备的。可我要告诉他们，唯独这座骑，我不需要他们为我准备。

我脱下了皇袍，解下腰间的宝剑，丢下了所有可以丢下的东西，孤身一人，举着火把，穿过一条秘密通道，逃出了皇宫。此时，一道天光忽然映照在我脸上。远远地，我回头望了一眼，一座城在疏淡的树枝间浮动着，依稀听得草丛下一缕风的呜咽。

我跑到山中，跪倒在圣僧面前，问他如何摆脱眼前这场"天变"。圣僧吹熄了一盏灯，又将它点燃，说，熄灯的人就是点灯的人。我知道，他的意思是让我"先死而后生"。杀死我的人，和拯救我的人，不是圣僧，也不是别人，正是我自己。我把一个俗名叫"段智兴"的人杀死了，然后一个法号叫"一灯"的和尚就重生了。

之后也曾心生邪念，也曾发出恶声，但圣僧会让我跟随他默念一段经文。以前种种，散作骷髅、蛇蝎、闪电，刀剑，交会眼前，我依照圣僧所授心法，收视返听，什么腥风啊血雨啊，全都不见了，那一刻，我心里只有绵绵细雨，只有雨后的彩虹。出家之后虽说不能把一身的烦恼洗得一干二净，但心里到底是清净了许多。至于那个影子，是的，他再也没有出现过。我一度以为它跟那个名叫"段智兴"的人一起死去了。事实上，它一直在那里。我不会惊动它，它也不会惊动我。我们相安无事。

9

这么多年来，我修炼的是如何消除身上的杀气。现在我手里即便拿着刀剑，也不会有杀气了；如果我身上还有杀气，树叶放在我手里也可以伤人。

华山论剑之后第十年，我们约定再上华山，此行的目的当然不是论剑。洪七在信中说，他有点想念老朋友了，想在此会会，仅此而已。其实见了面，也没什么好说的。瞧洪七的神色，心里像是装着什么事，可话到嘴边又咽了回去。我不便多问，照例是手捻佛珠，口念心经。洪七觉着无趣，拍拍屁股离开了。两只凝固在枯枝上的黑鸟也嘭的一下张开翅膀，向天空飞去，画了一个大圈，又陡然飞下，落入滚滚云涛。洪七在山里面转了一圈，带回了一只骨瘦如柴的山鸡。不觉间天色暗了下来。洪七从石屋中取来柴禾，在我对面点燃了一堆火。远山在风中微微晃动。

洪七来到我跟前，盘腿坐下。

刚才你离开之际，我听到有人发出狼嚎般的声音，心里仿佛藏着大悲恸。

我也听到了，如果我猜得没错，那人是从白驼山来的。

想想也是，只有他的啸声能如此深厚绵长。

我可以感觉到他的内劲。

你过来的时候，我也能感受到有一股强劲的气息拂面而来，这是一股至纯至精的阳刚之气。洪七，你是如何练成一身绝学的？

就是为了混口饭吃，没有什么可说的。

但洪七终于还是说了。

洪七有兄妹八人，他排行老七，洪七这名字就是这样来的。至于他真名叫什么，连他自己也记不得。洪七的兄妹中，有三个因七日疯或别的什么病夭折，还有两个跟随宋军，战死沙场。他们平生事略都很简单，没什么可说的。唯独洪七的父亲，似乎可以一说。他是个老饕，好吃懒做。平日里，酒杯常满，光阴虚度，也没有一丁点愧疚感。洪七的母亲对他颇多抱怨。洪七的父亲除了吃，竟不晓得自己还能做什么。洪七的家人迁居异地、妹妹远迁之后，宅院从此夷为平地，断了人声。后来盖起的一家酒楼，就跟洪家无关了。洪七在外面浪荡，一直没有回过老家。有时即便惦念那个地方，也是因为那里还有未还的酒债。洪七当过步兵都头，因为酒后痛骂官府，被人告发，当即贬为一般的差人。当地人都说他是"申时一官，酉时一卒"。不过，他也乐得自在，仍然喝他的酒，发他的牢骚，此间跟街头小贩打过架，砍过几个金人的脑袋，偷吃过邻居家的鸡。在大伙眼里，他就是这么一个浑浑噩噩的人，后来有一天，有幸得遇高人指点，练就了一身绝学。他参加过几场能让人谈论七天七夜的武林大会。于是，原来被人瞧不上眼的江湖小混混，也便被人奉为豪侠。

我本不想习武的，洪七说，我的梦想是跟我爹一样做一个老饕，吃遍天下。但有位算命先生说，我这辈子口福不浅，却是乞丐的命。

我说，我还在位的时候曾碰到过一个从汉地过来的乞丐，我问他，现在最想要的是什么？他说，我想要吃一顿红烧肉。于是我就送他一碗红烧

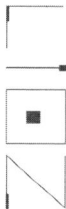

肉。他问我是做什么的，我说我是大理国皇帝。他有点不敢相信。他想了半天，跟我说，当皇帝定然是天天有红烧肉吃吧。我说，天天吃红烧肉又怎样？烦恼照样没见少。他很惊奇，皇帝怎么也有烦恼？我说，这世上如果没有烦恼，我更愿意去做乞丐。乞丐说，乞丐也有烦恼，比如，吃到了红烧肉之后，他还想要一个女人。我说，我赐你一个女人之后，你还会要更多的东西。人有了妄念，也就有了烦恼。洪七，你说是不是？

洪七呸的一声吐掉鸡骨的渣滓说，皇帝与乞丐有甚区分？也屙屎，也吃饭，困来也睡觉。

你说得对。皇帝与乞丐没有区分。我们什么都不是，我们不过是浮云的一部分，是这座山的一部分，是这一阵风的一部分。在我之前，早有一个我存在于天地之间，在我之后，那个我还在那儿。坐在你眼前的，不过是一副臭皮囊。

洪七啃着鸡翅，看几只鸟绕树而飞。

看样子，今夜就要下雪了。

我已经准备好了一壶酒，可惜你不能跟我对饮。

洪七，为什么你的嘴总是一张一合？你是不是还想吃鸡肉？

不，我是想跟你谈谈我的女人。

你的女人？

我听到"女人"这个词，突然想笑，但又忍住了。

算了，不说了。

那你谈谈你在酒肉林中的故事吧。

酒肉与佛隔着肚肠，不相碍的，不相碍的。不过，我一直弄不明白，为什么我吃得越多，越是感到饥饿？

人啊，就是这样，你的双手越满，内心越是虚空。

如果有一天我突然死去，定然不是饿死，而是撑死。

没想到你看得如此通透。

可是现在，我感觉自己心底里空荡荡的，就像房屋建好了，却没有人居住。

那么，我们就坐在风里享受空荡荡的快乐吧。

寂静好像是从岩石中渗透出来的。我刚刚说完一句话，寂静就包围过来。我除了往碗里再添些水，已不赘言。

西

1

铅灰色的天空重重地压下来，雪白的山间，藏着一粒黑色的影子。风一吹，那粒黑影就滚动起来。瞬息之间，影子变大。来人正是洪七，一件黑氅披在他身上，被风吹得鼓荡起来，活像一只刚从天空飞下的大雕。他身后，只有浅浅的脚印。

你是怎么找到我的？我问。

我听到了你的啸声，洪七说，只有你的啸声才能震落天上的那只鸟。

洪七，这些年你的侠名越传越远，连白驼山那一带的人都知道了。

我也听说，这些年来白驼山一带出了不少山贼，手熟刀快，杀人如切菜。

我把他们统统杀掉了。在白驼山一带，我没有对手，也没有朋友。

没有对手的人很可怕，没有朋友的人更可怕。

我的恶名怕是也从西边传到了你们北边吧。你为什么不上白驼山来找我？

因为我不知道自己应该把你当作对手还是朋友。

人人都说我身上带毒，不愿意跟我接近，我只能躲在那山里面了。没错，当我心生仇恨的时候，牙缝间就会分泌出一股毒液。这股毒液让我的牙痒痒的，很难受。

洪七听了我的话，蓦地亮出白刃般的牙齿。他的笑如刀光一闪而过。我从洪七的眼睛里看到了自己。我是一个脸上有刀疤、眼睛里有杀气的人。

洪七从已见油光的袖子里伸出手来，脱掉靴子，在手掌上拍了拍，抖落一蓬灰土，然后就用手指抠着脚趾间的皮垢。目光微闭着，仿佛那是一件令人称快的事。

无聊，口淡，便问洪七，这回带来的是什么酒？洪七把腰间的大葫芦拿起来，摇了摇。酒在壶里晃荡的声音听起来仿佛海浪轻拍船舷。洪七

说，这是用修罗采花法酿的仙家酒，你不曾喝过吧。我问，这酒好喝么？洪七说，喝过一回，你就记住了它的滋味了。

我们相对坐着。斗酒只鸡，吃将起来。

洪七好吃。洪七吃到兴头上就说，人生最大的乐事莫过于尝别人未曾尝过的异味，喝别人未曾喝过的美酒。

我说，有人好吃，有人好色，说穿了都是一回事。

洪七拍掌大笑三声，说，老毒物，我想听你谈谈女人。

"老毒物"是我的外号。一般人不许叫，叫了，轻则吃一记耳光，重则掉脑袋。不过，洪七例外。

十多年前，我第一次跟洪七在昆仑山下相遇，就有一见如故的感觉。他说我在月光下的脸色极其难看。我告诉他，我是一个厌世者，我曾经想过用各种方式了结自己，可我没能办到。我之所以能死皮赖脸地活在这个世上，是因为这世上曾经有一个我最爱的人和最想杀掉的人。我还告诉他，我爱的是一个我不能爱的女人，恨的是一个一直想杀却无论如何也下不了手的人。洪七说，我明白了，你担心的是如果有一天你杀了那个男人，娶了那个女人，自己反倒没有活下去的意思了，是这样吧？是的，就因为这一句话，我把洪七当成了我的知己。我跟他痛饮了一场，还一口气杀了几十匹狼。

我后来喜欢喝酒，也跟那个女人不无关系。醉眼蒙眬的时候，我看到每一个女人身上都有她的投影。因此，我必须杀掉更多的人，才能忘掉那个男人；我必须寻找更多的女人才能忘掉那个女人。

你的女人？洪七问，还在白驼山？

在那边，很远很远的地方。

我站起来，拔出腰间的剑，指着鸟飞过的地方。我的手指颤抖了一下，又收回了剑。

剑已入鞘，但空气里仍存寒气。

2

智兴青年浪荡，中年出家。而我跟他相反。少年时节我随同师父读佛经，差点出家做了和尚，到了青年时节，我经历了一些事，反倒浪荡起来了。改变我人生的，从前是一部佛经，后来是一个女人。那个女人就是我的嫂子。哥哥风流成性，在他匆匆打发过的一大堆女人中，嫂子算是他最为倾心的一个。嫂子金发碧眼，能弹会唱，听哥哥说，她是波斯皇族的远裔，祖上从高昌迁来，向来不与外族通婚，但哥哥偏要他们打破这一相沿几百年的规矩。哥哥成亲那日，我喝了许多酒。那一刻，我忽然发觉，嫂子是这世上我所见过的最美的女人。酒后看女人，跟酒前看女人是不一样的，这就像月下看竹影和日光底下看竹影一样。哥哥抱着嫂子进洞房时，嫂子回头瞥了我一眼，用脚尖把门轻轻地掩上。那时候我就是不明白，为什么门轴的吱咯声会让我浑身发痒？

自从有一天，嫂子给我一碟炒熟的蚂蚁，我就倍加怀念蚂蚁的味道了。我舍不得把蚂蚁一口吃完，每次只动用一小撮，放在嘴里，细嚼慢咽，渐渐地，就品尝出火腿的味道来了。这味道勾起了我的欲念。我吓了一跳，赶紧拿起从前读过的经书。读了一段，又开始走神了。那点心思，如何能收拾得住？

我抛掉经书，开始吃肉。可我仍像受了魔魇一般，心中不安。坐不住，出去走了几天，回到家中，人虽坐着，却依旧感觉自己在不安中游荡。

白驼山的人都说，哥哥娶嫂子花去了不少钱财。光是第一次见面奉上的贽礼就有大宛良马、土产珍珠、彩玉、帘幕、裘帽、黄熟香、一种叫作无名异的药。而嫂子的嫁奁除了随身衣物，只有一筐子蛇。嫂子来自白驼山以西三百里地的一座蛇谷，那里的人事天不事佛，独独奉蛇为神（对他们来说，养蛇就是敬神）。嫂子进门那一天，便是把蛇绕在脖子或腰间当作装饰品。白驼山的人见了，都觉得不可思议。嫂子问我，怕不怕蛇？我说，不怕。嫂子就把蛇系到我脖子间。嫂子是这样对我说的：你没有害蛇之心，蛇也不会害你。

平日里无事，她也是把手指般细短的盲蛇放在手掌间玩耍。玩累了，就把蛇挂在床栏上，不许任何人触摸（事实上也没有谁敢碰）。哥哥不喜欢这种冷冰冰、软绵绵的东西，每逢入睡前，他总要把蛇驱赶到门外，可第二天醒来之际，他却发现蛇已缠绕在床柱上，等候着主人的抚弄。哥哥

曾经这样对我说，你的嫂子是一个有毒的女人，我不知道哪一天会死在她怀里。

　　跟哥哥不同，我喜欢玩蛇，月夜里银光闪烁的蛇，蜕了皮、不穿衣裳的蛇，缠绕着树、发出咝咝声的蛇，在不安和期待中曳尾独行的蛇。我从嫂子那里学得咒语，只要对它们发出一声召唤，它们就会游过来。我的手指上有蛇的气味，它们可以在黑暗中找到我。我抚摸着那些曾被嫂子的手抚摸过的蛇，心中时常涌起一阵隐秘的激情和难言的羞耻感。因为嫂子，我认识了蛇；也因为蛇，我认识了嫂子。某些时刻，看到众蛇起舞，我便知道嫂子心情不错；众蛇颓然不动，我便知道嫂子起了愁思。

　　春夏之交，雌蛇的尾部散发出一股腥甜的气味，雄蛇纷纷爬过来，柔软而无声。我与哥嫂二人坐在瓜架下喝酒的时候，有两条蛇相互缠绕，跟麻绳似的紧紧地拧在一起，两个蛇头，此起彼伏，仿佛都不愿轻易就范。哥哥说，这两条长虫打得怎火热，居然也不避人。正在一旁的嫂子说，这两条蛇都是雄的，它们正为一条雌蛇压颈呢。哥哥问，什么叫压颈？我突然发出一声讪笑，说，你跟嫂子相处这么久，居然不知道这事儿？哥哥说，你是读书人，懂的自然比我这个粗人多。我心中暗暗有些得意，指着脖子最终挺立上面的那条蛇说，两雄蛇相争过后，脖子挺立的这条蛇等一会儿它就可以游到雌蛇身边去了。哥哥突然把目光转向了我，说，男女之事你没经历过，两条长虫交配的事你倒是一清二楚。我听了哥哥的话，像个姑娘家那样低下了头。嫂子看着我，也发出了咯咯的笑声。那年我十七岁，虽然学过一些拳脚功夫，但骨子里还是一个读书人，生性腼腆，发现有人的目光落在我身上，我就会退缩到一边去，不敢对视。

　　哥哥把我的手拉过去，说，你嫂子的手是凉滑的，像蛇一样。这样说着，他把我的手放在嫂子的手臂上。我却像是被火焰烫了一下，倏地收回。嫂子再次发出了咯咯的笑声。

　　之后就梦见了蛇。我与哥嫂二人在瓜架下喝酒时，嫂子的筷子突然弯曲了，像在水中所见的那样。筷子在蜿蜒中变长，缠绕着我的手臂。然后，我就看到嫂子甩动的头发变成了蛇，吐出的舌头变成了蛇，伸出的手臂变成了蛇。然后，我的四肢不能动弹了。呼吸也变得越发急促。那一刻，我的舌头和四肢都变成了蛇的一部分，融入蛇的身体。哥哥站在我面前，手里拿着一把刀。哥哥身后，是蛇一般淅淅然落下的雨……

热啊热啊。嫂子的嘀咕在我耳边响着。

入夏以来，天上不降一滴雨，地上扬起的尽是黄尘。白驼山的岩缝里渗出的那一点水，每天也就浅浅一碗。我们三人轮流舔那块斑驳的岩石，把棱角都舔得圆润了。嫂子总是跟哥哥抱怨说，没水吃，一说话嘴里就像是含着火焰；没水洗澡，皮肤都渴了，皱纹都长出来了。哥哥骑上马，说是要去远方找水源。可他这一去就是半个多月，没一点音信带回来。我们都疑心他在路上渴死了。嫂子对我说，待岩缝里的水都干枯了，我们就离开白驼山。我说，再等等吧。

哥哥临走时留给我一把短刀，他说，如果有谁敢动你嫂子，你就用这把刀子干掉他。我把短刀一直带在身边，它没有派什么用处。我无聊的时候就把刀拔出来又插回去，插回去又拔出来。突然想起，这只握刀的手至今还没有摸过女人的手呢。这么一想，连手指都有了莫名的冲动。天空中没一丝风。树叶不动。人也不动。一动就出汗。而我想出点汗。我的身体没动，心却在动。心动得很厉害的时候，我的嘴突然想嚼嫂子送给我的炒蚂蚁。阳光移出嫂子那个房间的窗下时，我就跟着移了过去。我听见嫂子的房间里传来布谷鸟般的嘀咕：热啊，热啊。我坐在窗外，出汗如浆。我担心自己这样坐下去会被汗水淹没。

哥哥这么长时间都没有回来，怕是真的出事了。我隔着墙把话递了过去。

她依旧嘀咕着：热啊，热啊。

太阳收起余光的时候，我放大胆子走进了嫂子的屋子，对她说，我带你去一个凉快的地方。

嫂子说，索性带我去遥远的地方吧，我不想再见到你哥哥了。

你去哪里？

马跑到哪里就去哪里。总之，不要再见到你哥哥了。

夜晚来临的时候，我把嫂子抱上了一匹白马。照着我的月光也照着她，她像是坐在水底，浑身闪烁着银光。紧接着，我也翻身骑上了马，轻轻地搂住她的腰。马一跑动，一阵热风就迎面扑来。嫂子说，这样的情

景，我好像在哪里经历过呢。我问，是在梦里吧。不，她说，小时候读过一本波斯文的传奇，里面有个骑士，凭着单枪匹马把公主从魔鬼的城堡里带出。我现在闭上眼睛，就能想起那本书里描绘的场景。

我的马跑进了风里，越跑越快。然后，我就感觉马消失了，我们在风里面飘着。嫂子说，我们这样跑着，说不准像那本书里写的那样，能跑到天边的仙宫里去。她这样说着，忽然翻过身来，与我交颈相偎，嘴里的热气喷到我脸上，有一种说不出的刺痒。紧接着，嫂子像一条蛇那样缠绕着我，好像恨不得把我勒死。我能感觉到她那纤细的骨骼里埋藏着惊人的力量。

从马上下来之后，嫂子就成了我的女人。想到她那裸露在风里面的、流着汗珠的身体都属于我的，我还要什么白驼山，还要什么好名声？很快地，有关白驼山的流言就传了开来。这些流言当然是跟男人和女人有关的，被风一吹，也就传回我的耳边。我听到的那一切比起眼前这一个妙人儿，不过是一阵风罢了。我不在乎了，什么都不在乎了。这一辈子为一个女人而堕落总归是值得的。

3

（那年秋天，老毒物，亏你还记得，我们坐在昆仑山脚下，黑压压一群狼围了上来。你我各执刀剑，一口气杀死了三十多匹狼。后来你把那一口带着毛血的宝刀赠给我，我也把手中的短剑赠给你。那一晚，你竟在睡梦里发出了狼嚎的声音。）

4

白驼山的太阳随时都会让一个正常人变成一个疯子。我在白驼山中研读佛经，修炼剑术，原本只是为了防非止恶，但后来我无法抵挡各种诱惑，最终还是破了戒体。哥哥曾说，你只需学会我三分坏，就可以在江湖上混了。这是哥哥对我说过的最真诚的一句话了。

哥哥这一走，也不是断无消息。

哥哥的消息总是零零星星地传到我耳边。他这一路外出找水，遇到了一些匪夷所思的事。他出门两百余里时，先是在半路上犯了先前从未犯过的头风病，那一带，一眼望出去只有红沙，太阳照得快要昏死过去了，日头西斜的时候，幸好有一支马队经过，把他给救了。马队里有人认得我哥哥，当年他们从白驼山下经过时，给我哥哥狠狠地敲了一笔银钱，心里头原本就有些愤恨，这下子他们大可以见死不救，但马队里的头目说，把我哥哥就这样扔下不管，还不如送到前头的双旗镇。哥哥全身乏力，就任由他们把自己的手脚绑了个严实，搁在马背。白驼山与双旗镇各设关隘，但凡商队从这一带经行，要么抄近路走双旗镇，要么绕远道走白驼山庄，我们要做的就是给商队提供向导和饮用水，然后收取一笔大小不一的银钱。白驼山地僻路远，因此，商队往往喜欢选择在双旗镇歇脚。早年间，哥哥在白驼山混不下去，就跑到双旗镇上做些鬼市买卖，他以滥饮闻名，也以滥杀闻名。因此，在这个镇上，他没有一个朋友，只有一大堆仇人。哥哥从双旗镇回来之后，就拉起一伙人建起了白驼山庄，开辟了一条可保商队五百里畅通无阻的路线。车过压路，马过压草，收点保护费也合情合理。这下子，一些原本投止双旗镇的商队也不嫌脚程远纷纷改道走白驼山。有利益争夺的地方，就有江湖。双旗镇的人对我哥哥恨之入骨，曾派人上门挑衅，但都有来无回。没承想，天公不作美，入夏以来，白驼山一带久旱无雨，水源干涸，所有的商队又不得不走水源丰沛的双旗镇。那支马队也是临时改道，他们去往双旗镇虽说是投宿，却像投诚。设若他们交出我哥哥，不仅可以得到一笔赏钱，往后出关入关兴许还可以获得免费派送的向导和饮用水。在送往双旗镇的路上，我哥哥居然跟他们做起了一笔买卖：此去双旗镇是两百余里，此去白驼山也是两百余里。若是把他送往双旗镇，也无非拿到少得可怜的赏钱；若是放他回去，他可以赠送对方一笔可观的银钱。权衡利弊，马队的头目就下了决定，亲自带上两名精壮汉子来到白驼山，向我和嫂子讨赎金。马队头目带来了我哥哥的一封亲笔信和帽子，说明来意之后，又试图晓以利害。我看着那个马队的头目，露出了微笑。他问我笑什么，我说，我笑这世道呵。这世道越来越看不明白了，商人可以变成强盗，强盗也可以变成商人。马队的头目冷笑一声说，在这乱世里，还有什么世道人心可讲？能够活命就不错了。我给他们端来两张椅子，让他们在大厅里稍待片刻。我进里屋洗了个手出来，他们就已经口吐白沫，横躺在墙角了。我没有惊动一粒灰尘就把他们放倒了。这是我第一次亲自动手杀人。嫂子问我，为什么非要杀了他们？我说，哥哥如果带来的是一只鞋子，就说明他处境危险；但他带来的是帽子，就说明他虽处险境，但他好歹可以设法脱身。是日，

我孤身一人骑马去寻找哥哥，沿途看到几具尸体横七竖八地躺在地上，每具尸体的脖子间都有一道很长的伤口。我瞥上一眼，就明白，哥哥让马队的人到白驼山取赎金，就是为了求得让自己缓过劲来的时间。他一口气杀了那么多人，大概又可以找到一家酒店痛痛快快地喝上一坛酒了。我见过哥哥杀人的场景，手起刀落，仿佛干的是一件可以带来快意的事。每回杀完人，他就开始喝酒。这回他去了哪里，我不得而知。我沿着遗落路边的驼粪，一个人在荒漠里走着，天是青的，地是黄的，心间荒凉的。穿过一座又一座废墩和土堆子，前面就是双旗镇，被破败的土墙围绕着。黑暗中能见到悠远的灯火和低矮的星星，也能听得细弱的哭声，但这些跟我统统无关。哥哥的生死也跟我无关了。我脑子里只有嫂子。她是唯一跟我有关的人。一想到她正独自一人待在黑暗中，我就拨转马头，急着赶回去。嫂子问我是否见到了哥哥，我就把自己一路上的所见所闻告诉她。事实上，有一个细节我有意无意地遗漏掉，那就是：我看到了哥哥遗下的鞋子。之后，从双旗镇传来消息，说哥哥杀掉了那个镇上最厉害的人物，还带走了他的女人。哥哥是一个耐不住寂寞的人，一个喜欢冒险的人，他总想去追求那些得不到的东西。因此，我疑心他此行原本就不是为了找水，而是寻找另一种更重要的东西：女人。当然，女人也是水。是另一种用来解渴的水。再过一阵子，又有人传来消息，说我哥哥已被官府收押。我知道，凭牢里那几条生了锈的铁锁是捆不住我哥哥的，他想走就走。他愿意蹲在牢里，大概是为了躲避仇人的追杀。或者，他那脑子里还有别的什么盘算。一个多月后，嫂子突然告诉我，她怀孕了。这一下，我不知道该如何是好了。嫂子说，一直待在这里不好，会有人传我们的闲话。我说，谁乱咬舌头我就把他们的舌头给割了。嫂子说，算了吧，舌头是割不尽的。

我问嫂子，如果哥哥知道了我们之间的事，他会怎么做？

嫂子说，他不会杀我，因为他知道，谁杀了我们蛇谷的人，鬼魂就会变成毒蛇纠缠他一辈子。

我掏出哥哥赠我的一把短刀，在灯下久久地凝视着。嫂子说，你看刀的目光比刀更可怕。但我的目光从那把刀移到嫂子身上时，她的目光也变得跟我一样可怕了。

嫂子说，带我走吧，离开白驼山。

为了躲避哥哥，我带着嫂子离开了白驼山。我们沿着昆仑山走了半个多月，找到了一座跟白驼山相仿的山，就此住了下来。这一年秋天，我们诞下一子。孩子满月时，一个皮肤黝黑的僧祇人找到了我们，说是受我哥哥所托，要带我们回去。我问他，你是如何找到我们的？僧祇人说，这一路上，我见到有几个小混混使用白驼山的功夫，自然就猜到你们躲在这儿了。他这么一说，我才想起，之前我为了补贴家用，确曾教过他们一些拳脚功夫。我原本想教他们自创的功夫，但他们嫌这种像蛤蟆一样跳来蹦去的拳法难看，我就只好教些寻常套路了。僧祇人看起来是个老江湖，哥哥托他办事，算是找对人了。不过，他也算坦诚，把我哥的意思都一五一十挑明了说。他还帮我们分析，说我哥哥手头不缺女人，只要我带嫂子回白驼山，低头认个错，兄弟之间往后还可以和和美美地过日子。嫂子给那僧祇人烧了一碗面条，以礼相待，他却不敢伸箸。嫂子和我坐下来，就把那碗面条呼啦一下吃掉了。那人在门外，一边吃着自带的馕饼，一边晒着太阳，吃着吃着，头一歪，就倒下了。没过多久，一条蛇就游了回来，沿着嫂子的大腿，一直游到嫂子的袖子里。嫂子的袖子里藏有两条毒蛇，一条能置人于死地；一条可以致人昏迷。僧祇人只是暂时昏迷，应该没有大碍。我趁机收拾好银钱常物，携妇将雏，离开了这个已经暴露行踪的地方。这一路上，我们好不容易才甩掉哥哥布设的眼线。我们穿州过府，辗转水陆，从西域一直走到北方一座县城，然后又坐漕船来到临安府。毕竟是都城，繁华的景象跟诗文里所描述的大致不差。除了对南方的湿热天气抱有不满之外，我们对这里的风土并无恶感。因此，我们就决定在城里一个偏僻的角落赁屋住下来。嫂子虽说不是富贵人家出身，但她不想被南方的蛮子们低看，平日里买东西居然也是大手大脚的。短短数月，只出不进，我们身上所带的盘缠和珠宝很快就挥霍殆尽。

八月中秋，家家户户都围坐起来吃团圆饭，唯独我与嫂子对着一张空桌子，长吁短叹。嫂子说，这穷日子过起来也真够漫长的，白天也漫长，夜晚也漫长。我笑问，你说说看，这日子究竟有多漫长？嫂子说，就像从北方到南方那样漫长，你还嫌不够么？我听了便自嘲说，穷人家嫌时间过得慢，别叫隔壁的富人家听到了，否则他们是要羡慕的。嫂子轻叹一声说，早知这样，当初还不如听从你哥哥的话回白驼山。我说，你要是回白驼山，怕是少不了我哥的一番虐待。嫂子说，你哥那脾气我摸得透

了，他是不能拿我怎样的。见我闷声不响，嫂子就说，我们这样子吃老本到底不是个法子，好歹得找点事干。我说，我早年也算读过几部圣贤书，不如去做馆师。嫂子说，你不会说官话，天晓得哪位东家会延请你做馆师？我拍着胸脯提高嗓门说，我还有一身武艺呢。嫂子说，你也是空有一身力气，让你撂地卖艺你不屑于去做，让你开家武馆你又怕暴露身份。我说，难不成让我去打家劫舍？嫂子冷笑一声，你敢么？我说，不是不敢，而是不为。嫂子又叹了一口气，还是早点睡吧，明天的事儿明天再说。嫂子转身睡去。我很无聊，便从枕底掏出一本卷了角的、掉了线的剑谱，就着油灯翻看。嫂子说，省点灯油吧，夜里给孩子把尿还用得上呢。我也叹了口气，把灯吹灭了。这一夜无话。

鼻下这一横，最是要紧。我仗着自己有一身武艺，接了一桩替富人家押送绫罗绸缎的活儿。半路上，我察觉到同行者的言行有异，便多留了个心眼；细察之下，方知此行是哥哥设下的一个圈套。我急匆匆赶回家中时，发现嫂子和孩子都不见了。桌上留着一封嫂子的亲笔信，说是哥哥找过她，要带她和孩子一并回白驼山。还说哥哥已经原谅了我们，往后不会亏待母子俩。从语调来看，这封信显然是在哥哥的劝哄之下写成的，字里行间，能读出他的几声冷笑。从我离开白驼山那一天开始，哥哥就已经给我撒了一张网，无论在哪里，他都能收放自如。我带着嫂子东躲西藏，到头来却发现自己不过是一条网中之鱼。也许，哥哥正是以这种方式告诉我：他可以把所有的人玩弄于股掌之间。

我在江湖上行走的时候，磕磕碰碰经历了一些事：中过毒、吃过官司、被人坑蒙过、被一群号称名门正派的人围攻过。我没有像洪七那样幸运，在危难关头，蒙受高人的指点，还得到一本发了霉的手抄本。有江湖的地方就有刀剑，那些看得见的刀剑和看不见的刀剑，有时在前，有时在后，有时在头顶，有时在脚下，有时在太阳底下，有时在黑暗中。我每向前走一步，就是离死亡更近一点。所以，我告诉自己，下手必须狠一点。我在江湖上混了些年，好歹也有了名气。因为我，那些人记住了"白驼山"这个名字。有些找我约战的人，曾奔赴白驼山，让哥哥不堪其扰。哥哥不得不托人给我带来一份口信，警告我不要在外面给他添麻烦。可我偏偏是一个喜欢惹点麻烦的人。

有一天，我发现自己变得越来越像哥哥：杯子里一定要有酒，床上一定要有女人。

你们兄弟俩后来有没有再见过面？洪七问。我没有回答，只是望着阴沉沉的天空。过了半晌，我问洪七，你谈过恋爱么？洪七说，自然谈过。

我冷笑一声。

你笑什么？

我没笑。

你笑了，而且我知道你为何发笑。洪七我虽说是条硬汉，但硬汉也是有柔情的。

洪七，你身上的侠气重了些，可你要知道，侠气这东西是不能带到床上去的。

我对女人的态度恐怕跟你大不相同。

别跟我讲你是懂女人的。上回你见了那些个蛇精一般的女人还不是拔腿就跑了？

你找过那么多女人未必就比我更懂女人。

我找了那么多女人就是为摆脱一个女人。

洪七举起手掌，露出一根残指说，因为对不起我心爱的女人，我剁掉了自己的一根手指。

可你还是不懂女人。

可我懂得女人的心思。

你懂？

我懂。

我们能不能谈点别的什么？

你哥哥后来怎么说没消息就没消息了？

我知道这个话题是无法回避的。但我的目光仍然在半空中茫然地搜索着什么。铁条般的枯枝被风吹着，发出呜呜的声响。

我将他杀了，我说，后来又将他埋在白驼山下的一口枯井里。

你就这样干掉了自己的亲哥哥？

是的。

我还记得那天傍晚突然下起了大雨。雨水打在我脸上，继而又打在泥土上，冒起了一个个泡眼。有很多雨点落在很多树叶上，我的心思很乱。哥哥张开双手，对我说，弟弟，你总算是回来了，可你嫂子已经等不到这一天了。雨是黏糊糊的。我流下了眼泪，哥哥也流下了眼泪。我们拥抱着，在泥地里打着滚，然后我就把刀子缓慢有力地插进他的胸口……

东

1

雪天喝慢酒。雪是慢慢落的，酒也是慢慢喝的。不知不觉，天黑了下来。山上就这么一座石砌的小客栈，大雪封山之前店主下山过冬去了。留下柴米，客人可以自己取用。人人是客人，人人也都是主人。循旧例，客人在临走前会留下几块碎银或一些值钱的物什。

我们早有约定：每隔十年作为朋友在此聚一次；每隔二十年作为对手在此聚一次。好像我们活在世上，就需要这么几个作为对手的老朋友和作为朋友的老对手。老毒物和法师就善恶的问题聊了一整天，似乎都觉着有些乏味，便打算早早进房歇息了。老毒物进屋看了看，出来对法师说，一间房，两张床，小得不能再小了，怕你这种富贵出身的人会嫌憎。

能容膝否？

能。

那就好了。

床也极小。

能伸脚否？

能。

那就好了。

二人进去后不再言语，各自睡下。

我和洪七仍在灯下对饮。两条影子映在墙上。洪七脸上布满了寒气，没有笑容，仿佛它已经被冰雪冻结了。我左手执杯。杯中的酒尚是温热的。

能跟我坐同一张桌子对饮的，这世上恐怕不多，你是其中一个。

能跟我论剑的，这世上也不多，你是其中一个。

你是我的对手，也是我的朋友。

有了这杯酒，我没白活了。

这话有点意思，我记下了。

我是个酒徒，举杯之前，总觉着，喝酒是世界上最有意思的一件事。但每回喝完酒后，就觉着喝酒是世界最没意思的一件事。

我从桃花岛赶到华山，走了几千里路，心里头觉着没意思透了，但此刻跟你举杯对饮，忽然又觉着有意思了。很多你觉着有意思的事玩到最后会发现它没意思；很多你觉着没意思的事玩到最后却突然发现它还是有点意思。所以，人就是这样，不玩到最后，不知道这一辈子究竟有没有意思。

你在岛上住着，徒弟们逐出去了，女人又没了，有意思？

我喜欢享受这种孤独。

那样一个岛，跟悬在天上的月亮一样，想想都让人觉着冷清，你居然还说自己"喜欢享受这种孤独"，真叫人不可思议。

门外的雪山发出一阵怪异的低吼。洪七脸上的寒气仿佛不是漫天大雪带来的，而是背后挂在墙壁上的剑。

我能感觉自己脸上的寒气正一点点变重。

2

我出身书香门第，家父是一位名气不薄的郎中，他得知我无意于参加春闱考取功名之后，便希望我能传习岐黄之术，将来也好养家糊口。但我平素喜欢跟一些奇人异士混在一起，写写诗，弹弹琴，此外就是遍访名师，学习剑术，偶尔也跟人比画两下，出点汗。在江湖上，打得精彩的，就叫比武；打得不精彩，就叫打架。我跟人打斗时，连捕快们都会过来围观。家父见我生性桀骜不驯，也就放任不管了。家父去世前，嘱我把他的诗稿交给一位住在邻县山中的冯先生，请他写序。他姓冯，素以诗书画著称，性情有些孤傲，因此就住到山村里来。听父亲说，他不会舞剑，却喜欢在墙上挂一柄剑，偶尔也会拔剑出鞘，在灯下端详一阵子。我到他府上

的时候，家奴告诉我，他中午喝了点酒，至今酣睡未醒。我就坐在客厅里，一边喝茶，一边浏览四壁的书画。不过片刻工夫，就有一个姑娘走过来，跟我打了一声招呼。得知我也会写诗，她就跟我谈起诗来。见她才学不凡，我就把诗稿递给她看。她坐一隅，粗略翻了一下，然后对我说，诗才倒是有几分，不过，有些诗句分明是从古人那儿偷过来的。我说，家父每一句诗都是自己苦吟所得，怎么会偷别人的东西？她说，有几首诗她在古人的诗集里面读过，不信的话可以从头到尾背出来给我听。说完之后，她就一口气背了四五首，居然跟家父的诗一字不差。我听了，既惊且怒，却又不知道怎么解释。我拿起诗稿正要离开时，屏风后面走出一人，正是冯先生。他笑呵呵地告诉我，方才的谈话他都听到了，继而向我介绍身边的姑娘，她叫冯蘅，是冯先生的小女儿。冯先生还特地说明，她有着惊人的记忆力，读书过目不忘，而且倒背如流。待我得知她在捉弄我时，我的怒气才渐渐消掉，而她大概有些不好意思，出来道歉时脸上还带着大朵腮红。我们就这样认识了。之后我写了诗，就悄悄递她过目。她跟我说，她会看诗，但从来不写。因为她一提笔，脑子里就涌现出无数现成的诗句。这也从另一面证明她是心高气傲的：既然前人比自己写得好，她就没有必要写什么东西了。这一点，她倒是跟我颇为相似。如果我要弹琴，绝不容许别人比我弹得好；如果我要学剑，绝不容许别人的剑术在我之上。但蘅是个例外，她的琴棋诗书画都在我之上，我对她只有膜拜的份。

后来我就放不下她了。从冯先生跟我对话时流露出来的奇异的热情，我可以觉察到他已经在暗中打量我了。当我请求他将蘅许配给我时，他拈着胡须沉吟半晌说，我等你这句话已经等了很久了。然后，他就把墙上的宝剑摘下来，赠给我，说这是他祖上的佩剑。

我该怎样比喻我的蘅？说她是清晨的露珠未免显得轻薄了；说她是春夜的月亮又显得玄远了。是的，我将她握在手中那一刻就找到了一个贴切的比喻：她就是我手中的玉箫，可以吹奏出温润而洁净的声音。新婚第二天，蘅就早早坐到案前。我喜欢看她目光柔和、双颊温暖的样子。问她作甚？画画。又问她要画甚？她笑而不答。蘅年幼时曾梦见有人赠她一支笔，醒来后她就开始画画。她只画梦里见过的东西，无中生有的东西，因此，她的画跟每个画师都不一样。那天，蘅画的是一幅桃花岛的长卷。她在桃花丛中添了一男一女，我自然知道她画的是谁。蘅在画中落款之后，就对我说，她很想去海外寻找这样一座桃花岛：那里有一大片桃林，有一群飞鸟和一些温驯的走兽。我说，那里还应该有一群男女老少做我们的邻居吧。蘅皱了皱眉头说，我们不需要邻居。

我这样子，算是入赘冯家了。冯先生是个方正的、近于古板的读书人。有一回，我和蘅从城里归来，穿上金人的时髦衣裳，戴上金人的首饰项链，冯先生见了，大为光火。他说，金人毁了他们的家园，他是不愿沦为异国臣民才从北方迁居南方的。事实上，冯先生也并非我想象中的那种方外高人，他是恋栈的，他也总是惦念着那座已经辟作战场的北方的故园，他一直在等待着有朝一日像宝剑出鞘那样被皇帝召回。这个机会他是终于等到了。于是在知命之年，他毅然带上家人走马上任。我和蘅既没有与他同行，也没有留下来，而是开始外出漫游。我们不知道自己应该去往哪里，我们只是朝着一个方向不停地走。走到海边，人们告诉我们，这里已是陆地的尽头了。已经没有路可走了。但对我们来说，消失的是道路，而不是方向。我们找准了方向，道路很快就会出现。这条路就是海路。我们驾着一艘大帆船出海。白昼的时候，船在海上，有好风相从，平直如矢。我们一边饮酒，一边观赏海景，感觉就是御风而行的神仙了。不料到了晚间，海上起了恶风波，我们只能躺在船上。第二天晨光微露时分，我们居然发现有一座岛跟她蘅所描画的一般无二。就是这里了，蘅指着岛上盛开的桃花说，这就是我们可以终老的地方了。

我凭借书本上的营造法式，造了两间竹屋，一座木屋。我用藤皮茧纸制成纸帐，蘅在帐上画了梅兰竹菊，还题上了诗。为了我，她那双娇嫩、纤细的手开始操持起锅碗瓢盆了。冬天我们住木屋，夏天我们住竹屋。我们还在庭院间种了一大片桃花，屋舍里外洁净无尘。平常出入，除了我与蘅，还有鸡犬。岛上的时日是悠长的，好像我们不会老去。我们可以花整整一天时间推敲几行诗句，借此打发雨天或炎日困居带来的种种无聊。更多的时候，蘅弹琴我吹箫，偶或有鸟相和。

设若这世上果真有一对神仙眷侣，彼此相爱，爱得极深，过着与世隔绝的生活，无须担心外人夺其所爱，天天有麦饼可吃，有玉簟可睡，日子久了也难免要心生厌烦。我与蘅，毕竟是吃五谷长大的，都有七情六欲，在孤岛上生活，何尝没有厌烦的时候？人这东西，别说相看两不厌，有时对自己也会莫名其妙地讨厌起来。让我不能忍受的，不是孤独，而是整天价腻在一起的生活。我背着她独自一人去密林中打坐的时辰，她居然可以凭借嗅觉找到了我，然后搂着我的脖子不停地问：你是不是厌烦我了？你是不是不爱我了？在这座岛上，除了蘅，我还能爱谁？但我每天须得不厌其烦地回答她一次。

我们都不想要孩子。这是蘅的意思，也是我的意思。其实也不是我们不想要孩子，而是要了之后，会给我们带来可想而知的麻烦。孩子一旦长大成人，无论男女，好歹得给她物色一个伴侣。设若夫妇不谐，一辈子在岛上受闷气，固然不是一件好事。可是，万一孩子不要伴侣，喜欢独来独往，也不见得是好事，我不能想象，当我们死后，我们的孩子独自一人，与野兽为伴，孤独终老。因此，蘅总是担心自己会怀孕，担心我制作的鱼鳔不够牢靠。

3

（孽障啊孽障，你看那白驼山兄弟，先是叔嫂通奸，继而是哥哥虐嫂，最后是手足相残，真不晓得为的是哪般。再看那大理段氏，祖上几代，先是做皇帝，风风光光，到后来，个个看破红尘做了和尚，为的又是哪般？再说你，桃花岛岛主，与冯氏才貌相当，称得上是神仙眷侣，谁知有一天，生出了恁多变故，说书先生若是把你们的故事编成传奇，怕是三天三夜都讲不完。）

4

每年春天，我就会浮海登陆，在一些城市或乡野游走。我杀过几个人，也救过几个人。我这一辈子最懊悔的一件事就是收了一个女弟子。我从几个刀客手中救下她时，她还只有十来岁。她姓梅，是孤儿，长得黄瘦，看了叫人心疼。我对蘅说，我们把她带到桃花岛，做家中的婢女吧。蘅端详了半晌，淡淡地抛下一句话：是一个美人坯子。

在蘅的调教下，梅学会了读书、写字、做女红、种植花草。梅性格活泼，对陌生事物总是抱有异乎寻常的好奇心。一天饭后，她忽然跑过来问我，先生，猫会做梦？我答，会。又问，狗也会做梦？又答，会，万物有灵都会做梦。她的眼珠子转动了一下，似乎明白了点什么事理。

但梅也是独独怕我的。有一回，我舞罢一套剑法，她突然来到我面前，绞着双手，怯怯地问，先生是否可以教我剑术？我没吭声，瞪了她一眼。她吓得退后一步，眼眶里似有泪水隐隐蠕动。这时，蘅也走过来，笑着解释说，让你教她剑术是我的意思。我仍然没作声。

看得出来，蘅对梅是满怀怜爱的。她曾经嘱托我，下次出海，一定要带回一个少年，以后做梅的丈夫。我把这话记下了。

次年春天，我再次出海。这一回，我一口气收了两个徒弟。一个是秀才，屡试不第，回家后，才得知家里发生匪祸，一家老小无一幸免，妻子被辱，坐着一条破船划到河中央自沉而死，秀才自知复仇无望，一时间万念俱灰，便打算偷我的剑自刎。我把他打翻在地，对他说，我的剑不能沾上读书人的血，不如我送你一根绳子，你自己找一棵树吧。这人跟我聊了一晚，后来就想通了。另一个，是我在海上遇见的一名被海盗绑架的少年，这事我本可以袖手不管的，但忽然想到梅，便出手把他救下了，这少年，有秀骨，也有清相，跟梅在一起，可以说是天生一对。我把二人带回桃花岛，教他们剑术。梅见了，就嗔道，先生偏心，光收男弟子，瞧不上我这女流之辈。我问她，这话是谁教的？梅一怔，不敢说话了。站在她背后的蘅，默默微笑着。

一年以后，梅就能把我所授的一套剑法舞得十分流畅自如。再过一年，她就可以跟两位师兄对练了。竹林内、山洞中、海滩上、峰顶、亭下、溪畔时常可见他们的身影飘来飘去。我喜欢站在一株树的顶端，看他们舞剑。骨清年少，什么都是好的。眼前落英缤纷，剑花迷离，我能感受到天地间循环流转的气息。

后来，我又收了三名徒弟，分别为他们取了一个带"风"的名字。蘅也曾问我，为什么每个人的名字里都带"风"字？

无他，我说，那天我给他们取名时，岛上正起大风。

忽忽过了多年，梅已长开了——脸上的一片嫣红、肌肤上的一层柔光都让我想到蘅当年的模样。有时天气晴好，她会无所顾忌地躺在一张鲜绿的芭蕉叶上，沐浴着古铜色的肌肤，而阳光恰到好处地落在她那张稚气未脱的脸上。直到有一天，蘅看到梅像一只梅花鹿那样步履轻盈地从树下经过，就跟我断定：梅已经爱上了一个人。

梅究竟爱上了谁？出于好奇，我也在暗中察看她的一举一动。

一个有月的夜晚，我看见梅与二师兄来到沙滩上。二人对视片刻，二师兄突然拔剑，刺向她的喉咙；那一瞬间，她的身体却像一片桃花那样飘开了，继而拔出腰间的剑，向对方进攻。他们时进时退，跳上蹿下，如同起伏的波浪。两剑频频相交，碰出一簇簇火花来。一开始，他们的一招一式皆不离章法，及至后来，体力渐衰，手法和步法便越发杂乱，喘息声也越发粗重。我从未见过如此酣畅淋漓的缠斗。大概是虎口震麻的缘故，他们索性扔掉手中的剑，相对而立，渐渐地，二人变成一人，如同凝固一般，唯闻风吹衣袂的噼啪声。忽地，一个巨浪打过来，吞没了他们的身体。当他们浮出水面时，浑身闪烁着鱼鳞般的银光。

临睡前，我把这事告诉蘅。她说，你这当师父的，为老不尊，怎么可以偷窥自家的弟子？我说，有时感觉这座岛屿好比一池水，太过沉寂了，偶尔来点风吹鱼跃，仿佛也能散发一点生气。蘅说，自从梅情窦初开之后，岛上的桃花就开得比往年更欢了，真好似汲取了天地间的阳气呢。我听了，微微一笑。蘅说，你的脸整天像鼓皮那样紧绷着，近来却见笑脸了。我摸了摸自己的脸，仿佛微笑跟湖面的涟漪一样，是可以触摸的。

蘅是一枝素莲，温婉娴静；梅是一株桃花，天真恣肆。我在心里这样比较着。

正是桃花开放的时节，梅的身体里仿佛也有一株桃花争相绽放。她开始叫了。她的叫声里面有一种胎里带的、未被损害的元气。是她的叫声让那一年春天的桃花看上去更娇艳袭人了，也是她的叫声在我枯寂的心中突然注入一股活水。听着听着，我便有了逸兴，拔出剑来，舞了一阵，心思还是有些散漫。

梅与二师兄把身体藏在树林里，但他们的快乐却像藏不住似的，随着叫声飘到天空。于是，徒弟们开始向我抱怨：梅的叫声太放肆了，简直像个娼妓。

我说，这是因为你们每个人的心里有个娼妓。

师父也听到了？

听到了，我说，岛上所有的人都听到了。

如果他再这样下去，师父可以把他们逐出桃花岛。

如果有一天我把他们逐出桃花岛，也会把你们一并逐出去。

可是，师父，你不觉得他们有多不知羞耻？

你们偷窥别人，难道不觉得羞耻？

原来师父都看到了。

是的，我说，我听到了不该听到的，也看到了不该看到的。不过，你们应当感谢梅才对。

我们还要感谢梅？

你们的剑法原本是中规中矩的，可这一阵以来，你们的剑法中却添了一种恣肆之气，这是我先前不曾见过的。

他们听了，有的嘿嘿冷笑，有的在暗中嘀咕起来。

与徒弟们闲聊一番之后，我回到房间。蘅说，我听到了梅的叫声，突然想生个孩子了。蘅跟我在一起，向来是谨守古风的，可是那一回，她说这番话时双颊却飞起了两片艳红。我们吹熄了灯，静静地躺在纸帐里，听着潮水在黑暗中拍打的声音，体味着属于夜晚的隐秘欢乐。蘅再次跟我说，我们生个孩子吧。

5

蘅的肚子变得一天比一天大了。

蘅的变化我当然是最先觉察的。先是穿着变了。自从来到岛上居住，蘅一改往日，只穿一些偏于清素的衣裳，颜色以蓝色或玄色为主。这阵子，她竟翻出了箱底那些桃红柳绿的旧衣裳，每天更换。

然后变的是脾气。奇怪的是，蘅突然变得生性多疑了。有一天夜晚，我与蘅坐在院子里仰观天象，忽而听得远处密林间传来梅的叫声。我指着天上的星星笑道，一定是九紫桃花星落在八卦桃花位的东南方了。蘅突然抓住了我的手问，你说那晚看到梅裸露着上半身从海滩那边跑回来，远远地就能闻到她身上散发的盐味，那一刻，你脑子里究竟想了些什么？我说，这盐味飘过去也就飘过去了，谁还会想得恁多？蘅又不依不饶地问：你有没有察觉，梅看你的目光是不是越发不一样了？我素知蘅心地纯净，但一个女人的心被嫉妒这条毒蛇噬咬之后，就会引发种种离奇的猜想。我跟梅之间的师徒关系，一直以来都没有发生变化。梅自幼丧父，不能排除她对我确乎有一种微妙的依恋，而我对梅自然也不同一般，但我总能很得体地把握师徒之间的分寸，不至逾分。蘅是何等聪明的女子，她从梅的一

个眼神就能看出什么苗头来，虽然不欲点破，却早已心存防范。这一晚，我们观望的是天象，蘅却从紫微斗数谈起，以主星、桃花星，煞忌星比拟我与梅以及她的二师兄之间的关系，还说什么三星会合，必致乱伦，越说越离谱，我就闷声不响地走开了。

我与蘅偶生扞格，但很快就会和好如初。她总是害怕我会疏远她，害怕别的女人（当然是梅）会分走我对她的爱。当初，她让梅拜我为师，何曾有过这样种无端的忧虑？这里面大概就有点像她自己说的"种了芭蕉，又怨芭蕉"的意思了。

当徒弟们告诉我，梅同他的二师兄坐着我的船，悄悄离开了桃花岛。我只是很淡然地说一声"我知道了"就回到自己的屋子。我知道，他们是迟早要离开我，去寻找属于他们的桃花岛。我在吃饭时跟蘅说起这事时，蘅的反应也是平淡的。她说，他们在这里跟大家格格不入，找个自在的地方倒也不错。蘅这么一说，我反倒有些怅惘了。毕竟，我们相处了那么多年，已是情同家人，说走就走，于情于理都说不过去。可是，这世上很多事都是没有情理可讲的。吃过饭后，我独自一人躺在床上，漫无边际地想些往事。竟感觉，梅不过是我梦里见到的一个女子，而桃花岛也不过是我梦见的一个地方。我不知道自己何以会如此怅然若失。月光照进屋子，我披衣起来，转到书房里，翻了翻书，仍旧两手空空地回来。我走到蘅面前，告诉她：那部经书的上册不见了。

蘅自然明白我所说的经书指的是什么。她怔怔地看着我，突然冒出了一句话：你的脸色真可怕。

我不用照镜子也晓得自己的脸色有多可怕。不过，在蘅面前我还是忍不住说了几句不必挑明而她也能会意的话。她想对我说什么，却只是嚅动一下嘴唇。也许她在慌乱间还没想好如何应对，因此就对我说，你出去转一圈吧。

为什么让我出去转一圈？

你还是出去转一圈吧。

我长叹一声，出门去了。屋外有清风吹拂，有月光涌地而出，可身上的怒气丝毫未减。远处是一片黑沉沉的树林，树林后面是万顷波涛，在黑暗中涌动着。穿过桃林，便是竹林，再转过去，愈见深幽，芭蕉林中，六角亭下，四徒弟的身影隐约可见。他们在岛上有大把的时光无可排遣，除了习武，也读点古书。饭后无聊，这几位自称山人、堂主什么的便会在此吟诗作对。月光下，宽衣大袖，随风飘动，很有点雅致。我平素不喜欢偷听别人的闲话，此刻恰好听到有一两句话与自己有关，便隐在树间侧耳倾听。

听说师父那部经书是师母帮他夺得的。至于如何夺得，就不晓得了。

你还听说些什么？

听说有个终南山道士得到了那部经书，不出一年就莫名其妙地病故了。可见，持有那部经书的人，若是不得神灵护佑，也是白搭。

说得这么神奇，喂，那部经书里面究竟写了些什么？

师父当初不是说了么？里面什么都有，什么都没有。对于有悟性的人，他们可以从中悟得剑法，悟得内功修炼之法，甚至可以悟得养生之术、排兵布阵之法，不过，对于一个天机尚浅的人来说，读了这样的经书很容易走火入魔丧心病狂。

没错，师父说过，那部经书太深奥了，他不敢多翻，但它放在那里，能让人心生敬畏。

二师兄和师姐盗了半部经书，怕是迟早要走火入魔的。

早知如此，今早我们应该拦住他俩了。

二师兄那一副嘴脸我们早就厌憎了，他要是走火入魔，那是活该。

可怜的师姐也跟他遭了殃。

呃，可怜的师妹。

由它去吧。

桃花岛原本就孤悬海外，我们何不做个方外之人？

呵呵，大师兄说得极是。

呵呵。

呵呵。

他们这样说着，忽然压低了声音，似乎察觉到附近有什么异样的动静。有人竖起了一根手指发出"嘘"的一声，有人干咳了一声。芭蕉园里，只剩下一片幽微的虫鸣。我悄然退出来。

我不知道薇为什么要让我出去转一圈。我像一只笼子里的困兽一般，转了一圈之后又转了一圈。再次经过芭蕉园，看见四个徒弟白衣飘飘，走了过来。我停住了脚步，感觉身体顿然变得沉重起来，脚下的沙土有点

暗。我对着天空做了一下深呼吸，仿佛要把全部的黑暗都吸入肺腑。然而，从胸口奔涌出来的，却是一个阴郁的念头。

我回来的时候告诉蘅，我已经挑断了四个徒弟的脚筋，把他们一并逐出了桃花岛。

你疯了，蘅说，我可以断定，你的后半生将会在悔恨中度过的。

我又回到多年前的孤寂。同蘅，似乎也没有什么话可说的了。蘅见我有意疏远她，就怯怯地来到我身边。这些天，她似乎也没睡好，眼眶上有了一层淡淡的阴影。她说她昨夜梦见了我，是一张死人般的、凝着寒气的脸。她说她梦醒后，双手至今冰冷。然后，她就把手放在我的掌心，可我的手也是冰冷的。灯下相顾，眼前的蘅与心底里藏着的那个蘅交相叠映，不觉间心生恍惚。我捧着她的脸说，我有时候觉着你很远，有时候又觉着你很近，你说，这究竟是为什么？蘅将脸垂下，倚在我肩头，深深地叹了口气。

我不知道这事竟会闹得这么大。

这一切都是天意吧。

到了这个份上，我也不得不跟你坦白，怂恿梅偷经书的人是我，设法赶走她和二师兄的人也是我。如果你知道我这么做是为了什么，也许就不会埋怨我了。

我还有什么可埋怨的？这本经书原本就是因你而得，也是因你而失。

现在我们失去的是那本经书和那些人，找回的却是从前的安宁。

经历了一些变故，我们还能回到从前？

不妨想想，从前是怎样的吧。

起初，岛上只有我们二人，没有纷争，没有世俗的欲望，多好。

后来呢？家中闹鼠患，我们又养了一只猫。

养猫还不够，又添了一条狗。然后又添了几只鸡，鸡生蛋，蛋又生鸡，这么着就有了吃不完的鸡和蛋。

养家畜还嫌不够闹热，又想添些人气。

梅来了，更多的人来了，就这样，岛上开始变得不像先前那样平静了。

我抚摸着蘅那个高高隆起的肚皮问，你是否害怕梅有一天会取代你的位置？

蘅说，梅是一个好姑娘，可她长大之后，我竟然无法容忍她跟我一起生活在这个岛上。我是看着她长大的，她有什么想法，我只需要看她眼睛就能猜个八九不离十。一个人的舌头会撒谎，眼睛却不会。她知道我一直提防她，因此有意找了二师兄做自己的男人，来打消我对她的猜忌；可是，她心有不甘，每晚发出不知羞耻的声音来刺激我们。我除了设法驱逐她出岛，没有更好的办法改变这种处境。我不知道自己做得对不对，反正我就想让她早日离开。

蘅这么一说，我才明白，梅与二师兄相好，原来还有这么一层意思。一个女人所做的一切可以隐瞒一个男人，却又怎能隐瞒另一个女人（尤其是像蘅这样的女人）？

蘅深深地吸了一口气说，我欣慰的是，她最终选择的不是桃花岛，而是那本经书。天知道，那本经书是否会毁掉他们的一生？

嫉妒之心，也会毁掉一个人。

我说这话的时候，语气有点沉重。平日里，我跟蘅说话的口吻重一点，心里就会莫名其妙地生出歉疚之情，因此，说完这话之后我就把一只手搭在她的肩上，做了一个安抚的动作。

那晚你让我转一圈，究竟是什么意思？我换了一个话题问。

蘅在黑暗中叹了口气，沉默有顷，说，我原本是想，等你出去转了一圈，心中的怒气消去大半之后，我就可以告诉你，经书上的文字我早已入脑，随时可以帮你默写出来。

我听了，只是发出一声苦笑。蘅问，你笑什么？

我没有告诉她苦笑的原因。

次日清晨，蘅坐到案前，一边抚摸着隆起的肚皮，一边用蝇头小楷默写经书。那部经书里有不少异体字，她能记得笔画顺序，却不详其义，因此写起来不是很顺畅。蘅虽说聪明绝顶，却不明白一件事：那部经书对我来说，是独一无二、不可复制的。我当初之所以没有录副或熟背，就是因为我所迷恋的不光是书中所写的内外兼修之法，还有作者手迹中暗藏的心迹，与之相对，就会感受到有一股神秘的力量源源不断向我涌来。这一点，我委实不敢与蘅明言。我之所以由她去做，就是让她可以借此消除内心的愧疚，以免伤害身体。

　　蘩坐在那里默写经书的时候，我就在窗外的竹林里。穿过竹叶的清风并没有减轻我的忧虑——我有一种不祥的预感，却不知道它从哪里来，接下来就要发生什么事。时不时地，我会进屋子看看蘩。由于胎动，她在默写过程中时常受到干扰，难免会忘掉一些词句，须得苦思冥想。那时我竟然没有意识到，默写经书，耗损了蘩身上的大量元气。

　　那天傍晚，我出门转一圈回来，看见蘩依旧坐在桌子前默写经文。写着写着，她的手突然抖动起来，嘴里还发出谵语般的声音。

　　你在说什么？

　　我好像听到有人在屋外叫喊。

　　这个岛上除了你和我，再没有别的人了。

　　没错，我听到梅在屋外叫喊。她手里拿着那本经书，嘴里喊着你的名字。

　　你写累了，耳朵里怕是出现了幻听。

　　我走过去，赶紧抽掉她手中的笔，让她平躺下来，给她搭了搭脉。寸脉浮弱，知是劳累过度动了胎气。自此，我就不再让她伏案默写，甚至不允许她手触刀斧、秽物，以及别的不洁之物。我也保持手洁心清，等待新生儿的降临。可蘩还是背着我，偷偷默写那本经书。吃饭的时候，她手中的筷子仍然在碗里划着，好像在极力搜索一个忘掉的词句。

　　有一天，她突然对我说，她的脑子被经文里的一句话卡住了。这比鱼刺卡在喉咙里更让她难受。然后她就开始在我书房翻书，试图把那句话里的几个字从书中翻找出来。到了酉时，她的肚子就疼起来了，看样子是要坐蓐分娩了。孩子偏偏不听话，竟在娘肚子里横着，出不来。此时即便有稳婆在场，恐怕也奈何不得。蘩疑心胎儿横生跟前些日子吃了螃蟹有关。情急之下，我也相信早年间一些乡人的说法，赶紧把米缸的盖子打开，把糊窗的茧纸撕掉，把酒埕的泥封启开，把家中所有捆着的物什都解开。我还烧了一张催生符，念了一段催生咒。至子时，蘩忽然惊坐起来，嚷着，你快去开门，你快去开门。我问，开门作甚？她说，梅回来了，她在屋外喊你的名字。我打开了门，月光似水一般涌了进来。然后，我就听到蘩有气无力地哼了一句：孩子快要出来了。我屈膝跪在地上，便像是从她身上掰下一块肉似的，把孩子取了出来。我把她放在一块冻绿布上，她看上去仿佛一朵素净的芙蓉花。我跟蘩说，你给孩子起个名字吧。蘩没应声。我走了过去，蹲下来，抚摸着蘩那张毫无血色的脸。挂在眼角的泪水竟已冰凉。

6

（别人问我为何切掉了这根手指？我就告诉他们，是因为自己贪吃误事。而事实上，它跟一个女人有关。她已经死了。她是因我而死的。我无以为报，就把一根手指切下来，跟她埋在一起。那晚没有下雨，但我梦里出现那晚的场景时，眼前竟是一片纷纷扬扬的大雨。）

7

从前，我有一个鲜为人知的怪癖：我把很多事分为左手所行之事与右手所行之事。对我来说，这世上的事不分好坏、轻重，只分左手与右手。我习惯于用左手喝酒、使剑，这倒不是因为我是个左撇子。事实上，我的右手比左手更顺，更有力。但我就是不用右手。很多事，我用左手能够摆平，就决不动用右手。譬如比剑这种事，我认为我用一只左手就可以胜任。说一句狂妄的话，能让我使出双手的人，这世上大概找不出几个来。我的右手是属于蘅的。蘅死后，我的右手就形同废物了。

人是废物，剑是废铁。

直到有一天，桃花岛迎来了一位不速之客，我不得不动用右手才能击败他。他像是一个不倒翁，被我一次次击败，却又一次次站到我面前。说实话，他是我这些年来难得一遇的对手。他跟我对视时，眼睛里居然没有一点憎恨。因此，他虽然败在我手下，但我对他依旧保持应有的敬重。我很认真地告诉他，你至少得在岛上待上十年才能跟我打个平手。他听了，几乎是带着沮丧的口吻说，十年？！我怎么可能在这座岛上忍受整整十年的孤独？！我说，如果你连孤独都无法击败，又如何能击败你的对手？

他终于留了下来，等待着有一天可以击败我。我们谈不上仇人，但我们相搏时就像是一场生死决战；我们也谈不上朋友，但每每发现对手出新招奇招，我的眼前就会一亮，精神也为之一振。我没有杀掉他，是因为我感到自己很孤独，需要一个像他那样有分量的对手。若是没有这个对手，我也许会这个孤岛上郁郁而终。有了他的存在，我的双手大概不至于就此废掉。

我的对手也很孤独。他把自己分裂成了两个人，用这一只手给那一只手喂招，由此发明了一种叫作"双手自搏"的玩法。他是一个真正的老顽童。左手跟右手玩，就像是自己跟自己说话。每隔一段时间，他就会找上门来，向我挑战。渐渐地，我就有一种奇怪的感觉：他是另一个我，而我仅仅是在跟自己搏斗。

8

你在岛上还有一人可玩，我独自一人在山里住着，整日里就听鸟说话。

洪七说这话时也不顾酒渍濡袖，吞下了一大口酒。

你为什么要跑到山里去？我问。

因为一个女人，洪七说。

你几时恋爱了？怎么没听江湖上的人说起？

呃，我们还是谈点别的什么吧。

谈谈外面的风吧。

我这样说着，又吞下一口酒。西北大山里的风跟东南海岛的风到底是不同的。这风在山谷间搅动，像是从几万里外奔来的狼群，到了这儿，就不再走了，只是在峡谷间转来转去。好像我们一出门，它们就会猛扑过来。

洪七说，多年前，我跟老毒物在昆仑山脚下初遇时，听到狼群吼叫的声音，也跟这风声一般。

你听听，我说，这老毒物的鼾声也同狼嚎一般，智兴跟他同睡一屋，也真够受的。

也许他们已经在梦里厮杀起来了。

我们相视一笑，然后就变得沉默起来了。屋外传来树枝折断的声音。用一张松木桌子顶住的木门被风吹得哐啷作响。

大约过了卯时，屋子里的饭香就弥漫开来了。洪七说，早饭已经煮好了。满满的一锅米饭啊，我今早可以吃上十碗。

洪七，你还能吃这么多饭？！

你不陪我吃饭？

我酒后通常不吃饭。

可你好歹也得陪我吃点饭啊。

我只听说与人对饮的，不曾听说与人对饭的。

我心里不痛快的时候就想吃很多饭。我把肚子塞得满满的，就没甚闲愁可放了。

天还没亮，洪七就开始迫不及待地吃早饭了。他吃饭的样子有些庄重。吃着吃着，他就打起了忧郁的饱嗝。

北

每年麦子收割过后，总会有一些盗贼兴起来。洪七我便背着剑，骑着马，到处游走，遇贼杀贼，有酒吃酒。这些年就是这样过来的。人人都说我是条硬汉，人人都以为我身上只有侠气，没有柔情，甚至不相信我也有过一段刻骨铭心的恋情。可我很想告诉他们，一个没有真正爱过的男人，怎么会是一个真正的男子汉？

我确曾与一个女人谈过恋爱，她只是一个农家女子，不识字，不会武功，长相平平，可她有一颗纯净善良的心，对我来说，这就足够了。每回在乡野间行走时，我总会特别留意那些跟她长相有点相似的女子。有时即便看到一个略微相似的背影，我也会紧追不舍，多看几眼；及至那人的身影在一扇门内消失之后，我就会长时间地注视着自己那根残余的手指。我是这么想的：只要我还活着，她就永远在那里。她为我死，也因我而活。所以，我想活得更久一些，这样她也会在我的记忆中活得更久一些。

可我始终不知道自己应该怎样跟他们谈论我的女人。

三个人，都是我写信招来的：一个从西南边陲的寺庙来，一个从西域的山坳来，一个从东海的孤岛来。我跟他们的交情也许都不算太深，只是由于江湖上的人时常把我们的名字放在一起谈论，我才会在某些时刻觉得我是可以跟他们谈谈的。此番没有论剑，只是谈些家常，谈各自的女人。他们那些跟女人有关的轶事早已在江湖上流传开来，我分不清哪些是真实的，哪些是虚构的。说法很多，可他们早已不在乎了。即便连他们亲口跟我讲述的故事里面，又何尝没有修饰的成分？在我听来，那些女人简直就是一种奇怪的动物，明明是被一个大富大贵的男人宠爱着，却偏偏喜欢上一个穷而且愚的男人；明明嫁的是哥哥，喜欢的却是弟弟；明明是有个

男人真心实意地喜欢她，却偏偏怀疑他存有贰心。于是就有了法师所说的爱恨贪憎痴，有了颠倒、离乱的众生相。

与之相比，我的女人只能算是一个普通的农妇，我还能跟他们谈论些什么？

黎明时分的一颗白星挂在天边，东方既白，它也快要淡灭了。

四条影子坐在华山之巅。没有人知道我们在干些什么。

我实在弄不明白，自己为何非要选择那么高的山峰跟他们见个面。不过，在这么高的山上看一场雪景，也是一件不错的事。照在山顶上的阳光同样也可以照到平原上。但阳光里分明是带着寒气的。一只鸟投下了一声长唳，也投下了一片寂静。

待山上的积雪融化之后，我就决定下山了。

从北峰下来，我折了一截枯木，装扮成挑夫模样。路上遇见几条壮汉，正在议论华山之巅的一场决斗。见我挑着物什从山上下来，就拦住我问，听说华山之巅有四名高手在打斗，可曾见过？我说，我刚从华山之巅下来，不曾见过有谁在打斗。他们听了，似乎很扫兴。其中一个说，那四个人，也许是浪得虚名，连华山都不敢上了。另一个说，兴许他们已换了个地方。我自顾低头走路时，听到后面有人说，咦，刚才那个挑夫倒是有点像洪七呢。另一个说，我听说洪七身高八尺，气度不凡，怎么会是这样一副邋遢相？

那人说得没错，洪七是洪七，我是我。下山之后，我就跟那个名叫洪七的人分了手。他来到乞丐们中间，振臂一挥，发出了一声号令。很快地，底下就有了动静。有人说，大宋亡了，皇帝沦为乞丐，而洪七却做了乞丐中的皇帝。

原载《江南》2017年第4期

点评/

　　同样是一场世人瞩目的华山论剑，东君笔下的四大武林高手，进行的不是刀光剑影的生死对决，而是一场心灵的倾诉之约。东邪、西毒、南帝、北丐不是四个绝世高手，而是四个被生活和情感围困的困兽。

　　在这篇小说中，东君对于金庸笔下的经典人物进行了颠覆和重构，这种颠覆和重构并非是对原有经典故事的直接改写，而是在旧有轮廓的基础上进行了更为细致和生动的补充和填充，在他们被血色浸染的江湖传说背后补充了更为生动和复杂的"人"的生活。南帝在江山和美人之间的游移不定，西毒在情欲和伦常之间的痛苦挣扎，东邪在世俗与隐居之间的矛盾不安，在虚构中，经典人物都展现了更为多情又为情所困的一面，东君将他们从传说人物还原成了生活人物，将他们从符号化、概念化的人物丰富成了立体的、血肉丰满的人物。

空山是只剩下武林传说的山，是被情所笼罩的山，也是一座渡劫重生的山，四位武林高手，在怀抱绝世武功的同时，也经历了不同的情感淬炼。空山不见人，但闻人语响。那些古老传说并未远去，新的故事也同样动人心魄，引人入胜。

（崔庆蕾）

水岸云庐/

/蒋　韵

多年前，一个叫陈雀替的女人独自旅行。她来到了黄河边上的这个小镇，停留了一周，在离镇大约五里路的一个村庄，看到了一座荒颓破败的旧庭院。从此，这破败的院落就成了她心里再也放不下的一个念想。

又过了一些年，女人回到了这里。当她看到这愈加残破愈加荒凉的院子仍然坚挺在河岸山坡上时，心里竟涌起深深的感动，她想，原来你还在等着我啊。

那是一个夏日的黄昏，夕阳在黄河上缓缓沉落，晚霞满天，河水如同一条血河。河上有船，是载客的游船，静静地泊在岸边。女人在野草丛生的台阶上坐下，像凝视一个久别的亲人般凝视着眼前寂静无声的荒院，她从没在别的任何一处地方，见过这样的建筑格局，她也不知道该怎样称呼这些残破的建筑：明明是依山而建的窑洞，却又有着大大的歇山瓦顶、斗拱飞檐、柱础雕梁，以及精美的木雕门窗。虽然，那瓦顶几近坍塌了，长满野草，梁柱倾斜，门窗更是早已被拆得七零八落，但是，这废墟，这落日夕照中的废墟，有一种静穆、辽阔而辉煌的美丽，几乎，要逼出她的眼泪。真美，真美啊。她默默地说。

一、彩云飞

一个盲艺人，手弹三弦，腿绑响板、铜镲，自敲自打自弹自唱三弦琴书，他唱的是旧时光，唱的是一个年轻女人的故事：

> 家住陕西米脂城，
>
> 四沟小巷有家门，
>
> 一母所生二花童，

奴名叫彩云。

这三弦琴书，是黄河边陕北、晋西一带流传的一种民间曲艺，弹唱者，都是盲人。他们几百年严守着一条祖传的戒律，就是，琴书不传明眼人。起初，唱三弦书是为了祭祀神明，酬神许愿，瞽目人做了世间百姓的代言者，似乎，他们生来具有通神的才能。于是，在晋西一带，他们一直被尊称为先生。还因此流传了一句俗语，说，明子（明眼人）不敬神。因为明眼人没有通灵的本领。

后来，唱琴书变成了一种凡俗的娱乐活动，可这祖传的戒律仍被他们严守着。而明眼人也从不越这禁忌半步，知道那是神明、苍天恩赐给瞽目人的饭碗。他们不能抢这饭碗：从前的人活得有规矩。

从前，盲艺人们敬三皇，敬的是天皇伏羲氏，地皇神农氏，人皇轩辕氏。年年农历五月初四、初五、初六三天，要在三皇庙起庙会，就叫三皇会。到这三天，盲艺人们，从黄河两岸，从陕北、晋西的沟沟峁峁四村八乡，汇聚到三皇庙，先举行盛大的祭祀仪式，然后，设书场，轮番登台，唱三弦书给神明听，这一唱，就是三夜三天。

这三夜三天，自然，不能唱关于这个女人的艳曲，那叫"打闲书"。这三天，要"说神书"。

不光三皇会，凡有村庄或人家求神降福、敬神还愿、祈天降雨，都要设书场，给各路神明说神书。安宅破土的，给土地爷、山神爷说书；撑舟走船的，给河神爷说书；养大牲口的，给马王爷说书；消灾消病则是给药王爷说书，祈雨自然是要给四海龙王爷说书。

后来，从上世纪四十年代末，这一切渐渐没有了。神书不说了，闲书也不打了，三皇会消逝了，三皇庙拆毁了。再后来，盲艺人们唱起了时代新词，明眼人也破天荒入了行，再也没有了私设的书场。又后来，几十年后，当这里渐渐成为一个声名彰显的旅游古镇时，某一天，一个满脸沧桑的盲人，出现在了街头。他弹起三弦，打起响板，用沙哑却十分动人的声音，颤巍巍地，开口唱道：

家住陕西米脂城，

四沟小巷有家门……

琴书一出口，满街皆惊。上年纪的人脱口惊呼，"呀，红彩云！"而年轻人则一脸懵懂，抬头看天，天空明净如洗，没有彩云的影子呀。那时他们还不知道这是一个女子的名字，更不知道那叫作红彩云的女子是这城中怎样的一个传奇。一种温存的、柔软的伤感笼罩了小镇，这石头的城，它深处某一处地方被触碰了，原来它也有一颗血肉的心。

陈雀替出现在这小城，是多年以后的事了。

那时，古镇街头，有了专为游客说书的书场。这书场，有时设在茶馆，有时设在饭店，有时则是在家庭旅舍的餐厅。那也是一个夏天，陈雀替下榻在一个叫作春明客栈的旅馆，紧邻黄河，面河的楼上，有长长的厦檐，是绝好的观景平台。店家在这里安置了老木头的桌椅，挂起了大红灯笼，于是这里就成了游客喝茶的茶室。凭栏俯瞰，黄河就在脚下，不动声色地流淌，白天，陈雀替就久久地坐在这里，看河。

那天，晚饭后，有几个游客托店家请来了一个说书的盲艺人，就在这临河的茶室开起了书场。陈雀替独自坐在一张桌前，晚饭也懒得去吃，面前的一壶茶早已沏得没了滋味。她并不热衷这些民间的艺术，也自知听不懂，就要起身离去。店家喊住了她，说，"大姐，听个稀罕，捧个人场。"这么一说，她也就不好意思走了。

盲艺人是个老者，饱经风霜的脸上沟壑纵横，却有一种奇异而明净的笑容。他一边往腿上绑家伙事，一边就这样微仰着脸，明净地笑着，一一问客人"贵姓"。然后，他转轴拨弦，清清嗓，开口唱道：

黄河上星星数不清，

满座都是好宾朋：

陈女士，李先生，

尊一声韩刘赵宋众先生，

祝各位吉祥安泰福禄双全家和万事兴！

大家都笑了。原来，问客人姓氏，是为了这段"跳加官"。

一段长长的弦子过后，他脸上的笑容渐渐隐去，晚风拂来，是浩荡的河上的长风，带来黄河水的腥气。他迎着河风，猝不及防地，扯开了喉咙：

> 天上的星星赞北斗，
>
> 地下的古镇我唱河口……

这类似于"叫板"的开场，直白，嘹亮，听上去不知道是赤裸裸的欢喜还是赤裸的悲伤。然后，一泻千里地，老人开始追忆他热爱的故乡如花似锦的繁华岁月。他弹着三弦打着甩板，用他嘹亮而颤抖的声音，为这些不相干的人们带路，溯流而上，逆着时光，回到那个"水旱码头小都会，九曲黄河第一城"。他指给他们看黄河上帆樯林立的盛况，指给他们看古商道上不断头的驼队马帮。他让他们听驼铃的此起彼伏，听压过黄河涛声的算盘的噼啪声响。他一一说给他们，那数不清的商家、票号、当铺、货栈都叫什么名、挂的是什么匾，那些酒肆、茶坊、饭馆、旅舍都开在哪条街、哪道巷。他还说到一个叫红彩云的女子，说只有这样的盛景才对得起、配得上她的美貌。他说得好热闹啊，说得人热血偾张。直说到，一天的晚霞散尽，月上中天，身后的小镇，已是灯火阑珊，可是，天下哪有不散的宴席？

> 奇闻怪事常发生，
>
> 年长谁也记不清，
>
> 二百年兴盛如刮风，
>
> 世事更改不容情……

一曲终了，三弦一拨，如同重重的叹息。

黄河上洒着安静的月光。它从容地、浩瀚地东流而去，这一刻，大地是如此慈悲。许久，客人们鼓掌、喝彩，发着白云苍狗的感慨。老人的脸

上，又浮起了那种奇怪的、明净的微笑，不知道那是智者的超然还是婴儿的天真。

一直沉默的陈雀替望着老人，这时突然开口问道：

"大爷，您刚才好像提到一个女人，叫红彩云是吧？她是谁？"

"哦，她呀？她可是个大美人！"不等老人开口，店家就抢过了话头，"她是河口最有名的妓女，她的故事可多了去了！哎，你们让先生再给你们唱一段《红彩云》听听！"

"哦？好啊好啊！老人家，再唱一段啊！"大家纷纷要求，座中听众，大多是男人，一听是个美女加名妓的故事，自然兴致盎然。

店家起身，把壶里的残茶泼掉，重泡了一壶新茶，说，"这壶茶，不收钱。"一边给老人续上新茶，"大爷，你喝口水润润嗓，给客人们好好唱唱咱红彩云。"

"啪——"一声，老人敲响了桌上的醒木，三弦声起，柔美而忧伤。琴声在河面上起伏跌宕。那时，陈雀替不知道，那将是改变她命运的一个时刻。

家住陕西米脂城，

四沟小巷有家门，

一母所生二花童，

奴名叫彩云——

二老爹娘太狠心，

只要银钱不要人，

把奴卖给残废军，

掀奴到红火坑。

书文很长，说书人的方言俚语，让陈雀替听得懵懵懂懂。她只懵懵懂懂听出了一个大致的意思，还有就是说书人那种发自内心的痛惜之情。后来，在她弄明白了书文的内容后，才真正惊诧。这故事的开头似乎并不出奇，是个落套的老故事：因为旧式的买卖婚姻，一个好姑娘被迫嫁给了一个糟糕的男人，备受欺凌。姑娘不堪忍受这样不公的命运，毅然出逃，来到河对岸这座当年被称为"小都会""小天津"的水旱码头。她青春年少，身无分文，只身流落在这繁花地，还能怎么样呢？

最终，她做了那"神女"的营生，起了个花名，叫"红彩云"，却不想，一下子，这朵彩云真的红遍河口，颠倒了城中众生。时光飞逝，女人厌倦了这风尘中卖笑的日子，终于，她碰到了一个心爱的男人。那男人，英俊潇洒，重情重义，不计一切后果，娶她为妻，给她在离城五里路的村庄，盘下一处宅院。一切，是那么圆满。可惜，天妒美人，就在她新婚燕尔的蜜月佳期，那重情重义的男子，突然生疾病暴亡。彩云悲痛不已，跪在丈夫灵前，哀哀号哭，三天之后，心痛而死，追随爱人而去。

这决绝的一死，感天动地，也惊动了一整个河口。这重利的商城，动了情。城中商会出面，为彩云发丧。商家们，捐出银两，操办了这一对苦命鸳鸯的后事。据说，因为那男人执意娶彩云为妻，家中已将他逐出门户，于是，商会就在彩云的家乡，置了墓地，起了坟茔，厚葬了他们。送灵柩还乡时，一城的人，在河边渡口，在当年那个举目无亲的女子弃舟登岸的地方，举行了公祭，响器哀乐，声动两岸，纸钱纷纷扬扬，如雪落黄河。这客居的城，动容地，送一个孤女衣锦还乡。那年，她二十七岁。陈雀替深深感动。她感动这城，一座满身铜臭的商城，竟如此悲悯。陈雀替还感动，一座满身铜臭的商城，竟解风情。并且，对美，心存敬意。

后来，在以后的日子里，陈雀替听到了形形色色关于这绝色女子身世、命运、经历的各种说法。民间三弦书的唱词，也各有不同。更有以红彩云为素材而创作的当代小说、电视剧等等。这另一种有代表性的版本，似乎给商会公祭提供了一个更合常理的背景。说的是，红彩云曾协助小城的商家，设计一举除掉了心狠手辣、贪腐霸道、鱼肉百姓的"厘金局长"。而在这样的版本中，她的命运更加曲折跌宕，也更像一个传奇。

陈雀替并不追求真相。她不需要真相。她不做历史钩沉。她想要的，在那个夏天的月夜，在春明客栈的茶楼，那个笑容奇异而安静的说书老人，用他的方式，已经都给了她了。

二、云庐的诞生

那一年，已近不惑之年的陈雀替，遭遇了她人生中的大变故。她的丈夫有了外遇，出轨了。因为没有孩子，财产分割也没有异议，离婚手续办

得很快。结束了那一切，她出门旅行。没有设计路线，没有预定，更没有报团，一切随心所欲。去看了长江，就想，再看看黄河吧。于是，去看了壶口瀑布。路上，听人说起了河口，说那里的民居怎样怎样，说那小镇从前如何繁华，如今怎么凋落。她喜欢凋落的地方。于是，乘上了一辆破烂的大巴，来到了这里。坐在客栈茶楼上俯瞰黄河，觉得心里有一涌一涌的东西。不知道是什么，会突然鼻酸。直到那一晚，在盲艺人的书文里，和从前的古镇，和那个叫作红彩云的女子相识，她想，原来是这样，原来，来到此地，是因为某种指引。

她在这个小城，寻找着那个旧时代美人的痕迹。她买绸缎的布店，买胭脂头油香粉的香料行，她居住多年的那条花巷。那些商家、店铺，早已没了踪迹，可是还存留着某种气息，整个小城都存留着那气息，忧伤，凄凉，慈悲。

后来，就看见了那座荒凉颓败无人居住的院落，有人告诉她，那就是当年那个有情有义的男人为彩云盘下的宅院，也是他们的新房，是他们想白头偕老厮守一生的家园。他们双双离世之后，房子几易其手，后来就听说，房子不太平，不干净。年深日久，慢慢荒芜下来。那荒院，从此就盘踞在了陈雀替的心里，再也没有离去。陈雀替常常在心里对它说，"如果我们有缘，你就等我，等我有能力的时候，去找你。你要等我啊。"它真的等着。一年又一年。庄稼收了一季又一季，黄河水结冰了，开河了，送走了一个又一个凌汛。崖畔上的枣树，结果了，落叶了，又结果，满树的红枣，映衬着蓝天白云，好艳情。终于，有一天，它等来了她。它不动声色，而她，湿了眼眶。

她卖掉了离婚时前夫留给她的房产，辞去了外企公司高管的职位，携着她全部的身家积蓄，来赴这个庄重的约会。又几经波折，费尽心思，辗转找到了如今举家迁进城里的屋主，从主人手里，签下了一个三十年的租约。租约签好那天，她一个人，带了瓶酒，带了几根火腿肠和一些卤蛋，来到院子里，席地而坐，铺张报纸，把吃食摆上。她豪迈地用嘴咬开了瓶盖，把纸杯斟满。顿时，酒香四溢。酒是本地的白酒，粮食酿造，她举起纸杯，把酒缓缓洒在地上，说，"谢谢你等我。"是说这满地杂草的荒院，也是说别的。那就是"云庐"的前生。

一年后，一个叫"云庐"的民宿精品客栈在黄河边出现了。那是一个令人惊艳的建筑。它保留了传统的"厦檐明柱高屹台"的形制和灵魂，又融入了现代建筑的元素。设计它的，是一个很有实力的设计师，卢彦，主持设计过莫干山、杭州等一些著名的民宿。他们合作得很愉快，甚至，比想象得还要默契。

卢彦比陈雀替要小几岁，他并不是学建筑设计出身，也没有特别显赫的学历。一个人，曾经在欧洲漂泊十多年，厌倦了，回国后就成立了自己的独立工作室。他学过油画，还会烧制陶器。雀替就是在参观了他坐落在北京郊外的工作室，看到那座原本平淡无奇的农家小院被改造成怎样一种惊艳的奇观时，断然决定把未来的"云庐"交给了他。雀替对他说，"你教会我认识了两个词：'激情澎湃'和'含而不露'，这正是我想要的。"卢彦笑着回答，"你找对人了。"果然，她找对了人。

云庐保留了原本两进的院落，前庭后院两座主建筑之间，用一座非常现代的玻璃阳光房做了连接，使它成为一个被环抱的公共区域，同时，也是一个咖啡吧和酒吧。咖啡吧的名字，叫"偶遇"。面河的厦檐下，伸出宽阔的平台，那是云庐的茶屋。也有一个名字，挂在明柱上，叫"且流连"。客房每一间都有自己的名字，抚风、听浪、戴月、探云、簪花……而后进原本厢房的位置上，各起了一座独立的复式小楼，自成体系，客厅、卧房、有着大浴缸的卫生间，大大的观景露台，那是云庐最好的两套房间，一套，叫"旧帆影"，一套，就叫"彩云归"。

一切就绪。试营业的前一晚，陈雀替和卢彦两人，坐在灯光迷离的酒吧里，打开一瓶红酒。那是1982年的波尔多干红，是一个葡萄酒的好年份。他们为自己庆贺。夜深了，山庄的夜晚，黑得深邃无边，灯光璀璨的玻璃房，像黑夜祖露出来的明亮的心事，就算祖露着也无人可解。他们沉默地喝酒，卢彦突然说道，"陈姐，我从来没有问过你，你造云庐，真的只是因为传说中的那个女人吗？"

陈雀替抬眼望着他，说，"为什么这么问？"

"因为，你太爱它了，"卢彦说，"爱得，很痛苦，我想你没有理由去这样痛苦地爱一个传说中的人。"

陈雀替愣了一下，她转动着手里的酒杯，许久，说道，"你说对了！"她把眼睛望向了窗外，望向了沉沉黑夜，"我母亲，也叫彩云。她在我十二岁那年就去世了。"她举起酒杯，轻轻啜了一口，"很多年，我都没有梦到过她，我都已经记不得她长什么样了。可就在那天，

在我第一次找到这里，第一次看到那座荒宅，当天夜里，在河边的客栈里，我做梦了，梦见了我妈。她好年轻，好美，她对我说，'我的棉袄，还在吗？把它捎给我吧。'……"她说不下去了。

漆黑的山村夜晚，寂静，神秘。黄河在不远处的峡谷里静默地流淌。她把杯中的酒，一口饮干，笑了，"不说这些了。你能听到黄河的涛声吗？这么静的夜，我怎么还是听不到它的涛声？"

"我母亲，也在我很小的时候就去世了。"卢彦直视着她的眼睛，突如其来地，这么说，"那年，我才五岁，在幼儿园里上全托。我母亲，是自杀的，吞了安眠药。人们后来说，要是当时我在家，在她身边，她可能舍不得死。我就莫名其妙地有一种负罪感，觉得她的死是我的错。我长大后，我父亲告诉我，说就算那天晚上我在家，在她身边，她一样会做同样的选择。她是个烈性的女子，她的底线是，士可杀不可辱。因为第二天，要开一个批斗会，批斗她最好的一个朋友，革命群众给她发了一个最后通牒，说如果她不在会上公开揭发那个朋友，就让她们一起灭亡！我母亲没法选择，她既不能出卖朋友，也不能接受被批斗的凌辱……除了死，她没有别的路。那是，1966年……"陈雀替的眼睛，湿润了。

"你知道吗，姐姐，我，其实很恨她。她为什么不能为了自己的孩子，屈服呢？她为什么就不能辱？我才五岁呀！有多少人，成千上万的人，不是都这么做了吗？真心认错的，违心践踏自己的，不是都熬过来了吗？有几个傅雷，有几个老舍？你看今天，当初斗人的、被斗的，你还能分辨出来吗？大家不都是众生中的一员？你见过几个人，真正为了过去，为了历史，刻骨铭心痛苦的？人人不都是活得很欢腾？人人不都只是为了现实的境遇而纠结、发愁？历史在他们身上有深刻的痕迹吗？哪一个人是背负历史活着的？一切是多么轻易呀，说声，我忏悔，历史的包袱就从身上卸下来了，其实原本就没有什么包袱。你看过《苏菲的抉择》吗？我看了那个电影，好难过，为什么在我的身边，在我的生活中，经历了那样的浩劫，却看不到一个苏菲呢？为什么只有我的妈妈，做了那样的选择？她丢下我的时候，就没有想过，一个五岁的孩子，以后的人生该怎么过？……"

他一口气说了这些话，说得很平静。他也不知道为什么会在这样一个夜晚，会对着一个工作伙伴，说出他内心最隐秘的伤痛。也许，是因为酒吧？他想，因为这顶级年份的好酒，醇香无比魅力无可阻挡的好酒，使他袒露，忘形。也可能是因为，面对这个一身秘密的女人，他本能地，感知到了一种熟悉的东西，一种让他痛惜和怜悯的东西。他也一口饮干了自己的酒杯，望着她，说道，"借着酒，姐姐，问你一句话，看在这好酒的分上，我唐突了。你母亲，是怎么去世的？是——""是我害死的，"陈雀替打断了他，"我害死了我妈妈，我杀了她。"卢彦惊愕地张大了嘴巴。没有星月的夜晚，黑如深渊。

三、丝绸棉袄

陈雀替永远忘不了，1966年，农历丙午年的端阳节。那天是6月23号，星期四，是这个十二岁的小姑娘童年终结的日子。

清早，睁开眼睛，就闻到了香气，粽子的香气。那香气让她感到幸福：妈妈包的粽子，是天下最好吃的食物之一。她一骨碌爬起来，跳下床，跑进厨房。灶火上，一只大铁锅咕嘟咕嘟冒着热气，苇叶和红枣还有糯米黄米混合起来的那种奇香，真是世界上最好闻的香味。她伸手就去掀锅盖，"啪"一声，妈妈把她的手打了回去。

"看烫着你！还没熟呢，中午回来再吃！"

"我知道，"她嘻嘻一笑，说，"我就是来问候问候它们，一年没见面了嘛！"

"你问候人家什么？"妈妈也笑了，"黄鼠狼给鸡拜年，你当人家不知道你安的什么心？"

雀替抽抽鼻子，"哎？妈，我怎么没闻到火腿味儿？没包火腿粽子呀？"

"没有，"妈妈摇摇头，"我忘买火腿了。"

雀替有些失望，火腿粽子是她特别喜欢吃的，也是妈妈最拿手的手艺，怎么就会忘了买火腿呢？

"你还总是说我忘性大呢！"雀替抱怨说。

"明年吧，明年一定不忘。"妈妈歉意地回答。

雀替家住在这城中一所独门独户的四合小院里，她的父亲，是这个北方城市的名医，在本城最著名的一所中医药研究所的附属医院里做医生，

还兼任着副所长的行政职务。妈妈则是一个南方人，家庭主妇，没有工作。雀替是家中最小的女儿，上面有两个哥哥，一个姐姐。大哥叫家栋，小哥叫家础，姐姐则叫家棂。陈家有了栋梁，有了础石，有了门窗，也就不缺什么了，结果又来了一个她，于是，就有了"雀替"，中国式建筑上一个配件，可以很华美，也可以很朴素，当然，也并非必不可少。

从小，和小哥一吵架，小哥就说她，"讨厌，你来我们家干什么？"

大人们说笑，也会说她，多余！而读中学热爱俄罗斯文学的姐姐，索性就叫她"多余的人"。

但，她其实是"谢公最小偏怜女"，是全家人的宝贝，特别是母亲的。母亲从来没有忽略过她任何细小的喜好，而端午节包粽子这样的大事，母亲居然忘了买她最爱的火腿，失望过后，她觉得有一点点奇怪。

不过，这一点点不圆满，并没有影响雀替的好心情，在所有的节日中，除了春节，雀替最爱的就是这个端阳节。她喜欢有关这个节日的一切：粽子、香包、雄黄酒、火红的石榴花、艾叶、屈原、白蛇和许仙。她觉得这个节日非常鲜艳和浪漫。她也没从那一点点不圆满上看出什么蛛丝马迹，她不会知道那是一种什么预兆。

早饭后，她出门上学。

学校是由几排青砖灰瓦的平房组成，单调、呆板，有几棵杨树平庸地点缀其中。她们五年级一班的教室，在最后一排。她像往常一样朝教室走去的时候，听到教室门口有人说，来了来了来了！她有些奇怪，想，谁来了？

她迈进了教室。

"妓女！妓女！妓女！妓女！——"

突然间，轰鸣一般的喊叫，向她迎面砸来。男声，女声，跺脚声，拍桌子声，抑扬顿挫地，欢快无比地，包围着她，如同汹涌的浊浪，滔天的浊浪，顷刻间，席卷走了清晨的阳光、微风、节日的美好，以及，她熟悉的一切。

"妓女！妓女！妓女！妓女！——"

她莫名其妙，却本能地感到了恐惧。她站在他们的对面，人群的对面，被抛弃，被驱逐，被侮辱，可她一头雾水，一点不知道缘由，她呆呆地站在那里，脸色苍白，她想，发生了什么啊，是在做梦吗？

"妓女！妓女！妓女！妓女！——"

上课铃响了。老师进来了。呐喊声戛然而止。她仍然站着，不知道往哪里去。

"怎么回事？"老师指着黑板，喝问。

黑板上，赫然地，用粉笔歪歪斜斜写着一行大字：

"陈雀替，你妈是反动臭妓女！""妓女"两字上，还用红粉笔打了红叉，血淋淋地，令人惊悚。

"谁干的？上来擦掉！"

鸦雀无声。

"陈雀替，你回座位上吧。"老师柔声地、同情地说。

"臭味相投。"一个清脆的声音，在教室后排幽幽地响起。

"秦继红，你说什么？"老师疾言厉色地追问。

"我说，"叫作秦继红的女生，丝毫没有被吓住，"世界上没有无缘无故的恨，也没有无缘无故的爱，不对吗？你为什么包庇狗崽子？"

老师愣了一愣。

"秦继红，说话要有证据。"

"革命群众的大字报算不算证据？"

"当然算。"

"好，那你自己去看吧！"秦继红幽幽地说。

老师语塞。

"她妈是臭妓女，她爸是国民党反动军官，可她却是我们的班长！请问，张老师，你是什么出身？"秦继红慢条斯理地问，嘴角上甚至挂着微笑。老师的脸突然变白了。她嘴唇一阵哆嗦，"陈雀替的班长，从今天起，撤销。"她慌乱地说。

那天中午，陈雀替没有回家。她站在太阳地里看了那些大字报。白纸黑字，一张一张，散发着墨臭，锥心刺骨。太阳很毒辣，她却觉得冷。她浑身冒着冷汗，像打摆子一样发抖。她想，这不是真的，不是真的，这是梦，快让我醒过来吧，让我醒过来吧，求求你们！她抬头看天，太阳晃着她的眼，那么炫目，明亮得如同爆炸。她眼前一黑，什么都不知道了。

醒来时，已经是在家里的床上。一家人围着她，爸，哥哥，姐姐，还有，妈妈。她最爱的人。她最信的人。她在哭。

"雀替——"看到她睁开眼睛，妈握住了她的手。

"我做梦了吗？"她问。

没人说话。妈把她的手握得更紧。

渐渐地，她忆起了一切。不是梦。多可怕，不是梦。她像被蛇咬了一口似的猛然抽出了她的手，嘶吼一声：

"别碰我！"

妈的脸，一下子变得雪一样苍白，惊慌失措地，望着她的孩子，她最小的女儿，她身上掉下来的肉。可她简直不认识她了。她的一双眼睛，仇恨，厌恶，冷酷，绝望，像冰天雪地一样让人胆寒。

饭桌上，是煮好的粽子，盛在一只大大的粉彩大碗里。那苇叶和红枣的香气，突然间，让她抑制不住地恶心。任性的，在疼爱中长大的孩子，十二岁的陈雀替，看着她的家，她的家人，知道她和有些东西，珍贵的东西，永远告别了。

一切，不过才刚刚开始。

转眼，红八月到来了。那才是真正的革命的狂欢节，此前的一切，不过是序幕和前奏，是小试牛刀。大字报早不是仅仅贴在单位和机关指定的大院里，它们铺天盖地，遮蔽了大街小巷所有能够遮蔽的每一寸空间。大字报糊住了陈雀替家的每一扇窗户，遮挡了阳光，使那个家黑如地窖。抄家的革命群众，一拨走了，一拨又来。父亲的古书、字画，母亲的首饰、衣物，消失殆尽。官窑的青花、粉彩、釉里红、将军罐、花觚、胆瓶，餐盘茶盏，碎成了齑粉。批斗会开了一场又一场，而游街，热闹得如同节日的社火，人们争相观看，喜气洋洋，踩掉了鞋。是啊，狂欢节怎么能缺了闹社火的红火？

游斗母亲那天，陈雀替亲眼看到了。她们逼陈雀替围观。班里的一帮女生，以秦继红为首，挟持了她，她们说，"今天街道上游斗吴彩云，你什么态度？"

她不知道该怎么回答。

"你是要包庇她？还是划清界限？"

"划清界限。"她慌忙地说。

"忠不忠看行动，看你的表现！"

"怎么表现？"她低声下气地问。

"怎么表现？"一直没开口的秦继红说话了，"带头喊口号！喊打倒你妈！打倒反动臭妓女吴彩云！"

"对对对！喊口号！喊口号！"女生们突然兴奋地像在做一个游戏。

"怎么？你不喊？"秦继红逼问。

"不，我喊。"她回答。

她说不出，不喊。她不敢说那两个字。那两个字，千钧重，她十二岁的肩膀，扛不动。那是一条分水岭，是一条生死线。她们裹挟着她朝前走，她顺从地，走在她们中间，如同一个小囚徒。她们和游街的队伍会合了。她看到了不堪的、悲屈的母亲。母亲被剃了阴阳头，脸上涂了墨汁，脖子上挂着沉重的大木牌，手里敲一个破脸盆。人们押着她穿街走巷，一边走，一边敲着脸盆喊，"我是臭妓女！我是反动军官的臭老婆！——"她们哈哈大笑。她的同学们，那些孩子，她们是多么欣赏这种残忍的游戏。她们热爱残忍。她们推搡着陈雀替朝前挤，挤到人群的最前面，突然高声叫喊起来，"陈雀替！陈雀替！喊口号！喊口号！快喊口号！"母亲听到了喊声，吃惊地抬起头，母女二人，眼睛碰到了眼睛。她们都被彼此的眼睛灼伤了。母亲的眼睛似乎在说，"喊吧，孩子，喊吧！"雀替颤抖着嘴唇，慌不择路地喊出一声，"打倒——臭妓女！——"声音尖利、颤抖，却又冷酷。当母亲仓皇地避开自己的眼睛时，雀替看到了她突然涌出的泪光。

她扭头钻出了人群。

她跑啊跑啊，不知道要跑到哪里。哪里都是狂欢的人群，城市在沸腾。终于来到了一个僻静的地方，一条城市的污水沟前，人们把这里叫作"臭沙河"，她抱住一棵小树，一棵年轻的枣树，蹲下来，把脸紧紧贴在粗糙的树干上，无声痛哭。

很晚，她回到家。

母亲已经洗去了脸上的墨渍，头上戴了一顶护士的白帽子，遮住了难堪的阴阳头。晚饭摆在桌上，"和子饭"，发糕，还有一只煎蛋，盛在粗糙的大盘大碗里。她们谁也没说话。母亲已经习惯了陈雀替的沉默。自从端午节后，雀替再也没和母亲说过话。她残忍地沉默着。她其实也热爱残

忍。母亲默默地给她拿来了筷子，小心翼翼地，放在桌上。她扫了一眼，转身，走进自己的小屋。

第二天清早，朦胧中，她觉得有人轻手轻脚走到了她的床边，醒来后，她看见床尾放了一件叠得很整齐的棉袄。那是一件丝棉袄，黑色的绸面，盘着琵琶扣，上面洒落着金色的菊花。她认得那是母亲的一件旧棉衣，抄家时，居然没有被抄走。可是它为什么会在这里？

她捧起棉袄，发现棉袄下面，压了一张小纸条。她捡起纸条，只见上面工整地写了一行字："妈小时候，家里很穷。妈是被卖到那种不好的地方去的。对不起。"她的手一阵颤抖。她走出小屋，看见父亲和小哥在吃早饭。自从红八月以来，读高中的哥哥和姐姐就没有再回过家里，他们本来就住校，此举是为了说明他们和这个家划清了界限。窗户被大字报遮挡得密不透光，一盏昏黄的灯泡，吊在父亲的头上。他埋头在喝着一碗小米粥，雀替呆了一呆，她看到父亲的侧影，已然是一个苍老的老人。

没有母亲。

这个时间，是母亲被勒令去扫街道的时间。

桌上，摆着干净的碗筷，摆着盛粥的砂锅，玉米面摊黄，切成细丝的咸菜洋姜，红艳的腐乳，还有一个煎得完美无缺的煎蛋。这世上，只有一个人能够把鸡蛋煎得如此惊艳。

她给自己盛了粥，坐下。金黄的小米粥，香气扑鼻，香得让人心痛。她喝着粥，把头低低地埋进了粥碗。她听见小哥问父亲，说，"下雨了。我妈出门穿雨衣没？"

父亲说，"穿了。"

他侧耳听了听雨声，"这下雨天，怎么扫街？"

早饭后，父亲出门上班。自从被揪出来后，他每天要去单位，打扫厕所、请罪，以及准备着随时被批斗。

可是母亲一直没回来。

雨在下着。是第一场秋雨。淅淅沥沥。雀替打开了房门，放进了一屋子的雨气，也放进了光亮。临近中午，小哥来到雀替身边，问道，"妈怎么还没回来？"

雀替说，"不知道。"

片刻，雀替又说，"早晨，她找出一件棉袄来。"

"棉袄？"小哥莫名其妙，"在哪里？"

两人来到小屋，看着棉袄，丝绸的衣物，不合时宜不合节令的衣物，幽幽的，有一种诡异的妖气。

"现在刚立秋，为什么要穿棉袄？还有，为什么要给你？"小哥瞪着雀替，追问。

"我怎么知道？"雀替生硬地回答。

"快去找妈！"小哥变了脸色，"快，快去！"

两人冲出家门，冲进秋雨中。没打伞，没穿雨衣。他们先跑到母亲每天打扫的街道，没有她的人影。他们又跑到她常去的菜场、副食店、小卖部，还是不见她的踪迹。许是因为下雨的缘故，今天的街道，很安静，没有这段日子常见的喧嚣，没有游街，没有批斗会。他们兄妹俩，湿淋淋地，站在雨中，茫然四顾，不知道该到哪里去寻找他们的至亲。忽然雀替撒腿朝一个方向跑去，她跌跌撞撞拼命跑向前方的公园，这城市最大的公园，那里，有湖。

母亲的尸体，傍晚时分，浮出了湖面。他们已经认不出母亲了。她面目全非，腹胀如鼓。火化前，雀替拼命地想把那件丝绸棉袄套到母亲身上，但是不行。没有一件衣服可以穿到那具庞大的身体上去了。那身体，原本那么苗条，美好。他们勉强给她套了一身父亲的中山装，身上盖了一床棉被，兄妹四人，谁也没有哭，沉默地，送他们衣冠不整的母亲，上路。

深夜，雀替听到了响动，她起身，来到外屋，只见父亲抱着母亲的骨灰盒，把他的脸，紧紧贴在骨灰盒上，双肩一阵一阵抽动，压抑着自己苍凉绝望的哭声。雀替悄悄退回屋里，静静地坐着，一动不动。黎明时，雀替因为高烧，昏迷不醒。昏迷中，听到一个声音，在她耳边说道，"陈雀替，你杀死了你的妈妈！——"

听完这段故事，卢彦沉默良久。

"不能说是你杀死了自己的母亲，你还是个孩子，怎么能知道那件棉袄是在让你安排后事？是诀别？"

雀替摇摇头：

"不，我知道。两年前的暑假，我和妈去乡下参加过一个葬礼，死者是她的一个朋友，后来我猜可能是她一个当年的小姐妹。她没有生养过，抱了一个儿子，家里很穷，丧事办得很凄凉。记得在回来的长途汽车上，妈一直在哭。晚上，没人的时候，她对父亲说，'她就一身单衣走了，连件棉袄也没穿。'爸回答，'新社会了，不讲那一套。'妈转头对我说，'雀替呀，将来，等我死的时候，不管谁说什么，你一定要给妈穿棉袄，记住了吗？——'"雀替说不下去了。窗外，猛地传来一声夜鸟的枭叫。

"所以，那天早晨，一看到床边叠得齐齐整整的棉衣，我就懂了。经历了前一天的那一切，让她的小女儿看到了最不堪的耻辱的一幕，她怎么活？我吓坏了，心里扑通扑通狂跳。可是，可是，我同时却奇怪地感到了一种解脱！她死了，我就不会再遭遇像前一天那么可怕的磨难了吧？原来，我一直、一直有个隐秘的念头，想让她消失，让那个耻辱的源泉消失……我走出我的小屋，看到父亲，小哥，我什么都没有说。那天早晨，母亲精心地准备了早餐，有我们大家都爱吃的小米粥，有父亲喜欢的、百吃不厌的妈自己腌制的洋姜，有小哥喜欢的摊黄，还有，我爱吃的煎蛋，煎得那么均匀，鲜亮，完美。这是她为我们准备的最后的早餐！只有我明白这是告别……我突然感到心疼，不是形容，是真的心疼，物质的那颗心在疼。可我，还是什么都没有说。我想，我并不知道，我什么都不知道。时间一分一分地流逝，一分一分，我错过了时机，救她的时机。"

"那是个雨天，公园里人很少，后来，有目击者说，那天，看见她在后山湖边，走过来，走过去。还有人看见，她曾坐在湖边的长凳上，坐了很久很久。据说，那时，大约是上午十点左右。她是什么时间跳下去的，没人知道。死，毕竟不是一件容易的事。后来，我想，也许，她是在等我吧，她把她的生死交给了我，让我来决定。她可能还存了一点点希望，一点点幻想，幻想她最疼爱的小女儿，会慈悲地赦免她，幻想亲人们，会在地狱的边缘，拉住她的手，说，妈妈，咱们生死与共！可她什么都没有等来，她，她最后起身投向湖水的时候，该有多么凄凉，多么伤心和绝望……因为她终于知道了，女儿选择了，让她死！她的骨肉至亲，选择了，让她死！"

她哭了。眼泪奔涌而出。她无声地哭着，卢彦坐在她对面，沉默地看她哭。原来，不是所有的人，都健忘地活着。历史的伤口，原来，仍旧，滴着永难凝固的鲜血。这个不幸的女人，她背着什么样的重负，从十二岁那年走到了今天，走过了半生的岁月。他没有安慰的语言，语言太轻薄了。无论是对于罪恶还是宽恕。他一阵鼻酸，人生怎么这么多无尽的苦难？

"我是个罪人。我知道我得用一生来赎罪。我也从不奢望上帝和一切神明的原谅。我更知道我不配得到人世间那些凡俗的幸福。我爱过人，有过家庭，但是离异了，因为丈夫出轨。我曾经那么想做母亲，可是，习惯性流产，最终导致了不孕。丈夫最后和我分手，也是因为情人怀了他的孩子。他提出离婚，我答应得很痛快，痛快得让他害怕，最后他甚至感到伤感，说，'雀替，咱们这么多年的夫妻啊，你一点也不留恋吗？'我留恋。可我不敢。他不知道，当我感到幸福的时候，我会害怕，我不相信幸福会降临到我身上，我知道它们转瞬即逝。当不幸到来时，我会长吁一口气，我知道这才是属于我的结局，我最终的命运。我承受一切厄运，那是我赎罪的方式，也是我对我母亲的忏悔……"

卢彦站起身，走上去，把这个不幸的、对自己如此残酷的女人、姐姐，轻轻地，悲悯地，拥在了怀中。

四、冬天的邂逅

几年后，云庐声名鹊起，成为民宿精品酒店的翘楚。

有人建议顺势造势，开连锁店，做成全国性品牌，也有人想投资进来，共同开发别的项目。但是，陈雀替一一拒绝了。她没有野心。她只要她的云庐，只要这座曾经的荒院。

这个和母亲在梦中相会的地方。

只是，母亲永远停留在了四十二岁这样一个风韵犹存的年龄，而雀替，从中年，渐渐走向秋后的晚境。

一年又一年，春夏秋冬，送走一批游客，又来新的一群。迎来送往，周而复始。冬天，黄河结了冰，冰封雪冻，游客稀少一些，是云庐的淡季。而卢彦，常常会在冰天雪地的某一天，突然出现在雀替面前，给她惊喜。他说，"姐，想和你喝酒了。"

他们烧木炭，生铜火锅，涮羊肉，喝老白汾。窗外，雪花飘飘，大地无声而静美。雀替会突然涌起不安，她想，一切，都太美好了。

某一个晴朗的冬天，云庐来了一群客人。

他们提前预订了房间。一个团体，八个人，包下了"旧帆影"和"彩云归"。

他们到来时，响动很大。八个大人，两个小孩，两辆越野车，一辆路虎，一辆宝马X5。八个大人，四对夫妻，四家人，两家住"旧帆影"，两家住"彩云归"。那两座复式小楼，各有卧房两间，带独立卫生间，有阔大的浴缸。楼下是客厅和餐厅，客人可以在房间点餐。楼上，则有一个大大的观景露台，夏天，那里是绝好的茶室。

两座小楼，内装风格则截然不同。一座，是古朴加田园的中国风；另一座，则是老洋房的格调。他们一群人，喧哗着，选房间。吵吵嚷嚷，意见不一。最终，带孩子的两家人，入住中国风的"彩云归"，另两家，住老洋房。

刚入住，一个孩子就把客厅茶桌上的一只茶杯砸碎了，那是一套杯中的一个。那套杯子，是卢彦在自己的柴窑里精心烧制的陶杯，古拙而雅致，雀替很是喜欢。碎了的茶杯割伤了孩子的手指，孩子哇哇大哭，孩子的家人急得大声呼喊，"服务员！服务员！"

服务员闻声跑进去。

"你们怎么服务的？叫这半天才进来？孩子受伤了！"一群大人围拢着孩子，怒气冲冲指责。

服务员慌忙跑出去，拿来医药箱。碘伏、消炎粉、创可贴、棉棒，一应俱全。客房领班也闻讯赶来，帮孩子处理了伤口。孩子爷爷说道，"要是感染了，你们酒店得负责！"

这话，领班和服务员不知道该怎样回答，想了想，领班说，"先生，您要是不放心的话，我们带您和孩子去镇上的医院看看吧，看还需要怎么处理？"

"不用了，"男客人回答，语气缓和了一些，"我们认倒霉就是了。你们的服务不到位，明明看到有孩子入住，这些容易打碎容易让孩子受伤的东西，应该马上收到高处才对！"

领班一边道歉，一边和服务员清理茶桌，把所有的茶器临时收在了餐边柜里。清扫干净地上的碎瓷片，她们退出来，回到服务间里，领班骂出了声，"鸟人！"

"那打碎的杯子怎么办?"服务员问。

"还能怎么办?你能让他们赔吗?跟经理汇报,我赔吧,该咱们倒霉是真的!"领班愤愤地说。

那天,雀替去镇上办事,回来后,服务员和领班向她一五一十地汇报了缘由。多年来,在这小小的酒店里,在这"江湖"之上,雀替也算见识了各色难缠挑剔的人物。她想,不管怎么说,孩子一来就受了伤,家人心疼着急,说话难听也并非不能理解。

"我去看看孩子。"她说。

"他们在餐厅吃饭,"领班告诉她,"他们是同学聚会,自驾游。说是有人多年在南方生活,想念北方的冬天,所以才在这个季节出行。"

"告诉餐厅,加一个孩子爱吃的甜品,酒店奉送。"雀替吩咐。

她来到餐厅。这个季节,又非节假日,游客不多。云庐的餐厅并不很大,包房也只有三间,但他们的菜肴却名声远播。镇上、县里,甚至省城,甚至河对岸的陕西,有人专程开车过来,就为吃这里的私房菜。这里的几样看家菜,都是陈雀替的真传。高兴的时候,她还会为客人亲自下厨掌勺。

她让服务员敲门,走进客人的包房。

黄铜的火锅,红红的木炭,热气氤氲。一桌人,在涮羊肉。

"这是我们总经理。"服务员介绍。

"打扰了,对不起,"陈雀替礼貌地致歉,"听说孩子受了伤,我来看看。很抱歉,由于我们工作不细致,出了这样的事,还疼吗小朋友?"她俯身问那个受伤的小女孩儿。

"疼。"小姑娘认真地回答,"吃了糖才能不疼。"

她笑了。

"请问你叫什么名字?"

"莜麦!"又努力伸出三根小指头,"三岁!女生!"一口气自报了家门。

一屋人都笑了。

旁边,另一个略大些的女孩儿,瞥了她一眼,说道,"幼稚!"

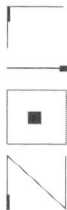

大家笑得更欢。

服务员端进来一个大托盘，上面是一盘精巧的小点心。

"好，三岁的莜麦，小女生，还有这位大朋友，请你们吃枣泥核桃糕，小莜麦你试试，也许，吃了它，和吃糖一样，伤口就不疼了。"雀替爱怜地摸着小女孩的小脑袋。

莜麦的爷爷说话了，他笑笑，说，"好，接受你的道歉了。"

这时，坐在主位上的一个人，莜麦的奶奶，望着雀替，突然开了口：

"不过，对不起，难听的话我还得跟你这个负责人说说。我们是慕名而来，从网上，还有听人介绍，都说黄河边上的这个云庐如何如何好，比五星级酒店要更贴心更周到。所以我们第一站才选择了这里。我们几十年的老同学，天南海北难得一聚，没想到，这第一站，第一天，刚一进门就弄伤了孩子，总归，这事让人扫兴。作为一个精品民宿酒店，一个常常接待举家出游而非商务性质的小客栈，首先要考虑的应该就是孩子的安全，要尽量避免那些不安全的、华而不实的因素。看来，那些说你们如何完美的评价是言过其实了。总经理，我说得对吗？"

她微笑着，这样问。端庄，高贵，貌似娓娓而谈实则居高临下拒人千里。她很漂亮，一头闪亮的银发下面，是一张白皙的、没有一点皱纹和岁月痕迹的脸。两只和田白玉的水滴耳坠，轻轻摇荡，擦着她的脸颊，竟有一种少妇般的妩媚。

雀替一动不动，盯着她的脸，不回答。

"总经理？"

"哦？"

"我说得不对吗？"

"不，很对。"雀替回答，"谢谢你的忠告。我们会努力做到名副其实。"

她轻轻点头，告辞而去。

她一走出房门，莜麦的爷爷就大声说道，"我说，老秦，你刚才那番话，有点刻薄了吧？"

"刻薄什么？"不等莜麦奶奶回答，另一个女客人就反驳道，"说得太对了！继红，我是没你这口才，小小一个民宿，还以为自己真是五星级大酒店，还总经理！明明就是个老板娘嘛。就该让她知道自己到底有几斤几两！"

"我说，消停点吧，吕亚非，"她的丈夫，一个身穿唐装，气宇轩昂大腹便便的男人插话了，"毕竟是咱们的孩子打碎了人家的茶杯，把手割了。伤得也不厉害，人家紧着道歉，也没让咱赔茶杯，可以了。"

"还让我们赔茶杯？我看她敢说出这个'赔'字！人家宝贝孙女的手指头谁赔？你可真是胳膊肘朝外扭啊！再说了，就那几个破杯子，值几个钱？把她这一酒店的茶杯都加起来，恐怕还抵不上咱们餐桌上这条烟钱呢！住她这小客栈，是给她面子！"叫作吕亚非的女人叫起来。

他们桌上的香烟，叫利群——富春山居，两万元一条，是最贵的中国香烟。吕亚非的丈夫老刘，做焦炭生意发家，如今转行投资文化产业，公司交给了留学归来的儿子打理，自己"归隐田园"。老伴儿当年最好的同学、闺蜜，在副厅级的职位上退休，从南方归来探亲访友，于是，老伴儿又约了两个旧日同窗好友，三家人，陪南方来的老同学自驾出游。

"来来来，大家涮肉！"老刘不再理睬老伴，"秦厅长，他们这羊肉真不错，是真正的草原羊，不是冒牌货。"

叫作秦继红的银发女人，半天一直沉默不语，此刻，她转脸对老同学吕亚非说道：

"亚非，你不觉得，这个老板娘，有点像一个人吗？"

"像谁？"吕亚非问。

"陈雀替。"

"谁？"

"陈雀替！"秦继红回答，"你不会忘了谁是陈雀替吧？"

"我当然记得，"吕亚非回答，"她妈是个妓女，后来自杀了，跳了湖。"

"对。"秦继红点头，"你不觉得，老板娘和她有点像吗？"

"我看不出来。你们呢？"她问另外那两个人。

那两人也摇头。说，"没看出来。几十年没见了，早忘了她长什么样了。你还能记得她的样子？"

"继红大概应该记得，"吕亚非笑着回答，"那时候，你好像特别看她不顺眼，特别讨厌她，咱们那时候可没少找她麻烦，你还逼着她去看她妈游街，我们那时候可都是听你的呢。如果真是她，还有点尴尬吧？"

"怎么了？我们做错什么了吗？"秦继红认真地、坦然地望着吕亚非，"那就是一个革命的时代，我们只是做了时代要我们做的事。"

"对呀，错，也是时代的错。"另一个同学接口说，"我们那时候还是小孩儿，跟着大人们，闹着玩罢了。"

"我不这样认为，"秦继红回答，"我很珍惜我的少年记忆，我感怀我有一个风云激荡的青少年时代。"

她坦然地、磊落地望着她的少年伙伴，她们一时语塞。

片刻，吕亚非举起了酒杯，郑重地说："继红，为我们的少年时代，干杯！"

"砰"的一响，几只酒杯碰在了一起，那是岁月的声音。

她们突然都有点激动。杯中的酒，一饮而尽。

"你们说，你们同学的妈是妓女？"莜麦爷爷问道。

"是，说是还是个名妓，后来从良，嫁给了一个国民党的军官。总之，不是什么正经货。"吕亚非回答。

"奶奶，妓女是什么？"莜麦忽然仰着脸问。

秦继红望着孙女，愣了一下。

"是坏人吗？""幼稚！"大女孩不屑地插嘴说，"连妓女都不知道？是坏女人！"大家惊愕，随即笑起来，"这小东西，太聪明了！"莜麦奶奶说，"看来以后说话可得当心点。她们怎么什么都知道？""是啊是啊，现在的孩子，一个个都是小人精！"大家笑着感慨。窗外，厦檐下，陈雀替在冷风中站了许久许久。

五、猫人

"姐！"

下午，卢彦开着他的越野吉普，夹带着一身寒气，突然出现在了云庐，出现在了雀替面前。

"姐，想吃你做的羊肉氽丸子了。"他一如往常，笑嘻嘻地说。

雀替没有说话，走上去，抱住了他，把她的脸，埋在了他的胸口。

他一动不动。

"姐，你怎么了？"

"没怎么，"雀替回答，"想你了。今天，特别想你。"

"所以我才来呀！"卢彦双手扳过她的肩膀，仔细地，凝视她的脸，"你哭过？"

"没有，你什么时候见我哭过？"她望着他笑了，"快坐下暖和暖和，看这一身的寒气！我来烧水泡茶。"

这是间套房，是雀替自己的房间。因为铺设了地暖，她选择了近似和式的内装，临窗有大大的榻榻米地台，有升降的茶桌，有喝茶的美器。那些茶器，都是卢彦千挑万选柴窑里的精品。墙角，一架明式花几上，一盆蜡梅，静静地绽放着。黄河边酷寒的冬季，冰天雪地，榻榻米地台就如同一盘暖炕。姐弟俩，相对而坐，面前的茶桌上，精魂般的茶香，悄然四溢。

"这是桐木关金樽，上好的金骏眉。你不来，我不喝。"雀替说。

"姐，明年春天，我们在西班牙有一个展览，我和小雯都去，我们想让你和我们一起去。"卢彦说。

小雯是卢彦年轻的妻子，比他小很多岁，是一个美丽的油画家。

"我就不去了，你知道的，我对看世界，没有那么大的兴致。"雀替说。她知道，卢彦总是想尽办法把她从云庐这个小世界里引领出来。

"小雯画了一幅新作，是画你，题目就叫《姐姐》，画得很有意思，水波荡漾，像河妖。这是她的参展作品，她想让你在场。"

姐姐。雀替眼睛湿了。那是什么样的一幅作品？水波荡漾，只有内心纯良、天真幸福的人，会那样描绘她。她爱怜地望着卢彦，望着这早已胜过骨肉的亲人，笑着说道：

"卢彦，小雯是个好姑娘，你要答应我，让她这一辈子，都做一个幸福的女人，幸福善良的女人。"

卢彦深深地望着她，许久，说道：

"一定发生什么事了，姐，是什么事？为什么我心里会这么不安？"

雀替笑了，"是发生了点儿事，客人打碎了一只茶杯，是你烧的杯子。那是我的爱物。为这事和客人发生了不愉快，都过去了，可我还是有点伤感。"她这么说。

卢彦将信将疑。

他端起茶杯，喝了一口，很香。一边默默打量这个房间，有几个月没来了，这里，似乎没有任何的改变，除了几本新书，几册新杂志，一切，都是熟稔的，旧的。生活似乎在这里凝固了。就连花几上的那盆蜡梅，绽放的好像也是去年的旧花朵。花盆旁，树立着一只瓶子，一只粗陋的塑料瓶，是一件眼生的东西，看上去突兀而奇怪。

"这是什么？姐，'猫人'？是猫食吗？你养猫了？"卢彦疑惑地问。

"哦，没有，这是灭鼠药，"雀替回答，她回答得略有些急促。

"怎么？云庐闹老鼠了？""不是，是镇上发的，有几家民宿在闹，让大家统一灭鼠。"雀替说着站了起来，走过去把瓶子抓了起来，"你不是要吃羊肉汆丸子吗？我这就去给你做。刚好，我吊了一锅好汤。你先自己喝茶。"她站起来，笑笑，走出去。

太阳西斜了。冬天的黄昏，来得很早。卢彦喝了茶，想打个盹，却怎么也睡不着。他心神不宁，起身出门，四处闲走。他来到最爱的阳光房，里面没有一个客人。他挑了临窗的位子坐下，不一会儿，听到了轰鸣的汽车声。随后，一群人喧闹地走进来，穿过前厅，穿过阳光房，朝后进院子走去。卢彦听到了服务员的声音，服务员说：

"请问，几点钟给你们开晚饭？六点半可以吗？我们总经理今天会亲自掌勺，给各位烧两个拿手菜。"

"哦？是吗？那好啊，就六点半开饭吧。"听到客人回答。

阳光房又安静下来。

但是没有多久，两个小孩儿跑进来。吵吵嚷嚷地，在高大的绿植间跑来跑去。一会儿爬上沙发，一会儿又爬上吧台凳。玩着玩着，不知道因为什么，听到她们口角起来：

"讨厌，捣蛋鬼别捣蛋！"

"我是朵拉，你才是狐狸捣蛋鬼！"

"你打碎人家杯子，还不赔，你是大坏蛋！"

"你是大坏蛋！你，你是坏女人，你是、你是妓女！——"

"啪"一声，大女孩打了小女孩一个嘴巴。小女孩"哇——"地哭起来。只听大女孩说，"你才是妓女！你是你奶奶说的那个跳河的妓女！——"

卢彦腾地跳起来。二话不说，朝后面跑去。

她在厨房。她在给她的弟弟，她人生的知己，做羊肉丸子。她选了最合适的好羊肉，小心去掉每一条筋络，不用绞肉机，不用料理机，就用手，用张小泉菜刀，在案板上，一刀一刀剁碎，又用手，一下一下，摔打成泥。她用调料腌制它们，比以往任何时候都更精心。同时，她也在烹制着另一锅汤羹，那是一锅用各种好食材吊出来的鲜汤，过滤后，将如水般清澈。这锅汤，她先倒出一砂锅，是给卢彦余丸子用。另一大半，则是为那些贵客准备的。她要为他们做一道惊艳的清水白菜。她要让他们尝遍油腻吃腻山珍海味的舌头，醒一醒，让舌头上的味蕾，透透气。她不计成本，挑了十棵满意的大白菜，一层一层，剥掉菜帮，留下幼嫩的小小的菜心，洗净，滤水，菜心们躺在滤盘里，静静地，有一种将要赴汤蹈火的悲情。雀替眼睛湿了，"对不起"，她轻轻对它们说。

六点半开晚饭。

这道菜，将是一道压轴菜。

在上完六个凉盘，六道浓墨重彩浓油赤酱的热菜之后，它将登场。

清澈的鲜汤，盛在精致优雅的天青色碗盅里，每一碗中心，卧着小小一棵鹅黄翠绿的白心，上面，飘着三五粒鲜红的宁夏枸杞。鲜明如画，滋味清甜、跳脱、醇厚，回味无穷。十只小盅，只有其中一只，略有不同：盅盖上描画着小小一朵蜡梅，如同一滴血。这只盅，将会摆在主客的面前。

同样的另一只盅里，留了一盅清汤，扣在那里。那是雀替为自己准备的。

这最后的一道压轴菜，雀替要自己亲手安排送给客人。在备餐的小室里，她支开了服务员。然后，她做了一件事。她如赴战场一般，端起大托盘，转身出门，拐出幽暗的过道，来到前厅。她定定神，然后，走到了包房门口。伺立在外面的服务员接过了她手中的托盘。

她敲敲门，走进去。

光明的、热气腾腾的房间，扑面一股浓郁的酒香，以及被酒精催生出的奇妙、亲昵、放纵的欢快。一桌子男男女女，都有了酒意，人人春色满

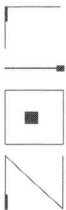

面。看到她进来，昔日的煤老板、如今的文化公司董事长，老刘，第一个叫起来：

"哎哟，经理大驾光临了！我说经理，你这精品民宿果然名不虚传啊，这大厨的手艺，比得上米其林三颗星了！来来来，经理，我敬你一杯！"

他太太，那个叫吕亚非的女人，半嗔半笑夺下了他手中的杯子："行了行了！刘孟德！别借酒盖脸，胡言乱语！"一边抬头对雀替笑笑，"不好意思啊，他喝高了。"

"谁说我喝高了？这才哪儿到哪儿？"

雀替笑笑，回身从配餐台上取了一只干净的酒杯，走上去，拿起桌上的酒瓶，斟满了，举起来，说道：

"刘先生谬奖了，我这小小民宿，哪里敢妄比米其林餐厅？吃的也就是个家常罢了。不过，尽管是溢美之词，听着总归是高兴的，就算是对我们的鼓励吧！我借花献佛，诸位贵客，能在这天寒地冻的日子光临我这'乡村小客栈'，也是——三生有缘，来，我敬各位一杯！"她一仰脖，饮干了杯中的佳酿，说，"好酒！——我没有别的，奉送各位一道菜吧，虽不是山珍海味，却也是我用心用意烹制的，算是我对各位的一点特殊心意——来，服务员，上菜！"

服务员端着托盘，走上来。

"别弄错了，"雀替说，一边亲自端起了那只描着腊梅花的、清香的小碗盅，"这是主客的。"她说，然后把它双手捧到了莜麦奶奶——秦继红面前。

再然后，天青色素瓷净底的小碗，一只一只，摆上了桌。

刘董，刘孟德，揭开了面前小碗的盖子，"哇——"地叫出了声，"好家伙，艺术品啊！"

莜麦爷爷也不禁啧啧称叹。

"谢谢经理啦！"刘孟德打了一个酒嗝，"这样吧，我来献歌一首，感谢经理的一番美意！"

"刘董，不劳你大驾！"桌对面的秦继红突然开口了，"亚非，你来一段吧，多少年没听你唱了，很想听啊。"

"行啊，这还不容易？你说吧，唱段什么？"吕亚非笑着问。

"《红灯记》吧，"秦继红回答，似乎是不经意地扫了陈雀替一眼，"打不尽豺狼决不下战场。"

"不好不好，不应景，"老刘说，"来段《贵妃醉酒》吧，海岛冰轮初转腾……"

"不！我就想听《红灯记》！"秦继红收起了微笑，正色地、几乎是挑衅地望着老刘说。

"《红灯记》有什么好听的？"

"那是我们少年和青春的珍贵记忆。"秦继红一字一字、清晰地回答。

"好好好！就唱《红灯记》，"吕亚非急忙打圆场，"本来那就是我最拿手的，我这个李铁梅，当年，也算红透我们学校半边天呢！"

她喝口茶，润了润嗓子。

听奶奶，讲革命，英勇悲壮，

却原来，我是风里生来雨里长……

突然地，她唱起来，字正腔圆。气息略有些不稳，但，声音却仍然有一种青春的激情和真诚。非常奇怪地，陈雀替听着听着，觉得心里一动。她望着那个暮年的歌者，歌唱使她的眼睛如一个少女般明亮、湿润、纯真。仿佛它们穿过了生活和岁月的重重雾障，在某条永恒的河流里缓缓沉浸。那一刻是安谧的，温情的，干净的，也是激昂的，但那激昂与豪迈铁血的唱词无关，与《红灯记》无关。陈雀替猛然感到剧烈的心痛，为一切，为被戕害的、摧残的一切。

"你在做什么陈雀替？"一个冷峻的声音她心里这么问，刹那间，冷汗流了下来。

一曲终了，大家鼓掌。

"好啊吕亚非，不减当年啊！"大家纷纷称赞。

"不似当年，胜似当年。"秦继红向朋友微笑，"谢了，亚非。"

"来来来！别光顾着说话，尝尝经理的这艺术品吧，凉了，就对不起这美味了。"老刘招呼大家。

"奶奶奶奶！"莜麦突然叫起来，"我要花花碗，我要你的花花

碗——"她一边喊，一边从宝贝凳上探出身子，去够旁边那只描花的碗盅，那只特别的、有一朵蜡梅花的器皿。那腊梅，小小的一朵，落在盅盖上，鲜红欲滴。陈雀替一惊，几乎是本能地，上前一步紧紧按住了孩子的小手，说，"烫！小心——"顺势一抬胳膊，衣袖一扫，"啪——"一声，那只描花碗盅，那朵无辜的蜡梅，血滴子般的腊梅，应声落地，粉身碎骨了。"哇——"一声，小莜麦放声大哭，一边哭一边喊，"不是我打碎的，这次不是我打碎的！——""知道，知道，"陈雀替长长地、长长地吁出一口气，她搂住了孩子的小肩膀，"对不起小莜麦，对不起，是我不小心，是我——不好。"她望着孩子清澈的泪眼，这么说。

风平浪静之后，她走出包房，拐进幽深的走廊，一抬头，迷蒙的灯光下，站着一个人，卢彦。他们四目相对，久久地。突然他向她跑来，一把搂住了她，把她紧紧搂进怀里。她在发抖。她的头发、衬衣，都被冷汗浸湿了，她就像跋涉了千山万水一般累得虚脱。她说，"卢彦，卢彦，卢彦，你不知道吧？你不知道吧？"

他回答，"姐，我知道，我知道，我知道。"

"你知道什么，卢彦？"

"我知道，我的姐姐，善良，悲悯，她，她不是她们，她不会，以恶制恶——"

"不不不，你错了卢彦，我和她们，没有什么不同，我们都是，都是纯真的恶魔，或者说，我们的身体里都住着这样一个恶魔。我没有、没有把那件事做到底，不是别的，是因为我突然间困惑了，我想，我在审判谁？我有资格去审判任何人吗？我没有资格啊——"她无声地哭了。

"不，"卢彦回答，"姐，不对，那是因为，你真正想要的，不是这样的结局，不是这样的审判！你、我，我们想要的，不是这样的审判！所以，所以你才没有干傻事，苍天在上，你没有干傻事……"

"也许吧，也许吧，"她泪流满面地、呢喃般地回答，"也许，我比自己认为的要善良一些，当我走进包房，看到两个孩子，特别是那个小莜麦，我心里一阵恐惧：我怎么能在孩子面前做这样的事？那太残忍了！也许就在那一瞬间，我其实已经放弃了……"她抬起了蒙眬的泪眼，"我放弃了，卢彦，你知道我放弃了什么吗？我为自己也准备了同样的一碗汤……现在，我又可以苟活下去了，又可以看见明天早晨的太阳，看见冰封的黄河，打理我的云庐，和平常一样，活着，却多了一份罪孽！……"她说不下去了。

"姐，"卢彦的眼睛湿了，"假如，假如你真那么做了，我会恨你一辈子，就像恨我妈，"他说，"我又一次被一个亲人抛弃了！……"

"卢彦！"

"所以，你必须活着，忍受，为你的母亲，赎罪，用你的一生。"他说。

"那么，谁来审判他们？"她望着他，无助地、困惑地这样问，"谁来审判这一切？"

"我不知道，"卢彦悲伤地、诚实地回答，"姐，我不知道。我只知道，我在一个对的时间来到了这里，太庆幸了。"

是，他是多么庆幸啊。假如，他没有在这个原本寻常的冬日，突然决定来云庐，假如，他没有无意中看到那瓶毫不起眼的"猫人"，假如，他没有在阳光房里听到两个孩子的对话，假如，他没有当机立断，四处搜寻，趁人不备找到她藏在了配餐室里的"猫人"，把它倒进下水道，冲刷干净瓶子，然后又灌入了清水，那么，此刻，有可能，他就已经失去她了，有可能，这个夜晚，将是一个万劫不复的地狱……是啊，面对一个被仇恨折磨、烧灼的女人，他做了手脚。他怎么敢期望一个疯狂复仇的女人悬崖勒马？然而，她奇迹般地做到了。姐，亲爱的姐姐，他在心里这样喊，柔情四溢，又无限凄伤。原谅我，他默默地说，我永远不会告诉你这个秘密，永远不会，那就是，我曾经动摇过对你的信任，对善良的信任。

六、诗篇

第二天上午，这群客人，离开了云庐。

办理完退房手续后，客人们鱼贯走出了前厅。像往常一样，陈雀替在门口送别。这是云庐的规矩，一个民宿应有的礼节。

陈雀替礼貌地、平静地和他们一一道别。包括那个叫作"秦继红"的女士。那位女士，牵着她的小孙女，仍然那么端庄、高傲，一条鲜红的羊绒围巾围在脖颈上，把一头银发衬托得更加夺目而漂亮。她走过了雀替身边，想了想，又返了回来，她说：

"你知道吗？你长得很像我们的一个熟人，我们的小学同学。"

"是吗？"陈雀替望着她，回答说，"你们的那个同学，叫什么名字？"

"陈雀替。"她回答，"这名字很特别。"

"真巧，"雀替说，"和我同名同姓。"

秦继红微微一怔。

"真巧，是真巧。"她说。

"不过，我不是你们的同学，"雀替回答，"假如，我是你们的那个同学的话，久别重逢，不会这么平静吧？恐怕，会发生些什么，对吗？"

"可能吧。"秦继红微微一笑。

她们对视了一会儿，雀替说，"再见。"

秦继红也说，"再见。"

可她们都知道，此生，恐怕不会再见了。但秦继红不知道的是，在黄河边上的这个"小客栈"，在那个天寒地冻的夜晚，她和什么东西擦身而过。她大概永远也不会知道。

她牵着她的小孙女，走出了大门。

忽然，三岁的小女生，小莜麦，挣脱了她奶奶的手，转身从外面又跑进来，跑到了陈雀替面前。

"我打碎了你的杯子，"她说，"可是我没钱赔。我赔你这个，行吗？"

说着，她伸出了她紧握着的手，展开，小手心里，是一个棒棒糖，她最珍爱的东西。

陈雀替的眼泪，夺眶而出。

她蹲下身，郑重地接过了那颗糖，握住了她的小手，在花蕾般的手心里，深深地，亲吻了一下，"谢谢你，小莜麦。"她说。

那一刻，她感谢神对她的拯救。

原载《长江文艺》2017年第7期

点评

蒋韵的小说充满历史感，这里的历史感不仅指叙事内容关涉历史事件和历史人物，也是说她的小说在思想层面同样将反思的矛头指向历史本体。这篇小说同样饱含历史的反思和人性的追问。

水岸云庐与其说是一个具象的、口碑颇好的高档民宿客栈，倒不如说是一段历史和痛苦回忆的墓碑。主人公陈雀替倾尽家财打造的这个精品客栈，并不是为了赚取更多的物质回报。她是在自我救赎，她是以一种独特的方式在请求母亲的宽恕，试图重回母亲的温暖怀抱，这是作为历史个体的陈雀替个人层面的救赎。

但从历史的角度来讲，这其实也是那场大灾难的墓碑，尤其是秦继红一行的到来让一场几十年前的事件再次复活，一场对"历史"的反思和审判在水岸云庐拉开大幕，罪与罚究竟该如何清算和定位，陈雀替内心充满矛盾和挣扎，她试图完成一场个人意义上的复仇，她也曾无限接近达成这个目标，但最终还是选择了放弃，选择了饶恕。这是她多年后面对那场历史悲剧给出的回应和态度，尽管结局也许在她意料之外。而秦继红则代表了另一种态度，固执、逃避、执迷不悟，傲慢的态度让人依稀嗅到多年前躁动的历史气息。

在小说中，陈雀替既是一个灾难的制造者，又是一个赎罪者，她的反思和救赎之路代表了一个群体的精神图像，她们渴望被饶恕被原谅，希望获得自我救赎。从这个意义上来说，水岸云庐是一段历史的墓志铭，也是一个群体的救赎地。蒋韵通过这个作品再一次回望与反思"文革"历史，同时也对红卫兵群体的命运流转予以关注，具有深厚的反思意味。陈雀替的态度是属于她个人的，也应该是属于大众的，属于后来人的。客观的、历史的、人性的态度应该是所有人面对历史时所秉承的。

（崔庆蕾）